인류 역사의 새 지표

대등의 길

조동일

지식산업사

조동일 趙東一

시울대학교 불문학·국문학 학사, 시울대학교 대학원 국문학 석박사.
계명대학교·영남대학교·한국학대학원·서울대학교 교수를 역임하고, 현재 서울대학교 명예교수, 대한민국학술원 회원이다.
《한국문학통사 제4판 1~6》(2005), 《동아시아문명론》(2010), 《서정시 동서고금 모두 하나 1~6》(2016), 《통일의 시대가 오는가》(2019), 《창조하는 학문의 길》(2019), 《대등한 화합》(2020), 《우리 옛글의 놀라움》(2021), 《국문학의 자각 확대》(2022), 《한일학문의 역전》(2023) 등 저서 다수.
화집으로 《山山水水》(2014), 《老巨樹展》(2018)이 있다.

인류 역사의 새 지표 대등의 길

초판 1쇄 인쇄   2024. 2. 15.
초판 1쇄 발행   2024. 3. 1.

지은이   조동일
펴낸이   김경희
펴낸곳   (주)지식산업사
본사 ● 10881, 경기도 파주시 광인사길 53(문발동)
전화 031－955－4226~7 팩스 031－955－4228
서울사무소 ● 03044, 서울시 종로구 자하문로6길 18－7
전화 02－734－1978, 1958 팩스 02－720－7900
영문문패 www.jisik.co.kr
전자우편 jsp@jisik.co.kr
등록번호 1－363
등록날짜 1969. 5. 8.

책값은 뒤표지에 있습니다.

ⓒ 조동일, 2024
    ISBN 978－89－423－0018－1(93800)

이 책에 대한 문의는
지식산업사로 연락해 주시길 바랍니다.

인류 역사의 새 지표

대등의 길

조동일

各得己當 17青鼓

지식산업사

개막 시

동서고금
별별 꽃들
두루 찾아 모아오고,
별을 헤며 빛을 보태
깊고 깊게 농축한 꿀,
막 올라
대등의 길로
찾아가는 길양식.

차 례

하나 ★

별을 헨다

1

우리는 인생이 무엇인지 미리 알고 살지는 않지만, 살면서 겪고 생각하고 깨닫는 바가 있다. 이런 것들을 모으고 연결하면 그럴듯한 말이 된다.

벌이 이 꽃 저 꽃 찾아다니면서 모은 꿀을 꽃꿀이라고 하지 않고 벌꿀이라고 한다. 나도 꿀벌만큼 부지런히 벌꿀과 같은 것을 얻어내려고 한다.

시대나 장소가 아주 다른 노래가 한결같이 "별을 헨다"고 한 것은 신기한 꿀이다. 보이지 않는 뿌리를 공유하고 있어 감동을 주는 작품을 일제히 피워냈을 것이다. 놀라운 발견 덕분에 대등의 길로 나아가는 탐구 여행을 시작한다.

2

崔成大(최성대)는 널리 알려지지 않은, 18세기 조선왕조 英正朝(영정조) 시대의 시인이다. 〈古雜曲〉(고잡곡)이라고 한, 〈옛적 잡된 노래〉는 "별을 헨다"고 하는 동요를 옮겼다고 생각된다. 지금도 같은 동요가 구전되고 있다.

한문은 물론 한자까지 싫어하는 젊은이들을, 대등의 길을 함께 가는 동행으로 모신다. 동행하기 쉽게 하려고, "崔成大(최성대)·英正朝(영정조)·〈古雜曲〉(고잡곡)"처럼 한자어는 한자로 적고 괄호 안에서 독음을 알린다. 실상을 알아야 하는 한문 원문은 버리지 않고 가져와, 독음을 달고 충실하게 번역한다.

初月上中閨(초월상중규)
女兒連袂出(여아련메출)
擧頭數天星(거두수천성)
星七儂亦七(성칠농역칠)

초생달이 규중에 뜨자
여자아이들 어울려 나와,
고개 쳐들고 별을 헨다.
"별 일곱 나도 일곱."

尹東柱(윤동주)는 누구나 알고, 〈별 헤는 밤〉은 잘 알려진 시이다. 그래도 전문을 든다.

계절이 지나가는 하늘에는
가을로 가득 차 있습니다.

나는 아무 걱정도 없이
가을 속의 별들을 다 헤일 듯합니다.

가슴 속에 하나 둘 새겨지는 별을
이제 다 못 헤는 것은
쉬이 아침이 오는 까닭이요,
내일 밤이 남은 까닭이요,
아직 나의 청춘이 다하지 않은 까닭입니다.
별 하나에 추억과
별 하나에 사랑과
별 하나에 쓸쓸함과
별 하나에 동경과
별 하나에 시와
별 하나에 어머니, 어머니

어머님, 나는 별 하나에 아름다운 말 한 마디씩 불러봅니다. 소학교
때 책상을 같이했던 아이들의 이름과, 佩, 京, 玉 이런 이국 소녀들의
이름과, 벌써 아기 어머니 된 계집애들의 이름과, 가난한 이웃 사람들의
이름과, 비둘기, 강아지, 토끼, 노새, 노루, '프랑시스 잠', '라이너 마리아
릴케', 이런 시인의 이름을 불러봅니다.

이네들은 너무나 멀리 있습니다.
별이 아스라이 멀 듯이,

어머님,
그리고 당신은 멀리 북간도에 계십니다

나는 무엇인지 그리워
이 많은 별빛이 내린 언덕 위에

내 이름자를 써 보고,
흙으로 덮어 버리었습니다.

딴은, 밤을 새워 우는 벌레는
부끄러운 이름을 슬퍼하는 까닭입니다.
그러나 겨울이 지나고 나의 별에도 봄이 오면
무덤 위에 파란 잔디가 피어나듯이
내 이름자 묻힌 언덕 위에도
자랑처럼 풀이 무성할 게외다.

"Counting Stars"(별 헤기)라고 하는 영어 노래에도 다음과 같은 말이
있다.

Lately I been, I been losing sleep
Dreaming about the things that we could be
But baby, I been, I been praying hard
Said no more counting dollars
We'll be counting stars
Yeah, we'll be counting stars

요즈음 나는 잠을 잃고 있어
우리가 어떻게 될 수 있을지 꿈꾸면서.
그러나 그대여, 나는 열심히 기도해왔어.
더 이상 돈을 세지 않을 거라고 말했지,
우리는 별을 헬 거라고.
그래, 우리는 별을 헤고 있을 거야.

서양말은 이처럼 원문과 번역을 함께 들기도 하고, 번역만 들기도 한다. 번역으로는 전달되지 않는 미묘한 말은 원문이 있어야 한다. 번역해도 이해에 지장이 거의 없는 경우에는 원문을 생략한다.

3

셋 다 "별을 헨다"고 한다. 이것은 "별을 헤아린다"의 준말이다. 국어사전에 이런 의미의 "헤다"가 없는 것은 아주 잘못되었다. "별을 헨다"는 "별을 센다"는 것과는 다르다. 수를 파악하는 것 이상의 의미가 있다.

별의 수를 파악하려고 세면 "별 하나 둘 셋"이라고 하게 된다. 이것은 천문학의 소관이다. 천문학과 무관하게 별을 세는 것은 공연한 짓이다. 무한한 가능성을 추구하고자 하기 때문이라고 하는 설명이 있는데, 적절하지 않다. 수고나 잔뜩 하고 무한한 가능성을 추구할 수 없다는 것이나 확인할 따름이다.

별을 "세지" 않고 "헤서" "별 하나 나 하나, 별 둘 나 둘, 별 셋 나 셋"이라고 하는 것은 천문학에서 보면 쓸데없는 수고이다. 공연한 장난 이상 아무것도 아닐 수 있다. 그러나 천문학에서는 알지 못해 할 수 없는 "별과 내가 대등하다"는 말을 해서 소중하다. 이것은 시인의 소관사이다.

영어 노래에서는 "count"라는 말을 두 번 썼는데, 어휘가 빈곤한 탓이다. 돈을 "세다"와 별을 "헤다"를 구별해 번역해야 소중한 착상을 살린다. 돈은 '세고', 별은 '헨다'고 하는 것은 아주 적절한 구분이다. 돈은 액수를 확인할 필요가 있어 센다. 별을 헤는 것은 별이 몇 개인지 알아보자는 것은 아니다. 지금까지 돈이나 센 짓을 그만두고 별을 헤겠다는 것은 천박하지 않고 고결하게 살자는 말이다.

'별을 헤다'에 있는 이런 의미는 세 노래가 같아, 함께 고찰해야 한다. 별은 "하나 둘 셋"이지만, 나는 "하나 둘 셋"이 아닌데 "별 하나 나 하나, 별 둘 나 둘, 별 셋 나 셋"이라고 하는 것이 무슨 까닭인가? 물음을 이렇게 정리하면, 논의를 분명하게 할 수 있다. 이 물음을 과학자에게 가져가면, 정신이 나갔다고 나무라기나 할 것이다. 시인은 '별을 헨다'는 노래를 지어, 과학자의 좁은 소견을 우습게 만드는 말을 한다. 과학은 무엇이든지 안다고 여기고 숭배하는 현대의 미신에서 벗어나, 고금 시인이 줄곧 해온 말을 귀 기울여 듣고 깊은 깨달음을 얻어야 한다.

"별 하나 나 하나, 별 둘 나 둘, 별 셋 나 셋"이라고 하는 것은 별과 내가 대등하다는 말이다. 이런 줄 알면 막힌 길이 뚫린다. 저 멀리서 찬연하게 빛나는 수많은 별의 무한한 가능성을 내게서도 찾을 수 있어 경이롭다. 별과 나를 함께 헤는 숫자가 늘어나는 것만큼 경이로움이 커진다. 여기까지 한달음에 나아간다.

경이로움을 다 캐고 말할 수는 없다. 지나치면 빛을 잃고 어둠을 불러오므로, 적절한 단계에서 그만두는 것이 좋다. "별 일곱 나도 일곱"이라고 한 것은 많이 나갔다. 별도 나도 무한할 수 있다는 착각에서 벗어나, 유한한 존재임을 인정해야 슬기롭다.

4

별과 나의 대등은 오랜 문자를 써서 말하면 天人合一(천인합일)이다. 나는 이것을 萬物對等(만물대등)이라고 다시 명명한다. 두 번째로 든 노래는 "별 하나에 아름다운 말 한 마디씩 불러봅니다"라고 하고, 아름다운 기억을 남긴 많은 사람뿐만 아니라 "비둘기, 강아지, 토끼, 노새, 노루"도 들어, 대등의 영역이 아주 넓다고 했다.

별을 헤며 확인하는 만물대등은 누구나 누리던 원초적인 행복이다. 이것을 잃어버려 불행하게 되었다. 구체적인 원인이나 나타난 양상은 각기 다르지만, 대등이 아닌 차등이 불행을 가져오는 것은 마찬가지이다. 세 노래가 다르면서 같은 말을 하는 것을 주의 깊게 살필 만하다.

첫째 노래는 무엇을 특별하게 말했는가? 깊이 새겨야 숨은 뜻을 알 수 있다. 남자는 아이든 어른이든 낮에 뛰놀며 자기네는 잘났다는 차등론자가 되고 말았다는 말은 생략했다. 여자 아이들만 밤에 별을 헤며 대등론의 소중한 유산을 이어오니 대견하다고 알려주었다.

둘째 노래는 대등이냐 차등이냐 하는 논란이 역사에서 얼마나 심각한 의미를 가졌는지 밝혔다. 통찰력이 대단한 역사철학을 갖추고, 당대의 현실을 통탄했다. 만물대등의 원초적인 행복을 상실하고, 차등에서 빚어지는 고난을 심각하게 겪는다고 했다. 일제의 침략에서 벗어나 민족의 해방을 이룩해야 하는 이유를 이런 관점에서 분명하게 했다.

셋째 노래에서는 돈이나 세는 속물의 타락에서 벗어나고 싶다고 했다. 자본주의 시대의 인기 상품이 자본주의를 나무랐다. 별을 헤는 것이 무엇인지 알고 있으니 아주 반갑다. 만인대등의 본심을 확인할 수 있게 한다.

5

'별을 헨다'는 인류가 의식의 깊은 층위에서 공유하고 있는 대등의식의 표출이다. 갖가지 불행에서 벗어나 행복을 되찾는 궁극의 비결이다. 신기하다고만 하지 말고, 정신을 차리고 함께 나아가자.

지금 별별 괴이한 차등이 대등을 짓밟고 있다. 공기가 오염되고, 인공조명이 방해해 한밤중에도 별이 보이지 않는다. 발전했다고 하는 곳은 더 심한, 이런 불행에서 벗어나려면 '별을 헨다'의 의의를 인식하고 평가해야 한다. 인류 역사가 종말에 이르지는 않은 것을 확인하려면 이렇게 해야 한다.

'별을 헨다'를 동서고금의 노래에서 말하는 것은, 萬物對等을 함께 확인하는 萬人對等(만인대등)의 증거이다. "비둘기, 강아지, 토끼, 노새, 노루"도 든 데는 萬生對等(만생대등)에 관한 인식도 나타나 있다. 순서를 정리해 말하면, 萬物對等·萬生對等·萬人對等이 앞의 것이 뒤의 것을 포괄하는 관계를 가진다.

이에 관해 복잡하고 난해한 이론을 전개해 머리 아프게 하지 않으니 안심하기 바란다. 차등론을 합리화하고 옹호하는 구닥다리 학문의 치사한 작태와는 아주 다른 신선한 소리를 한다. 차등론을 무효로 만드는 대등론의 구체적인 양상을 실감 나고 흥미롭게 확인하는 '대등의 길'로 나아간다.

누구나 즐겁게 동참하기 바란다. 별을 헨다는 것 못지않게 신기한 논의가 얼마든지 더 있어 큰 기대를 해도 된다. 다른 준비는 필요하지 않고, 호기심만 살리면 된다.

6

이 책은 연구서적이면서 문학창작이다. 구분을 넘어서서 둘이 하나가 되게 한다. 대등을 말해주는 수많은 사례를 근거로 삼고 대등론을 더욱 분명하게 정립하는 연구작업을 문학창작과 함께 한다. 특히 긴요한 연구

성과는 시를 지어 나타낸다. 이 대목의 결론도 시를 지어 맺는다.

별을 헤서 무엇 하리

낮에는 돈을 세더라도, 밤에는 별을 헤야 한다.
밤에도 돈 세기 바빠, 별 있는 줄도 모르면,
자기가 만든 지옥에 산 채로 감금된 신세다.

제왕, 재벌, 장군, 성직자 무리 아무리 위대해도
잠들려고 하면 차등론의 무거운 모자를 벗어놓고,
편안하게 누워 대등론을 순순히 받아들여야 한다.

무지렁이 비렁뱅이 노숙자의 잠이 따로 있지 않고,
꿈에는 차등이 없어 처지가 얼마든지 뒤바뀔 수 있다.
자다가 깨서 하늘의 별을 헨 것과 다름없이 된다.

꿈에서 "별 하나 나 하나, 별 둘 나 둘, 별 셋 나 셋"
하늘울 쳐다보고 별을 헤는 말을 이렇게 하면 된다.
별과 대등한 줄 알아, 만물대등의 원초적 행복을 얻는다.

죽음은 잠보다 더욱 대등해, 차등론을 가차없이 박살낸다.
호화분묘, 예사 무덤, 화장은 지체와 가격 높낮이가 달라도,
죽으면 누구나 돈 셀 근심 전혀 없고, 즐기면서 별을 헨다.

둘 ★゜

슬기로우려면

1

지금 있는 이곳에서 일상생활의 이치를 밝혀도 얻을 것이 많겠지만, 出家(출가)의 유혹을 뿌리치기 어려울 수 있다. 나무라거나 말릴 일은 아니다. 가까운 곳은 대단치 않다고 여길 수 있으니, 저 멀리 히말라야 雪山(설산)으로 가자.

거기서 대단한 高僧(고승)을 모시고 남다른 修道(수도)를 하면, 깨달음이 각별하리라. 슬기로움의 고지에 올라 세상을 내려다볼 수 있으리라. 이렇게 생각한다면, 사키야 판디타(Sakya Pandita, 薩迦班欽, 1182-1251)라고 하는 티베트의 고승을 만나자. 시간을 천 년쯤 거슬러 올라가, 이 스승의 가르침을 듣자.

釋迦(석가)의 학문을 잘하는 스승이라고 칭송하는 호칭으로 널리 알려진 분이다. 이름이 난 만큼 고답적인 자세로, 미욱한 중생을 내려다보고 권위 있는 가르침을 베풀었으리라. 이렇게 생각하기 쉽지만, 전혀 그렇지 않다. 그 반대가 되는 언행을 보여주었다. 유무식의 차등을 비판하고 반성했다.

이것은 대단한 충격이다. 고명한 스승을 만나 각별한 깨달음을 얻고, 슬기로움의 고지에서 세상을 내려다보겠다고 하는 착각이 여지없이 무너진다. 지금 있는 이곳에서 일상생활의 이치를 밝히면 더 절실하게 깨달을 것을, 아득한 곳으로 시공을 올라가는 무리를 해서 힘겹게 얻어들으려고 하니 얼마나 어리석은가? 이렇게 한탄할 것은 아니다.

생각을 아주 바꾸자. 사키야 판디타가 전생의 나이다. 사키야 판디타가 다시 태어나 내가 되었다. 나뿐만 아니라 다른 어느 누구도 이렇게 생각하면서 가르침을 받아들이고 남긴 글을 읽으면, 어리석음이 말끔히 없어진다.

그렇다. 사키야 판디타가 雪山에서 수도해 깨달은 것이 내가 지금 있는 이곳에서 일상생활의 이치를 밝혀 얻을 수 있는 것과 다르지 않다. 이제부터 쓰는 문장의 주어는 사키야 판디타이기도 하고 나이기도 하다.

ㄹ

사키야 판디타는 유무식의 차등이 심각한 폐해를 가져온다고 하고, 폐해 시정이 가능할 만큼 슬기로우려면 어떻게 해야 하는지 여러 경우 많은 사례를 들어 말했다. 4행시 4백여 수로 나타낸 〈격언집〉이 널리 알려지고 많은 독자를 얻었다. 학문하는 자세를 두고 한 긴요한 말 여덟을 골라 내 나름대로 풀이하면서, 대등의 길을 찾는 지침으로 삼고자 한다.

티베트어를 공부하지 못한 것을 한탄하고, 중국어 번역을 이용한다(佟錦華, 《藏族文學硏究》, 1992에 있다). 말이 잘 통하게 옮기려 하니, 상당한 정도로 의역하지 않을 수 없다. 내 작품인 것처럼 되었다.

배움이 얕은 녀석은 자만하고,
학자라면 부드럽고 겸손하다.
작은 개울은 시끄럽게 흐르지만,

큰 바다야 어디 소란스러운가?

　자만은 차등을 가져온다. 부드러운 겸손은 대등의 자세이다. 작은 개
울 정도의 지식을 가지고 차등을 과시하는 소리를 시끄럽게 내면 우습
다. 깊이 아는 것은 부드럽고 겸손한 자세를 갖추어야 가능하다. 바다는
소란하지 않다고만 하지 말고, 큰 움직임이 없는 듯이 있는 것도 말해
야 한다.

　슬기로운 사람은 아무리 작은 일도,
　늘 다른 사람들과 상의해 실행한다.
　성공하면 너무나 당연하다 할 것이고,
　성공하지 않더라도 훌륭하다 하리라.

　혼자 잘났다고 뽐내는 것은 저질의 차등이고, 구제 불능의 무능이다.
아무리 작은 일이라도 다른 사람들과 상의해 실행하면, 대등의 힘이 작
용해 큰 성과를 거둘 수 있다. 공동의 거사는 성공하는 것이 당연하고,
실패한다고 해도 훌륭하다고 평가된다. 오늘날 우리도 연구해 밝힌 것을
토론에서 검증하고, 공유재산으로 만들어 쓰임새를 늘려야 한다.

　슬기로운 사람 둘이 상의하고 토론하면,
　지혜나 학문이 더 높은 경지에 이른다.
　강황과 봉사, 서로 다른 두 안료를 섞으면,
　전에 없던 새로운 색이 생겨나는 것처럼.

　강황은 노랗고, 봉사는 하얗다. 둘을 섞으면 옅은 노란색이 된다. 슬
기로운 학자는 자기 색깔만 고집하지 않고, 다른 학자와 합작해 더 미

묘한 색깔을 만들어낸다. 나는 사키야 판디타와의 합작을 시도하며 이 글을 쓴다.

> 학자는 스스로 살피고 생각할 줄 알지만,
> 어리석은 자는 남을 뒤따라 가기만 한다.
> 노성한 개가 컹컹하고 소리 내서 짖으면,
> 다른 개들은 무조건 따라 짖는 것과 같다.

자기 스스로 살피고 생각할 줄 아는 것과, 노성한 개가 짖으면 따라 짖는 추종자가 되는 것은 아주 다르다. 누구나 아는 이 말이 새삼스러운 의의를 가지니 슬프다고 하지 않을 수 없다. 천년 전의 경고를 아직도 알아차리지 못하고, 수입학을 일삼으며 목에 힘을 주는 사이비 학자가 득실거리고 있는 것을 개탄한다.

> 산은 어떤 경우에도 움직이지 않는 것처럼,
> 슬기로운 사람 또한 굳세고 흔들림이 없다.
> 버들가지가 바람에 나부끼며 서로 의지하듯이
> 비천한 자의 행위는 끊임없이 변화를 일으킨다.

판단이 정확하고, 행동이 기민한 것은 외부의 작용에 대한 대응이고 내심의 자발적 발로는 아니다. 내심은 산악처럼 굳고 흔들림이 없어야, 필요에 따라 천변만화를 빚어낼 수 있다. 내심까지 온통 변하는 자는 비천하다고 할 것인가? 가련하다고 하는 것이 더 적절한 말이다.

3

정직한 군자는 자신의 결점을 살피지만,
사악한 무리는 남들의 잘못만 찾아댄다.
공작은 자기 깃털이 어떤지 점검하는데,
부엉이는 다른 누구의 불운이나 노린다.

남의 결점이나 찾아내는 부정적 사고는 내 건강을 해쳐 손해이다. 내 결점을 바로잡고 내 일을 잘할 시간도 모자라는데 어느 겨를에 남을 시비하는가? 더 깊이 생각하면 잘잘못은 상대적이고, 결점이 장점일 수 있다. 상이한 결점이 생극 관계를 가지고 커다란 장점을 만들어낼 수 있다.

자기에게 있는 결점이나 잘못은
석학이라도 알아차리기 무척 어렵다.
많은 사람이 나를 지목해 나무라면,
과오를 인정하고 바로잡아야 한다.

내 얼굴에 묻은 때를 나는 보지 못한다. 아무리 시력이 뛰어나도 소용없다. 거울을 보거나 다른 사람들이 일러주어야, 비로소 알 수 있다. 거울은 말이 없지만, 다른 사람들은 시끄럽게 떠들어 정신이 번쩍 나게 할 수 있다. 남의 결점 지적에서는 누구나 도사이다. 그 능력을 내게로 돌리면 높은 수준의 깨달음을 얻을 수 있다.

아무리 박식한 학자라고 하더라도,
타인의 작은 지식까지 배워야 한다.
이런 태도를 가지고 오래 노력하면,

마침내 일체의 지식에 통달하리라.

크고 작은 것을 가리지 않고 두루 탐구해야, 지식에서 지혜로 나아간다. 지식은 잠시, 지혜는 항시 추구한다. 지식은 부분, 지혜는 전체를 말한다. 지식은 차등론의 파편이고, 지혜는 대등론의 몸체이다. 마침내 일체의 지식에 통달하는 지혜, 이것을 궁극의 목표로 삼고, 천리길도 한 걸음씩 내딛자.

4

가는 길이 무엇인지 이제는 떠올라, 내 노래를 짓는다.

대등의 길로 나아가자

아는 것은 집이라며
넓고 크다 으스대고,
없는 사람 멸시하면,
차등론의 포로 된다.

살다보니 집이 감옥 같다.
지붕과 벽, 위와 아래 막아,
햇빛도 바람도 통하지 않아,
숨 막히고 생각도 졸아든다.
문을 열고 나가도 시원치 않다.

집을 비워두면 불안하다고 여겨
멀리 가지 못하고 서성거리다가
집 자랑에 동네 칭송이나 보탠다.

머물던 곳을 떨치고 다시 나서자.
광야도 산도 지나, 하늘까지 가야,
낡은 지식의 헛된 구속에서 벗어나
차등론을 말끔히 청산할 수 있으리.

바라보아라, 천지만물 본연의 진면목을.
하늘과 바다, 산천과 초목, 금수와 인류,
이런 사람과 저런 사람, 멀어도 가깝게,
대등한 관계 활짝 펼치고 있어 놀랍도다.

기대가 자꾸 부푸는
너와 나 길동무 되어
손을 잡고 나아가자,
대등의 크나큰 길로.

이름 없이

1

차등론은 名聲(명성)의 차이를 기본 요건으로 한다. 상위자는 이름이
크게 나는 것이 당연하고, 하위자는 알아주지 않으니 이름이 있으나 마

나 하다고 한다. 대등론은 이런 주장을 뒤집어, 有名(유명)은 헛되고 無名(무명)이 값지다고 한다.

서양에서는 有名을 대단하게 여긴다. 名譽(명예)를 드높이려고 목숨을 걸고 싸운다. 이름이 가장 높고 빛나는 英雄(영웅)이 되고자 한다. 이것이 차등론을 키운다. 우리는 無名을 존중해왔다. 有名을 두고 생기는 시비나 다툼을 넘어서려면 無名의 경지에 이르러야 한다고 한다. 이름도 자취도 없는 隱士(은사)를 높이 평가한다.

이것은 대등으로 나아가는 길이다. 대등의 길은 無名의 길이다. 이에 관해 말해 有名해지려고 한다면, 자가당착이 구제불능이다.

ㄹ

無名이 소중하다고, 이름난 스승들이 일찍부터 일러주었다. 老子(노자)는 말했다. "無名天地之始 有名萬物之母"(무명천지지시 유명만물지모)(무명은 천지의 시작이고, 유명은 만물의 어머니다.) 천지가 이루어지고 만물이 생겼듯이, 無名이 有名(유명)보다 먼저 있어 모든 것의 근원이 된다고 했다.

莊子(장자)는 말했다. "至人無己 神人無功 聖人無名"(지인무기 신인무공 성인무명)(지인은 자기가 없고, 신인은 공적이 없고, 성인은 이름이 없다.) 최상의 경지에 이른 至人·神人·聖人은 바라는 바가 없는 것이 공통된 특징이라고 하고, 그 가운데 聖人은 이름이 없는 無名人이라고 했다. 無名人이 마지못해 하는 일이 무엇인지 말했다. "遊心於淡 合氣於漠 順物自然 無容私焉 而天下治矣"(유심어담 합기어막 순물자연 무용사언 이천하치의)(마음이 담담한 데서 놀고, 氣가 막막한 것과 합치고, 만물의 자연스러움을 따르고, 사사로운 것을 용납하지 않으면 천하가 다스려진다.)

邵雍(소옹)은 號(호)를 無名公이라고 했으며, 無名公이라는 인물의 행적을 기리는 〈無名公傳〉(무명공전)을 지었다. 그 인물이 어려서부터 자유분방하게 살면서 보여준 여러 행적 가운데 無名인 것이 특히 훌륭하다고 했다. "有體而無跡者也"(유체이무적자야)(몸은 있으나 흔적이 없고), "有用而無心者也"(유용이무심자야)(쓰임은 있으나 마음이 없어), "無心無跡者"(무심무적자)(마음도 흔적도 없는 사람)이어서 無名이라고 했다. 無名은 이름이 없는 것만이 아니고, 마음도 흔적도 없어 거리낄 것이 없는 경지라고 했다.

이름이 없다고 하는 無名 대신에, 이름이 잊혔다고 하는 忘名(망명)을 말하기도 한다. 顔之推(안지추)의 《顔氏家訓》(안씨가훈) 〈名實〉(명실)에서는 "上士忘名 中士立名 下士竊名"(상사망명 중사입명 하사절명)(상위의 선비는 이름이 잊히고, 중위의 선비는 이름을 높이고, 하위의 선비는 이름을 훔친다)고 했다. 이름을 어떻게 여기는가에 따라 선비의 품격이 판정된다고 했다.

훔친 이름은 가짜이다. 높인 이름은 계속 노력해야 유지된다. 잊힌 이름은 시비의 대상이 되지 않고 유지하려고 노력할 필요도 없으며, 전혀 근심거리가 아니다. 이름의 부정적 기능이 사라지니 실상이 온전할 수 있다. 이렇게 말했다.

이런 말은 듣기에 아주 좋지만 실행이 가능한가? 위에서 든 분들 모두 자기네가 말한 대로 실행한 無名人이 아니고, 무명을 기리는 것으로 이름이 나서 有名人이 되었다. 無名에 관한 논의는 처음부터 어려움을 지닌다.

3

무명인이 되는 것이 얼마나 힘이 드는지 李滉(이황)이 술회한 말을 들어보자. "滉少嘗有志於學"(황소상유지어학)(滉은 일찍이 學에 뜻을 두고) "山林終老之計 結茅靜處 讀書養志"(산림종로지계 결모정처 독서양지)(산림에서 끝내 늙을 계획을 세워, 조용한 곳에 띠집을 얽고, 책을 읽으면서 뜻을 기르려고 했다.)

과거를 보고 벼슬을 하는 동안에 그렇게 되지 않았다고 했다. "虛名之累 愈久愈甚 求退之路 轉行轉險 至於今日 進退兩難 謗議如山 而危慮極矣"(허명지루 유구유심 구퇴지로 전행전험 지어금일 진퇴양난 방의여산 이위려극의)라고 했다. "虛名 누적이 더욱 오래되니 더욱 심해져, 물러남을 구하는 길은 어렵게 되고 험하게 되어 오늘에 이르러 진퇴양난이다. 주위의 나무람은 산과 같아 위험이 극도에 이르렀다"는 말이다.

벼슬을 그만두면 虛名에서 벗어날 수 있을 것인데, 그만두기 어려워 주위의 비방을 듣고 있다고 했다. 물러나는 것이 왜 어려운가? 벼슬에 미련이 있기 때문은 아니리라. 국왕이 만류하는 것을 거역할 수 없다는 말인 것 같다. 한 번 작정해서 한 일은 돌이키기 어려우니 작정을 잘해야 한다고 한 것으로 보면 이해가 깊어진다.

벼슬을 그만두고 물러나면 虛名은 없어지고 有名만 남고, 오래되면 有名이 無名으로 바뀌는가? 그렇지는 않다. 한 번 얻은 이름은 없어지지 않는다. 無名이기를 바라는 것은 이룰 수 없는 희망이다. 虛名의 '虛'는 다른 사람들이 벗겨주어야 하는데, 名이 높으면 가능하지 않고 기대할 수 없다.

李滉은 지금도 이름이 너무 높다. 이것이 감당하기 어려운 불행이다. 추종자들은 李滉의 이름을 더 높여 불행을 키우려고 한다.

4

虛名을 두고 옛사람들은 많은 말을 남겼다. 李穡(이색)은 자기 잘못을 나무란다고 한 시 〈自責〉(자책)에서 "才薄釣虛名 微功躋膴仕"(재박조허명 미공제무사)(재주는 옅으면서 허명을 낚고, 공은 미미한데 좋은 벼슬에 올랐다)고 했다. "膴仕"(무사)는 생기는 것이 많아 좋다고 하는 벼슬이다. "才薄釣虛名"의 "釣"(조)는 "낚시로 낚는다"는 말이다. "微功躋膴仕"의 "躋"(제)는 다리를 쳐들고 좋은 관직으로 올라간다는 말이다. .

徐居正(서거정)은 〈卽事〉(즉사)라는 시에서, "浮生閑亦樂 何用尙虛名"(부생한역락 하용상허명)(떠서 사는 삶에서 한가함이 또한 즐거움인데, 어디 쓰려고 허명을 대단하게 여기는가)라고 했다. 허명은 한가하게 사는 즐거움을 누리지 못하게 방해한다. 허명은 쓸데없는 것이다. 허명을 좋아하다가 더 큰 것을 잃어버리는 줄 모르니 안타깝다. 이렇게 한탄했다.

虛名은 실상과 달리 너무 커서 허황한 이름이다. 虛名을 얻는 것은 부당한 이익을 노리다가 손해를 보는 짓이다. 화려하게 꾸민 삶이 실제로는 공허해 마음이 편안할 수 없다. 차등의 상위에 잘못 올라가, 끄집어 내리려고 하는 경쟁자들에게 시달린다. 사기꾼 노릇이 들통나 욕을 먹으니 괴롭다. 虛名이 생기도록 자기가 시동을 걸었으나, 제동이 가능하지 않다.

虛名은 너무 크게 조작한 이름이다. 세상을 기만하는 죄과를 나무라고 말 것은 아니다. 자기가 구제 불능의 속물임을 광고하는 자해행위이므로 가련하다는 말도 해야 한다.

벼슬을 그만두고 은거를 하면 無名이 되는 것은 아니다. 曹植(조식)을 보자. 曹植은 李滉처럼 관직에 나아가지 않았다. 李滉이 초년에 바랐다는 것처럼 "山林終老之計 結茅靜處 讀書養志"로 일생을 보냈다. 바로 그 이유로 아주 有名하게 되었다.

許穆(허목)은 曹植이 대담한 주장과 드높은 행실로 우뚝 서서, "秋霜烈日壁立萬仞"(추상렬일벽립만인)(가을 서리 매서운 날, 만 길이나 서 있는 벽) 이 여덟 자를 숭상한 것은 지나치다고 했다. 제자 鄭仁弘(정인홍)이 나라를 망치려고 한 데서 曹植 학문의 말폐가 드러난다고 했다. 曹植을 高士(고사)라고 칭송하는 것은 적절하지 않다고 했다.

金時習(김시습)은 관직에 나아가지 않았을 뿐만 아니라, 세상을 등지고 산 사람이다. 세상을 등지는 행적이 기이해 이름이 나고 시비의 대상이 되었다. 李珥(이이)는 金時習이 어떤 사람인지 알리라는 국왕의 명을 받고 〈金時習傳〉을 써서, 떠도는 소문을 정리하고 나무라는 말을 붙였다.

미친 척하고 다닌 것은 이해할 수 있으나, 잘못이 있다고 했다. "危言峻議 犯忌觸諱 訶公詈卿 略無顧藉"(위언준의 범기촉휘 가공리경 약무고자)(위태로운 말과 준엄한 논의를 하고, 피해야 할 것을 함부로 건드리며, 높은 관원을 꾸짖고, 형편을 고려하지 않았다.) 이런 지나친 행위를 지적하고 나무랐다.

6

이름을 버리고 無名 人士(인사)가 되겠다고 하는 사람들이 〈無名子集〉이라는 문집을 남긴 것이 이따금 보인다. 왜 無名이어야 하는지 납득할 수 있게 밝혀 논하지 않고, 의문을 남겨 더 돋보이게 했다. 無名子라고 일컬은 것이 관심을 끌기 위한 별난 짓이 아닌가 의심하게 했다. 존경을 받는 것과는 거리가 멀었다.

李晩燾(이만도)는 〈無名子說〉(무명자설)이라는 글에서, 無名子라고 자처하는 자들을 빈정대며 나무랐다. 교묘한 짓을 잡아내는 말은 더 교묘하므로, 잘 알아들어야 한다. 지략 경쟁이 극치에 이른 것을 제대로 구경해야 한다. 멋진 장면을 몇 개 든다.

어느 無名子의 모든 행실이 훌륭하다는 것은, 아우가 험한 수고로 뒷받침을 해주는 내막이 있어 번드레한 겉치레에 지나지 않는다. 반줄의 글을 읽고 한 편의 시를 읊기만 하는 무리가 號(호)를 일컬으라고 하면서 크게 행세하는 폐풍을 시정하려고, 자기는 無名子라고 한다고 하는 것도 가소롭다. 널리 알려져 찾아오는 사람이 많아지자, "나의 착함이야 일컬어질 것도 없고, 나의 행실이야 이름날 것도 없다"고 하는 것은 전형적인 헛가락이다.

"그림자가 두렵다고 해가 나는 곳에 숨는 것에 가깝지 않겠는가. 無名子가 옳지 않은 줄 나는 알겠다." 이런 말을 결론으로 삼았다. 다른 어느 경우에도, 無名子라고 자처하면서 숨어 지낸다고 하면 더 널리 알려진다. 겸손하고 경계하고자 한다는 것은 빈말이다. 無名子라는 號는 자기선전을 위해 필요하다. 자기선전은 위선이다.

ㄱ

崔漢綺(최한기)는 〈名有虛實〉(명유허실)에서 논의의 방향을 바꾸었다. "避名不可爲"(피명불가위)(이름을 피하는 것은 가능하지 않다)는 말부터 했다. 이름을 피하려고 하지 말고, 虛名과 實名을 구분해야 한다고 했다.

虛名을 자랑하며 자기 욕심을 채우며 해독을 끼치는 것은 용납할 수 없지만, 實名을 虛名으로 몰아붙이는 것도 잘못이라고 했다. 이름을 숨기고 숨어 사는 것이 능사가 아니다. 천지만물의 運化를 알고 실행하는 사람의 이름은 實名이다. 虛名을 버리고 實名을 얻어 적극적으로 나서서 할 일을 해야 한다. 이렇게 주장했다.

원칙론은 잘 세웠으나, 실행이 문제이다. 아옹다옹 다투며 사는 실제 상황에서 이름의 虛實(허실)이 뒤죽박죽이고, 實名이 虛名보다 시기질투를 더 많이 받을 수 있다. 방해꾼들과 싸우느라고 할 일을 하지 못하고, 손상된 實名이 虛名이 되고 말 수 있다. 누적된 문제를 해결하는 방안을 崔漢綺의 통찰력으로도 내놓지 못했다.

ㅂ

그러면 어떻게 해야 하는가? 불가능을 가능하게 하는 획기적인 방법은 없다. 큰소리를 치면 자살골이 되는 것을 알고, 조심해야 한다.

잘하려고 하지 말고 잘못을 줄이려고 애써야 한다. 맡으면 虛名이 생길 염려가 있는 자리는 극력 피하고, 無名의 萬百姓으로 살아가자. 隱居(은거)를 한다고 표방하는 것도 자살골을 넣는 실수이다.

생활 체험을 발상의 근거로 삼고, 유식한 티가 나지 않는 투박한 말을 하자. 그 속에 천지만물의 運化를 알고 실행하는 작업을 은밀하게 감추어 놓고 조금씩 내보내자. 소문을 내지 말아, 아는 체하고 나서는 방해꾼이 생기지 않도록 하자. 알아줄 동반자도 우선 조금만 알고 대단치는 않다고 여기도록 하자.

평가가 이루어지려면, 많은 道伴(도반)이 참여해 대등한 자격을 가지고 토론하는 과정을 거쳐야 한다. 그 결과 타당하다고 인정되는 것은 사유물이 아니고 공유물이다. 만인 공유물임을 함께 확인해, 시기질투가 공연히 생겨 훼손하지 않도록 해야 한다.

ᆿ

이 책에 있는 글이 모두 그렇다. 타당하고 유용하다고 생각되는 것은, 토론에 참여해 공유물로 만들고 마음대로 이용할 수 있다. 일부라도 가져가 자기 이름을 붙여 사유물로 등록하는 것은 허용하지 않고, 다른 제한은 없다.

이 책을 써서 하는 말이, 흐르는 물이나 부는 바람처럼 주인이 없다고 여기게 되기를 바란다. 물 장사는 있어도, 바람 장사는 없다. 먼저 물이 되고, 다시 바람이 되어야 한다. 물일 때에는 남아 있는 이름 흔적이, 바람이 되면 없어진다.

나·풀·별

나는 풀이고, 풀은 별이다.

나는 살아 있고, 풀도 살아 있다.
풀은 빛나고, 별도 빛난다.

나와 풀은 더 자라려고 한다.
풀과 별은 헤아리기 어려울 만큼 많다.
별과 나는 여러 이웃과 함께 있다.

나는 죽으면 묻힌 자리에서 풀이 난다.
풀은 별의 하나인 태양에서 오는 빛으로 자양분을 만든다.
별이 터져서 흩어지면 나도 만들고 풀도 만든 물질이 된다.
나·풀·별은 서로 맞물려 윤회를 한다.

나만 알고 풀이나 별은 모르면 자폐증세이다.
풀만 알고 별이나 나는 모르면 시각착란이다.
별만 알고 풀이나 나는 모르면 정신혼란이다.
풀이나 별만 알고 나는 모르면 중증치매이다.

분별하는 이름이 없으면 이런 질병도 없다.

셋 ★*

불타의 깨달음

1

　正覺(정각)이라는 스님이 인도에 가서 불교를 공부하면서 좋은 일을 했다. 《인도와 네팔의 불교 성지》(1993)라는 책을 써내, 감명 깊게 읽고 이 글을 쓴다. 특히 카필바스투의 멸망을 논란거리로 한다.

　샤카족의 싯다르타는 성불해 부처님이 되었어도 참상을 겪었다. 자기 고국의 수도 카필바스투가 이웃의 강국 코살라의 침공을 받아 파괴되고, 동족이 처참하게 살해되었다. 부처님은 이 사태에 어떻게 대처했는지, 여러 경전의 기록을 종합해 위의 책에 자세하게 적어놓았다. 긴요한 대목만 옮기고, 필요한 논의를 조금 한다.

　코살라의 국왕 비루다카가 카피라투스를 침공하는 것을 알고, 부처님은 그늘이 없는 마른 나무 밑에 앉아 있었다. 비루다카는 수레에서 내려 예배를 하고, 말했다. "어째서 잎이 무성한 나무는 버려두고 마른 나무 밑 뙤약볕에 앉아 계십니까?" 이에 대해 "친족의 그늘은 시원한데, 나는 이제 친족이 없군요."라고 대답하니, 비루다카는 무슨 말인지 알아차렸다. "부처님을 만났으니 어찌 나아갈 수 있겠는가?" 이렇게 말하고 돌아갔다.

　그런 일이 세 번이나 있었다. 마지막 네 번째는 부처님이 夙世(숙세)의 죄업은 어쩔 수 없다고 여기고 나서지 않았다. 침공이 예정대로 이루어져 끔찍한 살육의 참사가 벌어졌다.

어떤 일이 있어 숙세의 죄업이라고 했는가? 코살라 국왕이 카피라투스의 샤카족 공주를 아내로 맞이하고 싶다고 하니, 왕의 신분이 원래 천한 것을 멸시해 여종을 공주라고 속이고 보냈다. 그 둘을 부모로 하고 태어난 아들이 비루다카이다.

비루다카는 카피라투스에 갔다가 "이 거룩한 곳에 여종의 아들이 왜 왔느냐?"라는 말을 들었다. 모르고 있던 사실을 알게 되자 큰 충격을 받고, 극도로 포악해졌다. 왕위를 찬탈하고 부모를 내쫓아 길에서 죽게 하고, 카피라투스를 침공해 도륙을 내는 복수를 감행했다.

비루다카가 카피라투스를 침공해 죽인 사람이 "9천 9백 90만 명"이라고 중국에서 간 玄奘(현장)이 기록했다. "시체는 풀 더미 같이 쌓이고, 피는 흘러 연못으로 괴였다"고 했다. 과장해서 전하는 말을 듣고 기록했겠으나, 엄청난 참사가 벌어진 것은 틀림없다. 너무나도 복잡한 죄업이 얽히고설켜 그런 사태가 벌어졌다.

숙세의 죄업은 어쩔 수 없어, 부처님도 비루다카의 만행을 제지하지 못하고 물러났다는 것을 어떻게 이해하고 받아들여야 하는가? 불가능한 것은 미련을 가지지 말고 단념하라고 한다. 그 때문에 마음 아파하지 말라고 한다. 이런 소극적인 가르침을 베풀고 마는 것은 아니다. 그 대신에 가능한 일을 힘써 해서 혜택을 널리 나누어주라고 하는 말은 직접 하지 않았으나, 더 크게 들어야 한다. 이런 적극적인 가르침을 실행하면서 모든 비관에서 벗어나야 한다.

이렇게 생각해도 의문이 남는다. 무시하지 말고, 오르는 대로 받아들여 고찰해보자. 비루다카의 만행을 왜 제지하지 못했던가? 부처님의 신통력으로 다스릴 수 없었던가? 이런 의문을 제기하면, 대답이 명백하다. 신통력은 망상이다. 신통력을 지녔다고 하면 부처님을 우상으로 만든다. 〈서유기〉 같은 공상소설에서 신통력이 거의 무한하다는 부처님도 별별

이상한 마왕들을 없애지 않는다.

의문이 다시 제기된다. 만나서 주고받은 말이나 한 행동을 보면 비루다카는 사려 깊고 슬기롭다. 악인이라고 하는 것과는 아주 다른 면이 있다. 부처님이 우회적인 논법이나 사용하고, 침공을 멈추라고 타이르지 않은 것은 무슨 까닭인가? 비루다카를 설득해 마음을 돌리게 하려는 노력은 왜 하지 않았는가? 세속사에 대해서는 직접 관심을 가지지 않는다고 하려는 것이었나? 실패할 것을 염려해 몸을 사렸는가?

그렇다고 말하지 말고, 더 깊이 생각해야 한다. 누구를 타이르고 설득하려고 하면 반발을 산다. 차등론을 근거로 삼고 갑질을 일삼고, 정신적 침공을 한다고 여길 수 있다. 정신적 침공으로 군사적 침공을 저지하려는 것은 적절한 방법이 아니고, 기대하는 성과를 거두기 어렵다. 악하다고 나무라면 더 악해진다. 사람은 현우나 선악이 달라 보여도 모두 대등하다고 인정하고, 잘못을 시정하는 역전을 스스로 일으키도록 기대하며 의식하지 않게 촉진하는 것이 마땅하다. 그 이상의 방법은 없다.

죄업에 대해 어떻게 대처해야 하는가? 대처할 방도가 없다. 남의 죄업은 물론이고 나의 죄업도 너무 복잡하게 얽혀 있어 헤아릴 수 없다. 몇 가지는 지적할 수 있어도 빙산의 일각에 지나지 않는다. 물 밑에 무엇이 있는지 모른다. 비루다카가 지니고 있고 다시 만들어내는 죄업의 내역을 부처님도 다 헤아리지 못했으며, 어쩔 수 없다고만 했다.

죄업을 헤아리지 못하면서 대처하려고 하는 것은 무리이다. 부처님도 하지 않은 일을 하겠다고 나서지 말아야 한다. 죄업을 씻는 것만 목표로 하고, 자세를 되도록 낮추어 얻고자 하는 것을 줄이고, 참회하는 마음으로 남들에게 봉사하는 것이 마땅하다. 어처구니없는 시련이 닥쳐와도 원망하지 않고 마음을 비우면, 고통이 줄어들고 어둠이 걷힌다.

나라를 버리고 출가해놓고, 왜 염려했는가? 부처가 된 것은 번민에서 벗어나고자 한 것인데, 너무나도 큰 번민을 짊어지고 해결하지 못했으니 무슨 꼴인가? 이렇게 나무라지 말아야 한다. 出世間(출세간)은 出出世間(출출세간)이어야 한다. 떠나기만 해서는 떠난 것이 구속이 된다. 떠난 데서 다시 떠나, 돌아오면서 돌아오지 않아야 시야가 활짝 열리고, 하는 일이 다 잘된다. 동족만이 아닌 인류를 염려하고, 인류만이 아닌 모든 생명을, 생명만이 아닌 만물을 염려하면, 염려가 희열이다.

끔찍한 참상을 겪은 마음을 어떻게 추슬러야 하는가? 좌절하고 얻은 우울증에서 어떻게 벗어날 수 있는가? 諸行無常(제행무상)이므로 애착도 상실감도 가지지 말고, 있음이 없음이고 없음이 있음이라고 하면, 원론적인 해결책이 마련되어 평정심을 되찾는다. 이 해결책을 마음에만 두지 않고 널리 펴서 누구나 공유하는 깨달음이 되도록 하는 데 적극 기여하면, 실질적인 깨달음을 실천하는 기쁨을 누린다.

위에서 든 불전은 성불은 가능했지만 불능도 있는 것을 보여주었다. 가능과 불능은 어떤 관계인가? 둘 가운데 어느 한쪽만 택해, 가능만 있기를 바라거나, 불능 때문에 한탄하거나 하는 것은 잘못이다. 가능이 있어 불능이 있고, 불능이 있어 가능이 있는 이치를 깨달으면 출가해 도를 닦지 않아도 부처일 수 있다.

불능의 아쉬움 때문에 가능에 더 힘쓰는 것이 마땅하다. 더 나아가 가능과 불능이 서로의 뿌리이고, 있음과 없음처럼 그 둘이 하나인 줄 알면, 깨달음이 한 단계씩 심화된다. 이것은 부처는 이르지 못한 일상생활의 득도이다.

2

지금까지의 논의는 공중에 뜬 철학이다. 실제 상황을 너무 단순하게 처리했다. 철학이 아닌 문학의 견지에서 다시 살피면, 간과한 문제가 드러난다. 판단을 보류하고, 무엇이든지 의심스럽다고 하자. 미세한 감각을 가지고 접근하고 논의해야 할 쟁점이 적지 않다. 소설을 쓰려고 줄거리를 잡는다고 여기고 조심스럽게 거론하자.

싯다르타는 친척은 물론 가족까지 버리고 출가해 부처가 되고서, "친척이 그늘"이라고 했다. 앞뒤가 맞지 않는다고 하고, 그 이유를 찾아야 할 것인가? 떠난 곳으로 되돌아가고 싶다는 생각을 한 것인가? 상대방이 알아듣고 반발을 하지 않을 말을 골라서 한 것인가? 부처도 예사 사람과 다를 바 없다는 것을 알려주려고 했는가?

여종을 공주라고 속이고 시집보냈어도, 비루다카라는 녀석의 어머니는 왕비가 되어 부부해로하는 복락을 누렸다. 신분 위장이 탄로 났어도 아버지가 내치지 않았다. 부부가 부처님 설법을 들으러 가서 수도를 비운 사이에 아들이 왕위를 찬탈하고 내쫓아, 둘이 함께 길에서 죽었다.

아들 비루다카는 어머니가 여종이었던 것을 알고 수치를 느끼고, 혈통이 천하다고 멸시하는 말을 음모의 장본인 샤카족에게서 듣고 분기탱천해 복수를 다짐했다. 아버지와 아들이 너무 다르다. 아버지는 선량하고, 아들은 포악하다. 그 이유가 무엇인가? 각기 그렇게 태어났다고 하면 타당성이 없고 너무나도 무책임하다. 더 자세하게 살피고, 한층 깊이 생각해야 한다.

아버지는 아내의 감화를 받아들여 부드러워졌으나, 아들은 아버지에게 반발하면서 어머니를 증오해 그럴 수 없었다고 할 것인가? 왕위를 찬탈하고 부모를 내쫓은 것이 반발과 증오의 증거인가? 미천한 혈통과의 동거는 가능해도 자기가 미천한 혈통을 타고난 것은 너무나도 저주스러워 발작을 일으켰다고 볼 수 있는가?

위에서 든 두 사례 다 의문이 늘어나기만 하고, 답은 찾기 어렵다. 득도해 부처가 되어 모든 의문을 다 풀었다고 하는 것은 믿을 수 없는 말이다. 숙세의 죄업은 어쩔 수 없다고 하면 손 털고 일어날 수 있는 것은 아니다. 삶은 초월할 수 없다. 이런저런 삶이 갖가지로 의문투성인 점에서 사람은 누구나 대등하다.

3

사람이 사노라면 풀지 못할 의문이나 납득할 수 없는 시련이 이어진다. 그 내역은 들지 않아도 된다. 어떻게 대처할 것인가? 이것이 문제이다.

풀지 못할 의문이나 납득할 수 없는 시련이 나에게는 부당하다고 여기고, 어느 누가 가해자 노릇을 해서 생겼다고 원망하고 저주하고 공격하면 차등론에 사로잡힌다. 가해자와 자기의 차등을, 자기와 가해자의 차등으로 바꾸어놓으려다 실패하고 좌절한다. 불능이 가능이게 하려고 하다가 의문이나 시련을 키우기나 한다. 되는 일이 없게 되어, 가능도 불능이 되고 만다.

나는 무능하고 무력해 할 수 있는 일이 없다고 한탄하고 절망하는 것은 또 하나의 차등론이다. 자기를 터무니없이 높이는 상향차등이나 공연히 낮추는 하향차등이나 차등론이기는 마찬가지이고, 폐해는 하향차등이 더 크다. 상향차등론은 외부에 상처를 입히지만, 하향차등론은 자기 내면을 황폐하게 한다. 상향차등론은 지탄의 대상이 되어 꺾일 수 있고, 하향차등론은 스스로 진단하고 치료해야 한다.

풀지 못할 의문이나 납득할 수 없는 시련은 삶의 기본 속성이므로 나도 겪는 것이 너무나도 당연하다. 이렇게 생각하면 모든 것이 달라진다. 차등론을 무력하게 하는 대등론을 이룩해, 원망·저주·공격이 빚어내는 번뇌에서 벗어난다. 의욕을 가지고 살아가면서, 누구하고도 서로 도와, 불능은 줄어들고 가능이 늘어난다.

모든 사태는 좋고 나쁜 양면이 있다. 좋기만 한 것도 없고, 나쁘기만 한 것도 없다. 나쁜 면에 말려들어 상향 또는 하향의 차등론으로 해결하려고 하면, 어둠이 깊어지고 괴로움이 심해질 따름이다. 좋은 면을 찾아 확대하면 우선 마음이 편해져 어둠이 걷힌다.

좋은 것이 나쁜 것을 상쇄하고, 나쁜 것이 있어 좋은 것이 생겼으며, 좋고 나쁜 것은 둘이 아니다. 이런 경지에 이르면, 대등론이 구원이고 해탈이다. 부처님이 따로 없어도 된다.

4

이 글을 읽고 누가 말했다. "지금까지 보여준 과감하고 명쾌한 논의는 어디 가고, 소극적인 자세로 모호한 말이나 하는가?" 나는 더듬거리며 대답했다. "무슨 논의든지 과감하고 명쾌하게 하려는 것은 만용이고 기만이다. 대등론을, 차등론자의 전유물인 서슬 퍼런 논법으로 일도양단하듯이 전개하면 얼마나 우스운가? 모호한 것, 판단하기 어려운 것, 이론을 세우기 난감한 것을 모두 끌어안고 고민해야 대등론이 헛말이 아닐 수 있다."

노자와 공자

1

司馬遷(사마천)의 《史記》(사기) 〈列傳〉(열전) 〈老子韓非列傳〉(노자한비열전)의 한 대목을 간추려 옮긴다.

孔子(공자)가 周(주)나라에 가서 老子(노자)에게 禮(예)를 물으니, 老子가 말했다. "훌륭한 상인은 물건을 깊이 감추어 없는 듯이 보이고, 군자는 德(덕)이 盛(성)하면 용모가 어리석은 것 같다." "그대는 驕氣(교기)·多欲(다욕)·態色(태색)·淫志(음지)를 버려야 한다."

孔子가 돌아와 제자들에게 말했다. "새가 나는 것을 나는 알고, 물고기가 헤엄치는 것을 나는 알고, 짐승이 달리는 것을 나는 안다. 달리는 것은 그물로 잡고, 헤엄치는 것은 낚시로 잡고, 나는 것은 작살로 잡는다." "龍(용)에 이르면, 나는 龍이 바람과 구름을 타고 하늘에 올라가는 것을 알 수 없다. 내가 오늘 老子를 보니, 바로 龍과 같다."

《史記》〈列傳〉을 읽다가 이 대목을 발견하고 놀랐다. 누가 거론하거나 인용한 것을 본 적이 없다. 예사로운 일이 아니므로, 무슨 까닭인지 생각해보지 않을 수 없다.

이 글은 孔子를 높이는 데 지장이 있다. 孔子를 정통이라고 받들고 老子는 이단이라고 배격하기 어렵게 한다. 孔子를 받드는 儒家(유가)를 난처하게 한다. 그 때문에 애써 외면했다고 생각한다.

己

孔子는 후대의 儒家만큼 편협하지 않아 老子를 찾아가 禮를 물었다. 이렇게 이해하면 되지만, 걸리는 것이 있다. 물었다는 것이 다른 무엇이 아니고 하필 禮인 점이 의아하다. 면밀한 검토가 필요하다. 생략된 말을 찾아 넣어야 한다.

禮는 孔子가 최고의 지식을 가졌다고 자부하는 전문 분야이고, 老子는 관심을 가지지 않아 잘 모를 수 있다. 사실이 이렇더라도, 老子를 찾아가 禮를 물으면, 孔子가 두 가지 점에서 훌륭하다고 할 수 있다. 다른 사람을 찾아가 물을 것을 묻는 태도가 훌륭하다. 禮에 대해 잘 알고 있는 것이 확인되어 더욱 훌륭하다.

자기가 잘 아는 사실을 모르는 사람에게 묻는 것은 기를 죽이려고 하는 짓이다. 이렇게 말하면 사태가 명백하지만, 말이 너무 거칠어 폭언에 가깝다. 일이 어떻게 되었는지 면밀하게 추적하고 조심스럽게 설명해야 한다. 빠트린 말이 없는지 잘 살펴 보완해야 한다.

禮는 행위의 규범이기도 하고, 사람됨이기도 하다. 孔子는 행위의 규범인 좁은 의미의 禮, 특히 祭禮(제례)에 관한 구체적인 사항을 짐짓 老子에게 물어, 상대방을 시험에 빠트려 난처하게 하려고 했을 수 있다. 老子는 그 의도를 알아차렸는지 직접 응답하지 않아, 작전이 빗나갔다고 생각된다.

시험을 피하는 것으로 사태가 종료되지는 않았다. 老子가 기회를 잡아 역공을 하고 나섰다. 孔子에게 "훌륭한 상인은 물건을 깊이 감추어 없는 듯이 보이고, 군자는 德이 盛하면 용모가 어리석은 것 같다"는 충고를 했다. 잘난 체하지 말고, 겸손하라는 말이다.

그 정도로 끝나지도 않았다. 충고하는 말을 상대방이 알아듣지 못하거나 반발을 한 탓인지, 그다음에는 말이 달라졌다. 孔子의 사람됨이 잘못되었다고 정면으로 나무랐다. "그대는 驕氣·多欲·態色·淫志를 버려야 한다"고, 老子답지 않은 강경한 어조로 말했다.

驕氣는 교만한 기색이고, 잘난 체하는 거동이다. 多欲은 욕심이 너무 많다는 말이다. 態色은 표정을 꾸며 생색내는 것을 지적한다. 淫志는 은밀하게 다른 뜻을 지닌 것을 나무란 말이다. 孔子의 약점을, 老子는 정확하게 알고 지적했다.

사람됨이 잘못되어 있으면서, 행위의 규범에 대해 전문적 식견을 가졌다고 과시하고 남들에게 가르치겠다고 돌아다니는 것은 전형적인 위선이다. 孔子가 그런 인물이라고 老子가 지적한 것은 결정타이다. 이에 대해 어떤 대응도 가능하지 않다.

《史記》〈列傳〉의 해당 대목을 고치거나 다르게 읽을 수 없다. 외면하는 것이 최상책이다. 孔子 지지자들은 읽지 않은 것으로 할 수밖에 없었다. 孔子 편이 아니고 老子가 훌륭하다고 여기는 쪽도 孔子가 무참하게 되었다는 말을 입에 올리지 않는 것을 보신책으로 삼아야 했다.

그런 시대가 갔다. 이제 좌고우면하지 않고 진실을 말할 수 있다. 최초의 공개 발언을, 침묵할 수밖에 없었던 수많은 사람의 소원까지 보태 분명하게 한다.

3

그다음 대목을 보자. 달리는 짐승은 그물로 잡고, 헤엄치는 물고기는 낚시로 잡고, 나는 새는 작살로 잡는다. 孔子가 이렇게 한 말은 諸子百家(제자백가)의 다른 논자들은 약점을 잡고 논박해 이길 수 있다는 것이다. 孔子의 驕氣·多欲·態色·淫志를 반증한다. 孔子는 시기심이 많고, 국량이 협소한 차등론자임을 말해준다.

차등은 强弱(강약)·貴賤(귀천)·貧富(빈부)의 차등만이 아니고, 賢愚(현우)의 차등도 있다. 孔子는 諸子百家가 모두 만만한 상대여서 賢愚 차등 경쟁의 정상에 올랐다고 자부하다가, 老子를 만나 큰 충격을 받았다. 老子는 어리석은 것 같은데, 어리석음이 더 큰 슬기로움이어서 놀랐다. 자부심이 심각하게 손상되었다.

나는 새, 헤엄치는 물고기, 달리는 짐승이라고 얕본 무리와는 아주 달라, 老子는 龍인 것을 안 놀라움을 비명에 가까운 말로 나타냈다. "나는 龍이 바람과 구름을 타고 하늘에 올라가는 것을 알 수 없다. 내가 오늘 老子를 보니, 바로 龍과 같다." 이것을 어떻게 이해해야 하는지 몇 가지로 말할 수 있다,

"일정한 형체가 없고 變化無常(변화무상)한 것은 不可思議(불가사의)이다." 이것은 너무 둔탁하다. "바람과 구름을 타고 하늘에 올라가 중력의 법칙을 무시한다." 이것은 지나치게 가볍다. "차등론에 대한 반론을 대등론으로 제기하면, 대항할 방도가 없다." 이쯤 되어야 심오하고 정확한 이해이다.

차등론과 대등론이 부딪치면, 어떻게 되는가? 일반화해서 말해보자. 차등론은 껍질이 단단해 박살날 수 있다. 대등론은 허공과 같아 타격을 받을 실체가 없다.

4

지금까지 거론한 말이 모두 《論語》(논어)에는 보이지 않아 타당성이 의심스럽다고 할 것인가? 아니다. 《論語》는 孔子가 훌륭하다고 할 수 있는 면만 보여준다. 한쪽으로 치우쳤다고 할 수 있다. 司馬遷은 경솔해 잘못 떠도는 말을 기록하거나, 孔子에게 불만을 가지고 없는 말을 지어내지 않았다. 사실을 있는 대로 찾아 충실하게 정리하는 역사가이고자 했다. 믿어도 된다.

그뿐만 아니라, 孔子를 높이 평가했다. 老子는 인물의 전기인 列傳에 소속되게 하고, 孔子는 世家(세가)로 모셔가 국가와 동격이게 했다. 〈孔子世家贊〉(공자세가찬)이라고 하는 총평을 다음과 같이 썼다.

太史公(태사공)이 말한다. 《詩經》에서 말했다. "高山仰止(높은 산은 우러러 볼 만하고) 景行行止(훌륭한 행실은 따를 만하다)." 비록 도달할 수는 없으나, 마음은 나아간다. 나는 孔氏(공씨)의 책을 읽고 사람됨을 생각해보았다. 魯(노)나라에 가서 仲尼(중니) 사당의 車服禮器(수레·의복·예기)를 살폈다. 많은 학생이 때맞추어 와서 그 집의 禮를 배웠다. 나는 고개 숙이고 머뭇거리며 떠날 수 없었다.

천하 君王(군왕)에서 賢人(현인)까지 많은 이들이, 살았을 때는 영화를 누리다가 죽으면 그만이다. 孔子는 布衣(포의)인데, 명성이 십여 대나 이어지며 배우는 사람들이 으뜸으로 삼는다. 天子(천자)나 王侯(왕후) 이하 中國(중국)에서 六藝(육예)를 말하는 사람이라면 누구나, 夫子(부자)에게서 의견을 조절한다. 지극한 성인이라고 할 수 있다.

진지한 태도로 글을 쓰며, 적절한 용어를 사용했다. 布衣는 일반 백성이다. 六藝는 당시까지 소중하게 여기던 학식의 총칭이다. 일반 백성에 지나지 않는 사람이 모든 학식을 모범이 되게 익혀 계속 숭상되니 아주 훌륭하다고 했다. 권력을 장악하고 위세를 떨치는 다른 사람들은 죽으면 그만인 것과 아주 다르다고 했다.

관직은 자랑할 것이 없어, 그 대신 孔氏·仲尼·孔子·夫子라는 호칭을 열거했다. 아래에서 위로 차등의 계단을 잘 올라가고, 흔들리지 않아 훌륭하다고 한 것만은 아니다. 强弱이나 貴賤의 차등 못지않게 賢愚의 차등을 소중하게 여기도록 기풍을 조성한 것을 더욱 높이 평가해야 한다고 했다.

〈老子列傳〉에서 老子가 孔子에 관해 한 말과 〈孔子世家贊〉에서 司馬遷이 孔子를 두고 한 말은 孔子가 차등론자라는 사실판단을 함께 했다. 이 점은 의심할 여지가 없다. 다른 한편으로 아주 다른 말을 한 것은 사실판단이 아닌 가치판단의 영역이다.

司馬遷은 사실판단을 정확하게 하는 역사서를 쓰고, 동일 사실에 대한 가치판단이 상이한 것을 건드리지 않고 가감 없이 수록하려고 했다. 자기도 차등론자인 편향성이 스며들지 않도록 조심했다. 역사가 노릇의 모범을 보였다고 인정된다.

5

이제부터 논의는 《史記》를 떠나야 한다. 老子의 《道德經》(도덕경)과 孔子의 《論語》 사이의 갑론을박으로 전개해야 한다. 老子는 무엇을 적극적으로 주장하지 않고 無名(무명)이나 無爲(무위)에 머무르자고 했다. 이에 대한 강력한 반론이 孔子가 正名(정명)을 주장한 것이다.

孔子는 "必也正名乎"(필야정명호)(반드시 이름을 바르게 해야 한다)고 분명하게 말했다. "名不正 則言不順 言不順 則事不成"(명부정 즉언불순 언불순 즉사불성)(이름이 바르지 않으면 말이 순조롭지 않고, 말이 순조롭지 않으면 일이 이루어지지 않는다)고 경고했다. 이것은 전적으로 타당하고 아주 훌륭한 말인 듯하지만 문제가 많다.

바르게 한다고 하는 이름은 고유명사가 아니고 보통명사이다. 고유명사인 이름은 그 자체의 독자적인 의미가 없고 주인의 특성을 전해주거나 해서, 바르다 그르다 할 것이 없다. 보통명사인 이름은 일정한 개념이다. 개념이 실체와 합치되는지, 실체가 개념을 실현하는지 가려 바르고 그른 것을 말한다.

"君君 臣臣 父父 子子"(군군 신신 부부 자자)라고 한 것이 보통명사 이름을 분명하게 하는 요체이다. 君·臣·父·子는 차등의 서열에서 차지하는 위상과 그 직분을 명시한 이름이다. 그 가운데 어느 이름을 얻으면 그 이름이 요구하는 대로 행동해야 하는 의무를 지닌다. 이름을 바르게 한다는 正名은 차등론의 질서를 확고하게 하고 변화를 막는 절대적인 방법이다.

老子가 말한 無名이나 無爲는 無力(무력)하기만 할 것 같은데, 어떤 有名이나 有爲보다 더 큰 타당성이나 설득력을 지니고 행사한다. 절대가 아닌 상대, 의무가 아닌 자율, 질서가 아닌 역동이 마음을 움직이고 천지를 진동할 수 있다. 이것은 차등론을 허망하게 만드는 대등론의 힘찬 반론이다.

대등론의 구성을 해명해, "有無相生"(유무상생), "難易相成"(난이상성), "長短相形"(장단상형), "高下相傾"(고하상경), "音聲相和"(음성상화), "前後相隨"(전후상수)라고 했다. 있고 없는 것이 서로 만든다. 어렵고 쉬운 것이 서로 이룬다. 길고 짧은 것이 서로 빚어낸다. 높고 낮은 것이 서로 기울인다. 이 소리 저 소리가 서로 어울린다. 앞과 뒤가 서로 따른다. 이렇게 말했다.

여섯 본보기를 들어, 다양한 양성에 공통된 원리가 있는 것을 알렸다. 반대가 되는 양쪽이 별개의 것이 아니고, 서로 관련되어 함께 움직여 둘이 하나가 된다. 둘이 하나가 되는 것이 대등한 관계이고, 그 원리가 대등의 원리이다. 이것은 대단한 발견이고, 오늘날까지도 더 나아가지 못했다.

6

몇 해 전에 성균관대학에서 강연한 말을, 생각을 더 보태 옮긴다. 유럽 철학사는 플라톤(Platon)인가 아리스토텔레스(Aristoteles)인가 논란하는 역사라고 한다. 동아시아 철학사에서는 老子인가 孔子인가 논란하는 것을 긴요한 과제로 삼아야 한다.

그런데 老子의 출전을 막고, 孔子가 혼자 뛰어 따분하게 되었다. 이제부터 성균관대학은 孔子만 이어받는 儒學대학에 머무르지 않고, 老子도 함께 살리는 더 큰 대학이 되어야 한다. 老子인가 孔子인가 치열하게 논란하는 광장이어야 한다.

플라톤인가 아리스토텔레스인가는 차등론을 전개하는 시각이나 방법을 논란한다. 老子인가 孔子인가는 대등론인가 차등론인가를 가리므로 범위나 의의가 훨씬 크다. 좋은 결과를 얻어, 플라톤인가 아리스토텔레스인가 하는 근시안적 논란으로 왜소해진 서양철학을 대등의 광장으로 불러내 엄청난 토론을 할 힘을 길러야 한다.

선결과제가 있다. 孔子가 경기장을 온통 지배하는 동안에, 내부 반란으로 氣일원론의 대등철학이 생겨났다. 이것은 老子와 이어지는 것이 당연하지만, 조심할 필요가 있고 역량이 모자라 보류 상태에 있다. 老子와 氣일원론의 직접 연결로 대등철학의 기반을 단단하게 하고 새로운 논란을 더욱 힘차게 해야 한다.

ㄱ

孔子는 다 버려야 하는 것이 아니다. 孔子는 버리고 老子만 앞으로 나아가는 것은 대등이 아니다. 長短相形이나 高下相傾에 어긋난다. 孔子가 "君子(군자)는 和而不同(화이부동)한다"고 한 것은 평가하고 살려야 한다. 화합과 부동이 둘이 아니라고 하는 것은 대등론이다.

天地萬物(천지만물)이 和而不同하는 것은 모르고 君子만 和而不同한다고 한 것은 협소한 견해이고 차등론에서 벗어나지 못한 결함이 있지만, 和而不同을 발견해 대등론에 다가온 것은 반가운 일이다. 다른 사람

이 아닌 孔子가 이 말을 해서 同而不和(동이불화)의 잘못을 시정하는
효과가 클 수 있었다.

중국에 가 보니 같은 뜻을 가진 두 자를 되풀이한 '和諧'로 전국을
도배하고 '不同'은 보이지 않았다. "和만 있고 不同은 어디 갔는가?"
《동아시아문명론》에서 이렇게 쓴 말을 중국어 번역에서는 삭제했다. 和
而不同의 복권이 절실한 과제이다.

8

孔子學院(공자학원)이라는 것을 세계 도처에 만들어, 孔子를 중국어
초보를 가르치면서 정보 수집도 하는 하수인으로 부려먹는다. 뜻을 널리
펴겠다고 周遊天下(주유천하)를 한 결과가 이렇게 되었는가? 老子는 자
취를 감춘 덕분에 무사한 것도 아니다. 도교사원마다 太上老君(태상노군)
으로 모셔가, 소원성취를 총괄하는 직분을 맡긴다. 힘들고 창피스럽다고
하지 않을 수 없다.

老子와 孔子가 얄팍한 이익을 위해 함부로 이용되는 근심을 떨쳐버리
고, 문답과 토론을 진지하게 할 수 있는 곳은 어디인가? 孔子가 생전에
말한 소원을 살려 바다 건너 동쪽으로 오면, 老子도 초빙할 수 있다. 한
국에서 두 분이 마음 놓고 문답하고 뜻대로 토론할 수 있는 최상의 장
소를 제공하자.

유무 역전

1

차등론과 대등론이 어떻게 다른지, 有無(유무)의 관계를 들어 말할 수 있다. 차등론자는 위로 올라가 有用(유용)·有識(유식)·有能(유능)하고, 대등론자는 아래에 머물러 있어 無用(무용)·無識(무식)·無能(무능)할 것 같다. 이것은 인상이고 실상이 아니다.

有無가 역전되어 실상이 드러나면, 딴판이다. 有用小用(유용소용)·有識小識(유식소식)·有能小用(유능소용)은 퇴색되고, 無用大用(무용대용)·無識大識(무식대식)·無能大能(무능대능)이 돋보인다. 예상하지 않던 사태가 충격을 준다.

이치가 이렇다고 그 자체로 논증하려고 하는 것은 아니다. 글을 난삽하지 않고, 재미있게 쓰려고 한다. 생생한 사례가 증거와 논리를 잘 갖추고 이치 이상의 이치를 알려주는 것을 찾아가 듣는다. 2에서는 無用大用, 3에서는 無識大識, 4에서는 無能大能의 사례를 찾아간다.

2

옛사람은 굽은 나무가 산소를 지킨다고 했다. 못난 자식이 부모 곁에 남아 효도를 한다고도 했다. 잘생긴 나무는 다 베어져 나가 그리 대단하지 않은 데 쓰이고, 정작 중요한 임무인 산소 지키기는 굽은 나무가 한다. 잘난 자식은 멀리 가고 없고, 못난 자식은 갈 데가 없으므로 곁에 남아 효도를 한다.

〈莊子〉(장자)에서 한 말은 자못 거창하다. "山木自寇也 膏火自煎也 桂可食 故伐之 漆可用 故割之 人皆知有用之用 而莫知無用之用也"(산목 자구야 고화자전야 계가식 고벌지 칠가용 고할지 인개지유용지용 이막지 무용지용야) "산에 있는 나무는 제 스스로를 해치고, 등잔에 들어 있는 기름은 제 스스로를 태운다. 계피나무는 먹을 수 있으므로 사람들이 다 투어 베어 간다. 옻나무는 칠하는 데 쓰이므로 사람들이 칼로 자른다. 사람은 모두 쓸모 있는 것의 쓸모만 알고, 쓸모없는 것의 쓸모를 알지 못한다."

有用之用이라고 한, 쓸모 있는 것의 쓸모는 명확하게 드러나 누구나 알 수 있지만, 범위나 기간이 한정되어 있다. 다른 쪽에서 보면 쓸모가 아니다. 지나가고 나면 남는 것이 없다. 無用之用이라고 한, 쓸모없는 것의 쓸모는 쓸모가 아닌 듯해서 몰라보기 쉽지만, 범위나 기간이 한정 되어 있지 않다.

위에서 든 사례를 재론하고 추가하자. 못난 자식이 부모 곁에 남아 효도를 하듯이, 굽은 나무가 산소를 지키는 것만은 아니다. 쓸모없다고 여겨 버려둔 나무는 천수를 누리며 산을 푸르게 하고, 물을 잡아두었다 가 흘려보내고, 공기를 좋게 한다. 물이나 공기는 값을 헤아릴 수 없는 가치를 가지고 모든 생명을 항상 돌본다.

그런 일이 자연에만 있는 것은 아니다. 有用小用과 無用大用에 대한 이해를 절실하게 하는 사례를 특정인의 삶에서 들어보자. 이것이 우리가 어떻게 살아야 하는지 생각하는 데 직접적인 도움을 준다.

徐敬德(서경덕)이 大科(대과)에 급제해 관직을 맡았으면 세상에 기여 하는 바 있었을 것이다. 그것은 有用小用이다. 가난을 참으며 이룩한 철 학이 아주 소용이 없는 것 같지만, 오늘날까지 크나큰 가르침이 된다.

이것은 無用大用이다.

스피노자(Spinoza)에 관해서도 같은 말을 할 수 있다. 스피노자는 대학의 교수로 오라는 초빙을 거절하고, 힘들게 살아가면서 유럽에서 철학을 시작했다고 평가되는 저작을 남겼다. 교수 노릇을 하면 제약을 감수하고 有用小用에 만족해야 하는 것을 알고, 無用大用의 저작을 했다.

3

鄭道傳(정도전)은 고려말 조정에서 자리를 제대로 잡지 못했으면서 개혁을 시도하나가, 기득권을 가진 세력에 밀려나 귀양살이를 했다. 귀양 간 곳에서 늙은 농부를 만나 주고받은 말을 적었다는 글 〈咨田夫〉(답전부)가 있다. 無識할 것 같은 늙은 농부가 벼슬하는 사람들의 잘못을 소상하게 알고 비판해 충격을 받았다고 했다.

들에 나가 노닐다가 농부 한 사람을 보았는데, 눈썹이 기다랗고 머리가 희고 진흙이 등에 묻었으며, 손에는 호미를 들고 김을 매고 있었다. 내가 그 옆에 다가서서 말했다. "노인장 수고하십니다." 농부가는 한참 뒤 나를 보더니 물어, 대답했다.

"그대는 어떠한 사람인가? 수족이 갈라지지 아니하고 뺨이 풍요하고 배가 나온 것을 보니 조정의 벼슬아치가 아닌가? 조정의 벼슬아치라면 죄를 짓고 추방된 사람이 아니면 여기에 오지 않는데, 그대는 죄를 지은 사람인가?"

"그러합니다."

"무슨 죄인가? 권신을 가까이하고, 세도에 붙어 찌꺼기 술이나 먹고,

남은 고기 같은 것을 얻어먹으려고 어깨를 움츠리고 아첨을 떨며 구차하게 굴다가 이렇게 죄를 얻게 된 것인가?"

"그렇지 않습니다."

"겉으로 겸손한 체하여 헛된 이름을 훔치고, 어두운 밤에는 분주하게 돌아다니면서 간사한 것이 드러나고 죄가 발각되어 이런 지경에 이르게 된 것인가?"

"그것도 아닙니다."

"정승이 되어 제 마음대로 고집을 세우고 남의 말은 듣지 않고, 바른 선비가 도를 지키면 배격하며, 국가의 刑典(형전)을 희롱하여 자기의 사용으로 삼다가 악행이 많아 화가 이르러 이러한 죄에 걸린 것인가?"

"그것도 아닙니다."

"그렇다면 그대의 죄목을 나는 알겠도다. 그 힘의 부족한 것을 헤아리지 않고 큰소리를 좋아하고, 그 시기의 불가함을 알지 못하고 바른말을 좋아하며, 지금 세상에 나서 옛사람을 사모하고 아래에 처하여 위를 거슬러 죄를 얻었구나."

그 말을 듣고서 청했다. "노인장께서는 숨은 군자이십니다. 집에 모시고 가르침을 받고자 합니다."

농부는 세상일을 훤히 알고 있다. 조정의 벼슬아치들이 어떤 짓을 하는지 꿰뚫어 보고 있다. 無識大識을 아주 잘 보여주고 있다. 별다른 공부를 해서 그런 것은 아니리라. 농사짓고 살면서 깨달은 바가 있어, 늙은 농부는 도인이다. 鄭道傳은 이런 사실을 알아차려, 그 노인을 모시고 가르침을 받겠다고 했다. 그 노인은 가르칠 것이 없다고 사양했다. 그것은 농부로서 살아가는 것 자체가 가르침이라는 말이다.

鄭道傳은 그 노인의 가르침을 받지 못하고 헤어졌으나, 깨달아 안 바가 있었다. 농민을 나라의 주인으로 삼는 나라를 만들어야 한다고 작정

했다. 李成桂(이성계)의 참모가 되어 조선왕조를 이룩하고, 民本 정치의
설계도를 작성했다.

4

謙菴(겸암) 柳雲龍(유운룡)과 西厓(서애) 柳成龍(유성룡) 형제는 차
이가 많았다. 형인 謙菴은 관직이 보잘것없어 알아주는 사람이 많지 않
았다. 아우 西厓는 李舜臣(이순신)을 발탁하도록 하고, 영의정이 되어
임진왜란의 국난에 잘 대처한 공적이 있어 널리 칭송된다. 그런데 어리
석은 것 같은 謙菴이 西厓를 깨우쳐주었다고 하는 이야기가 파다하게
전한다.

어느 날 謙菴이 西厓더러 바둑을 두자고 했다.
"동생, 우리 바둑 한번 두지 않겠느냐?"
"아이고, 형님하고 두면 판판이 내가 이기지. 무슨 말씀을 그렇게 하
시는가요?"
"한번 두어보자구. 내가 지더라도."
두어보니 첫판에 西厓가 謙菴한테 졌다. 謙菴은 "한 번 더 두자"고
하고 비겨주었다. 세 번째 판에 다시 謙菴이 이겼다.
西厓는 장기는 자신이 있다고 했다. 그런데 장기도 謙菴이 세 판 다
이겼다. 그제서야 西厓는 "우리 형님이 뭐든지 나보다 났구나"하고 깨
달았다. 그러자 謙菴이 말했다. "동생, 너무 아는 척을 하면 못쓴다."

임진왜란이 일어나기 전에 일본에서 경상도 안동 河回(하회) 땅에서

상서로운 기운이 뻗쳐오르고 있는 것을 알고, 西厓를 죽이려고 玄蘇(현소)라는 중을 객으로 보냈다. 이를 감지한 謙菴은 어느 날 西厓를 불러 바둑을 두자고 했다. 國手(국수)라고 하는 西厓가 궁지에 몰려 크게 지고 말았다. 謙菴은 西厓에게 서른 여섯 수를 가르쳐주었다.

"오늘 해질 무렵 어떤 중이 와서 바둑 내기를 하자고 하며 하룻밤 묵어갈 것을 청할 터이니, 절대 재우지 말고 내게 보내라"라고 당부했다. 그 말대로 西厓의 집을 낯선 중이 찾아와 대국을 청하자, 西厓는 謙菴에게 배운 수를 사용해 크게 이겼다. 중이 하룻밤 묵어갈 것을 청하자, 西厓는 거절하고 謙菴에게 보냈다.

謙菴은 중을 재운 다음, 한밤중에 중의 짐을 뒤져 나온 칼을 목에 대고 호통을 쳤다. 중은 도망쳤지만 아무리 가도 제자리였다. 謙菴이 술법을 쓴 것을 알고 백배사죄했다. 謙菴은 중의 신이 떨어진 것을 알고 엽전 두 냥을 주면서 말했다. "서쪽으로 10리인 장에 가서 신을 사 신으라." 그 말대로 하니, 신이 발에 꼭 맞았다.

하루는 달밤인데 謙菴이 西厓를 찾아오더니 "동생, 오늘 중국 蕭湘江(소상강) 구경가지 않겠느냐?"고 물었다.

西厓가 "형님 미쳤소? 거길 어떻게 가는가요?"라고 하니,

"내가 축지법을 조금할 줄 아니 蕭湘江 구경을 가자"고 했다.

"그럼 갑시다. 어떻게 갑니까?"

그러니까 謙菴이 西厓더러, "동생은 다른 데 보지 말고 내 발자국만 따라오면 된다. 만약에 한 발자국이라도 틀리면 몇 백리씩 차이가 날 테니까 큰일 난다."

그래서 몇 발자국 안 가니까, 거기가 蕭湘江이었다.

"蕭湘江 구경을 다 했냐?"이러더니, "여기 蕭湘班竹(소상반죽)이 있으니 가져 가라"고 했다.

蕭湘班竹이 무엇인가 하면, 예전에 堯(요)임금이 죽어 황후들이 비통하게 울다가 눈물이 다 말라서 없어지고 피가 묻은 대나무이다. 그곳의 대나무는 지금도 핏자국이 있다고 한다.

"저 蕭湘班竹을 잘라, 도포 속에 간직하고 다녀라"고 했다.

"형님! 왜 그러는가요?"

"반드시 써먹을 날이 있을 테니까, 꼭 가지고 다녀라".

謙菴이 이렇게 당부했다. 형님을 믿으니까 시키는 대로 했다.

임진왜란이 터지고 李如松(이여송)이 들어와 전쟁을 하다가 느닷없이 용의 간을 먹겠다고 했다. 용의 간은 蕭湘班竹으로 먹어야 하니 내놓으라고 어처구니없는 트집을 잡았다. 난감한 일이 벌어졌다.

西厓는 두말 않고 蕭湘班竹을 꺼내 주었다. 李如松이 너무 놀라, "조선에 이런 인물이 있느냐?"고 외쳤다. 그때부터 西厓를 두려워하고, 조선을 존중했다.

시골에 묻혀 지내는 형 謙菴 柳雲龍은 어리석고 無能하고, 정승이 되어 國事를 담당한 西厓 柳成龍은 슬기롭고 유능한 인물의 좋은 본보기로 알려져 있었다. 그것은 차등론이 빚어낸 허상이다. 표리·유무의 역전으로 드러난 실상에서는, 아우의 有能小能과 형의 無能大能이 커다란 격차를 보여주었다.

높고 낮고 알고 모르는 허상이 역전되는 양상이 단순하지 않다. 많이 안다는 사람보다 더 아는 사람이 있고, 유식 위에 무식이 있다고 하는 일반적인 이야기만은 아니다. 柳成龍이 李舜臣을 발탁하도록 하는 知人之鑑(지인지감)이 있고, 임진왜란의 국난에 잘 대처하는 능력을 가진 명재상이었던 이유가 무엇이었던가 하는 의문을 형의 가르침을 들어 풀어준다.

5

어리석도다

산이 아무리 높고 커도
허공에는 이르지 못한다.
산만 쳐다보고 감탄하면
생각의 수준을 낮춘다.

아는 것이 아무리 많아도
모르는 것이 더 많다.
아는 것이나 자랑하면
모르는 것은 멀어진다.

가진 것이 아무리 많아도
가지지 않은 것이 더 많다.
가진 것에나 매달리면
가지지 않은 것은 사라진다.

어리석도다,
자기만 있고 우주는 없다니.
어리석도다,
있음만 알고 없음은 모르니.

넷 ★*

낮은 자리에서

1

  司馬遷(사마천)의 《史記》(사기) 〈列傳〉(열전) 〈老子韓非列傳〉(노자한비열전)에 다음과 같은 기록도 있다.

  楚威王(초위왕)이 莊周(장주)가 어질다는 말을 들어, 사신을 보내 후한 재물로 영입하고 재상이 되어달라고 했다. 莊周는 웃으면서 楚나라 사신에게 말했다. "千金(천금)이면 대단한 재물이고, 재상은 높은 지위이지만, 그대는 郊祭(교제)의 犧牛(희우)를 보지 못했는가? 잘 먹인 것이 여러 해이고, 옷에 수놓은 무늬가 있다. 大廟(대묘)에 들어갈 바로 그 시기에, 외로운 돼지가 되려고 하는 것이 어찌 가능하리요? 그대는 빨리 돌아가, 나를 더럽히지 말아라. 나는 더러운 도랑에서 노는 것을 스스로 즐기고, 나라 가진 자에게 구속되지 않으리라. 종신토록 벼슬하지 않고, 내 뜻을 상쾌하게 하리라.

  大廟라는 나라의 성소에서 郊祭라는 제사를 지낼 때, 잘 먹이고 잘 입힌 소를 희생으로 삼고 犧牛(희우)라고 하는 것이, 국왕의 부름을 받고 재상 벼슬하는 것과 다르지 않다. 어질다고 알려진 사람을 재상으로 삼으려고 하는 것은, 국왕이 나라를 잘 다스린다는 선전에 필요하기 때문이다. 실권은 주지 않고, 이름만 이용할 것이다. 선전 효과가 감소되거나, 지탄의 대상이 되면 바로 내친다. 莊周는 이런 줄 알고, 국왕의 부름을 거절했다.

"더러운 도랑에서 노는 것을 스스로 즐기고, 나라 가진 자에게 구속되지 않으리라"고 한 것은, 벼슬하지 않고 무명의 백성으로 살아가면 걱정이 없어 행복하다는 말이다. 높고 낮은 지체의 구분에 구애되지 않은 덕분에 마음이 얼마든지 자유로워, 하늘에 올라가 逍遙遊(소요유)를 할 수 있다고 했다.

차등론을 부정하는 그런 대등론의 발상을, 마음대로 상상하고 다채롭게 펼친 책이 〈莊子〉이다. 이것이 널리 알려져 莊周를 莊子라고 일컫고, 선각자 老子와 대등하게 평가한다. 초나라 재상을 마다한 것이 천만다행이다.

ㄹ

李奎報(이규보)는 〈淸江使者玄夫傳〉(청강사자현부전)을 지었다. 거북을 사람인 듯이 이야기하고, 이름을 玄夫라고 했다. 태어났을 때의 관상을 보고, "등은 산과 같고 무늬는 벌어 놓은 성좌를 이루었으니, 반드시 신성할 상이다"라고 했다. 거북의 모습을 이렇게 말했다. 장성하자 曆緯(역위)를 연구해, 무릇 天地(천지)·日月(일월)·陰陽(음양)·寒暑(한서)·風雨(풍우)·晦明(회명)·災祥(재상)·禍福(화복)의 변화에 관해 모르는 것이 없었다. 거북은 신령스럽다고 하는 것이 이런 뜻이라고 풀이했다.

임금이 玄夫의 명성을 듣고 사신을 보내 초빙하였으나, 거만스러운 거동을 하고 돌아보지 않으면서, 노래를 불렀다. "진흙 속에 노는 즐거움이 무궁하도다. 비단 바른 상자를 바라서 무엇하리." 웃기만 하고 대답하지 않아, 玄夫를 데려가지 못했다.

진흙 속에서 노는 즐거움은 莊子의 말과 바로 이어진다. 그 뒤의 일은 달라져, 玄夫는 실수를 하고 말았다. 豫且(예저)라는 어부에게 잡혀서 세상에 나왔다가 고난을 겪고, 아들들이 솥에서 삶기는 데 이르렀다고 했다. 끝으로 다음과 같이 개탄했다.

지극히 은미한 상태를 미리 살펴 (나쁜) 징조가 나타나기 전에 예방하려고 하다가 간혹 실수가 있다. 玄夫의 지혜를 가지고도 豫且의 술책을 미리 방지하지 못했다. 두 아들이 삶겨 죽는 참화를 당하고 말았다. 다른 사람들이야 말할 것이 있겠는가.

豫且라고 하는 어부가 거북을 잡았다는 고사를 이용해 사건을 전개했다. 李奎報 자기 자신이 벼슬하면서 수난을 당하고 후회하는 심정을 사로잡힌 거북에 견주어 말했다. 이 두 가지 원천을 활용해, 의미심장한 창작을 했다.

차등론과 대등론을 단순하게 비교하지 말아야 한다. 쉽고 어려운 것도 생각해야 한다. 차등론에 말려들어 실수하기는 쉽다. 나쁜 징조를 미리 살펴 재난을 예방할 만큼 대등론의 지혜가 성숙되기는 어렵다. 이렇게 경고했다.

그러면 어떻게 해야 하는가? 李奎報는 문제를 제기하기만 하고, 해답을 말하지는 못했다. 해답을 찾아야 하는 의무가 상속되고 있다.

3

張維(장유)는 〈海莊精舍記〉(해장정사기)라는 글을 지었다. 풀이하면 〈바닷가 깨끗한 집 생활 기록〉이라는 제목을 내걸고, 벼슬하다가 물러나 시골로 돌아와 사는 즐거움을 말했다. 요긴한 대목을 옮긴다.

노인 몇 분이 술통을 들고 찾아와, 괴로움을 위로하며 말했다.

"서울 화려한 곳에서 생장하고 궁중의 빛나는 관서에 오래 출입한 분이, 명아주를 거처로 삼고 모기·파리·뱀·도마뱀이 득실대는 곳에서 어떻게 지내시나요?"

이 말에 나는 대답했다.

"벼슬하는 동안, 근심·참소·위협·조소 때문에 신음과 질병에서 벗어나지 못하고, 하루도 즐거운 날이 없었나이다. 이제는 돌아오니, 낡은 집이라도 풍우를 가리고, 척박한 밭이라도 죽은 먹게 하는군요. 농사짓다 겨를이 생길 때마다, 詩書(시서)를 읊조립니다. 老莊(노장)의 玄虛(현허)를 따르나이다. 때로는 나무 그늘에서 옷자락을 펄럭이고, 못이나 냇물에서 산책합니다. 고기와 새가 사람과 친하고, 구름과 노을이 즐거움을 품네요. 대체로 전원에 돌아온 이래, 몸이 날로 건강해지는 것 같고, 마음은 날로 편안해지는 것 같군요."

벼슬하면 화려하게 보이지만 괴로운 것은, 차등의 계단에 가시가 돋혀 있기 때문이다. 孔孟(공맹)이 애써도 가시를 어떻게 하지 못했다. 시골에서는 가난해도 편안하게 살 수 있는 것은, 대등은 품이 넓고 너그럽기만 한 덕분이다.

그 범위가 "고기와 새가 사람과 친하고, 구름과 노을이 즐거움을 품네요"라고 하는 데까지 나아간다. 대등을 인식하는 대등론을 갖추려면, 老壯의 玄虛를 알고 따르는 것이 좋다. 張維는 李奎報가 제기한 의문을 많이 풀었다.

4

金天澤(김천택)의 시조이다.

주문의 벗님네야 고거사마 좋다 마소
토끼 죽은 후면 개마저 삶기나니
우리는 영욕을 모르니 두려운 일 없어라

朱門은 고관이 사는 집의 붉은 문이다. 네 말이 끄는 높은 수레 高車 駟馬는 고관의 위의를 나타내준다. 그런 것들이 좋다고 자랑하지 말아라. 고위 관직자가 나라에서 크게 쓰이다가 버림받는 것이 토끼 죽은 후에 개마저 삶기는 것과 같다.

토끼 죽은 뒤에 개마저 삶긴다는 것은 중국 옛적 越(월)나라 文種(문종)이나 漢(한)나라 韓信(한신)이 공이 너무 커서 수난을 피하지 못한 고사에서 유래한 말이다. 최고 통치자가 자기 권력을 더욱 공고하게 하려고 집권을 가능하게 해준 공신을 숙청하는 비정함을 말해준다. 최고 통치 권력뿐만 아니라 모든 권력은 경쟁자 배제를 특징으로 하므로, 대등한 관계에서 공유할 수 없다.

"우리는 영욕을 모르니"라고 한 "우리"는 지체가 낮은 사람이다. 지체가 낮아 벼슬하는 영광이 없으니 수난의 치욕도 겪지 않는다. 그래서 두려

워 할 일이 없다. 이렇게 말하면서 미천하게 태어난 것이 행운이라고
한다.

양반은 지체가 높고 사회적 위치의 절정에 오를 수 있다고 자랑하면
서 낮은 사람들을 우습게 여길 것은 아니다. 높이 올라가면 서로 다투
다가 정치적인 시련에 걸려 죽고 귀양 가고 해서 갑자기 비참하게 될
수 있다. 중인 이하의 평민은 양반보다 미천하다고 하지만 운명이 일시
에 달라지는 시련을 겪지 않으니 두려워할 것은 없다.

金壽長(김수장)의 시조이다.

절정에 오르다 하고 낮은 데를 웃지 마소
뇌정 된바람에 실족이 괴이하랴
우리는 평지에서 앉았으니 두릴 것이 없어라

앞에서 한 말을 더욱 분명하게 했다. "주문의 벗님네야 고거사마 좋
다 마소"라고 하는 데서 더 나아가 "절정에 오르다 하고 낮은 데를 웃
지 마소"라고 한다. 사회적 위치에서 절정에 이른다고 낮은 데 있는 사
람을 우습게 여기지 말라고 한다.

토끼 죽은 뒤면 개마저 삶긴다는 진부한 고사를 쓰지 않고, "雷霆(우
뢰와 천둥) 된바람에 失足이 괴이하랴"고 한다. 우뢰와 천둥이 치는 된
바람에 발을 헛디뎌 실족하는 일이 흔히 있어 괴이하게 여길 것이 아니
라고 한다. 말을 바꾸니 실감이 뛰어나다.

"우리는 두려울 것이 없다"는 말은 그대로 되풀이하면서 보탠 말이
다르다. "우리는 영욕을 모르니"라고 하지 않고 "우리는 평지에서 앉았
으니"라고 하니 미천하게 태어난 것이 행운이라고 하는 이유가 더욱 분
명해진다. "영욕을 모르니"는 인지하고 선택하는 사항을 말하지만, "평지

에 앉았으니"는 의식 이전의 주어진 존재 자체이다.

높이 솟으면 위태롭고, 평평한 바닥은 안정되어 있는 것이 물리의 법칙일 뿐만 아니라, 사회의 현실이라고 한다. 논거가 분명해 반론을 제기하기 어렵다. 高下(고하)와 安危(안위)는 반대가 된다는 것을 입증해 지금까지의 통념을 깨고 새로운 행복론을 제시한다. 평민은 위태로운 정치가 아닌 다른 활동을 편안하게 하면서 취미를 살리고 능력을 발휘하고 생업을 얻으니 오히려 자랑스럽다.

金天澤과 金壽長은 중인 신분의 하급관원을 하다가 노랫말을 짓고 歌曲(가곡) 창을 하는 歌客(가객)으로 나서서, 명성을 크게 떨치면서 신명나게 살았다. 노래를 듣고 즐기는 고객이 양반에서 상민으로 바뀌는 추세에 맞추어 이런 노래를 지어 새로운 사회관과 행복론을 제시했다. 노래 모음 《靑丘永言》(청구영언)과 《海東歌謠》(해동가요)를 편찬해 두고두고 칭송된다. 동시대 최고의 고관보다 더 큰 영화를 살아서나 죽어서나 누린다.

5

세상 됨됨이

액수가 작은 위조지폐는 만들지 않고,
비싸지 않은 술에는 가짜랄 것이 없다.

아래로 흐르는 물에는 산불이 나지 않고,

만백성 자리는 빼앗길 염려가 전혀 없다.
마음은 크게 먹어도 도둑이 들지 않고,
시는 아무리 잘 지어도 세금 걱정 없다.

세월은 빨리 달리지만 아무도 차비를 내지 않고,
호화로운 무덤이 없다고 죽지 못할 사람은 없다.

서로 다른 길

1

春山底處无芳草(춘산저처무방초)
只愛天王近帝居(지애천왕근제거)
白手歸來何物食(백수귀래하물식)
銀河十里喫有餘(은하십리끽유여)

봄 산이라도 아래에는 향기로운 풀 없어,
상제 사는 곳 가까운 천왕봉만 사랑한다.
빈손으로 고향에 돌아와 무엇을 먹는가?
은하수 십리나 뻗어 있어 마시고 남는다.

曺植(조식)의 시 〈德山卜居〉(덕산복거, 덕산을 살 곳으로 정하고)이다.
탐구와 강학의 거처 山天齋(산천재)의 柱聯(주련)에 써놓아, 지금 가도
볼 수 있다. 曺植이 어떤 분인지 알도록 하는 안내문으로 사용하고 있다.

밖에 나가 무엇을 구하려고 하지 않고, 고향에 돌아와 분수대로 살겠다고 작정해도 생계 대책이 없다. 봄 산의 풍요로움마저 처지가 너무 낮으면 돌아오지 않는다. 근처 지리산의 정상 천왕봉, 하늘의 上帝 가까운 곳만 바라보며 사랑하고 살면 된다. 먹을 것은 없다고 염려하지 않고, 은하수 십 리 뻗어 있는 물이나 넉넉하게 마신다. 이런 말을 했다.

ㄹ

芸芸庶物從何有(운운서물종하유)
漠漠源頭不是虛(막막원두불시허)
欲識前賢興感處(욕식전현흥감처)
請看庭草與盆魚(청간정초여분어)

많고 많은 물물이 어디에서 오는가?
아득하고 아득한 근원이 헛되지 않으리.
전대 성현이 흥을 느낀 곳 알려고 하면,
뜰의 풀이나 동이 안의 물고기를 보아라.

李滉(이황)의 시 〈觀物〉(관물)이다. 앞의 시와는 아주 다른 말을 했다. 많고 많은 物物은 그 자체로 존재하지 않고 어디서 왔다. 그 근원이 아득해 허망하다고 하면 잘못이다. 여러 성현이 궁극의 이치를 알아차리고 감흥을 느낀 것을 따라야 한다. 그 이치나 감흥이 사라지지 않고, 뜰의 풀이나 동이 안의 물고기에서도 생동하는 것을 알아보아야 한다.

자세를 낮추어 草野(초야)에서 묻혀 살면서 성현의 가르침을 확인했다. 萬物(만물) 生動(생동)에서 天理(천리)를 확인해 감격한다는 말이 절실하다고 했다. 무엇을 새로 알아내 높은 경지에 오르겠다는 과분한 생각은 하지 않고, 아주 착실한 학생의 모범답안을 제시했다. 성실한 자세와 겸손한 태도로 신뢰를 얻어, 성현을 더욱 돈독하게 섬기자고 은근히 권유했다.

3

春回見施仁(춘회현시인)
秋至識宣威(추지지선위)
風餘月揚明(풍여월양명)
雨後草芳菲(우후초방비)
看來一乘兩(간래일승양)
物物賴相依(물물뢰상의)
透得玄機處(투득현기처)
虛室坐生輝(허실좌생휘)

봄이 돌아와서 어짊을 펴고,
가을 이르자 위엄을 보인다.
바람 끝에 달이 밝게 올라오고,
비 온 뒤에 풀이 향기롭다.
하나가 둘을 타고 있는 것을 보니,
물물이 서로 의지해 있도다.
현묘한 기틀을 꿰뚫은 경지에서
허실에 앉으니 빛이 난다.

徐敬德(서경덕)의 시 〈天機〉(천기, 하늘의 움직임) 48행 가운데 마지막의 8행이다. 앞의 네 줄에서 자연의 모습을 보고 발견한 사실을 말했다. 그 가운데 처음 두 줄에서는 계절의 변화를 크게 살펴, 봄의 어짊과 가을의 위엄이 대조가 된다고 했다. 다음 두 줄에서는 바람과 비, 바람과 달, 비와 풀이 이어져 있으면서 서로 다른 점을 말했다.

뒤의 네 줄에서는 자연을 보고 발견한 원리를 총괄해서 말했다. 그 가운데 처음 두 줄에서 "하나가 둘을 타고 있다", "物物이 서로 의지해 있다"는 것은 氣가 하나이면서 둘이고, 둘이면서 하나인 원리이다. 다음 두 줄에서는 사물의 원리를 탐구해 무엇을 얻었는지 말했다. 이에 관해서는 상론할 필요가 있다.

"玄妙(현묘)한 기틀"은 사물의 기본 원리이다. 그것을 "꿰뚫은 경지"에 이른 즐거움을 누린다고 했다. "虛室(허실)에 앉으니 빛이 난다"고 한 것은 物我(물아)가 대등함을 알고 마음을 비우는 경지이다. 그 경지에 이르니, 무엇이든지 다 아는 빛이 생긴다고 했다.

4

曹植은 사회 서열이 가장 낮은 처지를 생각으로 뒤엎어, 자연 공간의 맨 위로 올라가겠다고 했다. 차등을 부정하고 대등을 입증하는 작업을 이처럼 파격적으로 추진하다가, 너무 큰 뜻을 반문이나 일삼는 부적절한 방법으로 감당하지 못해 내놓을 만한 결과가 없다. 길이 막혔어도 모여들어, 높디높은 뜻을 우러르며 기리는 사람들이 있다.

李滉은 정반대의 궤적을 보여주었다. 지체 낮고 어리석어, 되는대로 살아가는 草野愚生(초야우생)이라고 자처하면서, 자연을 사랑하는 즐거움에서 크나큰 교훈을 확인했다. 모든 것의 근원이 理(이)라고 하는 성현의 가르침을 돈독하게 따라, 理를 높이고 氣(기)는 낮추는 마음가짐을 위에서부터 분명하게 해야 어지러운 세상을 바로잡을 수 있다는 데까지 나아갔다. 李滉을 높이 받들고 가르침을 따라야 한다고 훈계하는 차등론자들의 위세가 대단하다.

徐敬德은 생각하는 순서나 얻은 결과가 위의 두 사람과 아주 달랐다. 자연이 갖가지로 보여주는 대등의 놀라운 이치를 알고 받아들이면, 모든 문제가 해결될 수 있다. 헛된 유식 쓰레기를 쓸어낸 빈 마음에서 슬기로운 빛이 난다. 지체를 구분하는 차등이 얼마나 어리석은지 알고 대등의 소중함을 간직하고 실행하면, 성현은 생각하지도 못한 경지에 이른다. 이렇게 말했다.

5

순서를 가려 말하면, 徐敬德이 먼저 氣(기)일원론을 확립했다. 그 작업이 千聖不到(천성부도), 수많은 성인이 이르지 못한 경지에 이르렀다고 했다. 曺植은 고매한 理(이)를 추구하는 철학을 이룩하다가 미완성에 그쳤다. 李滉은 朱子(주자)의 理氣이원론을 받들어 모시고, 徐敬德의 氣일원론은 성현의 가르침과 어긋나므로 부당하다고 했다.

李滉 쪽이 세력을 가지고 배격해, 徐敬德은 묻혔다가 다시 살아난다. 가장 큰 공적은 萬物對等(만물대등)에서 萬生對等(만생대등)이, 다시 萬人對等(만인대등)이 이루어지는 원리를 분명하게 하는 길을 연 것이다. 모든 잡설을 무색하게 만들어, 평가가 역전된다.

질병은 스승이다

1

李滉(이황)은 어떤 사람인가? 사람됨이 어떤가? 여러 말을 할 수 있지만, 병이 많다는 말을 자주 한 것을 나는 먼저 기억한다. 이것을 색다른 논의의 출발점으로 삼는다.

"朽拙身多病"(후졸신다병, 못나고 졸렬한 몸에 병이 많다), "我本疎憂一病人"(아본소우일병인, 나는 본디 어리석고 병든 사람이다), "生而大痴壯而多病"(생이대치장이다병, 태어나서 아주 바보스럽고, 자라면서 병이 많았다). 이런 말이 문집 곳곳에 보인다.

"못나고 졸렬하다", "어리석다", "바보스럽다"고 하는 것은 草野愚生(초야우생)이라고 자처하는 것과 함께 겸양일 수 있다. "병이 많다", "병든 사람이다", "병이 많았다"는 것은 겸양이라고만 하기는 어렵고, 실상이라고 인정할 수 있다. 질병을 어떻게 받아들여야 하는가를 일생의 과제로 삼고 고심했다고 할 수 있다.

煙霞로 지블 삼고 風月로 버들 사마
太平聖代에 病으로 늘거가뇌
이 듕에 바라는 이른 허므리나 업고쟈

연하로 집을 삼고 풍월로 벗을 삼아,
태평성대에 병으로 늙어가네.

이 중에 바라는 일은 허물이나 없고자.

〈陶山十二曲〉(도산십이곡)에서는 이렇게 노래해, 여러 의혹을 해소했다. "病없이" 늙어가지 않고, "病으로" 늙어간다고 한 말은 겸양일 수 없으며, 사실을 말하는 것 이상의 의미가 있다. 늙어가면 병이 있는 것이 당연하고, 병이 없으면 정상이 아니다. 이렇게 생각하는 데 근거를 두고, 無病逆理(무병역리)는 불안하고, 有病順利(유병순리)가 편안하다고 하는 이치를 말했다.

70세 되던 해에 질병으로 세상을 떠나는 과정을 제자들이 날마다 적었다가 문집 〈言行錄〉(언행록)에 수록했다. 사실을 있는 그대로 알리고자 한 것만이 아니다. 有病順利의 이치 실행이 마땅하다는 스승과 제자들이 함께 생각한 증거이다. 한 대목에 다음과 같은 일화가 있다.

이질로 설사를 한다고 했다. 곁에 있는 매화 화분을 다른 곳으로 옮겨 놓으라고 하며 "매화가 불결하면 내 마음이 편치 않다"고 했다. 자기 질병이 아름다운 매화를 불결하게 하는 것을 염려했다. 사람과 매화는 대등하고, 불결한 것을 옮기면 미안하다고 여겼다. 질병 덕분에 이런 생각을 더욱 분명하게 했다.

ㄹ

질병 타령을 한 시도 많다. 〈雪竹歌〉(설죽가, 눈 맞은 대나무 노래)를 본보기로 든다. 번역만 하고, 독음은 적지 않는다. 부족한 자리를 비집고 들어갈 수 없기 때문이다.

漢陽城中三日雪(한양성중삼일설)
門巷來人遽隔絕(문항내인거격절)
病臥無心問幾尺(병와무심문기척)
唯覺衾裯冷如鐵(유각금주냉여철)
幽軒綠竹我所愛(유헌녹죽아소애)
夜夜風鳴如戛玉(야야풍명여알옥)
兒童驚報導我出(아동경보도아출)
攜杖來看久嘆息(휴장내간구탄식)
梢梢埋沒太無端(초초매몰태무단)
枝枝壓重皆欲折(지지압중개욕절)
最憐中有一兩竿(최련중유일량간)
高拔千尋猶抗節(고발천심유항절)
不愁虛心受凍破(불수허심수동파)
無奈老根迸地裂(무내노근병지렬)
杲杲太陽頭上臨(고고태양두상림)
不應彩鳳終無食(불응채봉종무식)

한양 성안 사흘이나 계속 눈이 내려서,
문이나 거리의 사람들 갑자기 끊어졌다네.
병으로 누웠으니 몇 자인지 물을 마음 없고,
이불이 쇳덩이처럼 차갑게 느껴지기만 한다.
그윽한 처마 밑 내가 사랑하는 푸른 대나무는
밤마다 바람이 옥 두드리는 듯한 소리를 냈는데.
아이들이 놀랄 것을 알리며 나오라고 나를 불러,
짝지 짚고 가까스로 가서 보고 길게 탄식한다.
뻗은 것마다 모두 매몰되어 끝이 전혀 없으며,

가지마다 무거운 무게에 눌려 부러지려 한다.
한둘 길게 뻗어나간 가지가 가장 가련하구나.
천 길 높은 곳에서 절개 지키려고 다투고 있다.
빈 중심이 얼어 터질 지경이어도 근심하지 않고,
늙은 뿌리는 땅 갈라진 틈으로 자꾸 솟아난다.
밝고 밝은 태양이 머리까지 와서 비추어도,
고운 봉황 불응하고 끝내 와서 먹지 않을 건가.

아파 누워 이불이 쇳덩이처럼 차갑게 느껴지는 지경에 이르러 눈이 몇 자나 왔는지 물을 마음이 없었는데, 아이들이 와서 놀랄 것이 있다고 알려주었다. 아이들과 평소에도 가지던 대등한 관계가, 병이 들고 눈이 내린 두 가지 특별한 사정이 있어 더욱 분명해졌다. 가까스로 밖에 나와, 대등한 관계를 가지는 또 하나의 벗 대나무가 눈에 덮인 모습을 보고 안타까워했다.

질병은 차등에서 벗어나 대등을 확인하게 한다. 처음에는 아이들이 萬人對等(만인대등)을 일깨워준다. 그 다음에는 대나무가 萬生對等(만생대등)을 알아차리는 길을 열어준다. 질병에 걸리기 전의 위대하다는 성리학자는 알 수 없는 경지이다. 사람은 五倫(오륜)이 있어 天地萬物(천지만물) 가운데 가장 존귀하다고 하면 진실을 외면한다.

대등은 서로 같다고만 하는 평등이 아니고, 賢愚(현우)를 뒤집어놓는 역동의 과정이다. 愚가 賢이 되어 대나무가 시련을 극복하는 것을 보고, 賢이 愚가 되고만 자기를 되돌아보고 반성한다. 천 길 높은 곳에서 절개를 지키려고 싸우고, 중심이 얼어 터질 지경이어도 땅이 갈라진 틈으로 뿌리를 뻗는 대나무의 의지가 부럽다. 눈이 그치고 태양이 빛나도 鳳凰(봉황)이 날아와 竹實(죽실)을 먹는 것 같은 경사가 다시 이루어지지 않을 수 있을까 생각한다.

시를 두고 전개한 복잡한 논의를 수습해 매듭을 짓자. 질병 덕분에 자기 자세를 낮추어 대나무와 대등하다는 것을 발견하는 데 그치지 않는다고 했다. 대나무의 꿋꿋한 의지를 본받아야 한다고 다짐했다.

3

이황은 성리학자이고, 시인이고, 환자이다. 한 사람이면서 세 사람이다. 이 셋이 어떻게 다른지, 다른 사람들과의 관계를 살피면 쉽게 알 수 있다.

성리학자 이황은 賢愚를 구분하는 차등의 최상단에서 하위사들을 가련하게 여기고 힘써 교화하고자 했다. 이황 신봉자들은 반발자가 많은 것을 크게 개탄한다. 세월이 많이 흐른 오늘날에도 이황의 성리학을 높이 받들어 세상을 바로잡아야 한다고 주장한다.

시인 이황은 차등의 상하를 오르내린다. 밑으로 내려와 좋은 시를 지어, 많은 사람이 감동하게 할 수 있다. 어중간한 자리에서 그저 그런 시를 지어 감동을 주지 않을 수도 있다. 시는 성리학과 달라, 납득할 수 없거나 감동을 주지 않는다고 반발할 필요는 없다. 시인 이황은 독보적인 존재가 아니어서, 국내외의 여러 시인과 대등한 자리에 놓고 비교할 수 있다.

질병을 앓는 환자 이황은 별다른 존재가 아니고 그냥 환자여서, 萬百姓(만백성)이나 無限衆生(무한중생)의 자리에까지 내려와 있다. 위대한 사람은 질병이 범접하지 못하거나, 질병도 위대한 것만 선택한다는 망상을 단호하게 부정해, 전혀 없도록 한다. 대단치 않은 질병이 萬人對等의 대진리를 만천하에 선포한다.

질병은 걸리는 시기, 종류나 증상, 진행 과정이나 결과가 각기 달라, 차등이 분명하다. 산 사람은 누구든지 어느 질병에든지 걸려 고생하고 예외는 전혀 없어, 모두 평등하기만 하다. 이 두 가지 사실이 따로 놀지 않고 하나여서, 질병은 대등하다고 분명하게 말할 수 있다. 대등이 차등과 평등 양극단이 하나이게 하는 것을 질병에서 절실하게 경험할 수 있다. 이것은 이론 이전의 원초적인 진실이다.

질병은 그 자체가 대등하기만 하지 않고, 대등이 무엇인지 아주 쉽고 절실하게 깨우쳐주는 제2의 위대한 스승이다. 제1의 스승은 죽음이므로, 질병은 제2의 스승이라고 해야 한다. 이 둘은 경쟁하지 않으며, 협조하고 동업한다. 제2의 스승이 제대로 가르치지 못하면, 제1의 스승이 나타난다.

이황을 평가하면서 성리학자 이황만 대단하게 여긴다. 성리학자 이황이 朱子를 스승으로 삼고 사람이 마땅히 알고 실현해야 하는 도리를 힘써 밝혔다고 높이 받든다. 시인 이황은 성리학자 이황을 빛내는 들러리 정도로 여긴다. 환자 이황을 평가해야 한다는 생각은 하지 않는다. 이런 관습은 전혀 타당하지 않다.

성리학자 이황, 시인 이황, 환자 이황은 앞으로 갈수록 특수성이 더 크고, 뒤로 갈수록 보편성이 더 크다. 특수성을 존중하지 말고, 보편성을 평가해야 한다. 기존의 통념을 버리고, 평가의 대전환을 이룩해야 한다.

환자 이황은 질병을 스승으로 삼고 有病順利의 이치를 깨달았다. 이것이 가장 빛나는 업적이다. 전해 듣는 행운을 얻는다면, 지구 위의 어느 누구도 반대하지 않고 감탄하면서 수긍할 것이다. 四端七情(사단칠정) 논의가 출발 단계부터 말썽투성이인 것과 아주 다르다.

이것은 무슨 까닭인가? 연원을 따져보면, 朱子가 가르친 차등론보다, 질병이 가르친 대등론이 월등한 가치를 지녔기 때문이다. 성리학자 이황의 고고한 자세를, 환자 이황은 다 버린 것이 그다음의 이유이다.

4

지금까지 이황을 두고 한 논의는 특수한가? 보편적인 타당성을 가지는가? 이것이 알고 싶다. 이것을 알려면, 비교고찰을 해야 한다. 비교고찰을 하는 대상을 적절하게 선정해야 하므로, 필요한 조건을 한 단계씩 말한다.

시대나 지역은 멀수록 좋다. 이황과 대등한 정도로 위대하다는 명사여야 한다. 시인이기도 해서, 질병에 걸려 신음하는 시를 썼어야 한다. 대상자가 아주 많다가 차츰 줄어들어, 마침내 위고(Victor Hugo)만 남은 것 같다.

위고는 이황보다 3백 년 뒤의 저 먼 나라 불국 사람이다. 이황이 성리학으로 세상을 교화하듯이 위고는 민주화를 위해 투쟁해, 둘 다 위대하다고 칭송되었다. 둘 다 시인이기도 했다. 위고가 질병에 걸려 신음한 것을 말한 시는 "Pendant une maladie"(병을 앓는 동안에)이다. 이황의 질병시와 짝을 맞추기 위해, 이것도 원문을 들고 번역한다.

번역에 관해 몇 가지 말을 한다. 불어와 우리말은 어법이 많이 달라, 한 줄씩 대응되게 번역할 수는 없고 앞뒤를 오르내리지 않을 수 없다. 번역도 시가 되게 하려고, 의역을 한다.

On dit que je suis fort malade,
Ami ; j'ai déjà l'oeil terni ;
Je sens la sinistre accolade
Du squelette de l'infini.

Sitôt levé, je me recouche ;
Et je suis comme si j'avais

De la terre au fond de la bouche ;
Je trouve le souffle mauvais.

Comme une voile entrant au havre,
Je frissonne ; mes pas sont lents,
J'ai froid ; la forme du cadavre,
Morne, apparaît sous mes draps blancs.

Mes mains sont en vain réchauffées ;
Ma chair comme la neige fond ;
Je sens sur mon front des bouffées
De quelque chose de profond.

Est—ce le vent de l'ombre obscure?
Ce vent qui sur Jésus passa!
Est—ce le grand Rien d'Épicure,
Ou le grand Tout de Spinosa?

Les médecins s'en vont moroses;
On parle bas autour de moi,
Et tout penche, et même les choses
Ont l'attitude de l'effroi.

Perdu ! voilà ce qu'on murmure.
Tout mon corps vacille, et je sens
Se déclouer la sombre armure

De ma raison et de mes sens.

Je vois l'immense instant suprême
Dans les ténèbres arriver.
L'astre pâle au fond du ciel blême
Dessine son vague lever.

L'heure réelle, ou décevante,
Dresse son front mystérieux.
Ne crois pas que je m'épouvante ;
J'ai toujours été curieux.

Mon âme se change en prunelle ;
Ma raison sonde Dieu voilé ;
Je tâte la porte éternelle,
Et j'essaie à la nuit ma clé.

C'est Dieu que le fossoyeur creuse ;
Mourir, c'est l'heure de savoir ;
Je dis à la mort : Vieille ouvreuse,
Je viens voir le spectacle noir.

나는 많이 아프다고 말한다.
벗이여, 내 눈은 이미 흐려졌다.
나는 무한한 저승 해골과의
음산한 포옹을 감지하고 있다.

나는 일어나면 쓰러지고 만다.
마치 입속에 흙이 들어 있는
그런 이상한 느낌이 감돌다가,
숨결이 역겨운 것을 알아차린다.

항구에서 헤매기나 하는 돛단배처럼,
나는 몸을 떨고, 발걸음이 느리다.
나는 춥다. 시체가 된 모습이
흰 천 아래에서 어렴풋이 떠오른다.

손을 따뜻하게 해도 소용이 없다.
살이 눈 녹은 물처럼 된다.
내 앞으로 아주 깊은 무엇의
숨결이 닥쳐오는 것을 느낀다.

무언지 모를 그늘에서 바람이 불어오나?
예수가 밟고 지나간 바람인가!
에피쿠로스의 거대한 없음인가,
또는 스피노자의 거대한 전체인가?

의사들은 우울한 기색으로 가버리고,
내 주위에서 하는 말 나지막하다.
모든 것이 고개를 숙이고, 무엇이든
두려워하는 기색을 하고 있다.

정신을 잃었다! 사람들이 중얼거린다.

내 몸 전체가 요동친다. 나는 느낀다.
나의 이성과 나의 감각에서
음험한 갑옷을 뽑아내는 것을,

나는 보고 있다, 어둠 속에서
엄청난 순간이 도래하는 것을.
어두운 하늘 깊숙이에서
창백한 별이 일으키는 물결을.

실제든 거짓이든 시간이라는 것이
신비스러운 이마를 치켜들어도,
나는 놀라지 않는다고 믿으며,
언제나 호기심을 가지고 맞선다.

내 혼은 고슴도치로 변하는구나.
내 이성은 가리워진 신을 헤아린다.
나는 영원한 문을 더듬으면서,
밤이면 내 열쇠 사용을 시험한다.

신이 음란한 구멍을 파고 있다.
이제 죽음 너를 알아야 할 시간이다.
나는 죽음에게 말한다, 늙은 일꾼이여.
나는 검은 광경을 보려고 한다.

위고도 위대하다고 칭송되었다. 둘 다 차등의 상위에서 아래에 있는
많은 사람을 이끌어주어 위대하다고 했다. 무엇으로 이끌어주었는가는

달랐다. 그것이 이황은 성리학, 위고는 민주화이다. 아주 다른 가치관이어서 소통이 가능한지 의문이다.

위고도 이황처럼 시인이었다. 시는 소통되고 공감을 나눌 수 있다. 심하게 아프니 잘난 것이 없어지고 누구나 대등하다고 깨달은 체험을 회복되고 난 뒤에 지은 시에서 술회하면서, 아팠을 때의 상황을 작품 속에서 재현한 것이 같다.

위고의 민주화 투쟁은 자기선전 웅변으로 과장되고, 정치적 야심과 결부되어 순수성이 의심받지만, 시는 진실한 말을 해서 공감을 얻는다. 이런저런 비난을 잠재울 수 있다. 질병으로 신음하는 모습을 핍진하게 그려 다른 시보다 공감이 더 넓어지고 깊어질 수 있다.

5

시 두 편은 자기 체험을 노래한 질병 타령이라는 공통점이 있다. 그러면서 구체적인 내용은 많이 다르다. 다른 점이 무엇인지 지적해보자.

이황이 아파 누우니 "唯覺衾裯冷如鐵"(이불이 쇳덩이처럼 차갑게 느껴지기만 한다)고 한 것을, 위고는 시 전편에서 길게 말했다. 이황이 깔끔하게 정리한 사실을, 위고는 앓고 있는 현장으로 돌아가 중언부언 풀이했다. 신음하는 소리를 독자도 함께 내도록 했다. 너무 길다고 나무라는 것은 절박함을 모르는 한가한 수작일 수 있다.

위고의 질병 타령은 자기 소리뿐이다. 이황의 시에서 아이들이 萬人對等을 일깨워주고, 대나무가 萬生對等을 알아차리는 길을 일러준 것과 대응되는, 타자와의 관계가 전혀 없다. 환상에 사로잡혀 괴로워하고, 다가오는 죽음을 물리치려고 애쓸 따름이다.

이황이 "不應彩鳳終無食"(고운 봉황 불응하고 끝내 와서 먹지 않을 건가)라고 한 것은, 상호 관계의 연속이 아득한 데까지 뻗어나 커다란 소망이 이루어지기를 기대한다는 말이다. 삶을 고양시키자고 한다고 풀이해도 된다. 현실과 이상이 하나이면서 둘인 일원론적 이원론이라고 할 수 있다.

위고가 "Ce vent qui sur Jésus passa!"(예수가 밟고 지나간 바람인가!), "Est-ce le grand Rien d'Épicure"(에피쿠로스의 거대한 없음인가), "Ou le grand Tout de Spinosa?"(또는 스피노자의 거대한 전체인가?)라고 한 말은 모든 것을 총괄하는 무엇은 별도로 있다는 생각을 나타낸다. 잡다하기만 한 삶이 죽음에서 온전해진다는 말일 수 있다. 이원론의 성향을 짙게 보여준다.

차등론은 이원론이고, 대등론은 일원론에 근거를 둔다. 이황의 시는 '彩鳳'에 관한 말이 없었으면 일원론으로 일관하고 대등론을 온전하게 할 수 있었을 것이다. 이것은 성리학자 이황의 취향과 너무 달라, 시인 이황이 물러서지 않을 수 없었으리라고 생각한다.

위고는 질병이 번민과 번민을 가져다주는 시련에서 스스로 벗어날 수 없고, 아이들이나 대나무 같은 동지도 만나지 못해, 모든 문제의 궁극적이고 완전한 해결을 피안의 죽음에서 기대할 수밖에 없다. 그렇더라도 이원론은 가설이고 실제 상황은 아니다. 질병 타령으로 차등론을 부정하는 대등론의 반론이 일단 이루어졌다고 인정할 수 있다.

위고는 위대하다. 민주화 투쟁이 훌륭하다. 이런 말이 헛것임을 자기 스스로 명백하게 보여주었다. 자기선전을 일삼던 웅변이 환자의 신음 소리를 나타내는 데 쓰였다. 신음 소리가 너무 장황해도 나무랄 것은 아니다. 걷어치우라고 요구할 수는 없다.

자기 점검을 철저하게 하려고 하는 진통이라고 이해해야 한다. 평소에 공부를 하지 않고 멍청하게 있었기 때문에, 질병 스승이 가르쳐주는 말을 잘 알아듣지 못하고 되풀이하게 한다. 이것이 똑똑한 학생 이황의 시와 많이 다르다.

질병 스승이 분명하게 말한다. 사람은 누구나 질병을 피할 수 없다. 질병은 만인대등의 가장 확실한 증거이다. 질병은 사람뿐만 아니라, 다른 동물이나 식물에게도 반드시 찾아온다. 질병 없이 사는 사람도, 동물도, 식물도 없다. 질병은 만생대등의 가장 확실한 증거이기도 하다.

이것은 누구나 체험하고 있는 원초적이면서 지극히 평범한 진리여서 새삼스럽게 말할 필요가 없다. 이황이나 위고처럼 위대하다는 사람만 알 수 있는 고매한 진리라고 여기면 엄청난 착각이다. 위대하다는 사람들은 차등론에 들떠 있어 평범한 진리를 모르고 있다가, 질병이 찾아와 가르쳐주는 덕분에 새삼스럽게 알아차리고 소스라쳐 놀란다.

위대하기만 하지 않고 시인이기도 한 이황이나 위고는 그 놀라움을 시로 나타내, 모두 이미 알고 있는 진리가 대발견이게 한다. 지각을 나무라지 말고, 출석한 것을 칭찬하자. 두 편의 질병 타령을 명작이라고 인정하자.

6

질병 타령 시를 읽고, 어떤 생각을 하는가? 시인이 대단하다고 하는가, 질병이 위대한 스승인 것을 알아차리는가? 이것은 독자의 수준에 관한 사항이라고 미루어둘 것은 아니다.

사고 수준을 역전으로 향상하는 마력을 질병 스승은 지니고 있다. 이것이 질병 타령 시를 통해 전달되어, 무의식이 의식이게 한다. 시인은 헤아리지 못하면서 그 중간 숙주 노릇을 한다.

농민 대등론자

1

일본에는 文士(문사)인 선비는 있다고 하기 어렵고, 武士(무사)와 農民(농민)이 상하 차등의 관계를 가졌다. 무사는 반드시 칼을 차고 다녔다. 농민은 칼을 차는 것이 금지되었다. 농민이 건방지게 굴면, 무사가 칼로 목을 칠 수 있었다. 차등론이 가장 극단화된 사회이다.

학문은 하급 무사 일부가 어울리지 않게 담당하는, 부수적이고 저급한 활동이었다. 농민은 학문을 할 수 없고, 농민의 삶을 연구하고 농민의 의식이나 주장을 나타내는 학문은 있을 수 없었다. 지배체제 유지를 위한 차등론을 합리화하고, 실용적인 지식이나 제공하는 것이 학문의 임무이고 내용이었다.

그런데 농민이 上下(상하)의 질서를 뒤집어, 차등론은 부당하고 대등론이 타당하다고 하는 반론을 제기하는 異變(이변)이 일어났다. 18세기에 安藤昌益(안등창익, 안도 쇼에키)라는 무지렁이가 건방지게 그런 소리를 하고 글을 써서 남겼다. 그 내역을 미리 조금 말해보자.

互性(호성)이라고 일컬은 대등이 온전하던 自然世(자연세)를 무너뜨리고, 차등의 시대인 法世(법세)가 시작되도록 한 것은 아주 잘못되었다. 聖人(성인)이라는 녀석들이 그런 짓을 한 것을 용서할 수 없다. 농사를 직접 짓는 直耕(직경) 농민이 나서서 대등을 회복해야 한다.

이런 주장이 널리 알려지지 않고, 저작의 일부만 가까스로 남았다. 일본의 자랑이 아닌 수치라고 여겨 덮어둔다. 나도 모르고 있다가, 일본에 가서 한참 만에 발견하고 크게 놀랐다. 그 경위를 2004-2009년 계명대학에서 강의하고 써낸 《세계·지방화시대의 한국학》 제2·9권에서 말한 것을, 쉽게 이해할 수 있게 간추린다.

ㄹ

1994년 9월부터 한 해 동안 東京大學(동경대학)에 초청되어 일본에서 지냈다. '한국문학과 동아시아문학'이라는 강의를 한 주일에 한 번씩 하는 것 외에 다른 일은 없었다. 평소에 모르고 지내던 책을 찾고, 읽지 못한 책을 읽기로 작정하고 서점을 뒤지고 도서관을 찾았다.

동경대학교 총합도서관 개가열람실에 꽂혀 있는 文史哲(문사철) 책을 서가에 꽂혀 있는 순서대로 보기로 했다. 일본에서 이룩한 대단한 성과를 모르고 있다가 만났다고 할 만한 것은 거의 없었다. 그러다가 큰 사건이 일어났다. 安藤昌益의 전집을 발견했다(《安藤昌益全集》, 東京: 農山漁村文化協會, 1982, 전 21권).

들추어보니 대단한 내용이었다. 몇 권씩 대출해 탐독했다. 구입 가능하지만 가격이 너무 비싸 뜻을 이루지 못하고, 많은 부분을 복사했다. 귀국 후 서울대학교 도서관에 구입 신청을 한 것이 받아들여져서 책이 들어와 있었다.

安藤昌益에 관한 연구논저는 그리 비싸지 않아 보이는 대로 다 사서 모으고, 살 수 없는 것은 복사했다. 安藤昌益이 살고 활동한 곳을 찾아갔다. 거주지 위치를 알리는 팻말을 확인하고, 글 가르치던 절간에도 들렸다. 사후에 농민들이 세웠다가 유력인사들이 헐어버린 비석을 근래 재건한 것도 보았다. 대단한 발견이고, 커다란 행운이다. 현장까지 가서 직접 보고 얻은 감동이 오래 이어진다.

책을 읽고 현지를 돌아보고 해서 알고 생각한 바를 정리해 글을 썼다. 한국의 朴趾源과 비교한 논문을 1995년 5월 23일 東京大學에서 구두발표를 했다. 그 뒤에 그 논문을 지면에 발표했다.

(〈安藤昌益과 朴趾源의 비교연구 서설〉을 《철학사상》 5, 서울대학교 철학사상연구소, 1995에 싣고, 《한국의 문학사와 철학사》, 지식산업사, 1997에 재수록했다. 구두발표를 할 때 이미 배부한 일본어 번역 〈安藤昌益と朴趾源の比較研究序說〉은 《朝鮮文化研究》 3, 東京大學 朝鮮文化研究室, 1996에 게재되었다. 〈安藤昌益與朴趾源比較研究序論〉, 《延邊大學學報 哲學社會科學版》, 延邊大學, 1999·2000이라는 중국어 번역도 있다.)

3

安藤昌益은 시골 사람이었다. 秋田縣(아키다켄) 大館市(오오다데시) 근교 二井田(니이타)라고 하는 곳 출신이다. 거기서 1703년에 태어나고, 1762년에 세상을 떠났다. 마을에 무덤과 추모비가 있다.

대대로 농민이었다. 독학으로 의학을 공부해 의원 노릇을 했다. 의학이 아닌 다른 분야에 관해서도 많은 독서를 함께 해서 사상을 이룩할 토대를 쌓았다. 공부하기 위해 江戸(에도)에 머문 경력도 있다. 멀리 長崎(나가사키)까지 가서 네덜란드 사람들이 왕래하는 것을 보고 서양에 대한 이해를 얻기도 했다.

1744년(41세)부터 靑森縣(모리오카겐) 八戸市(하찌노헤시)에서 의원 노릇을 했다. 번화가 한 곳에 安藤昌益이 살던 집임을 알리는 팻말이 있다. 그 근처의 불교 사찰 天聖寺(천성사, 텐세이지)가 강학하는 장소였다고 한다.

神祀(신사)에서 거행된 무술 의례에서 부상한 무사 세 사람을 잘 치료했다고 지방의 지배자가 특별히 사례를 한 것이 그곳에 정착하게 된 동기이다. 의술에 능통하고 학식이 많아 인기가 있었다. 따르며 배우고자 하는 젊은이들이 있어 모아 가르치면서 자기 사상을 폈다.

그곳 땅이 척박해 농사가 잘되지 않고, 자연재해가 잦았다. 기아에 시달려 병이 든 사람들을 치료하느라고 애쓰면서 죽어가는 사람들을 보고 마음 아파했다. 1749년(46세)에는 태풍으로 큰 피해가 생기고, 멧돼지 떼가 습격해 농사를 황폐하게 하는 일도 있었다. 그 때문에 이듬해 굶어 죽는 사람이 많았다. 죽는 사람을 살리려고 애쓰면서 의학의 무력함을 절감하고 전환을 모색했다.

농민의 처지를 깊이 동정하면서, 선조 대대로 해온 일을 다시 해 스스로 농사를 짓기도 했다. 농사하는 방법을 바꾸어 농민이 살 수 있게 하려고 애썼으나 마땅한 방도를 찾지 못했다. 처참한 현실을 타개해 농민을 살리려면 세상이 온통 달라져야 한다고 판단했다. 사람을 차별하는 제도의 근거가 되는 사상을 혁파해야 한다는 것을 알았다. 기존의 관념을 통렬하게 비판하고 새로운 가치관을 제시하는 커다란 학문을 이룩하고 많은 저술을 했다.

기존의 사상인 유교와 불교는 물론이고 일본의 神道(신도)도 사람을 차별하는 부당한 주장을 편다고 비판하고 그 대안이 되는 이치를 제시하려고 홀로 애쓰면서 氣(기)철학을 이어받아 자기 나름대로 해석하고 활용했다. 하고자 하는 일이 쉽게 성취된 것은 아니었다. 대등한 위치에서 토론하고 비판할 수 있는 동반자가 없었다.

제자들은 있었던 것 같은데 수준이 문제였다. 가르침을 받는 사람들이 이해는 제대로 하지 못하고 숭앙하기만 할 때 절망을 느꼈을 수 있다. 고독하다고 물러날 것은 아니었다. 참담한 현실을 타개해야 하겠다고 한 강력한 사명감이 커다란 비약을 가능하게 했다.

새롭게 전개하는 사상을 널리 알리고 싶어 했다. 그 시대 일본에서는 출판이 발달되었다. 독자가 있을 만한 저작이면 바로 출판했다. 그런데 安藤昌益은 그 혜택을 보지 못했다. 저작의 일부를 요약한 《自然眞營道》(자연진영도) 3권 3책을 1753년(50세)에 출판했을 따름이다. 출판의 중심지였던 수도 京都(교토)까지 가서도 뜻을 이루지 못했다. 비판적인 내용이 문제되어 처음 출간한 것을 고쳐 다시 내놓아도 금서가 되는 위기를 가까스로 넘기고 후속 출판을 단념했다.

원고본으로만 지니고 있으면서 보완하고 발전시켜 모두 100권 93책의 저작을 이룩하고 《自然眞營道》라고 총칭했다. 그것이 동경대학 도서관에 소장되어 있다가 대출 중이었던 12책을 제외하고 모두 불타 없어졌다. 다른 사본이 조금밖에 없어 상실을 회복할 수 없다.

1758년(55세)에 八戸를 떠나야 했다. 흉년을 만난 농민들이 관청에 바치는 곡식을 줄여달라고 청원을 하다가 주모자가 잡혀 처형되는 사태가 벌어지자 그 배후 인물로 지목되어 감시를 철저하게 했기 때문이다. 고향에서 조상 전래의 토지를 경작하던 형이 세상을 떠났으므로 귀향해 가문을 잇기로 했다.

고향에서 의원 노릇을 계속하면서 직접 농사를 짓고 농민들을 위해 애쓰다가 1762년(59세)에 세상을 떠났다. 마을의 절에 묻혔다. 불교를 믿지 않고 비판했지만 장례를 치르는 다른 방식이 없었다.

세상을 떠나고 두 해 되던 1764년에 그곳의 제자들이 단을 쌓고 비를 세웠다. 그런데 安藤昌益은 불신앙을 부추기고 종교 의례를 방해한다고 이유로, 神道(신도)와 불교의 반감을 사고 있었다. 그를 칭송하는 비를 세운 것이 마땅하지 않다고 해서 철거되었다. 비문을 적어둔 것이 발견되어 지금 볼 수 있는 비를 다시 세운 것이 1983년의 일이다.

安藤昌益이 어떤 글을 썼는가 보자. 變體漢文(변체한문)이라고 할 것을 사용하고, 독법을 알려주는 返點(반점)을 달았으며, 본문에다 일본어를 삽입하기도 했다. 철학에 관한 글을 정통한문으로 쓰는 관례가 일본에서도 이미 어느 정도 확립되어 있는 것을 어겼다.

왜 그랬던가? 좋은 스승을 만나지 못하고 독학을 한 탓에 정통한문을 제대로 익히지 못한 것이 기본 이유일 수 있다. 활동한 곳이 글을 존중하는 사회가 아니어서 글을 잘 쓰려고 애쓰지 않아도 되었다는 설명도 가능하다. 자기 사상을 글로 써서 알리는 것보다 주변의 농민들에게 말로 전하는 것이 더 긴요하다고 여기고 작성한 대본이 남아 있다고 보면 의문이 거의 다 풀린다. 동아시아문명의 주변부인 일본에서도 사상혁신의 선도자가 나타나고 문자 생활 밖 민중의 호응을 얻은 것은 특기할 사실이다.

주변에는 존경하면서 따르는 농민들과 억압하는 기득권층이 있었을 따름이고, 대등한 수준에서 진지하게 토론할 상대는 없었다. 신도나 불교의 반발은 샀지만 유학의 구속은 없었다. 理氣(이기)이원론이 자리 잡고 있지 않아 氣일원론의 등장을 방해하지 않았다. 새로운 견해를 입증하는 다른 절차도 사용하지 않고 대담한 발언을 할 수 있었던 것이 행운이었지만, 논리가 치밀하지 못하고 완성도도 부족했다.

5

〈法世物語〉(법세물어)는 잘못된 시대 法世를 규탄하는 파격적인 이야기이다. 鳥獸蟲魚(조수충어)라고 한 날짐승·길짐승·벌레·물고기가 모임을 가지고 일제히 사람을 나무란다고 한 寓言(우언)이다. 직접 할 수 없는 말을 하는 적절한 방법을 사용해, 가장 과감한 주장을 폈다.

서두 두 대목, 비둘기와 까마귀가 했다는 말을 든다. 독음은 적을 필요가 없다고 여기고, 원문과 번역만 든다. 번역은 일단 직역으로 하고, 필요한 설명을 한다. 이것은 쉬운 일이 아니다. 지어낸 용어의 뜻을 풀이하면서 앞뒤의 맥락을 찾는 방법을 사용해 어려움을 줄이려고 한다.

諸鳥群會評議 鳩曰 吾熟思 轉定央土萬物生生 人通氣主宰 伏橫逆氣人 故活眞通回不背 轉下一般 直耕一業 無別業 故上下貴賤貧富二別無 … 眞通神人世也

여러 새가 모여서 회의를 하는데, 비둘기가 말했다. "내가 깊이 생각해보니, 轉定의 央土에서 만물이 생겨날 때, 사람은 通氣가 主宰한다. 橫氣나 逆氣는 감추어진 것이 사람이다. 그러므로 活眞의 通回에 어긋나지 않는다. 轉下에서 온통 直耕 한 가지 생업에 종사하고 다른 생업은 없었다. 그러므로 상하·귀천·빈부가 나눠지지 않았다 … 진실로 神과 사람이 통하는 시대였다.

鳥答曰 汝言如然也 人轉眞通回生 故轉眞與一般 直耕穀可行之 聖釋出 不耕盜轉眞直耕及道 貪食 立私法 王公卿大夫諸侯士工商始 以來法世成 王守法 其次序 以守其宦位法 無宦無位 其其守法 法背有者 則是刑殺 故 上下法守 故法世

까마귀가 대답해서 말했다. "너의 말이 맞다. 사람은 轉眞의 通回를 지니고 태어났으므로 轉眞과 같다. 곡식을 直耕해서 살아가는 것이 마땅하다. 聖人과 釋迦가 나타나서 농사짓지 않으면서 轉眞의 直耕 및 그

道를 도둑질해 貪食하고, 私法을 세우자 임금, 공경대부, 제후, 士·工·商이 시작되었다. 그래서 法世가 이루어졌다. 임금은 법을 지키고, 그 아래 지위에서는 그 벼슬의 법을 지킨다. 벼슬도 지위도 없는 자라도 그 법을 지킨다. 법에 어긋나는 자가 있으면 형벌로 죽인다. 그러므로 상하가 법을 지킨다. 그래서 法世이다.

'轉定'(전정)은 천지만물의 운행을 말한다. '央土'(앙토)는 하늘과 바다 사이에 있는 땅이다. '活眞'(활진)은 천지운행의 활력이다. '通回'(통회)는 천지운행이 제대로 이루어지는 것이다. '轉下'(전하)는 '天下'(천하)이다. '直耕'(직경)은 자기가 직접 농사를 짓는다는 말이다. '二別'(이별)은 둘로 나누어진 차별이다. 그것은 마땅히 상보적이고 대등한 관계인 '互性'(호성)이어야 한다고 했다.

天地(천지)·男女(남녀)·上下(상하)·貴賤(귀천)은 구별되면서도 우열의 차등은 없고 대등한 작용을 한다고 하는 것을 '互性'이라고 했다. '互性眞活'의 '自然世'(자연세)를 버리고, 차등과 억압을 강제하는 시대인 '法世'(법세)를 만들어낸 잘못을 크게 나무라고 바로잡아야 한다고 했다. 대등론을 '互性'이라고 하는 용어를 창안하고, 대등의 시대가 가고 차등시대가 시작된 것을 밝혀 논하는 역사철학을 이룩한 공적이 대단하다.

'通氣'(통기)·'橫氣'(횡기)·'逆氣'(역기)의 차이가 윤리의 등급이라고 한 정통유학 특히 朱熹가 재정립한 이념을 문제 삼고, 通氣를 지닌 사람은 마땅히 다른 생명체를 함부로 침해하지 않으면서 금수보다 나은 삶을 살아야 한다고 했다. 橫氣를 타고나서 열등하다고 나무라는 금수는 살기 위해서만 살생을 하지만, 사람은 금수의 생명을 함부로 유린할 뿐만 아니라 같은 사람을 지배하고 억압하기 위해서 형벌을 휘두르고 죽인다고 했다. 이런 생각을 洪大容이나 朴趾源이 더욱 분명하게 하면서, 通氣·橫氣·逆氣라고 하는 것은 차등의 증거일 수 없고 대등한 삶의 방식이라고 했다.

그러면서 安藤昌益의 견해는 특별한 점이 있다. 자기 경험에 근거를 두고 直耕 옹호론을 전개했다. 일본의 현실을 문제 삼아 法世를 나무랐다. 기철학의 발전에 기여하는 일반론을 互性을 말하면서 이룩했다. 셋을 하나씩 들어 살펴보자.

직접 농사를 지으면서 사는 直耕만 소중하고 다른 활동의 의의는 부정하며, 直耕을 하는 사람들을 억압하고 착취하는 무리는 용서할 수 없다고 한 농민철학을 개인의 경험에서 도출했다. 하층민을 옹호하고 사회평등을 주장한 것은 다른 사상가들도 한 일이다. 安藤昌益은 자기가 농민이어서 농민의 견해를 대변했다.

모든 잘못이 '法'에 있다 하고, 法世를 나무란 것은 일본의 현실에 근거를 두었다. 동아시아 다른 나라에서는 禮(예)를 표방할 때 일본에서는 法에 의한 지배를 강화했으므로, 法을 규탄의 대상으로 삼았다. 이상적인 시대인 自然世를 없애고 차등과 억압을 강제하는 시대인 法世를 만든 책임이 유학이나 불교와 함께 일본의 神道에도 있다고 한 것은 일본의 국수주의를 스스로 비판한 사상으로 소중한 가치가 있다.

天地·男女·上下·貴賤은 서로 구별되면서도 우열의 차등은 없고 대등한 작용을 하는 互性의 관계를 가진다는 것은 기철학의 전개에 기여한 소중한 일반론이다. 洪大容이 '內外'(내외)라고 한 것과 상통한다. 둘 다 相克(상극)의 다른 면인 相生에 대한 새로운 해명을 해서 生克論(생극론)을 더욱 풍부하게 하고, 차등론을 극복하는 대등론을 분명하게 했다.

유학이나 불교뿐만 아니라 일본의 神道도 '自然世'의 종말을 재촉한 '法世'의 사상이라고 해서 극력 배격했다. 직접 농사를 지으면서 사는 '直耕'만 소중하고, 直耕을 하는 사람들을 억압하고 착취하는 무리는 용서할 수 없는 도적이라고 규탄했다. 인류 역사에 등장한 모든 사상가 가운데 하층민의 세계로 그만큼 내려간 사람이 더 없다.

6

安藤昌益은 동시대의 다른 사상가 本居宣長(모토오리 노리나가)와 많이 다르다. 本居宣長은 철저한 차등론자였다. 神道를 근본정신으로 삼아 일본은 신성한 나라라고 해서 安藤昌益과 반대가 되는 주장을 했다. 근대 일본에서 安藤昌益은 버리고, 本居宣長은 높이 평가해 애국교육의 지표로 삼았다.

安藤昌益은 아직까지 일본 학계에서 외면하고 있다. 전집을 낸 곳은 농민운동을 하는 단체이다. 安藤昌益이 농민운동의 선구자라고 받드는 숭배자들이 자료를 정리해 출간하는 작업까지 했다. 연구 논저도 많이 내면서 독특한 가치를 가친 사상가라고 높이 받든다. 생애에 관한 자료를 찾는 호사가들이 있어 지식을 보태면서 지혜와는 더 멀어진다.

대학에 재직하고 있는 학자들도 安藤昌益 연구에 더러 참여하지만, 학계의 주류는 관심을 가지지 않는다. 철학 전공자들은 선뜻 나서지 않고, 문제가 많은 위험 사상가이므로 거리를 두자고 하는 것 같다. 숭앙하는 사람들이 밖에서 열을 더 올릴수록 더욱 냉담한 반응을 보인다고 할 수 있다. 철학을 서양철학·인도철학·중국철학으로 나누고 다시 세분해 연구해온 기존의 학풍으로 安藤昌益을 감당하기 어려운 것이 침묵하고 있는 깊은 이유일 수도 있다. 납득할 만한 이해의 체계가 없어, 일반인은 그가 의문점이 많은 기이한 인물로 알고 호기심의 대상으로 삼는다.

安藤昌益과 깊이 상통하는 사상을 전개한 한국의 洪大容이나 朴趾源 또한 전통사회에서는 이단자였다. 그러다가 민족의 시련이 닥친 일제 강점기에 저술이 간행되고 높이 평가되기 시작했다. 민족문화의 소중한 전통을 혁신 사상에서 찾아 당대의 시련을 극복하고 새로운 역사를 창조하고자 하는 의지가 가치관의 전환을 이룩했다.

평가에 변화가 있었다. 洪大容이나 朴趾源의 실학을 소중하게 여기면서 사상사를 재편성하다가, 지금에 와서는 氣철학으로 논의의 중심을 옮겨 철학사를 혁신한 공적을 더욱 중요시하고자 한다. 이 두 단계에 상응하는 작업이 安藤昌益에게는 없었다.

일본은 근대의 기술을 유럽에서 받아들이고 있어 과거의 실학을 그리워해야 할 필요가 없고, 安藤昌益은 실학이랄 것을 갖추지 않았다. 철학사가 없는 일본에는 安藤昌益의 철학을 제대로 평가할 터전이 마련되어 있지 않다.

ㄱ

安藤昌益은 차등론을 신봉하는 일본인의 사고를 정면에서 비판하고 대등론을 제시했다. 일본이 신성한 나라임을 부인하고 일본인이 멸시하고 억압하는 아이누인의 삶이 더욱 진실하다고 했다. 일체의 특권이 잘못되었다고 규탄하고 사람은 누구나 대등하다고 했다. 일본은 반성과 혁신의 기회를 얻지 못해 安藤昌益은 계속 이단자로 남아 있다.

이것은 安藤昌益의 불행일 뿐만 아니라 일본의 불행이기도 하다. 일본은 자기 것을 무엇이든지 자랑하고 싶어 하면서 특히 소중한 유산은 돌보지 않는다. 安藤昌益을 이으면 일본이 아시아의 이웃 나라들과 진정으로 화해하고 세계 평화를 위해 적극 기여할 수 있는데, 소중한 기회를 포기하고 있다.

일본의 불행은 어쩔 수 없지만, 安藤昌益의 불행은 행운일 수 있다. 安藤昌益은 일본에 머물러야 할 이유는 없고, 떠나가는 것이 마땅하다. 일본을 넘어서서 동아시아로, 동아시아에서 더 나아가 세계 전체를 위해 크게 기여를 할 수 있다.

탁월한 대등사상가 安藤昌益이 이웃에서 나와 친근감을 느낀다. 互性論은 대등론을 명확하게 한 철학의 소중한 유산이다. 깊이 연구하고 힘써 발전시켜야 한다.

丹

아, 安藤昌益이여

아, 安藤昌益이여. 모범이 되게 훌륭한 탐구자여.
일본은 차등론이 지배하는 나라여서 구제 불능이다.
이렇게 단언하고 차등론의 편견 속으로 추락할 때,
벼랑 끝에서 구출해준 은공 잊지 않습니다.
가르침 덕분에 대등론의 진실 다시 깨닫습니다.

物極必反(물극필반)이란 말 참으로 타당하군요.
일본은 차등론이 극도에 이르렀기 때문에
대등론으로의 전환이 당연히 이루어집니다.
이것이 燈下不明(등하불명) 일본을 넘어서서 밖을 밝혀,
그 혜택을 먼저 받는 행운을 누리고 있습니다.

《한일 학문의 역전》에서 다 하지 못한 말 합니다.
일본 학문이 앞서다가 한국과의 선후 역전이 일어나듯이,
한국이 앞서다가 한일 역전이 다시 일어나면 그만인 것은 아닙니다.
둘이 힘을 합치고 동아시아가 각성해 선후 역전을 세계에서 진행해
차등론에 매인 모든 학문 대등론의 큰길로 나아가게 합시다.

대등철학의 전개 양상

1

차등론과 대등론은 철학과 어떤 관련이 있는가? 이 의문을 풀려면 철학을 잘 선택해야 한다. 理氣(이기)철학이 가장 명쾌한 대답을 준다.

멀리 가서 다른 철학을 찾으면, 수고만 많이 하고 얻을 것이 없다. 차등론을 현란하게 펼치고 오묘하게 전개하는 갖가지 언설의 전시장에서, 대등론을 찾는 것이 우습게 된다. 대등론은 철학 밖에 밀려나 있는 것을 알아보지 못하고, 차등론과 대등론을 구분하는 것이 애초에 무리라고 착각하게 된다.

집으로 돌아와 理氣철학을 만나야 정신을 차릴 수 있다. 理氣철학은 차등론의 전시장이 아니고, 차등론과 대등론의 경기장이다. 대등론이 밖에 밀려나 있기만 하지 않고, 철학 안으로 들어와 차등론과 대결한다. 차등론이 기득권을 가지고 부리는 횡포를, 정면은 피하고 측면에서 공격하면서 대등론의 설득력을 확보한다. 역사의 대전환을 준비한다.

멀리 있는 사람들도 여기 와서 이것을 보아야 한다. 철학의 허실이 오래전에 판명된 것을 알고, 철학 공부를 처음부터 다시 해야 한다. 대등철학의 전개 양상을 번역을 기다리지 말고 원문 그대로 이해할 수 있는 말 공부도 해야 한다.

ㄹ

차등론은 理氣이원론에 근거를 둔다. 太極(태극)은 하나의 理이고 陰陽(음양)은 둘인 氣이며, 相生(상생)은 理에서 이루어지고 相克(상극)은 氣에서 나타난다는 것이 차등론이다. 대등론은 氣일원론으로 이루어져 있다. 氣가 둘로 나누어져 相生하며 相克하고, 相克하며 相生하는 生克의 관계를 가진다고 하는 것이 대등철학이다.

理氣이원의 차등론을 극복하고 氣일원의 대등론을 이룩하려면 철학의 근본을 혁신해야 했다. 이것은 쉬운 일이 아니다. 철학 용어가 모두 理氣이원론을 위한 것이어서 氣일원론의 등장을 방해한다. 徐敬德(서경덕)은 16세기에 氣일원론의 근본을 다지는 작업을 가까스로 하고, 더 나아가지 못했다. 理氣이원론의 이념적 억압을 타개하기 어려웠을 뿐만 아니라, 氣일원론을 발전시키는 언어표현을 마련하지 못하는 내적인 난관이 심각했다.

18세기 무렵에 동아시아 어디에서도 철학이 달라지기 시작했다. 그때까지 군림하던 理氣이원론에 대한 氣일원론의 반론이 일제히 일어났다. 차등론을 부정하고 대등론을 제시하는 것이 필연적인 추세였다고도 할 수 있다. 그러나 언어 표현에 어려움이 있었다. 理氣이원론이 철학의 언어를 완강하게 지배하고 있어, 정공법을 피하고 우회로를 찾아야 했다. 그 방법이 각기 달라, 비교고찰이 필요하다.

중국의 王夫之(왕부지)는 理氣이원론이 정립되기 전의 유교로 되돌아가 경전을 새롭게 풀이한다면서, 자기가 하고자 하는 말을 했다. 이 방법은 토론이나 설득에서는 유리하지만, 진전이 더디고 얻은 결과가 산만하다. 일본의 安藤昌益(안등창익)은 새로운 용어를 여럿 지어냈다. 이렇게 하는 것은 소통 단절로 고립이 심하게 되는 부작용이 있었다. 寓言

을 창작하는 방법을 겸용하는 경우에는 어느 정도 설득력을 가졌다.

한국의 任聖周(임성주)·洪大容(홍대용)·朴趾源(박지원)은 세 가지 방법을 마련했다. (가) 모든 것을 포괄하는 커다란 논의를 전개해 용어 시비를 피한다. (나) 기발한 관찰과 발견을 단상으로 나타내 충격을 준다. (다) 가상의 시공에서 흥미로운 이야기를 하는 寓言을 지어낸다. (다)는 安藤昌益도 사용한 방법인데, 상황설정이 더 교묘하다. (가)·(나)는 새로 지어낸 방법이다.

3

任聖周의 다음 글은 (가) 모든 것을 포괄하는 커다란 논의를 전개해 용어 시비를 피한 것이다. 세부에 신경 쓰지 말고, 전체를 한꺼번에 파악하자.

莫之然而然　自有一箇虛圓盛大底物事　块然浩然　無內外無分段　無邊際無始終　而全體昭融　都是生意　流行不息　生物不測　其體則　曰天　曰元氣曰浩氣　曰太虛　其生意則　曰德　曰元　曰天地之心　其流行不息則　曰道　曰乾　其不測則　曰神　其莫之然而然則　曰命　曰帝　曰太極　要之　皆就這虛圓盛大物事上　分別立名　其實一也　莫之然而然　卽所謂自然也(〈鹿門集〉 권19 鹿廬雜識)

그렇지 않으면서 그렇다. 한 개의 비고 둥글고 무성하고 커다란 것이 밝고 넓고, 안팎도 갈라짐도 없고, 변두리와 가운데도 시작도 끝도 없고, 전체가 빛을 내며 어우러져 있으니, 이 모두가 生意(생의)이다. 움직임을 쉬지 않고, 物(물)을 낳음을 헤아릴 수 없는 그 體(체)를 곧 天(천)·

元氣(원기)·浩氣(호기)·太虛(태허)라고 한다. 그 生意를 곧 德(덕)·元(원)·天地之心(천지지심)이라고 한다. 그 움직임이 쉬지 않음을 곧 道(도)·乾(건)이라고 한다. 그 헤아리지 못함을 곧 神(신)이라고 한다. 그 그렇지 않으면서 그럼을 곧 命(명)·帝(제)·太極(태극)이라고 한다. 요컨대 이것은 모두 저 비고 둥글고 무성하고 커다란 것을 여럿으로 나누어 지은 이름이다. 그 실상은 하나이다. 그렇지 않으면서 그렇다는 것은 이른바 自然(자연)이다.

0이 1이고 또한 ∞ 라는 말이다. 그 총체는 氣이면서 理이다. 理이면서 氣라고 하면 적합하지 않다. 理를 여러 가지로 일컫는 말은 氣의 양상을 말한다고 해도 된다고 생각하도록 했다. 理氣이원론에서 애용하는 용어를 거의 다 등장시켜 안심시키면서, 하나인 것을 각기 일컫는다는 이유를 들어, 용어 시비를 피하고, 의미 분별을 없애 모두 무력하게 했다. 무장해제를 한 작전이라고 할 수 있다.

모두 하나를 포괄하는 것이 生意라고 했다. 天理나 그 비슷한 말로 일컫지 않아, 理氣이원론과 결별하고 氣일원론으로 나아갔다. 生意는 쉬지 않고 움직임이며 무엇을 만들어내는 작용이다. 자주 쓰지 않는 단어를 기본 용어로 만들었다. 새로운 용어를 지어낸 것과 달라 소통이 용이하다. 생성의 의지이고 생명의 의지여서 만물과 만생이 공유한다. 生意를 말해 萬物對等生克論(만물대등생극론)을 확인하고 萬生對等生克論(만생대등생극론)으로 나아갔다.

4

洪大容의 다음 글은 (나) 기발한 관찰과 발견을 단상으로 나타내 충격을 주는 것이다. 글을 짧게 쓰고, 각기 독립시킨 것을 주목해야 한다.

雨露旣零 萌芽發生者 惻隱之心也 霜雪旣降 枝葉搖落者 羞惡之心也 草木之理 卽禽獸之理 禽獸之理 卽人之理 虎狼之仁 蜂蟻之義 從其發見處 言也 言其性 則虎狼豈止於仁 蜂蟻豈止於義乎 虎狼之父子仁也 而所以行 此仁者義也 蜂蟻之君臣義也 而所以發 此義者仁也(〈湛軒書〉內集 권1 心 性問)

비와 이슬이 내려 싹이 트는 것이 惻隱之心(측은지심)이고, 서리와 눈이 내려 가지와 잎이 흔들리고 떨어지는 것이 羞惡之心(수오지심)이다. 초목의 理(이)가 금수의 理이고, 금수의 理가 사람의 理이다. 범과 이리의 仁(인)과 벌과 개미의 義(의)는 그것이 나타나는 바에 따라 하는 말이다. 그 性(성)을 말한다면, 범과 이리는 어찌 仁에 그치고, 벌과 개미는 어찌 義에 그치겠는가? 범과 이리 父子(부자)의 仁은, 그 仁을 행하게 하는 것은 義이다. 벌과 개미 君臣(군신)의 義는 그 義를 발하게 하는 것이 仁이다.

비와 이슬이 내려 싹이 트는 것이 惻隱之心이고, 서리와 눈이 내려 가지와 잎이 흔들리고 떨어지는 것이 羞惡之心이다. 이렇게 말하면서 흥미로운 관찰과 적절한 비유로 관심을 끌고 생각을 바꾸는 문학의 수법으로 반역을 성취했다. 惻隱之心, 羞惡之心 등의 선한 마음 四端(사단)을 사람만 지녀 사람이 우월하다는 차등론을 무너뜨리고, 대등철학을 제시했다.

범이나 이리의 父子가 친근하게 지내고, 벌이나 개미가 君臣의 관계를 가지는 사실에 대한 과학적 관찰을 근거로 삼고, 父子의 仁이나 君臣의 義가 있어 사람이 우월하다는 차등론을 무너뜨리고, 대등철학을 제시했다. 惻隱之心, 羞惡之心 등의 四端(사단), 理, 仁義, 理氣이원론에서 사람이 우월하다고 뽐내도록 한다는 이런 도덕을 모두 초목이나 금수도 공유하고 있다고 했다. 도덕과 生理가 다르지 않다고 했다. 이것은 萬生 對等生克論이다.

홍대용의 다음 글은 (나) 기발한 관찰과 발견을 단상으로 나타내 충격을 주고, (다) 가상의 시공에서 흥미로운 이야기를 하는 寓言을 지어내는 두 가지 방법을 함께 쓴 것이다. (다) 寓言이 어떤 것인가? 虛子(허자)라는 선비가 중국에 가서 제대로 아는 사람을 찾다가 뜻을 이루지 못하고, 돌아오는 길에 毉山(의산)이라는 산에서 實翁(실옹)을 만나 문답한 말을 적고 〈毉山問答〉(의산문답)이라고 했다(〈湛軒書〉 內集 권4 毉山問答). 實翁이 했다는 말을 둘 든다. (나) 기발한 관찰과 발견을 단상으로 나타내 충격을 주는 것이다.

五倫五事 人之禮義也 羣行呴哺 禽獸之禮義也 叢苞條暢 草木之禮義也 以人視物 人貴而物賤 以物視人 物貴而人賤 自天而視之 人與物均也

五倫(오륜)이나 五事(오사)는 사람의 예의이다. 무리를 지어 다니면서 불러 먹이는 것은 금수의 예의이다. 떨기로 나서 가지를 뻗는 것은 초목의 예의이다. 사람이 物(물)을 보면 사람이 귀하고 物은 천하다. 物이 사람을 보면, 物이 귀하고 사람은 천하다. 하늘에서 보면, 사람과 物이 균등하다.

五倫은 다섯 가지 윤리이고 五事는 다섯 가지 할 일이다. 내역은 들지 않고, 윤리란 할 일이라고 한 것으로 알면 된다. 사람도 금수도 초목도 살아가려면 할 일이 있다. 그것이 윤리이고 예의이므로 모두 대등하다. 이렇게 말하고 더 나아가 貴賤이 상대적이라고 했다. 사람과 동식물은 자기가 귀하고 상대방은 천하다고 여기는 것이 대등하다고 했다.

均(균)이라고 한 것은 대등이다. 동식물을 '物'이라고 일컫고, '人物均'을 말한 것은 획기적인 의의가 있다. 萬生對等生克論을 분명하게 했다.

天之所生 地之所養 凡有血氣 均是人也 出類拔華 制治一方 均是君王也 重門深濠 謹守封疆 均是邦國也 章甫委貌 文身雕題 均是習俗也 自天視之 豈有內外之分哉 是以 各親其人 各尊其君 各守其國 各安其俗 華夷一也

하늘이 내고 땅이 기르는 것이 血氣(혈기)를 지니면, 모두 균등한 사람이다. 여럿 가운데 뛰어나 한쪽을 다스리면 모두 균등한 임금이다. 문을 여러 겹 닫고 해자를 깊이 파서 강토를 조심스럽게 지키면, 모두 균등한 나라이다. 章甫(장보)·委貌(위모)·文身(문신)·雕題(조제)는 모두 균등한 습속이다. 하늘에서 보면, 어찌 內外(내외)의 구분이 있겠는가? 이런 까닭에, 각기 그 사람과 친하고, 각기 그 임금을 존중하고, 각기 그 풍속을 편안하게 여기는 것에서 華夷(화이)가 같다.

章甫·委貌·文身·雕題는 나라에 따라 다른 특이한 풍속이므로 설명을 들어도 실감이 나지 않고 이해하기 어렵다. 풍속이 서로 다른 것이 모두 인정해야 대등론일 수 있다. 자기네 풍속만 옳다고 하면 차등론의 과오에 빠진다. 세부의 사실에 집착하지 말고, 논리 전개를 거시적으로 파악해야 한다.

'人物均'을 '內外均'으로 일반화해서, 萬人對等生克論(만인대등생극론)으로 나아가는 논거를 마련했다. 萬人對等은 개인 사이에도 나라 사이에도 있다. 나라 사이의 대등을 말하는 것이 더욱 긴요한 과제라고 여기고 위의 논의를 전개했다. 중국은 華(화)라고 하고 다른 나라는 夷

(이)라고 하며 가치의 등급이 있다고 하는 차등론의 오류를 대등론으로 바로잡았다.

'內外均'은 '內外對等論'이다. 萬人對等生克論을 內外對等論으로 구체화한 것은 설득력을 높이는 데 크게 기여한 업적이다. 어째서 그런지 알기 쉽게 말해보자. 누구나 자기는 內, 안이라고, 남은 外, 밖이라고 여기는 것이 당연하고, 바로 이 점에서 서로 대등하다. 內外의 구분은 상대적이고, 입장을 바꾸면 반대가 된다. 內外의 구분이 절대적이라고 착각하고, 자기의 內를 남에게 강요하는 것은 중증이고 악성인 차등론이다. 이것을 內外對等論을 분명하게 해서 치유해야 한다.

5

朴趾源의 다음 글은 (다) 가상의 시공에서 흥미로운 이야기를 하는 寓言을 교묘하게 지어냈다. 깊이 생각하면서 읽어야 한다.

足下 無以靈覺機悟 驕人而蔑物 彼若亦有 一部靈悟 豈不自羞 若無靈覺 驕蔑 何益 吾輩 臭皮帒中裹得幾箇字 不過稍多於人耳 彼蟬噪於樹 蚓鳴於竅 亦安知 非誦詩讀書之聲耶(〈燕巖集〉 권5 與楚幘)

그대는 신령한 지각과 민첩한 깨달음이 있다고 남들에게 교만하지 말고, 다른 생물들을 멸시하지 말아야 한다. 그런 것들도 신령한 깨달음을 일부라도 지니고 있다면, 어찌 스스로 부끄럽지 않겠나? 만약 저들은 신령한 지각이 없다면, 교만하게 굴고 멸시해서 무슨 소용이 있겠는가? 우리 무리는 냄새 나는 가죽 자루 안에 글자 몇 개를 싸 넣고 있는 것이 다른 이들보다 조금 많을 따름이다. 저기 매미가 나무에서 떠들썩하고, 지렁이가 구멍에서 우는 것이 또한 시를 외고 책을 읽는 소리가 아닌지 어찌 알겠느냐?

어째서 寓言인지 먼저 말한다. 제목이 〈與楚幘〉(여초책)이어서, '楚幘'에게 보낸 편지 글이다. '楚幘'은 누군지 알 수 없는 사람의 호이다. 말뜻을 새기면 '楚'는 '가시'이고, '幘' '망건'이다. 자기 호를 '가시 망건'이라고 할 사람은 없다. 가시 망건을 쓰고 있는 것처럼 식견이 옹졸한 가상의 인물에게 전하는 편지를 써서 생각을 바꾸라고 했다. 너무나도 파격적인 주장을 반발을 줄이면서 나타내려고 寓言을 지어내는 작전을 사용했다.

"우리 무리"라고 지칭한 사람은 "신령한 지각과 민첩한 깨달음"이 있다고 자부하지만 "냄새 나는 가죽 자루 안에 글자 몇 개를 써서 넣고 있는 것이 다른 이들보다 조금 많을 따름"이라고 했다. 사람은 다른 생물보다 우월하다는 주장에 대한 비판이다. 유식하면 무식한 무리를 얕볼 만하고, 사람은 다른 생물들보다 우월하다고 하는 두 가지 편견이 세상을 망치니 시정해야 한다고 했다.

매미가 떠들고 지렁이가 우는 것이 사람이 시 외고 책 읽는 것과 다를 바 없다고 했다. 모든 생명체는 자기 나름대로 살아가면서 즐거워한다. 사람이 다른 생물보다 우월하다고 할 수 있는가? 사람이 우월하다는 증거로 내세우는 지식으로 불평등을 조성하고 약자를 억누르는 것을 용납할 수 없다. 모든 생물은 각기 자기 나름대로 살아가는 것이 대등하다. 萬生對等生克論을 재확인해야 한다.

사람과 다른 생명체는 차등의 관계가 아니고, 각기 자기 삶을 누리고 있어 대등하다고 했다. 대등을 무시하고 차등을 날조하는 것은 사람만 저지르는 과오라고 비판했다. 이런 철학을 여기서 간략하게 나타내고

〈虎叱〉(호질)에서 자세하게 풀이하면서 필요한 내용을 추가했다. 삶을 누리는 것이 선이면, 삶을 유린하는 것은 악이다. 사람은 차등을 날조할 뿐만 아니라 타인의 삶을 유린하는 악행을 서슴지 않고 자행해 짐승만도 못하다고 나무랐다.

가시 망건을 쓴 사람 楚幘에게 주는 편지로 이 글을 썼다고 한 것은 〈虎叱〉은 중국에서 베껴온 글이라고 알린 말과 상통한다. 부당한 주장으로 횡포를 자아내는 지배이념을 공격하는 유격전을, 지어낸 말을 방어막으로 삼아 피해는 줄이고 효과는 높이는 방식으로 거듭 전개했다. 이 글과 내용과 수법이 이중으로 연결된 것을 알고, 〈虎叱〉이 朴趾源이 쓴 글은 아니라고 여기는 옹졸한 소견에서 벗어나야 한다.

6

崔漢綺(최한기)는 다음 글을 특별한 작전 없이 정공법으로 쓴 것 같지만 그렇지 않다. 철학 용어를 사용하지 않았다. 윤리는 버리고 소통을 문제로 삼았다. 이 둘이 고도의 작전이다. 기존의 철학과 충돌하지 않고 신선한 발상을 제시해, 누구나 동의할 수 있게 하는 아주 좋은 방법을 찾았다. 범속하게 보이는 글이 탁월한 가치를 지니고 있다.

不通乎人之事者 必誇伐己之事 而非毁人之事 不通乎人家之事者 必讚揚己家之事 而誹訕人家之事 不通乎他國之事者 必稱譽本國之事 而鄙訾他國之事 不通乎他敎法者 必尊大其敎 而攘斥他敎

不通之弊 尤有甚焉 屬於己者 縱有過不及之差誤 言之者 必聲討之 屬於彼者 雖有善利得中之端 取用者 必唾罵之 是自狹自戕也 縱得一時之乘

勢 頗有徒黨之護傳 烏能致遠哉

欲醫此病 掃除習染 廓然大公 多聞多見 取諸人以爲善 通物我而得其常
則我與人相參 而人道立焉 人我之家相和 而善俗成焉 大小遠近之國 相守
其宜 禮讓興焉 從倫常而立法 因人情而設敎 法敎修明 貴生活 而不貴死朽
事物取捨 在利害 而不在彼此 是爲變通之術 人家國敎 指事而言 雖有多寡
大小之分 漸次通之 其實一也(〈神氣通〉 권3 除袪不通)

사람의 일에 통하지 않는 자는 반드시 자기의 일만 뽐내고 자랑하며,
타인의 일은 비방하고 훼손한다. 집안의 일에 통하지 않는 자는 반드시
자기 집의 일만 기리고 추키며, 다른 집의 일은 헐뜯고 나무란다. 나랏
일에 통하지 않는 자는 반드시 본국의 일만 칭찬하고 사랑스럽다고 하
며, 타국의 일은 깔보고 싫어한다. 다른 종교의 교리에 통하지 않은 자
는 반드시 자기 종교만 높이고 대단하게 여기며, 다른 종교는 물리치고
배척한다.

불통하는 폐단이 아주 심해지면, 자기에게 속한 것은 비록 지나치고
모자라는 차질이나 잘못이 있어도, 이것을 말하는 사람을 반드시 성토한
다. 상대방에게 속한 것에 착하고 이로우며 적중한 경지에 이른 단서가
있어도, 취해서 사용하는 사람을 반드시 침 뱉고 꾸짖는다. 이것은 자기
를 협소하게 하고 자기를 죽이는 짓이다. 비록 한때 상승하는 세력을
얻고, 상당한 정도로 자기 도당이 보호하고 선전해도, 어찌 멀리까지 이
를 수 있겠는가.

이 병을 고치려고 하면, 깊이 감염된 것을 쓸어내고, 넓고 크게 공평
해져서 많이 듣고 많이 보아, 여러 사람이 잘하는 것을 취해야 한다. 物
(물)과 내가 통하는 마땅함을 얻으면 나와 타인이 서로 받아들여, 사람
의 도리가 이룩된다. 다른 집안과 나의 집안이 서로 화목해 선한 풍속
이 형성된다. 크고 작고 멀고 가까운 나라들이 마땅함을 지키면, 예의와

양보가 생겨나고, 윤리에 따라 법률이 이루어진다. 인정에 맞게 교육을 하면, 법률과 교육이 밝게 정비된다. 삶을 소중하게 여기고, 죽음은 소중하게 여기지 않는다. 사물을 취하고 버리는 것이 이로운가 해로운가에 있고, 이쪽이냐 저쪽이냐에 있지 않다. 이것이 변하고 통하는 방법이 된다. 사람·집안·나라·종교라고 한 것은 특정 사항을 지목해 하는 말이다. 비록 많고 적고 크고 작은 구분이 있으나, 점차 통하면 그 실상이 하나이다.

이 글에서 말한 것을 나의 관점에서 재론한다. 최한기와 내가 소통해, 한 걸음 더 나아가는 이론을 이룩한다. 고금 합동작전을 하는 학문의 좋은 본보기를 보인다.

소통 부재인 불통은 차등론에서 생긴다. 자기, 자기 집안, 자기 나라, 자기 종교가 우월하다고 뽐내는 차등론자는 다른 쪽을 얕보고 소통은 거부한다. 일방적인 명령이나 비난만 한다. 그래서 일어나는 충돌에서 승리하려고 한다.

평등론은 어떤가? 평등한 관계가 이루어진다면, 삶이나 생각이 거의 같아 소통해야 할 것이 적다. 서로 소통하지 않아도 공감이나 동의가 이루어진다. 소통을 왜 해야 하고, 어떻게 해야 하는가 하는 문제가 제기되지 않는다. 이런 일은 실제로 없다.

소통은 대등한 관계에서 이루어지고, 대등을 확인하는 방법이다. 대등하다는 것은 같은 자격을 가지고 있으면서 서로 다르다는 말이다. 소통을 하면서 이런 사실을 서로 확인한다. 삶이나 생각이 달라 생기는 장단점을 서로 보완하지 않을 수 없으므로 소통을 해야 한다. 이에 관한 고찰은 소통론이면서 대등론이다.

萬物對等·萬生對等·萬人對等이 모두 소통으로 이루어진 것이 같다. 소통의 본질은 동일하다. 그러면서 소통의 방법은 다르다. 萬物對等에서는 소통이 引力으로 이루어진다. 이것은 물리학 연구의 대상이다. 萬生對等에서는 소통이 냄새로 이루어진다. 이것은 생물학 연구의 대상이다. 萬人對等에서는 소통이 언어로 이루어진다. 이것은 언어학 연구의 대상이다.

세 소통이 다르다고만 하면, 동일한 본질이 무시된다. 어떻게 같고 다른지 함께 고찰하는 중대한 과제가 제기된다. 이 작업에서 학문 통합이 이루어질 수 있다.

ㄱ

대등과 소통

대등과 소통은 천생연분,
대등이 소통을 요구하고,
소통이 대등을 확인한다.

차등의 전당은 명령이 지배하면 그만이다.
평등이 온전하면 생각도 같아 소통이 필요하지 않으리라.
대등 관계에서 살아가는 만인은 모자라는 것이 많아 소통해야 한다.

만물은 引力으로 소통하고,
만생은 引力과 냄새로 소통하고,
만인은 引力과 냄새와 언어로 소통한다.

引力은 만물이 본래 지닌 기본 특징이다.

냄새는 의식하지 않고도 완벽하게 만들어낸다.

언어는 타고난 능력으로 달라붙어야 습득할 수 있고 완성이 없다.

引力은 언제나 그대로, 어디까지든지 곧장 뻗어나간다.

냄새에서는 갖가지로 다채롭고 미묘한 것들이 여기저기서 명멸한다.

언어는 무척 복잡한 구조를 갖추고 안에서만 꿈틀거리는 끔찍한 괴물이다.

引力, 냄새, 언어, 그 어느 소통에도 상생과 상극이 있다.

引力과 斥力(척력), 좋은 냄새와 싫은 냄새는 반대라도 공존한다.

상생의 언어는 화합을 가져오고, 상극의 언어는 투쟁을 부추긴다.

우리는 거대한 만물은 물론 미세한 만생보다도 무력하고,

언어라는 소통은 안에만 머물고 밖으로 나가지는 못하는 저질품이다.

총질이나 하지 말고, 대등소통을 열심히 연구해야 대등 자격이 유지된다.

있는 것들의 관련

사람은 무엇이든지 알려고 한다. 주위에 어떤 것들이 있고, 어떤 관련을 가지는가, 그 가운데 어느 위치에서 사람이 살아가고 있는가 하는 의문이 특히 긴요하다. 이 의문에 대한 해답이 의식의 기본을 이루고,

학문 연구나 예술 창작의 방향을 결정한다.

유럽에서는 잘 알려진 바와 같이, 'Great Chain of Being'이라는 것을 말해왔다. 이 말을 '존재의 거대한 사슬'이라고 직역하면, 난해해져 이해에 지장이 있다. '있는 것들의 관련'이라고 하면 무슨 말인지 알 수 있다. 이것을 보편적 용어로 삼고, 비교 고찰에 이용한다.

유럽에서는 있는 것들의 관련을 차등론의 관점에서 명백하게 해왔다. 복잡한 논의를 피하고, 하는 말을 간추려 옮긴다. 그 순위가 "神(신)에서 시작해 천사·사람·동물, 그리고 식물을 거쳐 광물에 이른다"(begins with God and descends through angels, humans, animals, and plants, to minerals.)(Wikipedia)고 했다.

이에 대응되는 동아시아의 견해는 무엇인가? 萬物(만물)이라고 한 것들을 "數·天·地·人·動物·植物·工事·襍·疑"라고 한 데서 확인된다. 중국 남송 때 戴侗(대동)이 한 말이다. 원문을 들면, "首數 次二天 次三地 次四人 次五動物 次六植物 次七工事 次八襍 次九疑"(〈六書故〉 서두)라고 했다. '工事'는 사람이 이룬 것, '襍'(雜)은 그 밖의 잡다한 것, '疑'는 의심스러운 것이다.

위의 것은 〔유럽〕, 아래 것은 〔동아〕라고 지칭하자. 〔유럽〕은 이미 알고 있으면서 더 잘 알려고 노력한다. 상당한 수준의 전문가가 우리 주위에도 없지 않아, 크게 행세하려고 하고 높이 평가되기를 바란다. 〔동아〕는 묻어두고 아무도 돌보지 않고 있어, 알리려고 하면 출처를 밝히고 원문을 인용하는 번거로움을 피할 수 없다.

이런 불균형을 반성하고 시정해야, 의식이 정상화되고 학문을 제대로 할 수 있다. 수입학에 머무르지 않고, 창조학을 할 수 있다. 수입학을 하느라고 진 빚을 창조학으로 갚을 수 있다. 여기서 전개하는 논의에서 그 시범을 조금 보이고자 한다.

〔유럽〕과 〔동아〕를 한자리에 놓고 비교해보자. 한 말로 말하면, 〔유럽〕

은 열거이고, 〔동아〕는 분류이다. 열거에는 빠진 것이 많게 마련이다. 분류는 모든 것을 포괄하고 정리하는 것을 임무로 한다. 〔동아〕에서 "數·天·地·人·動物·植物·工事·雜·疑"라고 한 분류는 탈잡을 데가 없다. 유럽에는 이런 것이 없다. 神을 앞세우라고 요구하는 기독교가 방해하기 때문이다. 치명적인 미비점을 알아차리고 보완하지 않은 채 〔유럽〕을 계속 숭앙하는 것은 적절하지 않다.

〔유럽〕은 신학이면서 철학이다. 神이나 천사는 신학의 소관일 따름이고, 과학으로 인지하고 시비할 수 없다. 〔동아〕는 철학이면서 과학이다. 天이나 地도 과학에서 고찰하는 천체와 지구이면서, 철학에서 논의하는 같고 다른 두 실체이다. 동물과 식물에 관해서도 생물학적 이해와 철학적 고찰을 함께 한다. 〔유럽〕은 과학이 발전하면서 불신당하자, 종교적 보수성을 완고하게 갖추고 버틴다. 〔동아〕는 과학과 철학을 분리한 잘못을 시정하는 지침일 수 있다.

서두와 결말을 비교해보자. 〔유럽〕에서는 서두의 神과 결말의 광물이 극단의 차이가 있다. 차등론의 서열에서 神은 최상위, 광물은 최하위에 있는 것을 명백하게 한다. 그 중간의 천사·사람·동물·식물도 차등론의 서열에 따라 배열되어 있다. 차등론을 분명하게 하려는 것이 있는 것들의 순위를 말하는 이유이고 목표이다.

〔동아〕는 어떤가? 서두의 數와 그 뒤의 모든 것, 앞의 모든 것과 결말의 疑는 특성이 아주 달라 대등하다. 數는 개념만이고 그 뒤의 모든 것은 실체이다. 앞의 모든 것은 旣知(기지)이고 疑는 未知(미지)이다. 개념과 실체, 旣知와 未知의 관계를 해명하는 것이 학문 연구의 핵심 과제이다. 서두에서 결말까지 열린 것에서 닫힌 것으로, 존재나 활동의 범위가 넓은 것에서 좁은 것으로 나아가는 순서로 배열되어 있다. 달라서 서로 필요로 하므로 대등하다고 하는 대등론의 원리를 이해하고 검증하도록 한다.

동아시아에서도 사람·동물·식물은 대등론이 아닌 차등론의 관계를 가졌다고 했다. 이것을 새삼스럽게 입증하는 철학이 나타났다. 사람은 正生(정생), 동물은 橫生(횡생), 식물은 逆生(역생)한다고 했다. 머리를 둔 방향이 위에 있는 天과 0도·90도·180도인 것을 正·橫·逆이라고 했다.

동물과 식물은 90도인 橫, 180도인 逆의 차이가 있다고 한 것은 그리 긴요하지 않은 주장이지만, 허위를 논파할 수 있는 약한 고리이다. 이에 관해 李睟光(이수광)이 전개한 논의를 든다(〈芝峯集〉 권27 〈秉燭雜記〉). 알려지지 않았으므로 원문을 인용하지 않을 수 없다.

張橫渠曰 動物本諸天 以呼吸 爲聚散之漸 植物本諸地 以陰陽升降 爲聚散之漸 愚謂 動物之有呼吸 亦陰陽升降之爲也 動植雖異 皆不外乎陰陽闔闢消息 其理一也

(장횡거왈 동물본제천 이호흡 위취산지점 식물본제지 이음양승강 위취산지점 우위 동물지유호흡 역음양승강지위야 동식수이 개불외호음양 합벽 소식 기리일야)

장횡거는 말했다. 동물은 하늘에 근본을 두었으므로, 호흡하면서 차츰 생장한다. 식물은 땅에 근거를 두었으므로 음양의 오르내림에 따라 차츰 생장한다. 나는 말한다. 동물이 호흡하는 것도 또한 음양의 오르내림이다. 동물과 식물은 비록 다르지만, 모두 음양 밖에 있지 않다. 닫고 열며, 사라지고 나타나는 그 이치는 하나이다.

張橫渠는 이름을 말하면 張載(장재)인 북송 때의 이름난 철학자이다. 氣(기)일원론에 근접했다고 평가되지만, 동물과 식물의 비교론에서 이원론의 사고가 확인된다. 동물은 하늘에 근본을 두었으므로 호흡을 하고, 식물은 땅에 근본을 두었으므로 음양의 오르내림을 따른다는 것은 이원론에 입각한 차등론이다.

조선후기의 학자 李睟光은 철학의 업적이 평가되지 않고 있지만, 張載의 차등론을 비판하고 대등론을 대안으로 제시한 공적이 있다. 호흡한다는 것과 음양의 오르내림을 따른다는 것은 같다고 했다. 이에 대해 설명을 붙이면, 호흡한다는 것은 과학에서, 음양의 오르내림을 따른다는 것은 철학에서 하는 말이다. 동물과 식물은 양쪽 다 호흡하며 음양의 오르내림을 따르니 대등하다고 했다.

張載는 "爲聚散之漸"이라는 말을 썼다. 직역하면 "모이고 흩어짐의 점진적인 것을 이룬다"는 정도의 말인데, 적절하지 않다. "차츰 자란다"로 의역해야 이해하기 쉽다. 李睟光은 "動植雖異 皆不外乎陰陽 闔闢消息 其理一也"라고 했다. 앞에서 "동물과 식물은 비록 다르지만"라고 한 것은 외형을 두고 한 말이다. "모두 음양 밖에 있지 않다"고 하면서 크게, "닫고 열며, 사라지고 나타나는"이라면서 구체적으로 말한 것이 삶에 대한 철학적 고찰이다. "그 이치는 하나이다"라고 하는 일원론을 차등론을 부정하고 대등론을 입증했다.

동물과 식물은 차등이 분명한데, 어떻게 대등하다고 하는가? 동물이 식물을 잡아먹는 것은 예사이고, 식물이 동물을 잡아먹는 것은 아주 드문 예외이다. 차등론의 증거를 가지고 대등론을 말하는 것은 억지이다. 오늘날 사람들도 대부분 이렇게 생각한다.

눈을 더 크게 뜨고, 다시 살펴보자. 동물이 없어도 식물은 살 수 있고, 식물이 없으면 동물은 살 수 없다. 식물은 살아서, 동물은 죽어서 상대방의 먹이가 된다. 앞의 말은 식물이 동물보다 우월한 차등론의 증거라고 할 수 있다. 뒤의 말까지 있어, 식물과 동물은 대등하다.

식물과 동물의 대등론은 사람으로까지 이어진다. 사람도 "음양 밖에 있지 않"고, "닫고 열며, 사라지고 나타나는" 사는 이치가 그 둘과 하나이다. 핵심 부분의 논란을 이렇게 귀결짓는 데 힘입어, 있는 것들을 모두 만물대등론으로 일관되게 파악할 수 있다.

있는 것들의 관련을 차등론으로 엮어 말해야 한다는 주장은 저절로 생기지 않았다. 사람들의 관계를 차등론으로 얽어매는 근거로 삼으려고 만들어냈다. 이제 청산의 대상으로 삼아야 하는데, 선진 유럽의 자랑스러운 유산이라는 이유로 계속 존중하니 어리석다고 하지 않을 수 없다.

있는 것들의 관련을 차등론이 아닌 대등론으로 이해하는 견해는 잊혀져 있어, 찾아내 평가하는 작업이 절실하게 필요하다. 이것을 후진의 자화자찬이라고 폄하하거나 자학하지 말아야 한다. 평등론을 표방하면서 차등론을 극대화한 유럽 주도의 근대를 청산하고, 다음의 대등시대를 이룩하는 지침을 동아시아의 대등론 전통에서 찾아야 한다.

유럽의 인습인 차등론을 물리치고, 동아시아의 대등본을 이어받아 세계사의 미래를 바람직하게 설계하고 시공해야 할 때가 되었다. 선진이 후진이 되고, 후진이 선진이 되는 대역전이 일어나고 있다. 이 작업에 참여하는 학문을 힘써 해야 한다고 다짐하려고 이 글, 이 책을 쓴다.

나귀와 함께

1

'나귀'를 '당나귀'라고 하지 말자는 말부터 먼저 한다. '당나귀'의 '당'은 '唐' 중국이라는 말이다. 나귀는 중국에서 오지 않았으며, 국적이 없다. 세계 어디서도 용맹을 뽐내는 무사는 말을 몰고 달리고, 미천하고 우둔한 사람은 나귀가 태워주면 대견하다고 여기고 천천히 움직였다. 말은 차등, 나귀는 대등이 무엇인지 보여준다.

기사라고 자처하는 돈 키호테는 말을, 시종인 산초 판차는 나귀를 탄 것이나 알고 말면, 식견이 부족하다. 장엄한 서사시에서는 영웅이 준마를 타고 달리는 것을 예찬하고, 자기 처지를 스스로 노래하는 서정시인은 나귀가 자기와 대등하다고 했다. 말을 타는가 나귀를 타는가 하는 데 따라 지체가 결정되었다.

우리 고시조의 서술자는 으레 나귀를 탄다고 했다. 다리를 저는 '전나귀'를 타는 신세라고 하는 말을 자주 했다. 중국 당나라 시인 杜甫(두보)는 "騎驢三十載"(기려삼십재, 나귀 타고 다니는 삼십 년 동안), "暮隨肥馬塵"(노수비마진, 저녁이면 살찐 말의 먼지를 따랐다)고 했다. 불국 시인 잠(Francis Jammes)은 타고 다니는 나귀와 함께 천국에 가게 해달라고 기도하는 시를 썼다.

ㄹ

나귀를 사랑한 서정시인을 말하면서 스페인의 히메네스(Juan Ramón Jiménes)를 빼놓으면 안 된다. 히메네스가 《플라테로와 나》(Platero y Yo)라는 책을 쓴 것을 알아야 한다(김현창 옮김, 《플라테로와 나》, 1994를 읽고 말한다). 어린이를 위한 동화 같은 산문을 시정이 넘치게 써서, 플라테로라는 나귀에 대한 사랑을 말했다. 플라테로를 타고 여기저기 다닌 것을 말하면서, 둘이 아주 친하고 깊이 사랑한다고 했다. 〈우정〉이라고 한 대목을 든다.

우리는 서로를 너무나 잘 이해한다. 나는 플라테로를 그가 좋아하는 곳으로 데리고 간다. 그러면 플라테로는 언제나 내가 좋아하는 곳으로 나를 데리고 간다. 플라테로는 알고 있다. 코로나 소나무 밑에 이르면 내가 나무로 다가가 줄기를 쓰다듬으며 그 커다랗고 환한 나뭇잎 사이로 하늘을 올려다보기를 좋아한다는 것을. 잔디밭을 가로질러 오래된 샘물로 향하는 오솔길이 내 마음을 기쁘게 한다는 것도, 또한 머나먼 옛 경치가 떠오르는 높은 솔숲 언덕 위에서 강을 내려다보는 일이 나의 즐거움이라는 사실도. 내가 플라테로의 등 위에서 기분 좋게 졸고 있어도 눈을 뜨면 반드시 이처럼 기분 좋은 광경이 펼쳐진다.

나는 플라테로를 어린아이 돌보듯 한다. 길이 험하거나 조금이라도 지친 기색이 보이면, 나는 내려서 그를 편하게 해준다. 나는 그에게 입을 맞추기도 하고, 노하기도 하고, 부러 화를 돋구기도 한다 … 그러나 플라테로는 내 사랑을 잘 알고 있기 때문에 나를 원망하지 않는다. 그는 나와 너무도 꼭 닮았고 다른 당나귀들과 너무도 달라서, 나와 똑같은 꿈을 꾼다고까지 믿게 되었다.

플라테로는 정열적인 젊은 처녀처럼 나에게 순종한다. 아무런 불평도 없다. 그의 행복이 내 손에 있음을 나는 알고 있다. 그는 다른 당나귀나 사람들을 피할 정도이다.

3

무엇을 말했는지 간추려보자. (가) 나는 플라테로와 서로 좋게 해주고, 사랑한다. (나) 우리 둘 사이에는 아무 의심도 어떤 원망도 없다. (다) 사랑이 소나무·오솔길·강·하늘에까지 이어진다. (라) 다른 사람이나 다른 나귀는 이렇지 않다.

조금 따져볼 것이 있다. (가)는 사랑이 相生(상생)임을 잘 말했다.

(나)에서 相克(상극)을 아주 배제한 것은 납득하기 어렵다. 주종 관계의 相克을 대등한 위치의 相生이게 한 것을 말해야 한다. (다)는 둘의 대등이 萬生對等(만생대등)으로, 萬物對等(만물대등)으로 확대된 것을 말해주는 의의가 있다. (라)는 둘만의 사랑을 말해, 대등의 보편적 의의를 부정했다.

좋은 글을 써서 상당한 감동을 주지만 미흡하다. 애완동물 사랑은 대등하지 않을 수 있기 때문이다. 어느 정도의 결함이 있어 감점을 한다고 해도, 둘의 대등이 萬生對等으로, 萬物對等으로 나아간 것은 상당한 의의가 있다. 이에 관한 기술에 높이 평가할 것들이 있고, 마음을 들뜨게 한다. 몇을 든다.

참새들은 돈도 봇짐도 없이 여행한다. 그저 마음이 내키면 훌쩍 떠난다. 시냇물을 찾아내고, 덤불이 있는 곳을 짐작한다. 행복을 얻고 싶으면 제 날개를 펼치기만 하면 된다. 일요일도 없고 토요일도 없다. 언제나, 어디서나 목욕을 한다. 사랑은 하지만 이름은 없다. 널리 모두를 사랑하기 때문이다.

날마다, 우리가 언덕 오르막에서 지름길로 접어들 때마다, 그 꽃이 초록빛 제자리에 있는 것을 너는 바라보았지.

꽃이 흐드러지게 핀 누에콩밭은, 순수하고 꾸밈없고 자유로운 청춘의 달콤한 편지를 마을로 보낸다.

널찍하고 축축한 논두렁에는 양쪽에 늘어선 노란 나무들이 언젠가 초록 옷으로 갈아입을 날을 기약하며, 지금은 부드럽고 밝은 화톳불처럼, 잰걸음으로 걷는 우리를 생생하게 비춰주고 있다.

평화롭고 고요한 해거름과 함께 잠시 숨을 고르며, 머나먼 세계로 마음을 돌려 어렴풋한 기억의 끝자락을 좇는 일은 얼마나 근사하고 황홀한가.

생명이 있고 없는 모든 것들이 대등한 자격을 가지고, 서로 갖가지 소통을 하고 있다. 사람만 잘났다고 착각하는 차등론을 버리고 그런 연관 관계 속으로 들어가는 것은, 행복이라는 말도 할 필요가 없는 행복이다. 나귀와 서로 사랑해 대등을 확인한 덕분에 그 세계에 입회하는 자격을 얻는다.

수목과 더불어

1

1996년 7월 호주 시드니에서 한국학 국제학술회의가 열렸다. 발표하려고 가서 겪은, 예상하지 않았던 일을 말머리로 삼는다. 자초지종을 생각하면, 인연의 얽힘은 절묘하다고 하지 않을 수 없다는 말을 미리 한다.

불가리아에서 왔다는 발표자가 그저 그런 영어로 〈三國遺事〉(삼국유사)에 나타난 수목에 대해 발표한다면서 횡설수설했다. 사회를 맡고 회의를 진행해달라고 데려간 한국의 영문학자가, 무슨 말을 했는지 몰라 크게 당황하면서 앞에 앉아 있는 김윤식 교수에게 한 말씀해 도와달라고 했다. 김윤식 교수가 완강하게 거절해 아주 난처하게 되었다.

보다 못해 내가 구원 투수를 자원하고 나섰다. 먼저 발표자에게 《삼국유사》를 어떻게 읽었는지 물으니, 영역본을 보았다고 했다. 영역본을 보고 《삼국유사》에 나타난 수목을 고찰하니 정확한 이해가 가능하지 않아 혼란에 빠지고 당착이 생겼다고 하고, 갈피를 어떻게 잡아야 하는지 말했다.

《삼국유사》에서 수목은 (1) 숭앙의 대상, (2) 사람과 대등한 동반자, (3) 비유의 매체, 이 세 가지 구실을 한다고 하고, (2)가 특별한 의의를 가지므로 힘써 고찰할 필요가 있다고 했다. 구체적인 예를 들어 논의를 발전시킬 필요가 있었으나, 시간이 부족하고 영어로 옮기기 어려운 두 가지 이유 때문에 그만두었다. 내 말을 듣고, 그 발표자는 많이 배워 감사하다고 했다.

ㄹ

그때 하지 못한 말을 지금 한다. 많은 시간이 지나 오래 묵은 숙제를 한다. 하고 싶었던 말은 (1)·(2)·(3)의 본보기를 드는 것이다. (1) 건국시조가 태어났다고 하는 숲 鷄林(계림)을 숭앙해 국호로 삼았다. (2) "우리 임금님 귀는 당나귀 귀이다"라는 말을 대숲에서 하니, 대숲이 그 말을 되받아 되풀이했다. (3) 죽은 누이는 여기저기 떨어지는 나뭇잎처럼 한 가지에서 나고 가는 곳을 모른다고 〈祭亡妹歌〉(제망매가)에서 노래했다.

(1)의 전례는 다른 나라에도 더러 있고, (3)과 같은 사례는 아주 흔하다. 이 둘은 이해하기 쉬우며, 힘써 밝혀야 할 숨은 의미가 있는 것도 아니다. (2)는 그렇지 않으며, 《삼국유사》에서 특별하게 나타난다고 할 수 있어 힘써 고찰할 필요가 있다. 이에 대해 구체적으로 말하는 것이 오랜 숙제이다.

위에서 (2)의 본보기라고 한 것이 권2 紀異(기이) 제2 〈景文大王〉(경문대왕)에 있는 이야기이다. 왕의 귀가 갑자기 길어져 당나귀 귀처럼 되었다. 그 비밀을 幞頭匠(복두장)이라고 한 모자 만드는 장인만 알고 있다가 덮어놓고 죽을 수 없어 대숲에 들어가 "우리 임금님 귀는 당나귀 귀이다"라고 외쳤다. 그 뒤부터 바람이 불면 대숲에서 그 소리가 났다. 왕이 이것을 싫어해 대나무를 자르고 산수유를 심었더니, "우리 임금님 귀는 길다"라고 하는 소리가 났다고 했다.

수목은 사람과 대등한 동반자이며, 사람의 딱한 사정을 알고 도와준다. 사람이 덮어둘 수 없어 하는 말을 알아듣고, 입을 다물어야 하는 사람을 대신해 전해 준다고 했다. 대나무만 특별한 능력이 있어서 그러는 것은 아니다. 대나무를 자르고 그 자리에 심은 산수유도 조금 약화되기는 했어도 같은 말을 했다. 사람은 탄압해 입을 막을 수 있어도, 숨은 진실을 사람을 대신해 말하는 수목은 어떤 폭군도 감당하지 못한다. 수목이 사람의 대변자이고, 수호자이기도 하다.

권5 避隱(피은) 제8의 〈信忠掛官〉(신충괘관, 신충 벼슬을 그만두다)도 들어보자. 孝成王(효성왕)이 왕위에 오르기 전에 어진 선비 信忠과 잣나무 아래에서 바둑을 두면서, "훗날 그대를 잊으면 저 잣나무 같으리라"라고 했다. 왕이 되고 공신들에게 상을 내리면서 信忠은 잊었다. 信忠이 원망하는 노래를 지어 붙이자, 잣나무가 누렇게 시들었다. 왕이 괴이하게 여겨 사람을 시켜 알아보게 하니, 원망하는 노래를 가져다 바쳤다. 왕이 信忠을 불러 관직을 주자, 잣나무가 살아났다.

여기서는 잣나무가 사람과 대등한 동반자 노릇을 세 가지 점에서 아주 잘한다. 사람은 잊을 수 있는 기억의 보존자이다. 직접 말할 수 없는 하소연의 전달자이다. 잘못을 시정할 수 있게 하는 충고자이다. 잣나무가 특별한 나무여서 그러는 것은 아니다. 우연히 그 자리에서 있어, 수목이 사람을 도와주는 본보기를 보여주었다.

3

권5 避隱 제8의 〈包山二聖〉(포산이성)에서는 더욱 깊은 이치를 말했
다. 면밀한 검토가 필요해 긴요한 대목을 옮긴다.

(가) 누군지 모를 觀機(관기)와 道成(도성)이라는 두 聖師(성사)가
包山이라는 산속에 숨어 지냈다. 두 곳은 거리가 10리쯤 되었다. 구름을
헤치고 달을 노래하면서 서로 왕래할 때, 양쪽의 수목이 상대방이 오는
방향으로 고개를 숙여 손님을 맞이하는 것 같았다.

(나) 讚(찬)한 시가 있다. "相過踏月弄雲泉(상과답월롱운천) 二老風流
幾百年(이로풍류기백년) 滿壑烟霞餘古木(만학연하여고목) 偃昂寒影尙如
迎(언앙한영상여영)"(서로 왕래하며 달을 밟고 구름과 샘을 희롱하던 두
노인의 풍류 몇 백년이던가? 온 골짜기가 안개인데, 고목은 남아 있다.
굽혔다 폈다 하는 차가운 그림자가 아직 누구를 맞이하는 것 같다.)

(다) 䮼師(반사)와 㯷師(첩사)라는 聖師도 있었다. '䮼'(반)은 음이
'般'(반)이고, 鄕云(향운, 시골말로 이르면) 雨木(우목, 비나무)이다. '㯷'
(첩)은 음이 '牒'(첩)이고, 鄕云(향운, 시골말로 이르면) 加乙木(가을목,
갈나무)이다. 이 두 師(사)가 바위 무더기에 숨어 살면서 세상과 관련을
가지지 않는 동안, 나뭇잎을 엮어 옷으로 삼고 추위나 더위를 견딘 것
을 號(호)로 삼았다.

세상을 등지고 산속에 은거하는 隱者(은자)를, 성스러운 가르침을 베
푸는 聖師라고 하면서 높이 평가했다. 특별히 무엇을 깨닫고 가르쳐준다
는 말은 없다. 남다르게 선택한 삶 자체가 높이 평가해야 할 가르침이

다. 그 내역은 셋이다.

(갑) 세상을 등지고 은거한다.

(을) 혼자가 아닌 둘이 서로 관련을 가진다.

(병) 수목과 더불어 살고 친밀하게 지낸다.

(정) 산, 바위, 달, 구름, 샘 등의 자연물에서 즐거움을 얻는다.

(갑)은 세상이 혼탁하므로 산속에 은거해야 깨끗해질 수 있다는 것이다. 그 정도에 그쳐 은거를 칭송하기만 하면 차등론의 오류에 빠지므로, (을) 이하의 것들이 더 있어야 한다. (을)은 萬人對等(만인대등), (병)은 萬生對等(만생대등), (정)은 萬物對等(만물대등)을 체험하고 확인하는 행위이다.

(을)을 보자. (가)에서는 觀機와 道成, (다)에서는 橚師와 橂師를 함께 들었다. 둘은 차등에 관한 말이 전혀 없어, 대등하기만 하다. 생애가 알려지지 않아 캐물을 것이 없다.

(병)을 보자. 聖師들이 수목과 더불어 살고 친밀하게 지낸다는 것을 여러 가지로 말했다. 하나씩 가려 정리한다.

(다)에서는 橚師와 橂師가 나뭇잎을 엮어 옷으로 삼고 추위나 더위를 견딘 것을 號(호)로 삼았다고 했다. 살기 위해 수목의 도움이 절대적으로 필요하다는 말이다. 더 생각하면, 식물 섬유로 만든 옷이 모든 사람을 살린다.

(가)에서는 觀機와 道成이 서로 왕래할 때, 양쪽의 수목이 상대방 오는 방향으로 고개를 숙여 손님을 맞이하는 것 같았다고 했다. 수목이 사람과 친근한 관계를 가져 한 마음이라는 말이다. 수목을 벗으로 삼아, 인사를 하고 이야기를 나누고 위안을 받는 것은 오늘날에도 누구나 할 수 있다.

(나)에서는 사람은 가고 없어도 함께 지내던 수목은 남아 있어, 굽혔다 폈다 하는 차가운 그림자가 아직 누구를 맞이하는 것 같다고 했다.

사람은 없어진 다음에도 동반자는 과거와 현재를 잇고, 역사를 증언하는 것이 당연하다.

(정)을 보자. (가) 구름을 헤치고 달을 노래한다고 했다. (나)에서는 달을 밟고 구름과 샘을 희롱한다고 했다. (다)에서는 바위 무더기에 숨어 산다고 했다. 이런 것은 흔히 있고, 자주 말하는 사실이다. 왜 즐겁고 훌륭한지는 잘 알지 못하고 있었는데, (을)·(병)과 연결되어 분명해졌다.

(을)의 만인대등이 (정)의 만물대등과 연결되도록 하는 것이 그 중간 (병)의 만생대등이다. 수목은 사람의 대등동반자이다. 이 점을 납득할 수 있게 구체화해서, (병)의 만생대등을 분명하게 한 것이 둘씩 짝을 지은 네 聖師가 한 일이다. 말이 아닌 행동으로 크나큰 깨달음을 얻고 알려주었다. 이것이 《삼국유사》가 제시하는 대단한 철학이다.

4

멀리 호주 시드니에서 《삼국유사》 영역본을 읽었다고 하는 불가리아 사람이 횡설수설한 발표가 관심을 촉구하고, 탐구의 씨앗을 키워 오랜 시간이 지난 다음 여기까지 이르게 되었다. 인연의 얽힘은 절묘하다고만 하고 말 것은 아니다. 그 사람과 나는 대등한 관계를 가지고 서로 돕는다. 인류는 누구나 이럴 수 있다.

벌레의 즐거움

1

18세기의 별난 문인 李鈺(이옥)이 남긴 〈白雲筆〉(백운필)이라는 저작에 기발한 글이 있다. 제목이 따로 없어, 〈蟲之樂〉(충지락)이라고 하겠다. 〈벌레의 즐거움〉이라는 뜻이다. 전문을 번역으로 든다.

일찍이 수숫대를 꺾고, 그 한 마디를 쪼개니, 중간이 비어 들여다보이는 것이 위와 아래 마디에는 이르지 못하고, 크기가 연뿌리 구멍만 했다. 거기 사는 벌레가 있는데, 길이가 기장 두 알 만하다. 꿈틀거리고 움직이며, 삶의 의욕이 있는 듯하다. 나는 탄식하며 말한다.

"즐겁구나, 벌레여. 이 사이에서 태어나고, 이 사이에서 자라고, 이 사이에서 살고, 이 사이에서 입고 먹고, 또한 이 사이에서 늙는구나. 바로 이것 위의 마디는 하늘이고, 아래 마디는 땅이로구나. 흰 살은 먹거리이고, 푸른 빛 외곽은 궁실이다. 일월·풍우·한서의 변화가 없다. 산하·성곽·도로가 험난하고 평탄한 어려움도 없다. 밭 갈고 길쌈하고 조리하는 수고도 없다. 예악이나 文武(문무)의 빛남도 없다.

녀석은 인물·龍虎(용호)·鵬鯤(붕곤)의 위엄을 알지 못하니, 자기 몸으로 만족하고 곁눈질할 줄 모른다. 궁실이나 누대의 사치를 알지 못하니, 자기 거처를 만족스럽게 여기고 좁은 줄 모른다. 문장·錦繡(금수)·奇毛(기모)·彩羽(채우)의 아름다움이 있는 줄 알지 못하므로, 벌거벗은 것을 스스로 만족스럽게 여기고 부끄럽게 여기지 않는다. 술이나 고기, 맛있는 음식을 알지 못하니, 깨무는 것을 스스로 만족스럽게 여기고 주린다고 여기지 않는다. 귀로 듣는 바 없고, 눈으로 보는 바 없다. 흰 것으로 배를 불리다가, 때때로 울적하고 한가하면 몸뚱이를 세 번 굴리다가 위의 마디에 이르러 멈춘다. 이것 또한 한 번의 逍遙遊(소요유)이다. 어찌 넓고 넓어 여유가 있는 공간이라고 하지 않겠는가. 즐겁구나, 벌레여."

이것은 옛적 至人(지인)이라도 배우기나 하고 실행하지는 못한 경지이다.

먼저 말뜻을 풀이한다. 鵬鯤(붕곤)은 엄청난 크기의 새와 물고기이다. 상상의 영역에서 과장해 말하는 것이다. 錦繡(금수)는 비단에 놓은 수, 奇毛(기모)는 기이한 털, 彩羽(채우)는 광채 나는 깃털이다. 모두 장식용이다. 사람은 쓸데없는 장식을 일삼는다고 나무라려고 들었다.

ㄹ

逍遙遊(소요유)는 莊子(장자)가 무한한 자유를 누리며 거창한 나들이를 한다고 한 것이다. 사람의 자랑거리가 우습다고 하려고 들었다. 至人(지인)은 깨달음이 지극한 경지에 이른 사람이다. 莊子가 너무 거창한 말을 한 것이 허황하다고 비꼬면서, 미세한 관찰을 대안으로 제시한다고 은근히 말했다.

내용을 자세하게 살피자. 처음에는 수숫대 속 구멍에 사는 작은 벌레를 우연히 발견하고 관심을 가졌다. 그런 것은 무시해야 한다고 하지 않고 자세하게 관찰했다. 어떻게 살아가는지 이해하려고 했다. 벌레는 벌레의 삶을 사는 것이 당연하다고 했다.

그다음에는 그 벌레를 사람과 대등한 위치에 두고 견주어보았다. 벌레는 작은 공간에서 한정된 삶을 누리지만, 사람처럼 허식에 매이지 않고, 차등이 없으며, 구속을 만들어내지 않으며, 더 바라는 것이 없으니, 자유롭고 즐겁기만 하다고 했다. 벌레는 모든 동물 가운데 가장 저열하다고 여기는 선입견을 버리고, 사람이 만물 가운데 으뜸이라는 관념에서 벗어나야 한다고 했다.

그러다가 그 벌레는 사람보다 더 위대하다고 했다. 벌레가 몸뚱이를 굴리며 노는 것이 무한한 자유를 누리는 거대한 나들이, 莊子가 말한 逍遙遊의 실상이라고 했다. 공간이 좁고 넓은 것은 문제가 되지 않는다고 했다.

미세한 것까지 살피는 관찰력이 대단하다. 작은 벌레라도 그 나름대로의 삶을 누리고 있으므로 사람의 척도로 평가해 멸시하는 말아야 한다는 경고가 충격을 준다. 작고 크고, 못나고 잘난 것은 상대적이며, 역전될 수 있다는 원리를 알려준다.

3

莊子의 齊物은 萬物對等論(만물대등론)이라면, 이 글에서 말한 것은 萬生對等論(만생대등론)이다. 사람이 가장 존귀하고 우월해 다른 모든 생물을 멸시하고 지배할 자격이 있다고 하는 차등론을 부정하고, 모든 생물은 사람과 대등하다고 하는 것이 만생대등론이다. 대등은 평등이 아니다. 어느 생물이든지 그 나름대로의 특성이나 장점이 있어 대등하다고 한다.

莊子의 逍遙遊를 거론하면서 자기주장을 편 것이 흥미롭다. 너무 큰 것만 생각하다가 만물대등론에 머물렀다고 은근히 나무라면서, 자기는 아주 작은 쪽을 살피는 데 힘써 만물대등론보다 실감이 월등한 만생대 등론을 제시한다고 했다. 어느 쪽이 더 큰 충격인지 생각하라고 했다. 끝으로 한 말이 가장 놀랍다. 벌레의 즐거움을 발견하고 벌레와 하나가 되는 것을 두고, "이것은 옛적 至人이라도 배우기나 하고 실행하지는 못 한 경지이다"고 했다.

만물대등론과 만생대등론은 경쟁 관계일 수 없다. 둘의 차등을 말하 면 대등의 의의가 없어진다. 莊子가 말한 거대 세계와 자기가 관찰한 미세한 삶은 대등하다. 만물대등론을 근거로 만생대등론이 성립된다. 만 생대등론이 만물대등론의 타당성을 실감하게 한다. 이런 논의가 만인대 등론까지 이어져야 한다.

4

모두 선생이다

풀은 선생이다. 초등학교 저학년 선생이다.
집 안팎의 풀이 이울면 가을이 된 것을 알고,
살아나면 생명이 피어나는 봄을 알라고 한다.
계절의 순환을 먼저 알라고 친절하게 말하더니,
생명이 무엇인지 알아보라는 숙제를 낸다.
이 숙제는 쉽지 않아 평생토록 탐구하고 있다.

진달래도 선생이다. 초등학교 고학년 선생이다.
근처 산에 해마다 피는 진달래는 너무나도 놀라워,
생명의 아름다움을 탐구하고 창조하라고 가르친다.
아름다움은 알기 어렵고 창조하기는 더 힘들어,
그때 배운 것이 사라지지 않고 생생하게 남아,
그림도 그리고 시도 쓰면서 힘든 것을 즐긴다.

까치도 선생이다. 중학교에서 만나는 선생이다.
까치는 누가 찾아오면 반가운 말로 알려준다.
그 소리 맑고 청명해 흐린 정신을 깨우쳐준다.
까치와 까치, 까치와 사람, 사람과 사람의 만남
창조의 시발, 운동의 동력, 역사의 전개이다.
차등론의 장애를 물리치는 대등론의 쾌거이다.

강아지도 선생이다. 고등학교 수준의 선생이다.
강아지는 길을 가다 미지의 것이 있으면 멈춘다.
의문을 그대로 두지 않고 자기가 맡아서 알아낸다.
무엇인가 조사하고 추리하는 작업을 철저하게 한다.
결과를 알려주지 않아 궁금하다는 말은 그만두고,
그런 탐구의 열의와 방법 본받아 공유해야 하리라.

대학 선생은 누구인가? 호랑이가 있는데 내쫓았다.
호랑이는 어떤 험악한 환경에서도 모험과 도전으로
운명을 개척하는 동반자이기에 너무 힘들어 배척했다.
대학에서는 교사보다 반면교사가 더 소중한 줄 알고,
호랑이를 반면교사로 삼아 치열한 토론을 해야 하는데,

공부를 스스로 한다고 장담하며 길을 잃고 헤매는구나.

대학원은 어떤가? 바이러스 선생이 있는데 알아보는가?
인류가 동물을 마구 괴롭히니, 식물이 가만두지 않는다.
식물까지도 못살게 하니, 미생물이 훈계를 맡아 나선다.
바이러스는 미생물에서도 가장 작고 무생물이기도 해서,
누구보다 더 큰 힘을 지니고 행사하는 지구의 주인이다.
하늘처럼 넓은 대등론 강의를 하고 있으니 들어야 한다.

선생들의 말 전혀 듣지 않고 불량학생 노릇이나 하다가,
학교에서 퇴출될 수 있다. 너무 심하면 인류는 멸종한다.
선생들은 남아서 다른 학생 기다려도, 지구에는 더 없다.
인류의 역사는 연습이 아니고, 또다시 시작되지도 않는다.
아득히 먼 곳 다른 은하 어디에 인류 같은 학생이 있다면
그쪽 선생들이 하는 말 잘 들어 퇴출도 멸종도 없으리라.

미천하다는 처녀

1

〈古詩爲焦仲卿妻劉氏作〉(고시위초중경처유씨작)이라고 하는 작자 미
상의 시가 중국에 전한다. 〈焦仲卿의 아내 劉氏를 위해 지은 古詩〉라는
것이다. 古詩는 형식이 미비한 옛스러운 시이다. 수법을 탈 잡지 말고
다룬 내용에 관심을 가지라고, 그 말을 앞에 내놓았다.

서두에 설명이 있다. "漢末(한말) 建安(건안) 연간에 盧江(여강) 고
을 小吏(소리) 焦仲卿의 아내 劉氏는 仲卿의 어머니에게 쫓겨났으나 개
가하지 않겠다고 다짐했다. 집안사람들이 핍박하자 물에 빠져 죽었다.
仲卿은 이 말을 듣고 뜰에 있는 나무에 목을 매 죽었다. 당시 사람들이
이 일이 마음 아파 시를 지어 말했다."

시어머니는 며느리를 쫓아내고, 친정 집안사람들은 개가하라고 핍박
했다. 양쪽 다 차등 상위자의 횡포를 부려, 하위자 둘을 자살하게 했다.
하위자 둘 아내 劉氏와 남편 焦仲卿은 대등한 관계를 가지고 깊이 사랑
하고 있어, 아내가 자결하자 남편이 따랐다. 차등과 대등이 어떻게 다른
지 말해주면서, 차등의 횡포를 고발했다.

ㄹ

한나라 연호 建安은 169~220년이다. 1500년쯤 지난 뒤에, 조선후기 金鑢(김려)라는 시인이 〈古詩爲焦仲卿妻劉氏作〉를 본뜬 〈古詩爲張遠卿 妻沈氏作〉(고시위장원경처담씨작)을 지었다. 〈張遠卿의 아내 沈氏를 위해 지은 古詩〉라는 것이다. 제목의 말투를 그대로 쓰고 남편 성명과 아내 성만 바꾸어, 둘을 대조해 읽게 했다.

실화라고 한 것이 같고 언사도 흡사하지만, 말하려고 하는 바는 다르다. 원작에 대한 반론인 개작을 내놓고, 차등과 대등의 관계에 대해 새로운 주장을 폈다. 차등과 대등의 싸움에서 대등이 이기고 있으니, 비관을 버리고 낙관해도 된다고 했다.

앞의 노래의 劉氏는 평민 신분인 것으로 짐작되고, 이름은 말하지 않았다. 뒤의 노래의 沈氏는 신분이 백정이고, 이름은 蚌珠(방주)라고 했다. '蚌'은 '조개'이다. '蚌珠'는 '진주'와 상통하는 말이다. 이제부터 두 인물을 '劉氏'와 '방주'라고 부른다. 이름은 없고 '劉氏'라고만 한 것은 여자를 낮추는 차등론에 근거를 두고, '방주'라고 하는 예쁜 이름이 알려진 것은 남녀 대등론으로 나아간 덕분이다.

　十三能織素(십삼능직소)
　十四學裁衣(십사학재의)
　十五彈箜篌(십오탄공후)
　十六誦詩書(십륙송시서)
　十七爲君婦(십칠위군부)

　六歲識繅絲(육세식소사)

七歲通諺書(칠세통언서)

八歲髮點漆(팔세발점칠)

學姊能自梳(학자능자소)

時向華燈下(시향화등하)

朗吟謝氏傳(낭음사씨전)

微風送逸響(미풍송일향)

琼琤破玉片(종쟁파옥편)

九歲辨晉字(구세변진자)

十歲曉歌詞(십세효가사)

短闋山有花(단결산유화)

延嚨益凄其(연롱익처기)

열세 살에 흰 비단 짤 줄 알고,
열네 살에 옷 마름질 배웠네.
열다섯 살에는 공후를 탔으며.
열여섯 살에 《시경》과 《서경》을 외웠네.
열일곱 살에 당신의 아내가 되었어요.

여섯 살에 실 자을 줄 알고,
일곱 살에 언문을 깨쳤네.
여덟 살에 윤기 흐르는 까만 머리,
언니 본떠서 혼자 빗질을 하네.
밝은 호롱불 아래 앉아,
사씨전을 낭낭하게 읽으면,
선들바람이 귀여운 목소리 실어
쨍그렁 구슬 깨지는 소리로다.

아홉 살에 한문을 알고,
짧은 가락 산유화를
목을 뽑아 애처롭게 부르네.

위는 劉氏, 아래는 방주를 소개한 말이다. 열세 살부터, 여섯 살부터 눈에 띈 것이 다르다고 했다. 방주는 그만큼 조숙했다는 말이다. 몸단장을 할 줄 안다는 말은 방주에게만 있다. 의류 제작과 관련된 여자의 일을 익히고, 여자는 하지 않아도 되는 글공부를 하고, 음악을 즐기기까지 했다는 것이 같다. 둘 다 대단해 칭송할 만하다.

그러면서 글도 음악도 다르다. 음악부터 말해보자. 劉氏는 箜篌(공후)를 탈 줄 알아 존귀한 분을 기쁘게 할 수 있었다. 방주가 부르는 노래는 자기표현을 적극적으로 하는 사설을 갖추었다. 격조를 높이는 것과 스스로 즐기는 것은 다르다. 연주만 하는 것과 작곡가도 되고 시인도 되는 것도 다르다.

글 공부가 劉氏에게는 《詩經》과 《書經》을 외는 것이었다. 방주는 언문을 깨쳐 〈謝氏傳〉을 즐겨 낭송하고 한문도 알았다. 《詩經》과 《書經》을 외면 여자는 무식하다고 멸시받지 않을 수 있으나, 독서의 즐거움을 누리면서 자기 발견을 하지는 못한다. 공부를 한 것이 남편을 두고 개가를 할 수 없다는 도덕하고나 연관될 따름이다.

방주가 깨친 언문은 여자 글이다. 방주는 남자 글인 한문도 익혀 둘이 상통하게 하고, 언문소설을 탐독했다. 〈謝氏傳〉 또는 〈謝氏南征記〉(사씨남정기)는 언문소설의 명작이다. 여자의 삶을 높은 식견을 가지고 진지하게 다룬 작품이다. 사씨와 교씨 두 여자의 너무나도 다른 인생행로를 견주어 살피면서, 어느 쪽과 자기를 동일시할 것인지 내심의 토론을 벌이게 한다. 최상위의 남자 金萬重(김만중)이 그런 작품을 쓴 변신을 대등을 위한 노력으로 평가할 수 있다.

劉氏는 결혼을 잘못해 시어머니에게 구박받고 쫓겨나 마침내 자결했다. 방주는 아직 처녀여서 가능성이 열려 있었다. 또한 나라가 다르고, 시대가 바뀌었다. 차등의 비극이 아닌 대등의 행복을 보여줄 수 있다. 이런 전환의 커다란 의의를 생각하고, 金鑢는 반론이 되는 시를 지었다.

3

劉氏가 시어머니에게 쫓겨나고 죽은 것과 아주 다른 사건이 어떻게 벌어졌는지 보자. 어떤 사람이 지나가다가 방주를 보고 감탄해 그 집을 찾아들어가 며느리를 삼고 싶다고 했다. 방주의 아버지는 자기네는 백정이어서 종보다도 천한 처지이므로 그런 말을 하지 말라고 했다.

그 사람은 자기의 생애를 말했다. 어려서부터 뜨내기로 지내며 어물장수 노릇을 하면서 살아가는 동안에 세상을 겪을 대로 겪어 사해가 모두 동포임을 절실하게 깨달았다고 했다. 지금은 잘되어 종4품 무관 把摠(파총) 벼슬을 하고 있지만, 깨달은 바를 지켜나가고자 한다고 했다.

무관이 된 뜨내기와 백정 신분, 양쪽이 힘을 합쳐 사람 차별을 깨고 누구나 대등하다는 것을 입증하고 실행하는 사건이 전개되려고 하는 판국인데, 작품이 이어지지 않고 더 없다. 더 쓰지 못했는가? 썼는데 망실되었는가? 망실된 이유는 알 수 없다. 더 쓰지 못한 이유는 말할 수 있다. 신분 차등이 엄연히 존재하는 시대에 대등으로 나아가자고 역설하는 것이 너무 힘들었을 수 있다.

이야기를 온통 지어낸다고 하면 제재를 받지 않지만, 선후 역전을 납득할 수 있게 하는 기발한 착상이 떠오르지 않았을 것이다. 실제로 있는 사실을 말한다고 하는 문학은 운신의 폭이 좁다. 사실주의를 지나치게 평가하지 말아야 한다.

여성의 위상

1

영국여성 제인 오스틴(Jane Austin)은 평생 미혼이면서, 《오만과 편견》(*Pride and Prejudice*, 1813)이라는 소설에서 결혼이 무엇인가에 관한 일가견을 폈다. 첫 문장을 보자. 오독했다는 말을 듣지 않으려고 원문도 든다.

"좋은 행운을 차지하고 있는 미혼 남자가 반드시 아내를 필요로 한다는 것은 보편적으로 인정된 진리이다."(It is a truth universally acknowledged, that a single man in possession of a good fortune, must be in want of a wife.) 말이 되는 말을 했는가? 의문이 아닐 수 없다.

미혼 남자라도, 행운을 차지하고 있지 않으면 자격이 부족해 아내를 필요로 하지 않는가? 남자만 아내를 필요로 하고, 여자는 남편을 필요로 하지 않는가? 보편적으로 인정되는 진리는, 미혼의 남녀는 누구나 배우자를 필요로 한다는 것이 아닌가? 이런 의문을 외면하고 딴소리를 했다.

의문이 생기게 하는 것은 작자가 내세운 이유는 솔직하지 않고, 표면과는 다른 이면의 생각이 있기 때문이다. "좋은 행운을 차지하고 있는 미혼 남자가 필요로 하는 아내가 되려면 어떻게 해야 하는가?" "좋은 자리를 얻어 평생 잘 지내려면 어떤 작전을 써야 하는가?" 내심에서 하는 이런 말을 다르게 바꾸어놓고, 세상 사람들을 널리 깨우쳐주는 고담준론을 편다고 위장했다.

실상을 밝혀 고찰하자. 결혼에서 재산이 중요시되는 것은 신분사회가 계급사회로 바뀌고 있기 때문이다. 그전에는 신분에 따라 결혼을 했으므로 재산이 따로 문제되지 않았다. 고하를 타고난 신분이 빈부가 구분되는 계급으로 바뀌어, 재산을 보고 결혼을 해야 하는 시대가 되었다.

여성은 재산 상속권이 없어, 친정이 부자라도 편안하게 먹고살려면 재산이 많은 신랑감을 확보해야 했다. 남자는 당당하지만, 여자는 비굴하지 않을 수 없었다. 차등이 이렇게 심해진 것은 그 당시 영국 사회가 잘못되었기 때문이다.

재산이 많은 남자는 당당한 정도를 넘어서서 오만했다. 오만한 남자에게 선택받고 적응하려고 하는 짓이 비굴해 여자는 심성이 비뚤어져, 선의는 있을 수 없다는 편견을 낳았다. 결혼이란 오만한 남성과 편견을 가진 여성의 불가피한 결합이어서 행복은 있을 수 없는 허상이다. 이렇게 말한 것은 사태를 바로 파악했다고 인정하고 평가할 만하다. 비정상이 당연하다고 한 것은 식견 부족이므로 지적하고 나무라야 한다.

《오만과 편견》이라는 작품 제목에서부터, 남녀 차등이 빚어낸 불행을 말했다. 이에 대해 비판하고 시정을 요구했다면 칭찬할 수 있으나, 전혀 그렇지 않았다. 차등의 불행은 당연하다고 여기고, 순응하면서 이용하려고 하는 여성들의 술수 경쟁을 기본 내용으로 했다. 그래서 남녀 양쪽 독자의 관심을 끌었다.

첫 문장과 대응되는 더 거창한 명제를 나는 제시한다. 이 작품이 심성 비뚤어진 마녀 같은 작가의 무척 괴이한 상술을 보여주었다고 해도, 너무 심한 과장은 아니라는 것이 인정된 진리이다. 작품 안은 이쯤 들여다보고, 시야를 확대하자.

《오만과 편견》이 모든 결혼을 말한 것은 결코 아니다. 영국이 자본주의 사회로 들어서던 시기의 시민사회에 나타난 비정상의 인간관계가 결혼의 의의를 유린한 참상을 말했을 따름이다. 그렇지 않은 결혼도 얼마든지 있다. 남녀가 대등한 관계를 가지고 낭만적인 사랑을 하며 행복한 결혼의 이상을 성취해야 한다는 이상론을 넘어서서, 사실에 입각한 반론을 제기하고자 한다.

ㄹ

재산이 아닌 노동으로 살아가는 하층민은 남자의 오만도 여자의 편견도 없고, 대등한 결혼을 해서 행복하게 살 수 있다. 남성의 우위를 인정하지 않고, 여성이 자진해서 희생해 불운을 행운으로 바꾸어놓을 수도 있다. 이런 결혼 생활을 보여주는 작품의 좋은 본보기로, 아프리카 나이지리아 여성작가 에메체타(Buchi Emecheta)의 《어머니 노릇의 즐거움》(*The Joys of Motherhood*, 1979)을 들 수 있다.

이 작품의 주인공은 존경받는 추장의 딸로 태어나고, 자식을 많이 둘 것이라고 했다. 그 둘 다 행복을 약속하는 조건인데, 식민지통치가 시작되어 가혹한 시련이 닥쳐왔다. 폭력을 휘두르는 첫째 남편을 버리고 다시 얻은 두 번째 남편은 영국인에게 고용되어 세탁 일을 하면서 비참하게 살았다. 두 아들, 여섯 딸을 장성하도록 키우면서 아내는 무슨 일이든지 닥치는 대로 해야 했다.

남편은 군대에 징집되어 나갔다가, 아내를 하나 더 얻어 집에 데리고 왔다. 두 아내는 질투를 할 겨를도 없이 먹고살기 위해서 분투하면서 서로 도와야 했다. 그 정도로 그치지 않고, 남편은 무슨 죄를 짓고 잡혀 들어가 감옥살이를 하기까지 했다. 남편이 그처럼 형편없는 위인이라고 해서, 이혼을 하거나 내쫓을 수 있는 것도 아니었다. 여자의 권리 주장은 너무나도 사치스러웠다.

아이들에게 아버지가 있다는 것만으로도, 남편이 자기 구실을 한다고 인정해야 했다. 나머지 모든 일은 아내가 맡아야 했다. 살림을 꾸려가고 아이들을 기르는 일을 아내가 도맡아, 힘든 만큼 보람 있다고 여겨야 했다. 그 처지를 단적으로 나타낸 말이 긴요해, 이번에도 번역만 제시하지 않고 원문을 밝힌다.

"자식들에 대한 사랑과 의무가 그 여자에게 노예의 쇠사슬과 같았다"(Her love and duty for her children were like her chain of slavery.)고 했다. "어머니 노릇의 기쁨은 모든 것을 자기 자식들에게 주는 기쁨이었다"(The joy of being a mother was the joy of giving all to your children.)고 했다. 서로 다른 말이 함께 타당했다.

남성이 가정의 군주로 군림하면서 여성을 지배하는 시대는 가고 있다. 오만과 편견의 결합인 결혼은 호된 비판 탓에 지속되지 않는다. 시대가 크게 달라지면서, 남녀관계에 대변동이 일어나고 있다. 유럽 선진국이라고 하는 데서는 남녀가 결혼하지 않고 동거만 하다가 쉽게 헤어진다. 대다수의 아이들이 사생아로 태어나고 애정 결핍을 견디며 자라나, 비정상을 재현하고 확대한다.

제3세계에서는 여성이 여전히 종속적인 위치에 머무르고 있으니 뒤떨어졌다고 나무랄 것은 아니다. 무력해진 남성을 대신해 여성이 집안을 일으키고, 아이들을 보듬으면서 기르려고 엄청난 희생을 자진해 겪고 있다. 남성이 지배하던 가족이 파괴된 것을 여성이 중심을 잡고 재건하고 있다.

3

《오만과 편견》을 써서 여성의 결혼에 대해 가장 잘 안다고 한 것은 문자 그대로 오만이고 편견이다. 이 작품이 명작이라고 받들지 말고, 실상을 바로 알아야 한다. 영국은 선진국이어서 《오만과 편견》 같은 세계적인 걸작을 산출하고, 영국의 식민지였던 나이지리아는 후진 가운데서도 후진이어서 《어머니 노릇의 즐거움》 따위의 못난 작품이나 내놓는다고 한다면, 이것은 더 심한 오만이고 편견이다. 가장 악성의 차등론이다. 반드시 바로잡아야 한다.

《어머니 노릇의 즐거움》은 낙후한 삶을 보여주지 않는다. 《오만과 편견》은 선진이 후진이고, 이 작품은 후진이 선진인 역전을 보여준다. 시대 전환의 가능성을 입증하고 미래를 예견할 수 있게 한다. 대등의 시대를 여는 선구자 노릇을 한다.

선진국이라고 뽐내는 부유한 나라에서도 여성이 남성을 투쟁의 대상으로 삼아 일탈이나 일삼지 말아야 한다. 해체되는 가족을 재건해 인류를 위기에서 구해야 할 책임을 통감해야 한다. 모든 것을 감싸는 커다란 힘을 발휘해 책임을 실천에 옮겨야 한다. 이렇게 깨우쳐주어, 선후역전으로 세계사가 앞으로 나아가게 한다.

가족은 해체되어 없어지지 않는다. 재건되어 모습을 바꾼다. 차등을 원리로 한 남성 중심의 가족을 대신해 여성 중심의 대등 가족이 등장해, 인류 문명의 전환이 이루어진다. 그 일단을 알아보았다.

여성은 남성처럼 오만하지 않고 부드러운 포용력을 가진다, 자기희생을 가장 큰 힘으로 삼고 대등을 실현한다. 인류문명의 위기를 극복하고 더욱 바람직한 세상을 만들어나간다.

억압 풍자

1

차등론이 최악으로 치달은 형태는 권력을 독점한 폭군이 누구나 억압하고 절대적 복종을 요구하는 것이다. 이에 대해 어떻게 항거해야 하는가? 민란을 일으켜 싸우는 것은 쉽지 않고, 실패해 끔찍한 희생을 초래할 수 있다. 민란의 주동자가 성공하면 새로운 폭군이 되어 차등론을 다시 극대화할 수 있는 것을, 많은 전례가 말해준다.

피해나 부작용이 적으며, 공격의 효과는 분명한 방법은 풍자를 하는 것이다. 풍자는 결정타일 수 없다고 얕잡아보지 말아야 한다. 노력이나 희생이 적은 데 비해 공격의 효과가 큰 것을 평가해야 한다. 이 작전을 수행하려면 오랫동안 은밀하게 모의하고 동지를 많이 모으지 않아도 된다. 착상이 기발한 시인 혼자서 효력이 큰 거사를 일거에 감행할 수 있다. 시쳇말로 하면, 가성비가 아주 높다.

풍자를 잘하는 것은 우연이 아니다. 오랜 전통을 이어받아야 하는 내막이 있다. 세계 어디서든지 각기 자기네 풍자문학을 자랑하지만, 페르시아의 것이 특히 뛰어나다. 고대문명에서 축적한 역량을 이슬람을 받아들여 중세화하고, 보편적 이상을 빼어나게 구현하고 있는 나라가 페르시아이기 때문이다. 본보기를 몇 들어, 어느 정도인지 말한다.

ㄹ

12세기의 아타르(Attar)는 페르시아문학의 수준을 크게 높였다. 진리를 추구하는 과정을 장엄한 어조의 장시를 지어 나타내고, 성자들의 언행록을 모아 널리 가르침을 베풀었다. 제왕의 억압을 풍자할 때에는, 다음과 같이 목소리를 낮추어 우스꽝스러운 말을 했다(Hasan Javadi, *Satire in Persian Literature*, 1998).

> 어떤 미친 녀석이 술에 취해
> 임금님의 용상에 올라갔다가,
> 경비하는 군사들에게 잡혀서
> 피 터지게 얻어맞으면서
> 입을 열어서 한다는 수작이,
> "이 세상을 다스리는 임금님이시여,
> 나는 잠시 용상에 앉았다가
> 이렇게 얻어터졌는데,
> 평생토록 용상에 앉아 있어야 하는 당신은
> 사지가 찢어지지 않을까요?
> 나는 잠시 동안의 죄과를 치루었지만,
> 당신은 어떻게 감당하오리까?"

ㅋ

13세기 후반에 사디(Sadi)는 〈장미의 화원〉(*Gulistan*)이라고 하는 묘한 제목을 내걸고 아주 기발한 책을 지었다. 흥미로운 일화를 들고 시로 요약하는 방식을 사용해 풍자를 이중으로 했다. 한 대목을 든다(김남기 역, 《장미의 화원》, 1990).

어느 폭군이 隱者(은자)에게, 어떤 식으로 예배를 드리는 것이 가장 좋은 것이냐고 물었다. 은자는 이렇게 말해주었다. "가장 좋은 것은 폐하가 그저 반나절쯤 주무시는 것입니다. 그동안이라도 백성들이 해를 입지 않게 말입니다."

폭군이 반나절 잠자는 것을 보고
나는 밀했다네 "그런 혼미한 상태가 잠에서 깨는 것보다 낫구나"
깨어 있을 때보다 잠자는 것이 더 나은 인간은
그런 못된 삶을 사느니 죽는 편이 낫네.

4

14세기의 자카니(Zakani)는 몽골 통치하 페르시아 지배층의 타락상을 문제 삼았다. 산문에다 시를 이따금 삽입한 〈귀족들의 윤리〉(Akhaq al-asraf)를 써서, 귀족이라는 사람들이 마땅히 지켜야 할 도리를 버렸다고 했다. 비굴하게 되고 타락한 실태를 구체적으로 들고 나무랐다.

그 방법이 기발하다. 우선 지혜, 용기, 순결, 정의, 관용 등의 덕목을 열거했다. 그 다음에는 이런 것들이 지금은 찾아볼 수 없게 된 "폐기된 관습"과 세상에서 널리 통용되고 있는 "채택된 관습", 이 둘을 대조해 보여주었다. "채택된 관습" 쪽이 더 기발하다. 그릇된 세태를 나무라는

말을 바로 하지 않고, 악덕이 마땅한 도리라고 하는 반어적인 발언을
해서 풍자의 효과를 높였다. 정의에 관한 대목에서 다음과 같이 말했다.
(Obeyd-e Zakani, Hasan Javadi tr., *The Ethics of the Aristocrats and
Other Satirical Works*, 1985)

정의를 실행하며, 아랫사람들을 때리고, 죽이고, 벌금형에 처하는 일
을 자제하며, 술에 취해 으르렁대며 아랫사람들을 꾸짖지 않은 상전은
아무도 두려워하지 않는다. 그런 임금에게는 신하들이, 그런 어버이에게
는 자식들이, 그런 주인에게는 노예들이 복종하지 않는다. 그 때문에 나
라 전체가 혼란에 빠진다. 그래서 이런 말이 있다.

왕들은 한 사람의 신하를 얻기 위해
백 사람의 신하를 희생시켜야 하느니라.

반어를 사용하는 이런 풍자는 난공불락으로 악화된 차등론에 대한 슬
기로운 기습 공격이다. 그렇지만 그 대안이 되는 대등론을 제시하지 못
하는 한계가 있다. 공격 능력을 과장하고 얻은 전과를 실상 이상으로
자랑하다가, 대등을 배신하고 차등의 편이 될 수 있다.

5

강약의 허실

거목은 강풍에 쓰러지고,
풀은 어떤 시련도 견딘다.
코끼리는 큰 코를 휘두르며 길을 찾고,
지렁이는 땅속에서 어느 충격이든 감지한다.

호랑이는 산 하나를 지배한다고 뽐내고,
기러기는 여러 대륙을 가볍게 드나든다.

＊일곱 ★＊

초기 기독고의 성자들

1

  기독교 〈신약성서〉 서두의 몇 복음서에서 말한 예수의 생애는, 예수
가 신의 아들이라고 하는 것을 절대적인 전제로 하고 있다. 〈사도행전〉
에서 제자들이 활동한 내력을 말한 데서는 사람의 삶이 보이지만, 예수
의 그늘이 너무 짙어 모습이 뚜렷하지 않다. 기독교의 전승에서 대등을
위한 고민이나 시련을 찾으려면 더 기다려야 했다.

  3세기 후반의 이집트의 사제자 안토니우스(Anthonius)는 별난 사람이
었다고 한다. 가지고 있는 모든 것을 가난한 사람들에게 나누어주고, 사
막의 산속에 들어가 고행을 하면서 마귀와 싸웠다. 세상에 나와서 마음
의 평화를 가르치다가, 박해를 당해 죽었다. 평생토록 대등을 추구했다
고 할 수 있는 이런 생애가, 알렉산드리아의 대주교 아타나시우스
(Athansius)가 그리스어로 쓴 〈聖(성) 안토니우스의 생애〉에 올라 널리
알려졌다.

  그 책은 라틴어·곱틱어·시리아어·아랍어의 번역본이 이루어지고 거듭
개작되면서, 널리 영향을 끼쳤다. 동방기독교와 서방기독교 그 어느 쪽
의 성자전이든 안토니우스의 이야기를 기본으로 하고 다른 성자전을 보
탰다. 그 뒤에 성자전이 유행했다. 교조전은 신과 사람의 차등을 딱딱하

게, 성자전은 사람들끼리의 대등을 부드럽게 말한다. 성자전이 교조전보다 더 큰 호응을 얻은 것이 당연하다.

ㄹ

여러 성자의 행적을 모아 성자전을 책으로 엮는 작업은 시리아에서 시작되었다. 동방기독교의 한 중심지가 된 시리아에서 시리아어를 경전어로 삼아 이룩한 저술 가운데 성자전이 포함되어 있다. 6세기 후반에 키릴(Cyril de Scythopolis)이 〈팔레스타인 성자들의 생애〉를, 요한(John de Ephesus)이 〈동방 성자들의 생애〉를 쓰는 일을 병행해서 했다.

앞의 것은 사실 주위의 단순한 기록이지만, 뒤의 것은 내용이 풍부하고 절실한 서술을 갖추고 있어 더욱 주목할 만하다. 메소포타미아와 시리아 일대의 성자 58인의 생애를 자기 자신의 체험과 주장을 나타내면서 고찰했다. 세상의 혼잡에서 벗어난 고독한 삶을 택하고, 고행을 통해 진정한 신앙을 얻는 성자들의 삶을 높이 평가해야 한다고 했다.

그 한 본보기로 아다이(Addai)를 들어보자. 아다이는 시골 사제로 파견되어 빈민, 고아, 과부 등의 약자를 돌보았다. 교리상의 견해차 때문에 추방되어, 산악지대로 들어가서 외로운 고행자 노릇을 했다. 행방을 알고 찾아오는 신도들이 있어 물리치지 못해 조용하게 수도할 수 없었다. 아다이를 추방했던 교회는 이민족에게 약탈당하다가 망하고 말았다. 그래서 벌어진 사태를 다음과 같이 서술했다.

그 축복받을 분은 자기가 돌보아줄 길이 없는 굶주리고 절망에 빠진 사람들을 보고 괴로워했다. 교회에서 돌보던 사람들도 도움을 요청해서 자기 소관이 되었다. 그래서 판단했다. "형제들을 이 산으로 데려와서 포도밭을 일구어 생계를 도모하게 하는 것 외에 다른 방도는 없다."

굶주리고 절망에 빠진 사람들을 도와주는 것이 최상의 수련임을 깨닫지 않을 수 없었다. 포도를 심었더니 뜻밖에도 수확이 풍성해 모든 어려움을 해결하는 이적이 벌어졌다는 것이 당연한 일이다. 올바른 신앙에는 정당한 보상이 따른다는 믿음이 여러 성자전의 공통된 주제이다.

3

비잔틴에서는 일찍이 2세기 중엽에 〈순교자들의 행적〉을 편찬하고, 〈성자들의 생애〉 및 성자 개인의 전기를 여러 형태로 거듭 마련해, 신앙을 위해 사용하고, 문학 창작의 원천으로 삼았다. 등장하는 성자는 대부분 외국인이다. 안토니우스를 선두에 두고, 팔레스타인이나 시리아에서 내세운 성자도 널리 받아들여 기독교 세계 전체의 정통을 수호한다고 자부하고자 했다. 자기 나라의 성자는 내세우지 않은 것은 황제나 총대주교보다 훌륭한 인물이 있을 수 없다고 하는 권력자의 사고방식 때문이었을 수 있다.

예외가 없는 것은 아니다. 교회에서 뛰쳐나와 시정에서 노예처럼 지내면서 하층민을 도와주었다고 하는 히파티우스(Hypatius)는 비잔틴의 사제이다. 기존 교단의 권위주의에 불만을 가진 하층에서는 자기네와 더욱 친근한 성자를 요구해, 그런 인물이 성자전에 오르는 변화가 나타났다.

비잔틴의 성자전에서 각별하게 부각시킨 인물은 사제자가 아니고 신도이며, 남성보다는 여성이다. 평범하게 살아가면서 대단한 결심을 해서 다른 사람이 따를 수 없는 경지에 이르렀다고 하고서, 일반 신도나 백성에게 커다란 교훈이 되는 이야기를 들려주고자 했다. 그 가운데 둘을 본보기로 든다.

국제적인 거부 멜라니아(Melania)라는 여인은 이집트에서 헤페스티온 (Hephestion)이라는 수도사가 돗자리 한 잎, 과자 몇 조각, 소금 약간만 가지고 살아가는 것을 보고 충격을 받았다. 재산을 모두 가난한 사람들에게 나누어주고 자기도 그처럼 청빈한 생활을 하기로 작정했다. 토요일과 일요일에만 거친 음식을 먹고, 모포를 걸치고, 재 위에다 마대를 깔고 잤다. 그러면서 다음과 같이 말했다.

마귀가 나를 유혹해 거만한 생각을 하도록 하는 것을 눈으로 보고 있다. 나는 지금 비단옷은 버리고 마대를 걸치고 있고, 생각을 아주 겸허하게 한다. 시장 바닥에 알몸으로 누워 있고, 돗자리만 가지고 추위에 얼고 있는 사람들이 있는 것을 마음속으로 보고 있다.

안티오크의 기생 펠라기아(Pelagia)가 향수를 바른 나체로 거리를 활보해 모든 사제들의 눈을 빼앗았으나, 논누스(Nonnus)는 정신을 차렸다. 펠라기아를 교화해, 마귀의 올가미에서 벗어나 회개하고 새 사람이 되어 재산을 교회에 헌납하도록 했다. 그녀는 안티오크를 떠나 먼 곳에서 은거하면서 수도사가 되었다고 했다. 그래서 성자로 숭앙된다고 했다.

이상의 논의는 내 책 《문명권의 동질성과 이질성》(1999)의 〈성자전〉에서 가져왔다. 자료의 출처나 인용한 면수를 다시 적지 않는다. 마무리 삼아 덧붙이고자 하는 말이 있다.

기독교가 박해를 받던 초창기에는, 사람들끼리의 대등을 실현하려고 헌신하는 성자가 많다고 했다. 확고하게 자리를 잡아 세력을 굳히고는 달라졌다. 신과 사람의 차등을 분명하게 하는 데 더욱 힘썼다. 다음에 드는 프란치스코(Francisco) 이야기는 예외여서 값지다.

프란치스코

1

야코부스 데 보라지네(Jacobus de Voragine)는 이태리 제노아의 사제였다. 기독교 성자들의 행적을 모은 《황금본 성자전》(*Aurea legenda*, 1275)이라는 것을 남겨, 대단한 인기를 누렸다. 성서 다음으로 가장 널리 유포되고 많이 읽혔다.

거기 등장하는 많은 성자 가운데, 가까운 곳 아시시(Assisi) 출신의 프란치스코(Francisco)가 사랑을 가장 많이 받는다. 사후 49년의 기록인데, 흥미로운 전설이 여럿 포함되어 사랑을 입증한다. 이 기록은 프란치스코가 누구인가, 당시 사람들은 어떻게 생각했는가 하는 두 가지 의문을 함께 풀 수 있게 한다.

"누구인가"만 알려면 자료가 더 있고, 오늘날의 연구서가 아주 유용하다. 문제는 사실이 아니고 생각이다. "어떻게 생각했는가"가 오히려 더 중요하다. 프란치스코는 차등을 타파하고 대등을 추구한 공적이 높이 평가된다. 대등이란 사실을 들어 입증할 수 있는 것이 아니다. 대등이 소중하다는 생각 또는 대등의식이 그 실체이다. 당대에 이루어진 기록에서 프란치스코가 대등 사상의식 각성에 어떻게 기여하고 이해했는지 고찰할 필요가 있다.

근대가 종말에 이르는 조짐을 알고 다음 시대로 나아가는 길을 찾으려고, 유럽문명권에서는 중세를 재인식하는 학문을 부지런히 한다. 프란치스코 성인이 근대인과는 아주 다른 중세인의 이상을 제시했다고 높이 평가한다. 근대의 차등론을 버리고 중세의 대등론을 되살리는 지표로 삼고자 한다. 그럴 만한지, 프란치스코 칭송이 얼마나 타당한지 고찰하고자 한다.

ㄹ

《황금본 성자전》에 있는 프란치스코 전기를 검토하기로 한다(인터넷에 올라 있는 History Sourcebooks, Fordham University의 영역본 *The Golden Legends*를 읽고 옮긴다). 프란치스코가 분별없이 즉흥적으로 한 행동이 자기도 모르게 하나님의 뜻과 합치되었다고 했다. 이것은 사실이 아닌 해석이라고 생각된다. 프란치스코가 남다르게 잘 갖추고 있는 대등의식이 이따금 파격적으로 표출되어 주위 사람들을 감동시켰다고 보는 것이 더욱 타당하다. 몇 대목을 들고 구체적으로 살펴보자.

(가) 전능하신 하나님의 종이자 친구인 프란치스코는 아시시(Assisi)에서 태어났다. 나이 스물다섯 되던 해에 상인이 되어, 헛되이 살면서 시간을 낭비했다. 우리 주님께서 주신 질병의 재앙을 겪고, 갑자기 사람이 달라져, 예언자의 정신이 빛나도록 했다. 한동안 여러 사람과 함께 포로로 잡혀 페루시아(Perusia)의 잔인한 감옥에 갇혔다. 다른 모든 사람들은 울부짖고 슬퍼했으나, 홀로 기쁘고 즐거웠을 뿐이었다. 그래서 나무라니 대답했다. "그대들은 아는가, 나는 장차 온 세상에서 숭앙하는 성자가 될 것이므로 기뻐하노라."

(나) 헌신을 위해 로마에 갔을 때에는, 자기 옷을 모두 벗고 거지의 옷을 입고, 聖베드로성당 앞에서 거지들과 함께 앉아 열심히 구걸해 먹

고, 구걸을 더 자주 했다. 사람들에게 알려지면 수치스러워, 내버려 두었다. 원수인 늙은 마귀가 거룩한 목표를 실행하라고 강요했다. 그 도시에 있는, 괴물같이 끔찍하게 훼손되고 비뚤어지고 절름발이가 된 여자를 보여주며, 임무 수행을 위해 떠나지 않으면, 그 여자처럼 만들어버리겠다고 했다. 그러자 우리 주님께서 위로하는 소리가 들렸다. "프란치스코여, 이 쓰라린 것들을 달콤하게 여겨라. 나를 알고자 하면, 네 자신을 멸시하라."

(다) 기도하려고 교회에 들어가니, 예수 그리스도의 형상이 말했다. "프란치스코여 가서, 네가 보는 대로 모두 파괴되어 있는 내 집을 수리하라." 그리고 그 시간부터 영혼이 녹아내리고, 예수 그리스도를 향한 열정이 마음속에서 놀랍도록 분명해졌다. 그러고는 큰 고통을 겪으면서 교회를 수리하느라고 바빴다. 가진 모든 것을 팔아 사제에게 주니, 부모나 친척이 두려워 받지 않으려 했다. 그러자 그것을 사제에게 쓰레기인 것처럼 던졌다. 그 때문에 아버지에게 잡혀 묶여 있다가 도망쳤다. 돈을 되돌려주고, 옷도 벗어 던졌다. 벌거벗은 채로 우리 주님께로 도망하며 머리카락으로 몸을 가렸다. 그 다음에는 아버지 대신 어느 여느 사람에게 다가가, 좋아하고 기도했다. 아버지는 아들에 대한 저주를 두 배로 늘려, 그것과는 반대로 아버지를 축복해야 했다.

(라) 자기나 다른 모든 사람의 가난을 사랑해, 항상 가난을 나의 마님이라고 불렀다. 자기보다 더 가난한 사람을 보고는 질투심을 가지고, 경쟁에서 이길 수 있을까 염려했다. 어느 날 가난한 여인을 발견하고, 동료에게 보여주며 말했다. "이 여인의 가난은 우리를 부끄럽게 한다. 우리의 가난을 강하게 꾸짖는다. 왜냐하면, 나는 있어 보이려고 가난을 나의 마님으로 삼았는데, 가난이 나보다 이 여인에게서 더 빛나기 때문

이다."

(마) 모든 피조물에게 창조주를 사랑하라고 했다. 새들에게 설교하고, 새들이 하는 말을 들었다. 새들은 만져달라고 보챘다. 허락이 없으면 날아가려고 하지 않았다. 설교를 하는데, 제비들이 삐걱거리며 노래했다. 조용하라고 하니까 즉시 말을 들었다. 또 한 번은, 창밖 무화과 나무에 있는 새가 아주 달콤한 노래를 했다. 손을 내밀어 그 새를 부르니, 새가 순종해 손에 다가왔다. 새에게 말했다. "내 누이여, 너의 주님을 찬양하라." 새는 바로 노래를 불렀다. 떠나도 좋다고 할 때까지 떠나지 않았다.

(바) 길을 가면서 작은 벌레들을 밟지 않으려고 모아 밖으로 내던졌다 … 모든 짐승을 형제라고 했다.

(가) 오직 상인으로 성공하려고만 하던 야심가가 뜻지 않게 질병에 걸려, 탐욕에서 벗어나 진실을 찾는 인생 역전을 했다는 것은 있을 수 있는 일이다. 이것이 기독교 주님의 크나큰 배려라고 여겨도 된다. 감옥에 갇혀 다른 사람들은 괴로워하는데 홀로 즐거운 것으로 역전을 거쳐 새 출발을 하는 의의가 무엇인지 잘 말해주었다. 그러나 "온 세상에서 숭앙하는 성자가 될 것"이라고 한 것은 역전을 무효로 돌리는 망상일 수 있다. 대등 각성을 버리고 차등으로 돌아간 것이, 돈을 가장 많이 버는 상인이 되겠다는 욕망과 그리 다르지 않을 수 있다.

(나) 서술이 착종되어 옮기기 어려웠다. 조금 거리를 두고 대의를 파악하고, 비교고찰로 이해를 심화한다. 거지 차림으로 거지들과 함께 구걸하는 것은 아주 좋은 수행이다. 불교가 잘난 체하지 못하도록 앞서 나아가니 더욱 훌륭하다고 할 수 있다. 수행이 모자라면서 실행을 서두르는 것은 잘못이다. 실천지상주의는 마귀의 요구를 실천해야 하는 강령

인 줄 알고 따르는 실수를 저지른다. 쓰라림을 달콤하게 여기고 자기를 경멸하는 수행 과정을 거쳐야, 모두 함께 나아가는 대등의 큰 길이 열린다.

(다) 상인이 되라고 강요하는 아버지와 결별하고, 더러운 돈을 깨끗하게 쓰는 전환을 너무 범속하고 조금 거칠게 말했다. 예수가 자기 집을 수리하라고 한 분부를 따르느라고 무리하지 않을 수 없게 되어, 스스로 이룩한 역전의 의의가 퇴색된다. 아버지와 멀리하고서도 저주에 축복으로 보답한 것은 범속한 수준을 넘어선 각성의 표출이라고 평가할 수 있다.

(라) 가난을 사랑해 아내로 삼았다는 것은 훌륭하다. 가난 경쟁에 사로잡혀 더 가난한 삶을 질투했다는 말은 유치하다. 불균형이 있다고 하지 않을 수 없다. 이랬다 저랬다 했는가? 이 말 저 말 모아놓은 탓인가?

(마)는 만인대등에서 만생대등으로 나아가 훌륭하다. 그렇기는 하지만, 새에게 설교를 하고, "주님을 찬양하라"고 한 것은 적절하지 않은 일방적 요구이다. 잘 나가다가 말고, 차등론으로 되돌아간 혐의가 있다.

(바)는 아주 훌륭한 말 같으나, 의문이 생기게 한다. 왜 자기가 피해 가지 않고, 벌레들을 모아 내버리나? 짐승인 형제들과는 어떻게 지내는가? 이런 의문이 생긴다.

3

프란치스코는 위에서 든 모든 제반 행위 출가, 걸식, 청빈, 고행 등에서 불교 승려와 흡사하다. 그 이유가 무엇인가? 불교와 기독교가 근본에서 다르지 않아서인가? 이것은 타당성이 적고 입증하기 어려운 추론이다. 교조의 종교는 교리가 각기 고정되어 있어 상극하지 않을 수 없지만, 성자가 진실을 다시 찾는 것은 어느 종교든 그리 다르지 않고 상생하는 관계를 가지는가? 이런 논의는 타당성이 인정되고 전개하기 쉽다.

차등을 물리치고 대등을 이룩하려는 것은 인류의 공통된 소망이다. 만인대등을 지키거나 되찾기 위해 어디서나 분투한다. 만인대등은 만생대등에, 만생대등은 만물대등에 근거를 둔다. 이것이 모든 의문을 해결하는 최종해답이다.

프란치스코는 최종대답은 알지 못하면서, 조금 다가가 어느 정도 짐작할 수 있게 했다. 이런 이유에서, 오늘날 유럽의 선각자들이 재평가한다. 근대의 차등론을 버리고 중세의 대등론을 이어받는 대전환을 위해 프란치스코 성자가 등대 노릇을 할 수 있다고 여긴다.

등댓불이 밝지 못해 길을 찾기 어렵다. 시야를 확대해 다른 여러 문명권 유산과의 비교고찰을 할 필요가 있다. 최종해답에 더 다가간 善知識(선지식)의 밝은 빛을 찾아 공유하는 것이 바람직하다.

진감국사

1

아시시(Assisi)의 성자 프란치스코(Francisco)의 행적을, 근처 제노아의 사제 야코부스 데 보라지네(Jacobus de Voragine)가 사후 49년 뒤에 《황금본 성자전》(*Aurea legenda*, 1275)에서 기록한 것을 살폈다. 글 말미에서 비교고찰이 필요하다고 했다. 프란치스코와 대응되는 어떤 성자에 대한 무슨 기록을 들어 비교고찰을 할 것인가?

元曉(원효)는 프란치스코만큼 널리 알려지고 인기가 대단해 견주어 살필 만하지만, 자료가 문제이다. 신라의 《高僧傳》(고승전)은 전하지 않는다. 중국의 《高僧傳》은 멀리서 들은 말을 적었다. 《三國遺事》에서 기록한 것은 시대가 한참 지났다. 義湘(의상)을 비롯한 다른 고승도 여럿 있으나, 생애를 자세하게 알 수 없다. 《海東高僧傳》은 전문이 전하지 않고, 내용이 소략하다.

眞鑑(진감) 慧昭(혜소, 774-859)는 덜 알려졌으나 높이 평가해야 할 고승이다. 능력이 뛰어난 당대의 문인 崔致遠(최치원)이 사후 28년인 887년에 쓴 비문이 남아 있다. 河東(하동) 雙磎寺(쌍계사)에 있는 〈眞鑑禪師大空靈塔碑〉(진감선사대공령탑비)이다. 이에 대해 고찰한 적 있으나, 많이 모자라는 것을 부끄럽게 여기고 다시 쓴다.

프란치스코와 眞鑑의 행적은 (가) 중세 성자의 행적을, (나) 사후 50년 이내에, (다) 가까운 곳의 동시대인이, (라) 공동문어로 기록한 것이 같다. (나)는 자료가 잘 전해지고, 기억이 확실할 때 쓴 글이라는 말이다. (다)는 거리가 멀지 않아 사실이 와전되지 않았음을 입증한다.

차이점도 있다. (가) 9세기 한국의 불교 승려와 13세기 이태리의 기독교 성자인 것이 다르다. (나) 사후 28년과 49년에 전기를 썼다. (다) 주인공 성자와 글을 쓴 작자는 전주와 경주, 아시시와 제노아 사람이다. 작자가 사제와 문인인 것도 다르다. (라) 공동문어가 한문이고 라틴어이다.

불교는 기독교보다 먼저 성숙되었다. 유럽에서는 사제라야 라틴어로 글을 쓸 수 있었고, 동아시아에서는 세속의 문인이 한문을 더 잘 구사했다. 한문을 쓴 비문은 지금도 거의 그대로 남아 있고, 라틴어를 사용한 기록은 필사하는 과정에서 달라졌다.

ㄹ

〈眞鑑禪師大空靈塔碑〉는 형식을 잘 갖추고 다듬어 쓴 글이다. 서론·
본론·결론이 있다. 서론·결론에서는 최치원이 자기 말을 하고, 본론에서
는 진감의 생애를 서술했다. 주요 내용을, 원문의 뜻을 살려 번역하고
고찰한다.

禪師(선사)의 法諱(법휘)는 慧昭(혜소)이고, 俗姓(속성)은 崔氏(최씨)
이다. 선조는 漢族(한족)이며, 山東(산동)에서 벼슬했다. 隋(수)나라가
遼東(요동)을 정벌하면서 驪貊(여맥) 사람을 많이 죽였으므로, 뜻을 굽
히고 도망하는 이들이 있었다. 聖唐(성당) 시기에 이르러, 四郡(사군)을
정리해 지금도 全州(전주)라고 하는 고을 金馬(금마) 사람이다.

개인의 내력을 가문의 역사, 가문의 역사를 문명의 역사로 고찰한 말
이다. 이해하기 어려운 말에는 옛사람이 주를 달았다. "驪貊"은 "吾邦"
(오방), 곧 "우리나라"이다. "四郡 정리"는 "羅唐(나당)이 힘을 합쳐 백
제를 평정한 것을 말한다. "金馬"는 "지금의 益山(익산)"이다. 이런 것을
알고 글을 다시 읽어보자.

山東의 漢族인 眞鑑의 선조가, 수나라가 침공해 우리 민족 驪貊人(여
맥인)을 많이 죽이자 살던 곳을 버리고 도망해 왔다고 했다. '漢族'은
'중국 사람'이 아니고 '중국에 사는 사람'을 뜻한다. 이렇게 보아야 앞뒤
가 연결된다. 실마리를 바로 찾으면 역사의 얽힘을 풀어낼 수 있다.

山東에는 우리 민족 驪貊人이 많았다. 眞鑑의 선조는 거기서 학식이
인정되어 벼슬을 했지만, 수나라가 침공하자 驪貊人이기 때문에 박해를
피해 도망쳐야 했다. 羅唐이 백제를 평정하고, 그 땅에 만든 四郡 가운

데 하나가 全州 金馬, 곧 益山이다. 眞鑑의 선조는 그곳 益山에 정착하고, 중국에서 가지고 온 학식을 전달했다. 후손 眞鑑은 선조의 행적을 역행해 중국으로 공부하러 갔다.

머리 땋은 아이 적부터 관을 쓰는 성인이 될 때까지, 부모 은혜를 갚는 데 뜻을 두고, 잠시도 잊지 않았다. 집에 한 말의 곡식도 없고, 한 뙈기 땅도 없어, 하늘의 때를 도적질하는 것만 가능했다. 입과 배를 채우는 것을 오직 힘으로 해야 했다. 생선 장사를, 부모를 봉양하는 생업으로 삼았다.

부모를 극진하게 봉양했다. 재산은 전혀 없어 오직 노동력으로 험한 일을 하면서 즐겁게 살았다. 사람의 도리를 하층민일수록 더 잘 수행하는 것을 알 수 있게 했다.

부모의 상을 당하자, 흙을 져다가 무덤을 만들고 말했다. "길러주신 은혜는 힘으로 갚지만, 오묘한 이치는 마음으로 구해야 하리라. 내 어찌 박이나 오이처럼, 한창 나이에 머물러 있으리." 貞元(정원) 20년(804년)에 歲貢使(세공사)를 찾아가 뱃사람 일을 하겠다고 했다. 배에 발을 붙이고 서쪽으로 가는 동안 비천한 일을 많이 하면서, 험로를 평지로 여겼다. 노 젓는 항해가 자비를 얻어, 괴로움의 바다를 넘어갔다. 피안에 도달하자 사신에게 고했다. "사람은 각기 뜻이 있으므로, 여기서 작별할 것을 청합니다."

부모의 은공을 갚아 자유롭게 되자, 단호한 결단을 내리고, 씩씩하게 떠나갔다. 뱃사람으로 취업해 중국으로 가는 것은 탄복할 만한 착상이다. 노동으로 단련되어 뱃사람 노릇을 잘했다. "비천한 일을 많이 하면서, 험로를 평지로 여겼다"는 것이 자랑스럽다.

이윽고 滄洲(창주)에 이르러 神鑑大師(신감대사)를 뵈었다. 절을 반쯤 하니, 대사가 반갑게 말했다. "장난삼아 헤어지고, 다시 만나 기쁘다." 곧 머리 깎고 승복을 입고, 印戒(인계)를 받도록 했다. 마른 쑥에 불이 붙고, 물이 낮은 곳으로 흐르는 것 같았다. 무리가 서로 일렀다. "동방의 성인을 다시 보네." 선사의 얼굴빛이 검어, 모두 이름을 부르지 아니하고 黑頭陀(흑두타)라고 했다. 신묘함을 탐구하고 묵묵히 행함이 곧 진정 漆道人(칠도인)의 후신이었다.

당나라 고승 神鑑大師가 진감을 "다시 만나 기쁘다"고 하며 반가워한 것은 무슨 까닭인가? 진감이 漆道人의 재현이라고 여기고 한 말이다. 漆道人은 東晉(동진) 시대의 고승 道安이다. 중국에서 간 사람의 후손이 중국으로 가서, 함께 불도를 닦을 宿世(숙세)의 인연을 말했다고 볼 수도 있다. 모든 구분을 넘어선 근원적 대등을 말했다고 이해하면 뜻이 더 깊다.

終南(종남)산에 들어가 만길 봉우리에 올라 솔씨를 따먹으며, 止觀(지관)의 수행을 적막하게 한 것이 삼년이다. 그 뒤에 紫閣(자각) 봉우리 밖으로 나와, 사방 통하는 길에서 짚신을 삼아 널리 나누어주기를 부지런히 한 것도 삼년이다.

스승에게 배우지 않고, 스스로 수행하려고 두 곳을 찾았다. 終南山 위는 홀로 초탈하는 곳이고, 紫閣峰 밖은 남들과 어울려 사는 곳이다. 홀로 초탈한 곳에서 적적하게 수행해 보기를 멈춘다는 止觀을 얻은 햇수, 행인이 많은 네거리로 나와 짚신을 삼아 나누어주는 일을 부지런히 한 햇수, 이 둘 다 삼년이라고 했다. 두 수행이 다르지 않다는 것을 같은 햇수를 들어 말했다.

올라가 얻은 깨달음은 내려와 실행해야 한다. 속세를 버리고 높이 올라가야 차등의 분별을 단호하게 깰 수 있지만, 그것은 또한 차등인 것을 알고 가장 낮은 곳으로 내려와야 한다. 신체의 가장 낮은 곳 발에 신는 최하급의 신발 짚신을 삼아 지나가는 사람 누구에게든지 나누어주는 것이 대등 득도와 수행의 극치이다.

3

걸어서 康州(강주, 지금의 晉州) 智異山(지리산)으로 가는데, 호랑이 몇 마리가 으르렁거리면서 앞에서 인도했다. 위험한 곳을 피해 평탄한 길로 가게 하는 것이 안내인과 다르지 않았다. 따르는 사람들도 두려워하지 않고, 기르는 개처럼 여겼다.

귀국 후에 있었다는 일이다. 깊이 깨달은 만생대등이 호랑이와의 관계에서 확인되었다. 둘 사이의 차등을 가리려고 하지 않으니 두려워할 것이 없었다.

愍哀大王(민애대왕)이 갑자기 왕위에 올라, 그윽한 자비에 깊이 의탁하고자 했다. 璽書(새서)와 齋費(재비)를 보내고, 각별한 발원이 나타나기를 바랐다. 禪師(선사)는 말했다. "善政(선정)을 부지런히 베풀면 되지, 발원은 왜 하십니까?" 사신이 돌아가 이렇게 아뢰니, 왕이 부끄러워하며 무슨 말인지 알아차렸다.

大皇龍寺(대황룡사)로 적을 옮겨 서울로 오라고 했다. 사신이 고삐가 엉킬 정도로 왕래했지만, 산악처럼 우뚝 서서 뜻을 바꾸지 않았다.

국왕의 복을 빌어주고 혜택을 받을 생각이 없었다. 善政을 하면 국왕이 스스로 복을 짓는다고 일러주었다. 누구든지 하는 일을 성심껏 하면 자기 복을 짓는다. 서울의 큰 절에 가면 국왕을 멀리할 수 없어 극구 사양하고, 깊은 산에 몸을 숨겼다. 차등을 거부하고 대등을 지키려고 하면 隱居(은거)해야 한다.

가르침을 청하는 사람들이 벼와 삼대처럼 늘어서고 성같이 에워싸서 거의 송곳 꽂을 틈조차 없었다. 드디어 기이한 지경을 두루 선택하여 南嶺(남령)의 기슭을 얻으니, 높고 시원함이 제일이었다. 창건하기 시작한 사찰이 뒤로는 노을 끼는 언덕을 의지하고, 앞으로는 구름 이는 시내를 굽어보았다. 시야를 맑게 하는 것은 강 건너 먼 산이고, 귀를 서늘하게 하는 것은 돌구멍에서 솟구치는 여울이었다.

가르침을 청하는 사람이 많으면, 왜 산에 절을 짓는가? 산천과의 대등을 확인하도록 하는 것이 최상의 가르침이기 때문이다. 스님이 가르치는 임무를 온통 맡고 있다고 여기고 허덕이면 어리석다. 무자격자는 下山해야 한다.

"萬法(만법)이 다 空(공)이로구나. 나는 떠나려 한다. 一心을 근본으로 삼고, 너희들은 힘쓸지어다. 탑을 세워 형체를 만들지 말고, 銘(명)을 지어 행적을 기록하지 말아라." 이렇게 말하고 앉아서 세상을 떠났다.

"모든 것이 비어 있다"고 하고 자기 흔적을 남기고 기억하라고 하면 말이 되지 않는다. 자기는 예외이기를 바라면 대등을 말한 것이 모두 허언이 되고, 차등으로 되돌아간다.

선사는 성품이 질박함을 흩지 않고, 말은 꾸밈이 없었다. 옷은 헌 솜과 굵은 삼베도 따뜻하게 여기고, 밥은 겨나 싸라기도 달게 먹었다. 도토리와 콩을 섞은 밥에, 나물 반찬도 두 가지가 넘지 않았다.

가난을 표방할 필요가 없다. 가난을 의식하지 않아야 천하만민과의 대등이 온전하다. 만인대등을 실행하지 않으면, 만생대등을 말할 자격이 없다. 그러면서 만물대등론을 전개하기까지 한다면, 세상을 속이고자 하는 수작이다.

이슬람 수행자들

1

이슬람에는 성직자도 성자도 없다. 신도는 누구나 성직자일 수 있다. 신만 성스럽고 사람은 성스러울 수 없다는 이유에서, 성자에 해당하는 말도 없다. 수행이 높은 경지에 이른 신도는 '아우릴야'(awliya)라고 일컬으면서 숭앙한다. '아우릴야'는 '신의 벗들'이라는 말이다. 신의 뜻을 알아서 실행하는 사람은 '신의 벗들'이라 할 수 있다고 했다. 그 말을 여기서 '수행자'라고 옮긴다.

이슬람 수행자들의 행적을 여러 번 수집하고 기록하다가, 13세기 초에 아타르(Attar)가 《수행자들의 행록》(*Tadhkerat al-auliya*)에서 완성판이라고 할 수 있는 것을 이룩했다. 페르시아의 시인 아타르는 종교 문헌이 모두 아랍어로 이루어져 있으므로, 수행자들의 행적은 페르시아어로 내놓아 누구든지 쉽게 접근하게 하겠다고 했다. 알아야 할 것을 알면, 그대로 실행하지 못하는 사람들도 자만심을 없애고 마음을 바르게 하는 데 도움이 된다고 했다.

수록 인물은 75인이다. 아랍어 문헌에는 없는 페르시아인을 다수 추가하고, 구전을 적극 활용했다. 이슬람이 페르시아에서 다시 살아나면서 민중과 가까워지는 것을 말하고 싶었다. 수행자들은 우열이 없고, 예사 사람과 그리 다르지 않은 것을 알도록 했다.

그런 대등의식이 손상되지 않도록 하려고, 서로 많이 다른 셋을 본보기로 든다. 셋 다 페르시아인이고 행적은 각기 특이하다(A. J. Arberry tr., *Muslim Saints and Mystics, Episodes from Tadhirat al-Auliya* "Memorials of the Saints" by Farid al-Din Attar, 1966을 비롯한 여러 영역 및 불역을 보고 이용한다). 수행자의 생존 시기는 추가한다.

ㄹ

말레크 디나르(Malek Dinar, 8세기)는 노예의 아들이지만, (이곳과 저곳) 두 세계의 자유인이 되었다 … 어느 날 배를 타고 가는데 사공의 우두머리가 돈을 내라고 했다. 돈이 없다고 하니, 정신을 잃을 만큼 두들겨 팼다. 정신이 돌아오니, 다시 돈을 내라고 했다. 없다고 하자, 다시 패기 시작했다. "돈을 주지 않으면, 물에 빠뜨리겠다"고 했다. 그러자 아주 높은 분의 분부로, 물고기 여러 마리가 물에 떠오르고 입에 돈을 물고 있었다. 그 돈을 주었다. 배를 그만 타고 물에 내려, 땅 위를 걷듯이 걸어 자취를 감추었다.

특별한 능력이 있는 사람이 아니다. 득도해 신통력을 얻은 것과 아주

거리가 멀다. 차등이 지배하는 세상에서 처참하게 시달리고 있어, 아주 높은 분인 신이 대등이 가능하도록 하는 이적을 베풀었다. 크게 반갑지만, 다시 생각해볼 필요가 있다. 그것은 세상의 차등보다 더한 차등이어서 대등을 무색하게 한다.

3

아부 야지드(Abu Yazid, 9세기)는 자기가 겪은 일을 이야기했다.
어떤 사람을 길에서 만난 일이 있었다.
그 사람이 물었다. "어디 가시는가요?"
"성지순례를 갑니다."
"돈은 얼마나 가졌는가요?"
"이백 냥입니다."
그 사람이 부탁했다. "그 돈을 제게 주세요. 저는 가족이 있는 사람입니다. 내 주위를 일곱 번 도세요. 그것이 성지순례입니다."
나는 그렇게 하고서, 집으로 돌아왔다.

수행이 대등에 이르는 길이라면, 멀리 성지순례를 하겠다고 멀리 가는 것은 헛된 짓이다. 가까이 있는 가난한 이웃과 고락을 함께 하는 것이 더 고귀하다. 이것은 아주 높은 분과 무관하게 이루어지는, 진정한 대등이다.

4

이븐 카피트(Ibn Khafit, 10세기)가 순례하는 도중에 있던 일이다.

노소 두 사람이 이집트에서 명상을 계속하고 있다는 말을 듣고, 이집트로 갔다. 얼굴을 메카 쪽으로 향하고 있는 두 사람을 보았다. 세 번이나 인사를 했는데, 대답이 없었다.

"신의 구원을 받으소서"하고 외치고서, "인사를 하면 대답이 있어야 하지 않겠습니까"라고 했다.

"이븐 카피트여"라고 하면서 젊은이가 머리를 들고 말을 시작했다. "이 세상은 덧없고, 덧없는 세상에 남은 시간이 얼마 되지 않는다오. 이븐 하피트여, 그대는 얼마 남지 않은 시간의 많은 부분을 인사를 한다면서 우리를 괴롭히는 데다 쓰는군요."

이렇게 말하고서, 그 사람은 고개를 숙였다. 나는 그 두 사람이 준 신선한 충격 때문에 배고프고 목마른 것도 잊었다. 나는 기다렸다. 낮 기도와 저녁 기도를 그 두 사람과 함께 하고서, 말했다.

"가르침을 베풀어주소서."

그 사람은 대답했다. "이븐 카피트여, 고행자인 우리에게는 가르치고 어쩌고 할 혀가 없습니다. 고행자에게는 다른 방식의 가르침이 필요하답니다."

나는 먹지도 않고 자지도 않고 사흘 동안 머물렀다.

"가르침을 베풀라고 어떻게 요청하면 되나?"하고 마음속으로 물었다.

젊은이는 머리를 들었다.

"눈으로 보기만 해도 신을 생각하고 마음이 움직여지는 그런 사람들을 찾아가세요. 그대를 말로 가르치지 않고, 행동으로 가르쳐줄 사람이 있을 것입니다."

무언의 고행을 하면서 명상에 잠긴 사람들에게 가르침을 베푸는 말을 해달라고 하는 것은 무리한 요구이다. 호화로운 삶을 버리고 몇 만 리나 되는 사막을 헤매면서, 먹고 마시기를 그만두고 기도나 찬송으로 양식을 삼는다고 해서 진정한 신앙을 얻을 수 있는 것도 아니다. 말로 가르침을 베풀고 받아들일 수 있다는 망상에서 벗어나야, 궁극의 진리인 온전한 대등에 이를 수 있다.

5

가진 것이 없어야

어제 진 그 해가 또 뜬다고 하지 말라.
시간까지 태우고 다시 나기 거듭한다.

모든 것을 버리면 언제나 새로 시작,
없음과 하나 되면 있음이 달라진다.

가진 것이 없어야 천지가 내 것이고,
없는 소리 들어야 진실로 귀가 밝다.

머물러 행세하면 헛된 체중 늘어나
연료 과다 고장 빈번 폐차 신세로다.

가잘리의 반성

1

가잘리(Muhammad al-Ghazali, 1058-1111)는 페르시아에서 태어난 이슬람 철학자이다. 기존의 교리를 풀이하지 않고, 확신에 찬 깨달음을 추구했다. 그러다가 커다란 변화를 겪고 거듭났다. 종교는 차등론을 위한 구속일 수 없다고 하고, 대등론에 입각한 창조적 사고의 길을 보여 주었다.

학문이 대단하다고 널리 이름이 나서, 압바시드 제국의 실권자 재상도 그 소식을 들었다. 가잘리를 수도 바그다드로 초빙해, 자기가 설립한 대학의 학장이 되게 했다. 32세가 되던 1091년의 일이었다. 정치와 학문의 중심지에 만든 최고의 교육기관에서 공부한 바를 마음껏 펴고 키우라고 했다.

박식과 열변으로 인기가 대단한 강의를 했다. 청강하는 사람이 수백 명이나 모여들고, 재상뿐만 아니라 국왕 술탄도 있었다. 대학 밖에서 벌어지는 시비도 판정하면서 바쁜 나날을 보냈다. 존경받는 사회 명사가 되어 커다란 영향력을 행사했다. 바그다드가 대학을 자랑으로 삼는 지성의 수도이게 했다.

대학이 중세 유럽에서 비롯했다고 하는 것은 사실이 아니고, 유럽중심주의가 만들어낸 허언이다. 인도의 나란다(Nalanda)대학은 5세기에 생겨나, 불교문명권 학문의 중심지 노릇을 했다. 이슬람 세계의 여러 대학도 유럽보다 먼저 생겨난 내력을, 교수로 활약한 가잘리가 명백하게 입증한다. 지식 축적 이상의 깨달음을 추구하는 것이 남달랐던 사실도 알려준다. 오늘날의 대학이 부끄럽게 여기고 깊이 반성하게 한다.

가잘리는 업적이나 명성에 도취되지 않고 진실한 학문을 하고자 했다. 아주 잘나갈 때 깊은 회의에 사로잡혔다. 이치를 따져 설명하는 것이 얼마나 가치 있는 일인가? 진리에 대한 확신을 얻을 수 있는 길인가? 이런 의문을 해결하려고 비약적인 결단을 했다. 모든 것을 버리고 떠나가, 고행하는 구도자가 되었다.

ㄹ

번민을 겪고 마침내 새로운 길을 찾은 과정을, 바그다드를 떠난 십여 년 뒤 50세 때인 1108년에 쓴 《착각에서의 구제》(al-Munqidh min ad-Dalal, R. J. McCarthy tr., *Al-Ghazali's Faith to Sufism, His Deliverance from Error*, 2000)에서 밝혔다. 그 책은 고백록이면서 논설문이고, 문학작품이면서 철학서인 점이 가잘리의 여느 저술과 다르다. 지식이나 명성을 대단하게 여기던 차등론의 과오를 철저하게 반성하고, 자세를 최대한 낮추어 대등론의 진리를 깨달아 실행하게 된 전환을 온몸으로 말해, 깊은 감동을 준다.

젊은 시절부터 만년에 이르도록, 이십 대에서 오십이 넘은 지금까지, 나는 줄곧 위험을 무릅쓰고 깊은 대양의 한가운데로 나아가고, 열려 있는 바다를 향해 용감하게 항해하고, 겁쟁이들의 신중론을 물리치면서, 구석진 곳마다 찔러보고, 모든 문제를 공략하고, 깊은 곳마다 뛰어들고,

모든 분파의 신념을 검증하고, 모든 공동체의 내밀한 교리를 드러냈다. 나는 이 모든 일을 하면서 진실과 허위, 건전한 전통과 이단적인 개조를 구별하려고 했다.

바그다드의 대학에서 강의할 때 무엇을 논했는지 이런 말로 한참 설명하다가, 잘못을 깨닫고 다시 출발하지 않을 수 없게 된 절박한 사정을 말했다. 갖가지 시비를 가로맡아 명확한 이론을 확립하려고 나선 것은 차등론에 근거를 둔 오만이다. 자기는 진실의 판단자라고 자부해 가만 있고 세상 사람들이 달라져야 한다고 한 것은 용납할 수 없는 과오이다. 이렇게 깨닫고 자기 개조에 생명을 걸었다.

"이론은 실천보다 쉽다"고 하고, "다른 사람들의 책을 읽고 공부해도 이론은 얻을 수 있지만, 실천은 그렇지 않다"고 했다. 건강에 관한 지식보다 실제로 건강한 것이 더욱 소중하다고 하고, 실제로 건강한 것에 해당하는 진리의 체득과 실천은 말과 글로 하는 통상적인 공부를 넘어서야 가능하다고 했다. 대학의 임무에서 벗어나 바그다드를 떠나 자유로운 수도자 수피가 되어야 진정한 탐구가 가능하다고 판단했다.

세속의 욕망은 나를 쇠사슬로 잡아매 하던 대로 하라고 하는데, 신념을 실현하라고 촉구하는 소리가 외쳤다. "떠나라, 일어나 떠나라. 생애의 남은 시간은 얼마되지 않고, 먼 길이 앞에 있다. 네가 지금까지 몰두해 온 이론이나 실천은 눈가림이나 속임수이다. 영원한 생명을 지금 찾지 않으면 언제 찾겠나? 속박하는 것들을 지금 끊지 않으면 언제 끊겠나?"

그대로 미련이 남고 용기가 부족해 결단을 내리지 못하고 있을 때 결정적인 시간이 닥쳐왔다. 이럴까 저럴까 하고 마음속으로 생각하고 있지 못하도록 몸이 명령했다. 이론의 틀인 마음이 지닌 한계를, 실천의 주체인 몸이 깨는 결단을 촉구했다.

1095년 초부터 여섯 달 동안, 나는 세속적인 욕망과 영원한 삶을 향하는 이끌림 사이에서 번민했다. 어쨌으면 좋겠는가 하다가 마침내 선택의 여지가 없어졌다. 혀가 말라 강의를 할 수 없었다. 어느 날 고마운 분들에게 감사한다는 말을 하려고 해도 한 마디도 혀에서 나오지 않았다.

더 견딜 수 없어 마침내 결단을 내렸다. 자식들이 생활하는 데 필요한 최소한의 재산을 제외하고 모든 것을 버리고 바그다드를 떠났다. 진리를 스스로 체득하는 구도자 '수피'가 되어 다마스카스, 예루살렘, 헤브론, 메디나, 메카 등지를 전전하면서 방랑생활을 했다. 그 기간이 11년이나 되었다.

궁극적인 깨달음을 얻기 위해 분투했다. 입산수도와 같은 고행을 하는 사람들이 사는 곳을 찾아다니면서 밑바닥 인생을 경험했다. 책을 버리고 저술을 그만둔 것은 아니다. 깨달아서 얻은 바를 글로 써서 진정한 학문을 이룩하려고 분투했다. 이론은 버리고 수행만 하려고 하지는 않고, 수행해서 얻은 바를 가지고 더욱 진전된 이론을 이룩하려고 했다.

3

생애 전반의 수학기와 진출기, 생애 후반의 방랑기를 끝내고 은거기로 들어섰다. 방랑을 끝내고 1106년에 고향인 투스로 돌아갔다. 교육과 저술을 그만둔 것은 아니다. 근처의 작은 도시 니샤푸르(Nishapur)에 있는 대학에서 가르쳤다. 가르침에 복귀한 것을 두고 자서전에서 다음과 같이 말했다.

나는 가르침에 복귀했다는 것을 잘 알지만, 실제로 복귀한 것은 아니다. 복귀하려면 원래의 상태로 되돌아가야 한다. 전에는 나의 영광을 위해 영광을 얻을 수 있게 하는 지식을 나누어주고, 사람들을 나의 말과 행동으로 끌어들였다. 그것이 나의 목표이고 의도였다. 그러나 지금은 내가 가르치는 지식은 영광을 거부하고 자세를 낮추도록 하는 것이다. 이것이 지금 나의 의도이고, 목적이고, 희망이다.

"영광을 거부하고 지위를 낮추도록 하는 지식"을 바그다드의 대학에서는 가르칠 수 없었다. 그곳은 영광을 얻고 지위를 높이고자 하는 차등론자들의 아성이다. 오랜 방랑 끝에 마침내 찾아낸 대등론의 진리를 거기서는 전달할 수 없으므로 고향을 찾았다. 니샤푸르의 대학에서 가르치는 동안 《착각에서의 구제》를 집필했다. 강의한 내용이라고 생각된다.

《착각에서의 구제》는 얼마 되지 않은 분량이지만 방대한 저술보다 더 큰 설득력을 가진다. 그릇된 생애를 반성하는 절실한 체험에서 사상의 전환이 필연적임을 입증했기 때문이다. 발언의 타당성이 체험의 진실성에 의해 보장된다. 독자는 이 책을 읽으면서 저자와 진지하게 토론할 수 있다. 생각한 바를 간추려서 말하기 때문에 이해하기 쉽다.

바그다드의 대학으로 되돌아오라고 군주와 일반 시민이 함께 간곡하게 요청했으나 응하지 않았다. 니샤푸르의 대학에서 오래 가르치지 않고 고향 투스로 물러났다. 물러나 은거하면서 여생을 조용히 보내고 싶어서 그랬던 것만은 아니라고 생각된다. "영광을 거부하고 자세를 낮추도록 하는" 가르침은 자기 고장의 대학에서마저도 받아들여지지 않아 물러나야 했다고 보는 것이 타당하다. 대학에서 공부하는 고금의 모든 학생은 출세를 바란다. 그 반대 방향으로 나아가도록 하는 교육은 대학에서 받아들이지 않는다.

가잘리의 저작에 〈제자에게 준 편지〉(Ayyuhā'l-Waladi, *Letter to a Discipline*, Translated with Introduction by Tobias Mayer, 2005)라는 소책자도 있다. 학문과 인생에 관해 제자에게 충고를 하는 방식으로 평생토록 노력하고 깨달은 바를 간추려 말했다. 특히 주목할 만한 대목 몇을 옮긴다.

알면서 행하지 않는 것은 미친 짓이고, 행하면서 알지 못하는 것은 공허하다. 오늘날의 죄악에서 벗어나지 못하게 하고, 복종하도록 자세를 바꾸지 못하게 하면서 알아 무엇을 하겠는가? 다음 날 지옥의 불에서 너를 구하지 못할 것이다. 지금 아는 대로 행하지 못하고, 지나간 시기의 잘못을 보상하지 못한 채 다음 날 최후의 심판을 맞이할 때 "나를 돌려보내주시면 의롭게 행동하겠습니다"라고 할 것인가. 그러면 "멍청이구나, 너는 지금 거기서 왔다"고 하는 대답을 얻으리라.

통치자나 권력자와 관계를 가지지 말라. 그런 녀석들을 만나지도 말라. 보고, 모이고, 사귀는 것 자체가 심각한 위험이다. 어쩔 수 없는 사정이라고 이런 녀석들을 칭송하거나 감사하게 여긴다는 말을 하지 말라. 존귀하신 신은 나쁜 짓을 하는 폭군이 칭송을 받으면 진노하신다. 이런 녀석들이 오래 살게 해달라고 기도하는 것은 신의 나라에 살면서 신에게 복종하지 않겠다는 말이다.

민중과 관련을 가지면 그대가 바라고 있는 바를 그대로 베풀어라. 그대가 자기 자신을 위해 소망하는 바를 다른 사람들을 위해서도 소망하지 않고서는 신을 섬기는 신앙이 온전할 수 없다.

신앙의 길은 다름이 아니고 다른 사람과 자기를 구별하지 않는 사랑과 봉사이다. 그러나 다른 사람이 민중일 때에만 이 말이 타당하다. 통치자나 권력자는 사랑하고 봉사할 대상에서 제외된다. 가까이 하지도 말라고 했다. 우월한 지위를 이용해 악행을 하고 있는 자들은 찬양하기를 바라기 마련인데, 무슨 이유에서든지 말려들면 신에게 복종하지 않아 진노를 산다고 했다.

학자나 작가는 오랫동안 통치자나 권력자의 도움을 받아 살아가면서 악행을 합리화하는 것이 예사였다. 가잘리도 한때 그런 처지였다가 모든 것을 버리고 떠나가 진실이 무엇인지 절실하게 찾았다. 찾아서 실행한 바를 정리해 말하면서 제대로 알아야 한다고 강조해 말하고, 우월한 지위에 있는 자들과 맞서서 하층의 민중과 하나가 되어야 한다고 했다. 철저한 대등론을 깨닫고 실행해야 한다고 했다. 신의 뜻을 내세워 반역하고 혁신했다.

5

내가 절실한 관심을 가진 학문을 두고 논의를 더 해보자. 지식을 넓히고 자료를 모아 사실을 하나씩 밝혀 나가면 점차 향상하는 길에 들어서서 학문을 잘 할 수 있는 것은 아니다. 양을 축적하면 질이 발전한다고 안이하게 믿지 말아야 한다. 양의 축적을 거부하고 질의 발전을 이루는 비약이 있어야 한다. 비장한 결단을 내리고 실행해야 그럴 수 있다.

학문에 대해서 아는 것과 스스로 학문을 하는 것은 다르다. 남들의 이론을 모아 정리하면서 다소 수정하고 보충하면 학문에 대해 잘 안다고 할 수 있다. 그것은 진정한 탐구의 길이 아니다. 자기 스스로 깨닫고 실행하는 것이 학문을 제대로 하는 마땅한 길이다. 이 말을 정면에서

부인할 수 없어 옆에서 험담하고, 뒤에서 방해한다.

영광을 차지해 자세를 높이라고 하는 것은 그릇된 가르침이다. 영광을 거부하고 자세를 낮추도록 하는 것이 올바른 가르침이다. 이것이 차등론과 대등론의 명백한 차이점이다. 그릇되게 가르치는 정도가 심한 대학일수록 명문으로 이름이 높이 나서 동경의 대상이 된다. 그쪽으로 나아가려고 경쟁하고 있어, 올바르게 가르칠 수 있는 곳이 있는지 의문이다.

가잘리가 강의하던 바그다드의 대학뿐만 아니라 오늘날의 거의 모든 대학도 학문을 한다면서 방해한다. 지식의 양을 축적하라고 하고 질적 비약을 막는다. 남들의 이론을 모아 정리하는 데 힘쓰도록 하고, 스스로 창조하지는 못하게 한다. 올바르게 가르쳐야 한다고 하면서 실제로는 그릇되게 가르친다. 대학의 평가나 교수의 명성이 높을수록 허위의 전도사 노릇을 더 많이 한다고 해도 지나친 말이 아니다.

가잘리는 미련을 떨치고 장애를 극복하겠다고 결단을 내려 진정한 탐구의 길로 나아갔다. 오늘날 우리는 어떤가? 가잘리가 누군지 알지도 못하는 사람이 대다수이다. 더러는 알고 있어 누군지 설명할 수는 있지만, 자기와는 무관한 먼 나라 옛사람이라고 여긴다. 가잘리가 가던 길을 다시 가야 한다고 다짐하다가 세월을 보내고 마는 것도 어리석다.

카비르의 깨달음

1

인도의 성자 라마누자(Ramanuja, 1017-1137)는 아주 오래 살면서, 획기적인 가르침을 폈다. 말은 자기 나라 타밀(Tamil)어로 쉽게 해서 주위의 사람들이 잘 알아듣고 직접 감화를 얻을 수 있게 하고, 이치를 밝혀 논하는 저작은 산스크리트로 써서로 널리 알려졌다.

무엇을 말했는가? 간명하게 간추려보자. 신은 절대자이므로 만물과 하나일 수 없다고 하는 힌두교의 정통 교리를 부정하고, "신은 만물과 하나이면서 하나가 아니다"라고 했다. 신과 만물이 하나인 이유는 무엇인가? 만물이 신에게서 나왔으며, 만물에서 신으로 나아가는 길이 열려 있다. 신과 만물이 하나가 아닌 이유는 무엇인가? 신은 만물이 각기 지닌 속성을 넘어서서 완전하고 순수하기 때문이다. 만물에서 신으로 나아가려면 비약이 있어야 한다.

만물에서 신에게로 나아가는 길이 열려 있으므로, 만물의 하나이면서 만물과 더불어 사는 사람의 일상적인 삶이 소중하다. 맡은 일을 성실하게 수행하면 신의 축복을 받는다. 만물에서 신으로 나아가려면 비약이 있어야 하므로, 일상적인 삶을 초월해야 한다. 초월을 위해 일상적인 삶을 버려야 하는 것은 아니다. 일상적인 삶이 그 자체로 초월일 수 있게 해야 한다. 이런 깨달음을 전해 대단한 존경을 받았다.

사방으로 퍼져나간 라마누자의 가르침을, 힌디어를 사용하는 인도 중원 지방에서는 라마난다(Ramananda, 1400-1470)가 이어받아, 카비르(Kabir)에게 전해주었다고 한다. 힌두교는 중원지방에서 생겨나 타밀로 전해졌지만, 힌두교를 혁신한 새로운 사상은 그 길을 되돌아갔다. 그것을 카비르가 더욱 친근하고 생동하게 했다. 선후 역전이 여러 번 일어났다.

2

카비르는 1440년경에 태어났다는 말이 있으나 확실하지 않다. 생몰 연대를 알 수 없는 것이 당연한 하층민이다. 베를 짜는 일에 종사하는 카스트에서 태어나고, 일자무식이라고 한다. 노래를 지어 부른 것이 여기저기 전해진 기록에 남아 있어, 성자 시인으로 평가된다.

라마누자의 사상을 누구나 알 수 있게 낮추어 말해 그 가치를 더욱 높였다. 고난에서 깨달음을 얻은 자기 체험을 진솔하게 알려 공감을 얻었다. 문어인 산스크리트가 아닌 일상의 구두어 힌디어를 사용하고, 글을 쓰지 않고 노래를 지어 퍼뜨렸으므로 글 모르는 민중이 환영했다.

카비르에 관한 자료 가운데 16세기 아난타-다스(Ananta-das)의 저작이라는 《카비르 파라차이》(*Kabir Parachai*)가 특히 소중하다(David N. Lorenzen, *Kabir Legends and Anananta-das's Kabir Parachai*, 1991을 이용한다). 카비르의 생애에 관한 일화를 시를 지어 정리하는 방식으로 써서, 말은 간략하지만 문면에 나타나 있는 것 이상의 의미가 있다. 미천하고 무력한 카비르가 성자일 수 있었던 것은 비시누 신의 다른 이름인 하리(Hari)가 은밀하게 도와주었기 때문이라고 여러 차례 말했다.

카비르는 옷감을 짜고, 팔아, 돈이 되면 집으로 가져가고, 남으면 다른 사람들을 먹이는 데 썼다.
어느 날 하리가 시험해보려고, 사람의 모습을 하고 시장에 나타났다.

하리는 "카비르여, 그대에 관한 소문을 듣고 찾아왔습니다"라고 말했다.
쇠약한 구도자의 모습을 한 하리가 옷감을 달라고 공손하게 청했다.

카비르가 옷감의 반을 자르자, 하리는 "나는 헐벗은 구도자이니 그걸 다 주세요"라고 했다.
카비르는 주저하지 않고 그걸 다 주고는, 집으로 돌아가지 못했다.

카비르는 집안사람들이 행방을 알 수 없는 곳에 숨었다.
집안사람들은 사흘 동안 소식 모른 채 굶었으며, 아이들은 보챘다.

하리는 가엽게 생각해, 먹을 것을 한 짐 소 등에다 싣고 갔다.
집안사람들이 거절해도 아랑곳하지 않고 문에다 내려주었다.

카비르는 성자가 된 다음에도, 전에 하던 일을 계속해야 가족을 부양할 수 있었다. 아주 어려운 처지에 있으면서도 다른 사람들을 조건 없이 도와주니 딱한 일이 생기지 않을 수 없었다. 신이 도와주어 어려움을 해결했지만, 카비르는 그것을 알지 못했다.

이 시를 제시한 대목에서는 하리가 주고 간 음식으로 잔치를 벌여 천민들을 먼저 대접했다. 이것을 보고 지체 높은 브라만의 무리가 건방지다고 나무랐다. 그러자 하리가 카비르의 모습으로 나타나 브라만의 무리를 즐겁게 했다.

3

카비르의 노래 벵골어 기록을 저본으로 하고, 타고르(Rabindranath Tagore)가 번역한 《카비르 시 백 편》(*One Hundred Poems of Kabir*)이 이루어졌다. 신빙성이 없다고 할 것이 아니고, 카비르와 타고르의 합작이라고 보면 커다란 의의가 있다. 영문이 원문이어서 바로 읽을 수 있는 이점도 있다.

피조물은 '브라흐만' 속에 있고, '브라흐만'은 피조물 속에 있어,
언제나 둘이면서, 언제나 하나이다.
그분 자신이 나무이고, 씨앗이고, 씨눈이다.
그분 자신이 꽃이고, 열매이고, 그늘이다.

그분 자신이 해이고, 빛이고, 빛을 받는 것이다.

그분 자신이 '브라흐만'이고, 피조물이고, 마귀이다.

그분 자신이 여러 모습이고, 무한한 공간이다.

그분이 숨이고, 말이고, 뜻이다.

그분 자신이 유한이고, 무한이다.

유한과 무한을 넘어선 곳에 순수한 존재인 그분이 있다.

그분은 '브라흐만'과 피조물에게 내재되어 있는 마음이다.

'브라흐만'은 신이다. 라마누자가 "신은 만물과 하나이면서 하나가 아니다"고 한 명제를 누구나 이해할 수 있는 여러 본보기를 들어 친근하게 일러주었다. 그러면서 "신은 만물과 하나이다"라고 하는 쪽이 더욱 돋보이게 했다. 만물이 모두 같아서 신과 하나인 것은 아니다. 제각기 다른 것들이 바로 신이라고 했다.

마지막 줄에서는 한 걸음 더 나아갔다. 신이 만물뿐만 아니라 신에게도 내재되어 있는 마음이라고 했다. "신이 마음이다"고 한 마음은 "내 마음"이다. "내 마음"이 만물에 내재되어 있는 마음은 "만물의 마음"이다. "내 마음"이 또한 신에게 내재되어 있는 "신의 마음"이다. 만물과 신이 내 마음에서 하나이다. 이것을 깨달으면 성자가 된다고 했다.

성자에게 어느 '카스트'에 속하는가 묻는 것은 부질없는 일이다.

승려도, 군인도, 상인도, 그 밖의 서른 여섯 '카스트'가 모두 신을 찾는다.

성자가 어느 '카스트'인가 묻는 것은 어리석다.

이발사도 신을 찾으며, 빨래하는 여자, 목수도...

'라이다스'라도 신을 찾는다.

'리시 스와파차'는 갖바치 '카스트'에 속했다.

힌두교도든 무슬림이든 함께 목적을 이루고자 하니 아무 차이가 없다.

두 말은 설명이 필요하다. '라이다스'(Raidas)라고 한 것은 신을 찾을 수 없다고 하는 천민이다. '리시 스와파차'(Rishi Swapacha)는 천민인 갖바치 출신의 성자이다. 카비르와 다르지 않다.

누구든지 신을 찾을 수 있다고 했다. 승려도, 군인도, 상인도, 이발사도, 빨래하는 여자도, 목수도 신을 찾아 성자일 수 있다고 했다. 하층민일수록 신을 더 열심히 찾아 성자가 되고자 하는 소망을 적극 성취한다고 했다.

그래서 힌두교도와 무슬림의 다툼을 넘어서자는 것만은 아니다. 사회적 불평등을 시정하자고 한 것만도 아니다. 차등론을 청산하고, 대등론을 실현하자는 것이 핵심이 되는 깨달음이다. 차등론 청산과 대등론 실현에 관한 깊은 통찰을 말했다.

4

"신은 만물과 하나이면서 하나가 아니다"에서 "신은 만물과 하나가 아니다"를 갈라내면 두 가지 차등이 나타난다. 신과 만물의 차등은 절대적인 차등이다. 신과 하나가 아닌 만물이 다투면서 가리는 차등은 상대적 차등이다. "신은 만물과 하나이다"라고 하면 두 가지 차등이 다 근거를 잃는다.

"신은 만물과 하나이다", "만물은 신과 하나이다", 이 두 말은 같지 않다. 하나가 되려면, 앞의 말에서는 만물이 올라가야 하고, 뒤의 말에서는 신이 내려와야 한다. "만물이 그 자체로 신이다"는 것으로 뒤의 말은 바꾸어놓을 수 있고, 앞의 말은 그렇지 않다. 라마누자는 앞의 말을,

카비르는 뒤의 말을 강조해서 했다.

라마누자는 "신은 만물과 하나이다"라고 하면서 "신은 만물과 하나가 아니다"라는 것도 함께 말했다. 그래서 고고한 위치에 올라 숭앙을 받았다. 카비르는 "만물은 신과 하나이다"라고만 하고, "신은 만물과 하나가 아니다"는 말은 하지 않았다. 일자무식의 천민의 처지에 줄곧 머물러 그럴 수 있었다.

비베카난다

1

인도 수도에 있는 델리대학 교정에 체구가 큰 인물의 동상이 우뚝하게 서 있다. 가서 본 기억이 오래 남는다. 누구인가? 비베카난다(Swami Vivekananda, 1863-1902)이다.

비베카난다는 학문을 직업으로 삼은 적이 없고, 학문을 한다는 생각을 가지고 저술을 하지도 않았다. 인도가 영국의 식민지였을 때 잘못된 세상을 바로잡으려고 분투한 종교사상가인데, 오늘날 인도학문의 지표로 삼는다. 업적보다 정신을 더욱 중요시한 평가이다.

비베카난다가 활동한 19세기 말은 인도인에게 아주 어려운 시기였다. 영국의 식민지 통치에 항거하고 인도인의 각성을 고취하는 학문을 조용한 가운데 착실하게 할 수는 없었다. 주장하는 바를 강력하게 나타내는 사상운동이 필요했다. 그 과업을 비베카난다가 선두에 나서서 맡았다.

공격의 대상은 영국뿐만 아닌 서양 전체이고, 자기가 펴는 주장의 근거는 힌두교였다. 세계 전체를 괴롭히고 있는 서양의 침략에 대해 자기 나라 인도의 전통사상 힌두교에 입각해 비판을 전개하고 대안을 제시했다. 인도 민족운동을 선도했으나, 민족주의를 넘어섰다. 서양과 맞서는 모든 피압박민족의 자각과 사명을 말했다. 서양의 침략은 이상을 짓밟아 세계사의 진로가 그릇되게 한다고 나무라고, 인류가 추구해야 할 보편적 가치를 소중하게 여겼다.

39세에 세상을 떠나 사상을 발전시킬 기회가 없었다. 서론만 말하고 본론은 갖추지 못했다고 할 수 있다. 그런데도 정력적으로 활동해 많은 글을 남겼다. 대외적인 활동에서는 영어를 차용하고, 오래 두고 생각한 바를 길게 말하고자 한 글은 자기 말 벵골어로 썼다. 전집을 만들고자 하는 노력이 1907년에 첫 결실을 보고, 판을 거듭하는 동안 보완이 이루어졌다.

전집이 벵골어본은 10권이고, 영어본은 8권이다. 벵골어본에는 벵골어로 쓴 글은 원문으로 나머지는 번역으로 수록되어 있다. 영어본에는 영어로 쓴 글은 원문으로, 나머지는 번역으로 수록되어 있다(*The Complete Works of Swami Vivekananda*, 1948에 의거해 논의를 전개한다).

ㄹ

비베카난다는 영국인이 세운 캘커타대학에서 공부했다. 서양의 학문을 알고, 영어를 잘하는 것은 그 덕분이다. 진정으로 소중한 것은 대학에서 배우지 않았다. 라마크리슈나(Ramakrishna, 1836-1886)라는 득도한 스승을 따르고 그 후계자가 되었다(Swami Nikhilandrada translated into English with introduction, *The Gospel of Sri Ramakrishna*, 1942를 참고한다).

라마크리슈나는 캘커타 근처 시골 마을 가난한 브라만의 아들로 태어났다. 어려서 학교에 다녔으나 공부에 뜻이 없고 힌두교 신화에 매혹되었다. 천민 신분의 과부가 많은 재산을 양자와 함께 관리하면서 캘커타 일대의 수호신 칼리(Kali)를 모시는 신전을 지었다. 형이 그 신전의 사제로 초빙되었다. 형이 세상을 떠나자, 과부의 양자가 형의 뒤를 이어달라고 간청했다. 자격이 모자란다고 하니 신앙심이 더욱 소중하다고 해서, 후임 사제가 된 것이 1856년의 일이다.

라마크리슈나는 그 직분을 수행하고 있다가, 1857년에 갑자기 이상한 사람이 되더니 크게 깨달았다고 했다. 한국에서 崔濟愚(최제우)가 득도해 東學(동학)을 창건한 1860년보다 불과 3년 전에 인도에서도 거의 같은 일이 있었다. 이것이 신기하고만 할 것은 아니다. 西勢東漸(서세동점)을 역전시키는 세계사의 기운이 양쪽에서 뭉쳤다고 하리라. 이에 대한 거시적인 비교연구가 과제로 남아 있다.

이상한 사람이 되었다는 것에 관해 알아보자. 신이 찾아와 만났다고 하면서, 사원을 떠나 숲속에서 밤새 기도하고 명상했으며, 예배의 절차를 따르지 않고 노래만 불러대기도 했다. "어머니 신이시여, 저는 당신에게서 피란처를 얻었나이다. 제가 무엇을 하고 무엇을 말해야 하는지 알려주소서. 당신의 뜻은 모든 것의 으뜸이고, 자식들을 위한 최상의 선입니다. 저의 뜻을 당신의 뜻과 합쳐, 제가 당신의 도구가 되게 하소서." 이런 말을 늘어놓았다.

정신이상인 것 같은 상태여서 그대로 둘 수 없었다. 종교 지도자들이 조사하고 降神(강신)을 경험하고 신과 일체가 되는 경지에 들어섰다고 인정했다. 신이 사람의 모습을 하고 나타난다는 오랜 신앙을 재현했다고 평가했다. 글을 전혀 모르는 것은 아니지만, 글에 의지하지 않고 스스로 각성했다. 커다란 깨달음을 얻는 사람은 一字無識(일자무식)인 것이 마땅하다는 전통을 이었다.

깨달았으면 다 되는 것은 아니었다. 깨달아 알게 된 바를 펴기 위해서 필요한 지식을 갖추어야 했다. 예상하지 않던 일이 일어났다. 정신적

지도자로 뛰어난 명성이 있는 분들이 "신이 시켜서 하는 듯이" 찾아와 경전의 가르침을 말로 전해주었다고 했다. 그 사람들은 많이 알지만 깨달은 것은 아니었다. 깨달음을 전달하는 데 필요한 지식을 제공해주었을 따름이다.

1864년에 만난 토타푸리(Totapuri)가 가장 많은 도움을 주어 베단타(Vedanta) 철학에 관해 소상하게 알 수 있게 해주었다. 그 경과가 라마크리슈나의 전기에 흥미롭게 설명되어 있다. 토타푸리는 베단타 철학의 정수를 전해 받고 성지 순례로 남은 생애를 보내던 성자였다. 신이 시킨 줄 모르고 길을 가다가 라마크리슈나를 만나 물었다. "그대는 진리 추구에서 진전을 보이는 것 같다. 베단타를 배우겠는가?" 라마크리슈나는 신에게 물어보겠다고 하더니 승낙하더라고 했다. 토타푸리가 일러주는 말을 듣고 베단타 철학에 대한 깊은 이해를 얻었다. 수천 년의 내력이 있는 가르침을 충실하게 받아들여 새로운 지혜가 되게 재창조했다.

라마크리슈나는 베단타 철학을 탐구하는 데 그치지 않고, 이슬람과 기독교를 경험하고 종교에 관한 이해를 넓혔다. 스스로 깨달은 이치를, 들어서 알게 된 교리와 합쳐서 자기 사상을 만들었다. 힌두교의 경계를 넘어서서 어떤 종교에도 해당되는 보편적인 원리를 찾아냈다. 진리가 무엇인가 하는 궁극적인 의문에 대한 해답을 얻었다.

라마크리슈나는 글을 쓰지 않고 강연을 하지도 않았다. 생각한 바를 체계화해서 말한 적도 없다. 물음에 대답해 이것저것 말한 것이 들은 사람들이 기록해 전한다. 시골 사람 벵골어로 말을 쉽게 했다. 미리 준비하지 않고 단어가 몇 개 되지 않으며 구문이 간략한 말을 즉석에서 한 데 깊은 뜻이 있어, 자세하게 풀이하려면 많은 수고를 하도록 했다. 한 말을 하나 들어보자. 안다는 것이 무엇인지 말하기 위해 얼음의 비유를 썼다. 인도에는 얼음이 아주 귀하다는 것을 잊지 말고 이해해야 한다.

많은 사람이 얼음이라는 말만 듣고 보지는 못했듯이, 신이 어떤 특징을 가지는지 책에서 읽기만 하고 알아차리지는 못한 설교자가 많다. 얼음을 보기만 하고 맛보지는 못한 사람도 많듯이, 신의 영광을 조금 알아차리기나 하고 본질을 정말 이해하지 못하고 종교를 논하는 스승도 많다. 얼음을 맛보아야 무엇인지 알듯이, 신과 하나가 되어 들어가는 체험을 해야 신의 여러 면모와 만나 하인·친구·연인도 될 수 있다.

그렇다면 신은 어떤 존재인가? 신은 진리이다. 신은 형태가 있을 수도 있고, 없을 수도 있다. 신은 어떤 특성을 지닐 수도 있고, 지니지 않을 수도 있다. 신은 찾는 사람이 적합하다고 여기는 방식으로 나타난다. 이것이 다르지 않아, 신을 찾는 모든 종교는 대등하다. 기독교나 이슬람을 배격하지 말아야 한다. 서로 인정하고 화합하는 것이 진리를 실현하는 삶의 자세이다. 라마크리슈나는 이렇게 말해 영국의 통치로 신음하는 인도인들 마음속의 커다란 광명이라고 인정되었다.

라마크리슈나의 전기가 출판될 때 마하트마 간디가 머리말에 썼다. "회의주의에 사로잡혀 정신의 빛을 잃고 있는 수많은 사람에게 위안이 되는, 활기에 차고 생동하는 신념의 본보기를 라마크리슈나가 보여주었다." 그해가 1924년이다. 독립운동의 지도자로 등장하는 간디가 라마크리슈나에게서 큰 감명을 받았다.

라마크리슈나와 비베카난다가 처음 만난 것은 1880년의 일이었다. 스승은 44세이고, 세상을 떠나기 6년 전이었다. 제자는 17세이고, 캘커타대학의 학생이었다. 이상한 사람이 나타났다는 말을 듣고 친구들과 함께 시험 삼아 찾아가보았다. 찾아온 젊은이가 어떤 사람인지 알고 싶어 스승은 노래를 불러보라고 했다.

"다시 돌아가자. 마음이여, 고향으로 돌아가자. 이곳 남의 땅에서, 딴 사람의 모습을 하고 목적 없이 헤매야 하는가?" 이 노래를 듣더니, 스승은 젊은이의 손을 덥석 잡으면서 말했다. "아, 이제야 왔구나. 나를 너무 오래 기다리게 했다. 세속적인 사람들의 불경스러운 말이나 듣고 있느라고 내 귀는 거의 다 타버렸다. 가장 깊은 체험까지 전해 받을 수 있는 사람이 부담을 덜어줄 수 있기를 고대했다."

라마크리슈나에게는 많은 제자가 있었으나, 비베카난다는 특이했다. 다른 제자들은 스승이 하는 말을 그대로 받아들였으나, 비베카난다는 타당성을 따져 검증하는 과정을 거쳤다. 스승은 제자의 이런 태도를 평가하고 능력을 인정했다. "열여덟 가지나 되는 기이한 재주를 지녔다"고 하고, "그 가운데 한둘만 가지고도 온 세상에서 유명하게 될 것이다"라고 했다. 비베카난다는 그 기대를 저버리지 않았다. 스승을 빛내는 데 가장 큰 기여를 하는 수제자가 되었다. 스승이 바란 것 이상으로 대단한 일을 했다.

앞에서 한 라마크리슈나와 최제우 비교에, 비베카난다와 崔時亨(최시형) 비교를 보탤 수 있다. 라마크리슈나와 최제우는 차등을 철저하게 철폐한 대등의 기본원리를 근접된 방식으로 깨달아 지녔다. 양쪽의 수제자 비베카난다와 崔時亨은 그 대등의 본체만 소중하게 여기지 않고, 활용을 넓히는 작업을 거의 반대로 추진했다.

최시형은 교리를 가다듬고 교단을 조직하는 내부의 일에 몰두했다. 비베카난다는 마음가짐을 바로잡는 무기를 가지고 밖으로 나가 잘못된 세상과 싸웠다. 최시형의 소극적인 활동만으로는 많이 모자라, 동학혁명이 일어나 유혈 천지가 되었다. 비베카난다는 동학혁명에 견줄 수 있는 거사를, 혼자서 평화적으로 피를 흘리지 않고 진행했다. 동학혁명은 일본군이 압살하고, 비베카난다의 주장은 영국 식자층을 뒤흔들었다.

3

비베카난다는 스승과 처지가 달랐다. 부유하고 학식이 많은 캘커타 명문에서 태어났으며, 아버지는 변호사였다. 유복하게 자라나고, 캘커타 대학에서 철학을 공부했다. 철학이란 서양철학이었다. 고전을 사랑하고 학구적인 열의가 있는 부모에게서도 많은 것을 배웠다.

모국어인 벵골어 외에 힌디, 우르두, 페르시아어, 산스크리트 등을 익혔다. 학교에 들어가 공부하자 뛰어난 능력을 보여주었다. 대학의 지도교수는 여러 나라를 돌아다녀 보았지만 "이렇게 재능 있는 학생은 처음 본다" 하고, "독일 대학에서 철학을 공부하는 학생들도 따를 사람이 없을 것이다"고 했다. 학교에서 영어를 익히고, 서양문명에 대해서 많은 것을 알아 구체적으로 비판할 수 있었다.

라마크리슈나를 만나기 전에는 자기가 무엇을 해야 하는지 고민하고 있었다. 서양철학을 잘 알면 해답을 찾을 수 있다고 생각하지 않았다. 그 이상 나아가지 못해 고민이 고민으로 그쳤다. 서양철학을 잘 이해하는 우수한 학생에 지나지 않았을 사람이 스승을 만나 삶이 온통 달라졌다. 수천 년의 전통을 가진 인도의 전통학문과 유럽에서 전래된 현대학문의 생극이 이루어졌다.

스승을 만나자 새로운 천지가 열렸다. 스승에게서 베단타 철학을 이어받고, 자기 나름대로 탐구한 바를 보태 더욱 진전된 논의를 폈다. 스승이 체험을 통해 얻는 깨달음을 세상 사람들이 알 수 있게 풀이하고 현실의 여러 문제와 관련시켜 다시 고찰했다. 스승의 주장을 무기로 삼아 서양 여러 곳에 가서 투쟁했다.

스승 라마크리슈나는 1886년에 세상을 떠났다. 나이 50세였다. 제자 비베카난다는 23세였다. 헤어질 때 있었던 일을 전하는 말을 보자. "스승은 제자를 불러 자기 앞에 앉아 있으라고 하고 깊은 명상에 빠졌다. 제자가 느끼기에, 어떤 미묘하고 성스러운 기운이 스승의 몸을 움직이고, 안으로 들어가는 것 같았다. 이윽고 스승은 정상적인 상태로 되돌아가 제자에게 말했다. "나의 모든 것을 너에게 주고 나는 오늘 떠나간다. 내가 전하는 힘으로, 너는 위대한 일을 할 것이다."

제자는 스승의 기대를 저버리지 않았다. 스승의 깨달음을 이어받아 세상에 널리 펴면서, 제자 노릇을 뛰어나게 했다. 스승의 사상에 논리와 체계를 부여하고, 현실 문제와 관련시켜 내용을 구체화하고 풍부하게 했다. 스승은 조용히 지내는 것을 좋아했지만, 비베카난다는 정력적인 활동가였다.

의심하고, 따지고, 싸웠다. 따지고 싸우지 않고서는 진리에 도달할 수 없고, 다른 사람들이 당면한 어려움을 이해할 수도 없다고 여겼기 때문이다. 그 과정에서, 의심이 확신으로, 어둠이 밝음으로, 마음의 불안이 평화로운 통찰로 변모했다.

진리를 그 자체로 추구하는 데 그치지 않았다. 힌두 사회의 카스트에 대해서 항거했다. 나라 전체가 사제자들에게 매여 있는 것이 잘못이라고 했다. 사회개혁을 위한 강한 의지를 가지고, 천대받는 사람들의 대변자가 되는 것을 평생의 과업으로 삼았다.

스승이 세상을 떠나면서 비베카난다를 후계자로 지정했다. 뒷일을 맡고 다른 여러 제자들을 돌보라고 했다. 비베카난다는 성직자가 되어 교단을 이끄는 막중한 임무를 맡아야 했다. 그 임무를 한 곳에 머물러 수행한 것은 아니다. 밖으로 나가 더 큰일을 해서 스승의 기대를 넘어섰다.

전국을 순례하는 구도 여행을 하고 있을 때, 미국에서 세계종교회의가 열린다는 소식을 들었다. 거기 가서 인도의 종교에 관해서 알리라고 권고하는 사람들이 있었다. 절망에 빠져 있는 사람들을 일깨워 비참한 현실을 타개하기 위해서는 인도의 정신적 가치를 역설해야 한다.

이렇게 생각하고 미국으로 가기로 작정했다. 많은 지지자가 동참해 여비를 모았다. 지방 영주의 후원을 받기로 했다. 그 가운데 꼭 필요한 것만 가지고 나머지는 가난한 사람들에게 나누어 주라고 했다.

4

일본 사람 福澤諭吉(후쿠자와 유키치, 1835–1901)은 라마크리슈나·비베카난다 사제와 동시대 사람이다. 일본에 진출해 있던 네덜란드 사람들을 찾아가 그 언어를 배워 유럽을 알려고 했다. 1860년에 미국에 파견하는 사절단의 일원이 되었다. 영어를 공부하고 돌아와 1867년에 다시 미국에 갔다.

1873년에 《西洋事情》(서양사정)이라는 책을 내고, 구미 각국의 정치, 사회, 문화, 군사, 경제, 윤리 등을 광범위하게 소개하면서, 문명개화를 배우고 따라야 한다고 역설했다. 서세동점의 시대에 동쪽이 할 수 있는 일은 서양을 따르는 것뿐이라고 믿게 하는 데 앞장섰다. 한국에서 俞吉濬(유길준, 1856–1914)이 《西遊見聞》(서유견문)을 1895년에 지어 같은 지론을 폈다. 福澤諭吉이나 俞吉濬은 기독교가 문명종교라고 평가하고, 개화를 하고 문명 발전에 동참하려면 기독교를 따르는 것이 당연하다고 여겼다. 비베카난다는 서양에 가서 문명을 받아들이지 않고, 전해주었다.

1893년에 미국 시카고에서 열린 종교의회(Parliament of Religions)에 참가했을 때 있었던 일이다. 여러 종교 대표자들이 모여 각기 자기 종교에 관해 말하는 모임이었다. 모두 자기 종교가 특별해서 우월하다고 했다. 힌두교 쪽에서도 다른 참가자들이 있어, 교파마다 다른 교리를 설명했다. 비베카난다는 우열을 다투지 말고, 종교의 대립을 넘어서자고 했다.

비베카난다가 종교의 대립을 넘어서자고 하는 뜻밖의 말을 듣고 참석자들은 크게 감격했다. 주장하는 바가 탁월할 뿐만 아니라, 뛰어난 식견, 많은 지식, 청중을 압도하는 화술까지 갖추어 대단한 인기를 얻었다. 이 사실을 여러 신문에서 보도해 널리 관심을 가지게 했다.

그 행사가 끝난 뒤에 초청 강연이 계속되었다. 광범위한 지지자를 얻고, 제자로 자처하는 사람들도 생겨났다. 1895년에 영국에 가고, 1989년에는 미국에 다시 갔다. 그쪽에서 비용을 부담해 초청했다. 1900년에는 프랑스 파리에서 열리는 종교회의에 참가하고 유럽 각국을 여행했다.

福澤諭吉이 《西洋事情》을 내놓았듯이, 비베카난다도 서양 여행을 글로 적어 《동양과 서양》(*The East and the West*)과 《유럽 여행 기억》(*Memories of European Travel*)을 남겼다. 둘 다 벵골어로 쓴 원고의 영역이다. 앞의 책에서 서양에 대한 총괄적인 고찰을 했다. 福澤諭吉의 경우와 많이 달라, 서양을 찬양하지 않고 비판했다. 《동양과 서양》에서 유럽문명은 다음과 같다고 했다.

유럽에서는 칼을 드는 자가 위대하다고 한다. 그럴 수 없으면 독립을 포기하고 납작 엎드려 승리자가 가진 칼의 보호를 받아야 한다고 한다. 유럽문명은 또한 장사하는 것을 본질로 삼는다. 용기이고 힘이라고 찬사를 바치는 칼을 가지고, 지금도 장래에도 쾌락이나 추구한다.

유럽에서는 강한 자는 승리를 구가하고 약한 자에게는 죽음이 있을 따름이다. 인도에서는 모든 사회 규범이 약자를 보호한다.

유럽인처럼 싸워 이겨 승리를 구가하려고 하지 말아야 한다. 유럽인과 싸워 이기는 것은 생각할 수 없기 때문이 아니다. 싸워 이기는 것은 자랑스럽지 않다. 약자를 보호하고, 대등을 존중하는 인도의 이상을 소중하게 여기고 이어받기 위해 노력하는 것이 더 큰 승리의 길이다. 이

런 말로, 극도에 이른 차등론의 폐해를 비판하고 시정하려고 분투했다,

차별을 넘어선 총체, 갈등을 부정하는 화합, 침략에 맞서는 화해의 이상을 베단타철학에서 가져와 서양인의 잘못을 질타했다. 기독교가 우월하다는 생각을 부정하고, 종교 화합의 길을 제시했다. 화합의 길을 제시하는 대등론이 문제의 해결임을 깨닫고 알려주었다. 세계사의 대전환을 일으키려고 시도했다.

1893년 미국에서 열린 종교의회에서 한 첫 연설 〈우리는 왜 의견이 다른가〉(Why We Disagree)를 들어보자. 모든 종교는 교리가 서로 달라 불화하지만, 추구하는 바가 기본적으로 일치한다고 했다. 불화를 넘어서 화합을 이룩할 수 있는 이치를 찾아야 한다고 했다. 궁극적인 진리를 다르게 나타내고 각기 추구한다는 것을 알면 다투지 않을 수 있다고 했다.

바로 그 점을 말해주는 힌두교의 베단타 철학이 종교 화합의 길을 연다고 했다. 결말 대목에서 "어느 종교에도 주님이 있다고 세계 모든 곳을 향해 선언한다"고 하고, "화합의 기치를 들고 문명의 선두에서 행진하자"고 했다.

그렇다면 힌두교에는 약점이 없는가? 이런 질문이 제기된다. 힌두교와 불교의 관계를 들어 자기반성을 했다. 1893년의 종교의회에서 한 다른 강연 〈힌두교의 완성인 불교〉(Buddhism, the Fulfillment of Hinduism)에서 이렇게 말했다.

힌두교는 불교 없이 살지 못하고, 불교는 힌두교 없이 살지 못한다, 둘이 갈라져서 어떻게 되었는지 알아보자. 불교는 브라만의 두뇌와 철학이 없으면, 힌두교는 불교의 가슴이 없으면 견딜 수 없다. 불교와 힌두교가 분리된 것이 인도 몰락의 이유이다. 그 때문에 3억 인도인이 거지가 되고, 오랫동안 정복자의 노예 노릇을 한다.

인도에서 버린 불교가 동아시아에 와서, 유교와 생극의 관계를 가지고 儒佛(유불)문명을 이룩했다. 유교와의 상극을, '外儒內佛'(외유내불, 겉은 유교이고 안은 불교이다), 또는 '治國以儒 治心以佛'(치국이유 치심이불, 나라는 유교로 다스리고 마음은 불교로 다스린다)는 상생으로 만든 것이 커다란 성취이다. 상극이 커서 상생도 크다.

그 결과 세계사가 요청하는 두 가지 임무를 수행할 수 있는 자격을 갖추게 되었다. 하나는 종교가 달라 생겨난 문명모순을 완화하고 해결로 이끄는 중재자가 되는 것이다. 또 하나는 비베카난다가 염원한 대등종교론을 필요한 이론을 갖추어 대등종교학으로 발전시키는 것이다. 뒤의 것을 먼저 이룩해야, 앞의 임무를 수행할 수 있다.

어느 종교든 사랑을 말하면서 다툼을 일으키고, 평화를 가져온다고 하면서 전쟁을 부추기는 것이 같다. 자기 종교는 선하며, 사랑을 말하며, 평화를 가져온다고 하고, 다른 종교는 악하며, 다툼을 일으키며, 전쟁을 부추긴다고 하면서 서로 다툰다. 어떻게 하면 선하며, 사랑을 말하며, 평화를 가져온다고 하는 면은 남기고, 악하며, 다툼을 일으키며, 전쟁을 부추기는 면은 없앨 수 있는가? 이것이 문제의 핵심이다.

이에 대한 대답을 찾으려고 내 나름대로 노력했다. 교조를 받들고 제도화된 기성 교단의 종교는 각기 다르게 경직되어 있지만, 민중의 여망을 받아들여 후대의 聖者(성자)가 다시 유연하게 만든 종교는 서로 대등한 것을, 구전을 정착시킨 聖者傳(성자전)을 비교고찰해 입증했다. 성자의 종교로 교조의 종교를 대치하면 희망이 있다고 했다. 이렇게 하는 것이 쉽지 않아, 다른 제안을 추가한다.

종교의 교리는 신화이다. 신화는 상상의 산물이고, 상징적인 의미를 지닌다. 이 말에 동의하는 것은 그리 어렵지 않다. 이 말에 동의하면 더 나아간다. 신화가 상상의 산물이고 상징적인 의미를 지니는 것은 문학작품과 그리 다르지 않다. 재미가 더 있거나 덜 있는, 감동의 정도가 다른 차이는 당연히 있지만, 문학작품에서 하는 말이 다르다고 심하게 다투지는 않는다. 불만이 있어도, 공존을 인정한다.

종교에서 하는 말도 문학작품처럼 상상이고 상징임을 인정하면, 다음 단계로 나아갈 수 있다. 어느 종교든 각기 그 나름대로의 상상이나 상징으로 사랑을 말하면서 서로 다르지 않은 평화를 가져오고자 하는 것이 대등하다. 이 말에 동의할 수 있다. 여기까지 말하는 것이 대등론의 종교관이다.

한국은 다종교 사회이다. 다종교 사회치고는 충돌이 적다. 부자, 형제, 부부 등 아주 가까운 사람들이 종교가 달라도 다투지 않고 지낸다. 이것은 지금까지 세계 어디에도 없던 희한한 일이다. 그 이유는 대등론의 종교관을 무어라고 말하지 않는 가운데 공유하고 있기 때문이다. 어느 종교 교단도 공식적으로 인정하지 않지만, 이것은 누구도 부인할 수 없는 사실이다. 극단주의 예외자들이 난동을 부려도 대세를 바꿀 수 없다.

잠재적으로 존재하고 작용하는 대등론의 종교관을 조심스럽게 드러내 가다듬고 세상을 더 좋게 하는 방안이라고 천명하자. 주눅이 들어 있고 역부족인 지금까지의 종교학을 대치할 새로운 종교학을 이룩하자. 이것을 대등종교학이라고 일컫기로 한다. 대등종교학을 교과목으로 삼고 학교에서 일제히 가르쳐 의식 수준을 획기적으로 높이자. 밖으로 널리 알려, 다음 시대로 나아가는 지표로 삼자.

치부술에서 경제학으로 나아가, 근대학문이 시작되었다. 경제학은 계급모순 진단을 맡았다. 각 종교 교리학 상위의 대등종교학을 확고하게 이룩하면, 근대를 넘어서는 다음 시대의 학문을 열 수 있다. 대등종교학은 민족모순 또는 문명모순 해결에 크게 기여할 수 있을 것이다.

6

산과 평지

산과 산이 높이를 다투지 않게 하려면,
월등하게 높은 산이 있어야 하는 것은 아니다.
산을 모두 평지로 만들려고 하면 더욱 어리석다.

내 마음에 넓디넓은 평지를 마련하고,
오르내리는 수고는 조금도 하지 않고,
마음껏 뛰놀면 아주 즐거우리.

하늘까지 평지에다 연결시켜
멀리멀리 달려가 내려다보면,
높다던 산들은 작은 점 점 점...

남월은 어떤 나라

1

중국 광동성 廣州(광주, 광저우)에 西漢南越王博物館(서한남월왕박물관)이 있다. 거기 가서 가까운 곳에 숙소를 정하고, 제일 먼저 찾았다. 그것은 기원전 122년에 세상을 떠난 남월왕 文帝(문제)의 무덤에서 발굴한 유물을 전시한 박물관이다.

여러 방에 있는 많은 전시품 가운데 玉을 엮어 짠 壽衣(수의), 아주 정교하게 만든 여러 玉器(옥기)가 특히 놀랍다. 전문가로 보이는 사람이 옥기를 거듭 촬영하면서, "이렇게 만드는 것이 지금은 불가능하다"고 찬탄했다. 독특한 문화가 고도로 발전한 것을 보여주었다.

박물관 명칭을 南越王博物館이라고 하지 않고 西漢南越王博物館이라고 한 것이 거슬렸다. 南越이 西漢에 소속되는 나라, 중국에서 애용하는 용어로 지방정권임을 명시하고자 했기 때문이라고 생각되는데, 그것이 사실인가? 사실이면 명시해야 하는가? 크고 작은 두 가지 의문이 생긴다.

작은 의문부터 풀어보자. 산동에 있던 齊(제)나라 桓公(환공)의 내력을 말하면서 周代齊國桓公(주대제국환공)이라고 하지 않는다. 西漢南越은 다른 데서 볼 수 없는 별난 명명이다. 억지가 아닌가 하고 생각하니, 작은 의문이 큰 의문에게 자리를 내준다. 南越이 西漢의 지방정권이었는가 하는 시비를 가려야 한다.

ㄹ

司馬遷(사마천)의 《史記》를 보자. 국가의 역사를 本紀(본기)·世家(세가)·列傳(열전)에 나누어 넣었다. 중국 중심지의 국가는 본기, 그 주변의 국가는 세가, 멀리 있는 외국은 열전에 소속시켜, 그 역사를 각기 서술했다. 이것은 패권주의를 옹호하는 차등사관이어서, 역사의 실상을 왜곡하고 사고의 능력을 축소한다고 나무라면 지나치다고 할 것인가? 시비를 하지 않을 수 없다.

〈項羽本紀〉(항우본기)라는 것이 말이 되는가? 중국 중심지 중원의 패권을 다투겠다는 용장이 나타나면, 나라가 아닌 개인의 내력이 본기를 이룬다고 했다. 무협지 수준의 이런 수작이 역사 서술의 원리일 수 없다. 다른 한편으로는 만화 수준으로 황당한 짓도 했다. 列傳은 인물의 전기를 모아놓는 자리인데, 여러 외국의 역사를 우겨 넣었다.

이것은 용납할 수 없는 횡포이다. 외국은 보잘것없어 그랬다는 변명을 할 생각은 하지 말아라. 흉노는 더 커서 한나라를 굴복시켰는데, 다른 방법은 찾지 못해 열전 한 칸에 가두어 어설픈 복수를 했는가 하고 묻지 않을 수 없다.

먼저 할 말이 아주 많이 남았으나, 본론으로 돌아가자. 《史記》에 〈匈奴列傳〉(흉노열전)·〈朝鮮列傳〉(조선열전)과 함께 〈南越列傳〉(남월열전)도 있다. 셋을 대등하게 다룬 것만은 잘한 일이다. 그러면서 〈南越列傳〉은 눈으로 본 듯이 자세하게 쓴 것이 특이하다.

趙佗(조타)는 秦(진)나라에서 남쪽에 파견한 관원인데, 중국이 혼란해진 시기에 南越이라는 나라를 세우고 武帝(무제)라고 칭했다. 이에 대해 한나라는 어떻게 대처했는가? 원문을 들어 살펴보자. "遣陸賈因立佗爲南越王 與剖符通使 和集百越 毋爲南邊患害"(견육가인입타위남월왕 여

부부통사 화집백월 무위남변환해)라고 했다. "육가를 사신으로 보내 조타가 남월왕이 되게 하고, 권한을 부여해 소통의 사명을 수행하게 하니, 여러 越族(월족)이 화합하며 모여 남쪽 변두리에 근심스러운 병통이 없게 되었다."

陸賈(육가)는 한나라의 대학자이다. 南越을 높이 평가해 사신의 비중을 높였다. 趙佗가 나라를 세워 다스린 것은 한나라가 인정했기 때문이 아니다. 여러 越族이라고 한 많은 주민이 다투지 않고 화합하며 함께 번영을 누릴 수 있게 하려고, 나라가 이루어지고 커나갔다. 중원까지 올라오지 않고 국경 밖에 머무르고 있으니, 공연히 괴롭히지 말고 그대로 두는 것이 한나라는 국익에 도움이 된다고 판단했다. 이 사실을 그대로 말하지 않고, 趙佗가 한나라 황제를 정성껏 받들기로 했으므로 지위를 인정했다고 했다. 陸賈가 자기 공을 과장하느라고 고쳐 적은 보고를 더 고쳐 기록했다고 생각된다.

긴요한 대목을 들어보자. "老臣妄竊帝號 聊以自娛 豈敢以聞天王哉 乃頓首謝 願長爲藩臣 奉貢職"(노신망절제호 요이자오 기감이문천왕재 내돈수사 원장위번신 봉공직) "吾聞兩雄不俱立 兩賢不幷世 皇帝賢天子也 自今以後 去帝制黃屋左纛 陸賈還報 孝文帝大說"(오문양웅불구립 양현불병세 황제현천자야 자금이후 거제제황옥좌독 육가환보 효문제대열) "노신이 황제의 칭호를 망령되게 훔친 것은 스스로 즐거워하려고 한 짓입니다. 어찌 감히 천왕이라는 말을 듣고자 했겠습니까? 이에 머리를 조아리고 번신이 되고자 하며, 내리는 직함을 받겠나이다." "제가 들으니, 두 영웅이 함께 일어나지 못하고, 두 현인도 세상에 함께 있지 못한답니다. 황제께서는 현명한 천자이십니다. 지금부터는 황제의 거주나 깃발을 버리겠습니다. 육가가 돌아가 이렇게 보고하니, 효문제는 아주 기뻐했다."

그러고 만 것은 아니다. 武帝의 손자가 왕위를 잇고 文帝라고 했다. 그 사람이 바로 발굴된 무덤의 주인공이다. "文帝行寶"(문제행보)라는 옥새도 발견되었다. 독자적인 주권을 행사했을 뿐만 아니라 중국과는 다른 독자적인 문화를 분명하게 했다. 그런 토대 위에서 동아시아 공유의 문명을 받아들였다.

한나라는 그런 南越을 그대로 두지 않았다. 기원전 111년에 대거 침공해 멸망시키고 9군을 설치했다. 南海(남해)·蒼梧(창오)·鬱林(울림)·合浦郡(합포군)은 오늘날의 중국, 交趾(교지)·九眞(구지)·日南郡(일남군)은 오늘날의 월남에 있었다. 珠崖(주애)·儋耳郡(담이군)은 바다 건너 해남도에 있었다. 이것은 조선을 정복하고 4군을 설치하기 3년 전의 일이다.

3

월남은 자국의 사서를 두 차례 이룩했다. 黎文休(여문휴)가 1272년에 편찬한 《大越史記》(대월사기)를 증보해, 吳士連(오사련)이 1479년에 《大越史記全書》(대월사기전서)를 완성했다. 두 저자 모두 국명 두 자의 선후를 바꾼 越南의 선행 국가 南越을 세운 趙佗의 공적을 《史記》에 의거해 이해하고 높이 평가했다. 그 대목을 든다.

"黎文休曰 遼東微箕子不能成衣冠之俗"(여문휴왈 요동미기자불능성의관지속), "趙武帝能開拓我越 而自帝其國 與漢抗衡 書稱老夫 爲我越倡始帝王之基業 其功可謂大矣"(조무제능개척아월 이자제기국 여한항형 서칭노부 위아월창시제왕지기업 기공가위대의) "黎文休가 말한다. 遼東은 箕子가 아니면 의관의 풍속을 이루지 못했다.""趙武帝는 우리 월남을 능히 개척해서 스스로 국가를 통치하면서 한나라에 대항해 균형을 이루고, 글에서는 老夫라고 일컬었다. 우리 월남을 위해 제왕 통치의 터전을 마련한 공이 크도다."

"吳士連曰 傳曰 有大德 必得其位 必得其名 必得其壽 帝何修而得此哉 亦曰 德而已矣 觀其答陸賈語 則英武之威 豈讓漢高"(오사련왈 전왈 유대 덕 필득기위 필득기명 필득기수 제하수이득차재 역왈 덕이이의 관기답육 가어 즉영무지위 기양한고) "吳士連이 말한다. 傳에 이르기를, 큰 덕이 있으면 반드시 그 지위를 얻고, 그 이름을 얻고, 그 수명을 얻는다고 했다. 임금님은 어떻게 덕을 닦아 그런 것들을 얻었겠는가. 오직 덕일 따름이라고 다시 말해야 하겠다. 육가에게 대답하는 말을 보니, 빼어난 무력의 위엄이 어찌 한나라 高祖보다 못하겠는가."

오늘날의 월남은 이런 생각을 이어받지 않고 딴소리를 한다. 발표자로 참가한 학술회의에서 이 사실을 확인하고 충격을 받았다. 2005년 11월 15-18일 중국의 北京論壇(Beijing Forum)에서, 월남 학자가 하노이 대학에서 편찬하는 새로운 월남사 교과서에 대한 발표를 했다(Nguyen Quang Ngoc, "The Conception on Compiling a New Text Book of Vietnamese History in Hanoi National University").

새로운 월남사는 두 가지 특징이 있다고 했다. (가) 외침에 저항한 전쟁의 역사를 지나치게 존중한 잘못을 시정하고, 생활 전반을 다룬다. (나) 지배민족 월남인만의 역사를 버리고, 여러 소수민족과 함께 이룩한 역사를 다시 쓴다. 북부에서 월남인이 이룩한 역사뿐만 아니라, 중부와 남부 선조들의 역사도 월남사에 포함시켜 소중하게 다룬다.

전쟁을 끝내고 평화를 이룩한 시기에 필요한 역사를 쓴다고 (가)와 (나)에서 함께 말하지만, 둘은 많이 다르다. (가)는 전적으로 타당하다. 세계 어디서도 해야 할 일이다. (나)는 오늘날 월남의 국가사를 이룩하기 위해 지난 시기 민족사의 관점을 버린다는 말이다. 많은 문제점이 있다.

그 발표에 대해 내가 질의했다. 한자어는 글로 써서 보이며, 영어로 이야기를 나누었다. 지금 쓰고 있는 책이 월남사의 고전 《大越史記》에서 보여준 역사관과 많이 다르지 않은가? 《大越史記》에서 월남사의 시발점이라고 한 南越의 역사가 중국사인가 월남사인가?

이에 대해 南越의 역사는 "origin of our history"(우리 역사의 근원)일 뿐이고, 지금은 중국사라고 했다. 그 시기에 있던 百越(백월) 가운데 한 가닥이 오늘날의 월남이고, 다른 사람들은 중국인이 되었다고 했다. 중국인이 된 사람들의 역사는 중국사라고 했다. 중국사이면서 월남사인 공유영역도 인정하지 않았다.

사람의 역사는 버리고 땅의 역사를 택한다. 오늘날 월남 강역 밖 자기 민족의 역사는 남을 주고, 오늘날 월남 강역 안 타민족의 역사는 모두 자기 것이라고 차지한다. 중국에서 오늘날 중국의 강역 안에 있던 역사는 모두 중국의 역사라고 하는 것과 같은 주장이다.

4

시비를 가려보자. 南越은 중국에 넘겨주고, 오늘날 월남의 강역 안에 있던 역사는 모두 월남의 역사라는 이유로 참파나 부남의 역사를 차지한다. 정치 협상을 해서 이권을 나누듯이 역사를 가른다. 南越을 중국에 넘겨주는 것은 타당하지 않고, 참파나 부남의 역사가 월남사에 포함된다는 것은 더욱 부당하다.

참파(Champa, 占婆)는 2세기부터 오늘날의 월남 중부에 있던 나라이고, 산스크리트문명권의 일원이었다. 처음에는 아무런 관련도 없던 월남이 차츰 남쪽으로 내려와, 참파와 오랫동안 싸우다가 15세기에 멸망시켰다. 월남이 그 나라를 차지했다는 이유를 들어, 참파의 역사는 처음부터 월남사라고 한다.

부남(Funan, 扶南)은 1세기에서 7세기까지 오늘날의 월남 남부에 있던 나라이며, 이것 또한 산스크리트문명권의 일원이었다. 7세기 이후에는 캄보디아로 이어졌다. 남진을 계속하던 월남이 18세기에 캄보디아 땅을 빼앗은 영토 확장을 과거까지 소급해 부남의 역사가 온통 월남사에 편입된다고 한다. 부남의 연원을 이루는 고대문명이 월남 것이라고 주장하기까지 한다.

참파·부남·남월뿐만 다른 어느 나라의 역사도, 타국이 차지하고는 제대로 돌보지 않는 것은 부당한 횡포이다. 일본에 포함된 유구, 한국사가 된 탐라사도 그리 다르지 않아 함께 구출해야 한다. 차등론에 근거를 둔 국가 패권주의를, 하수인이 되어 옹호하지 말고 비판하고 뒤집는 연구를 해야 한다.

크고 작고, 강하고 약하고, 길고 짧은 것을 가리지 말고, 어느 나라 역사든 대등하게 존중하고, 서로 비교해 공통점을 찾는 데 힘써야 한다. 공통점과 특수성을 두루 포괄하는 거대담론을 이룩해야 한다. 사료 부족으로 물러날 수밖에 없다고 하지 말고, 무형의 자료라도 찾아 증거인멸을 바로잡아야 한다. 상호조명으로 결락을 보충하는 것이 더 좋은 방법이다.

5

南越王博物館에서 古朝鮮(고조선)을 생각했다. 고조선의 왕릉이 발견되고 발굴되면 얼마나 같고 다를까? 월남의 黎文休가 비교를 시도한 바와 같이, 箕子와 趙佗는 상통하는 바가 있다. 중국에서 가져온 문물을 토착의 문화와 결합시켜 국가 경영을 수준 높게 했다.

남북 두 곳에서 동아시아문명을 확장하다가, 공동의 이상을 배신한 한나라의 침공을 받고 함께 무너졌다. 그것은 종말이 아니고, 새로운 출발을 위한 진통이었다. 죽음이 삶이고, 패배가 승리여서, 얼마 지나지 않아 동아시아문명과 민족문화를 한층 밀접하게, 더욱 역동적으로 결합시키는 창조가 이룩되었다. 그 과정이 한국에서는 선명하게 보이고, 월남은 그렇지 않다.

중국처럼 국가 패권주의 차등론을 합리화하려는 시도가 야릇하게 꼬여, 오늘날의 越南은 지난날의 南越을 자기네 역사에서 제거하는 잘못을 저지르고 말았다. 그 때문에 의식이 혼미해지는 것을 알아차리고, 힘써 바로잡아야 한다. 스스로 반성하지 못하는 줄 알고 간곡하게 충고한다.

역사 이해를 국가의 테두리 안에 가두고 정치적 목적에 따라 왜곡하면 저질의 차등론에 휘말린다. 역사는 피아의 구분의 넘어선 보편적인 영역이다. 어느 쪽에서든지 타당한 논의를 대등하게 전개해야 한다.

중세 재인식

1

20세기 중엽부터, 유럽 학계의 관심이 근대에서 중세로 이동하고 있다. 근대를 찬양하고 전근대를 멸시하는 근대학을 하다가, 전근대를 중세라고 고쳐 일컫고 재평가하는 중세학을 더 열심히 한다는 말이다. 근대학과 중세학은 어떻게 다른지, 거시적인 고찰을 하자.

근대학은 차등론이다. 근대는 우월하고 전근대는 열등하다. 근대화한 유럽문명권이 아직 전근대에 머무르고 있는 다른 여러 문명권을 멸시하고 간섭하고 지배하는 것이 당연하다. 나라가 부강하게 되는 방법 연구가 학문의 사명이다. 유럽문명권을 학문에서도 본받아 역사의 도달점인 근대화를 이룩하려고 노력해야 한다. 이런 말을 한다.

중세학은 대등론이다. 근대의 횡포가 지나치고 발전이 한계에 이른 것을 알고, 중세를 되돌아보아야 한다. 중세의 가치를 발견하고 재평가하면, 차등론의 잘못을 바로잡고 대등론으로 나아갈 수 있다. 국가끼리의 쟁패를 멈추고 지난날 하나였던 유럽을 이어받을 수 있다. 중세에는 어느 문명권이 일방적으로 우월하지 않고, 모든 문명권이 대등했다. 강약의 다툼을 넘어서는 보편적 가치가 있었다.

근대학은 중세의 주변부 후진이다가 근대에 선진이 된 영미가 주도하고, 미국이 가장 앞섰다. 미국 유학을 하고 근대화론을 가져오면 크게 행세하는 것이 당연했다. 이제 그 시대가 가고 있다. 우리도 이룩하고 보니 근대화란 그리 대단한 것이 아니고, 많은 문제점이 있다. 문제점을 스스로 해결하고, 기존의 선진국들보다 앞서려면 어떻게 해야 하는가 하는 의문이 제기된다.

중세학은 영미가 득세한 근대에는 다소 위축된 중세의 중심부나 중간부가 개척해 본보기를 보여준다. 중간부 불국보다 중심부 이태리에서 더욱 심오한 경지에 이른다. 그 내역은 아직 제대로 알려지지 않고 있다. 불국은 알려고 하면서 덤벙대기나 한다. 인문학이, 그 가운데 중세학이 특히 소중한 줄 잘 모른다. 이태리는 음악이 아니면 알아줄 것이 없다고 여긴다. 학문은 관심 밖에 두고 있다. 아주 잘못되었다.

근대학은 경험론을 원리로, 실증주의를 방법으로 삼아, 논저를 길고 자세하고 복잡하게 써서 우월을 과시한다. 뚝심이 상당하고, 많은 수고를 해도 파헤쳐 논단하기 어렵게 한다. 더구나 포스트모더니즘이라는 불량배를 거느리고 있어 조심해야 한다. 차등론의 위세가 대단한 것을 알아야 한다.

ㄹ

중세학은 도를 닦아 농축한 연구의 진수를 아주 작은 책에 담아 제시하고 있다. 야단스럽게 수고하지 않아도 되고, 이해의 수준이 높으면 조용히 앉아 접근하고 이해하고 시비할 수 있다. 논의의 질이 써놓는 양과 반비례해, 절묘한 경지의 대등론을 보여준다. 무슨 이상한 소리를 하느냐고 나무랄 수 있어, 잡담 제하고 자료를 제시한다.

불국과 이태리 양국의 석학이 중세학의 핵심을 간략하게 간추린 저작을 냈다(Jacques Le Goff, *À la recherche du Moyen Âge*, 2003; Giuseppe Sergi, *L'Idée de Moyen Âge*, 2000). 그 둘을 남불 아비뇽 교황청 유적 안에 있는 서점에서 샀다. 아직도 성업중인 로마의 교황청과 달리, 아비뇽의 교황청은 옛 모습을 그대로 지닌 채 비어 있다. 시간의 간격을 넘어서서 중세를 직접 느끼게 한다. 좋은 책을 팔아, 중세에 대한 이해를 깊게 한다.

두 책을 저자의 이름을 따서 〈자크〉(Jacques)와 〈지우세페〉(Giuseppe)라고 약칭하자. 제목을 번역하면 〈자크〉는 《중세를 찾아서》이고, 〈지우세페〉는 《중세의 이상》이다. 〈자크〉는 다른 사람의 질문에 대답하는 방식으로 책을 썼다. 〈지우세페〉는 이태리어로 1998년에 낸 책의 불어 번역본이다. 원저에는 없는 "상상과 역사적 현실 사이"(Entre imaginaire et réalité historique")라는 부제를 붙였다.

〈자크〉의 저자가 왜 중세학을 하게 되었는지 말했다. 중세를 다룬 소설을 탐독하고 어두운 중세가 아닌 밝은 중세를 찾아내는 것을 지속적인 과업으로 삼았다고 했다. 중세가 어떤 것인지 정리해 말하려고 하지 않고 예증을 계속 들었다. 그 가운데 하나를 보자.

경색된 기독교 교리가 발상의 자유를 억압한 것은 중세가 아닌 19세기 또는 20세기라고 말해 충격을 준다. 성모의 無染受胎(무염수태, immaculée conception)는 1854년에, 昇天(승천, assomption)은 1950년에 교리로 공인되었다고 했다. 중세에는 누구나 자기 좋은 대로 갖가지 방법으로 성모를 이해하고 찬미해, 많은 모순이 있는 채로 그 영역이 넓어졌다고 했다.

마녀 화형은 왜 있었던가? 이런 의문은 외면하고, 중세 동안 하늘에서 이루고자 하는 소망을 땅에서도 이루고자 한 것을 주목하고 평가해야 한다고 했다. "연옥은 희망이다"라고 한 말을 인용하고, "나는 중세는 희망이라고 말하고 싶다"고 했다. 이것이 끝말이다.

"연옥은 희망이다"는 것은 천국과 지옥 사이에 연옥이 있다고 하면서 하늘과 땅의 이원론을 시정하기 시작한 것을 높이 평가한 말이다. "중세는 희망이다"는 말은 중세에 관념을 고착시키지 않고 새로운 모색이 가능하게 한 것을 알아야 한다는 말이다. 그렇다고 해야 할 것인가?

논의가 미진해 납득하기 어렵다. 자기는 많이 알고 있으니 하는 말을 믿으라고 하는 차등론의 사고가 엿보인다. 밝은 중세를 말하는 편향성이 지나치다. 벼가 덜 익어 고개를 아직 들고 있는가? 이런 의문이 〈지우세페〉를 읽으면 그릇되지 않음을 알 수 있다.

중세학에서 불국은 이태리만 못하다고 앞에서 말했다. 그것을 어떻게 알 수 있는가? 〈지우세페〉 권말의 참고문헌 목록에 증거가 있다. 참고문헌 27종 가운데 이태리어본이 24종, 불어본이 3종이다. 독일어본은 있을 만한데 보이지 않는다. 영어본은 물론 없다.

〈지우세페〉는 〈자크〉보다 더 작은 책이다. 169면과 109면의 차이가 있고, 활자가 훨씬 굵어 분량이 절반 이하이다. 저자가 개입하지 않고 중세가 어떤 시대인지 총괄해 해명하는 데 이르렀다. 득도해 얻은 것이 있다고 할 만하다. 핵심을 가져온다.

"아무 전제도 원칙도 없는, 또는 빗나가는 원칙이 언제나 풍성했다고 하는 편이 더 나을 실험"이 중세의 특징이라고 했다. 그 실험에서 "농촌의 협동에서 공동생활의 전통을 이어받고, 지식인들이 생생하게 간직한 그리스 도시국가의 기억을 받아들였다." "이성을 믿지 않고, 마력 신뢰로 넘어간 것도 아니다. 국가가 일상생활을 지배하는 든든한 구조물이라고 인정하지 않고, 신성제국의 이상을 계속 환기했다." "불국 혁명에서 중세를 청산했다고 자부하지만, 만화 수준으로 단순화한 허상을 파괴하는 데 그쳤다." 마지막 말이 가장 놀랍다.

어느 시대든지 하나로 통일된 질서와 다면적 얽힘의 양면이 있다. 중세 유럽에서 하나로 통일된 질서를 무리하게 요구하다가 파탄이 생겨 다면적 얽힘이 커진 것을 이제 긍정적으로 평가한다. 단점이 장점이라는 역설의 논리를 편다. 중세는 어둠이고 근대는 밝음이라는 주장을 뒤집는다. 훌륭한 관점으로 좋은 성과를 얻는 작업을 한다고 칭송할 수 있다.

3

그러면 할 말을 다한 것은 아니다. 통일된 질서가 어떤 특징을 가지고, 왜 파탄에 이르렀는지 밝혀야 한다. 다른 문명권과의 비교고찰도 해야 한다. 그 결과 중세 문명 일반론을 이룩하고, 대등의 역사관을 분명하게 하는 두 가지 성과를 기대할 수 있다. 이 일을 누가 할 것인가?

유럽 중세학이 상당한 일을 하고 있다. 국가의 쟁패는 말하지 않고 유럽의 역사를 통괄해 이해한다. 삶과 생각을 여러 분야로 나누지 않고 총체적으로 고찰한다. 이런 진전을 모르고 있는 동아시아 역사학은 깊이 반성해야 한다. 역사를 국사끼리의 쟁패사로 고찰하는 것은 근대학의 추종인 줄 알고 시정해야 한다. 나라마다 다른 시대구분을 고집하지 말고,

동아시아와 다른 여러 문명권이 함께 이룩한 세계사의 고대·중세·근대를 말해야 한다.

동아시아는 높은 수준으로 이룩한 중세문명을, 유럽의 근대가 다가오자 낙후의 증거로 여기고 폐기하려고 했다. 다른 한편으로는 중세 재평가로 반격하고자 하고, 동아시아는 통일된 질서의 이념이 유럽보다 월등하게 훌륭하다고 한다. 차등론을 원리로 한 유럽의 근대학을 받아들여, 열등차등을 느끼고 괴로워하다가 우월차등으로 선회한 것 둘 다 적절한 대응책이 아니다.

이제 유럽에서는 무질서라고 할 수 있는 다면적 얽힘이 중세가 실험의 시대이게 한 것을 평가한다. 이 새로운 사태에 어떻게 대처할 것인가? 더 난처하다고 할 것은 아니다. 좋은 기회가 온 것을 환영하고 분발해야 한다. 우리의 장기를 발휘해 유럽보다 앞설 수 있다.

유럽의 중세학은 철학 근처까지 가다가 말았다. 도움을 얻을 수 있는 철학의 전통이 없기 때문이다. 우리는 다면적 얽힘을 대등한 생극으로 이해하고 평가하는 철학의 오랜 전통이 있다. 이것을 이어받아 대등생극론을 정립하고 있다.

우리가 이룩한 것을 자랑만 하고 있지 말고, 그쪽을 깨우치는 데 활용해야 한다. 유럽의 중세학을 보완하고, 세계의 중세학을 이룩하고, 세계사의 역사철학을 정립해야 한다. 양쪽의 힘을 합쳐 대등생극론을 더욱 진전시켜야 한다.

다면적 얽힘을 대등생극론을 가지고 고찰하면 말이 어렵고 논의가 복잡해 골치 아프게 되는 것은 아니고, 그 반대이다. 둘이 대등생극의 관계에서 넷으로, 넷은 다시 여덟으로 갈라지는 것을 밝히면 된다. 가장 포괄적인 둘을 발견해야 다면적 얽힘을 혼란 없이 고찰하는 작업을 시작할 수 있다.

중세의 가장 큰 음양은 공동문어와 민족구어이다. 이 둘이 대등생극의 관계를 가지고 중세가 그 이전의 고대, 그 이후의 근대와 다르게 한 것이 어느 문명권에서나 같다. 이것을 근거로 세계사의 시대구분을 명확하게 할 수 있다. 공동문어나 민족구어가 다시 갈라져 대등생극의 관계를 가지는 양상은 조금 특수하고, 그 하위의 대등생극은 더욱 특수하다.

유럽문명권에서는 이런 생각을 하지 않으면서 중세에 대한 포괄적인 이해를 하려고 하니 말을 줄이기 어렵다. 작은 책에 담은 내용을 더 간추릴 수 없다. 왜 그런가? 도 닦은 것이 모자라, 대등생극 철학을 알지 못하는 큰 이유만 있는 것은 아니다.

유럽문명권에서는 공동문어 라틴어가 기독교 성직자만의 언어여서 쓰임새가 적었던 작은 이유도 있다. 그 점은 성직자가 따로 없고, 아랍어 경전을 누구나 암송해야 한다고 한 이슬람 문명권과 아주 달랐다. 동아시아를 중간에 놓고 비교고찰을 하면 공통점과 차이점이 다 드러날 것이다.

공동문어는 어디서나 보편종교의 경전이어서 교조의 생애나 가르침을 기록했다. 민중은 경전 속의 교조 경배로 만족하지 않고 융통성 있고 친근한 종교 지도자 성자를 원했다. 성자 이야기를 자꾸 지어내면서 언어 사용을 다양하게 했다. 共同文語(공동문어)·民族書寫語(민족서사어)·民族口頭語(민족구두어)가 모두 쓰여 대등생극의 관계를 가지게 했다.

이런 말이 앞에서 든 두 책에는 없다. 누구나 자기 좋은 대로 갖가지 방법으로 聖母(성모)를 이해하고 찬미한다고 할 때 그 근처를 지나갔을 따름이다. 언어·문학·종교사를 하나로 하면 얻을 수 있는 성과를, 사회·경제·정치사에 머물러 있는 탓에 놓쳤다.

그것은 근대학의 관습에서 벗어나지 못해 중세학을 제대로 하지 못한 과오이다. 나무라고 바로잡는 일을 우리가 맡아 하지 않을 수 없다. 선후 역전을 크게 해서, 내가, 한국이, 동아시아가 세계의 학문을 선도해야 한다.

대등한 역사

1

11세기에 비루니(al-Biruni)라는 무슬림 역사가가 있었다. 오늘날의 우즈베키스탄에서 태어난 페르시아인이다. 아랍인의 우월감을 마땅하지 않게 여겼지만, 저술이 널리 알려지도록 하려고 공동문어인 아랍어를 사용했다. 자기 쪽이 제일이라는 편협한 사고를 넘어서서 사람은 누구나 서로 대등하다는 생각을 역사서술의 실제 작업을 통해서 구현하려고 했다.

초기 저작 《연대기》(al-Athar al-baqiya)에서는 시리아, 그리스, 페르시아 등지의 종교적 관습, 유태교, 기독교, 조로아스터교 등 여러 종교의 교리를 이슬람교의 경우와 비교해서 고찰하면서, 어느 쪽에도 치우치지 않는 대등한 이해를 하려고 했다. 역사를 연대기로 보는 수준을 넘어서고, 또한 자기 문명이 우월하다는 편견을 시정하면서, 비교문명론의 관점에서 역사를 이해하는 작업을 거기서 시작하고, 다음 작업에서 더욱 확대했다. 그렇게 하기 위해서는 다른 문명을 현장에서 생생하게 이해하는 것이 무엇보다도 긴요한 일이었다.

인도에 갈 기회가 있어서 새로운 작업을 위한 좋은 경험을 얻었다. 자기 군주가 인도를 정복하고 약탈할 때 동행하라는 요청을 받고, 군주와는 상이하게 인도문명을 제대로 이해하기 위한 진지한 연구를 열심히 했다. 정복자와 피정복자의 차등을 넘어서고, 이슬람교가 힌두교보다 우월하다고 생각하지 않았다. 힌두교 지도자들에게서 산스크리트를 배우고, 산스크리트의 문헌을 널리 수집해 힌두교문명에 대해 깊이 탐구하고자 했다.

2

그 결과를 정리해 1032년에 《인도에 관한 책》(Tahqiq ma li-l-Hind)을 완성했다(Abu-Rayhan al-Biruni, Vincent-Mansour Monteil tr., *Le Livre de l'Inde*, 1996라는 불역판을 이용한다). 인도의 힌두교문명에 대한 종합적 연구서를 써서, 역사서술의 영역을 크게 넓혔다. 여러 문명을 비교해서 고찰하는 방법을 구체적으로 제시해 획기적인 의의를 가진다. 다른 신을 섬기는 상대방의 문명권에 대해서 진지한 이해를 하면서 자기중심주의를 넘어서고자 하는 최상의 노력을 보여주며, 종교가 충돌의 원인이지 않을 수 있는 길을 제시했다.

"받아들일 수 있는 것이든 받아들일 수 없는 것이든, 인도인의 사고방식을 여러 항목에 관해 정확하게 기술하는" 책을 쓰겠다고 머리말에서 말했다. 자기 스스로 편견을 버리고 파악한 진실을 있는 그대로 제시해, 세상 사람들의 그릇된 사고방식을 시정하는 역사가의 임무를 수행하겠다고 했다. 과거의 역사가들은 편견 때문에 진실을 외면하고 거짓말을 일삼아온 것이 커다란 폐단이라고 나무라고, 그 이유를 다음과 같이 몇 가지로 갈라 말했다.

역사가는 개인적인 이해관계 때문에 거짓말을 하기도 하고, 자기 민족을 예찬하기 위해서 거짓말을 하면서 상대방에게는 험담을 퍼붓기도 한다. 편파성과 증오는 둘 다 비난받아 마땅하다. 자기의 보호자를 기쁘게 하기 위해 없는 말을 지어내고, 그 반대쪽을 모욕하는 역사가도 있다 … 세번째 유형의 역사가는 천성이 저열하기 때문에 거짓말을 한다. 거짓말이 핏속에 들어 있는 자도 있다. 마지막으로 들고자 하는 유형은 무지 때문에 죄를 짓고, 다른 사람들을 모방하기만 하는 자들이다.

남이 하는 일에 대해서 탈 잡기만 하지 않고, 역사가 노릇을 실제로 하면서 이렇게 말하는 것은 쉬운 일이 아니다. 이슬람교의 군주를 수행해서 인도 징복에 참가한 사람이, 자기 쪽을 일방석으로 옹호하는 역사가를 비난한 것은 비상한 각오가 있었기 때문이다. 자기는 거짓말을 피하기 위해서 밖으로 드러나 있는 자료나 수집해놓고 판단을 보류하는 안이한 대책을 강구한 것도 아니다. 힘들여 탐구하지 않으면 알 수 없는 심층까지 소상하게 파악해서 진실이 무엇인가 밝혀내려고 했다.

언어 장벽이 있고, 종교가 다르고, 풍속이 같지 않아 힌두교문명을 이해하기 어려웠다는 사정을 말했다. 그런 난관을 극복한 방법은 선생님에게 배우는 학생의 자세를 가지고, 구경거리나 멸시의 대상이 되는 것을 부끄럽게 여기지 않으면서, 필요한 지식을 겸손하게 물어 하나씩 축적해나간 것이라고 했다. 상대방의 마음속으로 들어가보아야 진정한 이해를 할 수 있다는 것을 구체적인 사례를 통해서 거듭 보여주었다. "이 책은 인도인들과 만나 그쪽에서 생각하는 근본적인 문제에 대해서 논의하고자 하는 사람에게 충분히 도움이 되는 자료라고 생각한다"고 말할 수 있는 결과를 얻었다.

참고할 수 있는 지식이나 정보를 제공하는 데 그친 편람이 아니고, 한 문명을 깊이 이해하는 데 필요한 작업을 체계적으로 전개했다. 먼저 문명의 차이, 종교를 중심으로 살핀 인도인의 정신세계에 대해 말하고, 그다음에는 언어, 문자, 과학, 지리 등을 살피고, 다시 사람의 일생, 인간관계, 사회생활 등에 관해서 다각도로 고찰했다. 힌두교문명의 본질을 이슬람문명은 물론 자기가 알고 있는 그리스문명, 기독교문명 등의 다른 여러 문명의 경우와 비교해서 이해하면서 공통점을 확인하는 데 힘썼다.

3

이슬람교와 힌두교는 교리가 서로 달라 상대방을 용납할 수 없다고 하지만, 두 종교 사이에 기본적인 공통점이 있다고 했다. 힌두교가 어떤 종교인가 그 자체로 깊이 이해하고, 이슬람교를 되돌아보고, 다른 종교의 경우도 함께 살피는 순서를 거쳐 서로 같은 발상을 확인했다. 겉으로 나타나 있는 사실에 관한 논증과는 다른 차원의 심층적인 성찰을 통해서 그 작업을 진행했다. 얻은 결과를 직설법으로는 말할 수 없어, 깊이 새겨 받아들여야 하는 미묘한 표현을 썼다.

"영원하고 어디에나 있는 신과 만나 하나가 되는 것이 힌두교도에게는 해탈이고, 자유롭게 되는 길이다"고 했다. 그렇게 하는 것은 힌두교에 국한되지 않은 보편적인 진실의 추구임을, 이슬람교와의 비교론을 몇 단계에 걸쳐 전개하면서 밝혀 논했다. 이슬람교에서 "신과 신을 믿는 사람 사이에는 빛과 어둠이 여러 겹 겹쳐 있을 따름이므로, 사람은 그 장벽을 넘어서서 빛에 이르고자 하는, 되돌아올 수 없는 여행을 한다"고 하는 것이 힌두교에서 말하는 바와 같은 길을 두고 다르게 하는 말일 따름이라고 했다.

그런 비교론을 더욱 진전시켜, 힌두교의 베단타(Vedanta)철학, 이슬람

교의 수피사상, 기독교에서 받아들인 신플라톤주의 사이에 기본적인 일
치점이 있다고 하는 데까지 나아가려고 했다. 그렇게 해서 문명사에서
세계사로 나아갈 수 있는 길을 열었다. 세계사가 인류의 보편적인 사상
을 발견하는 자리일 수 있게 했다. 근대에 와서는 잃어버린 소중한 지
혜가 거기 있다.

민족사관을 넘어서야

1

스페인과 네덜란드, 러시아와 핀란드, 영국과 아일랜드, 일본과 한국,
이 네 쌍의 나라는 모두 식민지통치의 가해자와 피해자이다. 강성한 가
해자의 지배를 견디지 못하고, 미약한 피해자가 독립을 쟁취한 것이 같
다. 비교고찰을 하면서 우리의 경우에 대한 새로운 인식을 할 필요가
있다.

미약한 피해자가 강성한 가해자를 물리치는 것은 불가능하게 보이는
데, 단련을 받고 분발해 가능하게 만들었다. 그 덕분에 강약의 역전이
지속적으로 나타나 선진이 후진이게 하고, 후진이 선진이게 한다. 피해
자였다가 독립한 새로운 나라는 크게 분발해 경제 발전에서 앞서고, 더
좋은 사회를 만들고, 학문 발전의 새로운 길을 연다.

스페인은 보수주의 차등론에 사로잡혀 낙후하고, 네덜란드는 혁명을
거치지 않고도 시민사회의 순조로운 발전을 이룩했으며, 종교의 자유를
보장하는 데 앞섰다. 스페인에서 이교도이고 탐욕스러운 가해자라는 이
유에서 추방한 유태인들이 네덜란드로 가서 경제 발전에 크게 기여했다.

네덜란드는 기독교 선교를 하지 않아, 세계 어디서도 경계의 대상이 되지 않고 장사를 할 수 있었다. 일체의 특권이 폐지되고, 누구에게나 개방된 대등사회가 되어 진취적인 발전을 했다. 오늘날도 외국인이 차별을 받지 않고 편안하게 살고 활동할 수 있는 나라이다. 유럽 중앙의 작은 나라임을 이점으로 삼고, 국가를 넘어선 유럽의 학문을 한다.

러시아는 전체주의의 폭압을 형태를 바꾸어 계속하고, 핀란드는 패권주의를 청산한 대등사회의 좋은 본보기를 보이면서 누구나 행복하게 하고자 한다. 독립하자 대학에 세계 최초로 민속학과를 설립하고, 세계적인 범위에서 민속학 연구를 지원한 것이 특기할 만한 업적이다. 지진아가 없이 모든 학생이 창조력을 발현하게 하는 교육을 이론과 실천 양면에서 잘하고 있다고 평가된다. 세계 도처에서 핀란드의 교육을 본받으려고 하지만, 심성을 따르지 못해 성과가 없다.

영국의 지배에 항거하고 일어난 아일랜드 문예부흥이 식민지통치의 모든 피해자에게 큰 감명을 주었다. 사실을 열거하는 경쟁에서 벗어나, 문학사를 의식 각성의 역사로 서술하는 본보기를 보인 것도 높이 평가되고 널리 영향을 끼친다. 영국은 폐쇄되고 고립된 나라이기를 고집하면서 우월감을 유지하려고 하지만, 아일랜드는 국가의 장벽을 최대한 낮추고 투자를 널리 유치해 경제발전을 가속화하고 있다. 영국이 폐쇄적일수록 아일랜드는 개방적이어서, 영국이 망하는 것만큼 아일랜드는 흥한다. 거대 다국적 기업의 유럽 총본사가 속속 아일랜드로 모여든다. 아일랜드에는 인종 차별이 없어 누구나 편안하게 살 수 있다.

일본은 萬世一系(만세일계)의 신성혈통을 이어온다는 天皇(천황)을 받드는 신성국가이고, 차등론을 질서의 근본으로 삼는다. 침략전쟁을 자행한 전체주의에 대해 계속 미련을 가지고, 조직의 일원이 되어 질서를 지키고 주어진 임무를 수행하는 것을 소중하게 여긴다. 유럽문명권 학문을 받아들이는 수입학에 매달린다. 한국은 차등론을 부정하는 대등론으로 사회를 구성하고, 민주화를 소중한 가치로 삼는다. 누구나 자기주장을 과감하게 펴서 역동적인 기풍을 조성하고 발전을 위한 동력이 되게 한다. 수입학을 넘어서서 창조학을 하려고 분투한다.

스페인과 네덜란드, 러시아와 핀란드, 영국과 아일랜드, 일본과 한국, 이 네 쌍의 나라를 비교해 고찰한 결과는 같아 일반론을 정립할 수 있다. 가해는 가해자의 영광이고 피해자의 치욕이라고 할 것은 아니다. 가해가 영광이라고 여기는 것이 자해이다. 그 때문에 패권주의를 확대하고, 차등론의 폐해를 키운다. 보수주의에 사로잡혀 혁신의 기회를 잃는다.

가해를 당한 것이 피해자의 치욕이라고 하고 말 것도 아니다. 외래 통치자의 가해에 반발해 힘을 기르는 것은, 창피스러운 불운이 아닌 자랑스러운 행운이다. 그 덕분에 패권주의를 부정하는, 지극히 어려운 각성을 얻을 수 있다. 차등론을 청산하고 대등론을 실현하는, 인류의 오랜 소망을 실현할 수 있다. 이 얼마나 큰 영광인가? 감격하지 않을 수 없다.

2

네덜란드는 학문이 남달라, 별도로 고찰할 필요가 있다. 그 유래를 스피노자(Spinoza, 1632-1677)에서 찾을 수 있다. 스피노자는 종교에서 분리된 철학을 유럽에서 처음 이룩했다고 평가된다. 독일의 철학자 헤겔(Hegel)은 "스피노자가 없으면 철학이 없다"고 하는 찬사를 바쳤다.

스피노자는 스페인에서 포르투갈로 추방되었다가 네덜란드로 이주한 유태인 가문에서 태어났다. 유태교 신앙에 대한 박해를 피하자는 것이 이주의 직접적인 동기였다. 그 가문이 스페인에서 계속 살았더라면, 대학자를 배출할 수 없었을 것이다. 스페인의 지배에서 벗어난 네덜란드는 중세와 결별하고 근대 학문을 시작할 수 있게 하는 최상의 조건을 갖추었다. 새로운 사고의 선구자로 평가되는 불국 철학자 데카르트(Descartes)가 학문의 자유를 얻기 위해 네덜란드로 이주한 사실이 두 나라의 수준을 잘 말해준다.

스피노자의 아버지는 네덜란드 암스테르담 유태인 사회의 유지 노릇을 하면서 가업인 상업을 잘해서 재산을 크게 증식했다. 아들이 그 혜택을 누리면서 재능이 뛰어나 촉망받고 유태교 성직자가 되기 위한 교육을 받다가, 유태교 신앙을 버렸다. 그 때문에 파문당하고 가족이나 동족과의 모든 관계를 끊어야 했다. 네덜란드는 스페인보다 훨씬 자유로운 곳이어서, 아버지의 재산 증식을 위해 유리한 조건을 제공했으며, 아들이 신앙을 버리고 무엇이 진리인지 자기 나름대로 추구하도록 하는 작용을 했다.

스피노자는 소속이 없는 외톨이가 되어, 국가의 경계를 넘어서서 유럽인이 되는 자유를 얻었다. 지적 활동을 직업으로 삼지 않은 덕분에 오직 진실에만 봉사하는 탐구자가 될 수 있었다. 라틴어로 쓴 획기적인 저작을 남겨 유럽 전역에 알려지고 높이 평가되었다.

《기하학적 질서로 증명된 윤리학》(*Ethica, ordine geometrico demonstrata*)이라고 하는 유작에서 전개한 주장의 핵심은, 신·정신·물질 가운데 신은 실체이고 다른 둘은 실체의 양태라는 것이다. 이것이 어떤 의의가 있는지 데카르트의 지론과 비교해보면 분명하게 알 수 있다.

데카르트는 신·정신·물질 가운데 물질은 합리적으로 인식하고, 신과 정신은 버려두자고 하는 이원론을 주장했다. 그 정도의 합리적 인식도 교회가 용인하지 않아, 네덜란드로 피신해야 했다. 스피노자가 자기 주저의 표제에 "기하학적 원리로 증명된"이라는 문구를 넣은 것은 데카르트가 제시한 합리적 방법을 받아들인다는 말이다. 그것을 물질뿐만 아니라 신이나 정신의 영역에도 일관되게 적용해, 이원론을 넘어선 일원론을 이룩하고, 신은 실체이고 정신이나 물질은 그 양태라고 했다.

스피노자가 이렇게 해서 모든 것을 통괄하는 일원론을 이룩하자, 철학다운 철학이 출현해 종교의 입지가 대폭 축소되었다. 유럽 전역 어디서나 무신론을 말하면 사형을 당하는 시대에, 신이 모든 것을 아우르는 실체임을 기하학적 원리로 증명했다고 하는 사실상의 무신론 철학을 제시하는 용기를 가진 것이 놀라운 일이었다. 스피노자의 선례를 이어받고 수정해, 헤겔(Hegel)은 신을 정신으로, 마르크스(Marx)는 물질로 바꾸어 놓아 철학이 한 단계씩 더 나아갔다.

스피노자가 세월을 잘못 만나 불우하게 살았다고 할 것은 아니다. 그 무렵 네덜란드는 번영을 구가하고 있었다. 영·불국과 함께 유럽 삼대 강국을 이루면서, 압제 정치를 하지 않는 것이 놀라웠다. 사회 지배층을 이루는 칼빈파 개신교도들은 다른 종교를 용인하고, 상당한 정도의 관용적인 자세를 가지려고 했다. 국가가 종교에서 독립되어 양심의 자유를 보장하는 정치를, 역사상 최초로 네덜란드 공화국 정부에서 하고자 했다.

네덜란드는 식민지 통치자가 되는 일탈이나 배신을 했다고 나무랐지만, 스피노자의 시대에는 아직 거기까지 가지 않았으며 유럽에서 가장 대등하고 자유로운 나라였다. 그 덕분에 스피노자가 목숨을 부지하면서 혁명적인 학문을 할 수 있었다. 이해나 지원을 얻지 못한 것을 한탄한다면 착오가 심한 헛소리이다.

독일 대학에서 교수로 오라고 해도 스피노자는 거절했다. 영광의 대가로 감수해야 하는 제약 때문에 자유를 잃고 위험해질 수 있기 때문이었다. 네덜란드에 머물러 안전을 생계보다 더 소중하게 여기고, 다른 데서는 할 수 없는 학문을 했다. 지원도 간섭도 하지 않고 충성도 저항도 할 이유가 없는 국가를 의식하지 않고, 보편적 진실을 마음 놓고 추구할 수 있었던 것이 커다란 행운이었다.

네덜란드 학문의 장점을 근래의 역사가 회이징하(Johan Huizinga, 1972-1945)도 잘 보여주었다. 아주 넓은 시야를 가지고, 국가를 넘어선 유럽의 학문을 한 것이 인접 대국 영·독·불국의 자국중심주의 학자들과 달랐다. 대학 시절에 비교언어학을 공부하고 산스크리트를 익혔으며, 인도 고전 극에 관한 박사논문을 썼다. 《중세의 가을》(Herfsttij der Middeleeuwen) 이라는 역저에서 유럽 중세문명에 대한 새로운 인식을 제시했다. 〈遊戲 人〉(Homo Ludens)은 부제에서 말한 "문화의 유희 요소에 관한 연구" 를 세계적인 일반론을 지향하면서 수행한 저작이다. 세계 각국어로 번역 되어 널리 영향을 끼친다.

3

회이징하의 문명론 논설을 모아 영어로 번역한 책(*The Course of Civilizations*, translated by James S. Holmes and Hans van Marie, 2018)에서, 애국주의와 민족주의역사관 비판을 발견했다. "애국주의는 자기의 어리석음을 자랑하고, 민족주의는 상대방의 어리석음을 나무란 다." 이런 관계를 가진다고 한 그 두 주의는 근대의 산물이므로 고찰의 대상으로 삼는 것은 당연하지만, 역사를 이해하는 관점이나 원리일 수는 없다고 했다. 자세한 분석을 길게 하고, 마무리에서 한 말을 든다. 잊지 말아야 할 명문이다.

민족의식은 관찰하고, 분석하고, 판단할 수 있다. 그 질량에 대해 객 관적 평가를 할 수 있다. 그것은 이론에서 신념이고, 실제로는 자만심이 다. 전적으로 경쟁과 대립, 그 때문에 당착의 영역에서 자라났다. 민족 의 삶은 모두 고귀한 경쟁이라고 할 수 있으나, 민족의 자부심을 키우 는 요람에 몰려든 요정의 무리에 탐욕·증오·질투 따위가 끼어들지 않는 경우는 없다. 자부심이 착각이나 맹목으로 변모한다. 자기 민족은 지배자여야 한다고 한다. 지배자는 노예가 있어야 한다. 고대의 노예 시장이 없어졌는데, 노예를 어디서 구할 것인가?

네덜란드가 스페인의 통치에서 벗어나 새로운 나라를 훨씬 더 잘 만든 것이 우리에게 직접 도움이 된다. 스페인의 폐쇄주의 차등론과 반대가 되는 개방주의 대등론으로 나아간 것이 강약·선후를 역전시킨 비결이다. 회이징하가 위와 같이 말한 것이 분명한 징표이다.

우리는 폐쇄주의 차등론에서 일본과 경쟁해 우위를 입증할 것인가? 일본을 노예로 부리는 지배자가 되어 복수를 할 것인가? 이런 착각을 하는 소리를 들으면 암담하고, 분노하지 않을 수 없다. 일본과 동반자살을 하겠다고 하면서 우리가 나아가는 길을 스스로 막는 것만이 아니다. 세계사의 진행을 무시하는 예외를 만들고자 해서, 인류에게 죄를 짓는다.

대등이 활짝 열린 동서고금의 전례를 묻다가 회이징하를 만났다. "민족사관은 자랑이 아닌 수치이므로 넘어서야 한다." 이 말을 회이징하와 함께 하고, 더 나아간다. 유럽의 역사를 통괄해서 고찰하는 것 같은 작업을 동아시아에서 하는 데 그칠 수 없다고 여기고, 대등의 세계사를 밝히려고 나선다.

4

나는 중국 대학에 초청되어 가서 할 일을 했다. 대학에서 "國大學小 國小學大"(국대학소 국소학대)라는 말을 크게 써놓고 강연을 했다. 무슨 말인가? 우리말로 옮기면서 풀이해보자.

"나라가 크면 학문은 작고, 나라가 작으면 학문은 크다." 이런 말이면 중국에 실례가 되고, 한국인의 헛된 자부심을 부추길 수 있다. "나라가 크다고 하면 학문은 작아지고, 나라가 작다고 하면 학문은 커진다." 이런 말이라고 해야 깨우쳐주는 것이 있다.

작은 학문은 자기 나라가 크다는 것이다. 자기 나라가 크다고 자랑하면 학문은 그만큼 작아진다. 더 큰 세계를 볼 수 있는 시야를 잃고, 크고 작은 분별에 매달려 진실과 허위는 알아볼 수 없기 때문이다. 누구나 저지를 수 있는 이런 잘못이 큰 나라라고 자부하는 중국에 상대적으로 더 많다는 말은 할 필요가 있다.

중국이 아무리 커도 동아시아보다 작다. 동아시아가 크다고 자랑하지 말아야 한다. 지구 전체보다 작기 때문이다. 지구가 크다는 말은 태양계를 보면 허언이고 착각이다. 태양계는 우주보다 너무 작다. 이런 말이 문화나 생각에도 그대로 타당하다. 모든 학문을 위한 공통적이고 보편적인 지침이다.

최한기는 一鄕一國(일향일국)을 위한 학문을 하지 말고, 天下萬世公共(천하만세공공)을 위한 학문을 해야 한다고 했다. 한국은 작은 나라여서 一鄕一國을 위한 학문을 하면 쪼그라드는 것은 아니다. 큰 나라 중국에서도, 나라는 작고 우주는 넓은 줄 아는 학문을 해야 한다. 이 점에서 어느 나라든지 대등하다.

위의 논의에서 스페인·러시아·영국·일본은 가해자라는 이유로 가망 없는 나라인 듯이 말한 것은 크게 잘못되었다. 경쟁과 대립의 당착에서 벗어나지 못해 학문을 우그러뜨리는 자해 행위이다. 어느 누구도 대등한 자격을 가지고 큰 학문을 해야 하고, 할 수 있다. 예외는 있을 수 없다.

민족사관을 넘어서자는 것은 좀스러운 구호이다. 누구나 어떤 편견이라도 넘어서서 무한히 넓게 열린 天下萬世公共의 학문을 해야 한다. 어쭙잖은 학문론으로 진정한 학문을 방해하지 말아야 한다.

무국시인

1

릴케(Rainer Maria Rilke)는 어느 나라 시인인가? 이 물음에 대답하면, 대등론에 관한 논의를 발전시키는 데 이른다.

릴케는 독어로 쓴 작품이 독문학이므로 독일 사람이다. 이렇게 생각하기 쉬우나, 전혀 그렇지 않다. 릴케가 사용한 독어는 'Mutter Sprache'·'母語'(모어)·'어머니 말'이고, '母國語'가 아니다. '國'은 없애야 한다. 독일이 태어난 곳도, 오래 산 곳도, 죽은 곳도 아니다. 독일 국적을 가진 적도 없다. 이런 사실을 모두 무시하고, 릴케를 독일 사람이라고 하는 것은 무지이고 억지이다.

사전을 찾아보면, 릴케는 오스트리아 시인이라고 하는 것이 예사이다. 태어난 나라가 오스트리아-헝가리제국(österreichisch-ungarischen Reiches)인 것에 근거를 두고 하는 말인데, 타당하다고 할 수 없다. 그 제국은 오늘날의 오스트리아(Österreich)보다 훨씬 넓고, 수많은 민족을 포괄하고 있었다. 그 제국에서 태어난 사람은 모두 오스트리아 사람이라고 할 수 없다. 헝가리인, 체코인, 슬로바키아인, 슬로베니아인, 크로아티아인 등이 모두 구분된다.

이것은 로마제국의 강역 안에서 태어난 사람은 모두 이태리인이라고 할 수 없는 것과 같다. 로마제국이든 오스트리아-헝가리제국이든 제국은 國籍(국적)을 말해주기는 해도, "어느 나라 사람인가?"라고 하는 질문에 대한 대답을 해주지는 않는다. 태어난 곳에 따라 나라 소속이 정해진다. 주권이 없더라도 찾을 수 있다고 여기는 상당한 크기의 공동체이면 나라이다.

릴케는 1875년에 당시에는 보헤미아, 지금은 체코라고 하는 곳의 중심 도시 프라하에서 태어났다. 보헤미아인 또는 체코인이라고 하는 것이 적절하다고 일단 말해두고, 더 검토하기로 한다. 독일어가 母語인 것은 그곳의 소수언어 사용자 집단에 속했기 때문이다. 그 소수 집단이 별개의 나라를 이루어야 한다고 여기지는 않았다.

카프카(Franz Kafka)도 프라하에서 태어난 독어 사용자인 것이 릴케와 같았다. 카프카를 기리는 박물관이 프라하에 있어 많이 찾아가는 관광객에 나도 끼었다. 그곳에 릴케 박물관도 만들 수는 없다. 릴케는 체코의 작가라고 할 수 없는 점이 카프카와 다르다.

무슨 이유인가? 카프카는 프라하에서 계속 칩거하고 지낸 프라하인이므로 체코인이다. 릴케는 프라하나 다른 어디에 정착한 주민이 아니어서, 경우가 다르다. 보헤미아인 또는 체코인이라고 하는 것이 적절하다고 한 임시 판단을 고쳐야 한다.

릴케는 태어난 곳을 떠나 여러 나라를 돌아다니면서 일생을 보냈다. 독일, 러시아, 이태리, 불국 등지에서 상당한 기간 동안 체재했다. 대표작 "Duineser Elegien"(두이노의 비가)는 이태리에서 썼다. 불어로 지은 시도 많다. 세상을 떠난 곳은 스위스이다. 그 가운데 어느 나라도 조국이라고 여기지 않았다. 어디서나 나그네였다.

릴케는 無國(무국), 나라가 없는 사람이다. 無國은 국적이 없다고 하는 無國籍(무국적)과 다르다. 無國籍은 법률상 문제이고, 無國은 정신 상태이다. 법률상으로는 국적이 있어도 그 나라를 자기 나라라고 여기지 않고, 자기는 소속된 나라가 없다고 생각하는 사람은 無國人이다.

無國人은 무정부주의자와도 다르다. 무정부주의자는 정치 권력이 악이라고 여기고 그 구현체인 정부를 철폐해야 한다고 주장하며 투쟁한다.

無國人은 정치에 관심을 가지지 않고, 정부를 거들떠보지 않고 살아간다.

무정부주의자는 투쟁하다가 탄압을 당하지만, 無國人은 감시의 대상으로 삼을 필요가 없고 내버려두면 그만이다. 자기네들끼리 파당을 만들어 우월감을 가지거나 배타적인 태도를 보이는 것도 결코 아니다. 파당이 전혀 없어, 대등을 온전하게 한다. 경계하거나 위험하게 여길 필요가 조금도 없다.

여기까지 하는 말을 들으면, 질문이 빗발칠 수 있다. 無國이라니? 어떤 말을 그렇게 번역했나? 그런 것이 있기나 한가? 이상한 말을 왜 하는가?

無國이나 無國人이라는 말은 여기서 처음하고, 어떤 말의 번역어가 아니다. 無國人과 가까운 말에 독어의 'Ausländer'가 있기는 하지만, 나라 밖에 있는 사람을 뜻하기나 하고, 나라가 없다고 하지는 않아 적합하지 않다. 불어 'étranger'는 막연하게 낯선 사람이고, 영어 'stranger'는 수상한 사람이어서 더 멀어진다. 無國을 'ohne Nation', 'sans nation', 'without nation'이라고 번역할 수는 있고, 한 단어를 만들지는 못한다.

2

표제로 내세운 '無國詩人'은 독어로 말하면 'Dichter ohne Nation'이다. 이런 시인이 있어, 이런 사람이, 이런 생각이 있는 것을 입증한다. 이에 대한 최초의 고찰이 획기적인 의의를 가진다. 자연계에서 새로운 원소 또는 새로운 별을 발견한 것만 평가할 것은 아니다.

릴케는 無國詩人의 본보기를 보여준다. 많고 많은 有國詩人과 아주 다른 작품을 써서 無國의 의의를 밝힌 것이, 충격을 주고 높이 평가되는 이유이다. 有國은 차등론을 낳는다. 자기 나라를 높이 평가하고 찬사를 바치게 한다. 無國은 국가 때문에 생기는 차등론을 말끔히 씻어내고, 대등론의 순수한 모습이 나타나게 한다. 릴케의 시가 성스럽다는 느낌을 주는 것이 이 때문이다.

릴케의 성스러움은 하이네(Heinlich Heine)의 잡스러움과 대조를 이룬다. 독일에서 추방된 유태인 하이네가 독일을 'Vaterland', 祖國(조국)보다 한촌 가까운 '父國'(부국)이라고 거듭 말하며 지나치게 기린 잡스러움을 씻어내려면, 어떻게 해야 하는가? 릴케의 시를 읽는 것이 가장 좋은 방법이다.

"Ich lebe mein Leben"(나는 내 삶을 산다)이라는 시를 읽는다. 원문으로 읽어야 진면목을 알 수 있다. 대역을 하면 분위기를 깨므로, 번역을 뒤에 붙인다.

Ich lebe mein Leben in wachsenden Ringen,
die sich über die Dinge ziehn.
Ich werde den letzten vielleicht nicht vollbringen,
aber versuchen will ich ihn.

Ich kreise um Gott, um den uralten Turm,
und ich kreise jahrtausendelang;
und ich weiß noch nicht: bin ich ein Falke, ein Sturm
oder ein großer Gesang.

나는 내 삶을 커져가는 동그라미 속에서 산다.
동그라미가 사물 위로 뻗어간다.
나는 끝내 동그라미를 완성할 수 없을지 모른다.
그래도 시도해본다.

나는 신의 주위를, 아주 오래된 탑의 주위를 돈다.

몇 천년이나 돈다.

나는 아직도 모른다. 내가 매인지, 폭풍인지,

위대한 노래인지.

이 시는 제목에서 말했듯이 인생행로를 말한다. 인생행로가 예상하지 않은 방향으로 나아간다. 국가 소속이 없으니 자유로운 시공에서 누구도 하지 않는 시도를 한다고 할 수 있다. 그 시도가 어떤 것인지 깊이 생각해보아야 한다.

제1연에서 인생행로는 직선으로 나아간다는 통념을 깨고, 동그라미 그리기라고 했다. 동그라미가 자꾸 커신다고 했다. 출발점으로 복귀하면서 경험을 축적하고 사고가 확대되므로 하는 말이라고 생각된다. 동그라미가 아무리 커져도 완성될 수는 없는데 완성되기를 바라고 어떤 노력을 한다고 하는 것도 이해 가능한 말이다.

제2연에서 "신의 주위를, 아주 오래된 탑의 주위를 돈다"고 한 것은 어떤 종교적인 이상을 지니고 장구한 문화를 이으면서 살아간다는 말이다. "몇 천년이나 돈다"고 하면서 엄청난 체험을 축적한다고 한다. 이것은 특정 나라나 문명의 전통 자랑을 넘어서서 하는 시도이다. 어느 곳의 누구에게도 대등하게 열려 있는 가능성이다.

확신을 가지고 무엇을 가르쳐주려는 것은 전연 아니다. 의문을 소중하게 여기고 조심스럽게 탐구한다. 위대한 유산 언저리를 돌면서 자기가 하는 행위는 어느 수준인지 모르겠다고 한다. 매와 같은 짓을 하면서 먹이나 노리는가? 폭풍 노릇을 하면서 흔들어놓고 훼손하기나 하는가? 시인이 할 일을 해서 위대한 노래를 부르는가? 이렇게 물었다.

이 시를 읽고 생각이 뻗어나 의문이 커진다. 無國이 얼마나 자유롭고, 얼마나 큰 생각을 할 수 있게 하는가? 누구나 無國을 선택하면 일체의 차등에서 벗어나 대등의 오묘한 悅樂(열락)을 누릴 수 있게 하는가?

3

로제 아우스랜더(Rose Ausländer)라는 시인도 있다. '로제'는 여성 이름이다. '아우스랜더'는 '나라 밖에 있는 사람'이라는 뜻이며 無國人과 가까운 말이다. 無國人을 지칭하는 것으로 사용했다. 본명(Rosalie Beatrice Scherzer)을 버리고 이런 필명을 사용해 無國詩人임을 알렸다. 릴케가 하던 조심스러운 시도를 표면화했다.

어째서 그랬던가? 생애가 많은 것을 말해준다. 1901년에 독어와 영어를 하는 서정시인 부부의 딸로 체르노비치(Czernowitz)에서 태어났다. 그곳은 오스트리아–헝가리제국의 동쪽 끝이었으며, 지금은 우크라이나 서쪽이다. 태어난 곳에서 살지 않았다. 전쟁을 피하고 살길을 찾아 루마니아, 미국, 오스트리아 등지를 돌아다니다가, 1988년에 독일에서 세상을 떠났다. 그 어느 것도 자기 나라라고 생각하지 않고, 'Ausländer', 無國人이라고 자처했다.

母語는 영어였겠는데, 父語(부어)인 독어로 시를 창작했다. 독어를 사용하는 공동체와 만나는 것이 더 쉬웠기 때문이었으리라. "Wenn Ich Vergehe"(내가 떠나갈 때)라고 한 시를 읽는다. 위의 것과 같게 하려고 원문을 먼저, 번역을 나중에 든다.

Wenn ich vergehe

wird die Sonne weiter brennen

Die Weltkörper werden sich
bewegen nach ihren Gesetzen
um einen Mittelpunkt
den keiner kennt

Süß duften wird immer
der Flieder
weiße Blitze ausstrahlen der Schnee

Wenn ich fortgehe
von unsrer vergeßlichen Erde
wirst du mein Wort
ein Weilchen
für mich sprechen?

내가 떠나갈 때
태양은 여전히 타오르리라.

천체는 움직이리라,
그 법칙에 따라.
아무도 모르는
중심축을 돌면서.

감미로운 향내를 줄곧 내리라,
라일락은.
눈처럼 흰빛도 보내리라.

내가 떠나갈 때,
잊기 잘하는 우리 지구에서
내 말을,
잠시 동안
나를 위해 말해주겠느냐?

무엇을 말했는가? 자기가 떠나가도 지구 안팎의 모든 것, 태양 같은
천체, 아름다운 라일락 꽃도 달라지지 않는다고 했다. 이렇게 말하니 조
금은 서운해, 지구는 잊기 잘하는 곳이므로 자기에 관한 말을 잠시 동
안 해주면 더 바랄 것이 없다고 했다.

왜 이런 이상한 말을 했는가? 앞뒤까지 살펴 알아보자. 자기는 국가
가 없으며, 지구에도 소속되지 않아 미련 없이 쉽게 떠날 수 있다. 죽음
을 예사롭게 여길 수 있다. 자기가 죽어도 세상에 피해를 끼치지 않는
다. 이처럼 깊은 생각을 간직하고 있다.

결국 무엇을 말했는가? 총괄해 정리해보자. 無國은 無碍(무애)여서
막히거나 거칠 것이 없는 자유를 가볍게 누리게 한다고 했다. 이것은
無國에 대한 이해와 평가를 성큼 진전시키는 이론이다.

4

괴테(Goethe)는 "독일의 文豪(문호)이다." 릴케는 이런 역겨운 말을
듣지 않았다. 독일인이 아니고, 文豪라고 칭송되지도 않아 다행이다. 릴
케는 누구인가? 지금까지의 고찰을 한 말로 간추리면 無國詩人이다. 소
속이 없는 덕분에, 주인이라고 자처하는 자의 눈치를 보지 않고 누구나
좋아할 수 있다. 모든 인류의 시인이다.

그러나 언어 장벽이 문제이다. 《릴케 전집》 번역으로 장벽을 해소할 수 없다. 한국어로, '국'은 뺀 韓語로 창작하는 無國詩人이 있어야 無國의 의의를 우리가 제대로 알 수 있다. 國은 차등론에서 벗어나기 어렵게 한다. 無國을 대안으로 삼고 대등론을 온전하게 해야 한다. 이런 결론을 맺으면 할 일을 다하는 것은 아니다. 이 말이 맞다고 입증해주는 시 작품이 있어야 한다.

이런 시를 내가 지을 수는 없다. 나는 無國人이라고 할 수 있는 자격이 없다. 세계 도처의 글을 찾고 시를 읽는 것만으로는 부족하다. 체중이 실리지 않은 빈말은 하지 말아야 한다. 국내의 다른 학자나 시인이 내가 하지 못하는 일을 잘할 수 있는 것도 아니다.

하지 못하고 일을 상상한다. 어떤 이유에서든지, 일단 나라를 버리고 떠나가야 재출발을 할 수 있다. 이민을 가서 국적을 몇 번 바꾸고, 거처 옮기기는 더 자주 했으면서, 母語인 韓語를 잊지 않고 연마해 無國詩를 잘 쓰는 시인이 나오기를 고대한다.

이런 시인이 세계화 시대의 주역인 세계의 시인이다. 국력 신장이라는 차등론의 사고를 떨쳐버리고, 韓語 문학의 지평을 크게 넓혀 대등론의 일반화에 적극 봉사한다. 그 충격을 받고, 국내에 칩거하고 있는 시인이나 학자들이 심각한 지경에 이른 자폐증을 고칠 수 있기를 바란다.

나는 이런 일을 예견하고, 예언하는 것을 사는 보람으로 삼는다. 독서와 집필을 통해 대등문학의 세계지도를 그리면서 새로운 대항해 시대를 준비하는 데까지 나아간다. 위에서 말한 것은 한 조각 작은 본보기에 지나지 않는다.

5

구름

하얀 구름 가벼워
높이 떠 있다가,
색깔이 짙어지면 품위 잃기 시작한다.

세력 불려 패권 장악
이런 뜻은 전혀 없고,
무게가 늘어나면 잘못된 줄 알아차린다.

하늘을 온통 가리는
잠깐 실수 뉘우치고,
참회하는 눈물이 되어 아래로 내려온다.

제 몸을 헐어내어
온갖 생명 살려내고,
땅 위의 모든 물과 다시 만나 소생한다.

켤 ★

남루한 승려

1

《삼국유사》 권5 〈感通〉(감통) 7에 〈眞身受供〉(진신수공)이라는 것이 있다. "(석가여래) 실제 몸의 공양을 받았다"는 뜻이다. 전문을 번역으로 제시한다.

長壽(장수) 원년 임진(692)에 孝昭王(효소왕)이 즉위해 望德寺(망덕사)를 세우고 당나라 황실의 복을 받들려고 했다. 그 뒤 경덕왕 14년 (755)에 망덕사 탑이 흔들리더니, 그해에 安史(안사, 安祿山과 史思明)의 난리가 일어났다. 신라 사람들이 말했다. "당나라 제실을 위해 세운 절이라 감응이 있는 것이 마땅하다."

6년 丁酉(정유)에 落成(낙성) 모임을 배설하고 孝昭王이 친히 나가 공양하는데, 몹시 남루한 비구가 하나 몸을 구부리고 뜰에 서서 청했다. "貧道(빈도)도 이 齋(재)에 참석하기를 바랍니다." 왕이 허락해 말석에 끼었다. 齋가 끝나자, 왕이 희롱조로 말했다. "어디 있는가?" 승려가 대답했다. "琵琶嵓(비파암)입니다." 왕이 말했다. "이제 가거든 사람들에게 국왕이 친히 드리는 재에 참석했다는 말을 하지 말라."

승려는 웃으면서 대답했다. "폐하께서도 역시 사람들에게 眞身釋迦(진

신석가)를 공양했다고 말하지 마십시오." 말을 마치고 몸을 솟구쳐 하늘로 떠서 남쪽으로 갔다. 왕이 놀라고 부끄러워 동쪽 언덕에 달려 올라가, 그 모습이 사라진 방향을 향해 멀리서 절하고, 사람을 시켜 찾게 했다. 남산 參星谷(삼성곡) 또는 大磧川源(대적천원)이라고 하는 곳에 이르러 돌 위에 지팡이와 바리때를 놓고 숨어버렸다.

사자가 돌아와 복명하자, 왕은 이윽고 釋迦寺(석가사)를 비파암 아래, 佛無寺(불무사)를 그 자취가 사라진 곳에 세웠다. 지팡이와 바리때를 두 곳에 나누어 모셨다. 두 절은 아직 남아 있으나, 지팡이와 바리때는 없어졌다.

"長壽"는 중국 당나라 황후 則天武后(측천무후)가 권력을 찬탈해 황제라고 사칭하고 제정한 연호이다. "安史"는 安祿山(안록산)과 史思明(사사명)이다. 둘이 연속으로 반란을 일으켰다. 당나라 황실의 복을 빌려고 "덕을 우러른다"는 이름의 望德寺를 세운 것은 애초에 무리였다. 安祿山과 史思明이 반란을 일으키자 그 절의 탑이 흔들렸다고 하는 것은 당나라를 받드는 신라도 위험하다는 말이다. 그렇게 될 줄 모르고 望德寺 낙성 모임을 국왕이 주도해 성대하게 배설한 것은 지나친 일이었다. 빗나간 차등론의 추태를 거듭 보여주었다.

ㄹ

그런 잘못을 나무라야 한다는 잠재적인 여론이 기발한 이야기를 만들어냈다고 생각한다. 釋迦가 남루한 승려의 차림으로 나타나 국왕의 착각과 오만을 꺾었다고 상상하면 속이 시원한 것을 넘어서서 더 많은 말을 한다. 더 많은 말이 무엇인지 여러 단계로 풀이하고 정리할 수 있다.

차림새를 보고 사람을 판단하지 말아야 한다. 이 이야기에 이어서, 불경에 있는 외국의 선례를 말한 것은 이런 의미만 지닌다. 누추한 모습을 하고는 들어갈 수 없던 승려가 절에 좋은 옷을 입고 가서 받은 좋은 음식을 옷에게 주더라는 것이다.

사람을 차별하는 차등론을 나무랐다. 석가여래 부처님이 남루한 승려, 비렁뱅이라고 하는 것이 더 적합한 모습을 하고 나타나, 외모를 보고 사람을 차별을 하는 차등론이 잘못되었다고 했다. 비렁뱅이로 보이는 승려가 진정한 깨달음을 얻어 부처님의 경지에 이를 수 있다고 했다.

상하 역전으로 대등론을 제시했다. 당나라 아래 신라가, 황제 아래 국왕이 있다. 국왕 아래 상위 승려, 상위 승려 아래 하위 승려가 있다. 이런 차등론의 사고를 확인하려고 불공을 드리면 아무 소용이 없다. 그릇된 생각을 굳히기나 하니, 부처님이 용납하지 않는다. 이런 말이 반발을 사지 않고, 설득력을 가지려면 상하를 뒤집는 역전을 해야 한다.

최하위의 비렁뱅이가 최상위의 부처님이라고 하는 것이 가장 좋은 방법이다. 국왕은 고착화된 차등론으로 위엄을 돋우다가 우습게 되었다. 비렁뱅이 모습을 하고 나타난 석가가 차등론을 부정하는 대등론을 큰 충격을 주는 방법으로 알려주었다. 역전을 설득력이 아주 크게 이룩하는 방법을 예시했다.

"국왕이 친히 드리는 齋에 참석했다는 말을 하지 말라." "眞身釋迦를 공양했다고 말하지 마십시오." 이 두 말이 선명한 대조를 이루어 긴장을 높였다. 앞의 말만 사실이 아니고, 뒤의 말이 더 놀라운 사실인 두 가지 증거를 제시했다.

釋迦가 공중부양을 했다는 것은 충격이 대단하지만, 잠깐 동안만 지속되었으며 부인할 수 있는 증거이다. 지팡이와 바리때를 남겨놓았다는 증거는 별것 아닌 듯해도, 항구적이고 또한 누구도 부인할 수 없다. 양면 작전이 아주 훌륭해, 본받을 만하다.

3

나는 학문을 어떻게 할까 생각하면서, 국왕의 언설은 배격하고 비렁 뱅이의 가르침을 이어받아야 한다고 다짐한다. 다짐하면 그대로 되는 것은 아니다. 釋迦의 공중부양 같은 비약적인 논리를 개발하고, 지팡이나 바리때처럼 확고한 증거를 갖추는 양면 작전을 수행해야 한다. 논리를 이해하지 못하는 사람들도 증거는 믿는다.

성과 굴

1

萬里長城(만리장성)과 燉煌莫高窟(돈황막고굴)은 둘 다 대단한 구경거리다. 많은 사람이 찾아가는 북새통에 나도 끼어들어 감탄을 보탰다. 이 둘은 너무나 엄청난 것이 같아 함께 놀라게 하지만, 정신을 차리고 다시 보면 아주 다르다. 둘을 '성'과 '굴'이라고 약칭하고, 견주어 살피자.

원래 '성'은 중국과 중국 아닌 곳의 경계이고, '굴'은 그 밖 중국이 아닌 곳에 있었다. 명나라 때에 '성'의 서쪽 끝 嘉峪關(가욕관)에서 아주 멀리 가야 '굴'이 있었던 것이 정상이다. 청나라가 그런 구분을 없애 혼란이 생겼다. 그 뒤를 이어 둘 다 중국이라고 해서, 여기서 전개하는 비교론을 무디게 한다.

'성'은 무지막지한 제왕이 엄청난 권력으로 만백성을 강제로 동원해, 단기간에 무리하게 만들었다. 굶고 다치고 죽고 하는 희생자가 이루 말할 수 없이 많았다. 외적을 막는 군사시설이라는 축조의 목적은 달성하지 못하고, 지금은 구경거리인 것을 존재 이유로 한다. 투자와 수익을 비교하는, 이른바 가성비라는 것이 형편없이 낮다. 중국이 얼마나 어리석은 나라인지 말해준다.

'굴'은 오랜 기간에 걸쳐 각양각색 민족의 이런저런 사람들이 오가면서, 자기 능력을 자진 발휘해 점차로 만들었다. 부처를 섬겨 마음을 편안하게 하려고 하는 공통된 소망을 천태만상의 방법으로 기발하게 나타내, 너무나도 경이로운 미술관을 이룩했다. 투자는 얼마 하지 않았는데 관광 수입이 나날이 늘어나, 가성비가 아주 높다. 중국을 벗어나면 슬기로울 수 있다고 알려준다.

'성'은 차등론, '굴'은 대등론의 극한을 말해준다. 둘이 얼마나 다른지 말할 때 아주 좋은 예증으로 삼을 수 있다. 毛澤東(모택동, 마오저뚱)은 "장성에 오르지 않으면 사나이라고 할 수 없다"고 했다고 한다. 이것은 '성'을 일방적으로 기리는 차등론자의 발언이다. '성'과는 반대인 '굴'은 힘들여 오르지 않고, 남녀노소 누구나 들어가니 무시해도 된다는 편향된 사고방식을 나타냈다고 할 수 있다.

'성'은 끝없이 뻗어 있는 광활한 산야를 무리하게 절단하고, 넘어 다니지 못하게 막아 행동을 제한한다. 밖의 야만인과 안의 문명인을 극도로 차별하는 옹졸한 생각을 하도록 한다. '굴'은 지극히 폐쇄된 작은 공간인지만, 무한하게 개방된 보편적인 이상을 추구할 수 있게 한다. '굴' 속에 조각을 하고 그림을 그려 놓고 경배하면서, 마음을 아주 크게 넓힌다. 불보살의 가르침을 따르고 자비를 본떠서 세상의 장벽을 넘어서고, 연기의 굴레마저 벗어던지고자 하는 엄청난 소망을 가지도록 한다.

2

'성'을 만들어 지키려는 중국에서, 자기중심의 역사관을 난해한 한문을 사용해 대단한 분량으로 써서 《史記》 이래의 역대 사서를 자랑하자, 다른 데서도 분발해 대응책을 찾았다. 《日本書紀》(일본서기), 《大越史記》(대월사기), 《東國通鑑》(동국통감) 같은 독자적인 사서를 따로 마련하는 것이 한 방법이지만, '굴' 주위를 왕래하는 수많은 민족은 그럴 수 없었다. 통일된 국가를 지속시키지 못하고 한문 구사력이 모자라, 다른 길을 택해야 했다.

인도에서 서역을 거쳐 들어오는 불교를 가까운 위치에서 먼저 받아들이면서, 경전 번역보다 미술 재현에 더욱 열의를 가졌다. '성'을 옹호하는 문자문명에, '굴'을 근거로 하는 도상문명으로 맞섰다. 문자는 유무식의 차등을, 도상은 만인의 대등을 확인한다.

부처·보살·승려·신도가 구분되는 것은 차등이라고 할 수 있지만, '굴'에 있는 조각이나 그림에서 그 모두가 사이좋게 동거한다. 어느 한 부처가 고고하게 자리 잡고, 보살의 협시나 승려의 불공을 불변의 자세로 받고 있는 것은 아니다. 부처나 보살이 너무나도 많고, 그 모습이 천태만상이다. 보고 또 보니 지치고 정신이 나간다. 한참 쉬다가 다시 생각하면, 천태만상은 고정관념을 깨라는 것이다. 부처는 많고 많아 모두 대등하다. 모든 부처를 통솔하는 그 상위의 절대자는 없다.

석가모니 부처만 있지 않고, 다른 부처도 여럿 있다. 과거불도 있고, 미래불도 있다. 삼천불을 모시기도 한다. 어느 부처도 절대적일 수 없다. 말법시대가 되어 가르침이 효력을 잃으면, 다음 부처가 등장한다. 보살이나 승려가 대단하지 않은 것은 더 말할 나위가 없다. 이런 줄 모르고 엉뚱한 생각을 하다가, '굴'을 구경하고 충격을 받고 정신이 나가야, 알

것을 안다.

'굴'을 만들고 도상을 제작하는 작업은 五胡十六國(오호십육국)을 세운 북방 여러 민족이 4세기부터 했다. 그 뒤를 이어 남북조 시대의 北魏(북위), 西魏(서위), 北周(북주) 등이 많이 보탰다. 모두 자기 나름대로 불교를 이해하고 표현하는 장기 자랑을 한 결과가 찬란하게 남아 있다. 중국의 주인이라는 漢族(한족)은 그때까지 그 근처에 가지 못했다.

7세기에 한족이 지배하는 제국 당나라가 멀리까지 와서 '굴' 일대를 침공해 지배하자, 괴변이 일어났다. '굴' 안이 아닌 밖에다 엄청나게 큰 미륵불을 세우고, 그 얼굴이 당나라 통치자 則天武后(측천무후)의 모습을 하고 있게 했다. 점령군의 횡포를 보여주는 끔찍한 반칙이다. '굴'의 대등론적 의의를 이해하지 못하고 차등론을 휘두른 파괴 행위이다.

그런 시기에도 '굴' 일대의 여러 토착민족은 당나라의 방침을 따르지 않고 독자적인 창조를 계속했다. 그 가운데 당나라에 대한 항거를 나타낸 것도 있다. 그 모두를 당나라의 자랑 거리라고 하지 말아야 한다. 타고르의 시는 영문학이고, 한용운은 대일본제국의 시인이라고 강변하지 말아야 하는 것과 같다.

당나라가 무너지고, 吐蕃(토번)이나 西夏(서하)까지 여러 나라를 세운, 한족이 아닌 다른 여러 민족이 '굴'을 관장하자, 도상 제작이 오랜 전통과 접맥되어 다시 정상적으로 이루어졌다. 송나라는 거기까지 가지 못했으므로, 그런 것들이 송나라의 유산이라고 하는 것은 아주 부당하다. 현지의 안내문이나 안내인이 그런 거짓말을 하고 있었다.

현지에 가면 '굴' 몇 개를 잠시 보여주면서 엉뚱한 설명이나 해서, 알 것을 알지 못하게 한다. 입장료 수입을 늘리려고, 잠시 감탄하고 빨리 돌아서라고 한다. 오래 머무르며 공식·비공식 교섭을 잘하면 더 볼 수 있지만, 눈만 믿고 있지 말고 머리의 도움을 받아야 한다. '성'을 얼마나 보는가는 체력의 소관이고, '굴'을 어느 정도 아는가는 통찰에 달려 있다. '굴'에 관한 책을 많이 모아 자세하게 읽으면, 지식이 늘어나는 만큼 통찰은 무디어질 수 있다.

3

실물이 아닌 책에서 침침한 육안을 수고시켜 대강 파악한 것을 심안을 밝혀 조명하고 풀이하고자 한다. 제45굴의 劑度圖(제도도)는 삭발의 식을 거행하는 광경을 그린 것이다. 미래의 부처 彌勒(미륵)이 나타나 蓮花臺(연화대)에서 설법을 하니, 菩薩(보살)과 天人(천인)을 비롯해 많은 청중이 모여들었다. 大千世界(대천세계)가 國泰民安(국태민안)하며, 百姓有福(백성유복)하고 安居樂業(안거낙업)한다. 한 번 심어 일곱 번 거두고, 나무 위에서 옷이 생긴다. 이렇게 되면 무슨 걱정이 있겠는가?

제285굴의 五百强盜成佛圖(오백강도성불도)는 전설을 그려 보였다. 5백 강도가 재물을 탈취하고 사람 죽이기를 일삼아, 상인, 여행자, 지방민 등에게 끔찍한 피해를 입혔다. 국왕이 군대를 보내 잡아가, 눈을 까는 형벌을 하고 풀어주었다. 사방의 들에서 비명을 지르는 소리가 釋迦如來(석가여래)에게 들렸다. 釋迦如來가 신통력으로 묘약을 날려 보내, 모두 눈을 뜨게 했다. 그곳을 '得眼林'이라고 한다.

놀란 눈을 크게 뜨고 있는 도적들에게, 釋迦如來가 말했다. "그대들은 전에 죄를 지어 지금 고난을 당합니다. 마음을 씻어 악을 버리고, 선을 따르며 불문에 귀의하면, 죄를 깨끗하게 하고 좋은 결과를 얻어, 고해를 벗어나 극락세계로 들어갑니다." 이 말을 듣고 개심해 5백 강도가 5백 나한이 되었다. 역전이 이처럼 쉽게 이루어질 수 있는가?

'굴' 속에 부처·보살·승려만 모신 것은 아니다. 시주나 공양을 하고 기원을 한다는 이유에서, 또는 별다른 이유가 없는데도, 속인이라고 하는 예사 사람, 민족·각계각층·상하남녀 도합 5천쯤 그려 놓았다. 예사 사람의 삶은 불교에서 말하는 것처럼 단순하지 않다. 사소한 것에도 심각한 사유가 있다.

부처는 만사를 초월하니 얇은 천 하나만 걸치고 계속 그대로 앉아 있지만, 사람은 무슨 옷을 입고 나다녀야 하는지 날마다 하는 고민에서 평생 벗어나지 못한다. 그림을 그리는 사람은 이 고민을 더 많이 하면서 옷으로 많은 것을 말해주어야 하는 힘든 과업을 마다하지 않고 수행해야 했다.

제130굴의 都督夫人禮佛圖(도독부인예불도)를 보자. 예불을 하러 간다고 나선 행렬이, 요즈음 말로 하면 패션쇼 같다. 앞의 주인공과 다른 두 사람은 상전임을 분명하게 하는 차림을 하고, 뒤의 9인은 하녀임을 옷으로 알려주는 것이 각기 다채롭다. 이것을 차등이라고만 할 것은 아니다. 자기 나름대로 옷을 잘 입어 차등을 과시하려고 하려는 점에서 고금의 여성은 대등하다.

제130굴에는 願舍賤從婢母女供養像(원사천종비모녀공양상)이라는 것도 있다. 천한 신분에서 벗어나게 해달라고, 상전을 모시고 다니는 여종 모녀가 부처님께 공양물을 바치고 기도하는 모습을 조각해 놓았다. 가까이 있는 都督夫人禮佛圖를 뒤집어 대등론으로의 전환을 말했다. 종이 기도의 주인이 되었다. 가진 것이 없을 텐데 공양물을 마련했다. 부처가 대등론의 편에 서지 않을 수 없게 했다.

제409굴의 回鶻王禮佛圖(회골왕예불도)는 어떤가? 回鶻은 위구르이다. 위구르 국왕이 예불하는 것은 당연한데, 왜 그림을 그렸을까? 그림을 그려야 예불의 효과가 더 커진다고 여겼을 것이다. 위구르인의 모습과 복색을 분명하게 해서, 외국인에게 자랑하고 본국인을 이끌고자 했을 것이다. '굴'을 차지한 중국이 위구르를 지배하리라고 예상하고 경고했다고 하면 추론이 지나치지만, 오늘의 상황 때문에 여러 생각을 하지 않을 수 없다.

제45굴의 胡商偶賊圖(호상우적도)는 胡商이라고 일컬은 서역 상인들이 도적떼를 만난 광경을 그렸다. 멀리 나다니는 상인들이 강도를 만나 상품을 빼앗기고 목숨마저 위태롭게 되는 일은 흔히 있었다, '굴'에 수호하는 부처를 모셔 보호받고자 하고, 상황 보고를 하려고 이런 그림을 그렸다고 생각된다.

그런데 도적들이 중국 당나라 관복을 입고 있다. 당나라 관원이 도적과 다름없다고, 또는 당나라가 도적이라고 은근히 말한 것을 알아차릴 수 있다. 당나라가 위대해 대단한 문화재를 남겼다고 말하지 말아야 한다.

황건적을 어떻게

1

《三國演義》(삼국연의)는 누구나 즐겨 읽는 재미있는 소설이다. 나는 초등학생일 때 처음 밤을 새우며 읽고, 그 뒤에도 자주 탐독했다. 원문 해독하며 더 큰 즐거움을 누렸다. 80을 넘기고 다시 들추니 전에 보지 못한 것이 보인다.

대단치 않다고 여겨 대강 넘어간 대목에 깊은 의미가 있는 것을 알아차린다. 黃巾賊(황건적)의 잔당을 토벌하기 위해 조정에서 보낸 朱儁

(주준)이 아직 의병에 지나지 않은 劉備(유비)의 군사와 함께 공격하니, 적장 韓忠(한충)이 견디지 못하게 되었다고 대목이다. 원문을 직역한다.

성안의 양식이 떨어지니, 한충이 사람을 성밖으로 보내 투항했으나, 주준은 허락하지 않았다. 현덕이 말했다. "예전에 고조는 천하를 얻으면서 항복을 권장하고 귀순을 받아들였습니다. 공은 어찌 한충을 거절하십니까?" 주준이 말했다. "그때는 그때고, 지금은 지금입니다. 예전 진나라와 항우 사이에는 천하가 어지럽고 백성들은 정해진 군주가 없었으므로, 상을 주면서 항복을 권했습니다. 지금은 천하가 통일되어 있는데, 오직 황건적만 반란을 일으킵니다. 그 녀석들의 항복을 받아들인다면, 선행을 권장할 수 없습니다. 도적들이 유리하면 마음대로 약탈하고 불리하면 투항하게 한다면 도적질할 마음만 키워주어, 좋은 계책이 아닙니다." 현덕이 말했다. "도적들의 항복을 받아들이지 않는 것이 옳기는 하지만, 지금 사면을 철통같이 포위하고 있어 도적들이 항복을 청해도 받아들여지지 않는다면 반드시 사력을 다해 싸우려 할 것입니다. 만 명이 일심 단결하여 저항하면 감당하지 못하는데, 성안에 죽기를 각오하고 싸우려는 사람이 수만 명입니다. 동남쪽 포위를 풀고 서북쪽만 공격하면 도적들은 반드시 성을 버리고 도주하고, 싸울 뜻이 없을 것이므로 생포할 수 있습니다." 주준이 그렇게 하기로 했다.

주준은 성명을 일컬어 朱雋이라고 하고, 유비는 字(자)를 불러 玄德(현덕)이라고 했다. 이것은 서술자와 멀고 가까운 관계를 말했다. 주준은 자기 생각을 분명하게 말하고, 유비는 주준이 잘못하지 않게 하려고 애쓰고 자기 생각은 드러내지 않았다. 이것은 지위가 높고 낮은 차등을 말했다. 둘 다 성명으로 일컬어 거리를 같게 하고, 유비의 속 생각도 드러내놓고 비교해보자.

주준: 항복을 받아들이지 말고, 죽여서 잘못을 응징해야 한다.

유비: 항복은 받아들여야 하고, 잘못했어도 죽이지 말고 살려주어야 한다.

이것은 형벌과 생명 가운데 어느 것이 더 소중한가 하는 논란이다. 형벌이 더 소중하다는 것은 차등론이고, 생명이 더 소중하다는 것은 대등론이다. 차등론이 후퇴시키는 역사를 대등론은 진전시킨다.

주준: 항복을 받아들이면, 유리하면 도적질하고 불리하면 항복하는 것을 용인한다. 도적질할 마음을 키운다. 법도가 엄정해야 악행을 막는다.

유비: 악인을 살려주면 잘못을 뉘우치고 양민이 될 수 있다. 너그럽게 다스려야 백성이 안심하고 살 수 있어 선량해진다.

이것은 성악설과 성선설, 법가와 유가의 논란이다. 앞쪽은 반발을 사서, 강한 것이 약해진다. 뒤쪽은 지지를 받아, 약한 것이 강해진다.

주준: 혼란기와 안정기는 통치 방법이 달라야 한다. 통치권이 미약한 혼란기에는 군주가 백성의 잘못을 용서해 위험을 줄이고, 통치권이 확립된 안정기에는 군주가 백성을 엄정하게 다스려 반역이 불가능하게 해야 한다.

유비: 혼란기든 안정기든 언제나, 군주는 백성을 온화하게 포용하면서 돌보아야 한다.

이것은 통치의 비결이 술책이냐 신뢰냐 하는 논란이다. 술책은 일시적인, 신뢰는 장기적인 효력을 가진다.

주준: 사면을 포위하고 강공을 해야 싸움에서 이긴다.

유비: 한쪽만 공격하고 다른 쪽은 비워두어 적이 도주할 수 있게 하는 것이 이기는 방법이다.

이것은 병법에 관한 사항이지만 깊은 뜻이 있다. 밀어붙이기만 하면 이길 수 없고, 허점을 보여야 이긴다. 강하려고 하면 강할 수 없고, 약해져야 강하다.

당시는 안정기가 아니고 혼란기여서 황건적이 일어났다. 한나라의 횡포와 무능이 농민을 못살게 해서 황건적이 되도록 했다. 황건적을 다 죽여 수습하려고 하면, 사태가 더 악화된다. 죽이지 않고 항복을 받아들여 황건적이 농민으로 되돌아가게 하는 것이 해결책이다. 이런 이치를 주준은 모르고, 유비는 알아차렸다.

2

주준과 유비의 서로 다른 생각의 핵심은 차등론과 대등론이다. 다른 차이는 부수적인 것들이다. 차등론이니 대등론이니 하는 것을 전수받지 않고 전혀 듣지 못했어도, 주준이나 유비뿐만 아니라 다른 사람 누구도 어느 한편에 선다. 그 이유는 어디 있는가? 여러 모로 생각해보자.

유전자에 이유가 있어, 타고난 기질이 다른가? 이것을 확인하는 연구는 이루어지지 않았으며, 가능한지 의문이다. 자라난 환경이나 사회적 여건이 복합적으로 작용해 향방을 가르는가? 이것은 타당성이 인정되지만, 구체적으로 밝히기 어렵다. 주체성을 자각하면서 마음가짐을 스스로 다진 결과인가? 이렇게 생각하면서 자기를 되돌아보는 것은 가능하고, 구체적인 소득이 있다.

작품에서 유비가 훌륭하다고 하고 지지하는 이유를 여러 말로 할 수 있으나, 통치자의 위치에 있는 사람 가운데 유일한 대등론자이기 때문이라는 것이 가장 명확하다. 통치와 대등은 상극인데, 상생이게 하려고 평생 노력했다. 성공했다기보다는 실패했는데, 그 때문에 더 큰 감동을 준다.

유비는 어째서 대등론자인가? 혈통을 들어 한나라 황제의 후예이기 때문이라는 것은 타당하지 않다. 한나라 황실은 훌륭하기만 한데, 나라가 공연히 어지러워진 것은 아니다. 한나라를 다시 일으켜야 한다는 사명감은 대등의식을 흐리게 했다. 홍건적이 일어나 나라를 잃도록 한 잘못은 바로잡지 않고, 한나라를 이어야 한다는 생각은 헛되다.

유비가 어렵게 자라나 대등을 체득했다고 하면 너무 단순한 생각이다. 어렵게 자라나 천한 일을 하는 것이 부끄럽지 않고 만백성과 함께 살고 같은 생각을 하고 있어 자랑스럽다고 여겨 대등론자가 되었다고 하면, 타당성이 크다. 처지보다 생각이 더 큰 작용을 했는데, 처지는 실증적 고찰이 가능해도 생각은 그렇지 않다.

3

주체성을 자각하면서 마음가짐을 스스로 다지는 것이 대등론자가 되는 가장 큰 이유이다. 이 명제를 관련되는 자료를 들어 객관적으로 입증하기는 아주 어렵다. 남들의 마음을 들여다보고 측정을 넘어서서 평가를 하는 것은 어떤 첨단 장비를 사용해도 가능하지 않다. 차등론자와 대등론자의 차이점이 설사 두뇌 어디서 확인된다고 하더라도, 어떻게 해서 대등론자가 되었는지는 알 수 없다.

주체성을 자각하면서 마음가짐을 스스로 다지는 것이 대등론자가 되는 이유인지 확인하는 방법은 자기 마음을 스스로 점검하는 것이다. 이것은 차등론에 사로잡혀 있으면 전혀 가능하지 않다. 대등론을 지니고 실행하고 있으면 물론 가능하지만, 점검할 필요가 있다고 여기지 않는다. 자기가 대등론자인지 모르는 것이 예사이다.

차등론을 거부하려다가 대등론을 잃고 평등론으로 기울어진 잘못을 알아차리고 각별하게 노력해 바로잡았다면, 특별하게 할 말이 있다. 차등론과의 비교보다 평등론과의 비교에서 대등론의 가치가 더욱 분명하게 확인된다. 이런 사람들이 좋은 글을 써서 세상을 깨우쳐준다.

곡식이 소중하다

1

晁錯(조착, 기원전 200-154)이라는 사람은 西漢(서한) 文帝(문제) 때 智囊(지낭), 꾀주머니라고 일컫던 관원이다. 〈論貴粟疏〉(논귀속소)라는 글을 지었다. 제목을 풀이하면 〈곡식이 고귀함을 논해 나라에 올리는 글〉이다. 주요 대목 몇을 들고 번역한다.

(가) 民貧 則奸邪生 貧生於不足 不足生於不農 不農則不地著 不地著 則離鄉輕家 民如鳥獸 雖有高城深池 嚴法重刑 猶不能禁也(민빈 즉간사생 빈생어부족 부족생어불농 불농즉불지착 불지착즉이향경가 민여조수 수유고성심지 엄법중형 유불능금야)

백성이 가난하면, 간사함이 생긴다. 가난은 부족에서 생긴다. 부족은 농사를 짓지 않아 생긴다. 농사를 짓지 않으면, 땅에 정착하지 않는다.

땅에 정착하지 않으면, 고향을 떠나고 집을 가볍게 여긴다. 백성이 새나 짐승 같다. 비록 높은 성과 깊은 못이 있고, 엄한 법으로 무거운 처벌을 해도, 막을 수 없다.

(나) 夫珠玉金銀 飢不可食 寒不可衣 然而衆貴之者 以上用之故也 其 爲物輕微易藏 在於把握 可以周海內 而亡飢寒之患 此令臣輕背其主 而民 易去其鄕 盜賊有所勸 亡逃者得輕資也(부주옥금은 기불가식 한불가의 연 이중귀지자 이상용지고야 기위물경미이장 재어파악 가이주해내 이망기한지 환 차령신경배기주 이민이거기향 도적유소권 망도자득경자야)

무릇 주옥이나 금은은 배고파도 먹지 못하고, 추워도 입지 못한다. 그런데도 많은 사람이 귀하게 여긴다. 상층에서 이용하기 때문이다. 그 물건 됨이 경미해 간직하기 쉽다. 손에 쥐면 해내를 두루 다녀 망하게 하고, 배고프고 추운 환란을 일으킬 수 있다. 이것은 신하가 군주를 가볍게 배신하게 하고, 백성이 고향을 가볍게 떠나게 한다. 도적을 부지런하게 한다. 도망하는 녀석이 노자를 쉽게 지니도록 한다.

(다) 粟米布帛生於地 長於時 聚於力 非可一日成也 數石之重 中人弗 勝 不爲奸邪所利 一日弗得而飢寒至 是故明君貴五穀 而賤金玉(속미포백 생어지 장어시 취어력 비가일일성야 수석지중 중인불승 불위간사소리 일 일부득이기한지 시고명군귀오곡 이천금옥)

곡식이나 옷감은 땅에서 나오며, 시간이 오래 걸리고, 힘을 모아야 한다. 하루에 이루어질 수는 없다. 무게가 대단해 예사 사람이 감당할 수 없다. 간사한 이익을 취하게 하지 않고, 하루라도 없으면 굶주리고 춥게 되는 것이다. 그러므로 밝은 군주는 오곡을 귀중하게, 금옥을 미천하게 여긴다.

(라) 今農夫五口之家　其服役者不下二人　其能耕者不過百畝　百畝之收
不過百石(금농부오구지가 기복역자불하이인 기능경자불과백무 백무지수 불
과백석)

지금 가족이 다섯인 농부가 일꾼이 둘 이상이라고 해도, 경작할 수
있는 땅이 백 이랑 이하이다. 백 이랑에서 거둘 수 있는 곡식은 백 섬
이하이다.

(마) 其男不耕耘　女不蠶織　衣必文采　食必粱肉　無農夫之苦　有阡陌之
得　因其富厚　交通王侯　力過吏勢(기남불경운 여불잠직 의필문채 식필량육
무농부지고 유천맥지득 인기부후 교통왕후 역과이세)

그 남자는 밭 갈고 김매지 않고, 그 여자는 누에 치고 베 짜지 않아
도, 옷은 반드시 화려하고, 먹는 것은 반드시 기름지다. 농부가 고생을
하지 않으면서, 땅을 차지한다. 가멸하고 넉넉해, 최고위층과 교통한다.
대단한 힘이 관리를 넘어선다.

(바) 有石城十仞　湯池百步　帶甲百萬　而無粟　弗能守也　以是觀之　粟者
王者大用　政之本務(유석성십인 탕지백보 대갑백만 이무속 불능수야 이시
관지 속자 왕자대용 정지본무)

돌 성이 열 길이고, 해자가 백 걸음이며, 갑옷 입은 군사가 백만이라
도, 곡식이 없으면 지키지 못한다. 이것으로 살피면, 곡식이라는 것은
군왕의 큰 자산이고, 정치의 근본 임무이다.

ㄹ

무엇을 말했는지 정리해보자. 논리적인 순서에 따라 번호를 부여하고, 증거가 되는 말이 무엇인지 적는다.

(1) 농사 짓고 베 짜느라고 많은 수고를 하는 농민보다 그런 일을 하지 않는 사람들이 더 잘살고 떵떵거리는 것은 부당하다. 특히 (마)에서 한 말이다. 이런 말은 누구나 할 수 있다.

(2) 곡식이 아닌 금옥 같은 귀금속은 그 자체가 악이다. 배 고프고 추운 것을 해결해주지 못하면서, 차등을 부추겨 불행을 초래하기나 한다. 가진 자가 횡포를 저지르고 월권을 하도록 한다. (나)에서 힘써 한 말이다.

(3) 농업은 안정되어 있고, 많은 시간과 노력을 필요로 한다. 함부로 좌우할 수 없다. 이것이 국가가 동요하지 않게 하는 바탕이다. (다)에서 말한 사실이다.

(4) 나라를 지키려면 곡식이 있어야 한다. 다른 어느 것보다 곡식이 더 큰 힘을 지니고 있다. 곡식을 귀중하게, 금옥을 미천하게 여기는 국가 정책은 실리에서뿐만 아니라 도덕적으로도 타당하다. (바)에서 이렇게 말한 것이 글을 쓴 목적이다.

(5) 농민도 농사를 버리면 가난하게 되고, 가난하면 간사하게 된다. 고향을 떠나 유랑민이 되는 것을 막을 수 없다. (가)에서 이렇게 말한 것을 주목해야 한다. 농민은 선량하다고 하지 않았다. 농업이 농민을 선량하게 한다고 했다.

(6) 농업은 대등을 이룩하고, 상업은 차등을 가져온다. 대등은 편안하고, 차등은 불행을 초래한다. (라)에서 한 말이 이렇다고 하는 가장 분명한 이유이다. 농업은 각자 지닌 노동력을 대등하게 발현하게 한다.

그래서 편안하게 하고, 도덕적 타당성을 제공한다.

3

곡식이 왜 존귀한지 내가 다시 말한다. 대등한 노동력으로 농사를 지으면, 자연이 대등하게 주는 선물이 곡식이다. 부식은 천차만별일 수 있어도, 곡식으로 만든 주식은 누구나 대등하게 한 그릇씩 먹는다. 부자는 여러 그릇을 먹는 것이 아니다.

곡식에도 있다고 하는 차등은 영양가에서 역전된다. 고가의 백미보다 값싼 잡곡이 영양가에서 앞선다. 보리밥을 더 존중하는 시대가 왔다. 곡식은 대등이 역전에 의해 확인되는 것까지 말해준다. 곡식은 양식이 되어 사람을 살릴 뿐만 아니라, 대등의 원리를 말해주기까지 해서 더욱 소중하다.

조착이라는 사람이 원래 대등론자여서 위의 글을 썼다고 생각하지는 않는다. 조정에서 꾀주머니로 인정되고 활동한 것은 출세의 계단을 잘 올라간 차등론자라는 증거이다. 더 높은 평가를 받으려고, 다른 관원은 쓰지 않는 작전을 써서 농사를 소중하게 여겨야 한다고 주장하다가 생각이 달라졌다. 예상하지 않던 농사의 가르침을 받고 저절로 대등론자가 되었다. 농사는 그만큼 훌륭한 스승이다.

농사만이 아니다. 각자 지닌 능력을 대등하게 발현하게 하는 다른 모든 활동도 대등론을 가르쳐준다. 오늘날에는 농업도 상업화되고, 기업화되어 위에서 한 말이 그대로 타당하지 않다. 그 대신 다른 대등한 활동이 많이 새로 생기고, 각자 지어낼 수 있다. 나는 이 책 집필을 농사로 삼아 대등의 길을 찾아간다.

4

옷과 사람

옷이 주인이라고 뽐내면,
사람은 종 노릇이나 한다.

지위가 위세를 자꾸 높이니,
사람은 볼품없이 쪼그라든다.

도덕이 기세등등한 세상이라,
사람은 흐물흐물 기어다닌다.

도롱이 노인

1

蔡溫(채온, 1682~1761)은 琉球(유구)의 학자이다. 유구가 주권을 일부 상실하고 일본의 간섭을 받고 있는 상황에서 자기 나라를 일으킬 수 있는 방법을, 세상을 구하는 근본이치를 바로잡는 과업과 함께 수행하려고 분투했다. 이 정도를 알고 있으면서, 더 알 수 있는 자료를 얻을 수 있기를 바랐다.

일본 동경대학에 초청을 받아 가서 있을 때, 그 대학 도서관에서 《蔡溫全集》(채온전집)을 발견하고 아주 기뻤다. 당장 대출해 복사했다. 일본인 교수가 보고 무슨 책인가 물었다. 책을 보여주었더니, '蔡溫'을 '사이온'이라고 읽으면서 말했다. "사이온이라? 한 번도 들어보지 못한 이름이네." 이게 무슨 소리인가? 동경대학 동양사학과 교수가 蔡溫의 이름을 한 번도 들어보지 못했다는 것은 너무나도 뜻밖이다.

왜 그런가? 내막을 추리해야 답을 얻을 수 있다. 일본이 琉球國(유구국)을 빼앗아 沖繩縣(오키나와캥)이라고 하고서는 경제적인 이득만 취하고, 문화는 말살했다. 문화 말살이 동경대학 교수도 蔡溫을 모를 정도로 성공했다. 蔡溫이 일본 학자라고 내세우면 일본이 빛난다고 말할 수 있는 사람이 없게 되었다. 유구를 차지하고는 멸시해 이중의 만족을 얻으려고 하는 쫌생이 차등론의 민낯이 드러난다.

유구 사람들은 그런 책동에 굴복하지 않고 자기네 문화 유산을 열심히 돌본다. 《蔡溫全集》의 편자(崎浜秀明)가 다른 일도 많이 했다. 《蔡溫全集》을 자기 고장이 아닌 수도(東京: 本邦書籍, 1984)에서 출판하려고 상당한 어려움을 겪었을 것이다. 그 덕분에 동경대학 도서관에 책이 들어와 있고 내가 이용할 수 있었으나, 동경대학 교수가 알도록 하지는 못했다.

전집을 대강 보아도, 蔡溫은 깊은 고민을 하면서 성실하게 산 것을 알 수 있다. 많은 저술을 할 겨를이 없었고, 문장을 잘 쓴 것도 아니지만, 역경에서 커다란 각성을 얻을 수 있다는 것을 보여준다. 높이 평가할 만한 업적이 여럿 발견된다.

〈農務帳〉(농무장)과 〈林政八書〉(임정팔서)에서는 농사짓고 나무 가꾸는 데 필요한 사항을 구체적으로 다루었다. 정치를 하는 방도를 제시한 〈圖治要傳〉(도치요전)에서는 "夫國者 外旣無畏 內必生憂 外旣有畏 內必無憂"(부국자 외기무외 내필생우 외기유외 내필무우) (무릇 나라는 밖에 두려워할 것이 없으면 반드시 안에서 근심이 생기고, 밖에 두려워할 것이 있으면 반드시 안에는 근심이 없다)고 했다. 일본의 위협을 받고 있는 시련 덕분에 유구는 안으로는 근심이 없는 나라이기를 바라고, 백성을 존중해 상하가 단합하게 하는 이상적인 정치를 하는 방도를 제시했다.

〈醒夢要論〉(성몽요론)에서는 철학의 근본 이치를 말하고자 했다. "大極虛空"(태극허공)에서 시작해 "陰陽分 天地闢 人物生"(음양분 천지벽 인물생, 음양이 나누어지고, 천지가 열리고, 사람과 사물이 생겨난다)으로 나아가는 과정을 儒佛 양쪽의 이론을 합쳐 이해하는 길을 찾았다. 철학사에 올려 고찰할 만한 저작이다. 유구철학사가 아직 없으면 동아시아철학사에 바로 올리고, 세계철학으로 평가할 필요가 있다.

ㄹ

 그처럼 여러 가닥으로 나누어서 전개한 사상을 한데 합쳐, 말하고자
하는 요점을 더욱 분명하게 하는 작업을 〈簑翁片言〉(사옹편언)에서 이
야기를 하는 방식으로 했다. 제목을 풀이하면 "도롱이를 쓴 노인이 단편
적으로 한 말"이다.
 도롱이는 짚으로 만들어 어깨에 걸치는 비옷이다. 농민이 주로 입어
농민의 표상 같은 것을 시골에 묻혀 농민처럼 살아간다는 隱士(은사)도
애용했다. 도롱이를 입은 노인인 簑翁은 농민의 체험과 隱士의 식견을
함께 지녀 대등론을 깊이 이해하고 실행한다고 할 수 있다. 簑翁에 관
한 역대의 많은 논의 가운데 蔡溫의 〈簑翁片言〉이 대표작이라고 할 수
있다. 서두에서 제시한 일화 둘을 들어보자.

 도롱이 노인이 밭을 갈면서 얼굴에 즐거운 빛을 띠었다.
 길에서 나으리가 말했다. "나이 많으면서 밭을 가니, 편안한가요 괴로
운가요?"
 노인이 말했다. "나으리는 말을 타고다니니, 편안한가요 괴로운가요?"
 나으리가 웃으면서 말했다. "밭갈기는 괴롭고, 말을 타면 편안하다는
것은 아녀자라도 다 아는 바입니다."
 노인이 말했다. "하나는 알고 둘은 몰라도 되는가요?"
 나으리가 말했다. "그것이 무슨 말인가요?"
 말했다. "몸소 경작해 벼를 거두면, 즐거움이 막대합니다. 벼슬을 맡
아 제대로 하지 못하면, 부끄러움이 막대합니다. 부끄러움은 괴로움이고,
즐거움은 편안함이지요."

숲속에 절이 있었다. 도롱이 노인이 호미를 짊어지고 그 문을 지나가니, 승려가 보고 물었다. "노인이 호미를 짊어지니 무겁지 않은가요?"

노인이 말했다. "내가 짊어진 것이 호미인데 어찌 무겁다고 하겠나요. 스님이 진 것은 物(물)이라, 그 무게가 무한합니다. 어째서 物을 내려놓고 호미를 지지 않는가요?"

승려는 대답하지 못했다.

앞의 일화는 이해하기 쉽다. 벼슬살이보다 농사가 즐겁고 편안하다고 하면서, 자기가 해야 할 도리는 잊고 함부로 거들먹거리는 지배층을 비판했다. 뒤의 일화에서 승려는 物을 지고다니니 그 무게가 호미에 비할 바 없이 무겁다고 한 것은 무슨 뜻인지 선뜻 알아차리기 어려워, 읽는 사람이 곰곰이 생각하지 않을 수 없다.

이에 관해 두 가지 추측을 해볼 수 있다. 승려가 物을 욕심을 버리지 못하고 지고 다닌다고 한 말일 수 있다. 감당할 수 없이 무거운 업보를 짓지 말고 스스로 노동해서 살아야 한다고 했다고 볼 수 있다. 物의 이치를 추구하는 것이 힘든 일이라고 한 말일 수 있다. 공연한 수고를 하지 말고, 호미를 가지고 농사를 짓는 것처럼 구체적인 사물과의 실제적인 관계를 사고의 근본으로 삼으라고 했다고 볼 수 있다.

두 일화를 합쳐서 다시 생각하면, 儒佛 양쪽의 관념을 모두 배격하고 스스로 농사를 짓는 사람이라야 진정한 즐거움을 누리고 세상의 이치를 바로 안다고 했다. 지배층은 마땅히 농민을 사랑하라고 하는 愛民(애민)의 도리를 역설한 것이 아니다. 농민을 주체로 삼는 대등론의 사고를 윤리적인 정당성과 인식의 타당성을 판가름하는 기준으로 삼았다.

헛된 집착을 버려야 한다고 말로 역설하지 않아야 진정으로 깨달을 수 있다고 했다. 사물의 이치를 힘써 밝혀 논하거나 농사지으면서 사는 삶의 의의를 밝혀 논하는 말을 아무리 많이 해도 얻을 수 없는 성과를,

쉽고 절실한 방법으로 확보했다. 철학을 하는 거동을 보이지 않아 진정한 철학을 할 수 있었다.

3

이것은 커다란 의의를 가지는 참신한 시도이다. 儒佛의 기존 철학을 합치려고 힘을 낭비하지 않고, 자기 말을 직접 한 것이 슬기롭다. 농민의 체험에서 대등론을 바로 도출하면서 철학과 문학을 합친 것이 획기적인 의의를 가진다.

국권을 상실하고 외세에 시달리는 작은 나라에서 큰 사상이 나온 것이 기이한가? 아니다. 너무나도 당연하다. 강약·우열·대소를, 위에서 키우는 차등론은 창조력이 고갈되고, 아래에서 뒤집는 대등론은 창조력이 생동한다.

나무 심기

1

중국 당나라 문인 柳宗元(유종원)이 〈種樹郭橐駝傳〉(종수곽탁타전)이라는 글을 지었다. 〈나무 심는 곽탁타의 전기〉이다. 곽탁타는 주인공의 별명인데 이름이 되었다. 전문을 번역으로 든다.

郭橐駝(곽탁타)는 원래의 이름이 무엇인지 알 수 없다. 곱사병을 앓아 등을 우뚝하게 구부리고 다녀 낙타와 비슷했다. 그러므로 마을 사람들이 '탁타'(낙타)라고 불렀다.

탁타는 그 말을 듣고 "참 좋구나, 이름이 나의 생김새와 꼭 맞다"고 했다. 그래서 그 이름을 버리고 자기도 탁타라고 하겠다고 했다. 그 마을은 豊樂鄕(풍락향)이라 하고, 장안 서쪽에 있다.

탁타는 나무 심는 것을 생업으로 삼았다. 장안의 세도가, 부자, 정원 관람자, 과일 판매자 등이 모두 다투어 맞이해, 나무를 키우고 돌보게 하려고 했다. 탁타가 심은 나무를 보면, 옮겨 심어도 살지 않는 것이 없고, 무성하게 잘 자라 빨리 열매를 많이 맺었다. 나무 심는 다른 사람들이 몰래 엿보고 본떠도 같게 할 수가 없었다. 어떤 사람이 그 까닭을 물으니 대답했다.

"저 탁타가 나무를 오래 살게 하고 잘 자라게 할 수 있는 것은 아닙니다. 나무는 본디 나무임을 거스르지 않고, 나무다움을 나타내게 할 따름입니다. 무릇 심는 나무의 나무다움은 그 뿌리가 뻗어나가기를 바라고 그 북돋움이 고르기를 바라며, 그 흙이 본래의 것이기를 바라고 그 다짐이 빈틈이 없기를 바랍니다. 이미 이렇게 했으면, 건드려도 안 되며 걱정해도 안 됩니다. 떠나가고 다시 돌아보지 말아야 합니다. 처음에 어린 자식같이 하고 심고나서는 버린 듯이 하면, 본디 나무임을 온전하게 하고, 나무다움을 제대로 갖춥니다. 그러므로 저는 나무의 자람을 방해하지 않을 따름이고, 나무를 크고 무성하게 할 수 있는 것은 아닙니다. 나무의 열매 맺음을 억제하지 않을 따름이고, 열매를 일찍 많이 열리게 할 수 있는 것은 아닙니다. 나무를 심는 다른 사람들은 이렇게 하지 않습니다. 뿌리를 구부러지게 하고, 흙은 다른 것으로 바꿉니다. 북돋움이 지나치지 않으면 모자랍니다. 또한 이와 반대라고 할 수 있는 사람도 있습니다. 곧 나무 사랑이 지나치게 은혜롭고, 나무 걱정이 지나치게 부지런합니다. 아침에 보고 저녁에 어루만지며, 이미 떠난 뒤에 다시 와서 돌보지요. 심한 사람은 그 껍질을 긁어서 나무가 살았는지 죽었는지를 시험해보고, 그 줄기를 흔들어 그 상태가 성긴지 빽빽한지를 봅니다. 그래서 나무다움에서 날로 멀어지지요. 비록 나무를 사랑한다고 하지만 사실은 해치는 것이지요. 나무를 걱정한다고 하면서, 사실은 나무와 원수가 되지요. 그러므로 저와 같을 수가 없는 것입니다. 제가 그밖에 또 무엇을 할 수 있겠습니까?"

물은 사람이 말했다.

"그대의 깨침을 관청의 일에 옮겨도 이치가 타당한가요?"

탁타가 말했다.

"저는 나무 심는 것만을 알 뿐입니다. 관청의 이치는 제 소관이 아닙니다. 그렇지만 마을에 살면서 관청 어른이 명령을 번거롭게 하기를 좋아하는 것을 봅니다. 백성을 심히 사랑하는 듯하지만, 화를 끼치고 마는군요. 아침저녁으로 관리가 와서 소리쳐 부르며, 관가의 명령으로 너희들이 밭 가는 것을 재촉하고, 너희들이 심는 것을 열심히 하도록 하고, 너희들이 거두는 것을 감독하게 하며, 빨리 고치에서 뽑게 하고, 빨리 짜서 옷감을 만들게 하며, 어린 자식을 잘 키우게 하고, 그다음에는 닭이나 돼지도 잘 기르라고 합니다. 북을 울려 백성을 모으고 딱따기를 두드려 소집합니다. 저희 소인배는 아침저녁으로 음식을 갖추어 관리들을 위로하느라고, 겨를이 없습니다. 또 어떻게 해서 저희들의 삶을 번성케 하고 저희들의 사람다움을 편하게 하겠습니까? 그래서 병들고 게을러집니다. 이와 같은 것이 제 생업과 비슷한 점이 있을까요?"

물은 사람이 기뻐하며 말했다.

"아주 훌륭하지 않은가요? 나는 나무 키우는 것을 물었다가, 사람 돌보는 방법까지 터득했습니다. 이 사실을 전해 관청을 경계하겠습니다."

2

먼저 번역에 대해 할 말이 있다. 마을이 "豊樂鄕"(풍락향)이라고 한 것은 번역에서도 한자를 적어, "풍조하고 즐거운 마을"임을 알도록 했다. "以能順木之天(이능순목지천) 以致其性焉爾(이치기성언이)"라는 구절을 "나무는 본디 나무임을 거스르지 않고, 나무다움을 나타내게 할 따름입니다"라고 번역했다. 나무에 天性(천성)이 있다 하고, 앞에서는 順天性(순천성)을 말해 천성을 따른다고 하고, 뒤에서는 致天性(치천성)을 말해 천성에 이른다고 한 것을 쉬운 우리말로 알 수 있게 옮겼다.

3

내용을 간추린다. (가) 나무는 사람이 돌본다면서 부당한 간섭을 하지 않아야, 나무다움을 온전하게 해서 잘 자라고 열매를 많이 맺는다. (나) 백성은 국가가 돌본다면서 부당한 간섭을 하지 않아야, 사람다움을 온전하게 해서 잘살고 자손이 번성한다. 미천한 장애인이 나무를 심으면서 깨달은 (가)를 근거로, 존귀한 정상인은 모르는 (나)를 안다.

(가)와 (나), 나무와 사람, 나무다움과 사람다움이 대등하다. 이것은 萬生對等(만생대등)의 확실한 증거이다. 대단한 철학을 말했다. 이것을 미천한 장애인은 안다. 드러내 말하지 않았지만, 존귀한 정상인은 모른다. 이런 사회철학도 갖추었다.

미천한 장애인이 만생대등의 철학을 아는 이유는 나무를 심는 일을 하고 결과를 쉽게 확인할 수 있기 때문이다. 존귀한 정상인이 이것을 모르는 이유는 글이나 읽으며 그릇된 지식을 습득하기 때문이다. 헛된 우월감을 합리화하는 차등론이 시야를 막아 사람됨을 해친다.

존귀한 정상인과 미천한 장애인의 우열이 역전된다. 장애가 정상이고, 정상이 장애이다. 미천이 존귀이고, 존귀가 미천이다. 차등론은 우열이 지속되고 확대된다고 한다. 대등론은 우열의 역전에서 확인되고 탄력을 얻는다.

자리 짜기

1

金樂行(김낙행)은 18세기 경상도 안동 선비이다. 행실과 문장에서 모범을 보이고자 하면서 쓴 글에 〈織席說〉(직석설)이 있다. 〈자리 짜기를 말한다〉는 것이다. 대등론에 관한 논의를 구체화할 수 있는 좋은 자료이다. 〈나무 심기〉는 남의 말을 전했으나, 이것은 자기 행동에 관한 자기 말이다. 전문을 번역으로 든다.

항간의 우스개에서 말한다. "시골의 가난한 선비는 젊어서 과거 글을 익히다가 이름을 얻지 못하면 풍월을 일삼고, 또한 점차 쇠약해지면 자리 짜는 일을 업으로 하다가 마침내 늙어 죽는다." 이것은 천하게 여기고 모욕하는 말이다. 우아한 선비와 거리가 멀고, 품격을 손상시키는 것이 자리 짜기이니, 심한 말을 해서 궁한 늙은이가 마지막으로 하는 일을 아주 비루하게 여기고 낮추자는 것이다.

사람이 삶을 이렇게 마치는 것은 참으로 슬프다고 하리라. 그러나 이 또한 분수를 따를 따름이므로, 느닷없이 비웃을 필요는 없다. 지금 나는 과거 글이나 풍월을 모두 일삼지 않으며, 산중에 숨어서 지낸다. 가난이 더욱 심해, 밭 갈고 김매고 나무하고 나물 캔다. 이것이 분수이다. 자리 짜기는 근력을 심하게 소모하지 않아도 되니 더 좋지 않은가.

집사람이 내가 놀고먹고 마음 쓰는 데가 없는 것을 민망하게 여기고, 자리 짜는 재료를 형제의 집에서 빌려와, 강제로 하라고 한다. 또한 이웃 노인을 청해 수법을 전수받으라고 한다. 나는 부적당하다고 여기지만, 일을 하지 않을 수 없다. 시작하니 손이 서툴고, 마음에 들지 않아, 고생만 하고 더디다. 하루가 끝나도 한 마디만 얻는다.

여러 날이 되자 점차 익숙해지고, 손놀림이 저절로 편하고 빨라지고, 마음이나 기법이 익숙해진다. 이따금 곁에 있는 사람을 돌아보고 말을 하기도 한다. 씨줄과 날줄이 얽혔어도 모두 형세를 따르니 차질이 생기지 않는다. 이제야 고통을 잊고, 일을 탐내고 좋아한다. 음식을 먹고 용변을 보거나 귀한 손님이 찾아온 경우가 아니면 그치지 않는다. 아침부터 저물 때까지 한 자[尺]를 얻을 수 있다.

능한 사람의 견지에서 보면 오히려 둔하지만, 나로서는 대단한 진보라고 말할 수 있다. 천하에 재주가 짧고, 헤아림이 졸렬하기가 나와 같은 사람이 없는데, 열흘이나 한 달만에 배워 이처럼 능숙한 데 이르렀으니, 이 기술을 얕은 것이라고 하는 이유를 알 만하다. 내가 하는 일로 굳히는 것이 마땅하다. 비록 이것으로 생을 마친다고 해도 또한 사양하지 않을 만큼 분수에 합당하다.

이 일을 해서 내게 이로운 것이 다섯이다. 놀고먹지 않는 것이 하나이다. 드나드는 거동을 줄이는 것이 둘이다. 한여름에 땀을 잊으며 낮에 졸린다고 자지 않는 것이 셋이다. 마음에 근심이 하나도 없으며, 말을 지루하게 할 겨를이 없는 것이 넷이다. 다 만들어 정교한 제품으로는 노모를 편안하게 하도록 하고, 조잡한 물건은 나와 처자가 깔거나 어린 여종이 흙에서 자지 않게 해주고, 나머지가 있으면 나처럼 가난한 사람에게 나누어 주는 것이 다섯이다.

ㄹ

옆에 앉아 말을 술술 하듯이 써서, 긴장하지 않고 마음 편하게 읽을 수 있는 글이다. 늙은 선비가 자리를 짜면서 사람이 달라지는 모습을 담담하게 술회하기만 한 대수롭지 않은 내용인데 잔잔한 감동을 준다. 자리 짜는 것에 다섯 가지 유익함이 있다고 한 말을 본떠서 이 글이 다섯 가지로 훌륭하다고 하겠다.

불리한 처지를 유리하게 만드는 전환을 이룩한 것이 하나이다. 할 일을 찾아 일하는 즐거움과 보람을 체험한 것이 둘이다. 어떤 일이라도 부지런히 하면 잘될 수 있다고 알려준 것이 셋이다. 여러 사람과 대등한 관계를 가지면서 도우며 살아가야 한다고 한 것이 넷이다. 귀천이나 고하의 구분을 타파해야 한다고 암시한 것이 다섯이다.

ㅋ

경상도 안동 시골 선비가 이런 글을 쓴 것은 놀라운 일이다. 노동이 소중한 것을 체험하고, 복고적이고 보수적인 사고에서 벗어나 새 사람이 되는 과정을 진솔하게 말했다. 세상이 달라져 어둠이 걷히고 광명한 천지가 나타나는 것을 알 수 있게 한다. 차등론에서 대등론으로 나아가는 역사의 전환을 말해주는 소중한 증언이다.

고생하는 사람들

1

나무 심고, 자리 짜는 것만 노동이 아니다. 그런 노동을 슬기롭게 하면 사는 보람을 느낀다고 말하고 말면 많이 모자란다. 들에서 농사짓고, 공장에서 물건 만드는 더 큰 노동을 잊지 말아야 한다.

더 큰 노동에서 차등론과 대등론의 투쟁이 본격적으로 벌어진다. 일하면서 고생하는 사람들, 농민이나 노동자를 착취하고 짓밟는 것이 차등론 사회 상위자들의 가장 큰 횡포이다. 이에 대한 당사자들의 항변은 함께 짓밟혀 들리지 않는다. 시인이 대변자로 나서서 그 잘못을 고발하고 규탄한 작품은 어느 정도 알려져 있다.

시인의 詩作(시작)을 칭송하기나 하면 차등론에 가담한다. 시인이 훌륭하다고 하지 말고, 시인을 훌륭하게 만든 대등론의 가르침이 어디서 왔는가 생각하면 차등론에서 벗어난다. 고생스럽게 하는 일이 대등론의 진리를 알려주는 위대한 스승이다.

손가락을 보지 말고, 달을 보자. 시인이 전하는 말에서 위대한 스승의 가르침을 듣자. 여기저기 다니면서, 같고 다른 것들을 부지런히 보고 듣자. 그 다양성이 거대한 노동이고 생산이다.

ㄹ

李紳, 〈憫農〉(민농)

春種一粒粟(춘종일립속)
秋成萬顆子(추성만과자)
四海無閒田(사해무한전)
農夫猶餓死(농부유아사)

鋤禾日當午(서화일당오)
汗滴禾下土(한적화하토)
誰知盤中餐(수지반중찬)
粒粒皆辛苦(입립개신고)

이신, 〈민농〉(농민을 근심한다)

봄에 한 알 씨 뿌리면
가을에 만 알을 거둔다.
사방에 놀리는 땅은 없는데,
농부는 그래도 굶어죽는다.

김매는데 해는 대낮
땀이 곡식 밑 흙에 떨어진다.
누가 아는가, 그릇에 담긴 밥이
알알이 모두 괴로움인 것을.

李紳은 중국 당나라 시인이다. 농민의 수난을 간명하고 인상 깊게 노래했다. "봄에 한 알 씨 뿌리면 가을에 만 알을 거둔다"고 하고, 놀리는 땅이 없이 일하는데도 "농부는 그래도 굶어 죽는다"고 한 말에 착취당하는 원통한 사정이 요약되어 있다. "누가 아는가, 그릇에 담긴 밥이 알알이 모두 괴로움인 것을"이라는 마지막 구절에서 농민의 수고를 알고 밥을 먹으라고 깨우쳤다.

농민이 굶어죽는 것은 농사지은 곡식을 빼앗기기 때문이다. 곡식은 금은보화처럼 무져놓는 재산이 아니다. 당장 밥을 지어 먹는 것을 효용으로 한다. 권력자는 한 끼에 밥을 여러 그릇 먹으려고 농민이 먹을 밥을 없애는 것은 아니다. 제3자인 군인에게 먹일려고, 권력자가 먹을 수 있는 것보다 더 많은 곡식을 빼앗아간다. 군인이 많으면, 농민이 죽는다. 정치권력을 강화하려면 군인이 많아야 한다.

정치적 차등론은, 행복의 근원인 대등론을 파괴하고 나라 안팎에서 학살을 자행하는 악마이다. 상대방 악마를 비난하는 것만큼 자기 나라 악마를 칭송하는 것을 애국이라고 한다. 차등론 싸움에서 이기면, 대등론이 회복되는 것은 아니다.

3

李奎報, 〈代農夫吟〉(대농부음)

帶雨鋤禾伏畝中(대우서화복무중)
形容醜黑豈人容(형용추흑기인용)
王孫公子休輕侮(왕손공자휴경모)
富貴豪奢出自儂(부귀호사출자농)

新穀靑靑猶在畝（신곡청청유재무）
縣胥官吏已徵租（현서관리이징조）
力耕富國關吾輩（역경부국관오배）
何苦相侵剝及膚（하고상침박급부）

이규보, 〈대농부음〉（농민을 대신해 읊는다）

비 맞고 김을 매며 밭이랑에 엎드리니
검고 추악한 몰골이 어찌 사람의 모양인가.
왕손공자들이여, 우리를 업신여기지 말라.
부귀와 호사 우리로부터 나온다.

햇곡식 푸릇푸릇 아직 밭에 있는데
현의 서리는 벌써 조세를 징수하는구나.
힘써 일하는 부국 우리에게 달렸는데
어찌 괴롭게 침탈하고 살마저 벗기는가.

이규보는 상층의 위치에 있어 한시를 지으면서, 하층의 대변자가 되
는 것을 시인의 임무로 삼았다. 농부가 할 말을 자기가 해서 이런 시를
지었다. 길지 않은 사설에 상하층의 관계가 명백하게 나타나 있다.

앞에서는 농부가 험한 꼴을 하고 괴롭게 일한 덕분에 왕손공자라고
한 상층이 호사를 누린다고 했다. 뒤에서는 힘써 일해 부자 나라를 만
드는 것이 농부가 하는 일인데, 곡식이 익기 전에 국가에서는 세금부터
거두어 피폐하게 만든다고 했다. 농부가 힘들게 짓는 농사가 유일한 생
산업인데, 그 과실을 상층이 앗아가고서 농부를 업신여기고, 국가에서
세금을 지나치게 거두어 농부의 생존을 위협한다고 했다. 노동의 성과를

차지하는 쪽이 지분을 늘이려고 노동을 하기 어렵게 만드는 모순을 빚어낸다고 했다.

4

Percy Bysshe Shelley, "A Song: Men of England"

Men of England, wherefore plough
For the lords who lay ye low?
Wherefore weave with toil and care
The rich robes your tyrants wear?

Wherefore feed and clothe and save
From the cradle to the grave
Those ungrateful drones who would
Drain your sweat—nay, drink your blood?

Wherefore, Bees of England, forge
Many a weapon, chain, and scourge,
That these stingless drones may spoil
The forced produce of your toil?

Have ye leisure, comfort, calm,
Shelter, food, love's gentle balm?

Or what is it ye buy so dear
With your pain and with your fear?

The seed ye sow, another reaps;
The wealth ye find, another keeps;
The robes ye weave, another wears;
The arms ye forge, another bears.

Sow seed—but let no tyrant reap:
Find wealth—let no imposter heap:
Weave robes—let not the idle wear:
Forge arms—in your defence to bear.

Shrink to your cellars, holes, and cells—
In hall ye deck another dwells.
Why shake the chains ye wrought? Ye see
The steel ye tempered glance on ye.

With plough and spade and hoe and loom
Trace your grave and build your tomb
And weave your winding-sheet—till fair
England be your Sepulchre.

파시 비스 쉘리, 〈영국 백성의 노래〉

영국 백성이여, 왜 쟁기질을 하는가?

위에서 군림하는 상전을 위하느라고.
왜 수고하고 조심하면서 베를 짜는가?
폭군들이 입을 좋은 옷을 만드느라고.

왜 먹이고, 입히고, 돌보아주는가?
요람에서 비롯해 무덤에 이르도록.
저 은혜 모르는 게으름뱅이 녀석들이
그대들 땀을 짜내고 피를 마시는데.

왜 영국의 일벌인 그대들이
무기, 쇠사슬, 채찍을 많이 만들어
침이 없는 수벌 같은 녀석들이
그대들 수고를 앗아가게 하는가?

그대들은 한가함, 편안함, 조용함,
거처, 음식, 부드러운 사랑의 향기,
가까이 하고 싶은 다른 여러 가지를,
수고와 근심의 대가로 살 수 있는가?

그대들이 뿌린 씨를 남들이 거둔다.
그대들이 찾은 보물을 남들이 갖는다.
그대들이 지은 옷을 남들이 입는다.
그대들이 만든 무기를 남들이 가진다.

씨를 뿌리고, 폭군이 거두지 못하게 하여라.
보물을 찾고, 협잡꾼이 갖지 못하게 하여라.

옷을 짓고, 게으름뱅이가 입지 못하게 하여라.
무기를 만들고, 너희들을 지키려고 가져라.

그대들의 지하실, 구덩이, 창고로 숨어들어라.
그런 공간에서 새로운 거처를 마련하라.
왜 그대들이 만들어낸 쇠사슬이 흔들리고,
단련한 강철이 빛나는 것을 그냥 보느냐?

쟁기, 삽, 괭이, 막대기 같은 것을 가지고
그대들의 무덤을 찾아 봉분을 만들어라.
그대들의 수의를 산뜻하게 짜놓아라.
영국이 그대들의 무덤으로 되리라.

영국 낭만주의 시인 쉘리가 이런 시를 지었다. 시인은 팔자 좋은 사람들의 환상을 아름다운 말로 꾸미는 것을 자랑으로 삼기만 하지 않고, 관심을 현실로 돌려 어려움을 겪는 하층민과 함께 탄식하기도 한다는 것을 보여주었다. 영국에도 하층민이 저항하라고 한 시가 있는 것을 알도록 한다.

시 제목에 있는 말 "men of England"는 직역하면 "영국 사람들"인데, 상하층의 모든 사람이 아닌 하층민만 말했다. 상층을 위해 수고하면서 착취당하는 하층민이 영국의 주인인 영국 사람이고, 상층은 외국인과 다름없다고 하려고 선택한 말이다. 이 말을 "영국 백성"이라고 번역해 창작의 의도를 전달하고자 한다. 상하층의 관계에 관해 이해하기 쉽게 서술하다가, 이따금 따져보아야 할 말을 했다.

제3연에서 상하층의 관계를 명확하게 하는 기발한 비유를 들었다. 하층민은 일벌이고, 상층은 수벌이라고 했다. 일벌인 백성이 왜 "무기, 쇠

사슬, 채찍을 많이 만들어" 침이 없는 수벌처럼 자기 스스로는 무력하기
만 한 상층이 백성의 생산물을 앗아가는 데 쓰도록 하는가 하고 물었다.

제7연에서는 백성이 "만들어낸 쇠사슬", "단련한 강철"에 협박당해 그
냥 있지 말고, 항쟁을 위한 근거지를 안전한 곳에 구축하라고 앞의 두
줄에서 말한 것 같다. 그러다가 제8연에서는 무덤을 만들고, 수의를 짜
라고 했다. "영국이 그대들의 무덤으로 되리라"고 했다.

5

Heinlich Heine, "Die schlesischen Weber"

Im düstern Auge keine Träne,
Sie sitzen am Webstuhl und fletschen die Zähne:
Deutschland, wir weben dein Leichentuch,
Wir weben hinein den dreifachen Fluch —
      Wir weben, wir weben!

Ein Fluch dem Gotte, zu dem wir gebeten
In Winterskälte und Hungersnöten;
Wir haben vergebens gehofft und geharrt,
Er hat uns geäfft und gefoppt und genarrt —
      Wir weben, wir weben!

Ein Fluch dem König, dem König der Reichen,

Den unser Elend nicht konnte erweichen,
Der den letzten Groschen von uns erpreßt
Und uns wie Hunde erschießen läßt –
    Wir weben, wir weben!

Ein Fluch dem falschen Vaterlande,
Wo nur gedeihen Schmach und Schande,
Wo jede Blume früh geknickt,
Wo Fäulnis und Moder den Wurm erquickt –
    Wir weben, wir weben!

Das Schiffchen fliegt, der Webstuhl kracht,
Wir weben emsig Tag und Nacht –
Altdeutschland, wir weben dein Leichentuch –
wir weben hinein den dreifachen Fluch –
    Wir weben, wir weben!

하인리히 하이네, 〈쉴레지엔의 직조공〉

눈물도 없는 음울한 눈으로,
그들은 베틀에 앉아 이를 간다.
독일이여, 우리는 그대의 수의를 짠다.
우리는 거기다 세 가지 저주를 짜 넣는다.
    우리는 베 짠다, 우리는 베 짠다.

저주 하나는 하느님 몫이다.

추운 겨울 굶주리면서 기도하고
바라고 기다린 것이 허사여서,
우리를 조롱하고, 희롱하고, 우롱했다.
　　　우리는 베 짠다, 우리는 베 짠다.

저주 하나는 국왕 몫이다.
우리의 참상 동정하지도 않는 부자들의 국왕
마지막 한 푼까지 우리에게서 강탈해 가고,
우리를 개처럼 쏘아 죽이도록 내버려 둔다.
　　　우리는 베 짠다, 우리는 베 짠다.

저주 하나는 그릇된 조국 몫이다.
오욕과 수치만 판을 치는 곳,
꽃은 일찌감치 꺾어버리는 곳,
구더기 썩은 냄새 득실거리는 곳,
　　　우리는 베 짠다, 우리는 베 짠다.

북실통 날아다니고, 베틀 삐걱거린다.
우리는 밤낮 부지런히 베를 짠다.
낡은 독일이여, 우리는 그대의 수의를 짠다.
우리는 거기다 세 가지 저주를 짜 넣는다.
　　　우리는 베 짠다, 우리는 베 짠다.

　하이네는 이 시에서 하층민의 어려움을 아주 생동하게 나타냈다. 독일에서 산업의 근대화가 시작되던 시기 1844년에 슐레지엔 직조공들이 착취와 억압을 견디다 못해 폭동을 일으켰다가 총칼로 진압된 일이 있었다. 시인이 통분하게 여겨, 직조공들이 원통한 심정을 나타내면서 불렀을 만한 노동요 사설을 지어냈다. 반복되는 말이 있고 후렴을 갖추어 민요답다.

베를 짜면서 수의를 짠다고 하고, 저주를 짜 넣는다고 한 것이 분노를 표현하는 적절한 착상이다. 세 가지 저주를 열거해 짜임새를 잘 갖추었다. 그런데 저주의 대상이 2연에서는 하느님, 3연에서는 국왕, 4연에서는 조국이다. 직접적인 착취자인 공장주는 저주의 대상으로 삼지 않고, 착취자를 제어하고 노동자를 구출해주기를 바라는 기대를 저버린다고 원망했다.

하느님이 기대를 저버렸다고 저주하다가 "조롱하고, 희롱하고, 우롱했다"고까지 했다. 국왕은 "우리의 참상 동정하지도 않"는다고 하고, "우리를 개처럼 쏘아 죽이도록 내버려 둔다"고 한 점에서는 국민을 보호할 의무를 저버린 직무유기자이다. "마지막 한 푼까지 우리에게서 강탈해 가고"라고 한 것은 세금 징수를 두고 한 말이라고 생각된다.

조국을 저주의 대상으로 삼은 것은 사회 풍조가 그릇되었다고 판단했기 때문이다. 5연에서 "낡은 독일"의 수의를 짠다고 한 것은 새로운 독일이 출현하기를 기대한다는 말이다. 기대를 실현하는 방법이 무엇인지는 알지 못해 암시조차도 하지 못했다.

6

Jacques Prevert, "Le temps perdu"

Devant la porte de l'usine.
le travailleur soudain s'arrête

le beau temps l'a tiré par la veste

et comme il se retourne

et regarde le soleil

tout rouge tout rond

souriant dans son ciel de plomb

il cligne de l'œil

familièrement

Dis donc camarade Soleil

tu ne trouves pas

que c'est plutôt con

de donner une journée pareille

à un patron?

자크 프레베르, 〈잃어버린 시간〉

공장 문 앞에서
노동자가 갑자기 발걸음을 멈추었다
좋은 날씨가 옷자락을 잡고 끌었다
뒤로 돌아서서
태양을 바라보니
아주 붉고 아주 둥글게
하늘에서 웃고 있었다
그는 눈을 깜박이고
친근하게
태양 동지에게 말했다
너는 어떻게 생각하는가

이것 아주 멍청한 짓이 아닌가?
이런 날을 주어버린 것이
사장 녀석에게

프레베르는 심각한 사연을 일상적인 구어로 간결하게 나타내 쉽게 읽을 수 있게 하는 것을 장기로 삼았다. 이 시에서는 현대 공장노동자의 처지를 다루었다. 하이네 시대의 노동자들보다는 사정이 나아져 퇴근 시간이 있고, 퇴근 후에는 하루의 일과를 되돌아볼 수 있게 되었다. 노동의 성격 자체가 불만이 되었다.

노동자가 하루의 노동을 마치고 공장 문을 나서다가 발걸음을 멈춘 것을 좋은 날씨가 옷자락을 잡았기 때문이라고 앞에서 말했다. 그다음에는 태양을 바라보고, "태양 동지"에게 말을 걸고, 나중에는 자기의 불운을 하소연했다. 좋은 날을 노동을 하다가 보낸 것을 사장에게 주어버렸다고 했다. 노동을 해서 만들어낸 재화를 사장이 차지한다는 것을 그렇게 말했다.

이 노동자는 혼자이고, 불만을 말하는 데 그치고 투쟁을 하려고 하지는 않는다. 그러나 "태양 동지"라는 말 한 마디가 더 많은 것을 생각하게 한다. 태양은 날씨가 좋게 하는 주역이고, 모든 행복의 원천이다. 태양을 등지고 하는 노동은 비정상이다. 태양을 동지로 삼으면 고독하지 않고, 주장의 정당성을 확보할 수 있으며, 어떤 투쟁에서도 승리할 수 있다는 데까지 나아갈 수 있다.

박노해, 〈하늘〉

우리 세 식구의 밥줄을 쥐고 있는 사장님은
나의 하늘이다.

프레스에 찍힌 손을 부여안고

병원으로 갔을 때
손을 붙일 수도 병신을 만들 수도 있는 의사 선생님은
나의 하늘이다.

두달째 임금이 막히고
노조를 결성하다 경찰서에 끌려가
세상에 죄 한 번 짓지 않은 우리를
감옥소에 집어넌다는 경찰관님은
항시 두려운 하늘이다.

죄인을 만들 수도 살릴 수도 있는 판검사님은
무서운 하늘이다.

관청에 앉아서 흥하게도 망하게도 할 수 있는
관리들은
겁나는 하늘이다.

높은 사람, 힘 있는 사람, 돈 많은 사람은
모두 우리의 생을 관장하는
검은 하늘이시다.

나는 어디에서
누구에게 하늘이 되나.
대대로 바닥으로만 살아온 힘없는 내가
그 사람에게만은
이제 막 아장아장 걸음마 시작하는
미치게 예쁜 우리 아가에게만은
흔들리는 작은 하늘이겠지.

아 우리도 하늘이 되고 싶다.
짓누르는 먹구름 하늘이 아닌
서로를 받쳐주는
우리 모두 서로가 서로에게 푸른 하늘이 되는
그런 세상이고 싶다.

　　박노해는 현대 한국 노동자의 항변을 시로 썼다. "대대로 바닥으로 살아온 힘없"다고 한 노동자에게 "높은 사람, 힘 있는 사람, 돈 많은 사람은" 모두 '하늘'이라고 총괄해서 말했다. 그렇게 하기에 앞서 사장, 의사, 경찰, 판검사, 관리가 어떤 하늘인지 하나씩 구체적인 사실을 들어 설명했다.
　　'하늘'이라고 한 사람들은 자기의 생사를 좌우할 수 있으므로 두렵게 여겨 우러러본다고 하고, 투쟁의 대상으로 삼지는 않았다. 열악한 노동 조건에 시달리고 부당한 탄압을 받으면서도 의식화되지 않은 착한 마음

씨를 보여주었다. 예쁜 아가에게는 자기도 하늘이고 싶다고 했다. "모두 서로가 서로에게 푸른 하늘이 되는" 세상을 원한다고 했다. 순진한 생각에서 나온 소박한 소망이다.

이런 순진함은 시인의 의도적인 선택이다. 시인의 창작이 아니고 작품 속의 노동자가 스스로 토로한 사연이라고 할 수 있는 언사를 사용해, 목적의식과는 거리가 먼 노동자 문학이 자연발생적으로 출현했다고 알려지도록 했다. 노동자의 처지가 얼마나 처참한지 실감 나게 전하면서, 탄압이 심해 노동운동이 시작될 수 없는 상황을 타개하는 전술을 마련했다.

8

고생하며 일하는 사람들은 모두 잘살 수 있게 하는 재화와 함께, 누구에게나 필요한 각성도 제공한다. 차등론은 그릇되고 대등론이 옳은 원리를, 온갖 헛소리는 다 몰아내고 아주 분명하게 한다. 차등론에 감염되어 겉돌지 말고 정신을 차려, 노동으로 대등론을 실현하는 대열에 동참해 고생의 즐거움이나 절망의 희망을 듬뿍 누려야 하리라.

시인도 노동으로 대등론을 실현하는 대열에 동참한다. 노동의 가르침을 담는 시를 짓는 것도 갸륵한 노동이고, 그 결과로 나오는 작품 또한 훌륭한 생산품이다. 작품은 값이 싸고 운반의 어려움은 없어, 시공을 쉽게 넘나드니 신기하다. 누구에게나 필요한 각성을 널리 전파해, 고생의 즐거움, 절망의 희망을 더 크게 누리게 하니 기특하다. 많이 읽고 즐기면 대등의 길이 활짝 열린다.

이 글을 쓰는 것도 노동으로 대등론을 실현하는 대열에 동참하는 행위이다. 고생하며 일하는 사람들이 하는 1차 노동, 시인이 시를 지으며 하는 2차 노동에다, 이 둘의 관계를 고찰하며 노동 일반론을 이룩하는 3차 노동을 보탠다. 차등론을 버리고 대등론을 실현하는 1·2차 작업을 더욱 확대한 3차 작업으로, 대등의 길에서 전진하는 보폭을 넓힌다.

ㅁ

노동으로 대등론을 실현하자는 것은 미온책이며, 성과가 의심스럽다. 차등론의 흉계에 말려들어 정신을 잃고 진정한 투쟁을 방해하는 반동분자의 술책이다. 이렇게 나무라며, 대등론은 걷어치우고 평등론의 강령을 실현해야 한다고 하는 주장이 드세다.

각자 자기 좋은 대로 대등론 실현에 기여하겠다고 하는 것은 치졸한 수준의 낭만적 환상이다. 확고한 지도노선에 따라 평등론 실행 투쟁을 일사불란하게 전개해야 한다. 이런 운동이 일어나 차등론 못지않게 대등론을 비난하고 타도의 대상으로 삼는다.

그 결과는 참담하게 된다. 확고한 지도 노선이 절대적으로 타당해 교시를 받들고 따라야 한다는 새로운 차등론이 난공불락의 요새를 구축한다. 개인적이고 산발적인 대등론마저 평등론 실현을 방해한다는 이유로 타도의 대상으로 삼는다. 빈곤의 하향평준화가 철저하게 이루어지고, 이 구동성으로 하는 말에 엇박자가 전혀 없는 사회를 이상향이라고 한다.

역사는 오직 계급투쟁의 과정이다. 이에 대해 딴소리를 하는 녀석은 타도 대상 계급이다. 이렇게 말하는 잘못을 바로잡기 위해, 나는 말한다. 역사는 차등론이 대등론으로 전환되는 과정이다. 이 전환이 상극이기도 하고 상생이기도 한 생극으로 진행된다.

계급투쟁은 지배계급의 교체를 가져와 차등론을 강화한다. 평등론을 내세워 대등론을 타파하려는 것은 비열한 술책이다. 이루어질 수 없는 환상인 평등론을 강압적으로 현실로 끌어내는 것은 새로운 차등론의 강화를 위한 술책이다. 실상을 바로 알고 말려들지 말아야 한다.

차등론은 물론 평등론도 정치권력에 의거하지만, 대등론은 정치를 멀리하고 권력을 우습게 여긴다. 누구나 지니고 있는 창조주권을 일상생활에서 평화적이고 자발적으로 발현한다. 이런 사실을 표면화해 알리는 데 예술이 앞서고 학문이 뒤따른다.

권력을 갖추지 않아 대등론은 無力한 것은 아니다. 有力은 無力하고, 無力은 有力함을 장기간에 걸쳐 입증한다. 대등론은 인간 본연의 사고이므로 침투력과 설득력을 가져, 어떤 악성 차등론이라도 내부에서 녹일 수 있다.

정치권력은 저질이고 미약한 힘이다. 경쟁 때문에도, 득세가 오래 가지 않는다. 누구나 지니고 발현하는 창조주권이 진정한 힘을 가장 크게 이어온다. 시련이나 차질이 있어도, 인류 역사를 바람직하게 이끈다.

1ㅁ

두 농사

농부는 아득한 옛날부터
땀 흘려 농사지은 곡식으로,
모든 사람 살려왔다.

그 곡식 자기 아이부터 먹이니
사랑의 자양분 가득할 따름이고,
잡초나 독초는 들어 있지 않다.

곡식을 받아먹고 보답은 하지 않으면서
높은 데 올라가 차등의 위세를 자랑하면,
뱃속에 들어간 곡식 잡초로 독초로 변한다.

인공지능으로 만들어 퍼뜨리는 괴담이
너무나도 거대한 독초로 자라나는 사태는
논밭 농사를 잘 지어 해결하지 못한다.

학문 농사도 논밭 농사처럼 땀흘리며 지어
사람마다의 창조주권이 싹터 꽃피운 대등론이
차등론 퇴치하는 천연 살충제이게 해야 한다.

열둘 ★★

웨일스의 노래

1

물결 너머에 우아한 나라가 있어,
거기서는 탄식이 머무르지 않네.
노년이나 역병의 기습도 없으며,
자유가 미풍으로 깨끗이 불어오네.
모든 마음 재빨라 즐겁게 하네.
저 아팔론 섬의 낙원이 그렇듯이.

축복받는 나라 오래 지난 꿈이
누적된 공포 말끔히 씻어내주네.
옛적의 희망 언제나 살아 있고,
높은 기대가 전진하는 곳이네.
버린 신념도 태우려 하지 않고,
수치나 통탄은 시간이 없도다.

각성을 노래해 불꽃이 일어나고,
일마다 힘, 신뢰, 의욕이 생기네.
방향을 바꾸어 동력이 커지지만,

소망의 근본은 언제나 그대로네.
올바른 행실로 감싸주어 늙지 않는,
이 모두 겨레 살리는 숨결이네.

이것은 웨일스의 시인 그윈 존스(Gwynn Jones)가 19세기 말에 지은
시 〈아서의 출발〉(영역 이름 "The Departure of Arthur")이다. 웨일스어
로 지은 시의 영역을 다시 번역했다. 《웨일스 문학》이라는 책에서 찾은
자료이다(Dafydd Johnston, *Literature of Wales*, 1994, 85면).

원문은 모르고, 영역은 매개자에 지나지 않아 제시하지 않는다. 웨일
스어 원시의 아름다움이 영역에서 한번, 우리말로 옮기느라고 또 한 번
줄어들었을 것이다. 각별한 의의를 가졌다는 율격이 영역까지도 건너오
지 못했다. 그래도 번역해 소개하지 않을 수 없다. 우리말로 좋은 시가
되게 해서 작품의 가치를 덜 손상하려고 했다.

"아서"(Arthur)는 원탁의 기사들과 함께, 예수가 최후의 만찬에서 사
용한 잔 聖杯(성배)를 찾으러 모험 여행을 떠났다고 하는 영웅 군주이다.
유럽 거의 전역에서 파다하게 이야기하고 숭앙하는데, 웨일스인이라고
하면서 웨일스에서는 더 높이 받든다. "아팔론"(Afallon)은 아더왕 이야
기에 나오는 낙원의 섬이다.

웨일스는 아주 오래전 1282년에 이웃 잉글랜드의 침공으로 주권을
상실한 것을 계속 통탄한다. 영국의 왕세자를 'Prince of Wales'(웨일스
의 군주)라고 해서 웨일스의 왕위가 없어지지 않고 계승하는 듯이 위장
하는 것을 치욕으로 여기고 분노한다. 이것은 일본이 조선왕을 없애고,
자기네 왕위 계승자를 조선왕이라고 하는 것과 다르지 않다. 그런 경우
를 생각하면 웨일스인의 분노를 충분히 이해할 수 있다.

위의 시를 지은 시인 그윈 존스는, 민족의 영웅이고 위대한 군주인
아서를 높이 받들어 주체성 확인의 근거로 삼았다. 아서가 성스러운 임

무를 수행하려고 떠나가면서 고국 웨일스를 되돌아보며 했으리라는 말을 시에 나타냈다. 영국의 통치에 시달린다는 말은 직접 하지 않고, 통탄이나 절망에서 벗어나 자부심을 가지고 일어나자고 했다. 비관주의를 버리고 낙관주의를 택하면 모든 일이 잘된다고 했다. 아서가 언젠가는 되돌아와 웨일스를 더욱 영광스럽게 하리라고 기대하자고 했다.

2

작품만 보면 이런 말이 공허하다고 할 수 있으므로, 시대 상황을 알아야 한다. 영국은 웨일스인에게 영어만 쓰라고 하고 웨일스어 사용을 금지했다. 19세기에서 20세기 초까지 특단의 조처를 했다. 아이들이 학교에서 무심코라도 웨일스어를 하면 교사가 나무 막대기 표찰을 목에 걸어 모욕을 주었다. 그 아이는 다른 아이가 웨일스어를 하는 것을 듣고 그 표찰을 옮겨 걸어야 모욕에서 벗어날 수 있게 했다.

표찰에 쓴 말은 "WN"이다. "Welsh Note"의 약자이고, "웨일스 표식"이라는 뜻이다. 웨일스어를 사용한 것을 알 만한 사람은 알도록 지적해 문책하고, 창피스럽게 했다. 웨일스가 다른 나라임을 부인하지 않으면서 웨일스어 사용을 금지한 것은 변명의 여지가 없는 횡포이다.

덧붙여 말할 사실이 있다. 일본은 琉球(유구)를 차지하고, 이 방법을 본뜨면서 표찰에 적은 말은 "方言札"(방언찰)이다. 유구가 다른 나라임을 부인하려고, 유구어를 방언이라고 했다. 방언 사용을 징벌하는 것은 어떻게 설명해도 정당화될 수 없다.

위의 시를 쓴 시인 그윈 존스는 1871부터 1949년까지 생존했다. 웨일스문학의 유산을 부지런히 조사하고 정리해 널리 알리고, 전통적인 율격을 살리는 웨일스어 시를 열심히 창작했다. 웨일스 문학의 연구와 창작 양면에서 크게 기여했다고 평가된다. 웨일스어 사용을 극심하게 탄압할 때 절망에서 벗어나 희망을 가지자는 시를 웨일스어로 짓고, 표현과 내용 양면에서 충분한 설득력을 갖추었다.

영국의 만행을 소리 높여 규탄하면 속이 시원할지는 몰라도, 얻을 수 있는 것이 적다. 탄압의 빌미를 제공해 피해가 클 것을 염려하는 것만은 아니다. 영국인은 우월해 지배하고 웨일스인은 열등해 지배당하는 것이 마땅하다는 주장에 대해 반론을 제시하기 어렵다. 세익스피어를 증거로 내세워 영어는 우월한 언어이니 받아들이고, 열등하고 미개한 언어인 웨일스어는 버리라고 하는 요구를 무효로 돌리는 최상의 방안은 깊은 감동을 주는 작품을 웨일스어로 창작하는 것이다. 차등론을 공격하기만 하지 말고 대등론으로 바꾸어놓아야 한다.

웨일스는 영국의 중심지 잉글랜드 서쪽에 바로 인접해 있는 곳이다. 2만 제곱미터쯤 되는 면적에 지금 300만 정도의 사람들이 살고 있다. 영국은 웨일스를 통치하면서 웨일스어를 없애려고 끈덕지게 노력했으나 실패했다. 웨일스어는 탄압이 격심해도, 없어지지 않고 살아 남았다. 영어가 세계를 휩쓸어 다른 언어는 없어지리라는 비관론을 잠재우는 방파제 노릇을 웨일스어가 하고 있다.

탄압을 이겨내고 웨일스어가 살아난 경과를 보자. 1962년에 웨일스어 학회가 결성되어, 웨일스어를 표준화하는 작업을 진행했다. 1967년에 영어와 함께 웨일스어를 공용어로 하는 법이 제정되었다. 2011년의 조사에 따르면, 웨일스인 19%(562,000인)가 웨일스어를 말할 수 있고, 15%(431,000인)는 웨일스어를 읽고 쓸 수도 있다고 했다.

1993년부터 웨일스어를 영어와 함께 공용어로 사용하고 학교에서 가르치는 조치가 단계적으로 이루어져, 지금은 20%의 학생들이 웨일스어로 수업하는 학교에 다니고, 영어로 수업하는 학교에 다니는 학생들도 웨일스어를 제2의 언어로 배운다고 한다. 웨일스의 모든 대학에 웨일스어 전공이 있다. 웨일스어를 하는 사람은 취업에서 유리하다고 한다.

3

그래도 웨일스문학은 진통을 겪고 있다. 지향점과 사용 언어를 두고 논란이 벌어진다. (가) 영어로 영국인의 시를, (나) 영어로 웨일스인의 시를, (다) 웨일스어로 웨일스인의 시를 쓰는 시인이 있다. Dylan Thomas (1914-1963)는 (가)이고, R. S. Thomas(1913-2000)는 (나)이고, Gerallt Lloyd Owen(1944-2014)은 (다)이다. 이름을 국문으로 적으면 기억하기 어렵고, 변별력이 줄어든다. (가)·(나)·(다)로만 일컫기로 한다.

(가)는 웨일스어는 모르고 영어로만 창작했다. 부모는 웨일스어를 했으나 아들은 영어만 사용하도록 하고, 영시를 사랑하라고 가르쳤다. 그런데도 어린 시절의 시골 생활이 시 창작의 원천이 되었다. 웨일스 민족운동을 찬성하지 않고 싫어하기까지 했어도, 웨일스의 시인이라고 한다. 발상과 표현이 자기도 모르게 웨일스문학의 전통과 이어지고 있어, 예사 영시와는 다른 경지를 개척하는 뛰어난 시인이 될 수 있었다.

Though they be mad and dead as nails,
Heads of the characters hammer through daisies;
Break in the sun till the sun breaks down,
And death shall have no dominion.

미쳐버리고는 못 박힌 듯이 죽더라도,

사람들 머리가 데이지꽃 속에서 쿵쿵거려도,
해가 질 때까지 해에 끼어들리라.
죽음의 지배를 받지 않으리라.

〈그리고 죽음의 지배를 받지 않으리라〉(And Death all Have No
Dominion)의 마지막 대목이다. 죽음이 다가오는 것을 감지하고 힘들어하
는 이유는 말하지 않았다. 어떤 경우라도 죽음의 지배를 받지 않겠다는
말만 되풀이했다. 너무나도 파격적인 소리여서, 아주 새로운 경지에 이
르렀다는 평가를 얻었다. 죽음과 맞선다면서 착란을 보인 것은 웨일스인
의 처지에 대한 절망감이 의식 깊은 곳에서 작용한 탓이라고 생각된다.
　(나) 시인의 시 〈웨일스 복음〉(Welsh Testament)은 이와 다르다. 두
대목을 든다.

All right, I was Welsh. Does it matter?
I spoke a tongue that was passed on

Even God had a Welsh name:
He spoke to him in the old language;

그렇다, 나는 웨일스인이었다. 문제가 되나?
나는 전래된 말을 했다.

하느님조차 웨일스 이름을 지녔다.
그분 자신에게 오래된 말로 말했다.

자기가 웨일스인이고, 웨일스말을 하는 것이 당연하다고 누구나 인정

하겠는데, 무슨 문제가 있느냐 하고 반문했다. 하느님조차 웨일스의 이름을 가지고, 오래된 말을 사용한다고 한 것은 동의하기 어려운 비약이다. 시제를 과거형으로 해서 거리를 둔 이유가 궁금하다. 자기가 자랑스럽게 쓰고 있는 웨일스말을 영시를 지어 찬양한 것도 이상하다.

(다) 시인이 웨일스어로 지은 〈치욕의 시〉("Cerddi'r Cywilydd", 영역 "Poems of the Shame") 한 대목이다. 원문은 이해하지 못하므로 영역을 들고 옮긴다.

You would cry blood if you saw this.
Our hearts in the hands of a foreign man,
Our crown in the hands of a conqueror.

너는 이 일을 알면 피눈물을 흘리리라.
우리의 심장이 외국인 손에 들어갔다.
우리의 왕관이 정복자 손에 들어갔다.

영국은 웨일스의 주권을 찬탈하고, 영국의 왕세자를 'Prince of Wales' (웨일스 임금)라고 하는 관습을 이어왔다. 웨일스의 왕관을 쓰는 것이 왕세자로 공인되는 절차이다. 너무나도 모욕적인 행사를 보고, 치를 떨면서 이런 시를 지었다.

웨일스와 영국이 계속 적대관계를 가지는 것은 바람직하지 않다. 둘 다 피곤하고, 세계 평화를 해친다. 웨일스인이 웨일스인임을 잊고 화합을 이룩해야 하는 것은 아니다. 웨일스인과 영국인은 서로 달라 생극의 관계를 가져야 한다는 것을 영국인이 인정해야 한다.

어떻게 해야 하는가? 무력투쟁·정치투쟁·문화투쟁을 비교해보자. 앞의 것일수록 무모하고, 뒤의 것일수록 현명하다. 무모한 투쟁으로 생극이 상극으로 치닫게 하지 말고, 생극이 상생으로, 차등에서 대등으로 나아가도록 하는 현명한 투쟁을 해야 한다. 시인이 앞장서서 깨우쳐주어야 한다.

4

세계 도처의 웬만한 언어는 영어의 위세에 눌려 모두 없어지리라는 비관론이 있다. 우리말도 그 가운데 하나이니 지키려고 하지 말고 영어를 공용어로 하자는 주장이 있어 〈영어를 공용어로 하자는 망상〉(2001)를 써서 나무랐다. 영어가 세계를 휩쓸게 되리라는 전망이 잘못되었다고, 7백 년 이상 영어 사용을 강요당하고도 자기 언어를 지킨 웨일스인이 입증한다. 그 투지와 기여를 높이 평가해야 한다.

다른 나라를 침략하고 지배하면서 우월한 언어를 사용하고 열등한 언어는 버리라고 하는 것은 패권주의나 제국주의 추태라고 규탄해야 마땅하지만, 소리를 높이기나 하는 것은 능사가 아니다. 상대방이 틀렸으므로 내가 옳다는 등식이 성립되는 것도 아니다. 차등론의 잘못을 대등론으로 시정하는 실질적인 작업을 해야 한다.

이에 관해 웨일스인이 모범을 보여주고 있다. 웨일스어문학은 민족의 우수성을 과시해 자랑스럽다고 하는 것만이 아니다. 〈웨일스 문학〉 말미에 쓴 말을 보자. 조심하느라고 말이 너무 꼬인 것을 바로잡아 이해하기 쉽게 옮긴다.

지난날에도 그랬듯이 오늘날도, 위기의식이 웨일스문학의 사명을 키운다. 영미의 삭막한 획일주의의 위협에 맞서 고유문화의 특징을 지키려고 하는 세계 도처의 시도가 폭넓은 의의를 가지도록 한다.

우리는 어떤 문학을 하고 있는지 되돌아보자. 차등론에 감염되어 영미문학을 본뜨려고 하면 크게 잘못된다. 말을 지키는 것을 다행으로 여기고, 우리 이야기를 스스로 하면 만족스럽다고 여기지 말아야 한다. 웨일스에서 하는 말을 듣고, 사명을 확인하자. 광범위한 문제의식을 가지고, 세계사적 의의가 있는 대등론을 제시하는 창작을 하자.

웅대하고 힘찬 시

1

새벽이여, 말해다오, 내일이 가져다주는 것을. 빙산이나 아마존 밀림을 파괴하고 어떤 공간이 새로 생기는가. 죽는 사람, 헤어지는 사람 얼마나 되는가.

새벽이여, 말해다오. 빙하시대부터 은하계 방황기까지의 창세기에 기록된 평화와 전쟁을. 무기에 슬기로움이 있는가? 황금이나 창검, 원자탄 폭발에?

새벽이여, 말해다오. 짐승을 두려워하는 짐승을. 지느러미가 찢긴 채 대양에 던져져, 무력한 물결 위에서 떠도는 상어 떼를.

새벽이여, 말해다오. 황혼녘에 나앉아 기적을 기다리는 임산부들. 마지막 햇빛과 함께 여행하는 꿈을 양식으로 삼고 몸을 떨고 있는.

새벽이여, 너는 입술로 입술이 젖은 연인과 함께 돌아온다고 약속해다오. 정원에서 떠나간 향기를 되살린다고, 하늘을 밝게 하고, 슬픈 별이 빛나게 한다고.

새벽이여, 밤과 낮 사이의 수액 통로여. 들판에 흩어지는 빛을 말해다오. 길을 밝혀주고, 거품 속의 행운을 축복하는 엄청난 빛을.

누가 너를 꺾을 것인가? 새벽이여, 장미를 꺾듯이. 아니면 창공을 가르는 이상한 별이 되어 너는 혼자 돌아오려고 하는가?

말해다오 새벽이여… 어떻게 되는가? 너는 나를 보기만 하고 말이 없구나.

이 시를 지은 마크루프(Issa Makhlouf, 1955-)는 자기 조국 레바논을 난민 신세로 떠나, 여러 나라를 헤매다가 불국에 거주하고 있다. 불운이 행운임을 입증하는 시를 써서, 어떤 경우에도 절망하지 말라고 온 인류에게 깨우쳐준다.

아랍어 원문은 몰라 불역을 읽고 번역했다("Dis-moi, aube", Egal Errea ed., *Les poètes de la Méditerranée*, 2010). 행운을 누리면서 부끄럽다. 높이 울리고 널리 퍼지는 늠름하고 슬기로운 소리를 듣고 전하는 것은 행운이다. 불어는 알고 아랍어는 모르면서, 대등을 말하니 부끄럽다.

"새벽"은 어둠과 밝음, 절망과 희망, 고난과 행복의 경계선이다. 어둠·절망·고난은 차등에서, 밝음·희망·행복은 대등에서 비롯한다. 인류가 차등 탓에 자초한 파멸에서 벗어나 대등을 다시 이룩하기를 바라는 처절한 심정을, 길게 이어지는 줄이 거듭되는 시로 나타냈다.

"빙산이나 아마존 밀림" 두 마디 말로, 원래의 상태를 생각하게 한다. 인류는 자연과 함께 본연의 대등한 행복을 누리고 있었다. 우월을 자랑하는 녀석들의 횡포로 "죽고 헤어지는 사람들"이 생겨나고 이어진다. 차등을 입증하는 "무기 황금 창검 원자탄"이 용서할 수 없는 죄악을 저지르는 것은 자해공갈 행위와 다름없어, 인류는 "짐승을 두려워하는 짐승"이 되었다. "지느러미가 찢긴 채 대양에 던져진 상어 떼" 신세이다.

"황혼녘에 나앉아 기적을 기다리는 임산부"가 인류의 구원 가능성에 대한 최종적인 의문을 제기한다. 잉태하고 있는 생명이 온전하게 태어나는 것이 기다리는 기적이다. 기적이 이루어져야 인류는 멸종하지 않는다. "마지막 햇빛과 함께 여행하는 꿈을 양식으로 삼고 몸을 떨고 있"다는 것은 처절한 몸부림이다. 파멸에서 벗어날 가능성이 의심스러워도, 기대를 보냈다.

"입술로 입술이 젖은 연인"이 돌아오면 지금 것이 최후의 임신이 아니고, 새로운 기회가 있다. 그래서 "정원의 향기가 되돌아오는가" 묻고, "하늘을 밝게 하고, 슬픈 별이 빛을 내게" 되기를 기다린다. "들판에 흩어지는 빛"이 길을 밝혀주고, "거품 속의 행운을 축복"해주는 것은 동아시아에서 말해온 天人合一(천인합일)이다.

"누가 너를 꺾을 것인가? 새벽이여"라고 하는 데서는 희망이 사라질 것을 염려했다. 새벽이 "창공을 가르는 이상한 별이 되어" "혼자 돌아오"는 것은 사라진 희망의 처참한 모습이다. 극단에 이른 비정상이다.

ㄹ

우리는 떠나간다, 우리가 태어나는 것을 본고장에서 멀어지려고, 다른 측면의 아침을 보려고. 우리는 떠나간다, 있을 법하지 않은 우리의 탄생에 관해 탐구하려고. 우리의 글자를 완성하려고. 약속된 이별을 실행하려고. 지평선까지 멀리 가서, 아래로 떨어지기 전에 이따금 우리 운명을 찢어 한 장 한 장 흩으려고, 다른 책 속에 들어 있는 우리 역사 위로.

우리는 떠나간다, 미지의 목적지를 향해. 우리와 마주친 사람들더러 우리가 그대들에게 되돌아간다고, 다시 아는 사기가 되려고 한다고 말하려고, 우리는 떠나간다, 결코 떠날 수 없는 아랍어를 배우려고. 성스러운 골짜기의 종소리를 영롱하게 하려고. 더욱 자비로운 신을 다시 찾으려고. 이방인들이 쓰고 있는 악의 가면을 벗기려고. 지나가는 사람들에게, 우리도 지나가는 사람이기에 우리는 기억하든 망각하든 잠시만 머문다는 것을 알리려고. 촛불을 켜고 하늘을 향해 손을 들 때마다 시간의 폭을 줄이려고 하는 어머니들은 멀리 하고.

우리는 떠나간다. 부모님이 늙어가는 것을 보지 않으려고, 얼굴에 나타난 세월을 읽지 않으려고. 우리는 떠나간다, 사는 것을 앞당기면서 들뜬 기분으로. 우리는 떠나간다, 우리가 사랑하는 사람들에게 영원히 사랑한다고, 우리의 감탄은 서로의 거리보다 크다고, 추방당한 곳이 조국만큼 부드럽고 신선하다고 말하려고. 우리는 떠나간다, 언젠가는 집으로 돌아가려고. 우리는 어디서든지 본디 추방된 신세임을 우리에게 알리려고.

우리는 떠나간다, 공기와 공기, 물과 물, 천국과 지옥의 차이를 없애려고. 시간을 우습게 여기고, 우리는 이제부터 영원을 명상하리라. 우리

앞에서, 철없는 아이들처럼 물결이 뛰놀고 바다가 두 배 사이에서 일렁인다. 배 하나는 떠나가고, 또 하나는 꼬마 손에 들려 있는 종이배이다.

우리는 떠나간다, 이 마을 저 마을 유랑하는 광대가 데리고 다니는 짐승이 아이들에게 권태 학습을 처음으로 시키듯이. 우리는 떠나간다, 죽음을 속여 이곳저곳에서 우리를 따르게 하려고. 그리고 우리는 떠나기를 계속한다, 우리를 잃어버릴 때까지, 우리가 우리 자신이 어디로 가는지 몰라 다시 찾을 수 없을 때까지, 아무도 우리를 다시 찾을 수 없도록.

이것은 또 한 편의 시 〈떠나간다〉("Partir")이다. 위에 든 책에 함께 실려 있는 불역을 번역했다. 여기서는 추방당한 신세를 한탄하지 않고, "우리는 떠나간다"고 하면서 비약을 시도했다. 간결하고 절묘한 표현을 하려고 말을 줄이지 않고, 하고 싶은 소리를 시원스럽게 하면서 상상을 펼치고 희망 사항을 전하려고 반복구가 많은 산문시를 썼다.

제1연에서는 고국에서 떠나온 사연을 말했다. 주어진 상태에 머무르지 않고 "다른 측면의 아침"이라고 한 새로운 가능성을 찾아 떠났다. "우리의 탄생에 관해 탐구"하고, "우리의 글자를 완성"하려면 관점을 바꿀 필요가 있다고 여겼다. 운명을 파기하고 새 역사를 이룩하려고 떠난다고 했다.

제2연에서는 타국에 머무르지 않고 고국으로 되돌아가고 싶다고 했다. "결코 떠날 수 없는 아랍어를 배우려고. 성스러운 골짜기의 종소리를 영롱하게 하려고. 더욱 자비로운 신을 다시 찾으려고." 이런 말에 고국의 정신에 대한 신뢰와 동경이 잘 나타나 있다. 얄팍한 신앙으로 말미암은 신비화는 경계했다.

제3연 전반부에서 타국도 고국도 넘어선 곳을 향해 비약을 이룩하고 싶다고 하고, 후반부에서 그것이 시비분별을 넘어선 영원한 세계라고 했다. 사람은 원래 이 세상에 추방되어 살아가는 존재인 것을 알면 고국과 외국의 비교 평가가 무의미해진다 했다. 꼬마 손에 있는 종이배 같은 것을 기웃거리지 말고, 바다를 가로질러 초월적인 세계로 가는 구원의 배를 선택해야 한다고 했다.

제4연에서는 상상에서 현실로 되돌아와, 추방되어 타국을 헤매는 가련한 처지를 말했다. 유랑광대가 데리고 다니는 짐승이 구경하는 아이들을 권태롭게 한다는 말로 타국에서 문필로 벌이를 하는 신세가 처량하다고 했다. 그런 것은 잊어버리고 무시하자고 하다가 죽음마저 망각하고 계속 노력하자고 하는 데까지 나아갔다.

3

위의 시는 둘 다 구상이 웅대하고, 표현이 힘차다. 유럽의 시가 자폐증에 걸려 알아듣기 어려운 모호한 말이나 중얼거리는 것과 많이 다르다. 그 이유가 무엇인지 알아내고, 평가를 어떻게 해야 할 것인지 말해야 하는 과제가 제기된다.

식민지 통치의 가해자는 위대하고, 피해자는 저열하다고 하는 차등론의 시대는 지나갔다. 가해자와 피해자의 위상이 역전되어, 선진이라고 자부하던 가해자는 뒤로 몰리고 후진에서 벗어나지 못한다고 하던 피해자가 앞으로 나선다. 이것이 세계사의 당연한 변화이고 필연적인 진행의 방향이어서, 양쪽에서 창작하는 시가 다르다.

이렇게 말하면 성급하다고 할 것이다. 정치나 경제를 보면, 가해자와 피해자 사이의 격차가 거의 그대로 남아 있으며, 좁혀질 수 있을지 의문이라고 할 것이다. 이에 대해 응답하려면, 역사는 한꺼번에 달라지지 않는다는 말부터 해야 한다. 달라지지 않는 면과 달라지는 면 사이에 상당한 격차가 있어, 어느 쪽을 보는가에 따라 상당한 견해차가 있다.

시 창작은 정치·경제와 딴판이다. 그쪽에서는 느린 변화가 시 창작에서는 빨리 일어나는 것이, 비관론을 낙관론으로 바꾸면서 힘차게 일어나는 것이 확인된다. 위의 시 두 편이 보여주는 웅대한 구상과 힘찬 표현이 새로운 역사를 창조하는 열정이고 자부심이다.

시 창작이 선두에 서서 선후의 역전을 이루는 것은 차등론에 대한 대등론의 반론이고, 새로운 차등론이 되지는 않는다. 시는 차등론을 물리치고 대등론을 확인하는 것을 본질과 사명으로 한다. 시 창작이 앞서서 제공하는 자부심 덕분에, 피해자가 열등의식을 씻고 가해자가 대등하다고 하게 한다.

웅대하고 힘찬 시가 모호하고 나약한 시를 멸시하며 지배하지 않는다. 둘은 서로 달라도, 차등이 아닌 대등의 관계를 가지고 공존한다. 시가 모호하고 나약하게 된 쪽에서 이에 대해 조금도 의심하지 않고, 이질적인 외래자를 받아들이고 환영한다. 난민이 되어 출국한 마크루프가, 그 덕분에 불국에서 잘 지내면서 시 창작을 마음껏 하고 있다. 인류가 생각을 넓히고 희망을 가지자고 하는 시를, 아랍어로 지으면 불어로 번역해 애독하는 것이 놀랄 일이다.

그런 개방과 포용이 가해자의 죄과를 씻었다고 인정하고, 훌륭하다고 칭송할 수 있게 하는 덕목이다. 피해자는 자기 옹호의 정당방위가 지나쳐, 내부의 분열을 겪고 외부의 비난을 산다. 장단점이 다시 역전되어, 양쪽이 대등하다. 시 창작이 이런 변화를 만들어내고, 확인할 수 있게 한다.

아프리카의 반론

1

독일 철학자 헤겔(Hegel)이 말했다. "아프리카인은 감성에 머물러 있어, 스스로 발전하는 것은 절대로 불가능하다."(Afrika ist es die Sinnlichkeit, bei der der Mensch stehen bleibt, die absolute Unmöglichkeit, sich zu entwickeln.) 와전이 아니라는 근거를 분명하게 하려고 원문을 밝힌다.

유럽인이 이런 생각을 가지고 아프리카를 침략했다. 그런데 유럽 최강 영국군이 남아프리카를 차지하려고 들어가니, 뜻밖의 사태가 벌어졌다. 그곳의 원주민 줄루(Zulu)의 통치자 샤카(Shaka, 1787-1828)가 이끄는 군대가 길을 막고 궤멸적인 패배를 안겨주었다.

어째서 그랬던가? 영국인은 모르고, 줄루인은 안다. 그 내막을 밝히고자 한다.

2

영국군의 침공을 물리친 전투를 줄루인이 지어 부른 노래가 모여 서사시를 이루었다. 줄루 시인 쿠네네(Mazisi Kunene, 1930-2006)가 영어로 번역해 〈황제 샤카 위대한 분〉("Emperor Shaka the Great"이라고 했다)을 읽어보면 승패가 갈라진 이유를 알 수 있다. 몇 대목을 들고 살핀다.

샤카는 성스러운 집에 자리 잡고 앉아,
조상들의 아름다운 행적에 관해 명상한다.
그리고는 새벽에 일어나 무지개를 만든다.
새해가 풍요롭게 시작될 조짐이다.

성스러운 집이라는 곳에서 새해를 맞이하는 모습을 이렇게 그렸다. 조상들의 아름다운 행적에 관해 명상한다는 것은 그 행적을 이어받아 일체를 이루겠다는 말이다. 자연과도 하나가 되어, 새해가 풍요롭게 될 조짐이 나타내는 무지개를 만들었다고 했다. 대등을 이중으로 확인했다.

샤카는 자기만이 아닌, 모든 연배의 샤카이다.
다른 사람들의 가르침을 받아들여야 한다.
민중의 표상을 지켜나가는 임무를 지고 있다.

샤카는 개인이 아니다. 여러 연배로 구성된 역사적·사회적 공동체를 위해 존재하며 그 표상이다. 말을 더 보탤 수 있다. 대등을 원리로 삼는 공동체의 희망을 실현해야 하는 신성한 임무를 지니고 있다. 그것이 막강한 힘의 원천이다.

샤카는 마음속에서 휴식처를 찾았다.
새로운 집이 끝없는 웃음으로 가득 찼다.
겨울에 맺힌 싹이 여름에 활짝 핀다.
사자는 부모에게서 싸우는 법을 배우며 자란다.
여기서 샤카는 자기 또래 많은 젊은이와 함께 산다.
대단한 명성을 밑바닥에서부터 키우면서 말한다.
“여기서 나는 쉰다. 여러 사람 가운데 하나여서 흐뭇하다.

여기서는 아무도 누구의 출신을 묻지 않는다."

대등한 화합이 편안하고 즐거운 것을 이렇게까지 깊이 이해하고 절실하게 말한 다른 본보기를 찾을 수 없다. 웃음으로 가득 찬 집은 마음속에 있다. 공동의 즐거움이 활기가 되어, 새싹처럼, 어린 사자처럼 자란다. 아무도 누구의 출신을 묻지 않는 여러 사람 가운데 하나인 것이 휴식이고 명성이다. 문명세계라는 곳의 어떤 성인도 이런 경지까지는 이르지 못했으리라.

날이면 날마다 샤카는 잠자지 않고 다녔다.
이 진영 저 진영 찾아가 군사들을 격려했다.
이 싸움 저 싸움을 자기 부대에 알리고,
때로는 아는 병사의 이름을 부르고,
때로는 연약한 손에 들고 있는 방패를 앗아,
상대방과 병정놀이를 하기도 했다.

병사들과 이처럼 다정스럽게 지낸 최고지휘관은 더 없다. 영웅의 모습을 이처럼 친근하게 그린 영웅서사시는 더 없다. 샤카가 이끄는 군대의 모든 힘은 샤카가 자세를 아주 낮추어 대등의 위력을 발현해 나왔다.

형제들이여, 이제는 돌아다닐 필요가 없다.
어디를 가든지 우리가 만나는 사람은 모두
우리의 주장이 정당하다는 것을 인정한다.
줄루의 힘은 이제 정복에서 생겨나지 않고,
모두 한 나라 사람이라는 결속에서 생긴다.

정당한 방어를 하는 용사들이 자진해 결속한다고 했다. 부당한 침략에 동원된 군인들이 의식의 분열로 혼란을 겪는 것과 아주 다르다. 차등론을 격파하고 대등론을 실현하는 방법이 무엇인지 밝힌 철학이다.

이것은 아프리카인을 폄훼한 헤겔의 변증법보다 훨씬 성숙된 철학이다. 샤카의 승리는 변증법적 투쟁에서 얻은 것이 아니다. 변증법과 생극론, 차등론과 대등론의 투쟁에서, 생극론이 변증법에, 대등론이 차등론에 승리하는 것을 입증했다.

3

쿠네네는 자기 민족 줄루인의 구비시를 정리해 고찰하고 평가하는 작업을 했다. 시 창작을 줄루어로 먼저 하고 영어로 옮겼다. 〈내가 잘못되었던가?〉("Was I wrong?")라고 한 시의 결말을 들어보자.

내가 잘못되었던가? 내가 잘못되었던가?
지구를 불태우려고 하고,
별들 위에 올라가 춤을 추고,
유럽 문명이 불타오르는 것을 보고,
미국이 강철의 신들 탓에 붕괴하는 것을 보고,
인류 박해자들이 먼지가 되는 것을 본다고,
내가 잘못되었던가? 내가 잘못되었던가?

4

가나의 시인 아우너(Kofi Awoonor, 1935-2013)는 모국어인 에웨(Ewe)어 구비시를 깊이 연구하고, 아프리카 구비문학 전반으로 논의를 확대해 《대지의 가슴, 아프리카의 문화와 문학에 대한 연구》(*Breast of the Earth, a Study of African Culture and Literature*)라는 책을 써서, 구비문학을 적극적으로 계승해 제국주의를 물리치는 문학을 일으켜야 한다고 했다. 이것은 제3세계문학론으로서 커다란 의의를 가지고, 헤겔의 말이 거짓임을 널리 알려준다.

자기 민족의 구비시를 이어받아 창작한 시를 영어로 번역해서 널리 알렸다. 〈내가 이미 노래한 집과 바다에 대해〉("Of Home and Sea I Already Sang")의 한 대목을 들어보자. "스승님"(master)은 슬기로운 선조이다. 다른 설명은 필요하지 않다.

스승님, 꿈이 죽지 않게 해주세요.
새벽이면 비둘기가 다시 울게 해주세요.
돛대 꼭대기라도 폭풍우 밖으로 고개를 내밀게 해주세요.
스승님, 죽음이 다가오기 전에
이 바닷가에서 밤을 함께 보내주세요.
제게 주신 북을 치고 춤을 추게 해주세요.
제게 물려주신 하나만의 조국
그 따뜻한 불에 앉아 있게 해주세요.

그 좋은 나라, 좋은 시절이 침략자에게 철저히 유린되었다. 싸워서 이겨야 할 것인가? 복수를 철저하게 할 것인가? 아니다. 차등의 횡포를 대등의 포용으로 감싸 부끄럽게 여기고 반성하게 하는 것이 마땅하다. 차등의 횡포는 경쟁이 치열해 스스로 물고 뜯는다. 대등의 포용은 동지가 많아져 날로 확대된다. 나도 거기 들어가려고 이 글을 쓴다.

해방을 위하여

1

상가-쿠오(François Sengat-Kuo)는 아프리카 카메룬의 시인이다. 식민지 통치를 받고 있는 처지에 대한 불만을, 다음 시를 불어로 지어 말했다.

〈그들이 내게 말했다〉("Ils m'ont dit")

그들이 내게 말했다.
"너는 검둥이이기만 하니,
우리를 위해 수고하는 것이 좋겠다."
나는 그들을 위해 일했다.
그러자 그들은 웃었다.
그들이 내게 말했다.
"너는 어린아이이기만 하니,
우리를 위해 춤추어라."
나는 그들을 위해 춤추었다.
그러자 그들은 웃었다.

그들이 내게 말했다.
"너는 야만인이기만 하니,
토템을 버려라.
주술을 버려라.
교회에 가거라."
나는 교회에 갔다.
그러자 그들은 웃었다.
그들이 내게 말했다.
"너는 어쩔 수 없으니,
우리를 위해 죽어라."
유럽의 눈밭 위에서
그들을 위해 나는 피를 흘렸다.
누가 나를 저주했다.
그러자 그들은 웃었다.
마침내 나는 더 참을 수 없었다.
무기력한 체념의 끈을 끊고,
나는 우주의 천민들과 손을 잡았다.
그러자 그들이 내게 말했다.
충격을 받아 어쩔 줄 모르면서,
극도에 이른 공포를 제대로 감추지도 못하면서,
"죽어라, 너는 배신자이기만 하다,
죽어라."
그렇지만 나는 머리가 천 개나 되는 물뱀이다.

"그들"은 백인 식민지 통치자이다. "나"는 통치를 받고 있는 흑인이
다. 둘 사이에 어떤 일이 있었는지 간결하게 말하고, 줄 바꾸기를 자주

하면서 장면을 전환했다. 많은 것을 생략하고 최소한의 발언으로 식민지 통치의 오랜 내력을 압축해 전했다. 말이 계속 이어지고, 문장부호는 맨 끝의 마침표 하나만 있다. 번역에서는 이해하기 쉽게 하려고 문장부호를 모두 갖추었다.

흑인은 백인 지배자가 시키는 대로 일하고, 춤추고, 교회에 가고 전쟁에 나가 피를 흘렸다고 했다. 아프리카에는 눈이 오지 않으니, 피를 흘리기 전에 눈 내린 곳으로 가는 것부터 고통이다. "우주의 천민들과 손을 잡았다"는 것은 전 세계 피압박민족의 투쟁에 동참한다는 말이다. 순종을 버리고 항거를 택하자, 백인 지배자는 충격을 받고 공포에 사로잡혔다고 했다. "나는 머리가 천 개나 되는 물뱀이다"는 죽여도 죽지 않는다고 하면서 투지를 확인하는 말이다.

2

라비아리벨로(Jean-Joseph Rabearivelo)는 마다가스카르의 시인이다. 모국어 말라가시(Malagasy)어로도 시를 썼지만, 불어 시 창작에 더욱 힘쓰다가 비난을 받고 자결했다. 자국어 숭앙이 지나치면 또 하나의 족쇄가 될 수 있다. 불어로 썼으므로 나도 읽고 번역하는 다음과 같은 시가 그 나라뿐만 아니라 인류의 자랑이다. 차등을 극대화하는 식민지통치를 거부하고 대등을 한껏 넓히는 해방을 이룩하자는 복음을 알려, 높이 평가해야 한다.

〈자갈돌〉("Galets")

어둠 속의 민중, 나의 동류여,

그대들의 입술은 타들어가,
재가 되고 마는 꽃잎인가,
먼지가 되어 흩어지는가.
침묵하고 있는 대지의
차디찬 물기에 사로잡혀,
위의 꽃들을 위한 거름 노릇을
보람 없이 헛되이 하면서,
아래로만 내려가는 운명인가,
부엽토에서 정신 잃은 뿌리에까지.

어둠 속의 민중, 나의 동류여,
신들의 사랑을 넘치게 받아,
우리 모두 팔짱을 끼고
커다란 화환을 두를 때,
아름다운 노래를 부르는
누이들의 이마를 앗아갔다.
아, 나를 너무 둘러싸지 말아라,
그대들이 부르던 노래
그 아름다운 소리가 끊어지고,
그 아름다운 가락이 잘렸다.
이제 내게 남아 있는 것은
건너고 싶지 않은 강뿐이다.
이 물소리는 아무 매력도 없다!

그 소리 듣기 싫으니
내 귀를 밀랍으로 막아라.

서둘러 떼지 말아라.
내 작은 배를 끌어다가
육지에 결박해 둘 때까지는.

종려나무 아래, 유적 앞에서,
우리의 사랑, 새들의 사랑을 받으며,
그대들의 끊어진 소리가,
그대들의 잘린 가락이
내 입술에서 되살아나리라,
승리해 얻는 활력을 지니고.
그대들은 꽃인 듯이 매달리리라,
사로잡고 있는 신들에게.
또 하나의 프로메테우스 좀도둑을
사람들이 손으로 낚아채리라!

자갈돌은 무슨 뜻인가? 자갈돌처럼 무시되고 미천하며, 짓밟히고 시련을 겪지만 강인한 의지를 가지고 무엇이든 할 수 있는 사람들을 말한다. 차등의 피해를 극심하게 겪고 대등을 이룩하는 임무를 다지는 역사의 주역이다.

제1연에서는 "어둠 속의 민중"이라고 한 "나의 동류", 식민지 통치를 받고 민중의 시련을 말했다. 민중과 대등한 위치에서 동류의식을 다지면서 함께 고민하자고 했다. 민중은 시련이 격심해 꽃잎 같은 입술이 타들어가 재가 된다는 비유와 연결되는 심상을 사용하면서 힘들게 사는 처지에 대해 더 말했다. "위의 꽃들"이라고 한 이상과는 거리가 너무 멀어 보람 없는 희생이 되고 만다고 한 것 같다.

제2연 전반부에서는 좋은 시절이 간 것을 한탄했다. "신들의 사랑을 넘치게 받아", "우리 모두 팔짱을 끼고", "커다란 화환을" 두르고, "아름다운 노래를" 부르는 시절이 있었으나, 이제는 아주 사라졌다고 했다. "아름다운 노래를 부르는 누이들", "이마"가 예쁜 여인들은 행복하던 시절에 벌이던 축제의 주역이었다. 노래가 끊어졌다는 것이 국권 상실을 뜻한다.

제2연 후반부에서 "나를 너무 둘러싸지 말아라"라고 한 것은 끊기고 잘린 노래가 너무나도 생생하게 남아 있어 괴로우니, 조금은 벗어나게 해달라고 그 기억에게 하는 말로 이해된다. 노래는 사라지고, 흐름이라는 공통점이 있어도 즐거움과 괴로움의 차이가 극과 극인 강, 건너고 싶지 않은 강이 운명처럼 앞에 있다고 했다.

강이 예사 강이 아니다. 강물이 흐르는 소리가 들리면 건너고 싶으니 귀를 밀랍으로 막아달라고 하고, 건너갈 수 없게 작은 배를 육지에 결박해 둔다고 했다. 식민지 통치를 받아들여 혜택을 받고 진출하는 것을 강을 건너는 데 견준 것 같다. 작은 배는 그럴 수 있는 능력이다. 불어를 잘하는 능력으로 시를 쓰면서 강을 건너가지 않겠다고 다짐했다. 모순에 찬 자기제어이다.

제3연에서 든 "종려나무"는 죽음을 이기는 삶의 승리를 상징한다. "유적"은 자랑스러운 역사의 자취이다. "새들"은 희망을 달성하는 비약을 말해준다. "그대들을 사로잡은 신들"에게 "꽃인 듯이 매달리리라"고 하는 말로 조국 해방을 나타냈다. "신들"은 수호자이고 정신이다. 제1연에서 "재가 되고 마는 꽃잎", "위의 꽃들"로 만든 비유를 다시 사용해, 여기서는 새롭게 피어나 신들에게 매달리는 꽃으로 광복을 이룩해 소생하는 기쁨을 말했다.

"또 하나의 프로메테우스 좀도둑"은 식민지 통치자를 드러나지 않게 지칭하는 말이다. 불국이 마다가스카르의 신성한 주권을 탈취한 것은 프로메테우스가 천상의 불을 훔쳐 지상으로 옮긴 것과 같은 짓이지만, 격이 낮아 "좀도둑"이라고 했다. 천신 제우스가 프로메테우스를 벌줄 때에는 대단한 힘을 과시해 야단스러운 방법을 썼으나, 자기 주위의 예사 사람들이 "좀도둑"을 무기랄 것을 사용하지 않고 "손으로" "낚아챈다"고 했다.

놀라운 상상이고 표현이다. 유럽인이 자랑하는 거창한 신화를 불러다가 뒤집기를 가볍게 했다. 자기네 말로 시를 썼으면 알려지지 못할 보물을 침략자의 언어를 사용해 만천하에 내놓았다. 아프리카인은 미개하고 지능이 낮다는 거짓 선전을 뒤집는 최상의 증거를 제시했다. 세계사의 대전환을, 선두에 나서서 명확하게 했다.

이 시에서 식민지 통치와 민족해방운동의 관계에 대한 일반론을 이룩할 수 있는 논거를 발견하고, 나는 말한다. 식민지 통치는 차등론을 원리로 한다. 차등론의 타당성을 보여주어 다른 말은 못하게 한다. 이에 맞서는 민족해방운동은 대등론에 근거를 둔다. 차등론이 부당하고 대등론이 정당하다는 선언이고 입증이다. 둘의 관계를 이렇게 이해하는 것이 가장 긴요하다.

역사는 차등론의 대등론 지배를 길게 용인하지 않는다. 반드시 역전이 일어난다. 대등론이 차등론보다 물리적인 힘을 더 크게 키워 역전을 일으키는 것은 아니다. 차등론은 자꾸 커지다가 파탄을 일으켜 역전의 가능성을 스스로 마련한다. 차등론은 부당하고 대등론이 정당하다는 진실의 확신이 물리적 힘 이상의 힘을 가져, 강약·우열·선후의 역전이 실제로 일어난다.

물리적 힘으로 승패를 논하는 모든 수작은 틀렸다. 물리적인 힘과 물리적인 것 이상의 힘이 승패를 나눈다고 해야 한다. "군함과 대포가 티끌이 됩니다"라고 한 한용운의 노래를 잊지 말아야 한다. 폭력에 대해 비폭력으로 맞서야 한다는 주장은 많이 모자란다. 대등론은 비폭력 이상의 총체적 능력이고 포괄적 가치이다. 이에 대한 탐구를 꾸준히 계속해야 한다.

역사는 계급투쟁이라는 주장이 협소한 안목으로 진실을 왜곡한다. 역사는 차등과 대등, 차등론과 대등론의 투쟁이다. 차등론은 우세한 폭력으로 대등론을 무찔러 승리를 구가하려고 한다. 대등론은 대등의 정당성을 차등의 폭력을 무색하게 하는 총체적 능력이나 포괄적 가치, 힘이 아닌 힘으로 입증하고, 궁극적인 승리를 이룩하는 과정에 있다.

3

은다우(Sadiouka Ndaw)는 세네갈의 시인이다. 불어로 지은 다음 시에서, 식민지 통치에서 벗어나는 해방과 독립을 노래했다.

〈나는 자유다〉("Je suis libre")

나는 마침내 끊었다,
감시자가 묶어놓은 목줄을.
쇠고리도 족쇄도 끝냈다.
등짐도 채찍도 없어졌다.
이 더러운 감옥에서 벗어나
세상 어디라도 찾아간다.
매가 되어 날아가련다,
졸고 있는 맹수 사이에서.
벌이 되어 꿀을 모으련다,
용감한 개미 사이에서.

거미가 되어 줄을 치련다,
집짓는 말벌 사이에서.
해방의 종이 울렸다.
악취 나는 배식은 잊게 하고,
진미를 갖추어 차려다오
자유인을 위한 잔치를.
나는 안정을 찾아
할 일을 하면서
오벨리스크 위에다 건물을 세워
자유를 누리련다.

서두에서 구속과 시달림에서 벗어나는 해방을 선언했다. 그 다음에는 독립해서 할 일을 다른 여러 나라와 견주어 제시했다. 다른 나라는 지상에서 하는 일을 공중에서 하겠다고 했다.

"졸고 있는 맹수"는 기존의 강대국이다. 하늘을 나는 매가 되어 더 높은 위치에 오르리라고 했다. "용감한 개미"는 힘써 일하는 신생국이다. 벌이 되어 꿀을 모으는 더욱 큰 열성을 가지리라고 했다. "집 짓는 말벌"은 국가 건설의 모범자라고 할 수 있다. 거미가 되어 줄을 쳐서 건설을 더 잘하리라고 했다.

해방의 종이 마침내 울린 것을 축하하는 잔치를 차리자고 했다. 기쁨에 들떠 있지 말고 안정을 찾아 할 일을 하자고 하면서 앞에서 열거한 것들을 다른 말로 요약했다. 우뚝한 자세를 뽐내는 문명 유산 오벨리스크 위에다 더 높은 집을 지어 자유의 가치를 실현하자고 했다. 독립해서 할 일을 쉬운 말을 써서 명확하게 제시한 것을 주목하고 평가할 만하다.

대등의 유대

카리브해 서인도제도에 있는 작은 나라 자마이카(Jamaica)는 역사가 기구하다. 유럽인이 침공해 원주민을 멸종시켰다. 아프리카에서 납치해 온 흑인 노예가 강제 노역으로 재배한 농작물을 수탈해갔다. 세계사의 비극을 축약해 보여준다.

빈곤에 시달리고, 나라를 이룰 만한 정체성이 모자란다. 영국의 통치를 받으면서 익힌 영어를 아무렇게나 사용해 문화 수준이 말이 아니다. 그래도 압박과 착취에서 벗어나 좋은 세상을 만들고자 하는 투쟁의 깃발을 올렸다. 에드워드(Demeter Edwards)라는 시인이 그 선두에 나섰다. 시 몇 편을 보자.

2

〈세계〉("World")

죄악 세상에 태어났다.
처음부터 악으로 가득 찬 세상,
탐욕과 이기심,
빈곤, 실업, 범죄, 질병,

인간성이 빚어낸 것들.

과거에서 미래까지 계속 순환된다.

사회 계급 구분이 극심해,

하층, 중간층, 상층 모두 상승을 위해 다툰다.

위로 올라가는 사회 변동을 성취하려고,

적대감을 가지고 고통스럽게 싸우려고 한다.

꼭대기 도달에 적합한 이념이 있어,

무산계급은 계속 억압당하고,

자산계급은 줄곧 지배적인 위치에서 성공을 획득한다.

탐욕과 이기심으로 가득 찬 사회,

모든 사람이 그 점에 관해 인지하기를 바라고,

슬픔과 억압은 거부하려고 언제나 싸운다.

그래서 세상에는 전쟁, 기아, 공포가 있다.

인간성이 잘못된 탓이다.

세상이 대륙으로 분할되고,

나라마다 정치 방식이나 정부 형태가 다르다.

사회구조, 문화 유형, 형성 과정의 하위 유형까지.

그러면서 누구나 부자 되고, 뽐내고, 유명해지는 것

단 하나, 이름을 상징하는 포상만 바란다.

이것은 차등이 어디까지 가는지 아주 분명하게 말했다. 갖가지 차등의 폐해를 정확하게 지적했다. 지옥도를 보는 것 같다.

〈카리브〉("The Caribbean")

카리브해에 둘러싸인 섬들

크고 작은 열도
자마이카, 아이티, 쿠바, 귀아나 등등
관광객들이 카리브의 경치를 보러
음악, 해변, 스포츠, 문화를 즐기러 오는 곳
고된 노동에서 해방되고 싶다

여기서는 이웃끼리 다투지 말고 대등을 함께 이룩하자고 했다. 공동
의 목표를 명시했다. 전체를 한눈에 본 것이 놀랍다.

　　〈우리들의 관계〉("Our relationship")

우리의 유대는 산악처럼 높게 이어지리
샘물인 양 자랑스럽게 흘러 넘치리
풍성하고 부드러우리
너와 나의 모습을 함께 지니고
우리의 사랑은 언제나 굳건하리
두 마음을 하나로 연결시키는
사랑이 영원히 피어나리

3

세 시는 단계적인 차이가 있다. 여기서는 마침내 대등의 유대가 가져
오는 행복을 찬양했다. 몇 마디 되지 않는 말이 많은 것을 알려주고 생
각하게 한다. 유대를 이루는 "우리"는 개인이고, 집단이고, 국가이고, 지
역이고, 인류이다.

자마이카는 아주 뒤떨어진 나라이다. 그래서 차등의 지옥에서 대등의 천국으로 나아가야 한다는 것을 누구보다도 더 절실하게 깨닫는다. 선후 역전의 선명한 본보기를 보여준다.

우리는 모두

1

앙파르쉼양(Sarven Hamparsumyan)은 불국에서 활동하고 있는 튀르키예 출신의 시인이다. 너무나도 쉽고 놀라운 말을 했다. 시 몇 편을 불어에서 번역해 든다. 구두점이 원문에 없어 찍지 않는다.

꿈에 그리는 세계("Le monde dont on rêve")

나는 온 세계에 말한다
왜 증오하고 잔인한 짓을 이렇게 많이 하는가
아득한 옛적부터
우리의 정신은 잔혹하게 짓밟히고
우리의 마음은 무수한 상처를 받아왔다
금전의 이익을 노리고
우리를 마구 희생시키는 녀석들이
우리를 갈라놓으려고 금을 긋기도 했다
왜 우리가 울고 있는 것을 즐기는가
대지는 온전한 건강을 되찾으리라

평화의 노래가 울려 퍼지면
박애의 길이 열리리라
을씨년스러운 운명을 파괴하리라
우리의 아름다운 결속이 이루어지면
진리를 향해 나아가리라
걸음을 멈출 수 없으리라

ㄹ

〈연민〉("La compassion")

어떤 고통이라도 우리 것이고
남들의 것은 아니다
우리는 모두 같고
단일 집단의 구성원이기 때문이다
모든 사람의 손이 소중하다
불행한 넋을 위해
당겨주어야 한다
기다리지 말고
자기를 미워하는 사람들은
결코 이해하지 못하리라
적개심은 말소하고
마음을 진정하자
되살아나기를 바라는 사람들아

최악의 것을 겪고서

앞의 시는 차등의 고통을 말하고 대등으로 나아가야 한다고 한다. 뒤의 시는 대등이 얼마나 소중한지 알려준다. 폐쇄된 암흑에서 벗어나 활짝 열린 광명으로 나아가야 한다고 한다. 이것은 인류 역사의 당연한 진로이다.

3

〈삶〉("La vie")

삶은 언제나 냉소해야 할 것이 아니다
천사 같을 수도 있다
가장 아름다운 다리가 있다
가장 길기도 한 다리이다
때로는 다가가기 너무 힘겨워
우울하게 지내게 하다가
그 보상으로 삶이 선물을 준다
어느 곳에 소속되지 않아야 하고
육신으로는 받을 수 없는
신이한 선물을

여기서는 누구든지 사는 것이 다르지 않다고 했다. 차등론에 사로잡히면 불만이 생겨, 삶에 대해 냉소를 하게 된다. 생각을 바꾸면 모든 것이 천사같이 고결하다.

사람들 사이에는 다리가 있다고 여긴다. 올라가게 하는 사다리가 있다고 하지는 않아 다행이고, 희망이 있다. 다리는 생각하기에 따라 가장 아름답기도 하고, 가장 길기도 하다. 가장 길다고 하면 끝없이 길어진다. 때로는 다리를 건너 서로 다가가는 것도 힘겹다고 하면서 우울하게 지내는 것은 차등론 질병의 악화된 증세이다.

고생이 심하면 사태가 역전되어, 해결책이 나타난다. 대등론이 주는 선물을 받을 수 있다. 삶은 대등론의 근거이므로, 고통에서 벗어나게 하는 약을 언제나 선물로 준비하고 있다. 소속에 집착하지 않고 육신에 매이지 않아야 받을 수 있는 신이한 선물인 즐거움 폭탄, 이것은 대등론이 얼마나 소중한지 분명하게 알려준다.

우리 모두 비관에서 벗어나 즐겁게 살자. 비결이 아주 간단해, 길게 말할 필요가 없다. 차등론을 버리고 대등론을 되찾기만 하면 된다.

4

나는 노래한다

산골에서 소리치니 메아리 들린다.
우주와 속삭이면 무엇을 얻는가?
내 마음 이렇게 물으며 어디까지 가는가?

하늘만 쳐다보면 넘어져 다치고,
땅이나 더듬다가 길을 잃고 헤맨다.
행방을 스스로 정해야 자신 있게 나간다.

산이 높고 물은 깊은 차등이 불만이라,
산을 깎아 물을 메워 평등하게 할 것인가?
높고 낮은 양쪽이 서로 도와 대등하다.

오늘이라 하는 것은 어제의 내일이고
내일은 다름 아닌 다음 날의 어제이니,
시간이 가버린다고 한탄하지 말아야.

산은 산인 줄 몰라도 산이고,
삶은 알거나 모르거나 삶이지만,
앎은 모르는 것까지 알아야 앎이다.

있다 하면 없어지고 없다 하니 나타나,
유한은 무한이고, 무한이 유한이라.
유무를 가리는 수작 처음부터 잘못이다.

천지는 생생하고 만물은 당당해,
무엇이든 잘되고 즐거움이 넘친다.
인간이 아니 빗나가면 차질이 없도다.

운영은 말한다

1

〈雲英傳〉(운영전)은 雲英의 전기를 말하는 소설이다. 여주인공 이름을 작품명으로 한다. 남주인공도 있어야 소설이 성립되지만, 여주인공이 더욱 존중된다. 남녀의 차등을 대등으로 바꾸어놓으려고 남주인공보다 여주인공을 높이는 것이 소설의 특징이다.

이것은 한문소설이다. 남성 식자층을 독자로 하는 한문소설이, 예속된 처지에 있는 미천한 여성을 주인공으로 했다. 그런 여성이 사랑을 이루지 못한 비극을 이야기했다. 이것은 당시의 관습에 어긋나는 엄청난 파격이다. 획기적인 시대 변화의 발동을 건 의의가 있다.

소설이라는 것은 반역의 조짐을 보이는 사생아로 태어나고, 사기꾼의 술책을 이용하면서 자라났다. 자아의 우위나 세계의 우위 그 어느 쪽도 인정하지 않고, 자아와 세계가 상호우위에 입각한 대결을 벌이면서 권위에 도전하고 규범을 무너뜨리는 녀석이다. 명사 가운데 으뜸인 安平大君(안평대군)에게 예속된 처지인 궁녀가 외간남자와 사통해, 엄청난 권위에 감히 도전하고 남녀관계에 관한 규범을 무너뜨렸다.

그런 여인의 이야기를 '傳'(전)이라고 하면서 기록해 남긴 것은 더욱 참람하다. 傳은 역사적 평가가 필요한 인물의 행적을 사실에 입각해 褒貶(포폄)하는 글이다. 史官(사관)이 春秋筆法(춘추필법)에 따라 써서 공식 史書(사서)의 列傳(열전)에 올려야 하는 것이다. 무자격자가 사사로이 傳을 쓰는 것은 외람되다. 품격이 높아야 하는 傳에다 평가의 대상이기에는 너무나도 모자라는 무지렁이들의 色情譚(색정담)이나 담아 세상에 망조가 들게 한다. 조상을 모르고 태어난 사생아인 소설이 傳이라고 위장해 남의 족보에 이름을 올리고는 흉측한 짓을 이렇게 한 것을 알아야 한다.

소설은 옷을 훔쳐 입고 행세를 하듯이 傳의 서술 방법을 차용하는 것만으로는 모자란다고 여기고, 위장을 더 했다. 누가 기막힌 사연을 하소연하는 것을 꿈에서 듣고, 깨고 나서 적었다는 글이 夢遊錄(몽유록)이다. 이 작품은 傳의 옷을 입은 위에 夢遊錄을 걸친 이중의 위장술을 써서, 한문으로 쓴 파적거리 잡문을 찾아 읽으려고 하는 선비들에게 다가가 뒷통수를 치고 발을 걸었다.

ㄹ

내용을 차근차근 뜯어보자. 구름의 아름다움을 이름으로 한 雲英은 安平大君(안평대군)의 궁녀였다. 안평대군은 세종 임금이 총애하는 아들이며, 예술을 애호하고 풍류를 즐겨 이름이 높았다. 궁녀 여럿을 기쁨조로 두고 호사를 누리며, 흠모하고 추종하는 선비 문객이 많이 모여드는 것을 자랑으로 삼았다. 이처럼 우뚝하게 쌓은 금자탑을 뒤흔드는 반란이 내부에서 일어났다. 궁녀 운영과 문객 金進士가 눈이 맞아 궁궐의 담을 넘어 다니면서 몰래 사랑을 나누게 되었으니, 중대한 반란이 아닐 수 없다.

이 반란은 몇 겹의 의미를 지닌다. 미천한 예속인도 자유가 있다. 여성이 사랑을 주도할 수 있다. 하층의 여성이 상층의 남성을 배필로 삼을 수 있다. 이런 주장을 내세워, 良賤(양천)·상하의 차등은 모두 부당하고 대등이 정당하다고 했다.

안평대군이 어떤 일이 벌어졌는지 알고 꾸짖자 운영은 자결했다. 김진사도 며칠 밤을 울며 지새다가 운영의 뒤를 따랐다. 안평대군이 형 세조에게 살해되고, 궁궐이 허물어져 내린 폐허에 두 사람의 혼령이 나타나, 우연히 거기 들린 柳泳(유영)이라는 선비에게 원통한 사연을 적은 것을 전하면서 이렇게 말했다.

海沽石爛 此情不泯 天荒地老 此恨難消 今夕與子 擴此悃愊 非有宿世之緣 伏願尊君 俯拾此固 傳之不朽 而勿使浪傳 於浮薄之口 以爲戲玩之資 千萬幸甚(해고석란 차정불민 천황지로 차한난소 금석여자 터차곤핍 비유숙세지연 복원존군 부습차고 전지불후 이물사랑전 어부박지구 이위희완지자 천만행심)

바다가 마르고 돌이 타도, 이 정은 없어지지 않나이다. 하늘이 황폐하고 땅이 노쇠해도, 이 한은 사라지기 어렵나이다. 오늘 저녁 어르신을 만나 이 애틋한 심정을 펴니, 어찌 여러 생의 인연이 있지 않겠습니까. 엎드려 바라건대, 어르신께서 이것을 몸 굽혀 거두시고, 없어지지 않게 전해주소서. 들뜨고 가벼운 입에 잘못 전해져 함부로 장난하는 것이 되지 않게 해주시면 천만다행이겠습니다.

두 사람이 사랑한 情, 사랑을 이루지 못하고 죽은 恨은 천지가 변해도 없어지지 않을 만큼 영원하다고 했다. 그 내력을 전할 수 있는 사람을 만난 것은 여러 생을 거쳐 오는 동안에 맺은 인연이 있었기 때문이라고 하면서 우연이 필연이라고 했다. 너무나도 소중한 사연이니 없어지지 않고 영원히 전해지도록 해달라고 부탁하면서, 들뜨고 가벼운 입에 오르내려 함부로 시시덕거리게 하지는 말아 달라고 했다.

이 말을 들은 柳泳은 잠을 깨, 모든 것이 꿈속에서 있었던 일임을 알아차렸다. 이것이 결말이 아니고 그 뒤에 다른 사연이 더 있다. 그 기록을 받아와서 상자에 깊이 감추어두고 때때로 열어보다가, "網然如失 寢食俱廢 遍遊名山 不知所終云"(망연여실 침식구폐 편유명산 부지소종운, 아득하기가 정신을 잃은 듯하다가, 자고 먹는 것을 모두 그만두었다. 명산을 돌아보면서 놀다가, 나중에 어떻게 되었는지 알 수 없다고 하더라.) 이렇게 되었다고 한다. 충격이 너무나도 컸다는 것을 말한다.

3

이 작품은 세 층위를 이루고 있다. (가) 운영과 김진사의 사랑 이야기가 있다. 이것만으로도 소설이 되는데, 두 층위가 더 있다. (나) 이 이야기를 柳泳이 듣고 옮겼다고 했다. (다) 柳泳이 그 뒤에 자취를 감추었다고 했다. (가)가 (나) 덕분에 이야기한 것이 사실로 여겨지고, (다)가 추가되어 특정한 사례에 국한되지 않는 보편적 의미를 지닌다. 면밀한 계산을 해서 쓴 작품이다.

(가)의 제목은 〈雲英傳〉이다. (나)의 제목은 〈壽聖宮夢遊錄〉(수성궁몽유록)이다. (다)의 제목은 따로 없고 다시 〈雲英傳〉이다. (나)의 〈壽聖宮夢遊錄〉은 예사로운 제목이고, 파적거리를 찾는 식자층이 부담 없이 다가가 읽어볼 수 있게 한다. (가)는 있을 수 있는 이야기라고 여기다가, (다)에서 충격을 받고 되돌아보게 한다. 특정한 사례에 국한되지 않는 보편적 의미를 지닌다는 것을 알게 된다.

한가한 독자라도 (다)까지 읽으면 전혀 예상하지 못한 끔찍한 사실을 알고 정해진 궤도를 달리고 있던 선비의 삶이 탈선하지 않을 수 없게 된 것이 당연하다고 여길 수 있다. 柳泳의 시련이 운영의 시련과 연결된 것을 알고, (가)가 대단한 의미를 지닌 것을 발견하게 된다. 저급한 위치에 종속되어 물건이나 다름없이 쓰여야 했던 여인 운영이 자기의 운명을 스스로 개척하려고 한 결단이 실패로 돌아가지 않고, 삶의 틀을 바꾸어놓는 범위가 아주 크다는 것을 말해준다.

작품의 초점은 안평대군과 운영의 대결이다. 운영을 죽인 안평대군은 권위를 높이며 부귀영화를 계속 누린 것은 아니다. 죽고 궁전은 폐허가 되어, 엄청난 권력이라도 허망하다는 것을 말해준다. 안평대군이 권력을 휘두르는 횡포 때문에 목숨을 잃은 남녀는 그 폐허를 찾아가 거닐고 있는 선비의 꿈에 나타나, 죽음으로 모든 것이 끝나지 않고, 패배를 수긍할 수 없다는 반론을 제기했다. 차등론을 부정하는 대등론의 정당성을 더욱 분명하게 입증했다.

안평대군은 누구의 꿈에 나타나 원통함을 하소연하지 않고, 운영의 공박을 공박하면서 자기가 한 일이 정당하다고 말할 수 있는 기회가 없다. 안평대군이 권세를 누릴 때에는 주위에서 알랑거리면서 온갖 찬사를 다 바치던 시인묵객들마저 폐허가 된 궁전을 찾아가 고인을 다시 만나 참혹한 심정을 알아주는 시를 지으려고 하지 않는다. 오히려 〈운영전〉을 읽으면 깊은 감명을 받고 자기가 쓰지 못한 것을 아쉬워한다.

문학은 권력에 아부하고 차등론에 충성하는 일탈을 더러 하지만, 차등론을 물리치고 대등론을 이룩하는 것을 지속적이고 본질적인 사명으로 한다. 이 작업을 더욱 세차게 해서 지지층을 넓히려고 소설이 나타났으며, 이 작품 〈운영전〉이 그 선두에 섰다.

4

소설은 들뜨고 가벼운 입에 오르내리며 함부로 시시덕거리는 잡담이 아니다. 천지가 변해도 없어지지 않을 만큼 영원한 진실을 말한다. 소설은 재미가 있으니까 읽어보라고 하면서 많은 독자를 유인하고, 차등론 때문에 억압되고 왜곡된 대등론의 진실을 드러낸다. 대등론이 멀리 있는 무엇이 아니고, 누구나 창조주권을 지니고 있다고 알려준다.

소설이 천지가 변해도 없어지지 않을 만큼 영원한 진실을 말해준다는 것은 과장이 아니다. 안평대군의 위세는 사라졌으나 차등론이 철폐된 것은 아니다. 머리는 거듭 교체되었으나, 몸통이 건재하고 뿌리가 깊다. 해야 할 일이 계속 남아 있다.

처참한 사연

1

아프가니스탄은 사람이 살기 어려운 산악에 자리를 잡고, 수난이 거듭된 곳이다. 민족 구성이 복잡하고 언어가 여럿이다. 전에는 아랍어와 페르시아어로 글을 쓰다가, 지금은 판스토(Pashto)와 다리(Dari)를 공용어로 한다.

여러 정복자들이 거쳐가고 머물러 다스린 곳이다. 근래에는 영국의 침공을 받고 식민지가 되었다. 가까스로 독립을 하자 소련이 침공했다. 탈레반이라고 하는 이슬람 극단주의 무장단체가 소련을 물리치고 국권을 장악한 것을 미국이 용납하지 않고 침공해 다시 살육전이 벌어졌다.

그런 나라에 무슨 문학이 있겠는가 하고 무시하지 말아야 한다. 억압이 있으면 항거하는 문학이 있는 것만 아니다. 문학에서 더 크게 문제가 된 억압은 외세가 아니고 남성이다. 여성의 삶을 짓밟는 남성의 횡포에 항거하는 여성의 문학에 오랜 전통과 놀라운 작품이 있다. 고금의 본보기를 든다.

ㄹ

라비아 발칸(Rabia Balkan)은 9세기에 페르시아어로 시를 쓴 여성시인이다. 공주인데 노예와 사랑을 하고, 사랑의 시를 쓴 것이 말썽이 되어 오빠인 국왕이 죽었다. 〈사랑〉이라는 시의 한 대목을 들어보자.

나는 당신의 사랑에 사로잡혔다.
벗어나려고 해도 벗어날 수 없다.
사랑은 경계가 없는 대양과 같다.
약은 사람은 그 속에서 헤엄치지 않는다.
당신이 끝까지 사랑하려고 한다면,
허용되지 않는 것을 받아들여야 한다.
난관을 즐거움으로 받아들이고,
독을 꿀이라고 일컬어야 한다.

3

나디아 안주만(Nadia Anjuman, 1980-2005)은 다리어로 창작한 여성 시인이다. 여성에게는 문학도 허용되지 않는다고 하는 이슬람 극단주의자 탈레반의 경고를 무시하고 25세가 되던 2005년에 시집을 내서, 대담한 발언을 참신하게 나타내 큰 충격을 주었다. 〈소리 없는 울음〉이라는 시를 든다.

푸른 발자국 소리 비가 내린다.
길거리에서 안쪽으로 다가온다.
사막의 목마른 영혼, 해어진 치마,
신기루와 뒤섞여 타는 숨결,
먼지가 굳어 메마른 입을 몰고 오는가.
길거리에서 안쪽으로 다가온다.
고통스럽게 자란 소녀는
얼굴에서 즐거움이 사라지고,
마음은 금이 가고 늙어
두 입술의 암울한 바다에서 미소는 보이지 않는다.
말라붙은 두 눈의 강에서 눈물조차 흐르지 않는다.
오, 하나님이시어!
소리 없는 울음이 구름까지
하늘까지 이르는 것을 몰라도 되나요?
푸른 발자국 소리 비가 내린다.

여성이 어느 정도 처참한 지경에 이르렀는지 말했다. 그래도 희망을 가지고 "푸른 발자국 소리 비가 내린다"고 노래했다. 소리 없는 울음을 들려주는 노래가 하늘에까지 이르기를 바랐다.

남편은 탈레반의 통치에 순응해, 아내의 탈선을 나무라면서 구타하다가 죽게 했다. 이 사실이 알려지자 애도하고 추모하는 움직임이 나라 밖에서 거세게 일어났다. 국제연합 대변인이 성명을 내고 이 시인의 죽음은 "아프가니스탄의 비극이고 커다란 손실"이라고 하고, 범행을 저지른 남편은 처벌받아야 한다고 했다.

아프가니스탄 법원에서는 사인이 자살이라고 하고, 남편은 죄가 없다고 석방했다. 탈레반 정권을 규탄하고, 이 시인을 추모하는 움직임이 국제적으로 일어나 여성해방 운동에 불을 붙이고 있다. 여러 나라에서 이 시인을 뒤따르자는 시를 써서 여성문학의 진로를 제시한다.

4

아프가니스탄의 여성이 남녀 차별에 항거하다가 희생되기만 한 것은 아니다. 외세의 침략에 항거하고 만행을 규탄하는 과업 수행에서 남성보다 앞서고자 했다. 메나(Meena, 1956-1987)라는 여성은 1977년에 '아프가니스탄 여성혁명연맹'(Revoutionary Association of the Womens of Afganistan, RAWA)을 결성해 격렬하게 투쟁하다가, 소련비밀경찰(KGB) 아프가니스탄 지부에서 고용한 깡패들에게 피살되었다. 결연한 투지를 나타낸 시가 〈나는 되돌아가지 않는다〉("I'll Never Return")로 영역되어 널리 알려졌다.

나는 깨어난 여성이다.

나는 일어나 불탄 아이들의 잿더미를 거쳐 태풍이 된다.

나는 형제가 흘린 피의 개울에서 일어난다.

조국의 분노가 네게 힘을 준다.

부서지고 불탄 마을이 적에 대한 분노를 채워준다.

오 동포들이여, 이제는 나를 약하고 무능하다고 여기지 말라.

내 목소리는 함께 궐기한 수많은 여성의 소리를 합친다.

내 주먹은 수많은 동포가 함께 쥔 주먹이다.

모든 고통, 노예의 모든 족쇄를 파괴하고,

나는 깨어난 여성이다.

나는 길을 찾았고, 돌아가지 않는다.

차등이 지나쳐 처참한 희생을 강요하면, 대등을 희구하는 반작용이 생겨난다. 사랑을 이룩하고 평화를 되찾으려면, 미움을 견디고 투쟁을 감행하는 역설을 각오해야 한다. 안팎의 여건이 최악이어서 누구보다도 더 심한 고난을 겪은 나라의 여성이 가장 앞선 것을 알고 평가해야 한다.

아프가니스탄의 여성은 남성이 휘두르는 차등의 몽둥이에 맞아 처참한 지경에 이르는 본보기를 보여주었다. 바로 그것이 이유가 되어, 대등의 화합과 평화를 간절하게 희구하는 여성문학 창작의 선도자로 나서서 높이 평가된다. 이것은 지나치면 반전이 있고, 불운이 행운인 원리를 분명하게 알려주는 위대한 스승이다.

남장 여인

1

조르즈 상드(George Sand, 1804-1876)는 불국의 작가이다. 남성으로 이해될 수 있는 필명을 사용했다. 본명은 알려지지 않고, 밝힐 필요도 없다. 무능한 하급귀족과 결혼해 두 아이를 낳고는 남편을 버리고 나와, 다른 남자들과 동거하는 도중에 정식으로 이혼을 했다.

남자 차림을 하고 다니면서, 공공의 장소에서도 시가 담배를 즐겼다. 소설을 70권, 다른 단행본은 50권이나 써내 작가로서 큰 명성을 얻고, 명사가 되었다. 남성이 주도하는 문학·예술계를 주름잡고 다니면서, 마음에 드는 남성을 유혹해 연인으로 삼았다.

그 가운데 가장 널리 알려진 것이 시인 뮈세(Alfred de Musset, 1810-1857), 작곡가 쇼팽(Frédéric Chopin, 1810-1849)과의 관계이다. 뮈세와는 1833-1835년, 쇼팽과는 1837-1847년에 동거했다. 이 두 사람은 6년 연하이며, 감수성이 예민하고 신체가 허약한 서정적 예술가라는 공통점이 있었다.

이에 대해 세 가지 풀이를 할 수 있다. 조르즈 상드가 남성인 듯이 다가가 여성 같은 느낌을 주는 상대방을 제압했다. 억척스러운 어머니가 연약한 아들을 돌보는 것 같은 관계를 가졌다. 인생만사를 관장하는 전천후의 소설이, 한쪽에 치우친 서정을 휩쌌다고도 할 수 있다.

조르즈 상드가 관계의 시작을 주도하고, 단절을 통보했다. 그 때문에 뮈세도 쇼팽도 큰 상처를 받았다. 뮈세가 상심을 하고 지은 시나 쇼팽의 〈이별곡〉은 같은 처지가 된 모든 사람의 심금을 깊이 울리는 명작이다. 뮈세와 쇼팽은 조르즈 상드에게 버림받고, 공교롭게도 2년 뒤에 아직 젊은 나이로 세상을 떠난 것도 같다.

ㄹ

뮈세가 상심을 하고 지은 시 두 편을 든다. 실감을 살리기 위해 원문을 먼저 들고, 번역한다. 앞의 것은 2연 가운데 첫 연이다. 뒤의 것은 전문이다.

"À George Sand"

Te voilà revenu, dans mes nuits étoilées,

Bel ange aux yeux d'azur, aux paupières voilées,

Amour, mon bien suprême, et que j'avais perdu !

J'ai cru, pendant trois ans, te vaincre et te maudire,

Et toi, les yeux en pleurs, avec ton doux sourire,

Au chevet de mon lit, te voilà revenu.

〈조르즈 상드에게〉

그대는 마침내 돌아왔네, 별이 빛나는 나의 밤에,

푸른 눈의 아름다운 천사, 눈썹이 젖은 모습으로.

내 사랑, 나의 지존, 내가 잃어버리고 있던 그대여!

세 해 동안 그대를 이겨내고 저주한다고 여긴 나에게
눈물 흘리는 눈에 감미로운 미소를 띠고 있는 그대,
그대는 돌아왔네, 내 침대 머리까지 마침내 돌아왔네.

"Tristesse"

J'ai perdu ma force et ma vie,
Et mes amis et ma gaîté ;
J'ai perdu jusqu'à la fierté
Qui faisait croire à mon génie.

〈슬픔〉

나는 내 힘과 생기를 잃었다.
내 벗들과 즐거운 기분까지도.
나는 자존심마저 잃고 말았다.
내 재능을 믿게 하는 그것을.

앞의 것은 실제의 상황이 아니다. 조르즈 상드가 읽고 감동해 자기에
게 돌아오기를 바라고 호소한 시이다. 온갖 미사여구를 동원해 최상의
찬사를 바쳐도 효과가 없었다. 뒤의 시에서는 관계가 완전히 단절된 것
을 알고 극도의 절망을 나타냈다. 다정다감한 것이 자해를 가져온다. 시
를 잘 짓는 것이 처참한 불행이다.
　조르즈 상드는 뮈세도 쇼팽도 버린 다음, 아무 상처 없이 완강한 정
력과 넘치는 의욕으로 하던 일을 계속했다. 슬픔에서 벗어나지 못하고,
절망을 안고 헤맨 피해자들과 견주어보면, 엄청난 차등이다. 다시 다른

남자들을 유혹해 동거하다가 버리고, 소설을 자꾸 써내 많은 독자를 모았다. 70세가 넘도록 아쉬울 것 없이 잘 살았다.

뻔뻔스럽다고 하면 실례이다. 끈덕진 노력을 평가해야 한다. 소설을 써서 생계를 해결하는 전업작가가 되는 것은 남성도 극소수만 가능한 아주 어려운 일인데, 당당하게 해냈을 뿐만 아니라 오히려 선두에 섰다. 여성작가라는 이유로 가산점을 얻는 것은 창피스럽게 여기고, 남녀의 구분을 넘어선 작가로 높이 평가되었다. 여성의 문제를 넘어선 인간의 문제를 사회정의에 입각해 다룬다고 하고, 사회주의자라고 자처했다.

3

대표작이라고 알려진 《악마의 늪》(*La Mare au Diable*)을 보자. 모리스(Maurice)라는 장인은 28세에 혼자 된 사위 제르맹(Germain)에게 이웃 마을의 부유한 과부에게 장가들라고 권고했다. 제르맹이 어린 아들 피에르(Pierre)를 데리고 그 과부를 만나러 가는 도중에 악마의 늪이라는 곳에서 하룻밤을 보내게 되었다. 가축을 기르는 목동소녀 16세의 마리(Marie)를 거기서 만나 사랑에 빠져 구혼했으나, 나이 차이를 이유로 거절당했다. 이튿날 아침 제르맹은 아들 피에르를 마리에게 맡기고, 그 과부를 만나러 갔다. 청혼자가 셋이나 있어, 접근하지도 못하고 헛되게 돌아왔다. 아들을 찾으려고 하니, 그 소녀가 데리고 가서 자기 아들인 듯이 잘 돌보고 있었다. 몇 달 그렇게 지난 뒤에, 그 소녀에게 다시 청혼해 뜻을 이루었다.

이 작품은 도시가 아닌 농촌의 삶을 그렸다. 농민은 마음이 비뚤지 않아 건강하게 산다는 것을 말해주려고 했다. 사위를 염려하는 장인이 그런 사람이다. 사위는 장인의 말을 잘 따라 하라는 대로 했다. 어린 아들을 집에 혼자 두지 못하고 데리고 길을 떠난 것은 선량하고 어리석다. 돈 많은 과부와의 결혼을 기대한 것은 더 어리석다. 어린 아들에게 어머니가 필요한 것이 재혼을 해야 하는 가장 큰 이유이다. 차등의 착오에서 벗어나 대등의 가치를 발견한 것이 작품의 결말이다.

악마의 늪은 왜 등장하고, 작품의 제목으로 삼았는가? 악마의 늪이라는 곳은 예상하지 못한 역전을 일으키는 기적의 장소이다. 어리석음을 깨치고, 슬기롭게 되도록 한다. 차등의 환상에서 벗어나, 대등의 소중함을 알게 한다. 그런 것이 언제 어디서나 있을 수 있다.

4

조르즈 상드에 대한 평가는 엇갈린다. 시인 보들래르(Charles Baudelaire)는 "그런 변소 같은 년에게 매혹되는 녀석들은 이 시대의 인간 타락상을 입증한다"고 했다. 화가 드롸크롸(Eugène Delacroix)는 "돈이 필요해 하찮은 작품을 마구 쓴 것이 가엾다"고 했다.

반대의 평가도 있다. 작가 위고(Victor Hugo)는 "불국혁명을 완수하고 인간혁명을 시작해, 양성평등을 인간평등의 하나로 성취해야 하는 이 시대에는 그런 강력한 여성이 있어야 한다"고 했다. 석학 르낭(Ernest Renan)은 "모든 저작이 이 시대의 메아리이다"라고 했다.

평가를 단순하게 할 수는 없다. 조르즈 상드는 남성을 누르고 차등의 상위에 더 올라가, 남성은 말하지 않고 있는 대등을 역설했다. 방법과 결과를 다 평가할 수 없으면, 어느 쪽을 택해야 하는가?

어리석다는 여자

1

金三宜堂(김삼의당, 1769~1823)이라는 여자가 전라도 남원에 살고 있었다. 남자가 아니어서 이름은 전하지 않고, 堂號(당호)만 알려졌다. 그 것도 남편이 지어주었다. 三宜堂이란 당면한 일 세 가지를 마땅하게 여기라는 말이다. 여자에게 복종을 요구했다고 나무랄 수 있을 것 같다.

그런 여자가 한시를 잘 지어, 《三宜堂金夫人遺稿》(삼의당김부인유고)라는 문집을 남겼다. 필사본으로 전하던 것이 1930년에 간행되었다. 제1권에 111편 235수의 한시, 제2권에 남편에게 보내는 편지 6편, 시작품의 앞부분에 쓴 序(서) 7편, 제문 3편, 잡문 6편이 수록되어 있다. 범속하게 산 여자가 이런 문집을 남긴 것은 놀랄 일이다.

"호남의 한 어리석은 여자로 深閨(심규)에서 자라나 견문이 부족하지만, 읽고 듣고 보고 한 것을 흥이 나는 대로 시로 나타냈다." 서문에서 이런 말을 했다. "호남"은 시골이지만, 詩興(시흥)이 남다르다고 은근히 자부했다. "어리석은 여자"란 겸양하는 말이고, 실상은 그렇지 않다.

어리석기 때문에 슬기로워, 말썽을 전혀 일으키지 않고 수더분한 모습으로 조용하게 살아갔다. 그러면서 남녀 차등를 뒤집고 시 창작의 새로운 경지를 보여주었다. "深閨에서 자라나 견문이 부족"한 결함이 장점이 되어, 허세를 부리며 들뜨지 않고 일상적인 삶의 깊은 의미를 발견했다.

己

몰락한 양반 가문에서 태어나 한문 공부를 했다. 딸을 차별하지 않은 아버지의 대등의식이 가상하다. 재능이나 노력이 남다른 것을 평가할 만하다. 18세에 태어난 연월일이 같고 한 마을에 사는 河砬(하립, 1769-1830)이라는 총각과 결혼했다.

두 집안 지체마저 같아, 누가 보아도 천생배필이었다. 혼례를 치른 밤 신랑과 신부는 다음과 같은 시를 주고받았다. 다른 어디서도 전례가 없는 일이어서 세상에 널리 알려져 있다.

相逢俱足廣寒仙(상봉구족광한선)
今夜分明續舊緣(금야분명속구연)
配合元來天所定(배합원래천소정)
世間媒妁摠粉然(세간매작총분연)

十八仙郎十八仙(십팔선랑십팔선)
洞房華燭好因緣(동방화촉호인연)
生同年月居同閈(생동년월거동한)
此夜相逢豈偶然(차야상봉기우연)

우리 둘 광한전 신선으로 만나,
오늘 밤 분명 전생 인연 잇는다오.
우리 만남 원래 하늘이 정해주어,
세간의 중매는 모두 헛것이지요.

열여덟 선랑과 열여덟 선녀 만나
신방에 화촉 밝히니 인연이 좋도다.
같은 해와 달에 나서 같은 마을 살아
오늘 밤 만남이 어찌 우연이리까?

이 시를 주고받을 때에는, 남편을 높이려고 아내는 조금 물러섰다. 평소 실력은 그렇지 않아, 아내의 시가 더 나아갔다. 남존여비의 통념을 시에서 역전시켜 대등을 이루었다. 이것을 남편이 알고 더 분명하게 하도록 했다. 재능과 열의가 앞선 아내를 남편이 이해하고 도와주어, 시작을 계속할 수 있게 했다.

아내는 일을 열심히 해 사는 보람을 찾고, 시를 짓는 데까지 억척스럽다고나 할 열의를 보였다. 무슨 사연이든지 느낀 바 있으면 민요로 능란하게 읊어댈 것 같은 여성이 민요 대신에 한시를 택해서 거리낌 없는 표현을 해서 놀랍다. 뛰어난 작품을 많이도 이룩했다.

〈村居卽事〉(촌거즉사, 시골에 살면서 생각 나는 대로) 같은 작품에서 농촌의 정경과 흥취를 실감 나게 나타냈다. 〈十二月詞〉(십이월사, 십이월 달거리 노래)에서 열두 달 동안의 명절마다 있는 일을 노래한 데서도 현장감이 생동한다. 〈淸夜汲水〉(청야급수, 맑은 밤에 물을 긷는다)라고 한 것을 보자.

淸夜汲淸水(청야급청수)
明月湧金井(명월용금정)
無語立欄干(무어입난간)
風動梧桐影(풍동오동영)

맑은 밤에 맑은 물을 긷노라니

밝은 달이 금빛 우물에서 솟는다.
말없이 난간에 기대 서 있으니
바람이 오동나무 그림자를 흔드네.

할 말이 많아 장시를 즐겨 짓다가, 이처럼 집약된 표현을 산뜻하게
했다. 밤이 맑고 물도 맑다는 서두에서부터 아주 신선한 느낌을 나타냈
다. 우물에서 솟는 밝은 달, 오동나무 가지를 흔드는 바람을 말하면서,
어둠과 밝음, 낮은 곳과 높은 곳, 고요함과 움직임의 오묘한 조화를 느
끼는 황홀감을 전했다.

20세에 남편을 과거 보라고 서울로 보냈다. 머리칼을 자르고 비녀를
팔아 헌신직으로 내조했다. 남편과 떨어져 지내는 시간이 길어지자, 〈贈
上京夫子〉(증상경부자, 서울 가신 낭군께 드린다) 10여 수를 지어 절박
한 심정을 술회했다. 그 가운데 하나를 든다.

女兒柔質易傷心(여아유질이상심)
所以相思每發吟(소이상사매발음)
大丈夫當身在外(대장부당신재외)
回頭莫念洞房深(회두막념동방심)
人靜紗窓日色昏(인정사창일색혼)
落花滿地掩重門(낙화만지엄중문)
欲知一夜相思苦(욕지일야상사고)
試把羅衾撿淚痕(시파나금검누흔)

아녀자는 마음 약하고 슬픔 잘 타서
그리운 마음 들 때마다 시를 읊지요.
대장부는 바깥일을 담당하는 법이니,

고개 돌려 규방일랑 생각하지 마세요.
인적 고요한 사창에 날은 저무는데.
떨어진 꽃 땅에 문을 겹겹 닫혔네.
하룻밤 상사의 괴로움 알고 싶다면
비단이불 걷고서 눈물 자욱 살피세요.

앞뒤의 말이 다르다. 앞에서는 굳건한 의지를, 뒤에서는 연약한 마음을 보여주었다. 시를 잘 짓는다고 해서 외로움을 이겨낼 수 있는 것이 아니었다. 오히려 그것과는 반대였다.

남편은 42세가 되어서야 소과에 급제했다. 대과를 보러 서울에 갔다가, 낙방 소식만 안고 돌아왔다. 그것이 생각하기에 따라서는 더 잘된 일이었다. 남편이 대과에 급제하고 관직을 얻어 진출하면, 차등론자가 되어 부부 사이는 멀어질 수 있었다. 낙방해 실의에 빠진 남편을 아내가 위로하고 감싸며, 농사를 지으며 살자고 다짐했다. 그 덕분에 대등이 더욱 돈독해졌다.

새 출발을 하려고 진안으로 이주했다. 농토를 마련하고 농사를 시작하면서 지은 시를 보자. 농민이 부르는 農謠(농요)처럼 되었다. 남녀의 대등에 상하의 대등을 보태, 대등의 폭이 들판만큼 넓어졌다. 〈夫子於山陽買田數頃勤力稼穡妾作農謳數篇以歌之〉(부자어산양매전수경근력가색첩작농구수편이가지, 남편이 산 양지쪽 밭 몇 이랑을 사서 힘써 갈고 김매니, 내가 농사노래 몇 편을 지어 부르노라)라고 한 것이 있다.

제목에서 자기를 "妾"이라고 했다. 아내가 스스로 낮추는 말을 그대로 썼다고 나무랄 것이 아니다. 제목 번역에서 "妾"을 "내가"라고 해서 오늘날의 어법을 따랐다. 노래는 당당하고 굳세다. 남성이 하는 말 같다. 모두 8수 가운데 하나를 든다.

日已午日煮（일이오일자）
我背汗適土（아배한적토）
細討意長畝（세토의장무）
少姑大姑饗（소고대고향）
麥黍甘羹滑（맥서감갱활）
流匙矮粒任（유시왜립임）
撐鼓服行且歌（탱고복행차가）
飽食在謹苦（포식재근고）

한낮이 지나니 햇빛이 따가워,
등에서 흐르는 땀 땅을 적시네.
긴 이랑 세심하게 김매고나니,
아가씨 시어머니 참을 내오네.
보리밥 기장밥에 국이 맛있어,
숟가락에 밥을 떠서 배를 불리네.
부른 배 두드리며 부르는 노래,
배불리 먹으려면 힘써서 일해야.

이 행복하고 자랑스러운 부부를 오늘날 잊지 않고 칭송한다. 인연이
있는 곳곳에서 기념물을 세우고, 기념행사를 계속 연다. 찾아가는 사람
들이 뿌듯한 감동을 받는다. 이와 대등한 미담이 어디에 더 있는가?

3

김삼의당은 조르즈 상드보다 나이가 조금 많고, 19년 동안 같이 산

동시대인이다. 둘이 서로 몰랐음은 물론이고, 둘 다 알고 관심을 가지는 사람마저 아직까지 나 하나뿐이다. 둘의 비교론을 시작하려고 하니 마음이 들뜬다.

김삼의당과 조르즈 상드는 문학창작을 열심히 해서 여성문학의 위상을 크게 높인 것 같다. 이름이 아닌 당호나 필명으로 알려지도록 한 것은 여성이어서 필요한 작전이었다. 작품에 대한 평가는 여성이라는 이유로 가산점을 줄 필요가 없이 확고하다. 둘 다 문학사를 바꾸어놓았다고 인정된다. 남녀의 차등을 부정하는 문학을 이룩한 업적이 뛰어나다.

그러면서 남녀차등을 부정하는 방법이나 그 결과는 아주 달랐다. 김삼의당은 남녀차등을 남녀대등으로 바꾸어놓았다. 조르즈 상드는 남녀차등을 역전시켜 여남차등을 보여주려고 했다. 김삼의당의 남녀대등은 남편의 동의와 협조를 얻어 순조롭게·행복하게 이루어졌다. 조르즈 상드의 여남차등은 여러 남성을 피해자로 만들고 무리하게 추진되었다.

이런 사실을 확인하면, 두 가지 의문이 생긴다. 차이점이 생긴 이유가 무엇인가? 어느 쪽이 바람직하다고 할 것인가?

차이점이 생긴 이유가 무엇인가? 개성이 다르기 때문이라고 하면 동어반복이다. 유교 윤리가 지속되고, 기독교 윤리가 파괴되었기 때문이라 하는 것은 피상적인 관찰일 수 있다. 대등과 차등, 이 두 가지 성향은 공존한다. 그러면서 한쪽에서는 대등을, 다른 쪽에서는 차등을 키워 특색을 뚜렷하게 하려고 경쟁한 결과가 상이하게 나타났다. 이렇게 말하면 일단 타당하다고 하겠지만, 논의가 미진하고 남은 과제가 많다.

어느 쪽이 바람직하다고 할 것인가? 남녀차등을 역전시키는 여남차등은 문제를 다시 만들어내고, 남녀 또는 여남 양쪽 다 편안하지 않게 한다. 잘못 들어간 길인 줄 알고 방향을 바꾸어야 한다. 남녀대등은 인간 본연의 정상적인 존재 양상이며, 그 뿌리가 아주 깊다. 만인대등의 명백한 사례가 남녀대등이고, 만인대등은 만생대등에, 만생대등은 만물대등에 확고한 기반을 두어 흔들릴 수 없다.

4

대지는

대지는 천둥 번개를 우습게 여긴다.
불이 옮겨 붙어도 속살은 타지 않는다.

대지는 시련이 너무 크면 받아들인다.
해수면 오르내림에는 그냥 순응한다.

대지는 모든 자양분의 원천이다.
동식물을 길러내고 사람도 먹여준다.

대지는 역사가 전개되어온 현장이다.
흥망성쇠 유혈참상 지켜보고 증언한다.

비천·천사·선녀

1

飛天(비천)·天使(천사)·仙女(선녀)라는 것들을 한자리에 놓고 살펴보자. 비천은 힌두교·불교, 천사는 유태교·기독교·이슬람, 선녀는 도교에서 말하지만, 각 종교의 교리를 들어 차이점을 설명하고 말 것은 아니다. 공통된 상상의 편차가 종교와 결부되었다고 보는 것이 타당하다.

무엇이 공통된 상상인가? 사람의 모습을 하고 공중에 날아다니면서, 하늘과 땅을 잇는 존재가 있다고 한다. 초월과 일상이 차등론 탓에 아주 멀어진 것이 적절하지 않다고 여기고, 대등론에 입각해 근접시키려고 한다.

飛天·天使·仙女라는 이름이 각기 다르므로, '천지매개자'라는 총칭을 사용하자. 천지매개자가 필요한 것은 무슨 이유인가? 천상의 상위자는 너무나도 위대해 지상의 하위자와 직거래하지 않고 심부름꾼을 둔다. 이것이 표면적인 이유여서, 차등론을 극대화한다. 천상의 상위자와 지상의 하위자의 양극 사이에 중간지대가 있다. 이런 이면적인 이유는 대등론에 근접한다. 이 둘이 논쟁을 한다.

이런 총론을 근거로 비천·천사·선녀를 비교해 고찰하는 각론을 전개하기로 한다. 비교의 항목은 셋이다. 비천은 천사나 선녀와 다르다. 천사는 비천이나 선녀와 다르다. 선녀는 천사나 비천과 다르다.

2

비천은 천사나 선녀와 다르다. 비천은 공중 적절한 곳에서 떠다니기만 하고, 더 올라가지도 않고 땅에 내려오지도 않는다. 신체에 휘감기는 긴 천이 공중부양을 가능하게 하고, 체중은 거의 없다고 여긴다. 여럿이 어울려 즐겁게 악기를 연주한다. 사람과 접촉하지는 않는다. 천사나 선녀가 당면하는 문제와 전연 관련이 없다.

천지매개자를 가볍고 즐겁게 상상한다. 천지의 거리가 그리 멀지 않고, 차등의 갈등보다 대등의 환희가 더 크다고 한다. 이런 비천을 힌두교에서 불교가 가져와 동아시아에 전하니, 크게 환영하면서 다시 잘 그리고 새겼다. 고구려 고분벽화나 신라 범종이 그래서 빛난다.

비천을 오늘날도 그린다. 2021년 5월 3일자 〈불교저널〉의 기사를 옮긴다. "박은신 작가가 부처님오신날을 기념해 '비천'을 소재로 한 새로운 작품을 선보인다"고 했다. 그림은 여기 옮기지 못하고, 향기로운 말은 옮긴다.

사면으로 둘러싸인 광고문구와 감각을 사로잡는 각종 미디어에 혹사당하고 있는 우리의 지친 어깨 위에, 꽃비를 뿌려주듯 빛을 내고 노래를 들려주는 보이지 않는 존재를 상상하면 마음 한구석이 조금은 부드러워지지 않을까 하는 바람으로 이 시대의 비천상을 표현했다.

3

천사는 비천이나 선녀와 다르다. 천사는, 비천의 긴 천은 물론 선녀의
날개옷과도 명확하게 구별되는 날개가 있다. 거대한 조류의 날개를 사람
몸에 달고 있다. 육중한 몸을 들어올리는 것이 물리적으로 가능한가 하
는 의문을 무릅쓰고, 천사는 상상이 아닌 실체임을 날개로 입증한다.

천사는 모두 이름이 있다. 위계를 구분하는 계급이 있는 것이 군인과
같다. 절대자 하나님의 명령을 받고 시키는 일을 한다. 상위의 천사는
하나님 대군의 총사령관이라고 자부한다. 유태교와 기독교가 함께 받드
는 〈구약성서〉에서, 하나님 군대의 총사령관이라는 천사가 칼을 들고
나타났다(〈여호수아〉 5장, 13-14절). 〈신약성서〉에서도 예수 탄생을 예
고할 때에는 천사가 나타나 크게 활약했다.

천사가 마리아의 집으로 들어가 "은총을 가득히 받은 이여, 기뻐하라.
주께서 너와 함께 계신다" 하고 인사하였다." … "이제 너는 아기를 가
져 아들을 낳을 터이니, 이름을 예수라 하여라." … "성령이 너에게로
내려 오시고 지극히 높으신 분의 힘이 감싸주실 것이다. 그러므로 태어
나실 그 거룩한 아기를 하나님의 아들이라 부르게 될 것이다(〈루가〉 3
장, 《성서 공동번역 가톨릭용》, 1977).

천사는 그 뒤에도 하나님을 대신해 세상사에 개입한다고 했다. 불국
중세의 영웅서사시 〈롤랑의 노래〉(Le chanson de Rolland)를 보자. 기
독교의 전사 롤랑이 무슬림의 공격을 받고 원통하게 죽을 때, 다음과
같은 일이 있었다.

"진정하신 하나님이시여,

지금까지 지은 죄를 용서해주소서."
하나님을 향해 손을 내미니,
가브리엘 천사가 그 손을 잡았다.
머리를 천사의 어깨에 얹고
손을 잡은 채 숨을 거두었다.
하나님이 고위급의 천사를 보내
영혼을 천국으로 인도했다.

이슬람에서는 천사가 나타나 무함마드에게 하나님의 말씀을 전해주었다고 했다. 무함마드가 암혈에 혼자 있는데 갑자기 웬 남자가 나타나더니 뜬금없이 외쳤다. "읽어라," 무함마드는 갑작스러운 일에 놀라면서 대답했다. "읽을 수 없습니다." 그러자 남자는 무서운 힘으로 무함마드가 견딜 수 없을 만큼 꽉 껴안았다가 풀어주더니 다시 외쳤다. "읽어라!" "읽을 수 없습니다." 그러자 그 남자는 다시 무함마드를 강하게 껴안았다가 풀어주더니 스스로 말했다. "읽어라. 주님께서는 관대하시고 인간이 모르는 것도 가르쳐주셨노라." 그 남자가 누구인지는 무함마드는 몰랐으나, 나중에 천사 가브리엘이라는 계시가 내려왔다. 그때 있었다는 사건을 〈쿠란〉에서 다음과 같이 정리했다. 구두점이 없는 것을 그대로 따른다.

나는 그것을 거룩한 밤에 계시하였노라 거룩한 밤이 무엇인지 그대에게 설명하여 주리요 거룩한 이 밤은 천 개월보다 더 축복받은 밤으로 이 밤에 천사들과 가브리엘 천사가 주님의 명령에 따라 매사에 관한 말씀을 가지고 내려와 아침 동녘까지 머무르며 평안하기를 인사하느니라 (최영길 역, 2019, 제97장).

천사 이름은 기독교에서와 같이 가브리엘이다. 가브리엘 천사가 나타나 대뜸 "읽어라"라고 한 것은 무함마드가 글을 아는지 시험한 말이다. 글을 모르는 것을 확인해 안심하고, 주님의 말씀을 직접 전하고, 그 뜻을 "읽어라"라고 했다. 무함마드는 그 거룩한 밤에 "매사에 관한 말씀" 계시를 받아 다른 사람들에게 설명해준다고 했다.

기독교의 천사도 때로는 하나님과 뜻이 다르거나 명령을 어겨 벌을 받는 것을 보면, 자기 나름대로 주체의식이 있는 것 같다. 이슬람에서는 사안이 더 복잡해, 천사가 하나님과 맞서서 언쟁을 하기도 했다. 인간을 어떻게 평가해야 하는가가 쟁점이어서 깊은 관심을 가질 만하다.

보라 주님께서 천사들에게 말씀하시길 내가 검고 마른 흙으로 인간을 창조할 것이라 내가 형상을 만들어 그 안에 나의 영혼을 불어넣으리라 너희는 그에게 절을 해야 하노라 그리하여 천사들 모두가 절을 하였노라 그런데 이블리스는 절하기를 거절하였노라 하나님께서 말씀하시기를 이블리스야 네가 절하지 않는 이유가 무엇이뇨 라고 물으니 이블리스가 대답하길 검고 마른 흙으로 만들어진 인간에게 왜 내가 절을 해야 합니까 하나님께서 말씀하시길 그러면 그곳에서 나가라 너는 저주받을 자라 실로 너에게 심판의 날까지 저주가 있을 것이라(최영길 역, 2019, 제15장)

하나님과 천사가 절대적인 차등의 관계에 있는 것은 아니다. 각기 자기 견해가 있어 어느 정도 대등할 수 있다. 하나님이 흙으로 만든 인간에, 자기의 영혼을 불어넣었다고 했다. 하나님의 영혼을 불어넣어 인간은 하나님과 대등하다는 이유에서 천사들에게 절을 하라고 하니, 흙으로 만들었다는 이유를 들어 반대했다. 인간이 하나님과 대등하다는 것은 다른 생물이나 무생물과의 관계에서는 부당한 차등론이다. 다른 생명체는 흙만인가? 흙은 열등한가? 이런 의문이 제기된다. 하나님은 절대자가 아니고, 차등론자이다. 인간이 홀로 잘났다고 하는 인간중심주의는 잘못되었다. 이런 비판의식이 확인되어 놀라지 않을 수 없다.

이에 대해 〈쿠란〉 번역자는 주석을 달았다. "이블리스가 창조주의 명령을 거역하면서 아담에게 절을 하지 아니한 것은 첫째 이블리스는 천사가 아니라는 것과, 둘째 천사들은 빛으로 창조되었거니와 이블리스는 불에서 창조되어 오만과 기만과 시기심으로 가득 차 있기 때문이다." 원문의 뜻을 왜곡하는 견해를 옮겨놓았다. 대등론으로 나아가는 길을 막고 차등론을 악화시켜, 이슬람을 스스로 손상시킨다.

다른 한편으로 좋은 말도 있다. "매주 금요일 천사들은 모스크 문을 지키면서 그곳에 오는 사람들의 이름을 처음부터 끝까지 기록하고 이맘이 설교단에 앉으면 천사들은 날개를 접고 이맘의 설교를 경청할 준비를 하지요."(최영길, 《마호메드 언행록》, 2020, 497면) 이 천사들은 하늘에서 땅으로 내려와, 하늘과 땅의 거리를 줄인다. 하늘이 땅이고, 땅이 하늘이게 한다. 차등론에서 대등론으로 나아간다.

천사는 날개를 물리적으로 작동해 날아다닌다고 하니, 날개에 고장이 날 수 있다. 어디 부딪혀 다칠 수 있다. 핀란드에 가면 심베르그(Hugo Simberg)가 그린 〈다친 천사〉(The Wounded Angel, 1903)라는 그림을 볼 수 있다. 하늘을 날아다니는 천사가 날개를 다쳐 들것에 실려 간다. 이마에 붕대를 감은 것을 보니, 응급처치는 한 것 같다. 고개를 숙이고 몸을 가누기 어려우며, 날개를 늘어뜨리고 있으며, 맨발이다.

날개를 다쳐 들것에 실려 가는 천사는 운반하기 힘든 무게만 지니고 있다. 앞뒤에서 들것을 들고 가는 아이들은 철부지 같은 얼굴을 하고 있으며 무덤덤하다. 다친 천사에 관심을 두지 않고 누가 시킨 일을 마지못해 하고 있는 표정이다.

주위의 풍경도 어둡기만 하다. 현실은 냉혹하다. 헛된 희망을 가지는 것이 어리석다. 천사는 이미 천사가 아니다. 어디 가서 치료를 받으면 상처가 나을 수는 있어도, 하늘에 날아 오를 수는 없을 것이다. 충격에 휩싸여 마음 편하게 볼 수 없는 광경이다. 기존의 관념을 여지없이 파괴한다.

천사를 고결하고 아름다운 여인으로 여기기도 한다. 사랑하는 여인을 천사라고 칭송하는 시가 넘쳐나게 많다. 고티에(Théophile Gautier)의 〈정다운 천사님, 당신은 아름다워요〉(Cher ange, vous êtes belle)는 "정다운 천사님, 당신은 아름다워요. 사랑을 꿈꾸게 하시네요." 이런 말로 시작된다.

보들래르(Charles Baudelaire)는 이런 시에 불만을 가지고 어깃장을 놓았다. 〈뒤집어보기〉(Réversibilité)라는 제목을 내건 시에서 통상적인 언사를 뒤집었다. 천사의 무지를 나무라면서 쓴 소리를 했다. 누천년의 이상주의에 치명타를 날렸다.

즐겁기만 한 천사여, 당신은 고뇌를 아십니까?
수치, 후회, 통곡, 권태,
무서운 밤의 무언지 모를 공포,
가슴을 종잇장처럼 구기는 것을,
즐겁기만 한 천사여, 당신은 고뇌를 아십니까?

4

선녀는 천사나 비천과 다르다. 천사나 비천은 남성인지 여성인지 구분되지 않는다. 아름답게 보여 여성이 아닌가 생각하게 한다. 仙女는 호칭에 '女'자가 들어 있다. 모두 분명히 여성이다.

〈西遊記〉(서유기)에서 그린 천상 세계를 보자. 玉皇上帝(옥황상제) 신하에 남성인 天將(천장), 天官(천관), 天吏(천리) 등이 있고, 여성은 모두 仙女라고만 한다. 西王母(서왕모) 같은 상위의 선녀는 예외이고, 대부분의 선녀는 이름이 없고 아름다운 자태로 시선을 끌면서 시중을 들고 접대를 하는 임무나 맡고 있다. 紅靑素皀紫黃綠(홍청소조자황록) 七色(칠색)의 옷을 입고 춤을 추니 황홀하다. 그런 선녀들이 부드럽고 친근하고 아름다운 느낌을 주어 천상계에 대한 반감을 줄인다.

선녀는 상상을 보태고 창작을 할 여지가 많아, 문학작품에 자주 등장하는 것이 비천이나 천사와 다르다. 〈沈七哥〉(심칠가)라는 것을 들어보자. 중국 양자강 하류 지방에서 구전되는 吳語(오어) 서사시의 하나인데, 시골 총각과 두 선녀의 관계를 다룬다(姜彬主 編, 《江南十大民間敍事詩》, 1989에 수록되어 있다.).

시골 청년 沈七哥는 훌륭하다고 칭송받았다. "효성 있고 마음씨 착해, 어머니와 이웃을 위해 산을 오르고 호수로 내려가 먹을 것을 구해오며, 높은 산에 늙은 호랑이를 두려워하지 않고, 바람이 급하고 물결이 높으며, 큰 호수가 깊은 것을 두려워하지 않는다." 이런 청년이 洞庭山(동정산)에 올라가, 張天師(장천사)라고 하는 산신의 두 딸 六娘(육랑)과 七娘(칠랑)을 만난 사건이 길게 이어진다.

그 둘을 이렇게 소개했다. "六娘 아씨는 경박해서 버들꽃이 물을 따라 흐르는 것과 같다. 七娘 아씨는 마음이 바르고 행실도 얌전해 착하다." 성격이 경박하고 행실이 나쁜 선녀 六娘에게 납치되어 괴로움을 겪던 沈七哥를 마음씨 착한 선녀 七娘이 구출했다고 한다.

사랑의 이야기가 전개되는 것은 아니다. 선녀가 베푼 혜택을 사람이 받아들이는 바람직한 관계가 이루어졌다는 말이다. 고난을 극복하고 무사히 돌아오는 沈七哥에게 七娘 선녀는 노래를 가르쳐주고, 五穀(오곡) 농사를 알려주었다. 沈七哥는 베풀어준 은혜에 깊이 감사한다고 했다.

七娘에게 배운 노래에서, 그 지방의 전통민요 山歌(산가)가 유래했다고 한다.

〈나무꾼과 선녀〉 이야기는 너무나도 잘 알려져 사건을 새삼스럽게 소개할 필요가 없고, 의문이 되는 사항만 검토하기로 한다. (가) 천상에도 좋은 물이 많을 터인데, 왜 선녀가 사람이 살고 있는 지상에 내려와 목욕을 하는가? (나) 날개옷은 어떤 것이어서, 입으면 하늘을 오르내릴 수 있는가? (다) 선녀가 나무꾼을 멸시하지 않고 아내가 되어 아이들을 낳는 것이 어떻게 해서 가능한가? 이런 의문을 풀어본다.

(가)는 지상에도 천상보다 더 깨끗하고 아름다운 곳이 있다는 것을 알린다. 上下(상하)의 淸濁(청탁)이 반대가 될 수 있으므로, 차등의 선입견에서 벗어나 대등의 실상에 근섭하라고 한다. 좀 더 깊이 생각하면, 대등은 역전에서 이루어지는 원리를 발견하게 한다.

(나)의 의문은 '날개'옷이 '날개'가 아니고 '옷'인 것을 알아야 풀린다. 날개는 물리적으로 작동하고, 옷은 심리적인 작용을 한다. 물리적 작동은 어디까지인지 계산할 수 있으나, 심리적 작용은 한계가 없다. 하늘을 오르내리는 것은 한계를 넘어서야 가능하다. 선녀가 실체라고 주장하지 않고, 이런 생각이 아주 소중하다고 한다. 이에 대해 실증적 고찰을 하려고 들면 어리석다.

(다)는 선녀가 천지매개자이기만 하지 않고, 천지융합의 실행자임을 말한다. 下男(하남)과 上女(상녀)가 부부가 되어 男尊女卑(남존여비)를 무너뜨리는 아주 좋은 본보기를 보여준다. 우열 역전에서 대등이 실현되는 것을 분명하게 한다.

나무꾼과 선녀 이야기는 문헌에 오르지 않고, 잘 꾸며 빛나게 한 작품도 찾기 어렵다. 구전되는 것을 누구나 다 알고 있다. 무엇을 말하는가도 설명할 필요가 없다. 유식한 체하면 웃긴다. 인용과 각주가 많은 구닥다리 논문을 쓰면 촌스럽다. 결론이 없어도 되지만, 심각한 논의를 해온 것이 잘못이라고 할 수 없어 한 마디 덧붙인다.

가장 소중한 것이 가장 가까운 곳에 있다. 비천·천사·선녀를 말하면서 끈질기게 이어온 차등론이 나무꾼과 선녀의 결혼에서 무너진다. 역전이 이루어져 대등론에 이른다. 이원론을 거부되고, 일원론이 대안으로 등장한다.

서쪽의 드라헤와 동쪽의 용

1

龍(용)은 어디나 있다. 동아시아뿐만 아니라, 서쪽 유럽에도 있다. 둘을 구별해 일컫기 위해, 동쪽의 용은 '용', 서쪽의 용은 독어에서 'Drache' (영·불어 dragon)라고 하는 말을 가져와 '드라헤'라고 한다.

드라헤는 발이 길어 도마뱀 같고, 날개가 있다. 독한 안개를 피운다. 사람을 해치는 괴물이다. 용은 커다란 뱀의 모습을 하고 있으며, 위엄 있는 얼굴에 뿔이 나 있다. 如意珠(여의주)라는 신비스러운 구슬을 물고 있어, 날개가 없어도 상서로운 구름에 감겨 하늘을 날며 온갖 조화를 부린다. 비를 내리는 임무를 맡는다고 한다.

용은 제왕의 상징으로, 드라헤는 악마의 화신으로 여긴다. 용은 사람을 도와주는 선행을 베푸니 그 보답을 해야 한다고 한다. 드라헤는 악행만 하고 있어 죽어야 한다고 한다. 드라헤를 죽이는 영웅의 이야기가 유럽 곳곳에 있으나, 특히 독일에서 열심히 작품으로 창작했다. 용이 사람을 도와주고 사람이 용을 도와주는 동아시아의 이야기가 한국에서 분명하고 풍부하게 전승된다.

2

독일과 북유럽 일대에 지그프리트(Siegfried)라는 영웅이 드라헤를 죽인 이야기가 퍼져 있다. 이것을 독일 중세의 영웅서사시 〈니벨룽겐노래〉(Nibelungenlied)에서 바그너(Richard Wagner)의 악극 〈지그프리트〉에 이르기까지 수많은 문학 작품에서 다채롭게 이용한다. 공통된 개요를 들면 다음과 같다.

지그프리트는 무시무시한 드라헤와 맞닥뜨려도 두려워하지 않았다. 바라보고 웃으니까, 드라헤가 진노해 불을 뿜고 이빨을 드러냈다. 지그프리트는 뒤로 돌아가 칼을 드라헤의 등에 꽂아 심장까지 찔렀다. 드라헤의 피를 온몸에 덮어써서 지그프리트는 죽지 않게 되었다. 나뭇잎 하나가 떨어져 있는 곳은 드라헤가 피가 묻지 않아 치명적인 약점이 되었다. 나중에 그 때문에 피살되었다.

3

용의 이야기는 이와 많이 다르다. 《삼국유사》에서, 신라의 명궁 居陀知(거타지)가 서해 용왕의 부탁을 받고 서해 용왕 일가족을 괴롭히는 늙은 중을 쏘아 죽이니, 늙은 여우였다고 했다. 용왕은 그 보답으로 거타지에게 자기 딸을 아내로 삼으라고 했다. 〈고려사〉 서두에 전하는 作帝建(작제건) 이야기도 이와 비슷하다. 명궁 작제건도 서해 용왕의 부탁을 받고 늙은 여우를 쏘아 죽이고, 용왕의 딸과 결혼했다.

이런 이야기는 네 가지 말을 한다. (가) 용은 바닷속 왕국을 다스리는 용왕이다. (나) 그런데도 적대자의 공격을 받고 위태로울 수 있다. (다) 인간이 용보다 강해 그 적대자를 죽일 수 있다. (라) 용과 인간이 결혼할 수 있다. (가)에서 보이는 차등론이 뜻밖에도 (나)에서 무너지고, 감당할 수 없는 상극이 노출된다. (다)에서 우열이나 강약의 역전이 일어나, (라)의 대등에 이르고, 상극이 상생이 된다.

용과 용이 싸우는 일이 흔히 있다고 했다. 좋은 용이, 사람에게 부탁해 도움을 받고 나쁜 용을 물리쳤다고 하는 이야기가 파다하게 전해진다. 〈龍飛御天歌〉(용비어천가)에 다음과 같은 노래가 있다.

흑룡이 한 살에 죽어 백룡을 살려내시니,
子孫之慶(자손지경)을 神物(신물)이 사뢰니.

조선왕조를 건국한 李成桂(이성계)의 조부 度祖(도조)가 용 싸움에 끼어들어 백룡을 도와주었다는 이야기이다. 백룡이 한 예언에 따라 손자 이성계가 왕위에 올랐다고 한다. 《東國輿地勝覽》(동국여지승람)에도 度祖가 흑룡을 쏘아 못의 물이 붉게 물들었다는 赤池(적지)의 전설이 올라 있다.

드라헤는 사람과 적대적인 관계이고, 용은 사람과 잘 지낼 수 있다. 용은 용끼리 싸우고, 사람은 부탁을 받고 그 싸움에 개입한다. 드라헤를 죽이려면 엄청난 힘을 가지고 다가가 칼을 휘둘러야 하지만, 선룡을 도와 악룡을 퇴치하려면 멀리서 활을 쏘기만 하면 된다. 선룡은 그 보답으로 커다란 혜택을 베푼다.

드라헤는 쉽게 무어라고 할 수 있는 것이 아니다. 용 이야기는 누구나 할 수 있어, 다양하게 변형된다. 충청남도에 전하는 것들만 들어도 다음과 같다(조동일·허균·이은숙 공저, 《충남문화 찾아가기》, 2020을 이용하고, 해당 지역을 적는다).

백 년 묵은 구렁이가 용이 되고 싶었다. 산신령에게 물으니, 용이 되어 앞바다의 풍랑을 진정시킨다고 약속하면 어디서 도를 닦아야 하는지 알려주겠다고 했다. 그렇게 하겠다 하니, 크기가 몸둥이와 꼭 같은 굴을 찾아가라고 했다. 구렁이는 그런 곳에서 백년 동안 도를 닦아 용이 되어 승천했다. 풍랑은 줄어들었다(태안).

구렁이가 도를 닦으면 용이 된다. 도를 닦으려면, 용이 되어 모두에게 좋은 일을 하겠다고 약속하고, 오랫동안 절제하고 인내하는 과정을 거쳐야 한다. 이 말은 사람에게도 그대로 타당하다.

어부들의 고사반을 먹고 사는 황룡이, 조기떼를 몰고가려는 청룡의 도전을 받고 명궁에게 도와달라고 했다. 명궁이 실수로 황룡을 쏘자, 피를 흘리며 나타나 말했다. "모든 것이 하늘의 뜻이다. 이곳 살림이 빈곤하게 될 것이다." 조기떼가 청룡을 따라갔다(서산).

용 싸움에 끼어든 명궁이 실수를 한 유형이다. 어부들이 용을 섬기는 것은 고기떼를 관장한다고 믿기 때문임을 말해준다. 실수가 하늘의 뜻이라고 하는 비극적 사고가 엿보인다.

용 둘이 사이좋게 살고 있으며, 사람들에게 잘해주었다. 비를 제때 내려 농사가 잘되게 했다. 중국의 나쁜 용들이 와서 싸움을 걸고 두 용을 죽이려고 했다. 두 용은 "우리는 싸움 같은 것 하지 않는다"고 하고, 자리를 피했다. 그런데도 광풍이 몰아치고 돌이 날리는 공격을 받고, 용 하나는 죽고, 또 하나는 허리가 끊어졌다. 그래서 허리 끊어진 산이 있다. 죽은 용들을 위해 제사를 지낸다(당진).

복잡하게 얽힌 사건이 깊은 의미를 지니고 있다. 사이좋게 사는 두 용이 비를 제때 내려주며 사람들에게 잘해주었다는 것은 대등 상생의 이상적인 경지이다. 그 두 용이 중국에서 온 나쁜 용들의 공격을 받고 죽는 참사가 벌어졌다는 것은 차등 상극의 개입으로 빚어진 민족 수난의 신화적 표현이다.

죄를 짓고 하늘에서 내려온 천제의 아들이 용으로 변해 살고 있었다. 인근 산에는 수백 년 묵은 지네가 있었다. 용이 자고 있는데, 비명 소리가 들렸다. 지네가 나물 캐는 소녀를 죽이려고 했다. 용이 으르렁거리니 지네는 덤벼들었다. 용은 싸우려다 참았다. 용의 꿈에 산신령이 나타나 지네를 퇴치하고 마을을 편안하게 해야 승천할 수 있다고 했다. 어떻게 할까 궁리하다가, 자기가 구해준 소녀의 할머니에게 쑥을 구해 두었다가 바람이 지네 쪽을 불면 태우라고 했다. 그렇게 하니 지네가 산봉우리가 떨어져나갈 만큼 몸부림치다가 죽었다. 그 공으로 용은 내려오는 은하수를 타고 하늘로 올라갔다(당진).

용이 힘을 쓰지 않고 머리를 써서 지네에게 이겼다. 천제의 아들이 죄를 짓고 내려와 용으로 변했다가 그 공로로 복귀했다. 둘 다 용이 사람과 대등한 것을 말해준다.

어떤 총각이 논에 물을 대러 가다가 이무기 둘이 싸우는 것을 보았다, 황색 이무기가 청색 이무기의 공격을 받고 피를 흘려, 청색 이무기에게 삽을 던졌다. 삽이 몸에 박힌 청색 이무기는 저주와 원망의 눈초리를 보내고 자취를 감추었다. 총각이 혼인을 앞두고 행방불명이 되었다. 예비 신부가 남편을 찾으려고 기도를 드리니, 흰 수염을 길게 늘어뜨린 노인이 하늘에서 내려와 말했다. 성질이 포악해 하늘에서 추방된 청색 이무기가, 삽을 던진 일로 원한을 품고 남편을 납치했다고 하고, 그 장소가 어딘지 말했다. 작은 구슬을 주고는, 그곳을 찾아가 청색 이무기의 꼬리에 달라고 했다. 그대로 했더니 청색 이무기가 죽었다. 황색 이무기는 용으로 변해 하늘로 올라갔다. 그 뒤에는 흉년이 사라지고 풍년만 들었다(아산).

  자세한 내용은 생략하고 개요만 적은 것을 다시 간추린다. 이무기와 이무기의 싸움이 이무기와 사람의 싸움으로 번졌다. 차등을 가리는 상극의 투쟁이 확대되고 다변화해, 사태가 심각하게 되었다. 사람 가운데 가장 연약하다고 생각되는, 결혼을 앞둔 예비 신부가 강약의 역전을 보이며 해결자로 나서서, 차등을 대등으로, 상극을 상생으로 바꾸어놓았다. 이런 이야기를 대단한 창작력을 발휘해 아주 복잡하게, 무척 재미있게 했다.

  4

  드라헤는 처음부터 드라헤이지만, 용은 그렇지 않다. 큰 뱀에 지나지 않는 이무기로 오래, 천년이라고도 하는 기간 동안 지내다가 특별한 계기가 있어야 용으로 승격한다. 이에 관한 논의가 범상하지 않다.
  이무기가 如意珠(여의주)라는 구슬을 얻으면 용이 된다. 이것은 하늘에서 내려주는 선물이다. 하늘에 잘 보여야, 시키는 대로 하는 충성심이 인정되어야 얻는 차등의 표상이다. 이것은 용을 두렵게 여기면서 반발하게 한다.

쇠똥구리는 쇠똥 뭉치를 자기 나름대로 사랑하고, 검은 용의 여의주를 부러워하지 않는다. 검은 용 또한 여의주를 가지고 자기 자랑을 하면서, 저 쇠똥구리의 뭉치를 비웃지 말아야 하리다.

李德懋(이덕무)는 〈蜣蜋〉(당랑, 쇠똥구리)이라는 글에서 이렇게 말했다. 쇠똥구리의 쇠똥 뭉치와 검은 용의 여의주는 둥근 물체라는 것이 같은데, 최하이고 최상인 것이 다르다고 한다. 차이점보다 공통점을 더 소중하게 여기면, 차등론에서 벗어나 대등론에 이를 수 있다. 기발한 착상으로 편견을 깨고 진실을 밝혔다.

더 생각해보자. 쇠똥구리든 검은 용이든, 누구나 가식을 버리고 자기 삶을 즐겨야 한다. 각기 사는 방식이 다르고, 필요한 것이 따로 있으므로 남들을 부러워할 필요가 없다. 삶의 실상은 무시하고, 일률적인 기준에서 서열이나 지체를 구분하는 관습은 부당하다.

쇠똥구리는 쇠똥을 먹이로 삼아 누구에게 피해를 주지 않고 환경을 정화한다. 용 가운데 으뜸이라고 하는 검은 용은 권능을 높이고 약자들을 멸시하고 두렵게 여기도록 하려고 여의주가 필요하다. 쇠똥구리 같은 하층민을 옹호하고, 검은 용 같은 지배자를 경계해야 한다.

용은 여의주를 얻어 하늘을 나는 것만도 아니다. 자기가 스스로 뿜어낸 구름을 타고 다니며 풍운조화를 부린다. 자가발전을 하는 셈이다. 이에 관해 중국 당나라 문인 韓愈(한유)는 〈龍說〉(용설)이라는 글을 지었다. 말이 미묘해 원문부터 든다.

龍噓氣成雲 雲固弗靈於龍也 然龍乘是氣 茫洋窮乎玄間 薄日月 伏光景 感震電 神變化 水下土 汩陵谷 雲亦靈怪矣哉(용허기성운 운고불영어용야 연용승시기 망양궁호현간 박일월 복광경 감진전 신변화 수하토 율능곡 운역영괴의재)

용이 기운을 토해 구름이 되었다. 구름은 원래 용만큼 신령스럽지 않다. 그러나 용이 그 기운을 타고, 아득히 멀리까지 당당하게 가고, 해와 달에 근접하고, 빛을 가리고, 천둥과 번개에 감응하고, 신이한 변화를 일으키고, 땅에 비를 내리고, 언덕과 계곡이 잠기게 한다. 구름 또한 신령스럽고 괴이하도다.

무슨 말인지 따져보자. 용이 구름을 토해, 타고 다닐 것을 스스로 마련한다. 용의 풍운조화는 대단하지만, 그렇게 할 수 있게 하는 구름 또한 신령스럽고 괴이하다. 창조자 용과 창조물 구름이 대등하다. 용의 풍운조화는 차등이 아닌 대등에서 이루어진다. 명심해야 할 이치이다.

이무기가 용이 되는 것은 누가 보고 "용이다" 하고 불러주어야 가능하다고도 한다. 이 경우에는 용이 사람과 대등하다고 알려준다. 이런 이야기 별난 것을 수집하고 고찰했다(《인물전설의 의미와 기능》, 1979). 먼저 개요를 든다.

울릉도에서 포항까지 열두 섬이 있어서 왜적이 침공하는 거점이 되었다. 짐부대왕이 세상을 떠나면서, 용이 되어 열두 섬을 없애겠다고 했다. 큰 것이 나타나 꿈틀거리니, 보는 사람이 모두 "뱀이다"하고 외면했다. 할머니 등에 업힌 아이 유금이만 다른 말을 했다. "뱀이 아니고 용이다." 그러자 용이 하늘로 올라가 열두 섬을 꼬리로 쳐서 없앴다. 돌아와 마을 근처의 산도 쳐서 들을 만들었다. 그 들을 유금이들이라고 하면서, 지금도 농사를 잘 짓고 있다.

죽어서 용이 되어 왜적을 막겠다고 한 문무왕을 망국의 군주 경순왕으로 바꾸어놓고, 이름을 불러 金傅大王(김부대왕)이라고 했다. 이 이야기에서는 '짐부대왕'이라고 했다. 비극의 주인공을 친근하게 여기고, 나라가 망해도 더 큰일을 했으리라고 생각했다. 왜적을 막는 방법을 눈으로 보는 듯이 말했다.

열두 섬을 쳐서 없앨 만한 능력을 가졌어도 사람이 용이라고 불러주어야 용이다. 아무도 하지 않은 그 말을 업혀 있는 어린아이가 했다. 이것은 차등론을 이중으로 부정하는 대등론의 반론이다. 용이 유금이들을 만들어주어 농사를 잘 짓고 있다는 것은 대등 관계에서 서로 도와주어 얻는 이득의 증거이다. 이렇게까지 생각해 깊은 의미를 알아차리면, 놀라지 않을 수 없다.

5

드라헤 이야기에는 상극만 있다. 사람과 상극 관계에 있는 드라헤 하나만 등장하고, 사건 전개가 단조롭다. 용 이야기에는 상극도 있고 상생도 있다. 두 용의 대결에 사람이 개입해, 상극과 상생, 차등과 대등의 관계가 복잡하게 얽히는 것이 예사이다. 흥미로운 창작을 다양하게 하면서, 차등상극에서 벗어나 대등상생에 이르고자 하는 소망을 일제히 나타낸다.

양쪽의 이야기는 서쪽의 유럽과 동쪽의 아시아가 다른 길을 택한 것을 말해준다. 유럽의 선택은 독일에서, 아시아의 선택은 한국에서 특히 선명하게 나타난다. 그것은 결국 철학의 차이이다. 독일의 변증법과 우리의 대등생극론은 각기 깊은 뿌리가 있다.

위대하다는 고전 뒤집기

1

　인도를 정복하고 지배한 아리안족은 일찍이 〈마하바라타〉(Mahabharata)와 〈라마야나〉(Ramayana)라고 하는 두 서사시 거작으로, 산스크리트문명의 위엄을 높이고 가치를 입증했다. 둘 다 그 문명권 안의 여러 민족에게 전해져 불변의 전범으로 평가되면서, 배우고 따르고자 해도 능력이 부족하다고 느끼도록 했다. 숭배의식과 함께 대항의식이 생겨나게 했다.

　〈마하바라타〉는 아리안족 내부의 싸움을, 〈라마야나〉는 아리안족과 다른 민족의 관계를 다룬 것이 서로 달랐다. 〈라마야나〉가 더 멀리까지 전파되고 수용되어 문명의 동질성을 확인하도록 하는 다른 한편으로, 문화 갈등을 일으켰다. 동남아시아 여러 곳에서 이 작품을 다양한 방식으로 개작해, 자기 것으로 만들려고 일제히 경쟁했다.

　〈라마야나〉는 주인공 라마(Rama)의 아내 시타(Sita)가 마왕 라브나(Ravena)에게 잡혀가는 불행한 일이 일어났으므로, 라마가 찾으러 가서 악을 물리치고 선이 승리했다는 사건을 다루었다. 라마는 아리안족의 지도자이고, 악한 라브나는 원주민의 수장이라고 이해된다. 북쪽의 라마가 아내 시타를 찾으려고 멀리 갔다고 하고, 이동의 범위를 스리랑카까지 확대했다. 이런 전개를 갖추어 인도아대륙에서 일어난 역사의 대변동을 그려냈다고 할 수 있다.

　지금은 인도 동남쪽으로 밀려나 있는 타밀인은 언어 계통이나 민족의 유래가 아리안족과는 아주 다른, 인도아대륙 원주민이다. 아리안족이 만들어낸 공동문어 산스크리트와 함께 힌두교 불교 등의 보편종교를 받아들여 그 문명권의 일원이 되고도, 민족문화에 깊은 애착을 가졌다. 산스크리트문명권의 보편적인 가치를 타밀민족문화의 독자역량을 발휘해 재창조하고자 한 것을 주목할 만하다.

〈라마야나〉를 많이 수정한 번안작을 만들면서, 라마가 비시누(Vishinu)신의 화신임을 분명하게 해서 작품의 품격을 높였다. 왕은 신성하다고 칭송하는 타밀인의 전통적 사고방식을 적극적으로 나타냈다. 라마 대신 왕위에 오른 이복동생이 자격 미달 때문에 깊은 죄의식을 느끼도록 했다. 라마의 아내 시타가 라브나에게 잡혀갔을 때에는 천신의 보호로 정절을 의심받을 일이 애초에 생겨날 수 없었다고 했다.

이런 개작으로 〈라마야나〉를 더욱 훌륭한 작품으로 만들어 원작보다 앞서려고 한 것만은 아니다. 힌두교를 받아들여 그 본고장보다 한층 열심히 신봉하는 것과 같은 방식으로 경쟁하다가 한 걸음 더 나아갔다. 힌두교는 보편종교이지만, 〈라마야나〉는 아리안족의 일방적인 우위를 나타내는 서사시여서 경우가 달랐다. 〈라마야나〉를 힌두교의 이상을 더 잘 구현하게 개작하기만 해서는 타밀인의 주체성을 선명하게 구현할 수 없었다. 〈라마야나〉보다 더욱 뛰어난 서사시를 다시 지어, 아리안족의 우위를 주장하는 데 대해서 반론을 제기해야 했다. 보편적인 진리를 새롭게 구현하는 데 타밀인이 앞선다고 해야 했다.

그래서 이룩한 작품이 〈칠라파티카람〉(Cilappatikaram), 일명 〈발찌의 노래〉(The Lay of the Anklet)라고 하는 것이다. 창작 시기는 5세기로 추정된다. "위대한 왕이시여, 갠지스강가까지 노도처럼 진군해 아리안족의 왕들을 쳐부셨나이다"라는 찬사를 바친 것이 사실일 수는 없다. 그런 방식으로 직접적인 반론을 펴는 것을 본론으로 삼지 않고, 〈라마야나〉와는 여러모로 다른 서사시를 지었다. 왕비의 발찌를 훔쳤다는 누명을 쓰고 남편이 억울하게 처형되자, 파티니(Patini)라는 이름의 아내가 항거하다가 죽은 사건에 중심을 두고 작품이 전개된다.

너무나도 억울한 일 때문에, 파티니는 몸을 갈가리 찢어 불꽃이 되었다고 했다. 사악한 도시를 태우고 승천을 했다고 했다. 숭앙을 받을 만한 이적이 있어, 신이 되었다고 했다. 민족의 신 파티니를 타밀의 국왕들이 다음과 같이 섬긴다고 했다.

신들의 고장 히말라야에서
거기 있는 시바의 신에게 기도를 하고
가져온 돌에다가 파티니의 모습을
빼어난 솜씨로 새겨 거기 봉안하고서,
교묘하게 장식하고 꽃으로 꾸며 경배한다.
사원 입구에는 수호신들을 새겨놓았다.
북쪽 나라들까지 통치권을 넓힌
왕들 가운데 사자인 분이,
봉안을 주관하시고 명령했다.
"여신을 예배하고 제물을 바쳐라."

영웅에게서 범인으로, 제왕에게서 백성으로, 남성에게서 여성으로 관심을 돌렸다. 하층의 구전을 적극 받아들여 대전환을 이룩했다. 범인에 지나지 않은 일반백성의 여인이 겪은 수난사를 가져와서 새로운 서사시를 만들어냈다. 시대변화를 정확하게 간파하고 슬기로운 대응책을 제시했다.

범인서사시를 신령서사시로 만들고, 민족서사시라고 받들었다. 세 층위는 유래가 다르다. 신령서사시는 원시서사시의 층위이고, 민족서사시는 고대의 유산이라면, 범인서사시는 중세의 창조물이다. 이 셋을 합쳐서 중세민족서사시를 이룩했다. 범속한 인물의 훌륭한 행실을 대단하게 여기는 중세 군주의 모습을 부각시켜, 민족적 자부심의 새로운 근거를 제시했다.

여인을 죽게 만든 국왕, 죽은 여인을 여신으로 받든 국왕, 이 둘은 아주 다르다. 여인을 죽게 만든 국왕은 학정을 하는 악인이고, 백성을 해친다. 죽은 여인을 여신으로 받든 국왕은 백성을 따뜻하게 보살피는 선정을 한다. 이런 말을 하면서 고대 군주와 다른 중세 군주의 이상적인 모습을 제시했다.

초인적인 위력을 존경하라고 하지 않고, 자세를 낮추어 베푸는 덕치를 평가하자고 했다. 차등론에 대한 미련을 버리고 대등론을 소중하게 여기자고 했다. 타밀인은 아리안족보다 뒤떨어졌으므로 시대 전환에 앞설 수 있었던 것을 보여준다. 역사 전개의 일반적 원리를 잘 보여주었다.

2

중국의 고전 《三國演義》(삼국연의)는 대단한 작품이라고 여기고, 한국에서 거듭 번역하고 자주 개작했다. 전편을 바꾸기는 어려워, 어느 인물이나 장면을 따로 떼어내 다시 이야기하는 것이 예사였다. 赤壁大戰(적벽대전) 대목을 판소리로 개작한 〈赤壁歌〉(적벽가)를 특히 주목할 만하다. 원작에 대해 반론을 편 것이 잘 새겨 보면 아주 놀랍다.

사건이 두 단계로 전개되었다. (가) 대군을 이끌고 남쪽으로 진격해 온 曹操(조조)는 승리를 장담하면서 의기양양했다. (나) 남쪽의 방어군이 조조의 선단에 일제히 불을 붙여, 조조가 가까스로 도망쳐 목숨을 구했다. (가)에서 (나)로의 전환을 위해 諸葛亮(제갈량)이 초인적인 활약을 한 것이 작품 전편에서 가장 빛나는 대목이다. 〈적벽가〉는 이에 대해 관심을 가지지 않고, 딴말을 해서 중심을 이동했다.

(가)에 조조가 술잔치를 벌이는 대목이 있다. 신하들이 "願得早奏凱歌 我等終身皆賴丞相福蔭"(원득조주개가 아등종신개뢰승상복음, 원컨대 개선가를 일찍 울려, 저희들 모두 평생 승상 덕분에 복을 받고 도움을 누리기를 바라나이다)라고 하니, "操大喜 命左右行酒"(조대희 명좌우행주, 조조가 아주 기뻐, 좌우에 명해 술을 가져오라)라고 했다.

하급 군사들에게도 술을 주고 즐기라고 한 말은 없는데 〈적벽가〉에서 보태 넣고, 원통하게 잡혀 싸움터까지 끌려온 것이 서럽다는 신세타령을 늘어놓았다. "여봐라 군사들아, 내 설움을 들어라", "너희 내 설움을 들어봐라"라고 하면서 다음과 같은 말을 한다고 했다(송만갑 바디 박봉술 제 창본을 인용한다.).

"부디 이 자식을 잘 길러 나의 후사를 전해주오." 생이별 하직허고 전장에 나왔으나, 언제나 내가 다시 돌아가 그립든 자식을 품안에 안고 "아가 응아" 어루어 볼거나. 아이고 아이고 내 일이야.

함정에 든 범이 되고, 그물에 걸린 내가 고기로구나. 어느 때나 고향을 가서 그립든 마누라 손을 잡고 만단정회 풀어 볼거나 아이고 아이고!

(나)에 조조가 험준한 숲속으로 도망가다가 낭패를 당한 일이 있다. "於馬上仰面大笑不止"(어마상앙면대소부지, 말에서 고개를 들고 큰 웃음을 멈추지 않았다.) 왜 웃는가 물으니, 그런 곳에 매복할 줄 모르는 어리석음을 비웃는다고 했다. 말을 마치기 전에 무서운 적장이 나타나 "驚得曹操幾乎墜馬"(경득조조기호추마, 놀라서 조조가 말에서 떨어졌다.) 〈적벽가〉에서는 이보다 더 재미있는 말을 거푸했다.

조조가 겁 짐에 말을 거꾸로 잡어타고, "아이고 여봐라 정욱아, 어찌 이 놈의 말이 오늘은 退不如前(퇴불여전)허여 적벽강으로만 그저 뿌두둥뿌두둥 들어가니 이것이 웬일이냐?" … 정욱이 여짜오되, "승상이 말을 거꾸로 탔소." "언제 옳게 타겠느냐? 말 목아지만 쑥 빼다가 얼른 돌려 뒤에다 꽂아라. 나 죽겠다. 어서 가자 아이고 아이고 아이고."

산중 송림간에 소리 없이 키 큰 장수 怒目(노목)을 嫉視(질시)허고 채수염 점잔헌디 엄연이 서 있거날, 조조 보고 大驚(대경) 질겁하야, "여봐라 정욱아 나를 보고 우뚝 섰는 저 장수가 누군가 좀 살펴봐라. 어디서 보든 얼굴 같으다." 정욱이 여짜오되, "승상님 그게 장승이요."

〈삼국연의〉에서는 조조가 살길을 찾아 바삐 도망가는 것만 말했는데, 〈적벽가〉를 부르는 광대는 잠시 걸음을 멈추고 새 소리를 듣는 장면을 능청스럽게 넣었다. "조조가 목을 늘여 사면을 살펴보니, 그 새 적벽강에서 죽은 군사들이 寃鳥(원조)라는 새가 되어 모도 조승상을 원망을 허며 우는디, 이것이 적벽강 새타령이라고 허든가 보더라"고 하고, 다음과 같은 사설을 죽 늘어놓았다.

赤壁火戰(적벽화전)에 죽은 군사 원조라는 새가 되어 조승상을 원망허여 지지거려 우더니라.
고향 이별이 몇 해런고? 歸蜀道(귀촉도) 귀촉도 不如歸(불여귀)라. 슬피 우는 저 招魂鳥(초혼조).
如山軍糧(여산군량)이 消盡(소진)헌디, 村匪擄掠(촌비노략)이 한때로구나. 소텡소텡 저 흉년새.
백만군사를 자랑터니, 금일 패군이 어인 일고? 입 삣죽 입 삣죽 저 삣죽새.

훨씬 더 많은 것을 이만 줄여도, 무엇을 말하는지 알 수 있다. "歸蜀道 귀촉도 不如歸"라고 슬피 우는 새의 오랜 전설이 되살아난다고 했다. "村匪擄掠"이라는 말은 "촌사람들을 잡고 터는 도적"이라는 말이다. 산과 같이 많은 군량 다 불태우고 그 지경이 되었으니, 전쟁이 얼마나 허망한지 알 만하다고 했다.

《삼국연의》는 영웅소설이다. 불의의 영웅을 정의의 영웅이 물리치는 싸움을 핍진하게 그렸다. 차등을 바로잡아야 한다고 했다. 〈적벽가〉는 풍자를 일삼은 판소리이다. 영웅을 싸워서 물리치지 않고 웃음거리로 만들어, 허망한 내막을 폭로했다. 차등을 뒤엎고 대등을 이룩해야 한다고 했다.

3

타밀과 한국은 문명권의 중간부라는 공통점이 있다. 중심부에서 이룩한 고도의 문명을 적극 받아들여, 결함을 시정하고 새로운 가치를 가지도록 재창조하는 작업을 함께 했다. 결함은 차등론이다. 새로운 가치는 대등론이다. 중심부는 우월해 뒤떨어진 쪽을 멸시해도 된다고 여기는 차등론을 뒤집고, 그 반대가 되는 증거를 제시해 대등론으로 나아간 것이 문명의 발전이고, 세계사의 진전이다.

차등론을 뒤집고 대등론으로 나아가는 방식은 경우에 따라 다르다. 타밀과 한국이 선명하게 대조가 되는 방식을 보여주었다. 타밀에서는 숭고한 영웅서사시를 재현하면서 영광스러운 상층 남성이 아닌 고난에 시달리는 하층 여성을 주인공으로 내세워, 차등론을 물리치고 대등론을 이룩했다. 한국에서는 고전으로 받드는 소설의 긴요한 사건을 가져와 최상위의 지휘관에 대한 칭송을 하층의 반발과 야유로 바꾸어놓아, 차등론에서 대등론으로 나아갔다.

타밀에서는 하층 여성을 주인공으로 내세워 다시 창작한 작품을 민족서사시로 받들고 자랑한다. 위대한 고전이라고 하는 평가에 국내외의 어느 누구도 동의하라고 한다. 이것은 모처럼 얻는 대등론의 의의를 스스로 축소하는 또 하나의 차등론일 수 있다.

한국에서 보여준 하층의 반발과 야유는 그리 대단할 것 없는 허튼 수작일 따름이다. 다른 말을 얼마든지 더 할 수 있다. 무식하면 더 용감하게 떠들 수 있다. 이런 것이 대등론의 온전한 모습이다.

아버지와 딸, 아주 다른 관계

1

위세를 누리고 있던 아버지가 딸 때문에 비참하게 되는 것이 상당한 이야기깃거리이다. 그런 작품에 영국 셰익스피어(Shakespeare)의 《리어왕》(*King Lear*), 불국 발자크(Balzac)의 《고리오 영감》(*Le père Goriot*)이 있다. 이 둘은 널리 알려지고 많은 논의가 있어, 새롭게 보려면 적절한 방법을 갖추어야 한다.

본다는 것은 셋이다. 아주 크게 보는 거시, 누구나 일상적으로 보는 가시, 아주 작게 보는 미시가 있다. 《리어왕》이나 《고리오 영감》에 대해 지금까지 한 말은 모두 가시의 영역에 머무르고 있다. 가시는 알 만한 사람은 다 아는 말이나 되풀이하고 있어 따분하다. 거시로 나아가는 용단을 내려, 새로운 각성을 얻어야 한다.

거시는 문명권을 넘나들어야 한다. 유럽에서 아버지가 딸 때문에 비참하게 되는 것은, 아버지가 비참하게 되면 딸이 정성껏 돌보는 동아시아의 경우와 아주 다른 것을 알고 비교하면 거시다운 거시가 된다. 거시를 위해서는 다른 한편으로 미시가 필요할 수 있다.

거시의 논의를 시작하려면 신선한 눈으로 작품을 다시 보아야 한다. 위세를 누리고 있던 아버지가 딸들에게 재산을 나누어준 것은 무슨 까닭인가? 한 말로 말하면, 이익을 확대해 위신을 키우려는 욕망이 발동했기 때문이다. 그런 욕망이 동아시아에서는 보이지 않고, 유럽인에게서는 두드러지게 나타난다. 이런 사실이 비교 고찰의 출발점이다.

리어왕은 자기 소유물이라고 여긴 국가를 딸들에게 나누어주면, 수고는 줄이고 통치는 더 잘할 수 있으리라고 생각했다. 고리오는 딸들에게 필요한 자금을 대고 잘살게 하는 것이 투자를 다변화해서 수익을 증대하는 방안이라고 여겼다. 둘 다 계산을 면밀하게 하는 유럽인의 장기를 보여주었다. 결과는 뜻한 대로 되지 않았다. 둘 다 이익을 확대하려다가 큰 손해를 보고, 그 때문에 죽기까지 했다.

계산이 빗나가 실패한 것은 무슨 까닭인가? 리어왕이나 고리오는 딸들이 자기 분신이고 자기를 위해 봉사해야 한다고 여겼는데, 딸들은 생각이 달랐다. 딸들도 면밀한 계산을 해서 자기 이익을 취했다. 동아시아의 딸이 집안을 돌보는 의무를 어떤 희생을 겪으면서도 수행하는 기쁨을 누리고자 한 것과 전연 다르다. 유럽의 딸들은 아버지를 위해 살지 않고, 각자 자기 삶을 위해 자기 이익을 챙겨야 한다고 했다. 자기 이익을 챙기기 위해 아버지가 파산하지 않을 수 없게 했다. 아버지는 그런 줄 모르고 패배자가 되었다. 비극의 주인공이 되었다.

비극의 구체적인 모습은 서로 달랐다. 이에 관한 고찰은 멀리서 하는 거시가 감당할 수 없어 가까이 다가가야 한다. 그러나 누구나 일상적으로 알 수 있는 가시의 논의나 펼치면 말이 많아도 적실한 맛이 없다.

가시가 아닌 미시가 필요하다. 미시를 위해, 리어왕과 고리오가 죽는 장면과 비교해보자. 문제의 대목을 직접 번역하고 분석한다.

리어왕이 죽을 때에는 따르는 사람들이 있어, 세상을 떠난 것을 알리기도 하고, 편히 가라는 말도 했다. "그분의 혼령을 성가시게 하지 마세요. 떠나가게 두세요. 그분은 미워합니다. 이 고통스러운 세상에 더 머무르게 하는 사람을. 그분은 정말 갔습니다. 오래 참고 견딘 것이 놀랍습니다." 고인이 하고 싶은 말을 이렇게 했다.

고리오가 죽을 때에는 근처에 아무 상관도 없는 사람들만 있다가 엉뚱한 수작이나 했다. 고리오가 죽는 탓에 준비해놓은 식사를 하지 못하게 방해를 받았다고 투덜거리다가, 별로 상관이 없는 말을 불쑥 몇 마디 던졌다. "파리라는 좋은 도시에서 누리는 특권의 하나는, 아무도 관심 있게 지켜보지 않은 채 이곳에서 나고 살고 죽는 것이다. 문명의 장점을 이용할 일이다. 오늘도 죽은 사람이 삼백 명이나 된다." 고리오의 죽음은 그 가운데 하나여서, 특별한 관심을 가질 것이 아니라고 하는 수작이다.

위대한 인물이 뜻하지 않게 비참해지는 것이 고전적인 비극이다. 리어왕은 그런 비극의 주인공이다. 고리오는 위대한 것과 거리가 아주 먼 속물이다. 비참하게 된 것을 애통해 할 사람이 없다. 고리오가 나고 살고 죽는 것은 관심 있게 지켜볼 필요가 없는 지극히 평범한 일상사에 지나지 않는다. 문명화되었다는 시대에는 사람이 물건처럼 취급된다. 이것은 새로운 비극이다. 유럽문학의 자랑이라고 하는 비극이 시대에 따라 달라졌다.

리어왕 시대의 권위주의가 사라진 것은 다행이다. 고리오의 사회가 적절한 대안인가는 의문이다. 차등론에서 평등론으로 나아가 누구든지 작은 이익에 매달리는 속물이 되고, 일상생활에서 사용하는 물건이나 다를 바 없게 되었다. 남들과의 경쟁에서 이기더라도, 사는 것이 치사하게 된다.

차등론도 평등론도 아닌, 대등론을 구현하려면 어떻게 해야 하는가? 비극을 숭상해 차등의 근거로 삼지 말아야 한다. 사소한 이익을 두고 평등 경쟁을 하지도 말아야 한다. 아무리 무력한 사람이라도 도움이 필요하면 손해를 감수하고 나설 수 있어야 대등이 실현된다.

《리어왕》은 차등의 허망함을 말해주는 비극에 그쳤다. 《고리오 영감》은 사소한 평등 경쟁이 무의미한 것을 보여주기나 했다. 대등의 의의를 깨우쳐주는 작품은 어디 있는가? 이런 의문을 가지고 동아시아로 온다.

ㄹ

아버지가 비참하게 되면 딸이 아버지를 정성껏 돌본다. 딸은 아버지를 사랑하는 착한 마음씨를 살려내 효도를 한다. 이런 이야기를 하는 작품의 좋은 본보기가 한국의 〈바리공주〉, 〈심청전〉, 〈濁流〉(탁류), 중국의 〈竇娥寃〉(두아원), 월남의 〈金雲翹〉(김운교, Kim Vân Kiều) 등이다.

작품의 성격은 다양하다. 〈바리공주〉는 무당이 구전하는 서사무가이다. 〈심청전〉은 판소리 광대가 창작해 소리하다가 글로 정착시킨 소설이다. 〈竇娥寃〉은 關漢卿(관한경)이 지은 희곡이다. 〈金雲翹〉는 阮攸(완유, Nguyễn Du)의 율문소설이다. 〈濁流〉는 蔡萬植(채만식)이 산문으로 쓴 근대소설이다.

아버지가 궁지에 몰린 사정과 아버지를 위해 딸이 한 일을 보자. 〈바리공주〉에서는 국왕이 일곱째 딸이라는 이유로 버린 바리공주가, 저승에 가서 원하지 않은 결혼을 하고 얻어온 생명수를 먹여 죽게 된 아버지를 살려냈다. 〈심청전〉에서는 장님인 아버지가 눈을 뜨게 하는 제물을 마련하려고, 딸 심청이 물에 뛰어들었다. 〈두아원〉에서는 빚에 몰린 아버지를 도우려고 딸 두아가 몸을 팔아 민며느리가 되었다. 나머지 두 작품에 관해서는 더 자세하게 말한다.

〈김운교〉는 어떤가? 참소를 당해 옥에 갇힌 아버지를 구하려고, 딸 翠翹(취교)는 사랑하는 金重(김중)을 동생 翠雲(취운)에게 부탁하고 몸을 팔아 창기가 되었다. 수난을 겪고 전전하면서도 김중에 대한 사랑을 잊지 못해 애태웠다. 투신해 자살하려다가 구출되고, 취운과 결혼해 살고 있는 김중과 다시 만났다. 김중은 취교도 아내로 삼고, 육체관계는 없는 사랑을 이루었다.

〈탁류〉는 어떤가? 무능해 핀잔이나 받는 아버지 정주사를 도우려고, 딸 초봉은 자기를 희생한다. 남승재라고 하는 착실한 청년이 자기를 좋아하는 것을 알면서도, 아버지의 명령에 따라 타락한 은행원 고태수에게 시집가고, 유부녀와 간통하던 남편이 살해되던 날 곱사인 장형보에게 강간을 당해 임신하고 출산했다. 그 뒤에도 여러 사람에게 시달리고, 다시 찾아온 장형보와 동거하다가 장형보를 죽였다. 그러는 동안에 동생인 계봉이 남승재와 사랑하는 사이가 되어 희망을 보여주었다.

두 작품을 비교해보자. 〈김운교〉에서는 등장인물의 운명만 말하고 수난을 강요하는 세태에 대한 총론은 없다. 〈탁류〉에서는 금강의 탁류를 멀리서 바라보다가 미두장에서 멱살을 잡히고 있는 정주사의 모습을 부각시키는 데까지 이르렀다. 일제의 식민지 통치가 개인의 불운과 밀접한 관련을 가진 것을 암시했다. 미두장이란 일제가 곡물을 수탈해 가려고 만든 투기 거래소이다. 정주사같이 못난 사람들이 얼마 되지 않는 돈을 다 바치고 파산하게 하는 곳이다.

〈김운교〉에서는 아버지의 수난이 단순하고 명료하다. 참소와 투옥은 긴 설명이 필요하지 않다. 〈탁류〉의 아버지가 망하고 있는 사정이나 경과는 훨씬 복잡하다. 시대가 달라지고 침략자 일제가 교묘한 방법으로 침투해 들어오기 때문이다. 정주사는 무능하고, 초봉은 선량해 무엇이 어떻게 되는지 모르고 피해자가 된다. 〈김운교〉의 등장인물은 선악을 구분하기 어렵지 않다. 〈탁류〉는 위선자나 이중인격자들이 득실대는 흐름이다.

취교와 김중의 관계와 초봉과 남승재의 관계는 같고 다르다. 사랑하는 것은 같지만, 초봉과 남승재는 표명하지 않은 사랑을 남몰래 하면서 애를 태울 따름이다. 모호한 시대의 불분명한 탁류가 진심을 감추게 하고 있어 안타까움을 자아낸다. 없어져야 할 녀석들이 세상을 휘젓고 다니고, 혼탁을 청산할 수 있는 가능성이 있는지 의심스럽기만 하다. 남승재는 좋은 세상을 염원하면서 어려움을 견디기만 한다.

〈김운교〉에서 취교의 동생 취운이 있어, 취교가 잊지 못해 애태우는 김중의 아내가 되었다고 하는 것은 무리한 전개이다. 취교가 김중의 또 하나의 아내가 되어 육체관계는 하지 않고 살아간다는 것은 무리하게 맺은 좋은 결말이다. 〈탁류〉에는 초봉의 동생 계봉이 독자적인 삶을 개척한다. 초봉이 마음에만 둔 남승재에게 가까이 가다가, 사랑을 깨닫고 일어서도록 훈련한다. 여성은 피해자이기만 하지 않고, 남성을 일깨워 희망을 이룩하는 선구자일 수 있다고 말해준다. 취운과 계봉은 비슷한 구실을 아주 다르게 한다.

〈김운교〉는 월남인이 모두 사랑하는 고전이다. 〈탁류〉는 연구하는 사람들이 가치를 발견해 차츰 알려지고 있다. 각기 자기 작품만 대단하게 여길 것은 아니다. 서로 돌려가면서 읽고 함께 평가해야 한다. 두 작품을 함께 고찰하는 것은 새로운 시도이다. 같은 점에서 깊은 동질성을 발견하고, 다른 점에서 시대변화를 확인할 수 있다.

두 작품은 차이점이 많지만, 공통점이 더욱 두드러진다. 아버지는 집안의 기둥이므로 잘못되지 않아야 한다. 딸이 자기를 희생하면서 아버지를 도운 것은 아버지 개인을 위한 봉사가 아니고 집안을 돌보아야 하는 의무 수행이다. 딸은 아들만큼 집안을 돌보지 않아 격이 떨어진다는 편견을 뒤집었다.

차등 고집은 부당하고, 평등 경쟁은 무의하다고 하는 부정적 성향의 작품이 아니다. 연약한 주인공이 아주 불리한 조건에서 자기를 희생하면서 남을 돕는 보람을 찾아, 삶을 긍정한다. 사람은 누구나 결핍이 있어 서로 의지해야 하는 대등 협력의 의의를 깨우쳐준다.

3

세세한 논의는 그만하고, 거시적인 마무리를 하자. 유럽의 딸은 자기 이익을 위해 아버지를 배신하고, 동아시아의 딸은 아버지를 위해 자기를 희생한다. 유럽 두 나라 작품, 동아시아 세 나라 작품에 각기 공통으로 나타난 이런 특징이 우연이라고 할 수는 없다.

무슨 까닭인지 알아야 한다. 유럽의 아버지는 이익을 확대하려는 욕망 때문에 딸들을 이용하다가, 딸들이 아버지 못지않게 이익 계산을 잘해 아버지의 의도를 어기는 배신자가 되었다. 이런 말은 일면적 타당성만 대강 가지고, 동아시아가 유럽과 다른 이유를 해명하기에는 많이 부족하다.

양쪽을 대등한 위치에 놓고, 심층에 이르는 비교 고찰을 해야 한다. 우연이 아닌 필연의 근거를 찾아내야 한다. 효도를 배우지 못하고 배운 것이 이유라고 하면, 너무 피상적인 견해이다. 기독교와 유교의 차이라고 설명하고 말 수도 없다.

유교의 효도 교육을 아들에게 열심히, 지나치다고 할 만큼 했다. 뒷전으로 밀려난 딸이 효도를 더욱 적극적으로, 극성스럽기까지 했다. 이 둘은 어떻게 관련되는가? 이 의문에 비교 고찰을 심화할 수 있는 결정적인 단서가 있다.

그렇다. 동아시아에서는 부계의 가문을 이어야 한다는 이유로 교육에서도 아들을 소중하게 여기고, 딸은 무시했다. 이에 대해 반발하면서 경쟁심이 발동해, 딸이 아들보다 아버지를 더 잘 돌볼 수 있는 것을, 효도를 더 잘할 수 있는 것을 입증하고자 했다. 아버지가 비참하게 되면 좋은 기회가 생겼다. 거의 모든 포유류가 공유하고 있는 여성 특유의 집요한 애착심을 발동해, 차등을 대등으로 시정하고, 상극을 상생으로 해결했다. 미약하다는 쪽이 더 강인한 원리를 구현했다. 불운이 행운이다.

유럽은 어떤가? 유럽은 부계만이 아닌 양계 사회여서, 아버지가 아들을 제치고 딸을 오히려 더 가까이했다. 아버지의 총애를 아들보다 더 받는 딸은 위기의식을 가지지 못해, 여성 특유의 능력을 발동해 차등을 대등으로 시정하고, 상극을 상생으로 해결하는 기회를 얻지 못했다. 평생 응석받이 노릇이나 하고, 여성이 얼마나 위대한지 자기도 알 수 없는 것이 예사였다. 천부의 자질을 무효로 했다고 할 수 있다. 행운이 불운이다.

유럽을 나무라고 동아시아의 전통을 평가하면 할 일을 다하는 것은 아니다. 오늘날의 부녀 관계에 관해 일률적인 판단이나 요구를 하지 말아야 한다. 행불운의 역전으로 차등이 대등으로 바뀌는 원리를 꿰뚫어보고, 당면한 여러 문제에 슬기롭게 대처하자는 것이 임시 결론이다.

두 목소리

1

키플링(Kipling, 1865-1936)과 타고르(Tagore, 1861-1941)는 동시대의 문인이다. 두 사람 다 영국과 인도 양쪽에 걸쳐 있다. 타고르는 영국의 통치를 받고 있는 시기의 인도인이다. 키플링은 영국인이지만 인도에서 나고 자랐다. 키플링은 1907년에, 타고르는 1913년에 노벨문학상을 받았다.

둘은 겉은 이처럼 비슷하고, 속이 아주 다르다. 사회경제적 발전이 문학의 수준도 결정한다면, 영국과 인도의 문학은 한자리에 놓고 비교해 평가할 것이 아니다. 세계 최선진국 영국의 문학은 널리 모범이 되는 가치를 지니고, 낙후한 식민지 인도의 문학은 창피스러운 것이 당연하다고 하게 된다. 과연 그런가? 아니다.

영국에 반감을 가지고, 인도를 동정해 딴소리를 하는 것은 아니다. 문학은 선진이 후진이고 후진이 선진임을 밝히는 표리 역전의 과업을 수행해 널리 환영을 받는다. 사회경제사적 발전이 다른 모든 것을 좌우한다는 단순결정론의 잘못을 문학연구가 어렵지 않게 바로잡는다.

키플링은 제국주의의 대변자였다. 〈백인의 책무〉(The white man's burden)라는 시에서 백인이 식민지를 통치하는 수고가 자랑스럽다고 했다. 널리 알려진 《정글 북》(*Jungle Book*)은 늑대에게 양육된 아이가 나중에 동물 사냥꾼이 된 이야기이다.

타고르는 제국주의의 지배에서 해방되기를 염원했다. 어떤 차별도 넘어서서 모두 하나가 되자고 하는 연작시 〈바치는 노래〉(Gitanjali)를 지극한 정성으로 지었다. 〈고라〉(Gora)라는 소설에서는, 피부색이나 처지는 달라도 백인도 인도인도 다 같은 사람이므로, 구속에서 벗어나 자유를 얻기 위해 함께 나서자고 했다.

두 사람 명성 경쟁에서 키플링이 앞선 것은 잠시이고, 타고르는 세계 전역에서 애독자가 날로 늘어난다. 수염을 늘어뜨리고 고결한 모습을 한 타고르의 사진이나 그림은 흔히 볼 수 있다. 존경의 대상이 된다. 키플링이 어떻게 생겼는지는 알 길이 없다. 궁금하게 여기는 사람도 없다.

키플링은 잊혔는가 하면, 그렇지는 않다. 기이한 방식으로 기억되게 한다. '키플링'이라는 상표로 내걸고, 동물을 하나 축소해 붙인 가방이 불타나게 팔린다. 동물에게 양육된 키플링이 동물 사냥꾼이 되었으니, 동물 가죽 품질을 가장 잘 안다고 인정되기 때문이다. 오해를 이용해 돈을 버는 치사한 술책을 쓴다.

2

사냥꾼 키플링만 남고, 작가 키플링은 사라진 것이 아니다. 키플링의 시 〈만약〉("If")의 낭독이 유튜브에 거듭 올라 있다. 건장하게 생긴 백인 중년 남성이 걸걸한 목소리로 〈만약〉을 낭독하면서, 세계 정복의 욕구를 확인하는 것 같다.

시를 읽어보자. 번역으로는 이해하기 어려워 원문을 듣지 않을 수 없다. 너무 길어 처음 두 줄, 마지막 두 줄만 든다.

If you can keep your head when all about you

Are losing theirs and blaming it on you,

Yours is the Earth and everything that's in it,
And—which is more—you'll be a Man, my son!

만약 네가, 가진 것들이 모두 각기 떨어져나가
너를 비난하더라도, 머리를 계속 쳐들고 있다면,

지구 전체나 그 속의 모든 것이 너의 것이리라,
그뿐만 아니라, 너는 사나이가 되리라, 내 아들아!

이 시를 지은 해는 1910년이다. 타고르의 〈바치는 노래〉 벵골어 원본도 같은 해 1910년에 이루어지고, 1912년에 저자가 관여한 영역본이 출간되었다. 이 시와 대응되는 타고르의 작품이 〈바치는 노래〉에 많이 있는 가운데 39번을 특히 주목할 만하다.

위의 것과 분량이 대등하게 하려고 절반만 든다. 이것도 번역으로는 이해하기 어려워 원문을 제시하고, 조심스럽게 번역한다.

When tumultuous work raises its din on all sides shutting me out
from beyond, come to me, my lord of silence, with thy peace and rest.

When desire blinds the mind with delusion and dust, O thou holy
one, thou wakeful, come with thy light and thy thunder.

떠들썩하게 하는 짓거리가 사방에서 굉음을 일으켜 차단의 벽이 내려
오게 할 때면, 침묵하고 계시는 분이시여, 오셔서 평화와 휴식을 주소서.

망상을 만들어내고 먼지를 일으키는 욕망이 마음의 눈을 멀게 할 때면, 항상 깨어 있는 성스러운 분이시여, 번개와 천둥을 거느리고 오소서.

시 서두에 내놓은 말, 키플링의 "if", 타고르의 "when"은 둘 다 아직 있지 않은 무엇을 가정하는 말이다. 어느 상태에 이르렀다고 가정하면 어떻겠는가 하고 말하는 외형은 같다. 문제가 되는 상태는 아주 다르고, 대처 방법은 반대이다. 비교해 평가하라고 지은 시 같다.

키플링은 아무리 어렵더라도 주저앉지 말고, 비난 때문에 물러나지 말고, 커다란 야망을 세워 실현하라고 했다. 지구를 온통 차지하려고 하는 제국주의 침략자를 육성하고 고무하는 일을 맡아 나섰다. 사나이가 되었다는 친사를 받는 아들은 자기 아들이기도 하고, 하나님의 총애를 독점해야 마땅하다고 여긴 영국인이기도 하다. "영국인이여, 어떤 시련이라도 이기고, 세계 정복을 기어코 달성하는 영웅이 되자"고 은근히 품위 있게 말했다.

타고르가 말한, 떠들썩한 짓거리, 사방의 굉음, 차단의 벽은 누구든지 무심코 저지를 수 있는 발광 이상의 것이다. 기계문명의 위력을 이용해 만행을 자행하는 제국주의의 모습이라고 이해하면 구체적인 의미를 지닌다. 공연히 발광해 만행에 가담하지 말고, 조용히 마음을 가다듬으며 평화와 휴식을 얻자고 했다. 헛된 욕망이 망상의 티끌을 일으키면 눈이 멀게 되니, 항상 깨어 있도록 하는 번개와 천둥이 필요하다고 했다.

키플링은 차등론의 나팔수이다. 나팔 소리를 들으며 진군하려는 사람들이 유튜브에 가득 들어 있는 것을 보니 섬찟하다. 타고르는 대등론을 위한 헌신을, 자세를 낮추고 목소리를 줄여 제시한다. 〈바치는 노래〉 벵골어 또는 영어 낭독도 유튜브에 몇 개만 올라 있는데, 낭독자의 얼굴을 보라고는 하지 않고 명상하면서 빠져들도록 한다. 시대 전환이 아직 이루어지지 않은 것을 확인할 수 있다.

키플링의 나팔 소리는 소음이 되다가 사라지고 있다. 타고르가 대등을 위해 헌신하려고 나직하게 부르는 노래는 공감자들의 마음에서 증폭되어 크게 메아리친다. 누구나 자기대로 깨닫는 바가 있고 각양으로 성스러운 대등세계가 이루어지도록 하는 데 크게 기여한다.

3

내 목소리

돌부리나 차면서 골짜기를 헤맬 건가? 산 위에 올라서야 시야가 열린다. 강산이 뻗어난 것은 하늘에서 보인다.

한 시대 끝이 나서 퇴장하는 무리는 어둠만 남았다고 언제나 말하지만, 보아라, 해가 다시 떠 새 시대 시작된다.

우주는 아주 넓고 별들은 무척 멀어 아득히 먼 곳에 저쪽 사람 없을쏜가? 우리가 없어지더라도 대등생극 탐구하리.

있다 하면 없어지고 없다니 나타나, 유한은 무한이고, 무한이 유한이라. 유무를 가리는 수작 처음부터 잘못이다.

도전과 보은

1

　유럽문명권 여러 나라는 바다에 나가 겪은 일을 다루는 해양소설이라는 것을 다투어 썼다. 영국이 단연 선두라고 하더니, 미국이 앞질렀다. 유럽문명권 최강국이 된 미국은 해양활동에서도 패권을 장악하기 시작했다. 이와 함께 해양소설 창작도 주도해, 문학이 뒤떨어져 느끼던 열등의식을 청산하고자 했다.

　그래서 나온 작품이 《모비딕 또는 백경》(*Moby-Dick or The Whale*)이라는 고래잡이 소설이다. 그 뒤를 이은 《노인과 바다》(*The Old Man and the Sea*)는 큰 고기를 잡는 소설이다. 이 둘을 〈백경〉과 〈노인〉이라고 약칭하고 비교해 고찰한다.

　작자를 말하면, 〈백경〉은 멜빌(Herman Melville)이고, 〈노인〉은 헤밍웨이(Ernest Hemingway)이다. 발표 연도가 〈백경〉은 1851년이고, 〈노인〉은 1951년이다. 꼭 백 년의 간격이 있다. 〈백경〉은 장편소설이고, 〈노인〉은 중편소설이다. 둘 다 잘 알려져 있어, 간략하게 간추릴 수 있다.

　등장인물이 〈백경〉에서는 선장 에이하브(Ahab)와 여러 선원이고, 〈노인〉은 늙은 어부 산티아고(Santiago) 한 사람이다. 〈백경〉은 에이하브가 선원들을 이끌고 백경을 잡으려고 분투한 내력을 목격한 대로 이야기하는 방식으로 전개했다. 〈노인〉은 객관적인 제3자가 주인공의 행동을 관찰하고 심정을 헤아리는 통상적인 방식을 사용했다. 〈백경〉은 고래잡이에 관한 설명이 아주 장황하고, 〈노인〉은 문장이 간결한 것을 특징으로 한다.

〈백경〉은 거대한 흰 고래 백경을 잡으려고 여러 대양을 누비고 다니는 이야기이다. 에이하브는 백경에게 물려 다리를 잃고, 어떻게 하든지 백경을 잡으려고 과감하게 도전했으나 실패하고 자기가 죽었다. 〈노인〉에서는 오랫동안 고기잡이를 하지 못한 산티아고 노인이 먼 바다에 나가 너무나도 큰 고기를 잡아, 배에 싣지 못하므로 매달고 오다가 상어들에게 다 뜯겼다.

두 작품의 주인공 모두 대단한 의지를 가졌다. 인간의 능력을 최대한 발휘하겠다고 했다. 자주 인용되는 말을 들어보자. 정확한 전달을 위해 원문을 병기한다.

〈백경〉의 에이하브는 말했다. "내가 신성모독을 하는 사람이라고 말하지 말라, 나를 해친다면 나는 태양이라도 치겠다."(Talk not to me of blasphemy, man; I'd strike the sun if it insulted me.) 백경이 잡히지 않는 것은 하나님이 보호하고 있기 때문이다. 그런 백경을 기어코 잡겠다는 것은 신성모독이다. 이렇게 한 말에 대한 대답이다.

〈노인〉의 산티아고는 말했다. "사람은 패배하지 않게 되어 있다. 부서지더라도 패배는 하지 않는다."(man is not made for defeat. A man can be destroyed but not defeated.) 부서지는 것은 물리적인 손상이다. 사람은 물리적인 손상을 당하더라도 패배했다고 인정하지 않으므로, 패배는 하지 않는다고 했다. 사람은 패배를 모른다고 하면 뜻이 더욱 분명하다.

ㄹ

우리 쪽에서는 아주 다른 이야기를 해왔다. 동물을 죽이는 이야기가 아닌 살리는 이야기가 이어졌다. 살해하려고 하는 도전을 찬양하지 않고, 죽을 생명의 구출과 이어지는 보은이 훌륭하다고 한다. 대표작이랄 것이 없고, 여러 형태의 전승이 여기저기 흩어져 있다. 꼭짓점은 높지 않고, 밑면이 넓다. 이런 것을 모르고 지낸다. 먼 곳 사정에 정통하다고 자랑하면서 자기 집안의 일은 절벽이니, 우스꽝스럽고 창피하다. 불운이 행운이라고 여기고, 잊고 있는 이야기를 자세하게 한다.

큰 거북 같은 것이 조수를 타고 포구에 들어왔다가 조수가 빠지니 돌아가지 못했다. 백성들이 도살하려고 하자, 縣令(현령) 朴世通(박세통)이 말렸다. 큰 새끼를 만들고, 배 두 척으로 끌어 바다에 놓아주었다. 꿈에 늙은 아비가 나타나 앞에서 절하고 말했다. "제 자식이 놀러나가는 날을 가리지 않아 큰 솥에 들어가는 것을 면할 수 없게 되었는데, 그대가 다행히 살려주니 음덕이 큽니다. 그대와 아들, 그리고 손자, 삼대가 재상이 될 것입니다.

이런 이야기가 일찍이 문헌에 올랐다(李齊賢, 《櫟翁稗說》). 후대의 여러 기록에서 되풀이하고, 구전되기도 한다(《인물전설의 의미와 기능》, 1979). "큰 거북 같은 것"은 "거대한 흰 고래" 못지않게 경이롭다. 기어코 죽여야 할 것이 아니며, 마땅히 돌아가게 해야 한다. 죽이면 고기나 얻지만, 돌아가게 하면 보은을 받아 얻는 것이 더 크다.

거대한 흰 고래나 큰 거북 같은 것과 몸집이나 경이로움이 대등하다고 여긴 호랑이는 가까이 있어, 화제에 더 자주 올랐다. 《삼국유사》의 〈金現感虎〉(김현감호)부터 보자. 金現이라는 사람이 호랑이를 감동시켰다는 이야기가 기발하게 전개된다. 조금 줄여 옮긴다.

신라 때에 남녀가 모여 興輪寺(흥륜사)의 탑을 돌며 복을 빌었다. 김현도 참가했다가, 염불을 하며 따라 도는 한 처녀를 만났다. 두 사람은 서로 사랑하게 되어 정을 통하고, 그 처녀의 집으로 갔다.

처녀의 어머니는 김현을 오빠 호랑이들이 해치지 않게 숨겨두라고 했다. 얼마 지나 호랑이 세 마리가 나타나 사람 냄새를 맡고 어흥거리며 찾았다. 그때 하늘에서 세 호랑이가 사람을 많이 해치므로 한 마리를 죽여 징계하겠다고 했다. 이 말을 듣고 세 호랑이가 크게 근심하자, 처녀는 자기가 대신 벌을 받겠다고 했다.

처녀가 김현에게 말했다. "나는 비록 그대와 종류가 다르지만 이미 부부의 인연을 맺었습니다. 이제 내가 집안의 재앙을 막기 위하여 대신 죽고자 하는데, 다른 사람의 손에 죽는 것보다는 그대의 칼에 죽어 은덕에 보답하고자 합니다. 내일 내가 시장에 들어가 해를 끼치면, 국왕은 반드시 후한 祿俸(녹봉)을 걸고 나를 잡는 사람을 구할 것입니다. 겁내지 말고 나를 쫓아오면, 내가 그대에게 잡히겠나이다.."

김현은 거절했으나, 처녀가 자기는 젊은 나이에 죽을 운수라고 했다. 하늘의 명령을 따르는 것이 자기의 소원이고, 또한 낭군의 경사이며, 아울러 자기 집안의 복이요 나라의 기쁨이라고 했다. 하나의 죽음으로 여러 가지 이익을 가져오게 된다고 했다. 자기가 죽은 뒤에 절을 세우고 경을 읽어줄 것을 부탁하였다.

다음 날 호랑이는 숲속에서 만나 김현이 찬 칼을 뽑아 자결했다. 김현은 호랑이를 잡은 공로로 영달했다. 호랑이를 애도하며 저승길을 잘 가라고, 虎願寺(호원사)라는 절을 짓고 경을 읽었다.

처녀로 변해 탑돌이를 하는 호랑이를 김현이라는 총각이 사랑해 정을 통했다. 이것은 人獸(인수)의 대등을 확인하는 획기적인 사건이다. 그 은공에 감동해 호랑이 처녀는 이중으로 자기를 희생하는 보답을 했다.

하늘의 벌을 받아야 하는 오빠 호랑이들을 대신해 죽은 것은 가족 사랑에 지나지 않지만, 그 마음이 무척 갸륵하다. 사랑하는 사람의 칼로 자기를 찔러 사랑하는 사람이 호랑이를 잡은 공로로 영달하게 한 것은 은공에 대한 직접적인 보답이며, 사람은 생각할 수 없는 수준으로 한 쾌사이다. 부처님의 가호를 받고 저승길을 잘 가라고 기원하는 것이 너무나도 당연하다.

호랑이는 그 뒤의 여러 이야기에서도 때려잡아야 할 괴물로 나오는 법이 없다. 작은 은혜를 크게 갚았다고 하는 호랑이 보은담이 전국에 파다하게 전한다. 목에 걸려 있는 비녀를 뽑아주었더니 갖가지 기발한 방법으로 보답하더라고 한다.

목에 비녀가 걸려 있는 것은 여자를 잡아먹었다는 말이다. 남자가 복수를 하겠다고 나서지 않고, 그런 호랑이를 가엽게 여겨 위험을 무릅쓰고 손을 넣어 비녀를 빼준 것을 어떻게 보아야 하는가? 복수를 해도 죽은 사람이 되살아나지는 않는다. 곤경에 처해 있으면, 사람인가 짐승인가 가리지 않고, 그 이유가 무엇인가 묻지 않고, 당장 도와주어야 하는 것이 마땅한 도리라고 여긴다.

아무 조건이 없이 모든 경우에 대등하게 베푸는 도움은 보답을 받게 마련인 것이 대등의 원리이다. 선악이나 진위를 가리며 세상이 좋아지게 하려고 싸우는 것은 아주 훌륭하다고 할 수 있으나, 일방적인 판단을 무리하게 해서 평가를 뒤바꿀 수 있다. 목표 달성을 강압하다가 차등의 폐해를 확대한다. 대등의 혜택을 베풀고 보답을 받으면, 느려서 갑갑하기는 하지만 세상이 차츰 좋아진다. 내세울 만한 성과는 없다고 해도, 역행의 부작용은 생기지 않는다.

3

위에서 든 양쪽의 사례는 도전과 보은이 얼마나 다른지 분명하게 말해준다. 도전은 人獸의 차등과 상극에 근거를 둔 일방적인 행위이다. 보은은 萬生의 대등과 상생을 실행하는 공동의 작업이다. 어느 쪽이 옳은지 종교의 교리를 가지고 시비하면 평행선을 달린다. 어느 쪽이 마음을 편안하게, 삶을 즐겁게 하는가는 누구나 말할 수 있다.

오늘날의 학문은 오랜 논란을 재론의 여지가 없게 판가름한다. 한쪽은 가해가 자해를 수반해, 생존 환경 파괴나 인류의 멸종을 초래한다. 다른 쪽은 그런 위기를 해결하는 대안을 제시한다. 사리가 명백한 것을 교육을 통해 널리 알려야 한다.

공중에서 땅위로

1

인도승려 아스바고사(Asvaghosa)는 1세기경 〈붓다차리타〉(Buddhacarita)라는 서사시를 지어, 석가의 일대기를 정리해 서술하고 공덕을 찬양했다. 이 작품은 두 가지 점에서 대단한 의의를 가진다. 산스크리트 문학의 아름다움을 입증한 뛰어난 작품으로 평가되어, 인도문학사에서 커다란 위치를 차지한다. 흥기하는 단계의 대승불교 사상을 아주 잘 나타냈다고 인정되어, 경전과 다름없이 존중된다.

대승불교가 중국에 전래되고 경전이 번역되니, 〈붓다차리타〉도 읽고싶었다. 420년에 중국 승려 曇無讖(담무참)이 일을 맡아, 아스바고사를

馬鳴(마명), 〈붓다차리타〉는 〈佛所行讚〉(불소행찬)이라고 한 한역본을 내놓았다. 동아시아 각국에서는 〈붓다차리타〉 대신에 〈불소행찬〉을 애독했다. 〈불소행찬〉은 5언으로 이어지는 시가 잘 다듬어져 있어 불교문학의 격조를 높인다고 인정되었다.

〈佛所行讚〉이 있으니 다행이라고 여기고, 중국, 월남, 일본 등지에서는 불교서사시를 다시 지으려고 하지 않았다. 한국에서만 독자적인 창작을 두 번이나 했다. 고려시대 승려 雲黙(운묵)이 1328년 〈釋迦如來行蹟頌〉(석가여래행적송)을 한문으로, 조선시대 군주 세종이 1447년에 〈月印千江之曲〉(월인천강지곡)을 국문으로 지었다. 서사시에 대한 관심이 남달랐던 것은 사회저변에서 구비서사시가 풍부하게 전승되었기 때문이라고 할 수 있다.

〈석가여래행적송〉은 〈불소행찬〉과 아주 다른 내용이다. 상권에서는 우주의 내력에서 시작해 석가의 일대기까지 이르고, 하권에서는 불교가 중국에 전래된 경위를 말한 다음 말법시대에 맞게 신앙의 자세를 바로잡으려고 했다. 〈월인천강지곡〉은 왕조서사시 〈龍飛御天歌〉(용비어천가)와 표리의 관계를 가지고, 새로운 시대의 이념인 유교가 감당할 수 없는 내면의 번민을 불교에서 해결하고자 하는 불교서사시이다. 둘 다 창제 직후에 훈민정음이라고 일컫던 국문으로 지은 것이 획기적인 의의를 가진다.

〈월인천강지곡〉은 석가의 일대기만 다루어 〈불소행찬〉과 겹친다. 〈불소행찬〉을 국문으로 번역한 것이 아닌가 하고 의심할 수 있다. 석가에 대한 이해가 다르고 불교 사상에서 차이가 있다는 점을 들어 의심을 풀고자 하는 시도가 있으나, 얻은 결과가 그리 선명하지 않다. 아주 긴요한 대목의 원문 비교가 요망된다.

석가가 출가해 득도하고 한참 지나 돌아가 父王(부왕)을 만났다. 이 대목은 아버지와 아들, 중생과 부처, 세속과 초월, 잠시와 영원, 충만과 허공, 호화와 걸식이 겹겹으로 얽혀 있어, 긴장을 자아내고 의미를 심화한다. 두 작품의 해당 대목을 두 구절씩 들어보자.

王師及大臣(왕사급대신)
先遣伺候人(선견사후인)
常尋從左右(상심종좌우)
瞻察其進止(첨찰기진지)
知佛欲還國(지불욕환국)
駈馳而先白(구치이선백)

父王大歡喜(부왕대환희)
父子情悉除(부자정실제)
空中蓮花座(공중연화좌)
而位王說法(이위왕설법)
知王心慈念(지왕심자념)
爲子增憂悲(위자증우비)
纏綿愛念子(전면애념자)
宜應速除滅(의응속제멸)

임금님과 대신들이
먼저 망보는 사람 보내니,
항상 좌우를 따르며 찾고,
오고 멈춤을 우러러 보다가,
부처가 돌아오는 것을 알리려고,
달려와서 먼저 고한다.

아버지 임금님 크게 기뻐하는데,
아버지와 아들의 정은 젖혀놓고,
공중의 연화 자리에 올라 앉아,
임금님을 위해 설법을 한다.
임금님의 따뜻한 마음 아노라.
아들을 위해 근심과 슬픔 더한 것,
아들 생각하는 마음이 얽힘이
마땅히 빨리 없어지리라.

과過겁劫에 코苦행行ᄒ샤 이제ᅀᅡ 일우샨ᄃᆞᆯ 울優따陀야耶ㅣ 슬ᄫᅳ니이다.
열두 힐 그리다가 오ᄂᆞᆯᄮᅡ 드르샨 아바님이 니ᄅᆞ시니이다.

과겁에 고행하다가 이제야 이루신 것을 우타야가 사룁니다.
열두 해를 그리다가 오늘에야 들으신 것을 아버님이 이르시다.

쇼少씨時ᄊᆞ事 닐어시ᄂᆞᆯ 울優따陀야耶ㅣ 듣ᄌᆞᄫᅳ며 아ᄃᆞᆯ님이 ᄯᅩ 듣ᄌᆞᄫᆞ시니.
금今ᅀᅵᆯ日ᄊᆞ事 모ᄅᆞ실ᄊᆡ 울優따陀야耶ㅣ 슬ᄫᅳ며 아ᄃᆞᆯ님이 ᄯᅩ 슬ᄫᆞ시니.

소시 일을 이르시니 우타야가 들으오며 아드님이 또 들으오시니.
금일 일을 모르시므로 우타야가 사뢰며 아드님이 또 사뢰시니.

두 작품을 〈불소〉와 〈월인〉이라고 약칭하자. 〈불소〉에서는 아들이 오
는지 살피라고 망보는 사람[伺候人]을 보냈다고만 했다. 〈월인〉에서는
임금이 자기 아들을 찾아오라고 보낸 우타야가, 부처의 제자가 되어 함
께 돌아왔다. 임금인 아버지와 부처가 된 아들이 주고받는 말을, 양쪽

세계에 다 속한 우타야가 중개한다고 하는 아주 흥미로운 설정을 했다.

〈불소〉에서는 아들 부처가 돌아오는 광경을 요란하게 그리고, 아버지와 아들이 만나서 하는 말은 없다. 아버지 임금이 만나서 기뻐하는 것을 젖혀놓고, 부처인 아들은 공중의 연꽃 자리에 올라가 아버지를 위해 설법을 하면서, 아들 때문에 근심하던 마음을 다 없애주겠다고 했다. 아들의 도리는 하지 않고 부처가 할 일만 했다고 하는, 메마르고 무리한 전개이다.

〈월인〉은 이와 다르다. 아들은 너무나도 오랜 시간 동안 고행을 하다가 이제야 성불해서, 아버지는 열두 해 동안 그리워하던 아들 소식을 이제야 듣게 되어, 양쪽 다 기쁘다고 했다. 기뻐하는 것이 같아 얼싸안으면서, 기뻐하는 이유는 달라 딴말을 한다. 아들의 어릴 적 일과 최근 동향도 너무 달라 동문서답을 빚어낸다. 양쪽에 다 속한 우타야가 양쪽을 연결시켜 소통이 가능하게 했다. 절묘한 구성이 깊은 의미를 지니고 있다.

〈불소〉는 억지이고 비정하다. 부처를 잘 받들라고만 하는 경전이다. 〈월인〉은 자연스럽고 절실하다. 마음을 깊이 살피는 길을 열어주는 작품이다.

2

《담마파다》(*Dhammapada*)는 "진리에 이르는 길"이라는 말을 표제로 하고 있는 불교 경전이다. 기원전 3세기에 이루어진 것으로 추정되고, 상좌불교의 경전어인 팔리어를 사용했다. 전문이 외기 좋은 시로 이루어져 있다. 《法句經》(법구경)이라고 하는 한문 번역본이 동아시아 여러 나라에서 애독되어 왔다. 서두의 1·5번 노래를 들면 다음과 같다.

心爲法本(심위법본)
心尊心使(심존심사)
中心念惡(중심념악)
卽言卽行(즉언즉행)
罪苦自追(죄고자추)
車轢於轍(거락어철)

不可怨以怨(불가원이원)
終以得休息(종이득휴식)
行忍得息怨(행인득식원)
此名如來法(차명여래법)

마음이 모든 것의 근본이다.
마음이 시키고 마음이 한다.
나쁜 마음 안에 품고 있으면,
말과 행동에서 바로 나타난다.
죄의 괴로움이 저절로 따른다.
수레 바퀴가 소를 따르듯이.

원한을 원한으로 풀 수 없나니,
끝내 휴식을 얻지 못하리라.
인내를 해야 원한을 없앤다.
이것을 여래의 법이라 한다.

앞의 1번은 마음이 모든 것의 근본이라고 하는 불교 교리를 간명하
게 말한 총론이다. 총론을 길게 늘여 머리를 쓰게 하지 않고, 쉽게 기억

해 바로 실행할 수 있는 행동 지침을 제시했다. 뒤의 5번이 그 가운데 특히 중요하다. 사람들이 괴로워하고 다투고 죽이기까지 하는 것은 원한 때문이다. 원한을 원한으로 풀 수는 없으므로, 참고 견디는 것 외의 다른 방법이 없다고 했다. 너무 범속한 말을 불변의 진리라고 했다.

불교는 고도의 철학이면서 생활의 지침인 양면이 있다. 고도의 철학은 산문으로 전개하고, 생활 지침은 율문으로 적어 외워 노래하도록 했다. 《담마파다》를 《법구경》이라고 한 번역은 한문을 사용해 누구나 쉽게 읽고 욀 수 없었다. 나라마다 자기네 말 노래를 지을 필요가 있었을 것이다. 이렇게 하는 데 한국이 앞서고, 그 선구자는 고려 말의 승려 懶翁 (나옹)이었다. 노래를 여럿 지은 것 가운데 〈僧元歌〉(승원가)는 한자를 사용해 우리말을 적는 鄕札(향찰) 표기로, 〈西往歌〉(서왕가)는 후대에 국문으로 적은 것이 남아 있다.

1776년에 海印寺(해인사)에서 간행한 목판본 〈普勸念佛文〉(보권염불문)에 나옹의 〈서왕가〉와 함께 休靜(휴정)의 〈回心曲〉(회심곡)이 수록되어 있다. 西山大師(서산대사)라는 호로 더 잘 알려져 있는 휴정은 조선 중기에 불교를 중흥시키고 임진왜란이 일어나자 승군을 이끌고 나와 크게 활약해 세상에 널리 알려졌다.

〈회심곡〉은 일반 민중이 일상생활에서 불교 수행을 어떻게 할 것인지 말한 내용이다. 알기 쉬운 이어지는 노래가 116행에 지나지 않아 전부 욀 수 있다. 늙고 병들어도 당황하지 말라고 하는 더욱 절실한 충고를 한다. 죽어 저승에 가면 어떤 일이 벌어지는지 알고 미리 대비하라고 해서 마음을 사로잡는다. 저승에 가서 심판을 받을 때 다음과 같이 묻는 말에 자신 있게 대답할 수 있게 평소에 준비해야 한다고 했다.

배고픈 이 밥을 주어 기사구제 하였느냐?
헐벗은 이 옷을 주어 구난선심 하였느냐?

좋은 터에 원을 지어 행인구제 하였느냐?
깊은 물에 다리 놓아 월천공덕 하였느냐?
목마른 이 물을 주어 급수공덕 하였느냐?
병든 사람 약을 주어 활인공덕 하였느냐?

《법구경》에서처럼 마음을 편안하게 하면 된다고 하지 않고, 어려운 사람들에게 도움을 주는 적극적인 행동을 해야 한다고 했다. 열거하는 것들이 모두 대단한 권력이나 재물이 있어야 할 수 있는 일이 아니다. 사람은 누구나 대등한 사람이어서, 함께 먹고 마시고 입어야 한다고, 아프면 약을 먹어야 한다고 했다. 누구나 실행할 수 있는 과제를 말했다.

"깊은 물에 다리 놓아 월천공덕 하였느냐"는 생각을 더 해볼 만하다. 다리가 돌다리였으니 힘을 쓰면 놓을 수 있지만, 깊은 물에 들어가는 위험을 무릅써야 했다. 자기를 희생하고 다리를 놓아 불특정의 다수가 물을 쉽게 건널 수 있게 한 것은 越川功德(월천공덕)이라고 일컬어 아주 훌륭하다고 치하했다.

이런 〈회심곡〉을 불교 사원에서 정기적으로 하는 和請(화청)이라는 공연 행사에서 오늘날까지 줄곧 노래한다. 상두꾼들이 상여를 메고 갈 때에도, 무덤을 다질 때에도 애용하는 사설이다. 자주 들어 누구나 줄줄 왼다. 높이 숭상되는 고전이 아니고, 낮게 감돌고 있는 마음의 울림이다.

3

불교는 차등을 타파하고 대등을 실현하려고 해서 크게 환영받았다. 세 가지 보물 三寶(삼보)라고 하는 佛法僧(불법승) 부처·불법·승려를 높이 받들어야 한다고 해서 차등론으로 되돌아갔다. 이런 잘못을 시정하려면 공중에서 땅 위로 내려와야 한다.

부처는 예사 사람과 대등하다. 불법이란 일상생활에서 깨닫는 대등의 이치이다. 대등의 이치를 승려는 말하고, 일꾼은 실행한다.

오징어 게임

1

부모님 산소에 성묘를 하고 돌아오는 길에 있었던 일이다. 여동생, 아들, 딸, 사위가 밥 먹고 차 마시는 자리에서, 모두 다른 말은 하지 않고 요즈음 인기가 대단한 공연물 〈오징어게임〉만 열을 올려 이야기했다. 예사로운 일이 아니다.

여동생은 미국에서 잠시 다니러 왔는데, 조금도 거리를 두지 않고 끼어들어 화제를 확장했다. 주위의 한인교포, 중국인인 며느리, 그 친정의 중국인들, 미국인 친지들도 〈오징어게임〉을 보느라고 밤새는 것이 예사이고, 만나면 그 이야기만 한다고 했다. 놀라운 일이 어디서나 벌어진다고 했다.

나는 말참견을 하지 않고 듣고만 있다가, 중요한 사실을 알아차렸다. 여럿이 함부로 떠드는 것 같은 수많은 말의 요점이 일치했다. 〈오징어게임〉에서 "기괴하기만 한 이야기에서 전연 납득할 수 없는 이유로 죽는 사람들이 모두 내 자신인 듯하다"는 것이다.

그러자 두 가지 문제가 제기되었다. 그처럼 기괴한 작품이 왜 온 세상 사람들을 열광하게 하는가? 기괴한 이야기가 더 많은 나라 중국이나 일본에서는 왜 이런 작품을 만들지 못하는가? 제기된 문제에 대해 대답하는 것은 나의 장기이고 소관이라고 여기고, 그 자리에서 몇 마디 말을 했다. 많이 모자라므로 이 글을 쓴다.

ㄹ

강약이나 현우와 무관하게, 누구나 어처구니없는 게임을 하다가 뜻하지 않게 지면 죽는다는 것은 철저한 대등이다. 대등이 무엇인가를 말하기 위해 이보다 더 나은 방법을 생각하기 어렵다. 죽음에 부딪치게 해야 놀라서 빨려들고, 생각이 달라진다. 공포와 감동이 하나가 되면, 기존의 관념을 깨는 충격이 강력해진다.

더 나아가려면, 죽음은 두 가지가 있는 것을 말해야 한다. 한쪽에는 강력한 가해자가 무력한 피해자를 죽이는 차등죽음이 있다. 다른 쪽에는 가해자와 피해자가 구분되지 않고 누구에게나 닥치는 대등죽음이 있다. 이 둘은 아주 다르다.

돈이 없어 허덕이는 가련한 사람들에게 오징어게임에 참가하면 돈을 벌 수 있다고 유혹하고, 게임에서 지면 죽이는 것은 용서할 수 없는 만행이다. 그러나 권력이나 지략이 우월한 쪽이 열등한 쪽을 지배하고 착취하다가 살해하는 현실의 차등을 상품으로 한다고 분개할 것은 아니다. 음흉한 술책에 속아 인류가 열광한다고 개탄하면 더 어리석다.

대등죽음을 들어 대등을 깨닫도록 하는 충격을 주려고, 결코 있을 수 없는 허구를 설정한 것을 알아야 한다. 사람은 누구나 살다 보면 있게 마련인 작은 실수 때문에 어처구니없이 죽을 수 있는 것이 대등하다. 이런 말을 그냥 하면 귀 기울이는 사람이 없으므로, 극단적인 상황을 무관심 격파의 폭약으로 삼았다.

예술의 역사에서 전례가 전혀 없는 엄청난 장난으로 인류를 놀라게 했다. 이것이 세계사의 사건인 이유와 그 의미를 해명하는 학자가 있어야 한다. 좋은 연구 거리를 준 것을 감사하면서 분발해야 한다. 지금까지의 인습을 깨고, 아주 넓은 시야와 참신한 발상을 갖추어야 임무 수행이 가능하다.

지금까지 줄곧 관심의 대상이 되어온 것은 차등죽음이다. 몇몇 두드러진 본보기가, 역사를 훑으면 눈앞에 보인다. 탁월한 영웅이 인간의 한계를 넘어서서 신의 경지에 이르려고 하다가 참혹하게 패배하는 비극이 있다. 종교재판에서 마녀나 이단을 적발하고 화형에 처한다. 이념이 다르면 반동이라고 단죄하고 처단한다. 왕위를 차지한 왕자가 경쟁 상대가 되는 형제들을 다 죽인다.

전쟁의 승리자가 패배자나 무력한 백성을 마구 살해한다. 이것은 어디나 있는 차등죽음인데, 중국과 일본에 특히 많았다. 그러면서 또한 무척 특이한 사례가 발견된다. 사람을 죽여 제왕의 무덤에 묻는 殉葬(순장)이 다른 데서는 다 없어졌는데, 중국은 명나라 때에도 재현했다. 엄청난 권력을 크게 두려워하라고 했다. 일본에는 다른 형벌이 없고 죄인은 모두 사형에 처했다. 사무라이는 자식이 다섯 살 되면 사형을 구경시켰으며, 자기 칼이 잘 드는지 시험하려고 시신을 난도질했다.

한국에서는 위에 든 것 같은 차등죽음을 찾을 수 없다. 영웅은 참혹하게 패배하다가도 다시 일어선다고 했다. 마녀나 이단을 화형하는 종교는 상상도 할 수 없었다. 유교와 불교는 상극하면서 상생하는 관계를 가지고, 유불문명을 함께 이룩했다. 아주 예외적인 경우가 아니면, 왕의 형제들은 충분한 대우를 받으며 왕보다 더 오래 천수를 누렸다.

전쟁의 승리자가 패배자나 무력한 백성을 마구 살해하는 차등죽음이, 신라·고려·조선의 평화스러운 교체로 다른 어느 나라보다 적었다. 순장은 아득한 옛적 신라 초에 없애고, 국왕의 무덤도 그리 크지 않게 만들었다. 조선 태조의 무덤 위에는 억새를 심어, 누구나 친근하게 여기도록 했다. 사형은 아주 드물고, 死藥(사약)을 사용해 고통을 줄여주었다. 귀양을 보내는 것이 통상적인 처벌 방법이었다.

차등죽음을 다루는 작품은 차등에 관심을 쏟고, 편을 갈라 싸우면서 어느 쪽이 정당한가 논란하느라고 죽음은 문제로 삼지 않게 한다. 차등죽음이 아주 적은 거의 유일한 나라 한국에서만, 대등죽음을 다루어 대등이 무엇인지 밝히는 작품을 내놓을 수 있다. 외국의 선례를 따르느라고 자기가 해야 할 일을 하지 못한 잘못을 〈오징어게임〉이 과감하게 시정했다.

이 작품이 세계적인 선풍을 일으키는 것은, 다른 어디서도 당연히 해야 할 일을 주서하지 않고 추진한 결단이 엄청난 충격을 주기 때문이다. 성공이 불가능하리라고 하는 예상을 깬 것이 설명할 수 없는 우연은 아니다. 공연예술에 관한 어떤 기존 이론의 엄호도 받지 않고, 불필요한 간섭을 일제히 타파한 쾌거가 기적을 만들어냈다. 이에 대한 이해와 평가를 제대로 해야 한다.

"기괴하기만 한 이야기에서 전연 납득할 수 없는 이유로 죽는 사람들이 모두 내 자신인 듯하다." 이것이 대등죽음을 보여주는 작품의 실상이고 본질이며, 충격이다. 차등론에서 유래한 어떤 진부한 철학의 누더기도 걸치지 않고, 죽음을 대등 그대로의 맨몸인 채로 제시한 것이 엄청난 철학이다. 대등철학의 진면목을 보여준다.

이 작품의 성공이 부럽다고 다른 나라에서 짝퉁을 만들려고 하지 말아야 한다. 기괴하기만 한 이야기를 아무리 교묘하게 엮어도, 차등죽음을 말하는 인습에 얽혀 있어 대등을 배격하면 공감을 얻지 못해 저열한 작품이 되고, 공포감은 혐오나 불러오고 만다. 대등은 마음에서 우러나야 하고, 작전이나 기교의 소관이 아니다. 어떤 술책도 소용없다.

차등을 부정하고 대등을 긍정하는 전환을 〈오징어게임〉이 선언하는 것은 세계사를 바꾸어놓는 사건이다. 너무나도 당연한 주장을 엄청난 충격을 주는 방법으로 펴서 온 세상을 뒤흔든다. 극단의 모험이 엄청나게 성공했다. 그 공적을 평가하면서, 결함을 지적하고 비판도 해야 평가 작업을 완수한다. 너무 잔인하게 전개되고, 비관론에 치우쳤다. 죽음이 삶을 압도해 대등한 삶을 부정했다. 이런 잘못을 시정해야 한다.

3

죽은 사람들이 일제히 살아나는 것을 결말로 한다면 전연 달라진다. 모든 잘못을 일거에 바로잡는다. 사람을 많이 죽여 관객의 정신을 빼고 돈을 갈취하는 헐리우드 폭력물의 범죄 행위를 거의 그대로 본뜬 혐의가 있다. 이런 비난이 있는 것이 부당하다고 단호하게 선언하는 결정적인 방법이, 죽은 사람들이 모두 살아나 일제히 노래하고 춤추며 신명풀이를 하도록 하는 것이다. 그 신명을 인류가 공유하게 하는 것이다.

"죽은 사람이 어떻게 살아나는가?" 이런 항변은 "왜 아무 이유 없이 죽을 수 있는가?"하고 대드는 것과 같다. 인과의 논리를 깨고 넘어서야 예술이다. 과학이 미치지 못하고, 철학은 말이 막혀 물러나는 무지를 각성으로 삼아야 예술이 해야 할 일을 한다.

인생은 누구에게나 아무 차등 없이 우연이 남발되는 게임이다. 이 명제가 삶에서도 관철되어야 대등론이 온전해진다. 우연한 게임의 긍정적이고, 창조적인 의의를 밝히는 과제가 추가된다. 〈오징어게임〉을 만든 사람들에게 짐을 더 지우려고 하지 말고, 이 과제 해결을 위해 모두 함께 분발해야 한다.

예술에서 제기되는 문제를 맡아 연구해, 예술과 학문의 성장을 함께 이룩하자. 사람이 하는 모든 일을 누구나 자기 소관사로 여기고 총체적으로 고찰하자. 이런 대등학문을 이룩해 인류의 행복을 위해 크게 기여하자.

4

사람은 누구나

사람은 누구나 헛것을 기대하다가 어리석게 죽는다.
백만 년 이상 공인된 이런 진실 무참하게 매도하고,
"나는 좋은 것은 다 차지하고, 아주 슬기로워 죽지 않는다."
마구 떠들어대는 녀석 있다면 어떻게 처리해야 하는가?

보이지 않는 저곳 冥府(명부)에서 비상이 걸려,
地藏菩薩(지장보살)이 十王(시왕)들과 머리를 맞대고 의논한다.
"당장 저승차사를 보내 저 말성꾸러기를 잡아와야 할 것인가?"
이런 소동이 벌어지지 않아도 되니 안심하자.

좋다는 것은 착각이다. 길을 막는 허깨비다. 충성하면 잡아 먹힌다.
아주 슬기롭다는 것은 머리를 채우는 쓰레기 되어, 마침내 폭발한다.

하루 사는 하루살이, 몇 천 년도 견디는 거목, 그 사이의
사람 수명 짧다 하면 무척 초라하고, 길다 하면 아주 대견하다.

희극은 대등연극

1

현실은 차등이 지배하는 것을 불만으로 여기고, 다른 시공을 만든다. 다른 시공에서 차등을 뒤집고 대등을 실현하고자 한다. 이렇게 해서 연극이 생겨난다.

현실과 다른 시공을 어떻게 만들어야 하는가? 다른 시공을 현실과 전연 별개의 것으로 만들면, 아무 소용 없다. 다른 시공이 현실을 뒤집어놓은 모습이게 만들어야 한다. 현실과 대응되면서 반대로 뒤집어놓았다고 할 수 있어야 한다.

연극이 현실과 대응되게 하려면 실제의 사람이 공연해야 한다. 연극이 현실을 뒤집어놓은 모습이게 하려면 사람이 아닌 것들이 사람 노릇을 해야 한다. 이 두 가지 조건은 대등하지 않다. 앞의 조건은 당연하다고 여기고 쉽게 갖춘다. 뒤의 조건은 어느 정도, 어떤 방법으로 갖추어야 하는지 판단하기 어렵다. 많은 시험을 하면서 진통을 겪는다.

뒤의 조건은 분장이나 무대 장치로 대강 엉성하게 감당하면서, 앞의 조건을 잘 갖추었다고 자랑하는 연극을 흔히 볼 수 있다. 이런 것들은 현실 반영이 연극의 임무라고 하면서, 이미 있는 차등을 확대한다. 차등의 정도를 더 높이려다가 좌절하는 비극이 연극의 으뜸이라고 한다. 비극은 현실과 다른 시공을 만든 것이 공연한 짓이 아닌가 하는 의문을 가지게 한다.

이와 같은 방식으로 비극이 아닌 희극도 보여주려는 시도를 많이 하지만 성과가 미흡하다. 희극은 사람 아닌 것들이 사람 노릇을 하도록 만들어야 비극과의 차이가 분명해진다. 비극이 현실의 차등을 확대하는 잘못을 시정하고 대등을 대안으로 제시하는 혁신을 희극은 분명하게 이룩할 수 있다.

사람이 아니면서 사람 노릇을 하는 것의 가장 분명한 본보기는 인형이다. 희극의 본령은 인형극이다. 인형을 놀리는 대신에 가면을 쓰고 하는 가면극은 다음 등급의 희극이다. 가면을 쓰지 않아도 변신을 쉽게 할 수 있는 사람은 맨얼굴로도 희극을 할 수 있다.

ㄹ

한국의 인형극은 한 가지만 전하는데, 이름은 여럿이다. 남사당패는 〈덜미〉라고 하고, 구경꾼들은 〈꼭두각시놀음〉, 〈박첨지놀음〉, 〈홍동지놀음〉 등으로 부른다. 꼭두각시는 인형을 뜻하는 보통명사이면서 또한 극중인물을 지칭하는 고유명사이다. 영감을 잃고 찾아다니는 할미가 꼭두각시이다. 〈박첨지놀음〉·〈홍동지놀음〉도 극중인물의 이름을 따온 말이다.

박첨지는 꼭두각시의 남편인 허름한 영감인데, 바가지로 만들었으므로 성이 박가라 한다. 홍동지는 박첨지의 조카라고 하는 천하장사이며, 벌거벗고 다니므로 紅(홍)과 같은 음인 洪(홍)을 성으로 삼는다. 그 밖에도 박첨지의 첩 돌머리집, 박첨지의 조카딸과 조카며느리, 뒷절 상좌 몇 사람, 포수, 꿩, 용강 이시미, 평양감사와 관속 등 등장하는 인물이나 동물이 다채롭다.

무대 위로 몸을 내민 인형을 그 뒤에 숨은 사람이 놀린다. 인형 몸속에다 손을 넣어서 움직이는 방식이 기본을 이루어, 동작이 기민하다. 등장인물이 동일한 평면에서 왕래해 입체감이 부족하고, 인형들끼리의 희한한 놀이이므로 현실과의 연관이 느껴지지 않을 수 있는 두 가지 염려가, 악사의 개입으로 한꺼번에 해소된다. 악사는 악기를 연주하는 반주자이면서, 관중의 자격으로 등장인물과 문답하는 상대역이다. 인형들의 놀이에 사람이 개입해 무대 공간을 확대하고, 극중에서 벌어지는 일이 현실과 직결된다고 느끼도록 한다. 연극이 현실과 대응되게 하려면 실제의 사람이 공연해야 한다는 조건을 충족시킨다.

박첨지는 맨 처음부터 등장하고, 장면이 바뀔 때마다 얼굴을 내밀고 악사와 대화를 나누면서 해설자 노릇도 한다. 자기는 팔도강산 유람차 나섰다가 구경을 하러 그 자리에 왔다면서 관객으로 자처하더니, 집안에서 일어난 일을 보라면서 다음 장면을 소개하고, 나중에 평양감사가 등장하는 장면에 이르기까지 무슨 일이든지 간섭을 한다. 모두 여덟 거리라고 하는 장면이 모두 독립된 내용인데, 박첨지가 하나로 연결되도록 한다.

박첨지가 하는 말과 실제로 벌어지는 사태는 다르다. 꼭두각시거리에서는 박첨지의 횡포가 드러난다. 박첨지를 찾아다니다가 만나서 좋아하는 꼭두각시를 박대해 죽게 한다. 이시미가 나타나 박첨지를 물어 죽이려는데 홍동지가 살려낸다. 나이 많다고 자세하며 헛장담이나 하는 박첨지를 우습게 여기고 조롱의 대상으로 삼는 홍동지는, 무슨 일이든지 닥치는 대로 해치울 수 있어서 패배를 모른다. 이시미를 죽여 천하장사의 용력을 자랑하고, 평안감사와 맞섰다.

평양감사가 매사냥을 나섰다가 죽어 장례를 지내는데 "좆이나 먹어라" 하며 욕을 했다고 홍동지를 잡아 참수형을 했다는 것이 오랜 형태이다. 그런 장면은 지금 전하지 않고, 투쟁을 희화로 바꾸어놓았다. 평양감사가 아닌 그 어미가 죽어서 상여를 메야 한다면서 상두꾼을 모았다고 했다. 홍동지도 상여를 멘다면서 벌거벗은 몸에 툭 불거져 있는 성기에다 상여채를 걸어놓아, 평양감사 어미를 욕보였다. 뒤따르는 평양감사와 다음과 같은 수작을 나누었다.

홍동지: 상제님 짊어진 것이 뭐요?
평양감사: 나 말이냐?
홍동지: 그렇소.
평양감사: 나 짊어진 것은 산에 올라가 분상제 지내려고, 잔뜩 칠푼 주고 강생이 한 마리 사 짊어졌다.
홍동지: 자고로 방귀에 혹 달린 놈은 보았어도, 강생이로 분상제 지낸다는 놈은 처음일세.

강아지를 가지고 가서 제사를 지낸다고 했다. 모든 벼슬자리 가운데 제일 좋다고 하는 평양감사의 허위를 철저하게 폭로하고 희화화했다. 꼭두각시놀음은 성의 금기를 아무 부담 없이 허물어버리는 음란하고 방자한 언동으로, 남녀·노소·관민의 질서를 하나도 남기지 않고 모두 다 파괴했다.

3

인형을 놀리는 대신에 가면을 쓰고 하는 가면극은 인형극 다음 등급의 희극이라고 했다. 이런 것이 한국에는 둘 있다. 하나는 발탈이고, 또 하나는 예사 가면극이다. 다른 나라에는 흔히 있는, 인형 놀리는 그림자를 천에 비추는 그림자극도 전하기는 하지만 내용이 단순화되어 연극다운 묘미가 모자란다.

발탈은 누워 있는 사람의 발에다 탈을 씌워 인형처럼 움직이게 하는 기이한 연극이다. 다른 나라에는 있는 것 같지 않다. 단순한 설정으로, 대등한 처지에서 각기 다르게 살아가는 이런저런 사람들의 모습을 어이없는 웃음이 나게 그렸다. 서두를 든다.

(놀이가 시작되면 길군악 가락에 탈이 등장하고, 음악 소리는 사라진다.)
탈: (큰 기침을 하고 침을 뱉으며) 어흠, 어흠, 에 투, 여기 사람 많이 모였군. (사람들을 둘러보며) 여기 누가 주인이요?
주인: 내가 주인이요. 당신은 웬 사람이요?
탈: 웬 사람이라니! 아니 내가 소그마니까 토막을 낸 줄 알우? 웬 사람이냐구 묻게.
주인: 당신은 도대체 누구냐 말이요?
탈: 나는 다른 사람이 아니라 팔도강산 유람차 다니는 사람이요.
주인: 그럼 당신 보아하니 멋깨나 들었겠구려?
탈: 멋도 들었지만, 모르는 거 빼곤 다 잘 알지.

움직이기는 해도 어디로 갈 수는 없는 탈이 팔도강산 유람을 하는 떠돌이라고 하는 가당찮은 말을 하면서, 방금 도착한 곳의 주인을 찾는다. 응답하고 나서는 주인은 생선장수를 하는 사람이다. 떠돌이는 팔도강산을 돌아다닌 경력을 자랑하면서 춤·노래·재담을 다 잘하는 장기를 한껏 과시한다. 어디든지 갈 수 있는 주인은 따분하게 한 곳에서 머물러 생선장수나 한다. 양쪽 다 우스꽝스럽다.

제삼의 인물 여자가 등장해 사건이 생겼다. 여자는 남편이 죽어 생계대책이 없는 사정이라, 생선을 받아다가 행상을 하겠다고 했다. 주인은 떠돌이에게 생선을 세어 주는 일을 맡겼다. 굵은 것만 골라 주는 것을 보고, 주인이 화가 나서 떠돌이를 때려 다툼이 시작되었다.

떠돌이는 여자와 작별하면서 "내가 깨지거든 또 만납시다"라고 하고, 여자는 "네, 그렇지 않아도 고택골 윗목에 술 한 병 갖다 놓았어요"라고 했다. "고택골"은 공동묘지가 있는 곳이다. 여자의 남편처럼 떠돌이도 깨지면, 둘이 만나게 될 것이라고 했다. 상반신만인 사람을 자유인이라고 하더니, 죽음이 만남이라고 한다. 이 무슨 기이한 말인가? 의문을 관객에게 던져주었다.

마지막에 떠돌이가 떠나가겠다니, 주인이 남을 동정하는 좋은 사람이라고 했다. 머물러 살면서 함께 일하자고 했다. 인정이 방랑을 종식시킨다. 그 결말을 든다.

탈: (주인을 부른다.) 여보 주인.
주인: (나오며) 왜 부르우?
탈: 난 갈테니, 어서 거관비나 심을 쳐서 주우.
주인: (물끄러미 바라보며) 여보 가긴 어딜 가우. 당신 생선 조기 세면서 가엾은 여자 동정하는 걸 보니, 복 받을 사람이요. 떠나지 말고 나하고 여기서 같이 살고. 여러분껜 우리 파연곡이나 불러드립시다.
탈 : 당신도 정말 좋은 사람이구랴. 그렇게 합시다. 고맙소.
(두 사람은 파연곡을 부르고, 관객들에게 일어나서 작별을 한다.)

'거관비'는 '居館費'이다. 머물러 일한 노임이다. '파연곡'은 '罷宴曲'이다. 연회를 마치는 음악이다. 유식한 말에 유식한 말로 응답했다.

탈춤은 지역에 따른 특성이 있다. 오늘날의 부산을 이루고 있는 지역인 동래, 수영, 부산진 등지의 탈춤은 들놀음이라고 일컬었다. 한자로 野遊(야류)라고 하는 것은 들놀음의 번역이다. '들놀음'이라는 말은 야유회에 해당하는 '들놀이'와 구별되어, 들에서 하는 농사일이 잘되라고 벌이는 마을굿 놀이를 뜻하던 것이다.

들놀음은 앞뒤 절차가 있다. 정월 보름께 농악대와 함께 탈춤 공연자들이 집집마다 돌아다니며 지신밟기를 하고 마을 고사를 지내고, 공연 당일에는 구경꾼들과 어울려 놀이판으로 가면서 길놀이를 했다. 놀이판에 도착해서도 누구나 구별 없이 함께 춤추고 노는 덧뵈기춤놀이를 자정까지 한 다음에 탈놀이로 들어가고, 탈놀이가 끝나면 마무리 고사를 지내고 덧뵈기춤놀이를 다시 추었다.

〈수영들놀음〉을 보면 양반춤에서 시작된다. 양반 형제들이 어울리지 않게 놀이판에 나왔다가 하인 말뚝이에게 욕을 보는 것이다. 농촌탈춤에도 으레 있는 양반풍자를 더 키워, 양반 삼형제가 하인 말뚝이 하나를 이겨내지 못하고 불러보기도 전에 겁부터 낸다고 했다. 다음 순서로 재앙을 일으키는 무서운 동물 영노가 더 큰 재앙의 장본인인 양반을 잡아먹겠다는 과장에서는 공격이 더욱 격렬해진다. 영감과 할미가 다투는 과정에서 영감을 지체 높게 설정해서 반감을 고조시켰다.

경남지방의 탈춤은 낙동강을 경계로 해서 동쪽은 들놀음이고 서쪽은 오광대이다. 오광대는 성격과 분포가 한층 다양하다. 오광대라는 말은 등장인물의 수 또는 과장의 수가 다섯인 데서 유래했다고 하지만 확실하지 않으며, 낙동강 서쪽 지역의 탈춤을 일컫는 범칭으로 사용되어 왔다. 진주, 가산, 마산, 통영, 고성 등지에 오광대가 남아 있다.

진주·가산·마산의 오광대는 五方神將(오방신장)이 나와 춤을 추는 것을 첫 과장으로 삼아 잡귀를 물리치던 의식을 탈춤 안으로 끌어들였다고 할 수 있다. 통영과 고성의 오광대에서는 그런 서두가 없어지고, 문둥이춤을 거쳐서 양반을 풍자하는 과장으로 들어간다. 문둥이 또는 어딩이라고 하는 병신이 등장해서 비정상적인 거동을 과장되게 나타내는 장면은 오광대라면 어디나 다 있다.

〈가산오광대〉를 보자. 처음에 오방신장이 등장해서 위협을 느끼게 하는 춤을 춘다. 그다음에는 다섯 문둥이가 병신스러운 동작을 하다가 투전판을 벌이고, 어딩이와 개평 때문에 승강이를 벌이다가 잡혀간다. 가장 높은 데서 가장 낮은 데로 급격하게 전락하는 것을 보여준다고 할 수 있다. 권위를 자랑하는 모든 것이 그렇다고 생각될 수 있다.

양반이 말뚝이 때문에 욕을 보고, 영노가 양반을 잡아먹겠다고 하고, 할미와 영감이 다투고 하는 세 과장은 들놀음과 오광대에 공통적으로 갖추어져 있으며, 전개 방식이나 내용에서도 그리 두드러진 차이점은 없다. 양반과장에서는 양반이 말뚝이를 찾고 부르고 하다가 욕을 보고, 근본 자랑을 하다가 말뚝이에게 역습을 당하곤 한다.

〈통영오광대〉에서는 양반을 문둥이로 만들어놓고, 원양반, 다음 양반과 함께 등장한 紅白(홍백), 먹탈, 손님, 비뚜루미, 조리중 등의 기괴한 위인들이 모두 양반이라고 한다. 하나같이 출생의 내력에서부터 비정상이다. 홍백은 두 아비의 아들이어서 한쪽은 붉고 한쪽은 희다. 먹탈은 어미가 부정한 짓을 하고 낳아서 온몸이 까맣다. 얼굴이 심하게 얽었기에 천연두 신의 이름을 따서 손님이라고 하는 녀석, 몸이 뒤틀려 있는 비뚜루미, 중의 자식이라는 조리중도 모두 병신인 주제에 양반이라고 우쭐대며 다닌다. 양반이야말로 비정상이라는 것을 그런 모습을 열거해 나타낸다.

황해도지방 여러 고을에 분포되어 있는 탈춤만 원래 탈춤이라고 일컬었다. 황해도의 탈춤을 해서탈춤이라 하고, 들놀음·오광대·산대놀이까지 탈춤이라고 하게 된 것은 탈춤이란 말의 외연을 확대한 결과이다. 해서 탈춤은 여러 고을에 널리 분포되어 있다. 서울에서 평양으로 가는 육로와 해로의 요긴한 길목에 자리를 잡은 황주, 봉산, 재령, 해주, 강령 등 여러 고을에서 상업의 발달이 새로운 단계에 이르자 상인과 이속이 주동이 되어 탈춤을 키웠다.

〈봉산탈춤〉은 뛰어난 짜임새와 뚜렷한 주제를 갖추었다. 노장과장에서는 노장이라는 고명한 승려가 목중들에게 끌려 어울리지 않게 놀이판에 나왔다가, 소무에게 유혹되고 취발이에게 쫓겨난다. 이것은 관념적인 사고가 현실과 부딪히면서 보인 파탄과 변모를 말해준다. 양반과장에서는 양반이 호령을 일삼으면서 위엄을 세우지만, 말뚝이가 관중과 합작을 해서 공격을 하는 방식을 이해하지 못해 신분적 특권을 유지할 수 없다. 미얄과장에서는 미얄할미와 영감이 다투다가 미얄할미가 죽는 데서는 남성의 횡포가 비판의 대상이 된다.

양반과장의 서두에서, 양반을 모시고 나온 하인이 양반의 행차를 알려 떠들지 못하도록 한다는 구실로 한마디 하면서 대뜸 양반을 욕보인다. 양반은 그 말을 알아들었으니 호령을 하고, 제대로 알아듣지는 못해 말뚝이의 변명을 듣고 안심한다. 몇 번 하는 '양반'이라는 말은 뜻의 기복이 심하다.

"양반 나오신다아"라고 할 때에는 높이 받들었다. "아 이 양반들"은 상대방을 낮추어서 부르는 말이다. "구경하시는 양반들"이라고 한 데는 높이는 뜻도 낮추는 뜻도 없다. 말뚝이가 양반 삼형제를 잔뜩 높인다고 하면서 역임한 관직을 열거하는 데 노론·소론까지 넣어 빈정대지만, 양반은 알아차리지 못한다.

서울 근교 여러 곳의 탈춤은 산대놀이라고 한다. 국가 행사 山臺戲 (산대희)를 할 때 동원되던 놀이패가 평소에 공연하던 탈춤이기 때문이다. 그 가운데 〈양주별산대놀이〉가 가장 잘 전승되고 있다. 내용이 단순하지 않아 세밀한 이해가 필요하다.

서두의 몇 과장은 하잘것없는 이익이라도 끝까지 다투는 세태를 보여준다고 이해할 수 있다. 극중극인 침놀이 대목에서는 죽음을 극복하고 삶을 긍정하자는 충동을 상징적인 수법을 써서 표출시켰다. 목중들이 왜 장녀가 데리고 나온 창녀 애사당과 놀아나는 대목에서는 계율에 대한 본능의 우위를 거듭 강조했다.

노장과장과 양반과장은 다른 데서 볼 수 있는 것과 그리 다르지 않게 전개되지만, 양반과장에 포도부장놀이가 첨부되어 있다. 양반 샌님이 첩을 얻어 좋아하고 있는데 서리인 포도부장이 나타나 첩을 빼앗아가는 것으로 설정한 포도부장놀이는 노장·소무·취발이의 관계에 비추어보면 무엇을 말하는지 알 수 있다. 신할애비와 미얄할미가 다투는 과장에서는 할미가 죽고 난 다음에 아들인 도끼와 딸인 도끼 누이가 등장해 어머니에 대한 육친의 정을 깊이 확인하면서 아버지의 권위를 하나 남김없이 부정한다.

도끼: 아버지, 여기는 아직까지 따뜻하구려.
신할애비: 어데 보자.
도끼: 여기가 아버지 좋아하던 데구려.
신할애비: 암, 너희들이 나온 데로구나.

미얄할미가 죽어가는데, 신할애비와 아들 도끼가 하는 말이다. 있을 수 없는 일이라고 나무라기나 하지 말고, 뜻하는 바를 깊이 생각해야 한다. 신할애비는 성적 충동으로 자기의 삶을 유지하고 생명을 창조해 오다가 이제는 나이가 많아 죽음을 억지로 연기하고 있는 처지이다. 도끼는 죽음은 예감하지 않고 성적 충동만 느끼고 있어 왕성하게 살아 있다.

죽음과 성은 대립적인 관계이다. 죽음은 생을 파괴하고, 성은 생을 창조한다. 죽음을 부정할 수 있는 것은 오직 성이다. 도끼는 어머니의 성행위로 창조되고, 성적 충동을 강하게 느끼고 있어, 어머니는 죽어도 살아 있다. 갈등은 성이 만들어내고, 죽음이 해결한다. 미얄할미의 죽음이 미얄할미와 신할애비, 신할애비와 도끼, 신할애비와 도끼누이의 갈등을 해결하고, 원만한 가족관계를 되찾도록 한다.

5

무당이 공연하는 巫劇(무극)은 전국 도처에 있다. 그 가운데 하나만 든다. 경북 동해안 무당이 해마다 고기잡이가 잘되고 마을이 편안하라고 격식에 따라 별신굿을 한다. 뒷풀이 〈거리굿〉에서는 재담을 아무렇게나 하는 재주를 자랑해 긴장을 풀고 즐거움을 나눈다. 무당은 굿을 하면서 神(신)도 되고 亡靈(망령)도 되어 변신이 자유로우므로, 〈거리굿〉에서 무슨 인물이라고 하고 되어 나설 수 있다.

상대역을 관중 가운데 임의로 선발할 수 있는 권한을 행사하면서, 현실과 연결되는 통로를 만든다. 권위를 자랑하며 여자를 멸시하는 갖가지 차등을 조롱의 대상으로 삼고, 대등의 소중함을 관중과 함께 떠들면서 확인한다. 내용뿐만 아니라 공연방식에서도 대등예술의 아주 좋은 본보기를 보여준다.

〈훈장거리〉에서는 훈장이 되어 글을 가르친다. 천자문을 비속하게 바꾸어놓아 상말과 욕설이 되게 한다. 그따위 것은 가르쳐서 무엇을 하겠느냐고 하는 반발이 바로 일어나게 한다. 더 가르칠 책이 없으면, 술 먹고 지랄병 하는 것에서 시작해 온갖 종류의 놀음을 보태고, 뱃사공질도

가르친다고 한다. 서당에서 하는 글공부보다 더욱 소중한 공부가 그런 것이라고 하면서 인습화된 권위를 뒤집어엎는 것이다.

〈과거거리〉에서는 과거를 보아 벼슬을 하는 것을 우스꽝스럽게 만든다. 마누라 다섯이 별별 이상한 짓을 다해 마련해준 돈으로 과거를 보러 가서는, 아무렇게나 휘갈겨 언문풍월을 적어냈더니 급제를 했다 한다. "선달은 다리가 아파서, 좌수는 요강 좌수로 알고 지린내가 나서, 초시는 새그러워, 참봉은 갑갑해서 못하겠다"고 하고 벼슬을 팽개친다. 그 대신에 저승에 가서 벼슬을 얻어왔다고 했다.

〈관례거리〉에서는 冠禮(관례)를 지내는 절차를 망쳐놓으면서, 유교 예법에 대한 반감을 나타낸다. 〈어부거리〉에서는 어부가 바다에 나가서 격랑과 싸우고 고투하는 모습을 아주 실감 나게 보여준다. 〈골매기할매〉 거리에서는 며느리 흉을 본다면서 성행위를 재현한다.

〈도리강관원놀이〉는 천왕굿에 이어서 공연한다. 천왕굿은 원님굿이라고도 하며, 과거에 그 고을에서 원님 노릇하던 이들의 혼을 불러 위로하는 절차이다. 굿에서 온갖 귀신을 섬기니 원님 귀신도 한몫 낄 만하지만, 원님은 위해주지 않고 욕보인다.

등장인물은 관장인 사또, 이속인 강관, 그리고 관노인 고지기 셋이다. 무당 셋이서 하나씩 맡는다. 강관을 맡은 무당은 일인다역을 해서 이방, 도사령, 수노 등으로 바뀐다. 사또가 도임해서 이방, 도사령, 수노, 그리고 황소까지도 문안을 드린다고 하면서, 사또는 강관에게, 강관은 고지기에게 조롱을 당해 서열이 역전되게 한다.

사또: 이 골 도리강관 바삐 현신하렷다.
강관·고지기: 예이.
강관: 가자. 옳게 매가주구 가자. 보릿단 묶듯이 얼른 묶어 가자.
고지기: 그렇시더.

강관: 가자. 야야 좌편에 서거라. 내가 우편에 서서, 우리가 걸음을 걸어도 공손히 걸어야 한다. 양반이 걸음을 걸어도 똑 콩 숨는 걸음으로.

강관·고직이: 허야 떵닥, 떵닥(장단에 맞추어 춤추듯이 걸어서 사또 앞에 가서 선다.)

사또: 도리강관은 절도 안 하고, 말도 안 하는고?

강관: 예, 작년 겨울에 얼어붙었던 입이 아직 안 녹아 떨어져 …

한 대목을 들면 이렇다. 원님 앞에 나아가 현신을 하려다가 띠를 띠지 않은 것이 발견되어, 보릿단 묶듯이 묶고 얼른 가자고 했다. 콩을 심는 거동을 하면서 양반걸음을 걷는다는 것은 우스꽝스러운 짓이다. 사또에게 현신하는 격식을 상난거리로 만들었다.

6

대등연극인 희극은 세계 도처에 있다. 모두 고찰하려고 하면 너무 번거롭고 가능하지도 않아, 몇 가지 본보기만 든다. 먼저 중국으로 가보자. 元曲(원곡)에서 京劇(경극)까지 차등론을 지향하는 엄숙한 연극이 인기를 끄는 이면에서, 여러 소수민족은 웃기면서 대등을 구현하는 공연을 많이 한다.

白族(백족)의 〈耳支歌〉(이지가)라는 것을 명칭이 〈벙어리 노래〉라는 뜻이다. 얼굴에 검정을 칠하고 벙어리라고 하는 사람들이 풍요와 多産(다산)을 촉구하는 노래를 부르는 중간 과정에 사건 전개가 있는 연극을 한다. 가짜 약을 팔고, 부녀자를 납치한 사기꾼을 어리석은 관리가 그릇되게 심판한 결과가 뜻밖에 좋아져서 신랑과 신부가 다시 만나 결혼식을 거행하게 되었다고 한다. 그 모든 과정에서 못될 만한 것이 잘 되었다고, 구경꾼들이 놀이패와 함께 어울려 즐거워하면서 축하한다.

彝族(이족)의 〈大頭和尙戲靑柳〉(대두화상희청류)는 가면극이다. 머리가 유난히 크고, 배는 불룩하고, 허리는 꼽추인 우스꽝스러운 모습의 중 大頭和尙이 아리따운 아가씨 靑柳를 보고 매혹되어 벌어지는 사건을 대사는 없이 보여준다. 한국 탈춤의 노장과장과 흡사한 기본설정을 다소 차이가 있게 전개했다. 대두화상이 허리춤에 있는 돈주머니를 툭툭 치면서 재력을 과시하자 상대방의 태도가 달라지는 세태를 웃음거리로 삼는다.

월남에서는 '뚜옹'(tuong)과 '쩨오'(cheo)라고 하는 두 가지 서로 다른 연극을 이어왔다. '뚜옹'은 차등론을 지향하는 상층의 연극이고, '쩨오'는 대등론을 구현하는 하층의 연극이다. 양자의 대조를 다른 어느 나라에서보다 뚜렷하게 나타냈다. 동아시아 공동의 고급문명을 받아들여 자기 것으로 만들고, 또한 민간전승의 재창조를 활성화하는 과업을 각기 적극적으로 추진한 성과가 그렇게 나타났다.

'뚜옹'은 중국 元曲의 영향을 받아 이루어졌다. 13세기에 월남을 침공한 원나라 군대의 元曲 공연자가 포로가 되어, 기량을 전수했다고 한다. 그러나 작품 내용은 월남의 창작품이고, 공연방식도 자기 것으로 만들어 다양하게 발전시켰다. 국가 흥망과 같은 거창한 주제를 다른 문인들의 창작품을 궁중의 무대에 올려 엄숙하게 공연하고, 국왕과 신하들이 관객이 되었다. 대표작으로 알려진 〈山後〉(산후)를 보면, 찬탈자 때문에 위기에 처한 왕자를 충신의 희생적인 노력으로 구출해 무너진 왕조를 다시 세웠다고 하면서, 위기에 처한 중세의 질서를 재확립하고자 하는 염원을 나타냈다.

'쩨오'는 마당에서 공연하는 민속극이다. 그 연원을 15세기 이전으로까지 소급해서 찾아야 한다는 견해가 있으나 확실하지 않고, 17세기 이

후에 발달한 것은 확인될 수 있는 사실이다. 평소에는 농사를 짓던 사람들이 공연을 담당해 마을끼리 경연을 벌이기도 했다. 줄거리만 전해지는 내용을 즉석에서 윤색해 관중과 함께 주고받는 흥미로운 대사로 만들었다. 연극 진행에 끼어드는 무리가 관중 가운데 있어 상대역이 되기도 하고 논평자가 되기도 하며, 누구든지 자유롭게 개입할 수 있다.

소설을 각색한 〈觀音氏敬〉(관음씨경)에서는 집안에서도, 마을에서도 억울한 누명을 쓰고 고난을 당하는 여인을 기지로 돕고 웃음으로 감싸 처지를 역전시켰다. 〈劉平〉(유평)에서는 과거보러 가서 당연히 급제할 것으로 기대한 유식한 상전은 낙방하고, 무식한 하인이 과거 시험관을 감탄하도록 했다. 하인의 역을 맡은 사람은 익살꾼이다. 익살꾼의 재담이 폭소를 자아내면서 지위의 고하, 가치의 우열을 뒤집어엎는다.

인도에서는 '라사'(rasa)를 원리로 하는 산스크리트 고전극을 아주 높이 평가하고 대단한 자랑으로 삼는다. 차등론의 상위에 함께 올라가 커다란 조화를 이루자는 이상을 말한다고 할 수 있는 것이다. 지방의 구어를 있는 그대로 사용하는 저급한 민속극은 대부분 이에 대해 어깃장을 놓으면서 반대 방향으로 나아간다. 무척 거친 언동으로, 대등론을 주장하는 반기를 든다.

서부 인도의 '타마샤'(tamasha)는 최하층민이 전승하는 무식하기 이를 데 없는 연극이다. 힌두교에서 숭앙하는 신 크리슈나(Krisna)와 그 애인의 만남을 보여준다고 하고서, 가장 존귀한 분을 거침없는 조롱의 대상으로 삼고 숭고를 비속으로 격하한다. 신성 모독을 일삼으며 허튼 수작을 늘어놓고 관중과 함께 웃는다.

북부 인도의 '나우탄키'(nautanki)는 하층의 남자가 공주를 아내로 맞이하기까지 겪는 기이한 사건을 다루는 〈나우탄키 공주〉(Nautanki Shahzadi) 같은 각본을 여럿 마련해 민속극의 범위에서 벗어났다고 할 수 있다. 그러나 기이하다고 할 정도로 겉과 속이 다르고, 갈등이 격심한 사건을 통해 '라사'에 대한 기대를 비속화하고 파괴한다.

전능한 제왕이 무대 위를 활보하다가, 다음 순간에는 헐벗은 거지가 된다. 목을 달아매는 짓이 싫지 않은 듯이 덤덤하게 해치우려는 사형집 행자에게 검은 모자와 가면을 쓴 자가 난데없이 출현해 말을 걸더니, 뜻밖의 역전이 일어난다. 가련한 여자가 죽음의 위기에서 구출된다. 관중이 적극 개입해 예상을 깨고, 기존의 가치를 뒤집는 거사에 동참한다.

ㄱ

장막에 비친 인형의 그림자를 움직여 사건을 전개하는 그림자극은 많은 나라에 있다. 그 가운데 인도네시아의 '와양 쿨리트'(wayang kulit)가 특히 우뚝하다. 9세기에 생겨나 11세기에는 확고한 위치를 차지한 이후 오늘날까지 대단한 인기를 누리고 있다. 세계연극사에서 이처럼 오랜 생명을 유지한 연극의 다른 예를 찾을 수 없다.

공연의 실상을 보자. 흰 천에 비친 인형들의 그림자가 갖가지 모습을 짓고 서로 얽혀 사건이 벌어지게 하면서 해설자 노릇도 하고 대사도 하는 공연자 달랑(dalang)이 모든 것을 좌우한다. 공연하는 대본은 줄거리를 기억하고 있다가 즉석에서 말을 만들어서 자문자답으로 주고받는다. 그 내용을 적어둔 것도 있고, 근래에는 출판이 되기도 했지만, 개요에 지나지 않는다. 유능한 '달랑'을 만나야 살아날 수 있고, 독서물로서는 가치가 없다.

〈라마의 재생〉(Wahju Purba Sedjati)이라는 것을 한 본보기로 들어보자. 자바의 역사에서 있었던 사건을 다룬다고 하면서 인도 고전 서사시 〈라마야나〉(Ramayana)의 등장인물들이 이 세상에 재생해서 새로운 싸움을 다시 벌인다고 했다. 그런 방식으로 고금을 대조해 문명이 연속된다 하면서, 상상력을 넓히고 소재를 풍부하게 했다. 다시 등장한 악을 물리치고 선이 승리했다고 한 결말에서 투쟁의 주역인 자바의 군주 크레스나(Kresna)가 자기를 도와 적대자 다사수크스마(Dasasuksma)를 물리치고 승리를 얻도록 한 용사 아노만(Anoman)에게 하는 말을 들어보자.

크레스나: 나는 이제 안심을 할 수 있게 되어 여러분 모두에게 축하를 드립니다. 이제 마음 편하게 지냅시다. 다사수크스마 왕은 자기네 나라로 도망쳤습니다. 실은 그 자가 라마(Rama)와 싸우다 죽은 라와나(Rawana)의 혼령입니다. 영원한 죽음에서 벗어난 혼령이 이 세상 어디든지 나다니면서 악을 퍼트립니다. 아노만!
아노만: 예, 폐하. 무엇을 해드릴까요?(경의를 나타낸다.)
크레스나: 다사수크스마가 악행을 하는가 감시해야 한다. 그 자가 파괴행위를 하지 못하게 하도록 하는 임무를 그대에게 맡긴다.

공연방식은 대등연극이지만 내용은 차등연극에서 벗어나지 않고 있다. 고전의 무게가 너무 무겁고, 그것을 자부심의 근거로 삼고 있기 때문이다. 그러나 인도네시아 연극은 '와양 쿨리트'만이 아니고, 그것과는 전혀 별개인 '루드루크'(ludruk)도 있다.

'루드루크'는 인형이나 다른 도구를 사용하지 않고 사람이 직접 공연한다. 줄거리만 대강 정해놓고 소란스러운 관중과 호흡을 같이 하면서 즉흥적으로 말을 다듬어간다. 대사 대목 전후에 노래 부르고 춤추는 순서가 있어 관중과 적극적으로 하나가 된다. 대등공연의 영역을 최대한 넓힌다.

어릿광대와 여자로 분장한 두 인물이 재담을 주고받다가, 다른 등장인물까지 참가해 자못 심각한 격정극을 공연한다. 그것이 시사적인 문제에 관한 토론이다. 대등공연의 영역을 최대한 넓혀 전통의 개입을 차단하고 차등론이 끼어들지 못하게 막는다.

사람이 아닌 것들이 사람 노릇을 하는 그림자극은 차등론을 잇고, 사람이 직접 공연하는 연극은 대등론을 구현한다. 인도네시아에서 보여주는 이런 역전이 예외라고 할 것은 아니다. 극과 극은 통하고 역전되는 원리를 보여준다고 할 수 있다.

8

유럽의 경우는 어떤가? 고대 그리스의 연극은 비극과 희극으로 양분되었다. 그 근거를 아리스토텔레스(Aristoteles)가 《시학》에서 말했다. "모방의 대상이 되는 행동하는 인간은 필연적으로 우리들 이상의 선인이거나, 또는 우리들 이하의 악인이거나, 또는 우리와 동등한 인간이다." 선인의 행위를 모방하는 연극은 비극이고, 악인의 행위를 모방하는 연극은 희극이라고 했다. "우리와 동등한 인간" 쪽에 관해서는 별도의 논의가 없었다.

악인의 성격을 다시 규정했다. "보통 이하의 악인이라 함은 모든 종류의 악과 관련해서 그러는 것이 아니라 어떤 특정 종류, 곧 우스꽝스런 것과 관련해서 그런 것"이고, "우스꽝스러운 것은 남에게 고통이나 해를 끼치지 않는 실수 또는 기형이다"고 했다.

비극은 선인을, 희극은 악인을 모방한다는 것은 다루는 대상에서 가치의 차이가 있다는 말이다. "비극은 여러 가지 발전과정이나 그 창안자들이 잘 기억되고 있으나, 희극의 경우는 그렇지 못하다"고 하고, "그것은 희극이 초기에는 중시되지 않았기 때문이다"라고 하는 대목에서 두

연극은 높이 평가되고 낮게 평가된 차이가 있다고 했다.

비극은 "서사시보다 시의 목적을 더 훌륭하게 달성하므로 더 우수한 예술임이 명백하다"고 한 대목에서는 사실 기술은 그만두고 가치 평가로 선회했다. 타당한 논의를 한 단계씩 조심스럽게 전개하는 것 같은 태도를 보여주다가 의도했던 바를 노출시켰다. 비극과 희극을 바로 비교하지는 않고 비극은 서사시보다 더 우수한 예술이라고 해서, 희극은 비극은 물론 서사시와도 비교될 수 없는 저열한 예술임을 알도록 했다.

희극은 폄하해 내려다보고, 비극은 칭송해 우대하는 편파적인 태도를 보였다. 희극에 관해서는 서두의 몇 대목에서 위에서 든 것 정도로 언급하는 데 그치고 비극은 자세하게 다루었다. 취급한 분량에서 차별이 아주 심하다. 비극은 공포와 연민의 감정을 일으켜 보는 사람의 마음을 정화해준다는 '카타르시스'론을 마련했다. 희극의 경우는 어떤지 말하지 않았다.

희극을 다룬 대목도 원래 《시학》에서 상당한 분량을 차지했었는데, 후대에 전해지지 않았다고 주장하는 논자가 있어 그 대목을 복원한다고 했으나, 뜻을 이루지 못했다. '카타르시스' 비극론에 해당하는 희극론을 만들어낼 수는 없다. 후대의 논자들이 희극이 무엇인가에 대해 다양한 견해를 폈지만 희극은 비극보다 저열하다는 평가를 바꾸지는 못했다.

중세 유럽에는 '바보굿'(feast of fools)이라고 하는 대동놀이가 있었다. 한국에서 탈춤을 추면서 양반을 풍자하듯이, 기독교의 권위를 파괴하는 것으로 흥밋거리를 삼는 놀이패가 교회 안으로까지 들어가 난동을 부려도 막지 못하는 사태가 벌어졌다.

'바보굿'의 전통을 이은 집단이 떠돌이연극을 하고 다녔다. 그 가운데 가장 잘 알려진 이탈리아의 '코메디아 델 아르테'(commedia dell'arte)는 탐욕스러운 바보, 어리석은 학자, 겁쟁이 군인, 영리한 하인 같은 고정된 인물의 배역을 맡은 배우들이 즉흥적으로 대사를 꾸려나가는 연극이다. 사회풍자를 일삼는 대등연극을 솜씨 좋게 해서 인기를 얻었다.

그런 것은 예술로 평가하지 않았다. 비극이 우월하고 희극은 저열하다고 한 고대 그리스의 유산을 그대로 이어, 유럽의 연극은 줄곧 차등론을 위해 봉사하기나 하고, 대등론의 반론 제기를 거의 하지 못했다. 그런데도 높이 평가하고 연극의 교본으로 삼는 것은 아주 부당하다.

ㅁ

비극은 인간 존재의 본질을 말해준다는 주장은 비뚤어진 생각을 합리화한다. 인간 존재에 대한 오해를 가져와 괴로움을 가중시킨다. 이런 것이 차등론의 오류이다. 차등론을 타파하고 대등론을 되찾는 작업을 희극이 맡는다.

희극은 그저 웃기만 하는 연극은 아니다. 멀리 웅크리고 있는 큰 잘못은 풍자로 공격해 시정하도록 하고, 생활 주변의 이런저런 작은 잘못은 해학으로 너그럽게 감싼다. 불만이 남아 있더라도 그런대로 살만한 세상에서, 서로 달라 도움이 되는 대등한 관계를 이루고자 한다. 현실에서 제시하면 반발을 받을 이런 생각을 연극의 시공에서 분명하게 하려고 희극을 만들어 공연한다.

비극이 위대한 연극이면 수입해 와야 하는데, 열심히 노력해도 성과가 미흡하다. 대등을 존중하는 심성과 맞지 않기 때문이다. 마음부터 고쳐야 한다고 하면, 어리석기 이를 데 없는 동반자살이다. 차등론의 선동에 놀아나지 말고, 대등론의 소중한 전통을 갖가지 희극을 통로로 삼고 되살려야 한다.

근대는 서구의 차등론이 세계를 제패해 피해자는 물론 가해자까지도 불행하게 한 시대이다. 이제 근대를 넘어서서 다음 시대로 나아가려면, 대등연극 희극을 불행 청산을 위한 길잡이로 삼을 만하다. 희극이 불행을 그 자체로 없앨 수 있다는 말은 아니다. 효과가 더 큰 다른 방법이 있다.

차등론을 버리고 대등론을 맞이하면, 불행은 마음을 짓누르는 무게가 줄어들어 가벼워진다. 이것은 불타가 깨달았다고 하는 것과 대등한 경지이다. 희극에 동참하는 것은 참선 수행과 그리 다르지 않다. 참선은 괴로워도, 희극은 즐겁기만 하다.

칼레바라

1

핀란드는 어떤 나라인가? "핀란드는 자유, 민주주의, 인권, 교육, 양성평등, 복지 면에서 세계 최고 수준이다." "국민 행복지수도 세계 1위라고 한다."(김수권, 《핀란드의 역사, 자유와 독립을 위한 여정》, 2019) 이것은 널리 알려진 사실이다.

핀란드에 가서 국립박물관을 구경한 소감은 아주 다르다. 핀란드 역사를 알려주는 전시물이 없다. 사우나를 하는 시설, 거기서 사용하는 바가지를 소중하게 모셔놓았다. 핀란드를 다스린 이웃 나라 스웨덴과 러시아 국왕의 초상을 죽 걸어놓았다. 핀란드 국왕은 없었다. 1917년에 핀란드가 처음 독립할 때까지는 국왕이 필요 없다는 시대가 이어졌다.

유구한 역사와 빛나는 전통, 이런 것을 자랑하면서 우월감을 가지고자 하는 경쟁이 거의 세계 전역에서 벌어지고 있다. 자기 나라가 차등

구분의 상위에 있다고 하려고, 사실을 과장하거나 조작하는 것이 예사이다. 이웃 나라가 입힌 피해는 격렬하게 규탄하고, 복수를 다짐하는 것이 당연하다고 한다. 아이들에게 패권주의의 꿈을 심어주려고 한다.

핀란드는 그 대열에 참여하지 않고 물러나 있다. 과장하거나 조작해도 자랑스러울 역사가 없기 때문이라고 할 것은 아니다. 낙후한 패배자라고 비관하거나 자책하는 말도 하지 않고, 역사 문제를 두고 핏대를 세우지도 않는다. 이런 것을 더욱 기이하게 여기고, 왜 그런지 깊이 생각해보아야 한다.

차등론과 대등론, 이 두 가지 발상 가운데 다른 나라는 차등론에 기울어진 차등론자가 많지만, 핀란드는 그렇지 않다. 핀란드에는 대등론자가 더 많아 대등론이 공론으로 인정된다. 자랑스러운 역사가 없는 불운이 행운이 되어, 차등론의 패권주의를 버릴 수 있었다. 이렇게 생각하는 것이 타당한지 필요한 자료를 찾아 검증해보자.

핀란드의 공용어는 핀란드어만이 아니고, 오래 복속되어 있는 동안 습득한 스웨덴어도 있다. 둘 사이에 갈등은 없다. 수도 헬싱키대학 역사학 교수가 스웨덴어로 쓴 《핀란드 역사》가 영역되어 읽을 수 있다(Henrik Weinader, translated from the Swedish by Tom Geddes, *A History of Finland*, 2021). 몇 대목 옮긴다.

머리말 서두에서, 민족사관(the national approach to historical studies)은 적절하지 않다고 했다. 어떤 이념적이거나 신화적인 전제를 내세우지 않고, 가난한 시골뜨기(poor and peripheral people)가 점차 정치공동체를 만들어, 외부의 엄청난 압력을 견디며, 마침내 복지국가를 이룩한 내력을 밝히겠다고 했다. 정치·경제·기술·사회·문화를 하나로 엮어, 그 일을 감당한다고 했다.

위세를 자랑할 것이 없어 차등론이 아닌 대등론을 바탕으로 삼고, 정치사에 치우치지 않은 다면적 역사를 서술한다고 했다. 琉球(유구)의 사상가 蔡溫(채온)이, 외환이 없으면 내분이 있고, 외환이 있으면 내분이 없다고 한 말이 생각난다. 불운이 행운인 일반적인 원리를 잘 보여준다고 할 수 있다.

불운이 행운인 것은 역사의 실상 고찰에서 더 잘 드러난다. 핀란드는 기후가 한랭하고 토지가 척박해, 스웨덴이 차지하고도 거두어 갈 것이 적었다. 지주에게 매인 농민은 5% 정도이고, 나머지는 모두 스스로 자기 농사를 짓는 자작농이었다. 무사 계급(militia class)이 생겨나야 할 이유가 없었다. 불리한 여건이 유리한 작용을 해서 좋은 나라를 만들었다.

2

그런 역사서에서 핀란드인의 내심을 알 수 있는 것은 아니다. 어느 나라라도 그렇듯이, 내심은 고전문학에서 읽어내야 한다. 핀란드에는 고전문학이라고 할 것이 별반 없고, 오직 구전을 기록해 다듬은 〈칼레바라〉(Kalevara)만 대단하게 여긴다.

오래전에 쓴 그런 책이 전하는 것은 아니다. 여기저기서 구전되는 노래를 뢴로트(Elias Lönnrot)라는 학자가 수집하고 정리해 〈칼레바라〉라고 일컫고, 1835년에 1차로, 1849년에 증보판을 2차로 간행했다. "Kalevala"의 "Kaleva"는 "영웅"을 뜻하고, "la"는 "곳"이다. 자기 나라는 "영웅의 나라"라는 말로 작품 제목을 삼았다.

〈칼레바라〉는 어떤 작품인가? 쉽게 이해하려면, 작품에서 말하는 신화의 층위를 알 필요가 있다. 신화의 층위가 다음 넷이다.

(가) 오리가 낳은 큰 알에서 천지만물이 생겨났다.

(나) 하늘의 신이라고 하는 우크코(Ukko)를 비롯한 여러 신이 자기

소관의 자연물을 관장한다. 공기의 여신 일마타르(Ilmatar)는 다음 층위의 주역 베이네뫼이넨(Väinämöinen)을 출산했다.

(다) 역사를 이룩한 주역은 셋이다. 베이네뫼이넨은 물을 관장하며 어업과 농업에 관한 업무를 맡고, 노래를 잘 부르며 신이한 악기를 제작하기도 한다. 렘민케이넨(Lemminkäinen)은 사냥꾼이며, 수렵 외에 전투, 죽음에 관한 일도 담당한다. 일마리넨(Ilmarinen)은 쇠를 다루는 대장장이며, 물건 제조를 업무로 한다.

(라) 나중에는 마르야타(Marjatta)라는 여인과 그 아들이 등장한다.

(가)는 신이 등장하기 전의 자연신화이다. 작품 서두에 전후의 전개와 아무 관련이 없이 언급되어 있다. 자세한 내용이 없으며, 지속적인 관심거리가 아니다. 최초의 신화가 흔적만 남기고 있다고 할 수 있다.

(나)에서는 자연물을 관장하는 남녀의 신들이 있다고 한다. (가)의 자연신화를 인격신화로 바꾸어 다시 이야기한 두 번째 신화라고 할 수 있다. 존재를 알리기만 하고 활동상은 말하지 않았다. 불러도 응답이 없다. 공기의 여신 일마타르는 다음 층위의 주역 베이네뫼이넨을 임신하고 출산했다고만 하고, 그 뒤에 어떻게 되었는지 말이 없다. 경작의 신이라고 하는 펠레르오우엔(Pellerwoinen)은 베이네뫼이넨이 시키는 대로 하는 미미한 존재이다.

(다)에 작품의 본론을 전개하는 주역들이 있다. 일마타르가 낳았다는 베이네뫼이넨이 (나) 다음의 (다) 단계에 출현했다. 렘민케이넨과 일마리넨은 부모가 (나)의 신이 아니고 범속한 인물인데, 베이네뫼이넨과 대등한 능력을 지니고 있다. 신통력이 있어 신이라고 할 수 있으나, 사람처럼 생각하고 행동한다. (나)에서는 신이 신이기만 하다가 (다)에서는 신이 사람이기도 하다는 새로운 사고방식이 출현했다고 할 수 있다. 대변동으로 충격을 받아, (나)의 신들은 기능이 약화되고 한정된 영역에서 가까스로 존속하게 되었다.

(라)는 성모 마리아와 예수의 수용이라고 이해된다. 이것은 또 하나의 보편적인 변화이다. 고대까지의 전승인 구비서사시가, 중세의 보편주의를 받아들여 내용을 확대해 시대 변화에 부응하면서 박해를 피하고자 하는 것을 다른 여러 곳에서도 볼 수 있다.

(가)에서 (나)로 이행한 것은 세계 여러 곳에서 발견되는 공통된 현상이다. 〈비교신화학의 새로운 방향〉(《통일의 시대가 오는가》, 2019)에서 고찰한 사실을 자료를 보태 재론한다. 여기서 (나)라고 한 제1층위의 신화가 있다가, 여기서 (다)라고 한 제2층위의 신화가 나타난 것은 어디서나 같으면서 구체적인 양상은 몇 가지 유형으로 구분된다. 제1층위에서 제2층위로 이행하고 그 흔적을 남긴 것이 다섯 유형 가운데 하나인데, 핀란드의 경우가 이에 이에 해당한다.

여기서 (나)라고 한 제1층위의 신화와 (다)라고 한 제2층위의 신화는 전승자와 전승 방식이 상이하다. 앞의 것은 자격 구분이 없이 누구나 이야기로 전승할 수 있다. 뒤의 것은 전문적인 자격과 기능을 갖춘 무당만 전승하고, 전승 방식은 노래를 길게 부르는 것이다. 뒤의 것이 생겨나 타격을 주자, 앞의 것은 전승이 중단되지 않아도 위축되고 단순화되었다.

전문적인 자격과 기능을 갖춘 무당의 등장은 역사를 바꾸어놓는 대사건이다. 계급 분화가 시작되고 자연을 움직이는 주술적 능력을 가진 기능인이 특별한 위치를 차지하면서, 구전 서사시가 대단한 문학갈래로 성장했다. 제1층위의 신들의 내력도 후대에 등장한 무당이 노래할 수 있어, 창세서사시가 세계 도처에 전승된다. 제2층위 신들에 관한 서사시는 무당 자신들의 능력을 자랑하는 득의의 표현 방법이므로 더 큰 노력을 기울여 육성했다.

세 주역을 다시 보자. 물을 관장하며 어업과 농업을 책임지는 베이네뫼이넨, 사냥꾼이자, 수렵 외에 전투, 죽음에 관한 일도 담당하는 렘민케이넨, 쇠를 다루는 대장장이며, 물건 제조를 업무로 하는 일마리넨, 이 셋은 무당 자신들의 표상이다. 무당이 하는 세 가지 과업을 맡아 서로 경쟁하지 않고 협조하는 관계이다.

이들이 신이한 능력을 남다르게 지니고 누구나 소망하는 과업을 수행한다는 노래를 불러 무당의 위신을 높이고 영향력을 키웠다. 무당이 무당의 신이한 업적을 노래하니 이것은 무속서사시이다. 무속서사시가 구비서사시의 원초적인 형태로 세계 도처에 남아 있는 것 가운데 하나이다.

작품의 세 주역은 신이한 능력을 지닌 것이 예사 사람과 다르지만 신은 아니고 영웅이다. 신이 아니므로 고난을 겪을 수 있고, 영웅이므로 예상을 넘어서는 탁월한 업적을 이룩할 수 있다. 이들 영웅의 행적을 노래하므로 〈칼레바라〉는 영웅서사시이기도 하다. 핀란드에도 영웅서사시가 있기를 바라는 소망을 성취해주어 열광적인 환영을 받았다.

영웅서사시는 여성영웅서사시이기도 하고 남성영웅서사시이기도 하다. 한국의 〈바리공주〉나 〈당금애기〉는 무당의 권능을, 여성 주인공을 내세워 노래하는 여성영웅서사시이다. 〈칼레바라〉는 무당의 권능을 노래하는 점이 같으면서 주인공이 여성이 아닌 남성인 점이 다르다. 여성보다 남성이 무당으로서도 우월하다고 하는 사회변화가 일어난 것을 보여준다.

영웅서사시는 문화영웅서사시이기도 하고 투쟁영웅서사시이기도 하다. 〈칼레바라〉의 주역들은 어업과 농업, 수렵, 물건 제조에서 탁월한 능력을 발휘하므로 문화영웅이다. 작품의 전체적 성격이 문화영웅서사시이다. 투쟁이 있기는 하지만 도술 경쟁이다. '영웅의 일생'을 이루는 사건이 없어, 시련을 극복하는 투쟁이 심각하게 전개되지 않는다. 렘민케이넨은 수렵 외에 전투나 죽음에 관한 일도 담당하지만, 전투가 정치적이거나 역사적이지 않고, 주술적이거나 일상적인 것이 예사이다.

북방나라 또는 포욜라(Pohjola) 주민과의 다툼은 어느 정도 현실성이 있다고 인정된다. 일마리넨이 만든 민족의 보물인 神器(신기) 삼포(Sampo)

를 포욜라 사람들이 앗아갔다고 한 것은 스웨덴의 통치를 받는 수난을 암시했다고 할 수 있다. 그곳으로 쳐들어가 싸워 이겨야 하는 것이 당연할 듯하지만, 그렇게 하지는 않았다. 그 보물을 되찾으려고 세 주역이 함께 가서 비상한 수단을 사용했다. 그래서 이겼다는 것은 아니다.

베이네뫼이넨이 마술 피리 칸텔레(kantele)를 불어 포욜라 사람들을 잠재우고 보물을 손에 넣고는 배를 타고 도망치려고 하다가 들켜서, 마술 피리가 바다에 빠지고, 보물도 산산조각이 나서 바다에 가라앉고 말았다. 보물 잔해 일부가 해안으로 밀려와 행운과 번영을 가져다주었다고 했다. 침략자와 싸워 승리를 구가한 것은 아니며, 완전히 패배하지 않은 것을 다행으로 여겼다. 그 뒤에 질병을 퍼뜨리고 해와 달을 감추는 등으로 계속 괴롭혔으나 슬기롭게 대처해 위기를 모면했다고 했다.

이렇게 전개되는 〈칼레바라〉는 독일의 〈니벨룽겐의 노래〉, 영국의 〈베오울프〉, 불국의 〈롤랑의 노래〉 같은 서사시가 영웅들의 완강한 투쟁을 계속 보여주고, 투쟁이 정치적이고 역사적인 의미를 지니는 것과 상당한 거리가 있다. 외국의 지배를 받던 핀란드 사람들은 자기네도 그런 투쟁영웅서사시가 있어서 민족의 자부심을 선양하기를 바랐을 것이나, 〈칼레바라〉는 성격이 달랐다. 침략자를 물리치는 투쟁을 해서 주체성을 관철시키려고 하지 않고, 관심을 안으로 돌려 자기 민족의 삶을 어려움을 무릅쓰고 지탱할 수 있게 하는 문화영웅 찬양을 선택했다.

〈칼레바라〉가 투쟁영웅서사시가 아닌 문화영웅서사시인 것은 역사적인 이유가 있다. 핀란드는 국가가 생기지 않은 상태에서 오랫 동안 스웨덴의 통치를 받았다. 국가가 생겼으면 당연히 있을 건국시조의 투쟁서사시가 없었다. 스웨덴 통치에 대한 항거는 산발적으로 나타나고 민족적 거사로 전개되지 않았다. 외래 통치자보다 척박한 자연이 더 고통을 주어 일차적인 투쟁 대상으로 삼아야 했다. 자연과의 투쟁에는 용맹한 군사력이 아닌 슬기로운 술책이 필요했다.

생산력이 낮은 척박한 자연이 재앙을 가져와 기아에서 벗어나기 어려웠다. 한파로 바다가 얼어 곡물이 공급되지 않은 탓에 주민의 3분의 1이 굶어 죽은 사태가 벌어지기까지 했다. 날씨가 좋아 농사가 잘되기를 바라는 것이 간절한 소망이어서 그런 능력을 가졌다고 여기는 베이네뫼이넨을 〈칼레바라〉의 주역들 가운데 주역으로 설정하고 숭배하고 예찬했다고 생각된다.

베이네뫼이넨이 세상에 나와 한 첫째 일이 자연을 풍요롭게 하고 농작물을 가꾼 것이라고 길게 노래했다. 기대가 언제나 이루어지는 것은 아니다. 신통력을 지닌 베이네뫼이넨이라도 아내를 얻고자 하는 소망은 이루지 못하고 실패를 거듭한다고 했다. 아내를 얻어야 풍요와 행복이 보장되는데 그럴 수 없는 것을 안타까워했다.

스웨덴과의 싸움에서 이긴 러시아가 핀란드를 차지하고 자기네가 지배하는 핀란드 대공국(Grand Duchy)을 만든 것이 1809년의 일이다. 핀란드의 지위가 상대적으로 향상되자 민족문화를 찾고자 하는 운동이 적극적으로 일어났다. 뢴로트(Elias Lönnrot)가 선두에 나서서 1827년에 베이네뫼이넨에 관한 박사논문을 쓰고, 많은 자료를 현지에 가서 수집했다. 개별적인 전승을 일관성이 있게 편집해, 이미 말한 바와 같이 1835년에 1차로, 1849년에 2차로 〈칼레바라〉를 간행했다.

독일에서 〈니벨룽겐의 노래〉, 영국에서 〈베오울프〉, 불국에서 〈롤랑의 노래〉 구전을 기록해 정착시킨 것 같은 작업을 뒤늦게 하면서 전례를 따르고자 했으나, 전승 내용이 다른 것을 고치지 않고 그대로 두었다. 외적과 싸우는 투쟁영웅이 아닌 자연을 상대하는 문화영웅의 업적을 찬양하는 평화적이고 내향적인 서사시를 자랑스럽게 여기고 민족적 자부심의 원천으로 삼자는 생각을 널리 받아들였다.

이것은 투쟁을 능사로 삼지 않고 내실을 다져 독립의 기반으로 삼자는 노선이다. 그 덕분에 1917년에 비로소 독립을 이룩한 핀란드가 여러

면에서 모범이 되는 나라를 이룩하고, 러시아의 횡포에 슬기롭게 대처하면서 오늘에 이르렀다. 핀란드가 선택한 노선은 약해야 강하고, 후퇴가 전진이라는 원리를 갖추고 있다.

〈칼레바라〉는 신이한 능력을 남다르게 지니고 누구나 소망하는 과업을 수행하는 무당의 행적을 노래해 무당의 위신을 높이는 무속서사시이니, 전승자가 무당인 것이 당연할 듯한데, 그렇지 않고 누구나 부른다. 무속서사시를 누구나 부르는 것은 아이누(Ainu)의 경우와 상통한다. 양쪽 다 무당이 따로 없고, 누구나 부르는 노래를 어느 정도 신통한 능력을 가진 사람이 더 잘 부른다. 먼 곳 오지로 가서 자료를 수집하고 전승자들에 관한 기록을 남겼다.

무속서사시를 누구나 부르는 것이 어떤 연유인지는 깊은 연구가 필요한 과제이다. 많은 연구가 필요하지만, 한 가지 결과는 쉽게 말할 수 있다. 누구나 부를 수 있게 개방한 노래는 민족문화로 평가하고 존중될 수 있다. 한국의 무속서사시 〈바리공주〉나 〈당금애기〉는 전국 도처에 전승되지만, 무당이라야 부른다는 이유에서 배격의 대상이 된 것과 아주 다르다.

핀란드와 한국을 비교해보자. 뢴로트 같은 사람이 한국에도 있어 〈바리공주〉 이본을 현장 구석구석 찾아다녀 아주 많이 수집해 풍부한 사설을 확보하고, 적절하게 편집하면서 필요한 윤색을 했더라면 한국의 〈칼레바라〉가 탄생할 수 있었겠는가? 이에 대해 긍정과 부정 두 가지 대답을 할 수 있다.

일곱째 딸이라는 이유에서 버림받은 주인공이 죽음의 고비를 넘기고 살아난 것은 여성을 주인공으로 한 영웅의 일생이다. 바리공주가 헌신의 영웅이어서, 총애를 받는 언니들은 하려고 하지 않는 과업을 맡아 죽은 아버지를 살려내는 약을 구하려는 모험 여행은 깊은 감동을 불러일으킬 수 있다. 박해가 분발의 원천이고, 수난이 생명을 가져온다는 보편적인 원리가 일제 통치를 물리치고 광명을 찾자는 민족의 의지를 구현하면서 생생하게 부각될 수 있었다. 이런 가능성이 실현되지 않은 것은 〈바리공주〉를 전승하는 무당이 배격의 대상이 되었기 때문이다.

〈칼레바라〉는 그렇지 않았다. 무당의 전승이 아니어서 민족문화의 유산으로 평가되는 데 지장이 없었다. 누구나 부르는 개방된 노래인 된 덕분에 범인의 일상적인 체험을 많이 반영하고 웃기는 소리도 한다. 영웅서사시인 채로 범인서사시 또는 생활서사시이기도 하다. 편안한 자세로 즐길 수 있는 여유를 제공하고 있다. 경직된 이념을 멀리 하고 유연한 사고방식을 가지고 현실 문제에 대처할 수 있게 하며, 이것이 핀란드 사람들의 남다른 기질을 이룬다.

3

작품의 몇 대목을 영역본에서 옮긴다. 노래에 관한 서장의 한 대목을 든다.

이제 여기서 우리 함께 만나
헤매지 말고 한 자리에 모여,
잊고 있던 노래를 부르자.
오랜만에 나도 너도 함께
이 차갑고 가혹한 나라,
조국의 가여운 땅을 위해,
손뼉을 우리 함께 치자.
가장 잘 기억하라고 하고,

즐거운 노래를 함께 부르자.
가장 오랜 민요를 읊조리자.
가까운 이들이 모두 듣게
내키는 사람들 누구나 듣게,
자라는 세대를 위한 이 노래.
어려서부터 나를 가르친 말
아득한 옛적부터 전해진 노래.

베이네뫼이넨이 세상에 나와서 처음 한 일이 무엇인지 말하는 대목을
조금 든다.

노련한 뵈이네뫼이넨이 일어섰다.
자기 발을 섬 위에다 올려놓고,
대양이 씻어내는 섬에다.
거기서 여러 여름 동안 머물렀다.
거기서 여러 겨울 동안 살았다.
널따랗고 아무 것도 없는 섬에서,
 오랫 동안 생각에 잠겨 있었다.
누가 섬을 경작해야 하는가,
누가 씨를 뿌려주어야 하는가,
마침내 경작의 신 펠레오우넨,
들판이나 평원을 맞아들이며,
날씬한 소년일 적의 삼프사가,
텅 빈 섬을 경작해야 한다고,
땅에 씨를 뿌려야 한다고 했다.
펠레오우넨이 그대로 하기로 하고,

섬을 부지런하게 경작했다.
땅 곳곳에 씨를 뿌렸노라.
늪지대나 저지에도 뿌렸노라.
벗겨진 땅에는 숲을 조성했다.
단단한 땅에는 도토리를 심었다.
산에는 전나무를 심었다.
소나무는 언덕 위에다 심었다.
골짜기마다 관목이 많기도 하다.
자작나무는 습지에 심고,
벗겨진 땅에는 보리수를 심었다.

베이네뫼이넨이 직접 일하지 않고 펠레오우넨 또는 삼프사라고 하는 경작의 신이 씨를 뿌리고 농사를 짓도록 했다. 경작의 신은 농사의 당사자인 농부를 말한다고 할 수 있다. 농부가 신통한 능력을 가지고 농사를 지으니 농사의 신이라고 할 수 있다.

뵈이네뫼이넨은 농부가 신통한 능력을 발휘해 농사를 짓도록 하는 것으로 뜻을 이루었다. 농사가 자연스럽게 이루어지도록 보장하고, 드러나지 않게 음덕을 베푸는 것이 작품의 주역인 무당이 신통력을 발휘해 하는 일이다. 그 내력을 전하는 가창자는 어디에 무엇을 심는다고 알려주어 유용한 지식을 제공하고, 작물이나 수목 이름을 많이 열거해 풍요를 돕는 주술로 삼았다.

곡물 재배보다 수목 가꾸기에 더 많은 정성을 기울인 것을 볼 수 있다. 핀란드가 삼림의 나라가 된 것은 우연이 아니고, 많은 노력을 한 결과이다. 그럴 수 있게 했다고 숭앙을 받는 뵈이네뫼이넨이 민족서사시의 주역 가운데 으뜸인 것이 당연하다.

북방나라 또는 포욜라 주민들이 민족의 보물 神器(신기) 삼포(Sampo)

를 앗아가는 수난이 닥쳤다. 그 보물을 되찾으려고 베이네뫼이넨, 레민
케이넨, 일마리넨이 함께 가서 정면 투쟁은 할 수 없어 비상한 수단을
사용해야 했다. 베이네뫼이넨이 마술 피리 칸텔레(kantele)를 불어 포욜
라 사람들을 잠재우고, 간직하고 있는 산이 열리게 해서 보물을 되찾는
대목을 옮긴다.

베이네뫼이넨은 쉬지 않고 연주한다.
연주로 여인들이 잠들게 한다.
연주로 젊은이도 늙은이도 자게 한다.
가죽 주머니 악기 속을 뒤져
잠들게 하는 화살을 발사한다.
자는 사람들의 눈꺼풀을 잠근다.
북쪽나라 모든 전사들에게
깊은 잠 노래로 주술을 건다.
포욜라 고장의 영웅들에게.
그리고 와이놀의 영웅들은
삼포를 획득하려고 서두른다.
채색 뚜껑을 찾으려고 한다.
구리로 뒤덮인 산에서,
아홉 겹 구리 자물쇠 너머에서,
포욜라의 바위 산에서.
경력 많은 소리꾼 베이네뫼이넨이
이제 놀라운 노래를 다시 시작한다.
부드러운 어조로 신이한 노래를 부른다.
그 산 입구에 이르러서,
굳게 잠긴 그곳 언저리에서.

바위 대문이 온통 흔들린다.
무쇠로 만든 기둥까지도,
노래 탓에 떨어져 바스러진다.
신통한 대장장이 일마리넨은
모든 경첩에 성스러운 기름을,
손잡이에 자물쇠에도 기름을,
나사를 마술로 돌리니
모든 문이 말없이 열렸다.
위대한 마술사를 위해서,
소리꾼 베이네뫼이넨이 말했다.
"그대 친애하는 렘민케이넨
고난을 겪을 때의 친구여
산 아래로 들어가서
채색 뚜껑을 가져오게나."
재빠르고 사나운 렘민케이넨,
카우코미엘리의 멋진 영웅,
모험을 할 준비를 이미 하고,
바위 동굴로 서둘러 갔다.
거기서 그 유명한 삼포를 찾았다.
채색 뚜껑을 획득했다.
작심하고 성큼성큼 걸으면서
자기 자랑을 늘어놓았다.
"나의 위대한 영광이로다.
우코의 아들, 경이로운 영웅,
내가 삼포를 가져온다.
채색 뚜껑을 돌린다.

마술 경첩 위에서 돌린다."
렘민케이넨이 삼포를 찾다.
산에서 삼포를 찾다.

북방의 통치자들에 빼앗긴 민족의 보물 삼포를 되찾기 위해 세 영웅
이 함께 갔다. 셋이 각기 자기 장기를 발휘하면서 협동했다. 강력한 적
과 싸우는 방법과 함께 장기나 능력을 서로 보완하면서 협동하는 방법
도 알려주었다.

베이네뫼이넨은 악기를 연주하고 노래를 불러 적국 사람들을 잠재우
고, 보물을 숨긴 산이 열리도록 하는 가장 큰일을 했다. 상대방이 강성
하면 징면승부를 해서 싸워 이기는 것은 가능하지 않다. 지혜를 발휘하
고 술수를 사용해야 한다. 이렇게 판단하고 실행하는 것이 최고 지도자
의 임무이다.

일마리넨은 기술자의 임무를 말없이 수행하기만 했다. 용맹을 자랑하
는 렘민케이넨은 산 밑에 들어가 보물을 꺼내오는 마지막 작업을 수행
하고 자기 공적을 크게 자랑했다. 둘은 다르기 때문에 서로 필요로 한
다. 최고 지도자는 양쪽의 협력을 얻어야 할 일을 한다. 기술자의 능력
을 탐내지 말고 존중해야 하듯이, 용맹스러운 투사의 공적을 낮추지 말
고 높여주어야 한다.

북방 나라는 보물 삼포가 없어진 것을 알고 막강한 군대를 동원해
공격했다. 대항할 능력이 없어 쫓기다가 낭패를 당했다. 신이한 악기를
바다에 빠트렸다. 삼포도 바다에 빠지고 산산조각으로 갈라졌다. 그것은
양쪽 모두에게 크나큰 불행이었다. 북쪽 나라 포욜라의 여주인(the
hostess of Pohyola)이 탄식하는 대목을 보자.

"나의 모든 힘은 떠나갔다.

모든 기력이 다른 이들에게로 갔다.
나의 모든 희망은 깊은 바다에 있다.
물 안쪽에 내 삼포가 있다."
그러고는 포욜라의 여장군은
울며 통곡하며 되돌아갔다.
추위와 어둠의 나라로.
삼포의 쓸데없는 조각들,
뚜껑이라고 할 것만 거두워
자기 나라 포욜라로 가져갔다.
손잡이는 푸른 바다에 남겨두고.
그래서 북쪽 나라는 굶주리고
포욜라에는 기근이 들었다.
노숙한 소리꾼 베이네뫼이넨은
바닷가로 걸음을 재촉해 갔다.
물가에 멈추어 서서 기뻐했다.
삼포의 잔해들을 발견했다.
채색 뚜껑의 잔해들이다.
물 가장자리 그곳에,
해변 모래가 구부러진 곳에서,
삼포의 잔해를 소중하게 모았다.
안개 가까이 있는 물에서,
숲으로 덮여 있는 섬에서.
노숙한 뫼이네뫼이넨은 말했다.
애원하는 말을 이렇게 했다.
"위대한 우쿠, 창조주시여,
그대의 유용한 자식들인 저희에게

평화, 행복, 풍요를 주소서.
질병은 이 나라에서 떠나가고,
충직한 백성이 번영을 누리기를."

이렇게 기원해도 응답이 없었다. "위대한 우쿠, 창조주"의 가호로 국면 전환을 하고 불행을 행복으로 바꾸어놓을 수는 없었다. 뵈이네뫼이넨의 마술 피리 칸텔레(kantele)를 다시 만들어 재기를 기약했다. 북쪽 나라 여장군은 복수를 하려고 질병을 보내고, 불을 지르고, 해와 달이 없어지도록 하기까지 했으나 뜻을 이루지 못했다. 뵈이네뫼이넨이 마술 피리를 부니 모든 것이 정상으로 돌아왔다.

북쪽 나라에서 해와 달을 없애 크나큰 고통을 가져다주었다. 대장장이 일마리넨이 해와 달을 인공으로 만들었으나 빛이 나지 않았다. 베이네뫼이넨이 마술 피리를 부니, 숨어 있던 해와 달이 그 소리를 들으려고 나타났다. 무리를 하지 않고 자연스러운 방법으로 재난을 극복했다. 베이네뫼이넨은 그 기쁨을 다음과 같이 표현했다.

노련하고 충직한 뵈이네뫼이넨
마당으로 서둘러 나가서,
멀리 지평선 쪽을 바라보았다.
은빛 태양 광선을 한 번 보고,
금빛 달빛을 다시 보니,
평화, 즐거움, 그리고 평화를
북쪽 나라 백성들에게 주었다.
소리꾼이 이런 사설을 말했다.
"행운인 태양, 그대에게 인사한다.
다행인 달, 그대에게 인사한다.

햇빛을 환영하고, 달빛도 환영한다.

새벽에 시작되는 날이 금빛이구나.

은빛 태양이여, 그대는 자유롭구나.

사랑스러운 달, 그대도 자유롭구나.

성스러운 뻐꾸기 노래처럼,

산비둘기의 미끄러운 옹알거림처럼,

그대 은빛 태양이여 매일 떠올라라

이제부터 광명과 생명을 제공하면서.

우리에게 매일 즐거운 인사를 가져오너라.

우리 집을 평화와 풍요로 가득 채우면서.

우리가 하는 경작, 어로, 사냥이

그대가 와서 번성하게 하여라.

그대의 행로를 따라 매일 여행하며

달이 언제나 그대와 함께하게 하여라.

그대의 길로 즐겁게 미끄러지다가,

잠들 때에는 여행을 그쳐라.

저녁에는 대양에서 쉬면서

날마다 하는 돌봄을 멈추어라.

그대 백성들에게 선량함을,

우리가 사는 곳에 즐거움을,

영웅의 나라에 환희를.

해와 달이 다시 나타난 환희를 마음껏 노래했다. 나라의 장래에 좋은
일만 있기를 축원했다. 이 대목을 노래하면서 희망을 가지자고 했다.

4

작품을 읽고 〈칼레바라〉가 투쟁의 서사시가 아닌 것을 서운하게 생각하고 결함이라고 할 수 있겠으나, 생각을 바꾸어야 한다. 싸움이 무엇인가를 말해주고, 싸움을 넘어서는 지혜를 알려주는 소중한 의의가 있다. 이에 관해 고찰하는 것이 작품 이해의 최종 과제이다.

싸우는 것은 양쪽 모두의 불행이다. 이긴다고 해도 상처가 심각하다. 권투를 할 때 이긴 선수도 많이 맞는다고 하는 수준의 범속한 이야기를 하자는 것은 아니다. 가만히 있는 쪽을 괴롭히고 싸워서 이기느라고 평화를 유린하고 화합을 저버린 엄청난 자해가 쉽게 회복되지 않는다. 진 쪽을 괴롭히는 것으로 보상을 삼으려고 하면 내심의 괴로움이 커진다.

침략을 격퇴하지 못하고 싸움에서 진 쪽은 정당성이 손상되지 않아 내심이 괴롭지 않고, 오히려 행복하다. 복수의 칼날을 갈면서 자기를 학대하지 않는다면, 평화와 화합을 기원하는 소망을 알뜰히 키워 소생의 동력으로 삼고 남들과 함께 행복을 누리자고 할 수 있다. 핀란드 사람들이 바람직한 사회를 모범이 되게 만들어 인류에게 희망을 주는 것이 우연이 아님을 〈칼레바라〉가 잘 말해주고 있다.

〈칼레바라〉는 후퇴가 전진이고, 패배가 승리이고, 불운이 행운이라고 깨우쳐준다. 이것은 바로 생극론의 원리이고, 생극론에 근거를 둔 역사 전환의 지혜이다. 생극론을 동아시아를 넘어선 다른 문명권에 소개하기는 무척 어렵다. 고심을 거듭한 끝에 영어로는 "becomimg-overcoming theory"라고 번역을 했는데, 너무나 생소해 잘 이해되지 않는다고 한다. 이름보다 실상이 더 중요하다. 생극론의 실상을 적절한 예증을 들어 알리는 데 힘써야 한다.

생극론의 용어나 내용을 수출하려고 하지 말고 생각을 바꾸어야 한다. 생극론은 인류 공통의 보편적인 철학인데 대부분 망각되고 있다. 여러 문명권 많은 나라 사람들이 각기 그 나름대로 지니고 있는, 이름이나 표현이 다른 생극론을 찾아내서 인류 공동의 자산으로 삼아야 한다.

그렇게 하는 데 핀란드가, 핀란드의 자랑인 〈칼레바라〉가 소중한 기여를 한다. 무엇이 슬기로운가 말해주어, 인류가 무지에서 깨어나도록 한다. 패권주의의 힘을 과시하면서 세계를 정복하겠다고 하는 백일몽을 무색하게 한다.

서사시론의 차등과 대등

1

영국인은 고대 그리스의 〈일리아드〉(*Iliad*)가 영웅서사시의 기원이고 전범이라는 말을 지나칠 정도로 많이 한다. 자기네 중세의 구비서사시 〈베오울프〉(*Beowulf*)가 있어도, 품격이 낮다고 여기고 자랑거리로 내세우지는 않는다. 〈일리아드〉의 뒤를 이어 정통 영웅서사시를 다시 지어 중흥시킨 명작이 밀튼(Milton)의 〈실락원〉(*Paradise Lost*, 1667)인 것을 알아야 한다고 떠든다.

이런 말을 일본 영문학자 무리의 논저에서 얻어듣고, 한국에서도 문학개론의 필수지식으로 삼는다. 정설이 확고하므로, 서사시에 관한 이해를 확대하거나 재고할 필요가 있다고 여기지 않는다. 한국의 구비서사시는 전혀 무시하면서 그런 줄도 모른다. 이것은 용서할 수 없는 과오이므로, 철저하게 바로잡아야 한다. 말단의 깃털을 상대하면서 수고를 낭비하지 말고, 몸통을 수사해야 한다.

본바닥의 동향을 좀 더 살펴보자. 뒤를 이을 작품이 없어 정통 영웅
서사시는 자취를 감추었으므로 〈실락원〉을 더욱 높이 평가해야 한다고
역설하는 데 대한 반발도 있다. 그런 권위주의 언동이 창피스럽다고 여
기고 웃음거리로 만드는 '가짜 서사시'(mock epic)라는 것들이 여럿 나
타났다. 그 좋은 본보기인 포프(Alexander Pope)의 〈머리타래 겁탈〉
("The Rape of the Lock", 1712-1714)을 보자. 남녀의 지극히 사소한
사랑싸움을 우스꽝스럽게 확대해, 숭고하다는 것은 비속하고, 거대하다
는 것은 창피스럽다고 했다.

〈실락원〉은 기독교 성서에 있는 이야기를 다루어 영국의 역사나 현실
에서 벗어나 있다. 절실한 내용이 없는 결함을 박식하고 현란한 문장으
로 감추려고 해서 공허하기만 하다. 영웅서사시의 정통 후계자라고 하는
말은 족보 조작에 지나지 않는다. 영웅서사시는 역사적 현실의 요청을
수행하는 영웅의 이야기여야 진실성을 가지고 감동을 준다. 이런 것이
주위의 여러 민족을 침공하기나 하는 영국에는 있을 수 없었다.

영국의 침공을 받는 스코틀랜드는 그렇지 않아, 시인 바르부르(John
Barbour, 1320-1395)가 〈브루스〉(The Bruce)라는 민족서사시를 창작했
다. 사용한 언어는 스코틀랜드의 스코트(Scots)어이다. 영어와 비슷하면
서 다른 말이다. 브루스는 스코틀랜드의 군주이고, 영국의 침공을 물리
치려고 싸운 영웅이다. 브루스의 투쟁을 찬양하고 스코틀랜드인의 독립
의지를 고취하려고 영웅서사시를 쓰면서 자유가 얼마나 소중한지 말한
대목이 자주 인용된다. 그 서두를 들면 다음과 같다. 스코트어 원문이
어떤 모습인지 보여주려고 인용하고, 영역을 옮긴다.

A! fredome is a noble thing!
Fredome mayss man to haiff liking;
Fredome all solace to man giffis:

He levys at ess that frely levys!

오! 자유는 고귀한 물건이다!
자유는 사람이 바라는 것을 가지게 한다.
자유는 사람에게 모든 위안을 주고,
살고 싶은 대로 편안하게 살게 한다.

영국은 인접국 스코틀랜드와 웨일스를 침공해 주권을 박탈하는 데 그치지 않고, 바다 건너 아일랜드까지 유린했다. 땅이나 사람만 빼앗고, 문화는 외면했다. 아일랜드는 연원이 오랜 영웅서사시가 구전되는 곳이다. 영웅서사시의 세계문학사를 논의하는 긴요한 자료를 제공한다. 영국의 서사시론은 이것을 무시해, 차등론의 위엄이 돋보이게 한다. 이런 내막을 추종자들은 알지 못한다.

아일랜드의 영웅서사시는 〈타인〉(Táin)이라고 약칭된다(이름을 다 들면 "Táin Bó Cuailnge"라는 것인데, 중심 단어가 "황소 탈취"이다). 기원전 1세기쯤 이루어진 구비창작이 12세기 이래로 세 차례 기록되어 남아 있다. 그 기록이 아일랜드말의 변천을 잘 보여주는 소중한 자료이다.

황소 모양으로 만들어놓은 숭배물을 탈취하려고 침공한 적국의 왕비와 왕을, 반신반인인 십대 소년이 막아내는 전투를 다룬 내용이다. 황소가 가장 큰 재산이어서 숭배의 대상이던 시기에 벌어졌다고 하는 영웅들의 쟁패를 신화와 역사를 복합시켜 전개했다. 영웅서사시의 원초적인 모습을 간직한다고 볼 수 있다.

이 작품 〈타인〉을 아일랜드에서는 '아일랜드의 일리아드'라고 한다. 고대 그리스의 영웅서사시와 전혀 별개이면서 대등한 위치에 있다는 말이다. 싸움이 벌어진 이유가 생활과 밀착되어 있는 것이 〈일리아드〉와 달라, 이 작품은 그 이전 단계의 창조물이라고 할 수 있다. 이 점을 명시하려면 '일리아드 이전의 일리아드'라고 하는 것이 적절하다.

이야기를 전하는 사람이 내용을 신뢰하지는 않는다고 결말에서 말했다. "some things herein are the feats of jugglery of demons"(여기 들어 있는 몇 대목은 악마들의 요술 축제에서 유래했으며), "even more invented for the delectation of fools"(어리석은 사람들을 즐겁게 하려고 지어낸 것들이기도 하다)는 것을 그 이유로 들었다. 한 번 더 옮기면 부정확해질 것을 염려해 영역을 그대로 든다. 밀튼의 〈실락원〉과 견주면 형편없는 졸작이라고 할 수 있는 이런 결함이, 무척 오래된 전승이 그대로 남아 있는 증거이다.

영국의 논자들은 영웅서사시의 유래를 말하면서 허위의식을 이중으로 보여주었다. 멀리 있는 그리스는 위대한 고전의 나라라고 받드는 데 앞장서서 위신을 높이려고 했다. 가까이 있는 아일랜드의 전승은 열등하게 여기고 무시해 우월감을 확인하고자 했다. 이런 양면성은 그리스가 오스만터키의 지배에서 벗어나 독립을 쟁취하는 투쟁은 적극 지원하고, 아일랜드의 독립 운동은 강경하게 진압한 것과 직접 관련된다.

영국인의 영웅서사시론은 차등론을 근거로 삼는 제국주의 독단론이다. 잘못을 비판하고 대등론에 입각한 반론을 이룩해야 한다. 그 논거가 세계 도처에 있고, 우리 한국의 것도 아주 유용하지만, 스코틀랜드나 아일랜드의 자료를 먼저 이용하면 반론 전개가 아주 쉬워진다.

위의 논의에서 반론이 이미 이루어졌다. 입이 열 개라도 다른 말을 할 수 없게 되었다. 그래도 거짓말을 하도록 하는 원흉이 있어 잡아내 징치해야 한다. 서사시론을 세계적인 범위에서 다시, 바르게 이룩하려고 멀리까지 가야 한다.

2

영국의 석학인 보우라(C. M. Bowra)가 영국이 아직 잘 나가던 시기 1952년에 《영웅시》(*Heroic Poetry*)라는 책에서, 영웅서사시에 대한 영국인의 견해를 집성했다. 책 이름에 서사시를 말하는 통상적인 용어 'epic'을 쓰지 않은 것은, 경계가 모호하다는 이유를 들어 잡스러운 것들이 끼어들지 못하게 막고자 했기 때문이다.

'영웅'의 투쟁을 말하지 않고, '시'라고 인정할 수 없는 결격 사유가 있는 것들을 배제하고 멸시하는 수작으로 차등론을 펴기 시작했다. 바르부르의 〈브루스〉조차 언급하지 않았다. 모르고 있었거나, 어렴풋이 알았어도 '시'가 아니라고 여겼기 때문일 것이다. 영국 식민지 백성들이 자기네도 영웅시가 있다고 주장하는 것은 두고 볼 수 없어 하나씩 논박했다. 이것을 문책하는 기소장에서 증거로 제시해야 하므로, 원문 인용이 불가피하다.

That is why nothing is said about the old-Indian epics, in which a truly heroic foundation is overlaid with much literary and theological matter, or about Celtic, either Irish or Welsh, since neither presents many examples of heroic narrative in verse, or about Persian, in which much genuine material has been transformed by later literary poets.

영국 안의 식민지 아일랜드, 멀리 있는 식민지 인도가 영웅시 소유자 심사에서 불합격인 이유를 말하고, 페르시아도 식민지라고 여기고 불합격자 명단에 올렸다. 무슨 말을 했는지 알기 쉬운 비유를 써서 간추리면, 키가 아일랜드는 너무 작아, 인도나 페르시아는 너무 커서 합격권에서 벗어난다는 것이다.

아일랜드를 직접 거론하지 않고 "Celtic, either Irish or Welsh"(아일랜드 또는 웨일스의 켈트인)이라고 얼버무린 것은 증거인멸이 탄로 나지 않게 하려고 한 연막작전이다. 인도의 경우에는 "a truly heroic foundation is overlaid with much literary and theological matter"라고 하고, 페르시아는 "much genuine material has been transformed by later literary poets"라고 한 것은, 오랜 전승이 문학적 표현의 추가나 사상의 심화를 겪으며 자연스럽게 변화한 것을 두고 생트집을 표나지 않게 잡고 교묘하게 나무란 말이다. 말을 잘 꾸미는 솜씨로 시야를 흐리게 하는 술책을 거듭 확인할 수 있다.

The limitations of this outlook may be specially illustrated from the poetry of the Zulus. In the firs years of the nineteenth century they were organised as an extremely formidable power by their king Chaka, who, by a combination of good tactics and a more than ruthless discipline, made himself a great conqueror and won the fear and respect alike of his subjects and his neighbours. He, we might think, would have been a suitable subject for heroic song, but he seems to have missed this destiny, since all we possess to his memory are panegyrics.

이 대목을 길게 인용하는 것은 어떤 글을 썼는지 분명하게 확인해야 하기 때문이다. 어렵고 복잡해 이해하기 어려운 말을 하니 격조가 높아 훌륭하다고 오해하지 말아야 한다. 이런 말을 영어 실력을 한껏 자랑하면서 정확하게 번역하려고 낑낑대면 어리석기 그지없다. 만들어놓은 함정에 빠지고 작전에 더 말려들기나 한다. 번역 대신 분석을 대응책으로 삼아야 한다.

말이 꼬이는 것은 터무니없는 주장을 하는 증거이다. 꼬인 말에 비뚤어진 심정이 나타나 있는 것을 알아차려야 한다. 영국의 침략군이 남아 프리카를 차지하려고 들어갔다가, 줄루의 지도자 샤카가 이끄는 저항군에게 참혹하게 패배한 치욕을 원통해 하면서도, 비난을 상대방에게 돌리지 못했다. 인정할 것을 인정하면서 엉뚱한 트집을 잡는 우회전술을 구사했다.

"by a combination of good tactics and a more than ruthless discipline"(좋은 전술에다 가차 없는 훈련 이상의 것을 결합시켜) 샤카는 "made himself a great conqueror and won the fear and respect alike of his subjects and his neighbours"(자기 자신을 위대한 정복자로 만들어, 아래나 가까이 있는 사람들의 두려움과 존경심을 함께 얻었다)고 했다. 잘한 것 같은 말에 음모가 숨어 있다.

영국인에게 붙여야 할 말 'conqueror'(정복자)를 상대방에 넘겼다. 샤카는 감복이 아닌 술책으로, 통합자가 아닌 정복자가 되었다고 했다. 그러고 만 것은 아니다. "He, we might think, would have been a suitable subject for heroic song"(샤카 그가 영웅 노래의 적합한 대상이라고 우리는 생각할 수 있다.) 인정하기 싫은 사실을 마지못해 인정하니 말이 순조롭지 못하고 뻑뻑하다.

'heroic song'이면 'heroic poetry'라고 인정한다면 최후의 방어선이 무너진다고 여기고, 단호하게 반격했다. 샤카를 위한 'heroic song'은 'panegyrics'(찬양시)에 지나지 않아 'heroic poetry'일 수 없다고 했다. 'panegyrics'라는 말을 복수로 써서, 찬양시마저도 통일성이 없는 파편의 열거라고 했다. 야만인이 제대로 된 영웅시를 짓는 것은 있을 수 없다고 여기는 차등 의식이 그 근저에 확고하게 깔려 있다.

시비를 가리려면, 〈아프리카의 반론〉에서 이미 다룬 자료를 가져와야 한다. 샤카가 어떤 영웅인가 칭송하고, 어떤 투쟁을 어떻게 했다고 했는지 줄루인이 노래를 지어 한 말이 서사시를 이루었다. 그것을 줄루 시인 쿠네네(Mazisi Kunene)가 영어로 번역해 〈황제 샤카 위대한 분〉 (Emperor Shaka the Great)이라고 한 것이 1979년에 처음 알려졌다. 한 대목만 든다.

형제들이여, 이제는 돌아다닐 필요가 없다.
어디를 가든지 우리가 만나는 사람은 모두
우리의 주장이 정당하다는 것을 인정한다.
줄루의 힘은 이제 정복에서 생겨나지 않고,
모두 한 나라 사람이라는 결속에서 생긴다.

샤카가 한 말이다. 정당한 방어를 하는 용사들이 자발적으로 자진해 결속한다고 했다. 부당한 침략에 동원된 군인들이 의식의 분열로 혼란을 겪는 것과 아주 다르다. 차등론을 격파하고 대등론을 실현하는 방법이 무엇인지 밝힌 철학을 제시했다.

보우라의 《영웅시》는 1952년에 나온 책이어서, 이 작품을 보지 못하고 썼다. 그래도 따질 것은 따져야 한다. 이 작품을 실제로 보고도, 찬양시이고 영웅시는 아니라고 할 것인가? 과오를 인정하고, 영웅시의 계보를 다시 작성할 것인가? 이런 질문에 보우라의 《영웅시》를 교과서로 받드는 추종자들이 어떻게 대답할 것인가?

보우라의 견해는 어떤 다른 증거가 있어도 계속 타당하다는 것을 굳게 믿고, 《영웅시》를 교과서로 받드니, 토론이 가능하지 않다. 질문은 더 하지 말고, 죄과를 분명하게 하자. 속죄를 기대하지 말고, 거짓말을 하고 싶은 심보를 수술해야 한다.

보우라는 영웅시를 거두절미했다. 널리 알려진 인도의 〈마하바라타〉(Mahabhrata)나 〈라마야나〉(Ramayana), 페르시아의 〈샤나마〉(Shanama)는 거두해 제거했다. 아일랜드의 〈타닌〉, 남아프리카 원주민의 〈샤카〉는 모르는 채 절미해 제거했다. 이렇게 한 이유는 가운데 토막의 영웅시를 특별히 돋보이게 하려는 데 있었다.

할아버지 〈일리아드〉, 아버지 〈베오울프〉의 정통 상속자여서, 영국은 위대하다고 자부한다. 세계만방을 지배하고 호령할 자격이 있다고 한다. 아버지가 조금 못난 것을 감추려고 삼촌 격인 〈롤랑의 노래〉를 자주 앞세운다. 최종 상속자 종손의 영광을 자랑하는 작품이 없는 더 큰 고민을, 영웅시론 입법자로 자처하고 나서서 해결한다.

영웅시론 입법자는 국경을 분명하게 구획하고 엄중하게 수호하는 법을 제정했다. 한편으로는 무속시(shamanistic poetry), 다른 한편으로는 서사민요 밸러드(ballad)가 국경을 넘어 침투할 수 있으므로 경계를 소홀하게 하지 말아야 한다고 엄명했다. 밸러드는 덩치가 작아 식별하기 쉽고 큰 말썽을 부리지 않지만, 영웅시로 행세하는 무속시는 힘써 적발하고 단호하게 추방해야 한다고 교시했다.

구분법을 친절한 듯이 알려주었다. 무속시와 영웅시의 차이점이 주로 강조에 있다고 하지만, 주인공의 성공이 "human means"(인간적 방식)으로 이루어져야 "truly heroic"(진정으로 영웅적)이라고 할 수 있다고 했다. 이것이 어느 정도 실효가 있는 구분법인지 의심스럽다. 무속시라고 하는 것에서 주인공이 행사하는 경이로운 능력도 신이나 마귀의 것이 아니고 인간의 능력이다. 실제의 구분보다 선험적 차등을 더 중요한 목표로 삼고 그런 말을 했다.

더 한 말을 들어보자. "men believe that human beings are in themselves sufficient objects of interest and that their chief claim is the pursuit of honour through risk." 인간이 자기 자신을 관심의 궁극적 대상으로 삼고, 위험을 무릅쓰고 명예를 얻으려고 해야 영웅시가 이루어진다고 했다. 그 때문에 영웅시가 어느 곳에나 있지 않은 유럽의 전유물이고, 유럽인의 명예를 드높인다고 했다. 유럽문명권이 세계를 제패하는 것이 당연하다고 은근히 주장하기도 한 것을 읽어낼 수 있다.

The splendour which irradiates a hero in the hour of defeat or death
is a special feature of heroic poetry. Though the heroes know the
struggle to be hopeless, they continue to maintain it and give to it the
fullest measure of their capacities. This is the glory of their setting, the
light which shines with more than usual brightness on their last hours.

이것이 거의 결론이다. 패배나 죽음에 직면한 파국에서 돋보이는 영
광을 위해 영웅은 모든 노력을 바친다는 말을, 많은 수식을 갖추고 야
단스럽게 했다. 흥분에 동조하시 말고, 냉철하게 따져보자.

개인의 영광만 찾고, 大義(대의)를 함께 이루려고 하지는 않는다. 상
극의 투쟁만 기리고, 상생의 화합은 바라지 않는다. 차등을 극대화하기
나 하고, 대등이 소중한 줄을 모른다.

지나치면 망한다. 망하는 것이 당연하다. 그쪽을 걱정해주는 것은 주
제넘다. 잘못을 바로잡을 일이 태산 같다. 멀리까지 가야 한다.

3

일본 북쪽의 아이누, 필리핀 군도에 살고 있는 여러 가닥의 필리핀인
은 아무 관련이 없는 것 같지만, 공통된 불운이 있다. 양쪽 다 문자를
사용해 기록문학을 일으키지 못했다. 거리가 멀어, 어느 문명권에도 들
어갈 수 없었기 때문이다.

아이누나 필리핀인이 한문이나 산스크리트 같은 공동문어를 받아들이
지 않고 고유문화만 지킨 것이 부럽다고 여기면 착각이다. 그 때문에

국가를 이룩하지 못하고 분열된 상태에 있다가 외세에 쉽게 정복되었다. 아이누는 일본에게, 필리핀은 스페인에게, 힘을 모아 저항하지 못하고 각개격파를 당해 어이없이 굴복하고 지배당했다.

아이누가 한문문명을 받아들여 국가를 창건하고 군대를 조직하는 방법을 알았고 일본인은 그렇지 못했더라면, 지금 아이누가 일본열도의 주인 노릇하고 일본인은 남쪽 어디 보호구역에서 명맥을 유지하고 있을 수도 있다. 양쪽 다 한문을 받아들였으면 북국과 남국의 관계를 가지고 각생했을 수도 있다. 아이누는 지금까지 말만 있고 글은 없어 무력하다. 일본의 억압 때문에 인구가 아주 줄어들고, 말이 없어질 위기에 처했다.

필리핀인이 산스크리트문명권에 들어가 국가를 이룩했더라면 통일된 언어로 글쓰기를 하고, 외국의 침략을 막아내는 역량을 축적했을 수 있다. 스페인 식민지가 되고서야 비로소 문자를 사용하고 글을 쓰기 시작했다. 독립운동을 하다가 처형된 호세 리잘(Jose Rizal)이 애국시를 스페인어로 써야 했다. 다시 미국의 식민지가 되었다가 독립하고, 언어가 통일되지 않아 영어를 사실상의 공용어로 사용하고 문학 창작도 한다. 비교적 다수가 사용하는 타갈로그(Tagalog)를 필리핀어(Pilipino)라고 일컫고 국어로 사용하려고 하는데 잘되지 않는다.

아이누나 필리핀이 국가를 이루지 못하고 글이 없는 불운이, 다른 한편에서는 행운이다. 원시의 유산을 간직하고 고대까지의 변화만 보인 구비서사시가 손상되지 않고 아주 풍부하게 전승되고 있다. 아이누의 구비서사시 '유카르'가 먼저 조사되어, 알 만한 사람은 알고 높이 평가한다. 필리핀의 구비서사시는 통칭하는 말이 없고, 여러 언어로 각기 전승된다. 전혀 돌보지 않고 있다가, 최근에야 이것저것 발견되어 세상을 놀라게 한다.

오늘날의 문학은 무척 빈약한 곳들이 오랜 내력을 가진 구비문학에서는 아주 부자이다. 이것은 기이하다고 할 것이 아니고 당연한 일이다.

아이누를 지배하는 일본은 이른 시기의 문학 유산을 대부분 잃고, 그 일부만 왜곡된 형태로 간직하고 받든다. 필리핀을 최근에 지배한 미국은 과거가 없는 나라임을 자랑한다. 불운이 행운이고 행운이 불운인 것이 생극의 원리이다. 한쪽이 결핍되면 다른 쪽은 풍성해 피차 마찬가지인 것은 대등의 원리이다.

오늘날의 문학은 잘한다고 해도 피장파장이다. 아이누나 필리핀이 간직하고 있는 이른 시기 구비문학은 그렇지 않다. 다른 데서는 일부만 변형된 채 전승되거나 아주 없어져, 그곳들만의 자랑이 아니고 온 인류가 소중하게 여겨야 할 공동의 유산이다. 각별한 가치가 있다고 평가해야 한다.

나는 산악을 다스리고 있는 신이다.
털빛이 아름다운 아내를
너무나도 사랑해,
물 긷고 불 때는 일도 하지 말라고 했다.
우리가 오래오래 사노라니,
사랑스러운 아이가 태어났다.
오래오래 살아가던 어느 날
이런 생각이 내게 떠올랐다.
"내가 집을 떠나면
없는 동안 일어날 일이 걱정스럽겠지만,
아래쪽 하늘을 다스리는 신을
만나보러 가야 한다."

위대한 지도자가 말했다.
"이제 그 사람들은 초원의 길로 갔다.

그것은 그들의 길이다.

전투는 끝났다.

적들은 죽었으니,

우리는 떠나자

아득한 곳을 향해서.

먼 나라로 떠나가는 것이

우리에게는 좋은 일이다."

위의 것은 아이누가 신으로 숭상하는 곰이 스스로 자기 내력을 밝힌 〈곰의 노래〉의 한 대목이다. 아래 것은 필리핀에서 지도자 이름을 따서 〈아규〉(Agyu)라고 하는 거작 서사시의 한 대목이다. 원문은 읽지 못해 하나는 일역에서, 또 하나는 영역에서 옮겼다.

둘 다 잡념이 들어가지 않은 신선한 소리이다. 이른 시기의 인류는 상상력이나 감수성이 아주 맑았음을 말해준다. 곰과 사람, 저쪽과 이쪽이 다르면서 같고 같으면서 달라, 다툼이 화합이고 화합이 다툼이었다. 이런 것들은 인류 공동의 유산이다. 세계문학사의 시발을 말해주는 증거이다.

거의 다 없어진 보물을 가까스로 간직하고 있으니 높이 평가해야 한다. 강대국이 세계를 제패하면서 세계문학이 시작되었다고 하는 터무니 없는 거짓말을 바로잡을 소중한 증거를 보존하고 존중해야 한다. 불운이 행운인 역설을 바로 알아차려야 한다.

아이누의 '유카르'를 다시 보자. '카무이 유카르'라는 '신령 노래'에서는 신령, '아이누 유카르'라는 '사람 노래'에서는 사람을 등장시켜, 생겨난 유래를 말하고 시련을 극복한 내력을 알렸다. 신령과 사람이 화합해 잘살기를 바라는 마음을 나타냈다.

이런 것이 세계문학의 오랜 모습이라고 생각된다. 어디 사는 인류이든지 아주 이른 시기부터 '신령 노래'와 '사람 노래'를 일제히 부르며, 양쪽이 화합해 잘살기를 바라는 마음을 나타냈을 것이다. 시대가 달라지면서 이런 노래가 훼손되고 마멸되었는데, 아이누의 것만 거의 원형 그대로 남아 잃어버린 과거를 증언한다.

'신령 노래'만 부르지 않고 '사람 노래'도 부른 것은 사람 가운데 특별한 영웅이 등장했기 때문이다. 아이누인도 이런 변화를 거쳐 원시시대에 머무르지 않고 고대에 진입했다. 고대 진입은 국가의 등장으로 구체화되고, 나라 무당이 신령의 가호를 받아 통치자가 위대하다고 찬양하는 노래를 부른 것이 뚜렷한 징표였다.

이것 또한 세계 전역에서 일제히 일어난 변화인데, 실상을 알 수 있는 자료가 아주 희귀하다. 희귀한 자료 가운데 특별히 빛나는 것을 둘 들 수 있다. 하나는 먼 북쪽 바다의 아이슬란드(Iceland)에, 또 하나는 가까운 남쪽 바다의 琉球(유구)에 있다. 이 둘은 거리가 아주 멀지만, 놀랄 만한 공통점이 있다. 작고 외로운 섬나라이다. 문명권 주변부의 주변부이다. 문자를 사용한 마지막 지점이다.

국가가 등장하면서, 나라 무당이 신령의 가호를 받아 통치자가 위대하다고 찬양하는 노래를 부른 것이 기록에 올라 오늘날까지 전해진다. 그것을 아이슬랜드에서는 '에다'(Edda)라고 한다. 유구에서는 '오모로사우시'라고 한다. '에다'는 13세기 이전에 로마자로 표기되었다. '오모로사우시'는 1532년부터 1623년 사이에 기록되었으며, 일본의 假名(카나) 문자를 가져다 썼다.

태양보다 공정하고 넓은 집을 나는 본다.
황금 지붕 아래, 성스러운 산 위의 그곳,
정당한 통치자들이 거처로 삼고 살면서,
언제까지나 행복을 누리기만 하리라.

그곳에서 우뚝하게 권력을 장악한,
막강한 통치자 모든 땅을 지배한다.

이것은 '에다'의 한 대목이다. 영역을 옮겼다. 이 비슷한 사설이 '오모로사우시'에도 있다. 일역을 옮겼으므로 한자어가 들어 있다.

聞得大君(문득대군)이 땅위로 내려와 노시면,
천하를 다스리고 계시옵소서.
이름 떨치는 精高子(정고자)가
首里王城(수리왕성) 안의 신령스러운 곳,
眞玉王城(진옥왕성) 안의 신령스러운 곳.

둘 다 신령이 통치자에게 막대한 권한을 주어 군림하고 통치할 수 있게 했다고 한다.

위의 노래에서는 비유를 들어 말한 것을 아래 노래에서는 구체화했다. '聞得大君'은 무당이 섬기는 신령이다. 노래를 부르니 내려와, 군주에게 크나큰 권능을 부여했다고 한다. '精高子'는 "정력이 풍부한 사람"이라는 뜻이며, '聞得大君'의 다른 이름이다. 신이한 권능이 곧 정력이므로, 이름이 더 있다. '首里王城'은 유구국 수도의 왕성이다. 진품 옥과 같이 소중하다고 여기고 '眞玉王城'이라고 찬양했다.

신령이 군주에게 막강한 권력을 내리라고 무당이 부르는 노래가 무슨 가치가 있는가 하고 나무라지 말아야 한다. 주체성을 힘겹게 지키거나 상실하고 고민하는 처지인 작은 나라 사람들이 분발하게 한다. 문명권 주변부의 주변부에서 민족어 노래를 일찍 정착시킨 소중한 유산이 중심부만 찬양하는 잘못을 시정한다. 어느 한쪽이 자기만 잘났다고 뽐낼 수 없게 하고, 인류는 하나임을 입증한다. 이 경우에는 신령이 위대하고 군주가 자랑스럽다는 말이 차등론으로 치닫지 않고, 차등론의 잘못을 시정하는 대등론의 논거가 된다.

유럽인은 '에다'를 대단하게 여긴다. 유럽문학의 자랑스러운 유산이라고 하는 데 그치지 않고, 세계문학이라고 내놓는다. '오모로사우시'는 일본에 복속된 오키나와의 궁벽한 모습을 보여주는 골동품으로 취급되기나 한다. 진가를 알아내 동아시아문학으로, 세계문학으로 높이 평가하기 위해 분발해야 한다.

일본인은 유럽을 추종하면서 '에다' 찬양에 끼어드는 것을 자랑으로 삼는다. 주권을 유린하고 지배하는 궁벽한 땅덩어리에 동격의 보물이 있다고 하면 위신이 상한다고 여긴다. 착각에서 벗어나 진실을 알아차리도록 하려면, 가까운 이웃인 우리가 수고를 많이 해야 한다.

4

일본에서 이룩된 문학개론으로서 가장 광범위한 영향력을 가진 土居光知(도이 구우치)의 《文學序說》(문학서설, 1922)에서, "많은 민족의 敍事文學〔에포스〕은 운문인데, 우리나라는 그것이 주로 산문이다"라고 했다. 그 이유는 예술활동이 저절로 이루어지면 서사문학은 노래가 되지만, 일본에서는 정치 활동의 지배를 받아 서사문학이 산문이 되었다고 했다.

그런 견해의 타당성이 의심스럽다. 유럽에는 있는 것은 정상이고, 일본의 경우에는 그 비슷한 것이 비정상적인 모습을 지니고 있게 마련이라는 추론에 입각해 불분명한 것을 분명한 듯이 말했다. 그런 추론이 무슨 원리인 듯이 행세하면서 비평이나 연구의 지휘권을 행사하는 것을 흔히 볼 수 있다.

그런 양상을 많은 증거를 들어 소상하게 밝힌다. 추종자 쪽에서는 보우라의 〈영웅시〉처럼 어느 하나가 전체를 대표할 수 없다. 추종은 유사한 추종이 많은 것을 특징으로 한다. 그 사례를 중복된다고 하지 않고, 있는 대로 다 찾아 살피려고 해야 진단을 제대로 할 수 있다. 한국에 이식된 추종을 일본의 연원을 들어 고찰하는 작업까지 하려고, 수고를 더 많이 한다. 박식 자랑이 아니니, 너무 번다하다고 나무라지 말기 바란다.

本間久雄(혼마 히사오)의 《文學槪論》(문학개론, 1926)에서는 '譚歌'(담가) 또는 '物語歌'(물어시, 모노가타리우타)를 '敍事詩'(서사시)와 구별하고, 앞의 것은 일본문학의 경우에도 고전문학과 현대문학 양쪽에서 찾을 수 있으나, 뒤의 것은 유럽에만 있고 일본에는 없다고 했다. 《平家物語》(평가물어, 헤이케모노가타리)를 서사시라고 하는 견해가 있으나, 통일성이 없어 "無數(무수)한 譚歌"에 지나지 않는다고 했다. 서사시의 범위를 넓혀 일본에는 일본서사시가 있다고 말하는 것은 부당하다고 여겼다.

유럽에서는 정상인 것이 일본에서는 비정상이라고 하는 것으로는 모자란다. 유럽에는 있는 무엇이 일본에는 없다고 해야 더 나아간다고 인정된다. 이렇게 말하는 데 서사시도 포함시켰다. 서사시가 없는 후진 나라 일본에서 국산의 서사시론을 만들려고 한다면 너무나도 촌스럽다. 오로지 유럽 서사시론을 수입해 힘써 잡소리를 없애야 한다고 했다.

그런 견해는 고전문학에 적용해 차질을 빚어낸 것은 물론이고, 당대의 일본에서 이루어진 문학창작을 제대로 이해하는 데도 장애가 되었다. 일본의 근대문학에 서사시가 없는가 하면 그런 것은 아니다. 與謝野鐵幹(요사노댓간)을 비롯한 잡지 〈明星〉 동인 여럿이 연작으로 1903년에 지은 〈源九朗義經〉(겐구루우요시쯔네)나 〈日本尊武〉(야마토타케루)가 현대 서사시의 좋은 본보기이다. 일본 역사에서 소재를 얻어 영웅서사시를 창작한 작품이다.

비평에서나 문학사에서나, 이런 작품을 유럽의 선례와 달라 수상하게 여기고 서사시로 인정하지 않는다. '物語詩', '史詩', '譚歌' 등의 여러 용어로 잡다하게 지칭해 개념 설정이 산만하고, 일본문학의 전통과 어떻게 이어지는지 논의하지 않았다. 일본서사시를 총괄해서 이해하는 관점이 없어, 계보 불명의 작품군이 우연히 나타난 것처럼 보이게 했다. 문학개론을 다시 내놓고, 문학사를 더욱 충실하게 써도 그런 차질이 시정되지 않았다.

일본문학사 서술에서 얻은 가장 두드러진 성과인 小西甚一(코니시 진이치)의 《日本文藝史》(일본문예사, 1985-2009)는 논의를 더 진전시켰다. 일본인은 主情的(주정적)·內向的(내향적) 성격을 지니고 있기 때문에, "야마도系(계)의 일본에는 英雄詩가 없다"고 했다. '英雄詩'의 주인공은 어떤 상황에서도 과감하게 행동해야 하는데, 그렇게 하는 것이 일본인의 기질에는 맞지 않기 때문이라는 말을 덧붙였다. 대단한 말을 한 것 같으나 차질을 키웠다.

위에서 고찰한 바우라의 책을 따라 '英雄詩'만 말하고, '서사시'라는 일반적인 용어는 사용하지 않아 여러 형태의 서사시를 광범위하게 고찰할 수 있는 여지를 없앴다. 영웅의 과감한 투쟁이 일본인에게는 적합하지 않다고 했는데, 일본문학에 무사의 영웅적인 투쟁을 칭송하고, 피비린내 나는 싸움을 다룬 것이 많다. 서사시 유무를 민족성에 따라 판정하는 것은 납득할 수 없는 견해이다. 서사시의 세계적인 판도에 관한 견해도 잘못되어 있다. 유럽의 서사시를 서사시론의 기준으로 삼고, 가까이 있는 동아시아 이웃의 여러 서사시는 무시했다.

서사시가 있는 곳도 있고, 없는 곳도 있다고 하면서 "중국·한국·이스라엘·아프리카(에티오피아, 우간다, 나탈 등)"에는 서사시가 존재하지 않는다고 했다. 중국에는 서사시가 없다고 헤겔(Hegel)이 지적했다고 주를 달았는데, 헤겔 수준의 무식을 자초하는 처사이다. 한국의 자료는 몰라서 비교대상으로 삼지 못했다고 하겠지만, 아이누나 유구의 자료는 그렇지 않은데도 언급조차 하지 않았다.

일본에도 오랜 내력을 가진 영웅서사시가 있다. 내가 발견한 증거를 둘 든다. 앞의 것은 〈萬葉集〉에서 가져온다(이연숙 역, 《萬葉集》 1, 2012, 227면). 뒤의 것은 구전의 기록이다(宗 武志, 《對馬民謠集》, 1934, 163면에서 찾아 번역한다).

하늘과 땅이 처음 생겨날 때
하늘 나라에서는
팔백만이나
천만이라고 하는
신들이 모여...
우리들 대군
하나미시 왕자가
이 세상 천지
통치를 하려면
봄꽃과 같이
고귀할 것이라고
보름달처럼
풍족할 것이라고...

먼 바다를 아득히 바라보니,
무언가 신기한 것이 떠오고 있었다.
그물을 던져서 끌어당기니,
안에는 스물여덟 살 처녀가 하나.

"출신이 어디냐, 이름이 무엇이냐?"
"출신을 말하면 아버지의 수치가 되고,
이름을 말하면 내 수치라오."
출신도 말하지 않고, 이름도 말하지 않고,
도와달라고 두 손을 흔든다.
출신도 말하지 않고, 이름도 말하지 않고,
"자 오너라. 우리 집으로 오너라."
어깨에 짊어지고 자기 집으로 돌아간다.
牧丹長者가 주은 아기가 되었다.
인연은 신기한 것입니다.
牧丹長者의 작은 며느리가 되있습니다.

앞에서는 천지가 나누어져 천상은 신들이, 지상은 "우리들 대군 하나 미시 왕자"가 다스리게 된 내력을 말했다. 그 뒤에 일어난 사건은 말하지 않아 내용이 미비하다. 뒤의 노래에서는 무쇠철갑에 넣어 바다에 떠내려 보낸 딸아이가 멀리 표류해서 牧丹長者(보탄쬬우쟈)라는 유력자의 작은 며느리가 되었다고 했다. 한국 제주도의 본풀이에서 흔히 볼 수 있는 것 같은 사건이 앞뒤가 절단된 채 전한다.

둘 다 영웅서사시가 온전하지 않고 손상되어 있다. 그 내력과 변화를 적극적으로 탐색하고, 자료를 더 찾을 필요가 있다. 내가 맡아 감당하기 어려운 과제여서, 일본 학계의 동참을 촉구한다.

5

아이누나 유구의 서사시를 받아들이면 일본문학사는 서사시가 많다고 자랑할 수 있게 된다. 유감스럽게도, 일본문학사는 포용이 아닌 배제를 능사로 삼는 인습이 있다. 구비문학은 기록된 것만 받아들인다. 한문학은 배제하지 않지만 비중을 낮추어 다룬다.

일본어문학만 일본문학이라고 하고, 아이누문학이나 유구어문학은 언급조차 하지 않는다. 동아시아문학이나 세계문학은 생각하지 않고 일본문학을 그 자체로 고찰하기만 하는 것도 전과 다르지 않다. 부유해도 소국인 일본이 가난해지면 얼마나 쪼그라들지 걱정하지 않을 수 없다.

小西甚一, 《日本文藝史》는 변화를 조금 보여주었다. '日本'(일본)의 의미부터 재론했다. '日本'에는 좁은 의미의 일본인 야마도민족 외에 琉球人(유구인)과 아이누인도 포함되므로 일본문학사의 범위를 넓혀야 한다고 했다. 이런 주장을 처음 제기한 것은 주목하고 평가할 일이지만, 본문에서는 아이누문학과 유구문학을 본격적으로 다루지 않고, 〈유구문학의 야마도化〉(琉球文學のヤマト化)를 두 차례 거론하기만 했다.

久保田 淳(구보타 준) 主編(주편), 《岩波(이와나미) 講座(강좌) 日本文學史(일본문학사)》(1995-1997) 전 18권은 가장 방대한 일본문학사이다. 머리말이나 서론이 없어 무엇을 어떻게 하는지 밝히지 않았다. 제1권 서두에 〈본 강좌의 구성〉이라는 짤막한 글 여섯 항목에서 최소한의 안내만 한 데 "琉球·오키나와문학, 口承文學(구승문학), 아이누문학"도 포함한다는 말이 있다.

15권에서 유구문학, 16권에서 口承文學이라고 한 구비문학, 17권에서 아이누문학을 다루었다. 둘 다 대강 소개하는 데 그치고, 문학사다운 고찰은 갖추지 않아, 일본문학사의 새로운 이해에 기여하지 못했다. 유구·

아이누문학과 함께 일본의 구비문학도 차별의 대상이라는 관념을 버리지 못했다. 그 모두를 포함해 넓은 의미의 일본문학사를 다시 써야 한다고 생각하지 않았다.

아이누·유구·일본문학을 대등하게 비교할 생각이 없어 새로운 성과를 이룩하지 못했다. 아이누·유구가 일본에 복속되어 있어 아이누·유구문학은 일본문학사의 부록 이상일 수 없다고 하는 차등론을 보여주기나 했다. 기존의 통념을 확인하면 할 일을 다하고, 문학사가가 진실을 추구하는 창조 작업을 한다고 나서는 것은 분에 넘치고 위험하다고 여겼다.

차등론에 입각해 배제를 능사로 삼고 일본문학사를 쓰면, 점점 더 가난해진다. 책 권수나 늘이는 허세는 웃음거리이다. 아이누·유구·일본문학사를 밀착시켜 함께 고찰하는 진정으로 큰 문학사를 마련하면, 서사시가 무엇인가 하는 문제를 참신하게 해명하는 성과를 얻을 수 있다. 유럽에서 이루어진 기존 견해의 잘못을 바로잡고 타당한 대안을 제시하는 세계적인 작업에서 진전을 이룰 수 있다.

서사시의 전승이 왜, 어떻게 이어지기도 하고 끊어지기도 하는가? 이에 대한 연구에서 아이누·유구·일본의 자료가 최상의 의의를 가진다. 서사시의 전승이 아이누에서는 당사자들의 구전만으로 자연스럽게, 유구에서는 국가가 개입하고 기록되는 방식으로 이어졌으며, 일본은 밝혀내야 할 이유 때문에 거의 다 중단되었다. 이에 대해 소상하게 비교해 고찰하는 문학사를 쓰면 일본이 서사시론과 문학사학의 발전을 함께 주도할 수 있다.

바로 앞에 금맥이 노출되어 있는 줄 모르고 땟거리가 없다고 궁상을 떠는 것을 차마 그냥 볼 수 없다. 소리 높이 일러주려고 이 글을 쓰니 제발 읽어다오. 번역을 기다리며 세월을 허비하지 말아야 한다. 한국어를 알아야 학문을 제대로 하는 줄 빨리 알아야 한다.

6

한문에는 서사시에 해당하는 용어가 없었다. '詠史詩'(영사시)라는 것은 있었으나, 역사를 소재로 한 시일 따름이다. 유럽문명권의 문학론을 받아들여 중국문학사를 정리하기 시작한 다음에 서사시에 관한 논의를 하기 시작하면서, 중국의 서사시 결핍이 처음부터 문제로 등장했다. 이에 관한 논의도 일본의 경우처럼 되도록 자세하게 한다. 논저를 많이 드는 것이 불가피한 수고이다.

胡適(호적)은 《白話文學史》(백화문학사, 1929)에서 'epic'을 '故事詩'(고사시)라고 번역하고, 중국문학은 '長篇故事詩'(장편고사시)가 없는 것이 특징이라고 하고, 그 이유는 "박실하기만 하고, 상상력이 풍부하지 못하다"(樸實而不富于想像力)는 데 있지 않을까 하고 추측했다. 陳受頤(진수이)가 영문으로 쓴 《중국문학사》(Ch'en Shou-Yi, *Chinese Literature, a Historical Introduction*, 1961)에서는 "중국의 이상적인 인간형이 君子(군자)이고 영웅은 아니므로"(China's ideal type is the sage and not hero) 서사시가 발달할 수 없었다고 했다.

중국문학사를 통괄해서 서술할 때에는 서사시는 거의 무시하는 것이 상례이다. 劉大傑(유대걸)의 《中國文學發達史》(중국문학발달사, 1941-1949)에서는 중국의 서사시는 서정시보다 늦게 漢代(한대)에 출현했다고 하면서 한 차례 언급했을 뿐이다. 사회과학원 문학연구소의 《中國文學史》(중국문학사, 1962)나 游國恩(유국은) 外(외) 主編(주편)의 《中國文學史》(1963)에서는 서사시를 다루는 항목을 설정하지 않았다. 그 이유는 漢族(한족)문학사를 중국문학사라고 하기 때문이다.

民間文學(민간문학)이라고 일컫은 구비문학을 고찰할 때에는 서사시를 무시할 수 없었다. 서사시가 실제로 있는 것을 고찰해야 하므로, 혼란이 생겼다. 위에서 말한 일본의 추종과 이제부터 고찰할 중국의 혼란은 상당한 차이가 있다. 일본의 추종은 외국 이론을 받아들여 아는 체하면 되고, 자국 문학은 부담 없이 외면할 수 있다. 중국의 혼란은 수입한 이론과 자국 문학이 맞아들어가지 않아 생긴다.

일본에서는 거들떠보지 않은 구비문학을, 중국에서는 연구 대상으로 삼고자 해서 民間文學이라고 이름 지었다. 중국문학에서 소수민족의 문학을 빼놓을 수 없고, 소수민족의 문학은 구비문학을 빼놓고 말할 수 없는 것을 알아차렸기 때문이다. 소수민족의 구비서사시를 다루려고 하니 용어 선택에서부터 어려움이 있고, 분류해 고찰하려고 하니 더욱 난감했다.

제기된 문제를 해결하는 여러 학자의 방안이 아주 혼란되어 있다. 서사시 일반론에 관여하고 싶은 욕심까지 생겨 혼란을 키웠다. 혼란은 선명하게 정리할 수 없어, 한동안 말을 낭비하는 것을 각오해야 한다. 수습책을 미리 제시하면 혼란의 실상을 알기 어렵다.

段寶林(단보림), 《中國民間文學概要》(중국민간문학개요, 1985)에서는 중국구비문학의 한 영역에 '民間敍事長詩'(민간서사장시)가 있다 하고서, 그것을 '史詩'(사시)·'婚姻愛情長詩'(혼인애정장시)·'愛情政治長詩'(애정정치장시)로 나누었다. '史詩'는 다시 '神話長詩'(신화장시)와 '英雄史詩'(영웅사시)로 구분했다. '敍事詩', '長詩', '史詩' 등의 용어를 분명한 원칙 없이 혼용했다.

高國藩(고국번)의 《中國民間文學》(1995)에는 '長篇民歌'(장편민가)라는 대항목을 설정하고, 그 가운데 '長篇敍事民歌'(장편서사민가)·'長篇抒情民歌'(장편서정민가)·'史詩'·'古歌'(고가)가 있다고 했다. '長篇敍事民歌'·'史詩'·'古歌'가 서사시의 하위 갈래인 셈인데, 그 셋을 구분하는 기준을 일관되게 제시하지 않았다. 그 가운데 '史詩'만 유럽문명권의 서사시에 해당된다고 하면서 그쪽의 개념 규정을 가져와서 이용했다. 李惠芳

(이혜방), 《中國民間文學》(1996)에서는 '史詩'와 '民間敍事詩'를 구분하면서, 양쪽의 특징을 각기 설명했으며, 그 둘을 합쳐서 일컫는 말은 없다. "史詩"는 다시 '創世史詩'(창세사시)와 '英雄史詩'(영웅사시)로 나누고, '民間敍事詩'는 더 분류하지 않았다.

민간문학이라고 일컫은 구비문학을 개관한 책 외에 서사시 문제를 총괄해서 다룬 책도 있어 주목된다. 陳來生(진래생), 《史詩·敍事詩與民族精神》(사시·서사시여민족정신, 1990)는 '史詩'와 '敍事詩'를 나누어 고찰하면서, 그 둘이 어떻게 구분되는지 납득할 수 있게 말하지 않았다. "史詩는 인류 역사상 이른 시기에 출현만 문학 양식의 하나"라고 하고, "광의로 말하면, 史詩 또한 서사시이며, 이것은 일종의 오래된 장편서사시"라고 했다.

앞의 말은 유럽에서 수입한 것이고, 뒤의 말은 중국의 실상을 엉성하게 지적한 것이다. '敍事詩'를 다시 '文人敍事詩'(문인서사시) 또는 '傳統型敍事詩'(전통형서사시)라는 '狹義的 敍事詩'(협의적서사시)와, 민간의 '說唱敍事詩'(설창서사시)라는 '廣義的敍事詩'(광의적서사시)로 나누었다. 중국에는 '長篇史詩'가 없으며, '文人敍事詩'는 발달하지 않은 반면에, '說唱敍事詩'는 풍부한 것이 특징이라고 했다. 상황을 다 정리한 것 같은데, 어수선하기만 하다.

그 가운데 '長篇史詩'를 가장 소중하게 여기고, 중국에는 없는 것을 아쉬워했다. 그 이유가 무엇인지 고대 그리스와 인도의 경우와 비교해서 밝히려고 했다. 고대 그리스에 있었던 "번영하고 발달한 도시경제 및 상업경제"나, 인도에서 볼 수 있는 "농후한 종교적 분위기 및 원시 신화나 전설"이 중국에는 결핍된 사정에서 그 해답을 찾으려고 했다. 두 가지 이유는 전혀 상반되어 어리둥절하게 할 따름이다.

중국 서사시에 관한 논의의 경과를 정리해보면 몇 가지 문제점이 발견된다. 문제점 해결을 위한 대안을 찾으면서, 해야 할 작업을 구상한다.

첫째 문제는 '史詩'와 '敍事詩'가 구별될 수 있는가 하는 것이다. 그 둘을 구별하기 어려울 뿐만 아니라, 설사 그렇게 한다 해도 그 상위개념을 설정해야 하는 새로운 일거리가 생긴다. 그러므로 그 양쪽을 합쳐서 '서사시'라고 불러 마땅하다. 내가 사용하는 용어 "서사시"는 한글로만 적어 중국에서 통용되는 용어와 구별하고, 이제부터는 인용부호를 사용하지 않는다.

둘째 문제는 '中國'(중국)의 범위에 관한 것이다. "中國에는 長篇史詩가 없다"고 할 때의 '중국'은 漢族의 나라이고, 소수민족은 고려하지 않는다. "中國에는 說唱敍事詩가 풍부하다"고 할 때의 '중국'은 漢族과 여러 소수민족이 함께 살고 있는 다민족국가이다. 국가가 아닌 민족을 들어 고찰해야 혼란이 생기지 않는다. 중국 안의 모든 민족을 중화민족이라고 얼버무리면 서사시론이 허물어진다.

'중국서사시'는 혼란만 일으키므로 버리고, 한족의 서사시만 지칭하는 '漢族서사시'라는 말을 써야 한다. 한족이 아닌 다른 민족에 관해서는 '彝族(이족)서사시', '納西族(납서족)서사시' 등의 용어를 쓰는 것이 당연하다. 雲南지방 여러 민족은 '西南少數民族'(서남소수민족)사이라고 하지 말고 '雲南民族群'(운남민족군)이라고 총칭해야 하고, '雲南民族群서사시'라는 말을 쓰는 것이 마땅하다.

셋째 문제는 비교의 대상에 관한 것이다. 이에 관해서는 다소 길게 논의할 필요가 있다. '中國'의 서사시가 어떤 특징이 있고, 그런 특징이 어떻게 해서 생겼는가 고찰하기 위해서, 고대그리스와 인도의 경우를 비교대상으로 삼은 것은, 그 둘과 중국은 고대문명을 이룩한 공통점이 있어서 고대문명의 산물인 '史詩'를 공유한다고 본 데 근거를 두었다고 하겠는데, 적절한 방법을 택했다고 볼 수 없다.

고대 그리스의 서사시를 서사시의 표준으로 삼고, 서사시론 전개의 근거로 삼은 유럽문명권중심주의에 말려들어 그렇게 했다고 하지 않을 수 없다. 유럽문명권의 논자들이 다른 것은 몰라도 인도서사시는 알아서 유럽서사시와 같은 자리에 놓고 고찰한 성과를 받아들여 중국서사시 이해를 위한 지침으로 삼는 것도 잘못이다. 고대 그리스, 인도에다 중국을 보태 오랜 문명을 이룩한 그 세 나라는 동급이라는 생각 때문에 논의의 범위를 부당하게 한정한 것까지 비판하지 않을 수 없다.

고대 그리스에서는 도시경제가 발달해 장편서사시가 자라날 수 있었다든가, 인도에서는 종교적 분위기가 짙은 신화나 전설이 갖추어져 있어 장편서사시의 내용이 풍부할 수 있었다는가 하는 것은 그 자체로 타당하다고 하더라도, 서사시 일반론을 이룩하는 데 도움이 되지 않는다. 중국은 그런 조건을 갖추지 못해 장편서사시를 이룩하지 못했다고 하는 것은 수긍할 수 없어, 고대그리스·인도·중국을 대등한 위치에 놓은 보람이 없게 한다.

총괄해 말하면, 중국의 서사시론은 유럽중심주의와 중국애국주의가 혼재되어 파탄을 일으키고 있다. 유럽중심주의에 말려들어 생긴 열등감을 중국애국주의로 바로잡으려고 해서 이중의 차질을 빚어낸다. 잘못을 시정하려면, 먼저 자료가 온전한 편인 雲南民族群서사시를 어떤 선입견 없이 그 자체로 충실하게 이해해야 한다.

그 다음에는 모습이 유사한 인근의 사례 특히 제주도 것과 공통점을 찾는 비교 고찰을 하는 것이 마땅하다. 그 결과를 가지고 비교 연구를 세계적인 범위로 확대해 서사시 일반론을 바로잡아야 헌다. 이것은 유럽 주도의 차등론을 인류의 대등론으로 바꾸어놓는 과정이다.

ㄱ

漢族서사시는 없는 것이 아니다. 있다는 증거를 들 수 있다. 전승이
제대로 되지 않아 결락이나 마멸이 생겼다고 보아야 한다. 멀리 갈 것
없이 雲南民族群서사시와 비교해 고찰하면 결락을 보충할 수 있다.

《詩經》(시경) 大雅篇(대아편) 〈常武〉(상무)의 한 대목을 든다.

王奮厥武(왕분궐무)
如震如怒(여진여로)
進厥虎臣(진궐호신)
闞如虓虎(함여효호)
鋪敦淮濆(포돈회분)
仍執醜虜(잉집추로)
截彼淮浦(절피회포)
王師之所(왕사지소)

왕께서 용맹을 떨치시니,
우뢰가 분노한 듯이
호랑이 같은 신하 앞에 나서서,
호랑이 성내어 크게 우는듯.
淮水의 물가에 진을 치고서,
적들을 포로로 잡으셨다.
말끔히 평정된 淮水(회수) 일대가
임금의 군사에게 굴복했다.

周(주)의 군사가 동쪽의 徐(서)와 싸운 것을 이렇게 노래했다. 周의 군사를 이끄는 사람은 밝히지 않아 영웅을 칭송하는 일은 등한하게 여기고, 싸워서 이겨 빼앗은 지역을 명시하는 것을 긴요한 관심사로 삼았다. 漢族서사시 〈常武〉는 역사의 한 단면을, 운남민족군의 彝族(이족)서사시 〈銅鼓王〉(동고왕)은 오늘날까지 이어지고 있는 자기네 민족사의 전체 과정을 말한다.

중국에 전하는 기록영웅서사시의 소중한 작품에 〈木蘭辭〉(목란사)가 있다. 南北朝(남북조)시대의 樂府(악부)라고 하면서 기록되어 전한다. 집안에서 베를 짜고 있던 木蘭이라는 처녀가, 황제의 명령을 받은 아버지를 대신해서 외적과 싸우는 전선에 나가 커다란 승리를 거두었다고 했으니, 영웅서사시다운 내용을 제대로 갖추고 있다. 벼슬을 내리는 것을 마다하고 집으로 돌아올 때 옷을 갈아입는 것을 보고 전우들이 여자인 줄 알았다고 해서 여자는 남자보다 못하다는 편견을 깼다. 절정 대목을 들어본다.

萬里赴戎機(만리부융기)
關山度若飛(관산도약비)
朔氣傳金柝(삭기전금탁)
寒光照鐵衣(한광조철의)
將軍百戰死(장군백전사)
壯士十年歸(장사십년귀)
歸來見天子(귀래견천자)
天子座明堂(천자좌명당)
策勳十二轉(책훈십이전)
賞賜百千强(상사백천강)
可汗問所欲(가한문소욕)

木蘭不用尙書郎(목란불용상서랑)
願賜明駝千里足(원사명타천리족)
送兒還故鄕(송아환고향)

만리를 달려가 싸움터에 이르러,
국경의 산을 나는 듯이 넘었도다.
북풍이 징과 딱딱이에 불어닥치고,
차가운 빛이 갑옷에 비친다.
장군이라도 백번 싸우다 죽고,
장사마저 십년 지나야 돌아가는데,
돌아가서 천자를 뵈니,
천자는 명당에 나와 앉아서,
공훈을 열두 등급의 으뜸으로 책정하고,
상을 백 가지, 천 가지 내리신다.
가칸께서 소원을 물으시니,
"목란에게는 상서랑 벼슬 소용없나이다.
천리를 가는 좋은 낙타를 주셔서,
저를 고향으로 돌아가게 하소서."

임금을 '天子'라고도 하고 '可汗'이라고도 했다. 북방민족의 지배자 카간이 중원을 차지해서 천자가 된 것이다. 木蘭이 집으로 돌아갈 때에는 낙타를 타고 간다고 했다. 사막에 살고 있는 북방민족의 처녀가 자기 민족을 위해 나서서 싸웠다.

이 노래는 한족의 것이 아니다. 北魏(북위)를 세운 선비족의 노래가 한문으로 번역되어 전하고 있다. 선비족의 처녀는 전장에 나가 싸울 수 있는 용맹을 갖추고 있다고 칭송되었는데, 한족이면 그럴 수 없다. 이것은 선비족서사시인데, 한족이 받아들였다.

漢代樂府(한대악부)에 서사시라고 볼 수 있는 작품이 여러 편 있으며, 그 가운데 가장 장편인 〈古詩爲焦仲卿妻作〉(고시위초중경처작)이라는 작품은 범인기록서사시의 좋은 본보기가 된다. 중국 廬江(여강) 땅에서 있었던 일이라면서, 시어머니의 박해로 쫓겨난 여인이 친정에서 재혼을 하라고 핍박을 하자 자결하고 말았으며, 남편도 따라 죽었다고 하는 사건을 두고 지은 시이다. 그 사연이 절실한 감동을 줄 뿐만 아니라, 말을 다듬어 시를 이끌어나간 솜씨가 뛰어나 높이 평가되고, 많은 영향을 끼쳤다.

아내가 축출되어 헤어진 다음에 두 사람이 다시 만나 마지막 이별을 하는 대목을 들어보자. 남편이 아내가 다시 시집가게 되어 잘되었다고 하자, 아내가 다음과 같이 대답했다. 남편이 자기를 쫓아낸 것이나, 자기가 다시 시집가야 하는 것이나 다 같이 원하는 바가 아니고 핍박받아서 한 일이라고 했다. 아내는 '新婦'(신부)라고 하고, 남편은 관가에서 아전 노릇을 한다 해서 '府吏'(부리)라고 칭했다.

新婦謂府吏(신부위부리)
何意出此言(하의출차언)
同是被逼迫(동시피핍박)
君爾妾亦然(군이첩역연)
黃泉下相見(황천하상견)
勿違今日言(물위금일언)
執手分道去(집수분도거)
各各還家門(각각환가문)
生人作死別(생인작사별)
恨恨那可論(한한나가론)

念與世間辭(염여세간사)

千萬不復全(천만불부전)

신부가 府吏에게 말했다.

"어떤 생각으로 그런 말을 하시나요?

다 같이 핍박받은 까닭이 아닌가요,

당신도 그렇고 나도 또한 그런 것은.

황천에서 다시 뵙겠어요.

오늘 말을 어기지 마세요."

손을 잡았다가 길을 나누어 갈라져,

각기 집으로 돌아가면서,

산 사람들이 죽음의 작별을 하니,

한탄스러움 어찌 헤아릴 수 있으랴.

세상과 작별할 생각이라,

결단코 구차히 살지는 않으리.

두 사람의 미묘한 심리를 이렇게까지 묘사하는 것은 구비서사시에서는 있을 수 없는 일이다. 예민한 관찰과 고도의 기법을 갖춘 시인이라야 그렇게 할 수 있다. 누군지 모를 시인이 대단한 예술품을 마련했다. 그러면서 사건의 전개는 너무 단순해서 서사시답다고 할 수 없다. 생활의 실상을 잘 나타낸 것도 아니다. 그런 특징이 모두 이 작품이 구비서사시와는 무관하다는 증거라고 할 수 있다.

중국에서 전승하고 있는 구비서사시가 없다고 할 수는 없다. 그 넓은 지역 많은 사람들이 구비서사시를 노래하지 않는다고 생각하는 것은 무리한 추정이다. 영웅서사시는 없을지 모르나, 범인서사시는 어떤 형태로든지 있으리라고 보는 것이 마땅하다. 조사연구를 하지 않고 없다고 하지 말아야 한다.

구비서사시를 본격적으로 조사해서 작품 원문을 제시한 자료는 양자강 유역 吳語(오어) 사용 지역의 吳歌(오가)에 관한 것이다(姜彬主 編, 《江南十大民間敍事詩》, 1989). 그곳에 구비서사시가 많이 있는 이유에 관해서 책 서두의 해설에서 두 가지로 말했다. 그곳에서 청나라 중엽에 "城市經濟"(성시경제)가 발달하고 "封建暴政"(봉건폭정)에 항거하는 운동이 활발하게 일어났으며, 여러 형태의 俗文學(속문학)이 발달했기 때문이라고 했다. 그러나 그 둘 다 중국의 다른 지역에서도 공통되게 나타났으므로, 吳語 사용지역에 서사시가 특별하게 풍성한 이유가 될 수 없다.

중국의 다른 곳과 다른 그 지역의 특성을 살펴야 문제 해결의 단서를 발견할 수 있다. 吳語는 중국어 구어의 하나이고, 북경 중심의 화북 지방에서 사용한 官話(관화)라고 한 표준어와 상당한 차이가 있어, 그 두 언어의 사용자는 상대방의 말을 알아듣지 못한다. 중국어라고 통칭되는 언어군에 그런 개별언어가 여럿 있는 가운데 吳語 사용자들이 官話 지역에 대항하는 의식이 특별히 강했기 때문에 서사시를 독자적으로 전승해왔다고 보는 편이 타당하다.

上海(상해)가 포함되어 있는 吳語 사용지역은 경제적인 번영에서는 北京(북경) 쪽보다 뒤지지 않으면서 문화에서는 변두리이다. 특히 중국 전역을 유통권으로 한 기록문학을 위시한 문자문화 창조에서 주도권을 잃고 있다. 그런 약점을 구비문학으로 메우고자 해서 자기네 구비서사시를 이어오고, 다른 데서 들어온 소재를 가지고 새로운 구비서사시를 만들고 하는 일은 열심히 했다고 생각된다.

서사시 작품의 유래는 세 가지로 나눌 수 있다고 했다. (가) 본래 그 지방에서 '山歌'(산가)라고 일컬어지는 '民歌'(민가)였던 것이 장편으로 늘어나고 출판되기도 하면서 오늘날 볼 수 있는 형태가 되기도 하고, (나) 彈詞(탄사) 등의 講唱(강창) 또는 說唱(설창)에 올라 전국에 널리 유포된 것을 받아들이기도 하고, (다) '民歌'를 희곡으로 개작해서 공연하다가 서사시로 만들기도 했다고 했다. 그 가운데 가장 중요한 자료는 (가)이다. (나)와 (다)에 속하는 구비서사시는 중국의 다른 곳에도 있는데 吳語 사용지역에서 특별히 풍부하게 만들었다고 하겠다. 그 이유는 (가)의 독자적인 전승이 있었기 때문이라고 할 수 있다.

吳語서사시 가운데 가장 장편이고, (가) 작품의 좋은 본보기가 〈沈七哥〉(심칠가)라고 하므로, 그 작품을 들어 구체적인 고찰을 해보자. 작품 서두에서 천지가 생기고 주위의 산천이 나타난 내력부터 말해서, 창세서사시의 흔적 같은 것을 간직하고 있다. 이야기를 시작하면서 다음과 같이 소개하는 주인공을 등장시켰다. 원문이 한문이 아니고 吳語이므로 독음을 달지 않는다.

沈七哥 孝順心
爲娘爲隣上山下湖拿吃食導
勿怕古山有老虎
勿怕風急浪高末太湖深

심칠가는 효성 있고 마음씨 착해,
어머니와 이웃을 위해 산을 오르고 호수로 내려가 먹을 것을 구해온다.
높은 산에 늙은 호랑이 있는 것을 두려워하지 않고,
바람이 급하고 물결이 높으며, 큰 호수가 깊은 것을 두려워하지 않는다.

이런 시골 청년이 洞庭山(동정산)에 올라갔다가, 張天師(장천사)라고 하는 산신의 두 딸 六娘(육랑)과 七娘(칠랑)을 만난 사건이 길게 이어진다. 행실이 나쁜 선녀에게 납치되어 괴로움을 겪던 沈七哥를 마음씨 착한 선녀 七娘이 구출했다고 했다. 그래서 사랑의 이야기가 전개되는 것은 아니고, 신이 베푼 혜택을 사람이 받아들이는 바람직한 관계가 성립되었다. 고난을 극복하고 무사히 돌아오면서, 沈七哥 청년은 七娘 선녀가 자기에게 노래를 가르쳐주고, 五穀 농사를 가르쳐준 것 같은 은혜를 베푼 것이 고맙다고 했다.

이렇게 전개되는 〈沈七哥〉의 노래는 오랜 연원이 있는 구비서사시라고 인정할 수 있다. 선신과 악신의 싸움으로 신들의 세계를 이해하면서 선신을 섬기는 신앙을 해설하는 신앙서사시의 면모를 갖추고 있으며, 沈七哥라는 인물은 선신과 만나 五穀 농사법을 배워오는 등 사람들이 살아갈 수 있는 방도를 마련한 문화영웅이어서, 이 노래는 창세서사시의 성격도 지니고 있다. 마을에 닥친 수난을 해결하고 沈氏 일족에게 행복을 가져왔으니 沈七哥는 또한 영웅서사시의 주인공이기도 하다.

吳語 사용자들이 한 민족을 이룬다고 하지는 않는다. 漢族을 다시 여러 민족으로 나누지 않기 때문이다. 그러나 문어는 같더라도 구어는 남들과 달라 서로 알아들을 수 없고, 다른 집단과 자기 집단을 구별하면서 자기 집단의 정신적 결속을 다지는 독자적인 문화를 지니고 있으면, 그런 집단은 독립된 민족이라고 보아야 한다.

Ɖ

鄭敏文(정민문)은 《中國多民族文學史論》(중국다민족문학사, 1995)에서 중국문학사 서술은 (1) 文史(문사) 혼잡 단계, (2) 漢語(한어)문학사 서술의 단계로, (3) 각 민족문학사 서술의 단계, (4) 각 민족문학의 관계 연구 단계, (5) 中華民族文學通史(중화민족문학통사) 단계로 전개된다고 했다. 중국문학사를 '漢語문학사'로 서술하는 관습에 맞서서 여러 소수민족이 반발하면서 각민족의 문학사를 다투어 내놓는 근래의 상황을 서술했다. 각 민족문학의 관계 연구는 아직 활발하게 이루어지지 않아 분발이 요망된다고 했다. '中華民族文學通史'를 내놓는 것을 장래의 목표로 제시했다.

鄭振鐸(정진탁)의 《中國文學史》(1932)에서 사회과학원 문학연구소의 《中國文學史》(1962)까지 모든 중국문학사에서 한결같이 중국문학은 한족문학이라고 하고, 고금 연속의 단일체라고 했다. 한족이 아닌 다른 민족의 작가들에 관해서 고찰하지 않을 수 없을 때에는 소종래를 밝히지 않았다. 鮮卑族(선비족) 元積(원적), 元吉(원길), 元好問(원호문), 위구르인 貫云石(관운석), 몽골인 薩都剌(살도자), 蒲松齡(포송령), 回族(회족) 李贄(이지), 만주인 曹雪芹(조설근)을 모두 한족인 줄 알도록 했다. 다른 민족의 문학을 부인하는 것을 이면의 주제로 하는 문학사를 써왔다.

중국에서 소수민족이라고 하는 여러 민족이 그런 처사에 대해서 일제히 반발했다. 소수민족의 문학을 스스로 연구해 문학사를 서술하는 작업을 활발하게 전개했다. 그렇게 해서 (3) 각 민족문학사 서술의 단계에 들어섰다. 사회과학원 문학연구소에서 한족문학만 취급하고 소수민족문학의 의의를 부인하는 잘못을 시정해야 한다는 주장이 강력하게 대두해 소수민족문학연구소를 설립했다. 그렇게 해서 (4) 각 민족문학의 관계 연구 단계로 들어설 수 있는 준비를 갖추었다.

소수민족문학은 각기 그 주인인 소수민족 학자들이 분발해 조사하고 연구한 성과를 문학사로 펴낸 성과가 풍부하다. 《蒙古文學發展史》(몽고문학발전사, 1954)처럼 민족어본의 중국어 번역도 있고, 《白族文學史》(백족문학사, 1960), 《納西族文學史》(납서족문학사, 1960), 《苗族文學史》(묘족문학사, 1981) 이하 여러 민족의 문학사는 중국어로 썼다. 소수민족의 한문학 작품을 모은 《中國歷代少數民族漢文詩選》(중국역대소수민족한문시선, 1988) 같은 책도 나와, 작가의 민족 소속을 바로잡고, 소수민족문학을 무시하는 편견을 시정하는 데 힘썼다.

소수민족문학에 대한 정당한 평가를 요구하는 추세를 무시할 수 없어, 중국문학을 총괄해서 다룰 때 소수민족의 문학도 포함시키는 수정안이 나왔다. 《中國大百科全書 中國文學》(중국대백과전서 중국문학, 1986)에서 소수민족을 취급하는 항목을 별도로 두었다. 그러나 그 비중이나 분량이 얼마 되지 않는다.

周揚(주양)·劉再復(유재복)이 쓴 서장 《中國文學》 첫머리를 보자. "中國文學, 卽中華民族的文學"(중국문학은 곧 중화민족적문학이다)이라고 했다. 이어서 말했다. "中華民族, 是漢民族和蒙, 回, 藏, 壯, 維吾爾等55個少數民族的集合體. 中國文學, 是以漢民族文學爲主干部分的各民族文學的共同體"(중화민족은 漢민족과 蒙, 回, 藏, 壯, 위구르 등 55개 소수민족의 집합체이다. 중국문학은 漢民族文學을 위주로 하고, 부분적으로 각 민족문학의 공동체이다.)

전향적인 자세를 나타낸 것 같지만, 주장하는 바를 납득하기 어렵다. 한족과 다른 여러 민족이 '중화민족'이라는 집합체를 이루고 있다는 것은 사실이 아니다. 여러 민족은 각기 그 나름대로 살면서 자기 문학을 창조했다. 여러 민족의 문학을 '중국문학'이라고 총칭할 수는 있으나, 그것이 '중화민족'의 문학은 아니다. 여러 민족의 문학 가운데 어느 것이 "위주"가 되고 다른 것들은 "부분적"으로 존재 의의가 있다고 한 것은 잘못이다. 어느 민족의 문학이든 서로 대등한 위치에 있다고 해야 한다.

그 정도의 절충에 머무르지 말고, 漢族문학과 소수민족의 문학을 모두 포함시켜 문학사를 다시 써야 한다는 주장이 강력하게 대두되어 마침내 사회과학원 문학연구소와 소수민족문학연구소의 합작으로 《中華文學通史》(중화문학통사) 전 10권(1997)을 이룩하게 되었다. 문학사의 각 시기마다 漢族문학과 소수민족의 문학을 함께 다루어 '중국'보다 더 큰 범위인 '중화' 문학사를 마련했다.

그러나 (4) 각 민족문학의 관계 연구 단계의 작업을 충실하게 하고서 (5) '中華民族文學通史'의 단계로 들어섰다고 하기 어렵다. 한족문학사에 관한 이해는 (2) '漢語文學史' 서술의 단계에서 하던 것과 그리 달라지지 않았고, 거기다가 (3) 각 민족문학사 서술의 단계에서 얻은 성과를 일부 간추려 곁들이기만 했다. 여러 민족의 문학이 어떻게 형성되고 변천했는지 거시적인 관점에서 살펴 문학사 전개를 다시 이해하려는 노력은 하지 않았다.

서두에 실려 있는 張炯의 〈導言〉에서 중국은 다민족국가임을 강조해서 말하고, 56개의 민족이 "以各具民族風采的文學創作, 爲豊富和發展我國文學作出新的貢獻"(각기 민족 風采를 구비한 문학을 창작해, 우리나라 문학을 풍부하게 발전시켜 새롭게 하는 데 공헌한) 경과를 밝혀 논한다고 했다. 각 민족문학의 독자적인 의의는 그 자체로 의의를 가지지 않고 '아국문학'을 풍부하게 하는 데 기여했으므로 평가해 마땅하다고 한 말이다. '아국'이란 중화인민공화국의 모습을 역사의 전 기간에 투영시킨 허상이며 문학사의 올바른 이해를 방해한다.

한족문학사와 여러 소수민족문학사를 함께 포괄하는 공동의 원리를 찾아 문학사의 시대구분을 새롭게 하고자 하는 노력은 하지 않았다. 중국의 왕조교체를 따라 시기를 나누고, 어느 왕조시대의 것인가를 가려 소수민족문학을 취급할 곳을 정했다. 중국왕조의 통치가 소수민족에게 끼친 작용은 중요시하면서 친선을 강조하고, 소수민족문학이 거기 맞서서 민족의 주체성을 옹호하려고 한 노력은 무시했다.

위진남북조문학에 관한 서술을 마치고, 당나라 때의 문학으로 들어가기 전에 〈隋唐以前的南方少數民族文學〉(수당 이전의 남방 소수민족문학)이라는 대목에서 소수민족문학에 관한 고찰을 시작했다. 신화에 이어서 '創世史詩'라고 한 창세서사시의 자료를 여럿 들어 소개한 자료는 소수민족문학사에서 각기 다룬 것을 한데 모아놓았을 따름이다. 중국문학 인식의 공백이나 단층을 보충해주는 의의가 있다 하고서, 한족문학사에 대한 종래의 견해를 시정하는 데 실제로 이용하지 않았다. 한족에게는 거의 없는 서사시가 소수민족의 문학에는 풍부하게 전승되는 이유를 밝혀 논하려고 하지 않았다.

突厥(돌궐)의 〈闕特勒碑〉(궐특륵비)는 한문으로 쓴 것과 돌궐어로 쓴 것이 흥미로운 대조를 보이는데, 서로 무관하다고 하고, 돌궐어 비문의 내용만 소개했다. 중국의 통치에 대한 백성의 불만을 언급하기는 했으나 실상이 드러나지 않는다. 南詔(남조)의 〈德化碑〉(덕화비)에서 당나라의 침공을 물리친 전공을 자랑한 것은 외면하고 당나라를 부득이 모반한 고충을 말했다고 했다. 국가의 위업을 나타낸 그런 금석문이 중국에서는 거의 없고, 주변의 다른 민족에게만 크게 중요시된 차이점에 대해 관심을 가지지 않았다.

吐藩(토번)이라고 일컬은 티베트의 문학에 관해 서술하면서, 당나라와의 관계가 밀접하고 중국의 고전이 전해져 영향을 끼쳤다고 하는 사실만 서술했다. 한문문명권의 일원이 된 것으로 오인하게 만들었다. 티베트가 인도에서 불교를 받아들이면서 산스크리트를 익혀 그 문자로 자기네 언어를 표기하고, 산스크리트 경전을 번역하면서 민족어 글쓰기를 확립한 과정에 대해서는 말하지 않았다. 그래서 티베트가 산스크리트문명권이 아닌 한문문명권에 속한 것으로 오해하도록 유도했다.

티베트의 〈게사르〉(格薩爾王傳), 몽골의 〈장가르〉(江格爾), 키르기스의 〈마나스〉(瑪納斯) 같은 민족서사시의 웅편을 다루면서 언어 사용과 문자 기록에 관해서는 말하지 않고, 서로 어떤 연관관계를 가지는지 살피지 않으면서 각기 고립시켜 내용을 고찰하는 데 머물렀다. 중국의 압력에 맞서서 민족의 주체성을 선양하기 위해 중국인은 스스로 파괴한 민족서사시를 힘써 가꾼 사실을 무시하고, 중국과의 우호적인 관계를 나타낸 것으로 설명했다. 〈게사르〉가 한족과의 화목한 관계를 말했다는 것은 사실과 어긋난다. 〈장가르〉나 〈마나스〉가 중국의 침공 퇴치를 민족의 숙원으로 삼은 것은 말하지 않았다.

티베트, 몽골, 키르기스민족의 문학이 중국의 소수민족문학이라고 이해하고 마는 것은 잘못이다. 국가가 별개일 뿐만 아니라, 문명권 소속도 다르다. 산스크리트문명권에 속하는 티베트문학은 독립된 영역이고, 몽골문학은 내외몽골 공동의 유산이다. 아랍어문명권의 키르기스문학은 터키계 다른 여러 민족의 문학과 밀접하게 관련되어 있다.

티베트의 〈게사르〉, 몽골의 〈장가르〉, 키르기스의 〈마나스〉는 漢族문학에 예속되어 漢族을 받들지 않고, 자기 말로 자기 주장을 한다. 사방의 적을 물리치고 모두 화해 평화를 구가하는 공동체를 이룩하기를 염원한다. 자등을 키운 투사가 아닌 대등을 이룩한 聖君(성군)을 영웅이라고 칭송한다. 세 작품을 하나씩 살펴보자.

마나스와 싸운 적대민족의 이름에 '키타이'(Kitay, 克塔依)가 있다. 중국 학자들은 '키타이'는 '契丹'(계단, 거란)을 말한다고 한다. 12세기 초에 여진족의 金(금)나라에 밀려 거란족의 遼(요)나라가 서쪽으로 옮겨가 일명 黑契丹(흑계단)이라고 하는 西遼(서요)가 되어 키르기스인과 충돌한 사건이 작품에 나타나 있다고 주장한다. 다른 모든 곳의 학자들은 '키타이'가 '중국'을 지칭하는 말이라고 한다.

마나스가 태어났을 때 주변 여러 곳의 사신이 와서 마나스의 장래를 추측했다고 하는 대목에, 중국에서 온 40인의 사신이 잔치 음식을 먹고 가면서 "마나스는 중국을 쳐부술 것이다"라고 한 말이 적중해서 중국과의 싸움이 계속되었다. 그 싸움이 마나스 후손 8대에 이르기까지 계속되었다. 그래서 싸우기만 한 것은 아니다.

키르기스인의 민족적 단합을 이룩해 외침에서 벗어나 독립하자는 것이 작품에서 거듭 표명된 간절한 소망이다. 마나스는 그 소망을 이루는 영웅이다. 키르기스국가가 여러 민족을 다스리는 제국이어야 한다는 생각은 작품에 나타나 있지 않다.

마나스는 자기 용맹을 뽐내기 위해서 싸우지 않고, 민족의 삶을 지키고 백성 또는 인민에게 행복을 가져다주기 위해서 분투할 따름이라고 여러 차례 칭송했다. 외적과의 전투가 한참 전개된 제8장 말미에서 한 말을 들어본다.

인민에게는 슬기로운 임금이 있어야 한다.
영명한 임금은 인민이 기댈 수 있는 산이다.
임금은 인민의 행복을 생각한다.
인민의 생활이 이제 편안하고 순탄해졌다.
사자 같은 영웅 마나스가 영명한 임금이시다.
인민에게서 세금을 받아가지 않는 분이다.

이런 말로 평화를 희구하고 애민을 예찬하는 것은 고대의 자기중심주의를 넘어선다. 중세 보편주의 사고방식이 아주 훌륭하다는 생각을 나타냈다. 평화는 싸워야 쟁취할 수 있고, 백성을 행복하게 하려면 외적의 압제를 물리쳐야 하기 때문에, 고대영웅의 능력을 타고난 민족의 지도자가 있어야 했다.

〈장가르〉는 어떤가? 긴요한 대목을 든다.

하루는 장가르의 부하 장수들이
모여서 긴요한 의논을 했다.
"성스러운 장가르 임금님을 위해서
우리가 천하에 으뜸가는 궁전을 지어야겠다."
42명의 칸을 사방에서 불러모아,
힘을 모아 참신한 궁전을 함께 짓는다.

고대의 영웅은 사막의 승리자가 되면 그만이지만, 장가르는 중세의 통치자여서 궁전이 필요했다. 42명의 칸은 정복된 무리이기만 한 것 같더니, 여기서는 최고통치자를 받드는 하위의 통치자들이다. 그런 통치자들을 거느리고 있는 장가르는 황제이다.

　몽골인이 황제의 나라를 이룩한 시기가 지난 다음에 창작한 이 작품에서 황제의 모습을 다시 그렸다. 장가르는 가공의 인물이지만 몽골족 황제의 모습을 다시 나타내서 보이는 구실을 했다. 황제의 통치는 다음과 같이 이루어진다고 했다.

> 滿朝(만조) 文武百官(문무백관)을 향해서
> 政敎合一(정교합일)의 旨令(지령)을 내린다,

　본문의 마지막 대목에서는 다음과 같이 노래했다.

> 장가르 수하의 영웅들이
> 한편으로 노래하고, 한편으로 痛飮(통음)한다.
> 장가르는 사방 四大洲(사대주)의 카간이며,
> 팔방 사십만개 국가의 군주이다.

　초원에서 싸우던 용사들이 문무백관 노릇을 하고 있다. 유목민의 영웅이 통치와 교화를 함께 행하는 황제가 되었다. 초원의 세계와 정착민의 세계를 함께 다스려 카간이기도 하고 황제이기도 한 새로운 지배자가 출현했다. 양쪽을 합쳐서 천하를 하나로 아우르는 질서를 마련했다.

　그렇게 하는 커다란 이상을 장가르가 달성했다고 하므로, 이 작품은 중세서사시이다. 초원의 세계에서 무력으로 싸워 이긴 영웅을 칭송하는 고대서사시의 단계를 넘어서고, 정착민의 중세문명에는 서사시가 없는 결함을 시정했다. 두 세계에서 함께 받들어야 할 중세서사시를 마련했다.

게사르는 하늘에서 내려왔다가 다시 올라간다고 했다. 다시 올라가기 전에, 오랜 명상을 끝내면서 못다 이룬 간절한 소망을 말하자, 듣는 이가 질문을 해서, 다음과 같은 말이 오고 갔다.

"높은 산과 낮은 산을 구별하지 않기를.
강한 사람과 억눌린 사람을 차별하지 않기를.
부유한 사람과 가난한 사람의 처지가 다르지 않기를.
언덕이라고 해서 불룩 솟아 있기만 하지 않기를.
평원이라고 해서 한결같이 평평하지는 않기를."
모두 다 행복하기를."
드구모가 물었다.
"언덕도 골짜기도 없다면 소떼는 어디서 쉬나요?
평원이 평평하지 않으면 농사짓기 어렵겠네요?
사람들이 평등해 모두가 대장이라면 어떻게 되나요?"
"티베트에 행복이 깃들기를"
"너희들은 나를 이해하지 못한다."
게사르가 엄숙하게 말했다.
"내가 그 말을 너무 일찍 했구나.
그 말을 되풀이하려고 다시 오겠다."

9

雲南民族群서사시와 제주인서사시는 아직도 풍부하게 구전되고 있어 함께 주목할 만하다. 둘을 〔운남〕과 〔제주〕라고 약칭한다. 둘은 상당한 거리에 있고, 소통이 확인되지 않으면서, 뚜렷한 공통점이 있다.

공통점이 차용이나 영향의 결과는 아니다. 차등을 무리하게 확대하는 패권주의 책동이 덜 미치는 곳에, 인류문명의 대등한 성장을 말해주는 자료가 비교적 온전하게 남아 있는 소중한 사례이다. 둘을 상호조명해 공통점의 내역과 의의를 분명하게 하면, 서사시론을 세계적인 범위에서 바로잡는 확고한 논거를 얻을 수 있다. 이에 관해 〈동아시아 구비서사 시의 양상과 변천〉(1997)에서 한 작업을 간추리고 재론한다.

〔제주〕는 주인공의 성격에 따라 1 신령서사시, 2 영웅서사시, 3 범인 서사시로 나누어진다. 이 셋은 다시 다음과 같이 나누어진다. 분류표를 제시하고, 대표적인 본보기를 든다.

1. 신령서사시
1.1. 신앙서사시 서귀포본향당본풀이
1.2. 창세서사시 천지왕본풀이
2. 영웅서사시
2.1. 여성영웅서사시 할망본풀이
2.2. 남성영웅서사시 괴내깃당본풀이, 양이목사본
3. 범인서사시
3.1. 신앙비판서사시 차사본풀이
3.2. 애정서사시 세경본풀이

〔운남〕도 이렇게 분류될 수 있다. 용어는 그대로 사용하고 본보기는 원어를 모르므로 중국어 번역을 든다. 어느 민족의 것인지 괄호 안에 적는 말도 민족 이름 중국어 표기이다.

1. 신령서사시

1.1. 신앙서사시祭天歌(納西族)

1.2. 창세서사시崇搬圖(納西族), 創世紀(白族), 起源之歌(侗族), 勒俄特依(彝族)

2. 영웅서사시

2.1. 여성영웅서사시薩歲之歌(侗族)

2.2. 남성영웅서사시黑白之戰(納西族), 放羊歌(白族), 祖公之歌(侗族), 銅鼓王(彝族)

3. 범인서사시

3.1. 신앙비판서사시

3.2. 애정서사시魯般魯饒(納西族), 靑姑娘(白族), 梁山伯與祝英臺(侗族), 阿詩瑪(彝族)

〔운남〕 1.1. 신앙서사시 〈祭天歌〉(제천가, 納西族)는 이런 저런 신을 불러 소원을 비는 것이고, 서사시라고 할 만한 사건을 갖추지 않았다. 〔제주〕 1.1. 신앙서사시 〈서귀포본향당본풀이〉는 주인공과 사건이 뚜렷하다. 바람과 사냥의 신인 바람운이 늙은 마누라를 버리고 젊은 첩과 함께 한라산에 와서 성행위를 하다가 김봉태라는 사냥꾼에게 발각되니, 자기를 잘 받들어야 사냥이 잘된다고 했다.

〔운남〕 1.2. 창세서사시는 모두 천지가 생기고, 인류가 나타나고, 역사가 시작된 내력을 여러 단계에 걸쳐 소상하게 말한다. 〈崇搬圖〉(숭반도, 納西族)에서 말한다. (1) 천신 아홉 형제가 하늘을, 지신 일곱 자매가 땅을 열었다. (2) 흰 기운이 변한 바다에서 알이 생겨 사람이 태어났다. (3) 대홍수가 하늘까지 닿아 올라간 사람이 하늘 여자를 아내로 삼았다. (4) 그래서 태어난 세 아들이 세 민족의 시조가 되었다.

〔제주〕 1.2. 창세서사시 〈천지왕본풀이〉는 하나로 이어지는 사건이다.

(1) 하늘과 땅이 분리되고 만물이 생겨나자, (2) 천지왕이 하늘에서 땅으로 내려와 악행을 일삼는 수명장자를 징치하고, (3) 지상국부인과 부부가 되어, (4) 낳은 아들 둘 대별왕과 소별왕이 아버지를 찾아가고, (6) 여럿인 해와 달을 활로 쏘아 정리하고, (5) 소별왕이 속임수로 시합에서 이겨, 대별왕은 저승으로 가게 하고 자기는 이승을 차지한 탓에 이승에는 부정이 많다고 한다. 역사의 전개에 깊숙이 들어가 논란을 벌인다.

2.1. 여성영웅서사시는 드물다. 양쪽 다 하나씩 흔적만 보여준다. 2.2. 남성영웅서사시에 밀렸거나, 여성이 주도하던 시대를 지나, 남성의 힘이 더욱 존중될 때 서사시 창작이 활발하게 이루어졌기 때문이다. 3.2. 애정서사시로 변모된 것도 있어 재평가해야 한다.

〔운남〕이나 〔제주〕의 2.2. 남성영웅서사시는 티베트의 〈게사르〉, 몽골의 〈장가르〉, 키르기스의 〈마나스〉처럼 장대하지 하지 않고, 그 소박한 원형을 보여준다. 〔운남〕에는 원형이 다양하다. 〈黑白之戰〉(흑백지전, 納西族), 〈放羊歌〉(방양가, 白族), 〈祖公之歌〉(조공지가, 侗族), 〈銅鼓王〉(동고왕, 彝族) 등 많은 작품이 영웅의 투쟁으로 이루어진 자기 민족의 역사를 여러 대에 걸쳐 노래한다. 기록된 역사가 따로 없고 영웅서사시가 이어져 역사를 구전한다.

〔제주〕 2.2. 남성영웅서사시는 단일 주인공의 일대기이다. 그 좋은 본보기인 〈괴내깃당본풀이〉는 괴내기또라고 하는 영웅의 일생을 노래한다. 아버지를 모르고 자라다가 찾아가 무례하게 굴었다는 죄로, 아버지가 무쇠 철갑에 넣어 바다에 떠내려보냈다. 위기에서 벗어나 東海龍王國(동해용왕국)에 표착해 용왕의 딸을 아내로 삼았다. 더 멀리 가서 머리 둘·셋·넷 달린 괴물을 물리치고, 자기 고장으로 향했다. 군사를 거느리고 돌아오는 광경이 썩 야단스럽다. 주인공의 이름을 '문곡성'이라고 높인 이본이 더 볼 만해서 인용한다.

일천병마 삼천군병을 거느리고 제주에 입도했다.

청기·적기·백기·흑기·황기 오색기를 내어 달고,

안종달이 밖종달이로 들어올 때에,

"여닐곱 살 적에 무쇠철갑에 담아 물에 띄운 자식이

살아 올 리가 있겠느냐?"

문곡성은 부인을 거느리고

일천병마 삼천군병을 거느리고

한라영산에 올랐다.

이때 어멍은 겁나 웃송당으로 달아나버리고

아방은 아래송당 고부니마루로 달아나버리고

둘째 동생은 산방산으로 달아나 산방산신이 되었다.

문곡성은 한라영산 바람목에 앉아서 아래 동생들에게

"내가 여기 앉았으니 너희는 나를 받들기나 하여라."

군사를 거느리고 제주도로 들어오는 경로를 구체적으로 밝혀 실감을 키웠다. 깃발을 흔들고 들어오는 광경을 생생하게 그렸다. 그런 장면은 가상적인 사건 현장의 묘사이면서 또한 굿을 하는 광경이다. 승리자가 된 영웅은 한라 영산을 차지해 제주도 전체의 지배자가 되었다고 했다. 부모와 동생들은 스스로 도망치기도 하고 새로운 통치자의 지시를 따르기도 하면서 사방으로 흩어지다가 각기 한 곳씩 차지해 좌정했다. 탐라국 국왕이 지방의 통치자들을 거느리는 관계를 그렇게 나타냈다고 할 수 있다. 이 노래는 탐라국 건국서사시의 일부라고 생각된다.

영웅서사시의 영웅은 승리자일 수도 있고 패배자일 수도 있다. 위의 것은 승리자, 이제부터 말하는 것은 패배자 서사시이다. 2.2. 남성영웅서사시 〈양이목사본〉은 탐라국이 망하고 제주가 본토 중앙정부의 통치를 받은 지 오래되었을 때에 있었다고 하는 패배한 영웅의 서사시이다. 양이목사라는 인물은 본토에서 부임한 목사이면서 제주도 토착세력의 대표자이기도 한 이중성이 보인다. 서울에서 제주로 부임한 목사가 제주도민을 위해서 싸우다 죽었다고 이해할 수 있게 했다.

국왕이 제주도민에게 일년에 백마 백필을 진상하라고 명령해서 충돌이 생겼다. 그 부담이 너무나도 과중해서 견딜 수 없었다. 양이목사는 부당한 요구를 감수하고 있을 수 없어, 서울에서 진상용 백마 백필을 팔아 제주도민에게 필요한 물품을 사가지고 돌아왔다. 상시관이 그 일을 알고 금부도사를 시켜 양이목사를 죽이라고 했다. 양이목사는 과도한 진상 요구 때문에 제주도민이 견딜 수 없어 그렇게 한 뜻을 임금에게 알리는데, 금부도사가 기습해 목을 쳤다. 그래서 다음과 같은 일이 벌어졌다고 한다.

뱃장 아래로 떨어지는 양이목사 몸둥이는
용왕국 절고개에 떨어지니,
어느 새 청용 황용 백용으로 몸이 변신되어,
깊은 물속 용왕국으로 들어갑니다.
양이목사 머리를 안아 붉은 피를 닦고,
두판 위에 머리를 놓아 흰 포를 덮고,
금부도사 오른 배에 이물에 놓았더니,
몸둥이 없는 양이목사가
고씨 사공에게 마지막 소원으로,
"還故鄕(환고향) 들어가면,
永平(영평) 팔년 乙丑(을축) 열사흘
子時生(자시생)은 高(고)이왕, 丑時生(축시생)은 梁(양)이왕,
寅時生天(인시생천) 夫(부)이왕, 三姓(삼성) 가운데

土地官(토지관) 耽羅梁氏(탐라양씨) 자손만대까지
대대전손해서 신정국을 내풀리고,
이 내 歷史(역사)상을 신풀어, 난産國(산국)을 신풀면,
우리 자손들에게 만대유전 시켜주마."

몸뚱이가 배 아래로 떨어져 용왕국으로 들어갔다고 한 데서는 바다에서 표류하다가 용왕국에 이르러 용왕의 사위가 되었던 선조 영웅의 자랑스러운 내력을 되새긴다. 목은 배 위에 남아서 피를 흘리면서도, 탐라국의 역사가 시작되게 한 고·양·부 세 성의 전통을 이어나가야 한다고 했다. 탐라국 건국서사시가 처참하게 유린된 모습을 보여준다.

3.1. 신앙비판서사시라고 할 것이 〔운남〕에는 없고, 〔제주〕에는 〈차사본풀이〉가 있다. 강림이라고 하는 인물이 아주 똑똑해 저승에 가서 염라대왕을 불러와 이승의 문제를 해결하게 한다는 내용이다. 저승 신앙에 대해 반발하고, 영웅이 아닌 범인을 소중하게 여기는 각성이, 범인서사시 서론이라고 할 것이 양쪽에서 다 나타나지는 않았다.

3.2. 애정서사시는 범인서사시의 본론이다. 남녀의 애정을 다루면서 여성이 적극적으로 나서고, 남성을 이끌기까지 한다고 한다. 2.2. 남성영웅서사시에 밀려 자취를 감춘 2.1. 여성영웅서사시가 3.2. 애정서사시로 변모되어 다시 나타났다고 할 수 있다. 전투에서는 밀린 여성이 애정을 이끄는 것은 당연하다.

〔운남〕 3.2. 애정서사시의 본보기로 〈梁山伯與祝英臺〉(양산박축영대, 侗族)를 들어보자. 유혹을 외면한 총각이 처녀의 저주를 받아 죽게 된 파탄이, 저승에서는 시정되어 둘이 뜨거운 사랑을 하리라고 한다. 애정갈등을 아주 잘 다루어 널리 알려져 소설이 되기도 했다. 〈이사원네 맏딸아기〉라고 하는 한국 본토의 애정서사시에도 수용되었다.

〔제주〕 3.2. 애정서사시 〈세경본풀이〉는 처녀가 총각을 유혹해 심각한

사건이 벌어진 것은 같으면서, 여주인공 세경은 농사를 관장하는 신이면서 자청비라는 이름의 하층의 여성이다. 玉皇上帝의 아들 문도령을 사랑해 많은 시련을 겪고 마침내 뜻을 이루었다고 한다. 여성영웅서사시가 애정서사시와 직접 연결되거나 겹치는 것을 말해준다고 할 수 있다.

사랑에는 방해자가 끼어들게 마련이다. 가장 아름답고 고귀한 문도령과 반대로 가장 추악하고 징그러운 정수남이 끈덕지게 끼어들여 죽여야 했다. 그래도 문도령의 사랑을 바로 얻은 것은 아니다. 하늘까지 올라가서 문도령의 부모를 설득하고, 문도령이 피살되자 살려내고 하는 등의 난관을 이겨내는 과정을 거듭 설정했다. 소설 여러 편을 만들 만한 사건을 지어내 흥미를 가중시켰다.

> 자청비는 문도령 손목을 부여잡고,
> "문도령아 문도령아!
> 같이 식사상을 받아놓고,
> 이날 밤은 너와 나와 놀음놀이하세."
> 식사상을 받아놓고
> 자청비가 나와 앉았으니,
> 서울놈의 남뱅은 초벌 고아 자소주여,
> 두벌 닦아 불소주여, 세벌 닦아 환화주여.
> 농잔에 응노대에 칠첩반상을 가득히
> 제육안주 들고 들어가서,
> 자청비는 문도령 손목을 부여잡고,
> "문도령아 문도령아!
> 우리 첫잔은 인사주,
> 두잔은 대접주, 삼잔은 친구주.
> 술 삼잔을 나누어 먹고

너와 나와 이날 밤을

천정배필 만들기가 어떠하냐?"

자청비가 문도령을 유인해 부부가 되자고 하는 장면을 이렇게 그렸다. 문도령은 당하기만 하고, 자청비가 모든 것을 주도한다. 많이 차린 음식이 자청비의 능력을 입증하고, 다산에 대한 기대를 나타낸다.

1口

서사시는 신령·영웅·범인서사시로 이루어져 있다. 이 셋은 각기 별개가 아니다. 동질성과 이질성을 함께 지니고 이어져, 단계적인 변천을 했다. 함께 고찰해 그 내역을 밝혀야 한다.

신령서사시는 원시, 영웅서사시는 고대, 범인서사시는 중세에 생겨났다고 할 수 있다. 원시시대부터 신령을 섬기고, 고대에 영웅이 출현하고, 중세가 되자 범인의 삶도 관심의 대상이 되었기 때문이다. 앞 시대의 서사시를 이용해 뒷 시대가 요구하는 창조를 하는 작업이 계속되었다. 신령서사시가 영웅서사시를 건너뛰어 범인서사시에서 이용되기도 했다.

서사시의 주인공은 상대방과 상극의 투쟁만 하지 않고 상생의 화합도 하는 생극의 관계를 가진다. 그러면서 영웅서사시는 상극이 상생보다 두드러진 특징이 있다. 영웅의 투쟁은 승리할 수도 있고, 패배할 수도 있다. 승패는 영웅의 개인적 능력으로 결정되지 않고 주위의 여건이 크게 작용해, 공동체의 역사를 말하는 것으로 이해해야 하는 의미를 가진다.

범인서사시는 애정서사시에서 구체적인 모습을 드러낸다. 애정서사시는 상극보다 상생이 두드러져, 영웅서사시와 반대이다. 남성의 영웅서사시 지배에 맞서, 여성은 애정서사시의 주역으로 등장한다. 영웅서사시에서 키우는 차등론을, 애정서사시에서 대등론으로 바꾸어놓는 것이 평가할 만한 진전이다.

이렇게 된 것이 세계 어디서나 그리 다르지 않다. 어디 사는 인류이든 대등한 능력을 가지고 수행한 도구 제작, 언어 사용, 예술 활동 등의 많은 사례에 서사시 창작도 포함된다. 신령·영웅·범인서사시를 한 단계씩 이룩하는 진전이 더딘 곳이 더러 있는 것은 작은 차이이고, 순조롭게 나아가 이룩한 성과가 마멸된 곳이 많은 것은 큰 차이지만, 둘 다 차등론이 타당한 이유가 되지는 않는다.

어디 사는 어느 누구라도 대등한 자격과 능력을 가지고, 서사시 창조의 자랑스러운 업적을 함께 이룩해온 것을 부인할 수 없다. 앞에서 검토한 보우라의 〈영웅시〉는 온통 거짓말로 판명되었다. 알고 속시 말아야 한다.

그 책은 제국주의자의 오만이 어느 지경에 이르렀는지 말해주는 창피한 증거물이다. 세계사의 진행을 가로막는 추악한 방해물이다. 이제 세상은 온통 달라졌다. 영국은 죗값을 받아 초라한 나라가 되고 있다. 아일랜드보다 훨씬 못한 처지이다.

그런데도 창피한 증거물, 추악한 방해물에 목을 매고 찬사를 바치는 얼간이들이 아직 많이 있다. 우리 주위에서도 흔히 보인다. 이 책을 여기까지 읽었으니 꿈에서 깨어나 정신을 차리리라고 믿는다.

술과 지식

사람이 술을 먹고, 술이 술을 먹고,
술이 사람을 먹듯이,
사람이 지식을 제조하고, 지식이 지식을 제조하고,
지식이 사람을 제조한다.

술이 사람을 먹으면,
길을 잃고,
지식이 사람을 제조하면,
거꾸로 간다.

열일곱 ★

떳떳한 노인

1

시 세 편을 먼저 제시한다. 노인을 두고 지은 공통점이 있다. 시인 이름으로 시를 지칭한다. 〔정철〕은 현대역을, 〔백거이〕와 〔예이츠〕는 우리말 번역을 곁들인다.

鄭澈(정철), 시조

이고 진 저 늙은이 짐 풀어 나를 주오
나는 젊었거니 돌인들 무거우랴
늙기도 설워라커든 짐을조차 지실까

이고 진 저 늙은이 짐을 풀어 나를 주오.
나는 젊었으니 돌인들 무거우랴.
늙기도 서럽다는데 짐조차 지실까.

白居易, 〈賣炭翁〉(매탄옹, 숯 파는 늙은이)

伐薪燒炭南山中(벌신소탄남산중)

滿面塵灰煙火色(만면진회연화색)

兩鬢蒼蒼十指黑(양빈창창십지흑)

賣炭得錢何所營(매탄득전하소영)

身上衣裳口中食(신상의상구중식)

可憐身上衣正單(가련신상의정단)

心憂炭賤願天寒(심우탄천원천한)

夜來城外一尺雪(야래성외일척설)

曉駕炭車輾冰轍(효가탄거전빙철)

牛困人飢日已高(우곤인기일이고)

市南門外泥中歇(시남문외니중헐)

翩翩兩騎來是誰(편편량기래시수)

黃衣使者白衫兒(황의사자백삼아)

手把文書口稱敕(수파문서구칭칙)

迴車叱牛牽向北(회거질우견향북)

一車炭重千餘斤(일거탄중천여근)

宮使驅將惜不得(궁사구장석부득)

半疋紅紗一丈綾(반필홍사일장릉)

繫向牛頭充炭直(계향우두충탄직)

남산에서 나무를 베어 숯을 굽느라고,

얼굴 가득 먼지와 재, 불에 그슬린 색깔,

양 귀밑머리 하얗고, 열 손가락 새까매.

숯 팔아 돈이 생기면 어디다 쓰는가?

몸에 걸칠 옷과 입에 넣을 음식이라네.

가련하게도 몸에 걸친 것은 홑옷인데,

숯값 떨어질까 날씨 춥기를 바라네.
밤사이 성 밖에 눈이 한 자나 쌓여 있어,
새벽에 숯 실은 수레 모니 길이 얼어 삐걱.
소 지치고 사람 허기진데 해는 이미 높아,
시장 남문 밖의 진흙 속에서 쉬고 있으니.
말 타고 펄럭이며 오는 두 사람 누구인가?
옷이 노란 칙사와 옷이 흰 어린 병사로다.
손에 문서를 들고 칙명이라고 외치면서
숯 실은 수레를 북쪽으로 돌려 가져가네.
수레에는 천 근도 더 되는 숯이 있지만
대궐에서 와서 몰아가니 아까운들 어쩌리.
붉은 명주 반 필에다 비단 한 발 보태
소머리에 매어 보내 숯값으로 친다네.

W. B. Yeats, "Pray for Old Age"(노년을 위한 기도)

God guard me from those thoughts men think
In the mind alone;
He that sings a lasting song
Thinks in a marrow-bone;

From all that makes a wise old man
That can be praised of all;
O what am I that I should not seem
For the song's sake a fool?

I pray -- for fashion's word is out
And prayer comes round again --
That I may seem, though I die old,
A foolish, passionate man.

신이여, 마음속에만 머무는
상념들로부터 저를 지켜주소서.
영원한 노래를 부르는 사람은
뼛속 깊이 생각을 하나이다.

현명하다 칭송받는 노인을 만드는
모든 것으로부터 저를 지켜주소서.
오, 노래를 위한 바보로 보이지 않으면
나는 무엇입니까?

유행하던 말들은 사라지고
기도는 다시 돌아와, 저는 기도합니다.
늙어서 죽게 되더라도
어리석고 정열적인 사람으로 보이기를.

ㄹ

셋 다 같은 말을 한다. 노인이 되어도 움직이고 일하고 위험을 무릅
쓰는 것이 젊은이와 다름없어야 한다고 한다. 나이가 차등의 이유일 수
있다는 생각을 부정하고, 대등을 언제까지든지 이어나가야 한다고 했다.

〔예이츠〕는 말이 모호하게 얽혀 난해하다. 번역을 잘할 수 없다. 이것 하나만 놓고 고찰하면 고생만 하다가 말고, 내세울 만한 성과가 없다. 시인을 나무라기나 할 수 있다. 〔정철〕·〔백거이〕와 비교해 공통점과 차이점을 찾으면, 모호하고 난해한 것이 왜 생기고 무엇을 말하는지 말할 수 있다. 정확한 이해와 평가가 가능하다.

〔정철〕의 노인은 짐꾼이다. 짐을 이고 지고 다닌다. 〔백거이〕의 노인은 숯장사이다. 숯을 구워 팔러 다닌다. 〔예이츠〕의 노인은 시인이다. 좋은 노래를 지으려고 노력한다. 늙은 짐꾼·숯장사·시인이 움직이고 일하고 위험을 무릅쓰는 것이 젊은이와 대등하고, 또한 서로 대등하다고 말할 수 있다. 세 시를 하나로 합칠 수 있다. 세 차례 합치면서 공통점에 대한 이해를 심화한다.

〔정철〕 짐꾼 노인의 육체적인 수고를 〔백거이〕 노인 숯장사나 〔예이츠〕 노인 시인도 한다. 이것은 1차적인 공통점이다.

〔백거이〕 숯장사 노인이 사회관계에서 겪는 시련이 〔정철〕 노인 짐꾼이나 〔예이츠〕 노인 시인에게도 있다. 이것은 1차적인 공통점에 추가된, 2차적인 공통점이다.

〔예이츠〕 시인 노인이 자기 내부의 문제를 해결하려고 하는 모험을 〔정철〕 노인 짐꾼이나 〔백거이〕의 노인 숯장사도 겪는다. 이것은 1·2차적인 공통점에 추가된, 3차적인 공통점이다.

작품을 만든 방식이 다른 차이점도 주목해야 한다. 거시와 함께 미시도 필요하다. 〔정철〕은 노인 짐꾼의 육체적 수고를, 지나가던 젊은이의 관점에서 파악해 사진을 촬영하듯이 보여주었다. 〔백거이〕는 사회관계에서 생기는 노인 숯장사의 시련을, 객관적 제3자가 동영상을 찍는 것 같은 방법으로 이야기했다.

〔예이츠〕는 어떤가? 시인이 짐꾼이나 숯장사와 많이 다른 것을 보여준다. 스스로 판 함정에 빠져 있다. 자아 분열을 해결하는 모험을 감행

하려고 신에게 기도하고 싶은 심정을 토로했다. 하는 말이 모호하고 난해해, 신이라도 알아듣고 응답하기 어렵다.

〔정철〕에서 노인과 젊은이는 상생의 관계이다. 젊은이가 노인의 짐을 져주려고 한다. 〔백거이〕에서는 노인과 느닷없이 나타난 칙사가 상극의 관계이다. 숯을 앗아갈 때에 생긴 상극이 숯값을 치러 상생이 되었다. 〔예이츠〕에서는 자아가 분열로 생긴 상극을 스스로 해결할 수 없어 신의 힘을 빌리고자 했다.

〔예이츠〕에서 자아가 분열된 양상을 보자. 한쪽에는 노인이 된 노인이 있다. 상념이 마음속에서 맴돈다. 현명한 노인이라는 칭송을 받는다. 유행하는 말이나 따른다. 다른 쪽에는 노인이 되지 않는 노인이 있다. 뼛속까지 깊은 생각을 하고, 영원한 노래를 부르려고 한다. 노래를 위해 애쓰다가 바보로 보이는 것을 무릅써서 어리석고, 지나치게 열정적이다.

노인이 된 노인이 되어 잠자코 있으면, 차등론의 상위에 오른 것으로 인정되어 존경받는다. 꽃길을 버리고, 가시밭으로 들어선다. 노인이 되지 않은 노인이 젊은이들과 계속 대등하기를 간절하게 바란다. 슬기롭지 못해 바보 노릇을 하며 계속 어리석고 열정적이면 뜻을 이루는 줄 알지만, 용단을 내리지 못한다. 도움이 필요해, 신을 부른다.

어쩔 수 없다고 할 것인가? 아니다. 〔정철〕 짐꾼 노인의 육체적인 수고, 〔백거이〕 숯장사 노인이 사회관계에서 겪는 시련을 제대로 공유하면, 스스로 결단을 내릴 수 있다. 신에게 기원하지 않고도 과감한 모험에서 성공해 영원한 노래를 계속 지어 부를 수 있다.

이것이 결론인가? 아니다. 더 깊이 생각하자. 젊은이와 수고·시련·모험을 같이 하겠다고 고집하면, 대등론으로 나아가지 못하고 옆길로 접어들어 평등론에 빠진다. 한발 물러서야 한다. 가능만 생각하지 말고 불가능도 포용해야, 원기 왕성한 젊은이와 장단점이 반대가 되어 서로 대등하게 된다.

노인이 되지 않은 노인이 영원한 노래를 지어 부르려고 하는 것은 망상이다. 生者必滅이 너무 심한 말이라면, 諸行無常을 알고 노래하자. 이것은 젊은이는 넘볼 수 없는 노인의 특권이다. 떳떳한 노인이 당찬 젊은이와 대등할 수 있게 하는 필수 요건이다.

3

이제 마무리를 하자. 無力(무력)하다고 여기고 물러나지 않고 당찬 젊은이 못지않게 일하면서, 불변이니 영원이니 하는 것에 대한 환상을 버린 諸行無常(제행무상)의 깨달음을 일에다 나타내면, 아주 떳떳한 노인이다. 더 바랄 것이 없다.

위에서 든 시 셋 다 이에 미치지 못하며, 더 나은 시를 찾기 어렵다. 떳떳한 노인을 적실하게 그리는 시를 이제부터 짓는 것이 마땅하다. 시인이 아니면 시를 더 잘 지을 수 있다고 여기고 내가 시도한다.

대등은 만인대등만이 아님을 알고, 만생대등으로 나아가는 길을 찾는 것도 긴요한 과제이다. 老巨樹(노거수)를 그려, 전시회를 하고 화집을 낸 일을 이어나간다. 그 일을 노래를 지어 하려고 감히 몇 마디 중얼거린다. 함정을 파지 않고 일어서는 말을 한다.

떳떳하려면

천년 가까이 한 자리 지키고 서서,
우람찬 자태가 자랑스러운 老巨樹.
거듭 겪은 시련 얼마나 모질었으며,

쓰러질 고비를 몇 번이나 넘겼던가?
아직도 꽃 피우고 열매를 맺는단다.
꽃은 가련해서 아리따운 빛을 띠고,
諸行無常 각성이 열매에서 향기롭다.

떳떳한 노인은 이런 老巨樹와 같아,
늙어도 늙지 않아 보람찬 일을 하며,
죽지 않겠다는 망상 없어 슬기롭도다.

어떻게 살 것인가?

내 노래로 말한다.

어떻게 살 것인가?
즐겁게 살련다.
떳떳하게 살련다.
슬기롭게 살련다.

몸이 셋이 아니고 하나라, 그 셋이 하나여야 한다.
즐겁게 살면, 떳떳하게도, 슬기롭게도 사는가? 아니다.
떳떳하게 살면, 즐겁게도, 슬기롭게도 사는가? 아니다.
슬기롭게 살면, 즐겁게도, 떳떳하게도 사는가? 그렇다.
슬기롭게 가는 길은 어디인가?
네 가닥의 길이 있다.

어느 길로 가고 있나?
어떤 길로 가야 하나?

혼자 살 것인가?
차등관계에서 함께 살 것인가?
평등관계에서 함께 살 것인가?
대등관계에서 함께 살 것인가?

혼자 살면 남들과 소통하지 않는다.
차등관계에서 함께 살면 명령이 소통이다.
평등관계에서 함께 살면 소통은 선택이다.
대등관계에서 함께 살면 소통이 필수이다.

혼자 살면 孤立無援(고립무원)이어서, 외롭고 힘들다.
차등관계에서 함께 사는 것은 弱肉强食(약육강식)이라, 약한 쪽은 죽을 고생, 강한 쪽은 정신 파탄, 둘 다 불행하다.
평등관계에서 함께 살면 同而不和(동이불화), 서로 같다고 여기니 도와줄 것이 없으며, 공연히 다투기나 한다.
대등관계에서 함께 살면 和而不同(화이부동), 모자라는 것을 채워주며 서로 도와 행복을 함께 누린다.

만물도 만생도 만인도
네 가지 사는 방식 대등하게 갖추었는데,
사람만 똑똑하다 착착하고 말을 낭비해
이름·구호·주의 따위를 마구 지어낸다.

혼자 살자는 고립론은 순수, 자폐증, 자화자찬, 국수주의...

차등관계에서 함께 살자는 차등론은 보수, 침략, 패권주의, 제국주의...

평등관계에서 함께 살자는 평등론은 진보, 선진, 사회정의, 사회주의...

대등관계에서 함께 살자는 대등론은 중도, 생극, 상호존중, 협동주의...

고립론은 내심에 칼을 품고 있어 차등론 못지않게 위태롭다.

평등론은 가능하지 않은 평등을 강압적으로 실현하려고 하다가, 더 심한 차등론이 되고 만다.

차등론·고립론·평등론이 한통속이 되어 저지르는 엄청난 과오를 모두 시정하고,

누구나 잘살도록 하려고, 대등론은 분투한다.

차등론과 고립론은 표리관계를 가지고 우파의 이념 노릇을 한다. 차등론은 상극은 배제하고 상생만 이룩한다는 위장술 가면을 쓰고 세상을 현혹해 지배를 강화한다. 고매한 형이상학이나 구원을 약속하는 종교가 눈을 가려 험한 세상을 아름답게 여기도록 한다.

평등론은 좌파에서 내세우는 주의이고 구호이다. 상생은 기만이고 상극이 진실이라는 주장으로 위세를 드높인다. 평등의 이상을 실제로 이루려면 상극의 투쟁을 해야 한다고 한다. 상극 투쟁을 하는 폭력이 아무 거리낌없이 더 무서운 차등론을 당당하게 만들어낸다.

대등론은 중도 노선이다. 상생이 상극이고 상극이 상생임을 분명하게 하는 생극론이다. 좌우 편향의 일탈, 기만, 과오, 범죄 등을 한꺼번에 해결하려고 분투한다. 평화를 이룩하고 화합하면서, 서로 도와 함께 잘살자고 한다. 인류에게 희망이 있다고, 세계사의 미래는 밝다고 한다.

폐막 시

막 내리고
불 꺼져,
어둡다고 한탄 말라.
마음이 밝아오니
넓은 길 활짝 열려,
환상은
걷어버리고
내가 가리 내 발로.